Das magische Erbe der Ryūjin

Erster und zweiter Teil

Stephan Lethaus

D1640793

2. Auflage
Copyright © 2016 Stephan Lethaus
Burgwallstrasse 48, 13129 Berlin
www.skaiyles.net

Korrektorat: Rabea Güttler
PAGEturner Lektorat & Redaktion
Covergestaltung: Stephan Lethaus
Druck: Createspace, ein Unternehmen von
Amazon.com

ISBN: 1533272964
ISBN-13: 978-1533272966

Für alle, die mit verträumten Augen und offenem
Herzen durch unsere zauberhafte Welt strolchen.

Lieber Sebastian,
alles Liebe zu Deinem
13 Geburtstag !
.. und spannende Unterhaltung
bei der Lektüre dieses
Buches.

In Liebe Dein Papa

April 2017

DIE PERSONEN

Unsere Welt im Jahr 2055

Mi Lou Parker	eine junge Systemanalytikerin aus Vancouver
Jean Parker	ein führender Wissenschaftler auf dem Gebiet der künstlichen Intelligenz und Mi Lous Vater
Giacinto Scolari	der Ratsvorsitzende der geheimen Nietzsche Bruderschaft
Karl Wolfensberger	der Handlanger der Nietzsche Bruderschaft

Die Welt der Drachen und der Magier

Skaiyles, Grafschaft Druidsham

Rob	ein einfacher Stalljunge auf der Burg Skargness
Gwyneth	Robs Ziehmutter und die gute Seele der Burgküche
Ulbert	Robs Ziehvater und Stallmeister auf der Burg
Pantaleon	Robs bester Freund und Lehrling in der Schmiede
Bennett Tobey	der Burgmagier von Skargness
Fuku Riu	*ein junger ungestümer Walddrache*
Chiu	*Fukus Mutter*
Phytheon	*Fukus Vater*
Chocque	*ein alter Walddrache und Fukus Lehrer*

Das magische Erbe der Ryūjin

Lord Ethan Bailey	der Graf von Druidsham
Burkhard Bailey	der Sohn des Grafen
Gweir Owen	Oberbefehlshaber der Truppen von Druidsham
Rune	ein Wolfsblutkrieger aus Norgyaard

Skaiyles, Grafschaft Frashire

| Magnatus Leonard Wallace | Drachenmagier und das magische Oberhaupt von Skaiyles |
| *Lady Malyrtha* | *der Feuerdrache von Magnatus Wallace* |

Skaiyles, Grafschaft Fairfountain

| Baroness Gwynefa Loideáin | Drachenmagierin und Gräfin von Fairfountain |
| *Tanyulth* | *der Wasserdrache von Gwynefa* |

Rochildar

| Magnatus Dragoslav Olaru | das magische Oberhaupt von Rochildar |
| Cristofor Predoui | der Dorfmagier von Leghea |

Dulgolbar

| Wilhelm Mortemani | der Hofmagier des Kaisers Theobaldus in Greifleithen |

Das magische Erbe der Ryūjin

Norgyaard

Hróarr	der Anführer der Wolfsblutkrieger
Alva	Hróarrs Frau
Loke Lindroth	ein alter Drachenmagier
Alfdis	*sein Eisdrache*

Und um keinen Ärger mit Rob zu bekommen, …
Lynir, der eigensinnige Shire Horse Hengst.

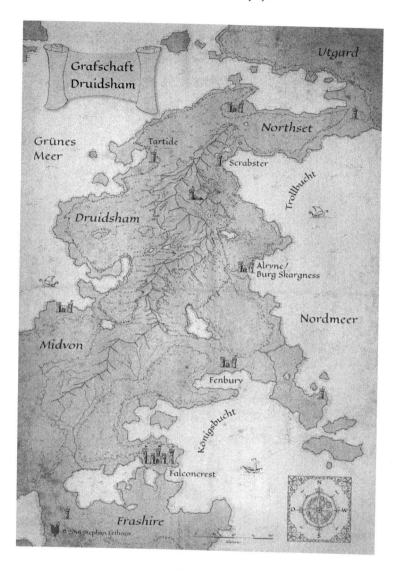

www.skaiyles.net

Die Karten und das Personenverzeichnis findest Du auch auf
der Webseite zum Buch.

INHALTSVERZEICHNIS

Band 1

Band 2

Erster Teil

EINE DÜSTERE NACHT

Bedrohlich türmten sich schwarze Wolken in dem nächtlichen Himmel zu einem unheilvollen Gebirge auf. Nur vereinzelt durchbrach der bleiche Schein der zwei Monde das Gewölbe und tauchte die wilde Natur in ein kaltes, fahles Licht.

Seit Urzeiten durchtränkte ungezügelte magische Energie diese Welt. Viele fragwürdige Kreaturen mit bösen Herzen gaben ihr eine bedrohliche oder gar grausame Form und nutzten sie, um andere zu unterdrücken oder auszulöschen. Nachdem die Ryūjin die Welt verlassen hatten, wurde das Böse immer mächtiger.

Um der Gefahr zu begegnen, verbanden sich in den alten Zeiten einige Menschen und Drachen zu Drachenmagiern. Vereint bekämpften sie diese bösen Auswüchse der Magie. Aber mit der Zeit lebten sich Menschen und Drachen auseinander. Die Menschen erklärten sich für unabhängig und erforschten die Geheimnisse der Magie auf ihre eigene Weise. Manche gingen einen neuen Bund mit anderen Lebewesen ein, andere verließen sich nur auf ihre eigene Rasse. So bildeten sich im Laufe der Zeit rivalisierende magische Strömungen in teilweise sehr unterschiedlichen Ausprägungen. In diesem Spannungsfeld konnten sich die Mächte des Bösen wieder erholen und wucherten, wie ein entartetes Geschwür, unbemerkt im Verborgenen.

In der Burg Falconcrest stürmte Zlas verängstigt in ihr Zimmer und schlug die Tür hinter sich zu. Die hübsche, fünfundzwanzigjährige Nichte von Kaiser Theobaldus zitterte am ganzen Körper. „Was ich in Mortemanis Erinnerungen

1

gesehen habe war ..." Sie brach mitten im Satz ab. Ein tiefes Schluchzen durchzuckte ihren bebenden Körper.

Eva, ihre Leibwache, nahm sie fest in den Arm. „Alles wird gut!", versuchte sie ihren Schützling zu beruhigen. Beschwichtigend streichelte sie ihr über den Rücken. „Magst du erzählen, was los ist?"

Zlas löste sich aus der Umarmung und schüttelte heftig den Kopf, als könnte sie so die bösen Erinnerungen vertreiben. Nur langsam löste sich der Schock, der ihr Urteilsvermögen gelähmt hatte, und ihr dämmerte das Ausmaß ihrer Entdeckung. Sie ging hinüber zu der Wiege, in der ihr kleines Baby schlief und sah ihren Sohn voller Liebe an. „Mortemani wird niemals dulden, dass jemand in seinen Geist eingedrungen ist." Sie zupfte die Decke des Kleinen zurecht. „Bei der ersten Gelegenheit wird er mich töten!" Zlas hatte Tränen in den Augen, aber sie klang fest entschlossen. „Ich muss mit Robin fliehen." Zärtlich streichelte sie ihrem Jungen über die Wange.

Die kräftige Kriegerin sah sie verunsichert an. Der Hofmagier des Kaisers, Wilhelm Mortemani war ein äußerst intelligenter, gerissener Mann, der sich fortwährend hinter der Fassade eines vertrauensvollen Anscheins verbarg. Sie mochte ihn nicht, gerade weil er ihr nicht den geringsten Anlass gab, an seiner Unbescholtenheit zu zweifeln. „Was immer du auch gesehen hast, ich glaube nicht, dass dein Vater und der Kaiser zulassen werden, dass dir jemand schadet", sagte sie mit besorgtem Gesicht. „Außerdem, wie stellst du dir das vor? Wohin willst du denn mit dem kleinen Kerl fliehen?"

Zlas zuckte mit den Schultern. Ihre blauen Augen funkelten trotzig aus dem hübschen Gesicht. „Keine Ahnung, ich weiß nur, dass wir weg von hier müssen. Und zwar, bevor Mortemani etwas unternehmen kann."

Zlas hörte ein leises Geräusch von draußen und blickte verunsichert auf. Etwas Fremdes lag in der Luft. Sie ging hinüber zum Fenster und sah sich vorsichtig um. Aber sie konnte nichts Auffälliges entdecken. Schließlich schweifte ihr Blick in die Ferne. Dort, am nächtlichen Horizont, durchbrach das Mondlicht die Wolkendecke und ein weit entfernter Gebirgskamm glühte unnatürlich hell auf. „Wir fliehen nach Norden", sagte sie plötzlich mit fester Stimme.

Eva zuckte entsetzt zusammen. „Nach Norden? Bist du wahnsinnig?!" Sie schüttelte fassungslos den Kopf. „Du kannst doch mit dem kleinen Schatz nicht quer durch die Wildnis fliehen. Es wird keine zwei Stunden dauern, dann haben sie dich wieder eingefangen! Zumindest, wenn dich vorher nicht die Trolle oder irgendwelche Dämonen erwischt haben."

„Pah!" Zlas hob stolz ihren Kopf und drehte sich wieder zu Eva um. „Nicht, wenn du mir hilfst!"

„Natürlich helfe ich dir!", antwortete Eva bestimmt. Sie hasste es, wenn ihre Schutzbefohlene in dieser Stimmung war. Hatte sich Zlas etwas in ihren niedlichen Kopf gesetzt, gab es nichts und niemanden, der sie umstimmen konnte. Früher waren sie häufiger zu solchen spontanen Abenteuern aufgebrochen. Aber meistens waren diese nur von kurzer Dauer. Schnell vermisste Zlas die Annehmlichkeiten des Lebens am Hofe und ihr eruptiver Abenteuerdrang wich einer ungezügelten Bequemlichkeit. Nie würde Eva vergessen, wie sie vor ein paar Jahren Zlas einmal sieben Stunden durch die Wälder von Dulgolbar schleppen musste. Es war am Anfang von Zlas' Ausbildung, als die reinen Magier gerade begonnen hatten, die vielversprechende Schülerin zu unterrichten. Sie wollte unbedingt zu den verwunschenen Höhen von Moran, um dort auf den magischen Strömen durch das Land zu streunen. Wie ein junges Fohlen, getrieben von unbändiger Energie, war sie von einem Felsen gehüpft und hatte sich unglücklich den Fuß verletzt. „Mindestens gebrochen!", war ihre erste Selbstdiagnose gewesen. Jedenfalls konnte sie nicht mehr laufen und musste getragen werden. Eine Übernachtung in der Wildnis war viel zu gefährlich. Auch wenn die junge Magierin das damals völlig anders gesehen hatte. Im Gegenteil, sie war fest davon überzeugt, sogar einem Drachen gewachsen zu sein. Nach einer heftigen Diskussion hatte sich Eva ihren Schützling geschnappt und sie Huckepack nach Hause getragen. Sicherlich, die schlanke junge Frau war nicht besonders schwer und sie selbst eine kräftige Kriegerin, aber trotzdem brannten ihr anschließend sämtliche Muskeln. Nach einem kurzen Besuch bei dem kaiserlichen Hofarzt sprang Zlas schon am selben Abend wieder wie eine junge Gazelle durch ihre Gemächer.

„Warum grinst du so dämlich?", holte Zlas sie nun gereizt aus ihren Gedanken. „Traust du mir das etwa nicht zu?"

Eva war feinfühlig genug, diese drohende Klippe zu umschiffen. Resolut schüttele sie ihren Kopf. „Nein, ich meine, doch. Ich habe nur gerade den süßen Kerl betrachtet", lenkte sie das Thema auf den Jungen. „Schau nur, wie friedlich er schläft."

Sofort entspannten sich Zlas' Züge, und mit dem Stolz einer jungen Mutter sah sie verklärt nach ihrem Baby. Liebevoll hob sie ihn aus seiner Wiege und drückte ihn feste an sich. „Wir lassen nicht zu, dass dir jemand Schaden zufügt!", sagte sie sanft zu dem Kleinen. „Eva ist die größte Kriegerin in Dulgolbar und ich die beste Magierin weit und breit. Dir kann gar nichts passieren."

An Selbstbewusstsein hatte es Zlas noch nie gemangelt, dachte Eva. Aber in der kurzen Zeit nach der Geburt ihres Sohnes hatte sie sich stark verändert. Sie wirkte reifer und ruhiger. Eva ging zu den beiden und nahm sie in den Arm. Der vertraute Geruch von Zlas mischte sich mit dem weichen Duft des Jungen. „Was immer auch passiert, solange ich meinen letzten Atemzug noch nicht getan habe, werde ich euch mit meinem Leben verteidigen!"

Zlas lächelte sie an. Mit Eva an ihrer Seite konnte ihr nichts passieren. „Ich wusste, auf dich ist Verlass."

Für Wilhelm Mortemani, den Hofmagier von Kaisers Theobaldus, war es ein Kinderspiel, seiner aufgelösten Schülerin heimlich zu folgen. Ohne das geringste Geräusch zu verursachen, hatte er sich unter dem Fenster von Zlas' Turmzimmer materialisiert und kauerte dort fast unbemerkt auf einem steinernen Vorsprung. Lediglich die magischen Wächter, zwei uralte, verwitterte Gargoyles, die ihn zu beiden Seiten einrahmten, nahmen seine Anwesenheit war. Da er aber keine Bedrohung darstellte, kümmerten sie sich nicht weiter um ihn. Angespannt lauschte Mortemani dem Gespräch der zwei Frauen.

Heute, in einem kurzen unachtsamen Augenblick, hatte Zlas tief in seine inneren Abgründe geblickt. Was sie dort, völlig unvorbereitet, gesehen hatte, hatte ihr den Boden unter den Füßen weggerissen. Es stand fest, dass sie dem Tod geweiht war, aber er musste herausfinden, wen sie alles mit ins Verderben reißen würde. Er konnte nicht zulassen, dass jemand ahnte, welche Pläne er wirklich für die Zukunft des Kaiserreiches hatte. Dazu stand für ihn und den Bund der reinen Magier viel zu viel auf dem Spiel. Es tat ihm fast ein wenig leid um seine vielversprechende Schülerin. Wobei, vielmehr tat es ihm leid, dass er seine großen Pläne mit ihr begraben musste. Die glühende Anhängerin der reinen Magie war wahnsinnig talentiert und obendrein noch von hohem Stand. In den letzten drei Monaten, seit der Geburt ihres Sohnes, hatte sie sich außerdem von einem sprunghaften Mädchen zu einer reifen Frau entwickelt. Diese neue Ernsthaftigkeit gefiel ihm, und so hatte er es gewagt, mit ihr den nächsten Schritt zu gehen. Aber aus unerklärlichen Gründen war das heute gründlich schiefgelaufen.

Was er hörte, bestätigte ihm, dass Zlas genauso reagierte, wie er es erwartet hatte. Sie wusste, dass ihr niemand glauben würde, aber ihr war auch klar, dass sie mit ihrem Wissen eine Bedrohung für ihn und seine Verbündeten darstellte. Unter normalen Umständen wäre sie bereits tot. Aber hier, als Gast in Falconcrest an König Taskers Hof, waren ihm trotz seiner hohen Stellung die Hände gebunden. Die tief in das alte Gemäuer verwebten, mächtigen Abwehrzauber reichten in jeden noch so entlegenen Winkel der Burg. Bei dem geringsten Anzeichen einer magischen Bedrohung attackierten sie unnachgiebig jegliche fremde Magie. Hätte er Zlas getötet, wären binnen Sekunden der Drachenmagier Leonard Wallace und seine Drachendame Malyrtha auf ihn aufmerksam geworden. Und Wallace hätte er nicht täuschen können. Er war nicht nur Magnatus, das spirituelle Oberhaupt der Magier von Skaiyles, sondern auch ein begnadeter Zauberer.

Liebend gerne hätte Mortemani sich mit diesem verblendeten Anhänger der alten Magie angelegt, aber der Antrittsbesuch von Kaiser Theobaldus war zu wichtig. Eine Konfrontation mit den Drachenmagiern von Skaiyles hätte die Mission, die Länder des Nordens unter dem Banner des Kaisers in Frieden zu vereinen, zunichtegemacht. Obwohl Mortemani die Drachenmagier aus tiefstem Herzen hasste, war es noch viel zu früh für einen offenen Konflikt. Er brauchte den Frieden der nächsten Jahre, um unter dessen Mantel seinen Plan von der Vorherrschaft der reinen Magie umzusetzen. Die Vorstellung dieser Herrschaft befriedigte ihn zutiefst und er konnte sich ein überlegenes Lächeln nicht verkneifen.

Er hatte genug gehört. Dass die Nichte des Kaisers mit ihrem kleinen Bastard fliehen wollte, war das Beste, was ihm passieren konnte. Niemanden würde es wundern, wenn ihr in dieser unruhigen Gegend etwas zustoßen würde. Ganz im Gegenteil. Empört würden die Leute ihre Köpfe schütteln und sich ihr Maul darüber zerreißen, wie verantwortungslos diese junge Frau doch war.

Erregt folgten drei bleiche Augenpaare den zwei Frauen, die mitten in der Nacht ihr Revier durchquerten. Ihr Trieb entzündete eine unbändige Gier, aber sie mussten sich zügeln und auf einen geeigneten Augenblick warten.

Dicke Regentropfen schlugen Zlas unnachgiebig ins Gesicht, und die nasse Kleidung klebte eng an ihrem Körper. Begierig sog der schwere Stoff die Feuchtigkeit auf und kühlte sie schleichend aus. Das Laufen wurde mit jedem Schritt beschwerlicher, und ihre Beine waren, nach dem fast zweistündigen Dauerlauf, schwer wie Blei. Doch der weiche Atem ihres Sohnes, der in gleichmäßigen Zügen über ihren Halsansatz strich, gab ihr Kraft. Sie hatte ihn mit einem groben Leinentuch geschickt vor ihre Brust gebunden, wo er in aller Seelenruhe schlief.

„Und du bist sicher, dass ich dir den Kleinen nicht abnehmen soll?" Eva blickte besorgt auf ihren Schützling. Im Gegensatz zu der zierlichen Zlas machte der durchtrainierten Kriegerin die körperliche Anstrengung überhaupt nichts aus.

„Ganz sicher", schnaufte Zlas kurz angebunden und stolperte im nächsten Augenblick ungeschickt über einen morschen Baumstumpf.

„Manchmal verstehe ich dich nicht. Glaubst du, du musst mir etwas beweisen?", fragte Eva leicht gereizt.

Aber statt zu antworten, beschleunigte Zlas lediglich ihren Schritt, so, als wolle sie davonlaufen. Ärgerlich zog Eva ebenfalls ihr Tempo an, blieb aber immer ein paar Meter hinter ihrem Schützling. Sie respektierte die abweisende Aura, in die sich Zlas eingehüllt hatte. So liefen sie weiter durch den dunklen, verregneten Wald, ohne ein Wort zu sagen.

Nach einer weiteren Stunde konnte sich Eva nicht mehr zurückhalten. Es war für sie nicht länger auszuhalten, wie sehr sich Zlas quälte. Auf einer Lichtung schloss sie zu ihr auf und packte sie fest an den Schultern. „Halt an, so geht das nicht weiter!", sagte sie in einem Ton, der keinen Widerspruch duldete. „Du brichst doch gleich zusammen. Wir müssen uns für den Rest der Nacht einen Unterschlupf suchen. Du musst dich unbedingt etwas erholen. Morgen früh sehen wir weiter."

„Lass mich!" Zornig schlug Zlas Evas Hand weg und strich sich ihre widerspenstigen blonden Haare aus dem Gesicht. Frustriert lehnte sie sich an einen Baum. Die raue Rinde bohrte sich unangenehm in ihren Rücken, aber Zlas ignorierte das schmerzhafte Gefühl. Sie war einfach nur froh, etwas verschnaufen zu können. „Entschuldigung", schob sie kleinlaut hinterher, als sie Evas tief getroffene Miene sah. „Das wollte ich nicht. Ich –"

Da brach um sie herum das Chaos aus.

Evas Muskeln versagten, und sie sackte verkrampft in sich zusammen. Auch Zlas spürte ein Kribbeln in ihren Gliedern und realisierte entsetzt, dass sie angegriffen wurden. Aus dem Dickicht des Unterholzes brachen drei bleiche Walddämonen hervor. Sie waren nicht viel größer als ein Kleinkind, aber dafür kräftig gebaut. Ihre Gliedmaßen erinnerten an knorrige Lianen, mit denen sie sich, ähnlich geschickt wie Affen, durch den Wald hangeln konnten. Das starke elektrische Feld, das sie umgab, hüllte sie in ein irreal leuchtendes grünes Licht.

Zlas wusste, dass die Walddämonen versuchten, ihr Nervensystem zu blockieren, um sie dann in aller Ruhe zu töten. Das anfängliche Kribbeln wuchs zu heftigen Krampfanfällen heran. Ihre Muskeln zogen sich unkontrolliert zusammen und wahnsinnige Schmerzen durchjagten sie.

Einer der Angreifer zog eine Sichel mit einer scharfen Klinge hervor und beugte sich, vor Gier bebend, über Eva. In diesem Moment fing der Kleine, aus dem sicheren Versteck am Bauch seiner Mutter heraus, lauthals zu schreien an. Aufgerüttelt durch ihren Sohn besann sich Zlas ihrer Kräfte. Sie konzentrierte sich auf das magische Amulett mit dem funkelnden Aquamarin. Binnen weniger Sekunden hatte sie das lähmende Gefühl aus ihrem Körper vertrieben und ging zum Angriff über.

Als die Dämonen die unerwartete Bedrohung begriffen, war es für sie bereits zu spät. Augenblicke später schlugen tödliche Blitze auf sie ein und die tanzenden Lichtbögen verwandelten die Lichtung in eine laut krachende Gewitterzelle. Aber schon nach ein paar Sekunden klang das Lichtspektakel ab und die Angreifer sanken leblos auf den Boden, wo sie vollständig verglühten. Nur noch der fade metallische Geruch der ionisierten Luft, der sich mit den feucht modrigen Düften des Waldes vermischte, deutete auf den ungleichen Kampf hin.

Zlas stürmte zu Eva und hob liebevoll ihren Kopf an. „Eva! Eva, sag doch was!" Angsterfüllt streichelte sie ihr über den Kopf.

Eva öffnete langsam die Augen und grinste Zlas an. „Um mich unschädlich zu machen, bedarf es schon etwas mehr als so ein paar hässliche Walddämonen." Stöhnend bewegte sie sich und brachte ihre schmerzenden Glieder nacheinander wieder unter Kontrolle. „Diese verfluchten Viecher haben mir ganz schön zugesetzt", gestand sie widerwillig.

„Entschuldige, ich wollte dich vorhin nicht verletzen." Zlas half Eva aufzustehen, und nahm sie umständlich in den Arm, was der kleine Robin mit leisem Protest quittierte. Lächelnd schlug Zlas das Tuch zur Seite und nahm ihn auf den Arm, wo er sofort wieder feste einschlief. „Ich glaube, ich bin mit der ganzen Situation hoffnungslos überfordert."

Ihr tat der Schlag gegen Eva ehrlich leid. Sie kannten sich bereits seit ihrer Kindheit. Zlas hatte Eva nie als Bedienstete angesehen und sie, sehr zum Ärger ihres Vaters, auch niemals so behandelt. Die kräftige, dreißigjährige Kriegerin war vielmehr ihre beste Freundin.

„Mach dir nichts draus, du hast dich einfach erschrocken. Du würdest dich doch niemals trauen, dich ernsthaft mit mir anzulegen, oder?" Eva legte ihren Kopf schief und sah Zlas herausfordernd an.

Ein erleichtertes Lächeln huschte über Zlas' Gesicht. „Danke!" Sie hielt ihr das schlafende Baby hin. „Ich glaube, der möchte jetzt mal für eine Weile zu dir."

„Du willst wirklich noch weiter?", fragte Eva ernst und nahm den Jungen liebevoll auf den Arm.

Zlas nickte. Sie löste das Leinentuch und gab es Eva. „Mir wäre es lieber, wenn wir noch mehr Abstand zwischen uns und Mortemani bringen könnten. Ich bin mir sicher, dass er bereits seine Handlanger nach uns ausgeschickt hat. Vielleicht waren sogar schon diese Dämonen in seinem Auftrag unterwegs."

Sie liefen noch bis zum Anbruch der Morgendämmerung weiter Richtung Norden. An der Mündung des Gyron fanden sie schließlich einen Platz, den sie für sicher genug hielten, um dort für ein paar Stunden zu rasten.

Nachdem Zlas ein wenig geschlafen hatte, setzte sie sich auf einem abgestorbenen Baumstamm und strich mit den Fingern über das feuchte Moos, das bereits einen großen Teil der Rinde für sich erobert hatte. Die ersten wärmenden Sonnenstrahlen des Tages vertrieben ihre innere Kälte und versprachen einen warmen Tag. Sie atmete tief ein und roch den frischen Duft des durchbrechenden Frühlings. Amüsiert betrachtete sie Eva, die mit dem kleinen Robin, der behaglich auf ihren Schenkeln lag, scherzte. Das Herz ging ihr auf, als sie ihren Sohn fröhlich glucksen hörte. Vielleicht hatte Eva doch recht und sie hätten gar nicht fliehen müssen?!

„Ich habe einfach fürchterliche Angst um den Kleinen", begann Zlas unvermittelt. „Ich fürchte, mein Onkel würde eher Mortemani als mir glauben. In den letzten Monaten hat er sich immer daran gehalten, was ihm sein Hofmagier geraten hat, und der Erfolg scheint ihnen recht zu geben. Noch nie war jemand so kurz davor, die Königreiche und ihre unterschiedlichen magischen Lager unter einem Banner zu einen."

Eva blickte kurz von dem Kleinen auf. „Aber meinst du nicht, dass er dem Wort seiner Nichte glauben würde?"

Zlas verzog den Mund. „Mag sein, aber mein Onkel ist leider wie ein Fähnchen im Wind. Er mag zwar der Kaiser sein, aber ohne seine Berater würde er nicht einmal wissen, was er zum Frühstück essen soll. Vielleicht würde er mir glauben, aber er würde deswegen nicht seinen wichtigsten Ratgeber anklagen."

Eva zog die Stirn in Falten und vertrieb einen schillernden schwarzen Schmetterling, der sich auf dem Baby niederlassen wollte. „Aber er würde niemals zulassen, dass dir etwas passiert. Da bin ich mir ganz sicher."

„Das mag sein, aber ich glaube, er könnte es nicht verhindern. Oder meinst du, Mortemani würde nicht rücksichtslos versuchen, seine Interessen zu wahren?" Zlas sah

Eva herausfordernd an. „Wahrscheinlich würde Theobaldus schützend seine Hand über mich halten, aber das wäre Mortemani doch egal. Er würde einen Weg finden, mich loszuwerden."

„Wahrscheinlich hast du recht", stimmte Eva ihr zu. „Was, verdammt, hast du eigentlich Schlimmes in seinen Gedanken gesehen?"

Zlas holte tief Luft und überlegte, wie sie das Grauen in Worte fassen konnte, als eine innere Unruhe von ihr Besitz ergriff.

„Hier stimmt etwas nicht!", rief sie entsetzt und sprang verängstigt auf. Gegen das Sonnenlicht zeichnete sich eine unnatürliche dunkle Wolke ab, die sich rasant näherte. Ein leises, unheilvolles Rascheln lag über den Baumwipfeln. Schließlich erkannte Zlas, dass die Wolke aus einem riesigen Schwarm schwarzer, schillernder Schmetterlinge bestand.

In wenigen Schritten war sie bei Eva, nahm ihr Robin ab und band ihn sich wieder mit dem Tuch vor die Brust. Die etwa handflächengroßen schwarzen Falter umrundeten die beiden Frauen in einigen Metern Entfernung. Während Eva ihr Schwert zückte, sammelte Zlas ihre magische Energie und bildete einen blau schimmernden Schutzschirm um sie herum. Unbeeindruckt strömte der Schwarm mit einigen Tausend Schmetterlingen weiter auf sie ein und formte einen etwa zwei Meter hohen pechschwarzen Strudel, der sämtliches Licht aus der Umgebung in sich aufsog.

„Tu etwas, Zlas!", schrie Eva ihr zu. „Warte nicht, bis dieses Ding uns angreift."

Zlas wusste, dass es ein großes Risiko war, Gegner, die man noch nicht kannte, zu attackieren, aber Eva hatte recht. Das, was sie mit aller Wahrscheinlichkeit zu erwarten hatte, war etwas, von dem man mit Sicherheit gar nicht erst angegriffen werden wollte. Sie ballte ihre Faust und schmetterte mit Hilfe des Brandringes an ihrer rechten Hand eine gewaltige Feuerwelle auf die unheilvollen Insekten. Doch das Feuer wurde abgeblockt und Zlas spürte plötzlich die Anwesenheit ihres alten Meisters. Ihr wurde speiübel, und alles in ihr zog sich vor Angst zusammen.

In der Mitte des Strudels tauchte das hämisch lachende Antlitz von Mortemani auf. „Du hast doch nicht wirklich geglaubt, dass du mir entkommen könntest?", fragte der Magier, der sich nicht die geringste Mühe gab, seine Absichten zu verbergen. Er trat aus dem schwarzen Wirbel heraus und musterte seine ehemalige Schülerin aufmerksam. „Du hast mich überrascht. Ich habe dich zwar für sehr talentiert gehalten, aber du scheinst darüber hinaus noch emphatische Fähigkeiten zu haben. Ich hätte niemals geglaubt, dass du so tief in das Wesen anderer Leute eindringen kannst." Er strich sich nachdenklich mit dem Finger über seinen knochigen Nasenrücken. „Nur schade, dass du dieses Talent an der falschen Stelle eingesetzt hast. So bleibt mir nur, dich zu töten."

Evas Schwert blitzte im Sonnenlicht auf und mit lautem Kampfgeschrei stürzte sich die Kriegerin auf den Zauberer in dem schwarzen Umhang.

„Neeeeiiiiin!", schrie Zlas und Mortemanis Miene verfinsterte sich kurzzeitig.

„Stirb!", befahl er beiläufig mit einer fremdartigen tiefen Stimme. Mitten in ihrem Angriff brach Eva tot zusammen. Die Falter landeten auf ihrem Körper und Sekunden später löste sie sich unter dem unwirklichen pechschwarzen Kleid auf.

Voller Zorn und Schmerz vergaß Zlas völlig ihre Deckung und griff ihren alten Meister mit aller Kraft an. Überrascht von der Heftigkeit, mit der Zlas versuchte, sein Herz zu lähmen, wich Mortemani einen Schritt zurück, gewann aber schnell die Oberhand. Er drang in ihren Geist ein und verwebte einen bösartigen Seelenzauber tief in ihrem Unbewusstsein. Plötzlich schob sich ein dunkler Schatten vor die Sonne und eine vernichtend heiße Flamme schoss auf ihn herab. Die schwarzen Falter um ihn herum verglühten orange und rieselten als feiner grauer Ascheregen auf den Boden. Mortemani brach seinen Angriff ab.

„Du elendes Viech", tobte er und wehrte den Feuerstoß des Drachen ab. „Ich verfluche dich!", schrie er wütend. Der Drache stieß auf den Boden hinab, packte Zlas samt Baby und stieg mit den beiden sofort wieder steil in den Himmel empor.

Ein breites Grinsen legte sich über Mortemanis wutverzerrte Fratze. Hämisch sah er dem Drachen hinterher. „Du hast ja keine Ahnung, welche Fracht du dir da geschnappt hast, du hirnlose Kreatur!"

Für ihn war das Thema erledigt. Der Seelenzauber saß tief in seiner ehemaligen Schülerin und hatte bereits begonnen, seine unglückselige Wirkung zu entfalten. Wenn der Drache Glück hatte, würde er mit dem Leben davonkommen. Mortemani hoffte jedoch eindringlich, dass diese dreiste Kreatur für die Einmischung in seine Angelegenheiten mit dem Tode zahlen würde. Aber letztendlich hatte er jetzt Wichtigeres zu tun.

Zlas wusste nicht, wie ihr geschah. Die Bilder, die sie sah, verschwammen, und in ihrem Kopf tobte es. Eine lähmende Trauer um Eva ergriff sie und raubte ihr den Verstand. Immer wieder setzten heftige Schwindelanfälle ein, die sie nahe an eine Bewusstlosigkeit brachten. Hatte sie wirklich einen dieser verhassten Drachen gesehen? Während sie versuchte, einen klaren Gedanken zu fassen, löste sich der Boden unter ihren Füßen auf. Völlig verwirrt verlor sie ihr Bewusstsein.

Der Drache spürte, wie die Frau in seinen Klauen erschlaffte. Noch nie zuvor hatte der unerfahrene Drache diese böse, uralte Magie gespürt. Er musste unbedingt herausfinden, was diese junge Frau mit dem kleinen Kind erlebt hatte. Mit gleichmäßigen Zügen flog er weiter Richtung Norden

Es war früher Nachmittag. Der eisige Wind zerrte ständig an Zlas, und sie fror erbärmlich. Ihre Finger schmerzten und waren fast völlig taub. An ihrer Brust regte sich etwas, und langsam konnte sie sich wieder erinnern. Erleichtert lächelte sie, als sich ihr kleiner Robin, offensichtlich zufrieden, an ihrer Brust zurechtkuschelte. Wie genügsam der Kleine doch war.

Vorsichtig wagte sie es, die Augen zu öffnen. Sie überflogen bereits die ersten Ausläufer des Druidengebirges. In der Ferne konnte man das kleine Städtchen Alryne mit der Burg Skargness erkennen. Etwa hundert Meter unter ihr schmiegte sich ein dichter Nadelwald eng an die felsigen Ausläufer der Berge. Der eisige Wind und der rauchige Geruch des Drachen trieben ihr die Tränen in die Augen. Langsam kehrte ihr Körpergefühl zurück. Der Drache hatte sie fest mit seinen Klauen unter den Armen gegriffen, dabei aber sorgfältig darauf geachtet, dass dem kleinen Baby nichts passierte. Sie hob ihren Kopf und sah über sich die dunkelrote, gepanzerte Brust des Drachen. Dicht an dicht war sie mit harten, rautenförmigen Schuppen geschützt. Unter den Schuppen leuchtete es orange, und eine zähe, glühende Flüssigkeit zog in dünnen Fäden, wie kleine Lavabäche, über den gesamten Körper.

Ein Feuerdrache also, dachte sie und überlegte, was Mortemani ihr alles über diese arrogant anmaßenden Kreaturen beigebracht hatte. Aber nun war Mortemani ihr Feind und nicht der Drache. Waren die Drachen vielleicht doch nicht so schlimm, wie sie bisher dachte? Immerhin hatte sie dieser Feuerdrache vor dem sicheren Tod gerettet.

Etwas Kaltes schob sich über Zlas' Seele und eine seltsame Todessehnsucht ergriff sie. Mit ihren magischen Fähigkeiten tastete sie ihren mutmaßlichen Gegner vorsichtig ab. Offensichtlich war sich der Drache keiner Gefahr bewusst, zumindest war er nicht wachsam. So konnte Zlas völlig unbehelligt die lodernde Drachenglut in seiner Brust aufspüren. Sie war die Quelle der magischen Energie eines Drachen und Ursprung eines jeden Drachenfeuers. Von einer zerstörerischen Hoffnungslosigkeit getrieben sammelte sie ihre Kräfte und legte ein eisiges Feld um die Drachenglut.

Entsetzt schnürte sich jede Faser in dem Drachen zusammen. „Was machst du? Bist du wahnsinnig?!", schrie er heiser, aber es war bereits zu spät. Jeder Versuch, sich gegen

Zlas' Zauber zu wehren, verschlimmerte seine Qual nur noch.

Verzweifelt und kraftlos verlor der Drache an Höhe. Sein Griff um Zlas erschlaffte, und sie krachte aus ein paar Metern Höhe in den Wald. Glücklicherweise federte eine Brombeerhecke ihren Aufprall ab. Die Dornen bohrten sich schmerzhaft in ihre Haut und zerrissen ihre Kleider. Der Kleine, immer noch in das Tuch vor ihrer Brust gehüllt, schrie laut und brachte Zlas zur Besinnung.

Was passierte mit ihr? Sie hätte sich und ihren Sohn fast umgebracht! Ohne auf die Schmerzen zu achten, legte sie schützend die Arme vor das Tuch mit dem Baby und versuchte, rückwärts kriechend ihrem Dornengefängnis zu entkommen. Die dichten Äste zerrten an ihr und raubten ihr ständig das Gleichgewicht. Immer wieder fiel sie, und scharfe Stacheln bohrten sich gnadenlos in ihr Fleisch. Der Schmerz brachte sie wieder in die Realität zurück. In der Ferne sah sie den fliehenden Drachen, der noch verzweifelt gegen ihren verheerenden Zauber ankämpfte. Endlich schaffte sie es, sich aus der Hecke zu befreien.

Abgekämpft setzte sie sich auf den Boden und nahm den Jungen aus dem Tuch.

„Was habe ich getan?", sagte sie schluchzend. „Ich hätte uns fast umgebracht." Ihr Sohn sah sie nur zufrieden an und rümpfte etwas die Nase, als eine Träne seiner Mutter auf seine Stirn tropfte. Liebevoll küsste sie ihn und wischte die Tränen weg.

Nach ein paar Minuten raffte sie sich auf und stolperte, von Gewissensbissen geplagt, in die herannahende Dunkelheit. Sie wollte versuchen, Alryne zu erreichen und dort ein Quartier für die Nacht zu finden.

Die Worte des Drachen hallten in ihren Ohren nach. Hatte er recht? Verlor sie ihren Verstand? Immer wieder legte sich diese eisige Kälte über ihre Gedanken. Zweifel und Argwohn nagten unablässig an ihrer Seele.

Zlas erreichte das kleine Städtchen Alryne mit Anbruch der Dunkelheit. Sie hatte Glück. Die Wachen hatten Mitleid

15

mit der zerschundenen Frau und ihrem Baby und ließen sie das Stadttor passieren. Die wenigen Leute, die noch unterwegs waren, sahen sie abfällig an. Sie hörte, wie sie sich hinter vorgehaltener Hand das Maul über sie zerrissen.

Zlas fühlte eine ständige Bedrohung und versteckte sich, wie ein in die Enge getriebenes Tier, verängstigt hinter einer kleinen Fischerhütte in der Nähe der gewaltigen Burg. Es fiel ihr schwer, aber sie musste sich eingestehen, dass irgendetwas Fremdes die Kontrolle über ihren Geist übernahm. Mortemani hatte es also doch geschafft. Ihr war klar, dass dieser düstere Zauber sie letztendlich in den Tod treiben würde. Wie lange noch hätte sie die Kraft, dagegen anzukämpfen? Ein schwarzer Schmetterling landete ein paar Meter neben ihr auf dem Boden. Der unheilvolle Bote des Grauens trieb sie zu einen folgenschweren Entschluss. Zumindest ihr kleiner Junge sollte leben.

Tränenüberströmt griff sie nach einem Weidenkorb, der neben der Fischerhütte lag, und lief zu dem Aufgang der Burg. Dort stellte sie den Korb hin, und legte Robin hinein. Liebevoll deckte sie ihn mit einem Leinentuch zu und schrieb seinen Namen mit einem Stein in den feuchten Kiesboden. Der kleine Robin sah sie mit großen Augen hilflos an und quengelte unbehaglich. Heftige Wut übermannte sie. Da war er wieder, dieser vernichtende Hass auf die ganze Welt.

Ihre Hand schloss sich zitternd um den dünnen, zarten Hals ihres Sohnes und drückte zu. Am ganzen Körper bebend atmete sie tief ein und der vertraute Geruch ihres Babys drang in ihr Bewusstsein vor. Ein Gefühl grenzenloser Liebe nahm den Kampf mit dem Wahnsinn auf. Sie zwang sich, ihren Sohn loszulassen. Diesen Kampf konnte sie auf Dauer nicht gewinnen. Verzweifelt schrie sie ihr Leid in die Nacht hinaus und lenkte die Aufmerksamkeit der Bewohner Alrynes auf sich.

Schluchzend kuschelte sie ihren geliebten Robin ein letztes Mal an sich und küsste ihn. „Ich werde dich immer lieben, mein Schatz." Zitternd legte sie ihn wieder zurück in den Korb, wandte sich ab und rannte verzweifelt davon. Es zerriss ihr das Herz, als sie ihren Sohn verzweifelt schreien hörte. Aus sicherer Entfernung blickte sie sich ein letztes Mal um und sah einen Mann, der sich über den Korb beugte. Dann griff der Wahnsinn nach ihr.

DIE NIETZSCHE-BRUDERSCHAFT

Siebzehn Jahre später ...

Zweihundert Kilometer nördlich der Burg Skargness zogen ein junger und ein sehr alter Drache ihre Bahnen in eleganten Schwüngen durch den Nachthimmel. Sie hatten sich gestritten und das ursprüngliche Ziel ihrer Reise aufgegeben. Auf ihrem Weg nach Hause überquerten sie, im fahlen Schein des Mondlichtes, die schneebedeckten Gipfel des Druidengebirges.

Chocque war mit seinen fast fünfhundert Jahren und fünf Metern Länge ein betagter, ausgewachsener Walddrache, der schon viel in seinem Leben gesehen hatte. Seine Drachenhaut erinnerte an die raue Borke einer Eiche, die im Laufe der Jahrhunderte von grünen Flechten und Moosen besiedelt worden war. Die Bewegungen des alten, ehrwürdigen Drachen waren erhaben und wohl überlegt. Mit seinen weisen und wachen gelben Augen, blickte er ernst in die Nacht hinein.

Sein junger, etwas kleinerer, ungestümer Schüler, genau wie er ein Walddrache, zählte erst fünfundzwanzig Lenze. Seine Drachenhaut wirkte längst nicht so verwittert, sondern deutlich glatter und hatte die Farbe eines matten, samtigen Grüns, so wie feuchtes Moos nach einem Regenschauer. Die grünblauen Einschlüsse und Schleier in den funkelnden gelben Augen erinnerten an einen verheißungsvollen Sternennebel mit unentdeckten Welten.

Sehr zum Ärger seines Lehrers blickten diese faszinierenden Augen meistens schelmisch, und der zugehörige Drache führte immerzu irgendeine Dummheit im Schilde.

Chocque sprach Fuku ein großes Potential zu, ärgerte sich aber maßlos über dessen Unbekümmertheit, und darüber, wie wenig er aus seinen Möglichkeiten machte. Die letzten neun Jahre hatte er diesen außergewöhnlichen Drachen auf seine Bestimmung vorbereitet. Er war der vom Drachenrat Auserwählte, der das magische Band zwischen Menschheit und Drachen erneuern sollte. Fuku Riu würde sich übermorgen einen jungen Magier auswählen und mit ihm zusammen eine Einheit als Drachenmagier bilden. Aber Chocque befürchtete, dass sein Schützling dieser Aufgabe vielleicht noch nicht gewachsen war.

Chocque wusste: Die Unruhen, in denen sie heute lebten, kündigten eine Zeit des Wandels an. Es gab nur noch wenige Drachenmagier, und sie verloren immer mehr an Bedeutung. Umso wichtiger war es, jede Chance zu nutzen, um das Band zwischen Drachen und Menschen neu zu knüpfen. Mit Fuku Riu und dem Sohn des Grafen von Druidsham, Lord Bailey, ergab sich eine solch seltene Gelegenheit. Aber seinem jungen Schüler mangelte es an der Begeisterung und dem Verständnis für diese ehrenvolle Aufgabe.

Hier in Skaiyles, dem Königreich des Drachenfreundes Charles Tasker, würde ein fünfter Drachenmagier das Kräfteverhältnis zu Gunsten der alten Magie verschieben. Die Spannungen zwischen den unterschiedlichen magischen Lagern wuchsen stetig und die Drachenmagier beobachteten mit Argwohn die Entwicklungen der Lehre von der reinen Magie. In den letzten Jahren hatten deren Anhänger ihren Einfluss immer weiter ausgebaut und sich fest am Hofe des Kaisers Theobaldus in Greifleithen etabliert. Sie mussten sich dieser Entwicklung entschieden entgegenstellen, sonst würden die alten, ehrwürdigen Drachenmagier in der Bedeutungslosigkeit verschwinden.

Zur gleichen Zeit im Herbst 2055 in Europa

Ein kalter, feuchter Wind, der nach Meer schmeckte, wehte Jean Parker ins Gesicht. Feiner Nieselregen legte sich wie ein sanfter Film über seine Haut und kroch, vom Wind angestiftet, durch die ungeschützten Stellen seiner Jacke. Dort, wo der Regen die schützende Kleidung durchbrach, wich das wohlig warme Gefühl einem kalten Schaudern, so als ob eine neugierige kalte Hundenase ihn vorsichtig beschnüffelte. Ein fröstelnder Schauer, beginnend bei den Schläfen, breitete sich über seinen Hinterkopf aus und kroch ihm langsam den Rücken hinunter. Ein kurzes plötzliches Erzittern, wie ein kleiner Blitzeinschlag, vertrieb dieses Gefühl und hinterließ eine Gänsehaut auf seinem Rücken.

Aber dann war sie wieder da, die tiefe unendliche Ruhe, die sich nach seiner Entscheidung eingestellt hatte. Der Frieden, den er mit sich und der Welt geschlossen hatte. Er wusste, er hatte alles ihm Mögliche getan. Was jetzt kommen würde, entsprach dem logischen Ablauf eines vorgefertigten Programmes, wie ein Regentropfen, der an der Quelle in den Fluss fällt und unweigerlich im Meer enden würde.

Im selben Augenblick lief, ein paar Hundert Kilometer entfernt, ein Mönch hastig den Kreuzgang eines alten Augustinerklosters entlang. Im Innenhof des ansonsten in friedlicher Ruhe liegenden Klostergartens hörte man das Echo seiner Schritte von den Wänden widerhallen. Der Mönch trug eine einfache braune Kutte und stoppte vor einer schlichten hölzernen Tür, die zu einer kleinen Kammer führte. Er klopfte dreimal und drückte sie dann langsam auf. Der kleine, fensterlose Raum war eisig kalt und nur sehr karg eingerichtet. Eine Handvoll weißer Kerzen stand auf den steinernen Bodenplatten aus hellem spanischem Kalkstein. Sie flackerten von dem Öffnen der Tür und warfen ein wenig Licht in den Raum. Die Wände waren weiß gekälkt, und an der rechten Seite war aus trockenem Stroh und einem Leinenlaken ein spartanisches Nachtlager hergerichtet.

In der Mitte des Raumes saß Karl mit verschränkten Beinen auf dem Boden und meditierte. Die flackernden Kerzenflammen vor ihm warfen unheimliche tanzende Schatten auf die Wand. Er selbst schien sich überhaupt nicht zu bewegen.

„Der ehrwürdige Abt, Bruder Giacinto, wünscht Euch zu sprechen", flüsterte der Mönch.

Karl nickte kaum merklich und öffnete langsam die unter dicken Brauen liegenden Augen. Als der weißblonde Hüne aufstand, wich der Mönch unwillkürlich einen Schritt zurück und gab die Tür frei. Karls kräftige Erscheinung, mit seinen zwei Metern, dem groben Gesicht und den tief liegenden, leicht rotunterlaufenen blauen Augen, wirkte auf viele furchteinflößend. Aber da gab es noch mehr. Eine Aura roher, kaum zügelbarer Gewalt umgab ihn. Etwas störte die Symmetrie seines Gesichtes. Als würden zwei Fremde versuchen, sich über ein Gesicht Ausdruck zu verschaffen.

Ohne ein Wort zu sagen, ging Karl an dem Mönch vorbei. Der Weg zu Abt Giacinto Scolari führte durch einen weiteren kleinen Kreuzgang, der im ersten und ältesten Teil des Klosters lag. Von dort ging es eine Treppe hinauf in den ersten Stock. Am Ende des Ganges lag das Arbeitszimmer des Abtes. Da er erwartet wurde, trat er nach einem kurzen Klopfen direkt ein. Das Zimmer verband die alte Kirche mit dem Kloster und war ebenfalls sehr einfach eingerichtet.

Die Nietzsche-Bruderschaft hatte das spätgotische Kloster Monastère royal de Brou im Jahr 2021 von dem französischen Staat gekauft. Der Staat war nicht mehr in der Lage, die hohen Unterhaltskosten für die Erhaltung aufzubringen. Da sowohl die Kirche als auch das Kloster schon lange nicht mehr sakral genutzt wurden, hatte der Verkauf keine weitere Aufmerksamkeit erregt. Die Einwohner des kleinen Städtchens Bourg-en-Bresse freuten sich darüber, dass nach langer Zeit wieder Mönche das Kloster in ihre Obhut nahmen. Die Klosterbrüder waren in der Stadt gerne gesehen, und der kleine wirtschaftliche Aufschwung, den der neue Orden mit sich brachte, kam allen zu Gute.

Die regelmäßigen prominenten Besucher des Klosters, aus Wirtschaft, Wissenschaft und Politik, gaben dem Ort und seinen Bewohnern wieder eine Bedeutung. Deswegen gab es auch keine Proteste, als der gesamte Klosterbereich und der Parc de Brou hinter hohen Mauern verschwand.

Ganz im alten Baustil der gesamten Anlage gehalten, wirkten die Mauern schnell so, als wären sie schon immer da gewesen. Auch dass es auf dem Gelände einen kleinen Landeplatz gab, störte niemanden. Im Gegenteil, die Tatsache, dass damals die ersten kaum hörbaren Hubschrauber mit Rotoren aus Kunstfasern, die ähnlich fein wie Muskeln angesprochen werden konnten, im Kloster landeten, erfüllte die Stadt mit Stolz.

Niemand ahnte, dass die neuen Herren des Klosters nichts mit dem christlichen Augustinerorden von früher gemein hatten. Im Gegenteil, weiter weg als die Nietzsche-Bruderschaft konnte man vom christlichen Glauben kaum sein.

„Wir haben ein schwerwiegendes Problem", empfing der Abt Giacinto den eintretenden Karl.

In der Nähe des italienischen Ortes Manarola betrat Jean Parker derweil sein Haus. Es schmiegte sich gefühlvoll an eine Klippe, die sich bis ins Mittelmeer erstreckte. Kleine Kiefernwäldchen, die immer wieder von schroffen Felsen unterbrochen wurden, säumten das Grundstück im Nordwesten. Zur anderen Seite hin gab es einen alten Olivenhain, in dem sich einige Steineichen angesiedelt hatten.

Jean hängte seine klamme Jacke an die Garderobe und zog sich seine bequemen Hausschuhe an. „Vivaldi, ‚Die vier Jahreszeiten' und gemütliches Licht", befahl er und schlenderte, vorbei an seiner Bildergalerie von asiatischen Drachendarstellungen, zu seinem braunen Ledersessel, der ihm durch ein riesiges Panoramafenster einen wundervollen Blick auf das offene Meer bot. Jean überlegte was er trinken wollte, während er auf das Unausweichliche wartete. Er konnte sich nicht entscheiden. Er holte sich sowohl eine zehn Jahre alte Flasche Château Angélus als auch einen achtzehn Jahre alten Laphroaig aus der Küche und ließ sich wieder in seinen gemütlichen Ledersessel fallen.

Die Lampen hatten den Boden seines Wohnzimmers in ein sanftes, warmes, karamellfarbenes Licht getaucht, gerade so hell, dass es den Ausblick auf die über dem Meer untergehende Sonne nicht trübte. Er musste schmunzeln, als er sich an die Zeit erinnerte, als er mit dem Befehl „Vivaldi und gemütliches Licht" eine Tirade an Fragen des Computers ausgelöst hätte: „Welche Aufnahme von Vivaldis ‚Die vier Jahreszeiten'? Die von Nigel Kennedy oder die von Lindsey Stirling? Von 2005 oder von 2035?" Und so weiter und so fort.

Viel hatte sich in den letzten dreißig Jahren auf dem Gebiet der Künstlichen Intelligenz getan und Jean Parker hatte einen großen Anteil daran.

Als Jean den Wein liebevoll entkorkte und sich ein Glas einschenkte, umschwebte ihn der Geruch von Erinnerungen aus Frankreich. Für ihn roch es nach fruchtbarer Erde, frischem Baguette und Pinienwäldern. Er musste unweigerlich an seinen ersten Urlaub mit Asuka vor zweiundvierzig Jahren denken. Sie waren damals zwei mittellose, leidenschaftliche Studenten der Artificial Intelligence im Fachbereich der experimentalen Psychologie an der Universität Oxford gewesen und campten durch Frankreich. Er erinnerte sich an den heißen Sommertag, als sie in Saint-Émilion Urlaub machten und die Felsenkirche besuchten. Asuka gruselte sich vor dem unterirdischen Friedhof und hielt sich ganz dicht bei ihm. Ihr Lächeln, als sie das Loch in der Decke entdeckte und ihr französischer Führer ihnen erklärte, dass durch dieses Loch die Seelen der unterirdischen Gruft entweichen könnten, war zauberhaft.

Wieder draußen an der frischen Luft lief Asuka voller Tatendrang zum nächsten Bäcker und kam mit einer Tüte voller köstlicher Kekse und einem Baguette zurück. Sie setzten sich, wie zwei verliebte Teenager, auf den kleinen Platz vor der Kirche. Als Asuka einen Tetra Pak mit Rotwein auspackte, den sie zwei Tage vorher in Bordeaux gekauft hatte, verschluckte sich Jean fast an seinem Keks. Sie sah ihn herausfordernd an und grinste über das ganze Gesicht. Jean schüttelte nur ungläubig den Kopf und stand auf. Er ging in die kleine Brasserie am Markt und kam mit zwei leeren Rotweingläsern zurück. Asuka lachte nur und schenkte ihnen den Rotwein aus dem Pappkarton in die Gläser ein.

Als sie die Gläser zurückbrachten, strahlte die Besitzerin der Brasserie sie an. Sie hatte die beiden bei ihrem Picknick beobachtet und die Liebe zwischen ihnen hatte ihr unwillkürlich ein Lächeln ins Gesicht gezaubert. Als Dank dafür schenkte sie ihnen eine Flasche Château Angélus, einen der besten Weine aus der Region. Diese Flasche hatten sie an dem Tag nach Mi Lous Geburt, viele Jahre später, gemeinsam getrunken. Niemals wieder hat ihm ein Wein so gut geschmeckt.

Seine Brust zog sich bei dem Gedanken an Asuka zusammen, er vermisste sie, die Liebe seines Lebens und die Mutter ihrer gemeinsamen Tochter. Asuka wusste immer, was das Richtige war, sie trug die perfekte Mischung aus Gefühl und Logik in sich. Warum hatte sie ihn bloß verlassen, sie, das Sprachrohr seiner Moral.

„Öffne deinen Geist", befahl der Abt. Karl tat, wie ihm geheißen wurde, und deaktivierte seinen inneren Schutzwall. Er setzte sich mit gesenktem Kopf an den Schreibtisch des Abtes. Seine Arme hatte er auf den Tisch aufgestützt, und seine Daumen drückten seitlich gegen seinen Nasenrücken. Auf diese Weise stützte er seinen Kopf und verlagerte sein Gewicht nach vorne. Er entspannte sich, während der Abt ihm eine matt-silberne Manschette, die an ein gewölbtes Kreuz erinnerte, auf den Nacken legte. Die Querflügel des Gerätes bestanden aus beweglichen Elementen, wie die Gliederkette eines Armbandes. Mit einem leisen Surren, umklammerten die zwei Querflügel seinen Hals von beiden Seiten und die Maschine zog sich in seinem Nacken fest. So fixiert schraubte sich eine Verbindungsnadel in den Kraniozervikalen Übergang. Der Kanal befand sich genau zwischen dem ersten und zweiten Halswirbel und stellte eine direkte Verbindung mit seinem Rückenmark her.

Der Abt initiierte mit Hilfe des Ichnographia-Moduls, das wie eine Landkarte des Gehirns funktionierte, sein Briefing direkt in Karls Kopf. Karl gehörte zu den wenigen ausgewählten Menschen, die mit einer Vielzahl von technischen Erweiterungen ausgestattet waren.

Im Alter von vier Jahren hatte der hochbegabte Karl einen Unfall, bei dem sein rechtes Auge vollständig zerstört wurde. Die Umstände konnten damals nicht geklärt werden, aber wahrscheinlich war häusliche Gewalt die Ursache. Die Nachbarn berichteten, dass der Junge regelmäßig brutal von seinem betrunkenen Vater geschlagen wurde.

Für die Ärzte stellte der arme Junge einen Glücksfall dar. Im Krankenhaus implantierten sie ihm ein aus Stammzellen gezüchtetes Auge, das mit einem subretinalen Chip versehen war. Wäre etwas bei diesem Experiment schiefgelaufen, hätte es niemanden gegeben, der sich beschwert hätte. Aber alles ging gut. Die Ärzte, die diese teure Operation erst möglich gemacht hatten, wurden als Wohltäter gefeiert, und der kleine Junge konnte schon nach zwei Wochen perfekt mit seinem künstlichen Auge sehen.

Seine schnelle Heilung erstaunte die Mediziner. Bei näherer Untersuchung des Phänomens entdeckten sie bei Karl eine ausgesprochene Gabe. Sein Immunsystem stieß das körperfremde Material nicht ab, im Gegenteil: Es wurde sofort akzeptiert, und sein Gehirn lernte immens schnell, die Informationen des Chips in Bilder umzusetzen. Nicht nur der Heilungsprozess verlief außerordentlich schnell, sondern auch die Bahnung der neuen Nervenzellen, die das Implantat mit dem Gehirn verband. Es schien fast so, als würde sein Nerven- und Immunsystem den Sinn hinter dem unbekannten Material erkennen – fremde schädliche Eindringlinge attackierte es nämlich weiterhin mit gewohnter Härte.

Der behandelnde Arzt sorgte damals dafür, dass der Junge aus seinem Umfeld herauskam und bei der Familie Scolari aufwuchs. Unter den Fittichen des Abtes wurde er nicht nur im Sinne der Nietzsche-Bruderschaft erzogen, sondern bekam auch jede erdenkliche technische Erweiterung seiner körperlichen Fähigkeiten. Er war der erste Mensch, dem ein

Junctura und später auch ein Ichnographia-Modul implantiert wurden.

Sein Junctura-Modul funktionierte wie ein erweitertes geistiges Kontrollzentrum. Vor seinem inneren Auge konnte Karl eigene und auch externe Daten verarbeiten und visualisieren. Zusätzlich erstellte das Ichnographia-Modul eine exakte Landkarte seines Gehirnes. Es speicherte die gesamten Verknüpfungsrouten und Informationen, die ein Gehirn im Laufe der Zeit verarbeitet. Das versetzte Karl in die Lage, Gedanken und Wissen aus allen möglichen Quellen direkt in sein Gehirn zu übertragen und darauf in Sekundenbruchteilen zuzugreifen. Immer noch Mensch, verfügte er aber über außerordentliche Fähigkeiten und Sinne, die bis dahin nur Maschinen vorbehalten waren.

Nach etwa fünf Sekunden löste sich die Manschette wieder und der Abt nahm sie behutsam ab. „Noch Fragen?"

Karl schüttelte den Kopf und machte sich auf den Weg. Der Abt blickte ihm hinterher und dachte, dass die Entdeckung durch Jean Parker seit langem die erste wirkliche Bedrohung für die Bruderschaft war.

Während etwa vierhundertfünfzig Kilometer entfernt ein Hubschrauber mit Karl an Bord geisterhaft leise in die noch junge Nacht hinein startete, saß Jean nach wie vor in seinem Sessel und hing seinen Gedanken nach. Im Gegensatz zu Asuka reizte ihn immer die Herausforderung des Undenkbaren und trieb ihn an. Er hatte nie ein Problem gehabt, Grenzen zu überschreiten. Bis vor sechs Monaten, als er seine aktuellen Forschungsergebnisse präsentiert hatte. Auf einem Kolloquium führender Wissenschaftler in Paris stellte er seine Ergebnisse zum Thema „Procedural Augmented Intelligence" vor. Mit dieser Technik würde es in naher Zukunft möglich sein, Algorithmen zu entwickeln, die es dem Gehirn erlaubten, sich rasant weiterzuentwickeln. So wie man bei der Pflanzenveredelung einen angespitzten Zweig einer edlen Pflanze in den Stamm einer einfachen Jungpflanze steckt, kann man eine sich selbst weiterentwickelnde künstliche Intelligenz auf ein lebendes Gehirn aufpfropfen.

Er nahm sich die Flasche Laphroaig und musterte den Whisky. „Der Mensch überwindet sich und seine Körperlichkeit und wird zum Übermenschen" murmelte er, während er sich ein Glas einschenkte. Genau diesen Satz hatte ihm dieser Giacinto Scolari, der ihm an diesem Abend vorgestellt wurde, zugeflüstert. Ja, er hatte von den Gerüchten über die Nietzsche-Bruderschaft gehört. Er trank einen großen Schluck Whisky, und es brannte, als der Laphroaig seine Kehle herunterrann.

Nie hätte er es für möglich gehalten, wie groß ihr Einfluss wirklich war. Ein großer Fehler, wie er jetzt wusste. Das Treffen mit Giacinto Scolari hatte ihn sehr nachdenklich gestimmt. Er programmierte daraufhin intelligente Crawler, die alle, mehr oder weniger frei zugänglichen Datenbanken nach Mustern, die auf die Nietzsche-Bruderschaft hinwiesen, durchsuchten. Die Daten wurden automatisch konsolidiert und an einen toten Briefkasten im Netz gesandt. Er ging extrem vorsichtig zu Werke und fand bereits nach zwei Tagen heraus, dass er selbst seit fünfunddreißig Jahren für die Bruderschaft arbeitete.

2020 hatte Jean seinen sehr gut bezahlten Forschungsjob bei einer Firma, die mit der Entwicklung einer Suchmaschine für das Internet groß geworden war, gekündigt. Er leitete die Entwicklungsabteilung für Künstliche Intelligenz und begleitete maßgeblich Projekte im Bereich autarker, sich selbst weiterentwickelnder, intelligenter Systeme. Heutige Dinge des täglichen Lebens wie der Universalübersetzer oder Transportmittel, die sich autonom durch den Verkehr bewegten, wären ohne seine theoretischen Grundlagen nicht denkbar gewesen. Aber sein Arbeitsumfeld gefiel ihm schon länger nicht mehr. Der Geist der Gründer, die die Welt zu einem besseren und interessanteren Ort hatten machen wollen, ging über die Zeit verloren. Schon lange hatten die Nadelstreifenanzüge die Führung übernommen. Außerdem hatte Asuka gerade ihre Habilitation „Computational Psychiatry and its effects on Humanity" beendet und war auf der Suche nach neuen Herausforderungen. Sie beschlossen, dass es an der Zeit für Veränderungen war.

Noch im selben Jahr fingen sie bei Ustranetics, einem in Genf ansässigen Unternehmen, an. Einem Unternehmen, das, wie er jetzt wusste, unter der Kontrolle der Bruderschaft stand. Ustranetics entwickelte bionische Prothesen und bioneurale Netze. Im Jahr 2019 machten sie mit einem neuen bildgebenden Verfahren zur Darstellung von Hirnaktivtät Furore. Die Möglichkeiten, die sich in der neuen Firma für die zwei jungen Forscher boten, waren exorbitant.

Jean fühlte sich wie ein Idiot. Fünfunddreißig Jahre hatte es gedauert, bis ihm klar wurde, dass seine gesamte Forschung nicht der Menschheit zu Gute kam, sondern lediglich einer kleinen elitären Sekte, deren Mitglieder sich für Übermenschen hielten. Das letzte halbe Jahr hatte er im Verborgenen damit verbracht, sich in ihre Netze einzuklinken. Er musste sie stoppen, doch heute hatten sie ihn erwischt.

Jean schaute auf die Uhr. Es war bereits fast Mitternacht. Die Sonne war schon lange untergegangen. Jean stand auf, ging in die Küche und schenkte sich Milch ein. Er nahm das Glas und tröpfelte mit einer Pipette ein paar Tropfen einer klaren Flüssigkeit hinein. Danach stellte er es auf die alte Anrichte im Flur, direkt neben der Haustür. Bevor er zum Sessel zurückging, öffnete er bedächtig die Glasvitrine am Wohnzimmereingang. Dort nahm er vorsichtig die vor einem Monat präparierte Drachenklaue heraus. Ein Andenken, das ihm Daichi, Asukas Großvater, zu seiner Promotion geschenkt hatte. Er mochte diesen kauzigen, alten Japaner, auch wenn seine Geschichten manchmal etwas sonderlich waren. Aber sie verband vom ersten Moment des Kennenlernens die gemeinsame Liebe zu Drachen.

Wieder in seinem Sessel, atmete er tief durch, den Blick in die dunkle Nacht gerichtet. Nach einem kurzen Moment schloss er die Augen – „Sorry, Mi Lou, aber ich darf denen nicht lebend in die Hände fallen, das wäre fatal." – und ritzte sich entschlossen mit der messerscharfen Drachenklaue in den angespannten linken Arm.

Jean sah zu, wie sich an dem Schnitt auf seinem Arm ein dicker roter Blutstropfen bildete. Er wurde langsam immer dicker und fetter, bis er sich entschloss, den Arm herunterzurinnen. Schließlich fiel er und wurde von dem flauschigen weißen Mohairteppich begierig aufgesogen. Von draußen trug der Wind den Klang einer alten Glocke durch die Nacht. Die Dorfkirche schlug Mitternacht. Jean wusste, dass ihm nur noch etwa eine Stunde blieb, dann würden die Schmerzen und Koordinationsstörungen beginnen. Der toxische Wirkstoff des Pfeilgiftfrosches verteilte sich gerade in seinem Körper. Nach und nach würde er seinen Muskelzellen die Fähigkeit nehmen, sich wieder zu entspannen. Nur das Gegengift, das in der Milch war, könnte diesen Prozess noch stoppen.

Nach einer Viertelstunde hörte er ein leises Knarren an der Eingangstür.

Ich hatte also recht, dachte Jean. Einen kurzen Augenblick später stand Karl hinter ihm im Eingang zum Wohnzimmer.

„Guten Abend, Karl", begrüßte Jean seinen Gast, drehte sich aber nicht zu ihm um.

„Lieb, dass du mir wie früher immer ein Glas Milch bereitgestellt hast. Du hast mich also erwartet?", sagte Karl, während er vor seinem inneren Auge das taktische Display analysierte. „Wir waren uns nicht sicher, ob du wusstest, dass wir deinen kleinen Einbruch in unser Netz heute Nachmittag bemerkt hatten."

Mit seinen erweiterten Sinnen scannte er das gesamte Haus nach Auffälligkeiten. Das Bild, das sich vor seinem inneren Auge ergab, war faszinierend. Zwei implantierte Zähne sendeten kontinuierlich Töne im Ultraschallbereich aus, wohingegen zwei weitere diese Signale empfingen und über den Schädelknochen direkt an einen bildgebenden Chip unterhalb des Sehnervs weiterleiteten. Dort kamen auch die Signale der Augen, die ein Spektrum von infrarot bis ultraviolett abdeckten, an und wurden zu einem dreidimensionalen Bild der Umgebung verarbeitet, das Karl auf seinem inneren Display sehen und analysieren konnte. Er entdeckte keine Auffälligkeiten.

„Du enttäuscht mich, Jean; ich dachte du würdest mir mehr Widerstand leisten. Stattdessen stellst du mir ein Glas warme Milch zur Begrüßung hin. Ich habe mir auf dem gesamten Flug hierhin überlegt, wie ich es schaffen könnte, dich möglichst unversehrt zur Bruderschaft zu bringen, und jetzt machst du es mir so einfach."

Noch während der Entdeckung von Jeans Eindringen in das System, hatte die Bruderschaft die gesamten Datenverbindungen in der Umgebung von Jeans Grundstück gekapert und die entsprechenden Mobilfunkwaben unter ihre Kontrolle gebracht. Ein geostationärer Satellit versorgte die Bruderschaft ständig mit einem hoch aufgelösten Überwachungsvideo des Hauses. Seit seinem Briefing hatte Karl diese Informationen auf seinem taktischen Display. So konnte er sicher sein, dass weder Jean noch irgendwelche Daten das Haus verlassen hatten.

„Karl, ich kenne dich wahrscheinlich besser als du dich selbst und weiß genau, wozu du fähig bist. Als du mir damals in Genf vorgestellt wurdest, warst du noch fast ein Kind. Wie alt warst du damals? Zehn?"

„Ich war dreizehn. Und du warst zumindest so höflich, mich anzusehen, als wir uns begrüßten", entgegnete Karl.

Jean drehte sich mit seinem Stuhl zu Karl um und runzelte die Stirn. „Oh, entschuldige, ich vergesse meine gute Erziehung. Santé!" Er prostete ihm mit seinem Rotwein zu.

„Zum Wohl", erwiderte Karl und trank einen Schluck Milch. „Du hast mir damals geholfen, die Datenflut in meinem Kopf in den Griff zu bekommen. War eine schwere Zeit für mich."

„Echt?", fragte Jean ironisch, „ich dachte, du würdest mir erzählen, dass diese Zeit wunderbar gewesen wäre. Oder hast du schon mit dreizehn die ersten unliebsamen Leute für die Bruderschaft aus dem Weg geräumt?" Jean wurde ärger-

30

lich. „Ich war ein Idiot, ein blinder Volltrottel. Ich dachte, du wärst ein Segen für die Wissenschaft, ich mochte dich und wollte dir helfen, deine unglaublichen Gaben zu nutzen."

„Du warst ein arroganter, erfolgsgetriebener und skrupelloser Wissenschaftler. Du hattest nur nie den Schneid, das offen zuzugeben. Sonst wäre dir deine Asuka schon viel früher davon gelaufen. Wir kennen uns schon seit fünfunddreißig Jahren. Dein Interesse an mir war doch nur aus dem Wunsch heraus entstanden, die Grenzen des Möglichen immer weiter einzureißen. Schwing bitte nicht das Schwert der moralischen Instanz, du könntest dich selbst tief ins Fleisch schneiden."

Jean schaute Karl nachdenklich an. „Vielleicht hast du recht und ich bin ein Kamel." Ein Krampf durchzog ihn, und er hatte Mühe, sich nichts anmerken zu lassen.

„Du bist ein Kamel", versicherte Karl ihm. „Hättest du damals nur den Mut gehabt, dich über die anderen zu stellen. Hättest du offen für dich beansprucht, besser zu sein, du hättest einer von uns werden können. Du hättest nur vor allen laut schreien müssen: ‚Ich will'. Die Bruderschaft war kurz davor, dich in ihren Kreis aufzunehmen. Aber deine japanische Schönheit, Asuka, hielt dich davon ab, und trotzdem hat sie dich verlassen. So ist dir am Ende nichts geblieben."

„Der Löwe lehnt sich gegen den Drachen auf, die zweite Verwandlung bei Nietzsche. ‚Du sollst' heißt der große Drache. Aber der Geist des Löwen sagt ‚Ich will'. Du bist also ein Löwe, Karl?"

Karl trank sein Glas Milch aus und trat nervös an Jean heran. „Was ist los mit dir, warum schwitzt du so? Du hast Temperatur!"

„Also sprach Zarathustra – oder soll ich sagen dein Pflegevater Giacinto Scolari? Wusstest du, dass Zarathustra ‚Besitzer goldfarbener Kamele' bedeutet?" Jean grinste Karl an.

„Woher weißt du, dass Giacinto mein Pflegevater ist?"

Karl war irritiert. Jean musste mehr herausgefunden haben, als die Bruderschaft angenommen hatte. Er nahm Jean am Kragen und wollte ihn in die Luft heben. Aber ihm versagten die Beine. Sofort initiierte er sein Selbstdiagnoseprogramm, und das Ergebnis war erschütternd. Er hatte ein Nervengift in sich, das seine Muskeln lähmte. „Was war in der Milch, du Teufel?", schrie er, außer sich vor Wut.

„Mein Gegengift, und du hast es getrunken." Jean, sichtlich unter seinen Schmerzen leidend, versuchte ein Lächeln. „Ich musste sicher gehen, dass ihr mich nicht lebendig bekommt. Also habe ich mich mit dem Toxin des Goldenen Pfeilgiftfrosches infiziert."

Karl war fassungslos, während er gleichzeitig über seinen Uplink die Suche nach dem Antidot für das Gift startete. Er ärgerte sich maßlos über seine Unachtsamkeit, dann zeigte ihm sein inneres Display das Gift. „Fugu, das Gift des Kugelfisches!", rief er aus.

Jean zwang sich zu einem Lächeln. „Du hast die Wahl, noch kannst du versuchen, dich zu retten, aber du musst schnell handeln."

Karl wusste, dass Jean recht hatte. Er ging seine Optionen durch. Sein taktisches Display sagte ihm eine Überlebenswahrscheinlichkeit von siebzig Prozent voraus. Jede Minute, die er hier länger blieb, kostete ihn ein weiteres Prozent. Er musste es hier und jetzt mit Jean zu Ende bringen und sich so schnell wie möglich mit dem Antidot versorgen. Er hob künstlich seinen Adrenalinspiegel an und baute sich hinter Jean auf.

„Ich liebe Drachen, wusstest du das?", brachte Jean noch hervor, bevor Karl ihn anhob und ihm in einer fließenden Bewegung das Genick brach.

Jean sackte tot in sich zusammen.

„Verdammt!", schimpfte Giacinto mit hochrotem Kopf, als Karl ihn über die Ereignisse informierte. „Finde heraus, was Jean wusste, und kümmere dich um seine Tochter!"

ROB, DER STALLJUNGE VON SKARGNESS

Draußen war es noch dunkel, aber Rob, der einen leichten Schlaf hatte, wurde wie fast jeden Morgen von dem lauten Trillern der Zaunkönige, die im Burggarten lebten, geweckt. Sein Lager befand sich, zusammen mit den anderen niederen Bediensteten, über dem Stall, der wie der Burggarten in der vorderen Hälfte der Burg Skargness lag. Er schloss direkt an die nördliche Burgmauer an, eingerahmt von der Brauerei und der Schmiede.

Er sog die frische Luft in sich ein und spürte die morgendliche Kälte in seinem Gesicht. Der Rest von ihm war noch warm und kuschelig in seine Decke eingehüllt. Neben sich vernahm er den ruhigen Atem der anderen, die noch alle fest schliefen. Im Schutz der Ruhe, bevor das Leben auf der Burg erwachte, hörte er das Rascheln der Ratten im Stroh auf der Suche nach Essbarem. Nur der gute Ulbert schnarchte so laut, dass er fast alles andere übertönte.

Rob musste unwillkürlich lächeln. Ulbert, der alte Stallmeister, war für ihn wie ein Vater. Von seinem leiblichen Vater wusste Rob überhaupt nichts, und seine Mutter hatte ihn als Baby vor den Toren der Burg ausgesetzt. Ulbert war es gewesen, damals vor siebzehn Jahren, der ihn, nur in ein warmes Tuch eingehüllt, vor der Burg fand. Er hatte dieses kleine Bündel sofort in sein großes Herz geschlossen. Niemand aus dem kleinen Städtchen Alryne, das sich direkt im Osten an die Burg anschloss, kannte Robs Mutter. Sie war wohl auf der Durchreise gewesen und hatte laut Augenzeugenberichten auch sehr verarmt ausgesehen.

Bevor Ulbert den kleinen Rob mit hinein in die Burganlage hatte nehmen dürfen, hatte Bennett, der Burgmagier, ihn gründlich auf versteckte Dämonen und heimliche Zauber untersucht. Die Angst, dass sich dunkle, ungebetene Mächte Zugang zur Burg zu verschaffen suchten, war extrem groß. An sämtlichen Eingängen und Türmen von Skargness saßen magische Wächter, uralte Gargoyles, die sofort bei dem leisesten Anzeichen unbekannter und fremder Magie Alarm auslösten und den potentiellen Eindringling in die Flucht schlugen. Aber sowohl die Gargoyles als auch Bennett fanden bei Rob kein Anzeichen fremder Magie. Letztendlich durfte Ulbert den kleinen Rob daher mit auf die Burg bringen.

Ulbert brachte ihn zuerst zu Gwyneth, der gutmütigen, korpulenten Köchin, die sich liebevoll um den Jungen kümmerte, bis er sieben Jahre alt war. Danach kam er als Stalljunge zu Ulbert. Aber eigentlich war er, seit er denken konnte, schon immer im Stall bei den Pferden gewesen. Er konnte sich nicht erinnern, ob er zuerst laufen oder reiten konnte. Manchmal, wenn es die Zeit zuließ oder wenn Ulbert und er zusammen die Pferde ausbildeten, erzählte der alte Mann ihm fantastische Geschichten und Sagen aus der alten Zeit, als die mächtigen Menschendrachenwesen, die Ryūjin, das Böse noch unter Kontrolle hatten.

Rob war inzwischen siebzehn und kein Kind mehr. Er hatte ein kantiges, breites Gesicht, blondbraunes Haar und blaue Augen. Die viele harte Arbeit im Stall hatte seinen Körper muskulös und kräftig geformt. Sein Kreuz war breit wie das eines Ochsen. Sein unbeholfener Gang, die wilden, ungepflegten, fettigen Haare und die letzten verbliebenen Pickel ließen ihn allerdings unscheinbar und jünger erscheinen.

Rob blieb noch einen kleinen Augenblick liegen, hing seinen Gedanken nach und lauschte den morgendlichen Geräuschen. Dann stand er leise auf, streifte sich sein Leinenhemd über und zog die ziemlich abgewetzte Lederhose an. Seine abgetragenen Stiefel nahm er in die Hand und schlich barfuß langsam die Treppe herunter. Er wollte sich heute mit seiner Arbeit beeilen. Vielleicht blieb ihm dann nachher noch Zeit, sich mit Pantaleon, dem Lehrling des Schmiedes, zu treffen.

Unten angekommen versuchte er, in seine etwas zu eng geratenen Stiefel zu schlüpfen. Auf einem Bein stehend, sah er aus wie ein Baum, der sich im starken Wind wiegte. Rob versuchte angestrengt, sein Gleichgewicht zu halten.

Plötzlich verspürte er hinter sich einen warmen Atem.

„Nein, tu es nicht!" schrie er. Aber da war es schon zu spät. Lynir hatte Rob bereits mit einem kräftigen Kopfstoß aus dem Gleichgewicht gebracht. Rob konnte sich gerade noch abrollen und landete unsanft auf dem strohgedeckten Boden.

„Du mieser kleiner Gaul, dir werde ich es zeigen!"

Aber Lynir, das riesige, schwarzweiß gescheckte Shire Horse von Burkhard Bailey, dem Neffen des Burgherrn, legte nur seinen mächtigen Kopf schief. In seinen großen schwarzen Augen stand die pure Unschuld geschrieben.

„Ja du, du verlauster Bastard aus der unglücklichen Verbindung einer Milchkuh mit einem störrischen Esel."

Der Hengst senkte beleidigt den Kopf und lugte traurig unter seiner schwarzen Mähne hervor. Rob musste unwillkürlich lachen, stand auf und klopfte sich das Stroh vom Körper. „He, ich hab es nicht so gemeint, du edles Schlachtross." Lynir drehte sich demonstrativ weg von Rob. „Lynir, komm, sei wieder lieb. Ich hab auch was Leckeres für dich."

Rob zauberte etwas Hafer aus seiner Hosentasche. Lynir spitze die Ohren und drehte sich wieder zu Rob. Er fraß den Hafer aus seiner ausgetreckten Hand und ließ sich wohlig grummelnd die Stirn kraulen. Rob liebte das Gefühl der weichen Nüstern, die über seine Hand schoberten und versuchten, den Hafer zu fassen zu bekommen. „Tut mir leid, aber ich muss los. Ulbert möchte, dass ich von Bauer Radcliffe eine Wagenladung Stroh hole. Sonst stehst du ab morgen auf dem harten Steinboden. Aber nachher trainieren wir noch, versprochen."

Lynir schnaubte zustimmend und ließ Rob ohne weitere Mucken gehen. Der zog sich seine Stiefel, diesmal sicherheitshalber auf der Treppe sitzend, an. Aus der Vorratstruhe füllte er noch schnell seine Taschen mit Hafer und begrüßte die anderen Pferde, bevor er zu Arlas und Arras, den beiden Arbeitspferden, ging. Er nahm das Zaumzeug von der Wand. Bereitwillig ließen die Tiere sich ihr Kutschgeschirr überziehen. Als er mit den gezäumten Pferden im Schlepptau den Stall verließ, dämmerte es bereits.

„Ihr geht schon mal zum Wagen vor, ich mach noch einen Abstecher in die Küche."

Gehorsam trotteten die beiden Pferde Richtung Schmiede, während Rob in die andere Richtung ging. Er lief an der Quelle, die den inneren Burgweiher speiste, vorbei, weiter über die kleine Zugbrücke zur Küche.

Die Brücke verband die Vorburg mit der Hauptburg, in der sich die herrschaftlichen Gebäude, das Zeughaus mit der Unterkunft für die Garde, die Küche und das Vorratsgebäude befanden. Der Durchgang war von zwei grimmig dreinblickenden Wachen geschützt. Zwei weitere Wachen waren in einem kleinen Raum ein Stockwerk höher, der nur von der inneren Hauptburg aus zu erreichen war. Von dort hatten sie einen guten Blick auf den Durchgang und konnten bei Gefahr mit einem einzigen Handgriff die kleine Zugbrücke in sich zusammenfallen lassen.

Oberhalb des Torbogens gab es zwei Nischen, etwa anderthalb Meter hoch und einen halben Meter tief. Darin hockten, ganz starr, fast wie aus Stein gehauen, zwei furchterregende Gargoyles, die zusätzlich jegliche fremde Magie erkennen und abwehren konnten. Spürten die Gargoyles eine Gefahr, beschworen sie mit ihrem Blick einen Erdzauber, der den Gegner im Bruchteil einer Sekunde zu Stein werden ließ. Ein kundiger Magier allerdings konnte einen Gegenzauber wirken und denjenigen wieder zurück verwandeln.

„Guten Morgen", grüßte Rob die mit Hellebarde und Kurzschwert bewaffneten Wachen knapp und blieb zögerlich stehen. Er wusste, dass ihnen vom langen Stehen sämtliche Glieder schmerzen mussten und ihre Laune eine Stunde vor Wachwechsel nicht sonderlich gut sein würde. Trotzdem oder gerade deshalb wartete er auf ein Zeichen, das ihm den Durchgang erlaubte. Die eine Wache musterte ihn kurz und nickte ihm mit verkniffenem Mund zu. Natürlich kannten die Wachen jeden in der Burg, aber es war unklug, einfach an ihnen vorbeizugehen, ohne auf ein Zeichen zu warten. Rob ging weiter und spürte die Augen der Gargoyles auf sich gerichtet. Die Blicke empfand er als extrem unangenehm und obwohl sie ihn nicht verzauberten, bildete er sich ein, dass seine Gelenke steifer wurden. Er war immer froh, wenn er den Durchgang in die Hauptburg passiert hatte. Auch wenn es nur zehn Sekunden dauerte, fühlte es sich jedes Mal wie eine kleine Ewigkeit an. Erleichtert schlenderte er an dem inneren Weiher, der von beiden Burgteilen zugänglich war, vorbei und huschte in die Küche.

Hier roch es herrlich nach gebackenem Brot. Die Vorbereitungen für das große Turnier waren in vollem Gang. Die gute Gwyneth herrschte über ihre Leute mit strengem, aber auch liebevollem Regiment.

„Guten Morgen, mein Schatz, schon so früh auf den Beinen?", begrüßte sie ihn und gab ihm einen Kuss. Rob konnte gerade noch den Kopf senken, so dass ihr Kuss auf seiner Stirn landete. Für Rob war Gwyn seine Mutter. Seine leibliche hatte er schließlich nie kennengelernt. Gwyn war es gewesen, die sich damals, als er vor der Burg ausgesetzt wurde, liebevoll um ihn gekümmert hatte, als wäre er ihr eigenes Kind.

„Schau mal, Matty, wie groß er geworden ist! Er wird mal ein richtiger, stattlicher Mann. Nicht so ein Klappergestell wie der junge Herr Burkhard", tönte Gwyn quer durch die Küche zu Matty.

Matty war Mitte Zwanzig, hatte ein rosiges Gesicht, einen üppigen Busen, blonde Haare und meistens ein Lächeln auf ihren vollen Lippen. Sie war eine hübsche, gemütliche junge Frau, die gerade dabei war, einen weiteren Brotteig zu kneten. „Pass auf, was du sagst, Gwyn, du weißt, dass die

Wände hier Ohren haben", antwortete sie und schaute argwöhnisch zu der Wand hinter ihr.

Rob fühlte, wie ihm das Blut in den Kopf schoss. Gwyn hatte durch ihre direkte Art ein Händchen dafür, ihn in peinliche Situationen zu bringen. Außerdem war es nicht ungefährlich, sich über den Neffen des Burgherrn lustig zu machen.

„He, stattlicher Pferdeflüsterer", mischte sich jetzt auch noch der drahtige Knecht Willmot ein, der gerade dünne Scheiben von einem saftigen Schinken schnitt. „Ist dir so heiß oder warum glüht dein Kopf so rot wie ein wunder Babypopo?"

„Ey, lasst meinen kleinen Rob in Ruhe", verteidigte Matty Rob gespielt aufgebracht und zwinkerte ihm neckisch zu.

„Aber wenn es doch so ist – der Kerl leuchtet doch heller als das Herdfeuer", frotzelte Willmot weiter.

„Lass dich nicht ärgern, mein Schatz", sagte Gwyn zu Rob. „Willmot ist bloß neidisch auf dich, weil er selbst auf Matty steht. Aber so steif und eiskalt, wie der ist, wird der nie eine Chance bei ihr haben."

„Pah, dann halte ich eben meinen Mund. Da traut man sich einmal, den jungen Herren aufzuziehen, und schon habe ich die geballte Weiblichkeit der Küche gegen mich aufgebracht", beschwerte sich Willmot Mitleid heischend.

„Och, du Armer", antworteten die beiden Frauen wie aus einem Mund.

Rob ärgerte sich, dass er immer so schnell rot wurde, und versuchte tapfer, die Situation zu überspielen. „Ich muss heute Vormittag zu den Radcliffes raus, um Stroh zu holen. Kannst du mir bitte was zu essen für den Weg mitgeben?"

„Klar, mein Schatz, mach ich. Wenn du Gladys Radcliffe siehst, grüß sie bitte lieb von mir, ja?"

Gwyn schnitt ihm ein halbes Brot ab und nahm ein großes Stück Hartkäse aus dem Regal. „Willmot, du unnützer Kerl. Wenn du dich bei deinen Küchenweibern wieder beliebt machen willst, schneide Rob doch bitte etwas von dem Schinken ab."

Rob wollte protestieren, er wollte nicht, dass irgendjemand seinetwegen Ärger bekam. Schinken für den Stallburschen, das war entgegen aller Vorschriften. Wenn Bertramus, der beflissentliche Burgvogt, das mitbekommen würde, gäbe das richtigen Ärger.

Willmot säbelte zwei schöne Scheiben von dem Schinken ab, sagte dabei „Zu Befehl, du Traum meiner schlaflosen Nächte, aber dir ist schon klar, dass mir das zehn Peitschenhiebe einbringen könnte?" und gab sie Rob.

„Du meinst wohl Albtraum", fing Matty an, um die Stimmung wieder aufzuheizen.

„Ich mein ja nur", sagte Willmot, der sich zu wenig beachtet fühlte.

Rob verstaute schnell Brot, Käse und Schinken in seinem Beutel und machte sich aus dem Staub. Als er die Tür hinter sich schloss, hörte er noch, wie die drei sich weiter gegenseitig aufzogen.

In einer Höhle im Druidengebirge, etwa einhundert Kilometer nördlich von Alryne und der Burg Skargness entfernt, lagen zwei Walddrachen eng ineinander verschlungen. Sie liebten es, mit dem Kopf jeweils auf der Drachenglut, dem in der Brust lodernden Ursprung des Drachenfeuers, des anderen zu liegen. Sie unterhielten sich gerade intensiv über ihren Sohn Fuku, der noch fest im hinteren Teil der Höhle schlief. Phytheon, Fukus Vater, machte sich große Sorgen.

„Langsam weiß ich nicht mehr, was ich von Fukus Eskapaden halten soll. Gestern Nacht, nach ihrer Ankunft, hat mich Chocque zu sich bestellt. Er war aufgebracht und hat mir gedroht, Fuku nicht weiter zu unterrichten. Ihm fehle es an Respekt, Fleiß und der nötigen Einstellung. Morgens sind die beiden zu dem Basiliskengebiet, tief im Druidengebirge, geflogen. Chocque wollte Fukus Widerstandskraft gegen die tödlichen Blicke der Basilisken trainieren. Wenn Fuku diese

Aufgabe gut gelöst hätte, sollte er einen Basilisken zum direkten Kampf herausfordern.

Auf halben Weg haben sie Rast gemacht, um ein Paar Steinböcke zu jagen. Fuku kam nicht, wie besprochen, nach einer Stunde zum vereinbarten Treffpunkt, also hat Chocque nach ihm gesucht. Nach kurzer Zeit hat er ihn gefunden. Fuku war zur Baumgrenze geflogen und hat sich im Wald auf einer Lichtung niedergelassen. Dort, sagt Chocque, habe er ihn erwischt, wie er heimlich gegrast hat. Er hat Chocque gestanden, dass er Vegetarier sei, und ihn gebeten, uns nichts davon zu erzählen. Als Erklärung habe er ihm erzählt, dass er vom Töten immer Albträume bekomme. Nachts würden ihn die Augen seiner Opfer verfolgen und seine Drachenglut mit ihren Tränen löschen."

Chiu, Fukus Mutter, brach in ein schallendes Gelächter aus. „Unser Fuku Vegetarier?", prustete sie. Sie hatte Tränen in den Augen. „Du meinst, der Drache, der seit seiner frühsten Jungdrachenzeit ein gnadenloser Jäger ist, hat dem alten ehrwürdigen Meister Chocque ernsthaft erklärt, er habe Probleme zu töten? Der hat ihm das aber nicht wirklich geglaubt, oder?"

Nun musste selbst Phytheon ungewollt schmunzeln. „Na ja, doch, es sieht so aus, als würde Chocque das noch glauben. Aber darum geht es hier nicht."

„Und wie hat er sich bei den Basilisken geschlagen?", wollte sie immer noch lachend wissen.

„Dazu ist es gar nicht gekommen. Chocque hat die Aktion abgebrochen, und sie sind sofort zurückgeflogen. Nach seiner Rückkehr hat er mich zu sich kommen lassen. Er bat mich eindringlich, mit Fuku zu reden. Alle sind so kurz vor der anstehenden Drachenwahl sehr angespannt. Der Friede zwischen den Magiern der reinen Lehre und denen der alten Magie ist sehr brüchig geworden. Immer wieder marodieren einzelne Magier mit ihrem Gefolge durch das Land, verwüsten ganze Dörfer und machen Jagd auf Anhänger der alten Magie. Sie nennen sich selbst Missionare der reinen Magie. Auch Kaiser Theobaldus hat sich eindeutig zur reinen Lehre bekannt, auch wenn er im Abkommen von Greifleithen allen Magiern freie Ausübung ihrer Magie zugesichert hat. Man munkelt, sein Erzmagier Wilhelm Mortemani lenke die Geschicke am Hof und Theobaldus sei nur eine willenlose Marionette. Wir brauchen jeden Verbündeten, und die Drachenwahl ist die Chance, Lord Bailey dauerhaft fest an uns zu binden. Aber Chocque befürchtet, dass unser Sohn den anstehenden Aufgaben nicht gewachsen ist."

Chiu wurde bei seinen Worten nachdenklich, und Phytheon fuhr fort: „Du weißt, wie wichtig die Erneuerung des Bandes zwischen den Drachen und den Menschen gerade jetzt ist. Mortemani schart immer mehr Verbündete um sich, und in vielen Teilen des Reiches gilt die alte Magie schon als Hexerei. Wenn Mortemani mit seinem Bestreben, Magus Maximus zu werden, Erfolg hat, sehe ich schwarz für uns. Er treibt einen Keil zwischen uns und die Menschen. Vielerorts wird die alte Verbindung der Drachen mit den Menschen bereits als widernatürlich angesehen. Und auch hier bei uns brodelt es schon mächtig."

„Du hast ja recht", stimmte ihm Chiu zu, „aber ich glaube, Fuku hat Angst vor dieser großen Verantwortung. Alle schauen sie auf ihn und eigentlich ist er doch noch ein Kind. Ich kann verstehen, dass er alles versucht, damit ein anderer Drache das Band neu knüpft."

„Ja, aber wir sind nun mal Rius, und Fuku ist ein rechtmäßiger Erbe des goldenen Drachen. Fürst Bailey erwartet für seinen Sohn einen standesgemäßen Drachen. Er lässt Burkhard seit neun Jahren nur von den besten Lehrern auf seine Rolle als Drachenmagier vorbereiten. Seine Ausbildung ist mindestens genauso gut wie die von Fuku. Das Band kann nur durch Fuku erneuert werden. Ich kann doch auch nichts dafür, dass wir in diesen unsicheren Zeiten leben."

„Du solltest dich mal in Ruhe mit ihm unterhalten", schlug Chiu vor. „So von Vater zu Sohn. Geht zusammen jagen oder fischen. Früher seid ihr oft zusammen los und habt dabei jedes Mal einen Heidenspaß gehabt."

„Ich, mit ihm reden? Glaubst du, das ist eine gute Idee? Er hört mir doch eh nicht mehr zu."

„Glaub mir, er hält sehr viel von dir. Und wenn du ehrlich mit ihm bist und versuchst ihn und seine Sorgen zu verstehen, dann wird das schon. Glaub mir. Unser Fuku hat das Herz am rechten Fleck, und schlau ist er auch. Zugegeben, er ist manchmal etwas frech und faul, aber das erinnert mich an einen anderen jungen Drachen, in den ich mich vor langer Zeit verliebt habe."

„Das sehe ich anders", widersprach Phytheon. „Ich habe immer meine Pflichten erfüllt und war nicht ansatzweise so widerspenstig."

„Aha", gab Chiu knapp zurück. „Trotzdem: Rede vernünftig mit ihm und nimm ihm den Druck. Versuch ihn zu verstehen, dann wird alles gut."

Phytheon stand auf und ging in den hinteren Teil der Höhle, wo Fuku noch fest schlief. Er stieß Fuku sanft an. „Aufwachen, Fuku." Doch der gähnte nur, räkelte sich und rollte sich wieder gemütlich ein. „Fuku, aufwachen", versuchte Phytheon es wieder. „Lass uns zusammen frühstücken fliegen."

„Hab noch keinen Hunger", gab Fuku zurück, ohne die Augen zu öffnen.

„Los jetzt, du Faulpelz." Phytheon stieß Fuku schon etwas unsanfter in den Bauch, wofür Chiu ihm einen bösen Blick zuwarf. Phytheon fühlte sich ertappt und schaute hilflos erst auf Chiu, dann auf seinen Sohn. „Wenn du magst, können wir auch zusammen junge grüne Baumtriebe mümmeln", versuchte er es erneut.

Fuku grinste breit und riskierte ein Auge. „Hat Chocque also doch gepetzt?"

„Na ja, vielleicht ein bisschen. Komm, lass uns losfliegen und sehen, was Mutter Natur uns auftischt. Was hältst du von Fisch?"

„Au ja, super Idee." Fuku war plötzlich hellwach. „Hi, Mom." Er lief an Chiu vorbei und schwang sich vor dem Ausgang der Höhle in den Himmel. Dort stand er erwartungsvoll in der Luft. „Wo bleibst du, Dad? Dachte, du hast Hunger?"

Phytheon atmete tief durch und blickte zu Chiu. Die schaute ihn nur aufmunternd an und sah zufrieden aus. „Ok, dann los." Phytheon schwang sich mit seinen mächtigen Schwingen in die Luft und folgte seinem Sohn, der vorausgeeilt war.

Rob ging an der Brauerei und den Ställen vorbei direkt zur Schmiede, wo Arlas und Arras neben dem Pferdekarren treu auf ihn warteten.

„Brav, ihr beiden." Rob klopfte den Pferden liebevoll auf den Rücken und spannte sie vor den Karren. Warum kann der Umgang mit Menschen nicht so einfach sein wie der mit Tieren, dachte Rob. Die Tiere um ihn herum konnte er verstehen, so als würden sie mit ihm reden. Die Menschen verstand er jedoch nicht, obwohl sie mit ihm redeten.

Er zog nochmal das Kutschgeschirr fest und ging los zum Haupttor. Arlas und Arras folgten ihm mit dem Wagen im Schlepptau. Das Klackern der Hufe und das laute Rumpeln der Wagenräder auf dem Kopfsteinpflaster des Innenhofs hallten durch die morgendliche Ruhe der Vorburg. Die Wachen am Haupttor erwarteten ihn schon.

„Hallo, Robin, wohin des Weges?", fragte ihn der grobschlächtige Wächter, der Rob sehr gern mochte.

„Ich muss raus zu den Radcliffes und eine Fuhre Stroh für die Ställe holen."

Die Wächter öffneten das große, mit Metallbeschlägen verstärkte Holztor, und Rob ging durch die mindestens drei Meter dicken Mauern der Vorburg auf den äußeren Burgvorhof. Der Magische Turm zu seiner Linken und der große Wachturm auf der rechten Seite begrenzten die Vorburg nach Osten und ragten hinter ihm fast fünfunddreißig Meter steil in die Höhe.

Das Tor hinter ihm wurde wieder geschlossen, damit der Wächter das Kommando für das Hinablassen der Zugbrücke geben konnte.

„O. k., Clem, lass die Brücke hinunter", gab die erste Wache das Kommando.

„Aye!" Mit lautem Rasseln rollten sich die zwei dicken, schmiedeeisernen Ketten von den Winden und ließen die Brücke hinunter.

Der Vorhof der Burg war genau wie der Rest der Burg von hohen Mauern mit einem Wehrgang umgeben. Während Rob darauf wartete, dass die Zugbrücke vollständig heruntergelassen wurde, hatte er das Gefühl, eine Bewegung im obersten Fenster des magischen Turmes zu sehen. Und tatsächlich, als er sich umdrehte, sah er Bennett, den Burgmagier, an dem höchsten Fenster des fünfstöckigen Turmes stehen, den Blick in die Ferne gerichtet. Es sah so aus, als würde er auf etwas warten. Und tatsächlich ließ die gerade im Osten aufgehende Sonne ein schwarzes Federkleid gegen den dunklen Himmel aufblitzen. Ein pechschwarzer Rabe flog, aus Süden kommend, direkt auf den magischen Turm zu. Als Rob genauer hinsah, fiel ihm auf, dass der Rabe von zwei Battyrs verfolgt wurde. Die Battyrs waren eine Art magische Fledermaus, mit einer Spannweite von etwa einem halben Meter. Sie waren extrem ausdauernd und hatten unschöne, lange, spitze Zähne, mit denen sie sogar Tiere so groß wie Ochsen zerfleischen konnten.

Für einen Magier war es ein Leichtes, eine permanente magische Verbindung zwischen sich und einem Battyr zu beschwören. Der Magier konnte dann aus weiter Entfernung durch die Augen des Battyrs sehen und ihn nach seinem Willen lenken.

Der Abstand zwischen dem Raben und seinen Verfolgern wurde immer kleiner. Plötzlich drehten zwei der Gargoyles, die direkt unter den Zinnen des magischen Turmes saßen, in einer ruckartigen, kaum wahrnehmbaren Bewegung ihren Kopf in Richtung der Battyrs. Je ein roter Blitz zuckte aus ihren Augen und traf die Verfolger, die sofort wie Steine vom Himmel fielen. Noch bevor die Battyrs auf dem Boden aufschlugen und zersplitterten, hatten die Gargoyles wieder ihre ursprüngliche Position eingenommen und waren zu

Stein erstarrt. Der Rabe erreichte das Turmfenster und landete auf dem ausgestreckten Arm von Bennett.

„Sag mal, Rob, willst du hier Wurzeln schlagen, du Guck-in-die-Luft?", frotzelte die Wache. „Träumen kannst du im Bett, nicht hier. Mach, dass du loskommst, wir können die Brücke nicht ewig unten lassen."

Rob sah gerade noch, wie Bennett zu ihm nach unten sah, als er sein Fenster schloss. „Entschuldigung, ich geh ja schon", gab Rob kleinlaut von sich. Die Wachen waren darauf trainiert, die Zugänge zur Burg nur so lange, wie unbedingt nötig, passierbar zu halten. Deswegen mochten sie es gar nicht, wenn jemand bei den Toren trödelte.

In dem Moment, als das Hinterrad des Pferdegespanns von der Zugbrücke herunter war, zogen die Wachen die Brücke schon wieder hoch. Rob, der hinter dem Wagen ging, strauchelte kurz und musste das letzte Stück springen. Die Wachen grinsten frech und lachten sich kaputt.

„Schaut mal, unser Pferdejunge stakst durch die Gegend wie ein volltrunkener Storch."

„He, Junge, geh doch mal wie ein richtiger Mann, du läufst ja, als hätte dir jemand Klingen unter die Arme gebunden." Die Wachen grölten und hatten ihren Spaß.

Arlas und Arras fielen in einen leichten Trab, als ob sie Rob so schnell wie möglich aus dieser Situation herausbringen wollten. Rob sputete sich, sprang auf den Wagen auf und kletterte nach vorne auf den Kutschbock. Er war die derben Scherze der Wachen gewöhnt, eigentlich mochten sie ihn, aber der Dienst am Tor bot sonst keinerlei Spaß.

Das kleine Städtchen Alryne erwachte langsam zum Leben. Rob fuhr den mit Steinen gepflasterten Weg von der Burg hinunter. Rechts von ihm, der Burg zu Füßen liegend, war ein etwa hundert Meter langes und vierzig Meter breites Feld. Es wurde im Norden von der Stadtmauer begrenzt. Dahinter lag direkt das Meer. Das Feld wurde von allen nur „die Arena" genannt. Normalerweise fanden dort zweimal im Jahr die prächtigen Turniere statt. Alle Ritter, Krieger und Magier der näheren Umgebung kamen dann nach Alryne, um sich im Wettkampf miteinander zu messen. Auf dem Feld standen noch die uralten Ruinen eines Wachpostens, mit einem etwa fünfzehn Meter hohen Turm. Die Soldaten und Wächter der Burg benutzten die Ruinen heute noch gerne für ihr Kampftraining. Auch Ulbert und Rob trainierten dort mit den Pferden. Seit Anfang der Woche liefen auf dem Feld die Vorbereitungen für das Drachenwahl-Turnier. Die Schreiner von Alryne hatten die großen Bühnen aufgebaut, und einige Ritter und Soldaten hatten mit ihrem Gefolge bereits die extra errichteten Zelte im Schutz der Stadtmauern bezogen.

Vom Meer her wehte Rob eine frische Brise ins Gesicht. Vor sich sah er die Fischer, die bereits ihren nächtlichen Fang angelandet und durch das Westtor in die Stadt gebracht hatten. Vor ihren Hütten hatten sie Bretter über Böcke gelegt, auf denen sie gerade die Fische und anderen Meeresfrüchte ausnahmen. In der morgendlichen Sonne schillerten die Schuppen der Fische bunt in allen Farben, fast wie Edelsteine. Immer wieder stürzten sich streitende Möwen, unter ständigem Gekreische, auf die Fischabfälle, die die Fischer achtlos auf den Boden warfen. Ein Fischer befeuerte Räucheröfen mit frischem Holz. Zu dem intensiven Geruch des Fisches gesellte sich der aromatische Rauch brennenden Holzes.

Fuku und Phytheon waren zur Mündung des Trafhir geflogen und von dort aus, auf der Suche nach Lachsen, weiter flussaufwärts Richtung Nebelhornspitze. Der Trafhir war ein eiskalter, reißender Fluss, der sich aus den vielen Schmelzbächen des Gletschers, der die Nebelhornspitze in ein weißes Kleid hüllte, speiste. Das Wasser kam mit sehr viel Wucht aus den Bergen und sammelte sich in dem von Buchenwäldern umgebenen Ruhigen See, der verwunschen und still im Schatten der Nebelhornspitze lag. Von dort floss der Trafhir mit neuer Energie in wildem Verlauf mit Stromschnellen und Wasserfällen weiter und mündete letztendlich im Meer. Der Herbst hatte begonnen, die Blätter zu verfärben, und tauchte den Wald in ein Meer aus gelben und roten Blättern.

An einem kleinen Wasserfall mit etwa drei Metern Gefälle, eine Viertelflugstunde von dem Ruhigen See entfernt, machten sie halt. Das Wasser war hier relativ seicht, und es gab Unmengen Lachse, die versuchten, den Wasserfall hinaufzuspringen, um ihren Laich im Ruhigen See abzulegen.

„Streng dich an, Dad!" Fuku flatterte direkt über dem Wasserfall. „Es steht zwölf zu drei für mich."

Phytheon stand etwa zehn Meter entfernt in der Luft und sah Fuku erwartungsvoll an. Fuku wartete, bis ein Lachs aus der Gischt sprang, um ihn mit einem gezielten Schlag seines Schwanzes in Richtung seines Vaters zu schlagen. Der musste den Lachs mit seinem Maul fangen und fressen. Gelang ihm das, gab es einen Punkt für ihn. Schaffte er es vorher noch, den Lachs zu grillen, gab es einen Extrapunkt. Falls er es nicht schaffte und der Lachs wieder im Fluss landete, gab es einen Punkt für Fuku. Die zwei veranstalteten ein wildes Spektakel, und Phytheon und Fuku kamen aus dem Lachen nicht mehr heraus.

Nach einer Stunde waren sie beide satt und flogen zufrieden und gut gelaunt weiter zum Ruhigen See, um sich dort am Ufer etwas auszuruhen.

Phytheon musste sich selbst eingestehen, dass er schon lange nicht mehr so viel Spaß gehabt hatte. Aber er merkte, wie in seinem Inneren die Vernunft wieder Oberhand gewann. Er musste mit Fuku über die Zukunft reden, die Verbindung zwischen seinem Sohn und Burkhard Bailey war einfach zu wichtig.

„Fuku?", versuchte er zaghaft ein Gespräch zu beginnen. „Du weißt, wie wichtig die Drachenwahl morgen ist!?"

Fuku drehte sich zu seinem Vater um. „Ja, Dad, das weiß ich. Seit neun Jahren erzählt mir Chocque nichts anderes. Ich kann es einfach langsam nicht mehr hören. Schau mal, da!" Fuku zeigte zum Ufer auf der andern Seite des Sees. Dort brachen gerade drei Trolle durch das Unterholz. „Uhhh, ist das eklig, schau doch, Dad! Die Trolle baden im See, und um sie rum wird das Wasser ganz braun."

Phytheon blickte sich kurz zu den Trollen um, wendete sich aber wieder zu Fuku. „Chocque hat sich bei mir bitterlich über dich beschwert, Fuku. Er meinte, dir fehle es an der richtigen Einstellung."

„Jaja, ich weiß, das sagt er mir mindestens zehnmal am Tag. Weißt du eigentlich, wie langweilig der Unterricht mit ihm ist? Alles trieft vor Bedeutung, und er redet nur von den alten Zeiten. Gestern zum Beispiel: Ich hatte echt Lust auf die Basilisken. Wir haben wochenlang geübt. Ich habe meditiert, habe gelernt, meine Gedanken zu kontrollieren. Unendlich oft habe ich seine schleichenden magischen Angriffe, die langsam von mir Besitz ergriffen, aufgedeckt und geduldig, oft über Tage hinweg, aus mir vertrieben. Ich war richtig gut vorbereitet und habe mich auf den Kampf mit dem Basilisk gefreut. Auf dem Weg hat er mich, wie immer, Wissen abgefragt. Als ich ihm nicht sagen konnte, in welchem Jahr Fafnir die vier Basilisken getötet hat, ist er wütend geworden und hat mich angeschnauzt. Ich sei unfähig und ignorant, meinte er. Wirklich sehr ermutigend. Ich hab mir lediglich das verfluchte Jahr nicht gemerkt. Und deswegen macht Chocque direkt einen riesen Aufstand und erklärt mich zum größten Reinfall der Drachenwelt."

„O. k., das hört sich nicht fair an, aber deswegen solltest du ihn trotzdem respektieren und keine Scherze mit ihm treiben", meinte Phytheon. „Er ist wirklich ein sehr weiser und alt gedienter Drache, mit einem unerschöpflichen Erfahrungsschatz."

„Dad, der will mich nicht verstehen. Der lebt in einer völlig anderen Zeit, der lebt nicht im Gestern, sondern in der Urzeit, als es noch die mystischen Ryūjin gab."

„Chocque hin oder her. Lass uns bitte nochmal auf die Drachenwahl zurückkommen. Dir ist schon klar, welche Bedeutung das hat, oder?", fragte Phytheon eindringlich.

„Die letzten Jahre habe ich vielleicht den einen oder anderen Blödsinn gemacht, aber ich bin im neunten Jahr meines Unterrichtes. Die Frage müsstest du dir selber beantworten können."

Phytheon sah Fuku ernst an. „Manchmal bin ich mir da nicht so sicher."

Fuku wurde verärgert. „Du hast ja keine Ahnung, wie das ist. Alle schauen nur auf dich. Fuku, tu dies. Fuku, tu das. Das darfst du aber nicht tun, Fuku. Und wen interessiert es, was ich denke? Niemanden. Keinen. Euch ist es doch allen egal. Ihr seid nur alle immer enttäuscht, wenn ich nicht so bin, wie ihr mich haben wollt. Ich bin nun mal nicht scharf auf eine tiefere Verbindung mit Menschen. Die Menschen sind arrogant und doof. Schau ihn dir doch mal an, diesen komischen Burkhard Bailey. Er ist machtversessen und gierig nach Gold. Und mit dem soll ich den Rest meines Lebens verbringen? Mit dem soll ich meine innersten Gedanken teilen, damit wir zusammen Großes bewirken können. Ihr habt alle leicht reden. Ihr könnt euer eigenes Leben führen. Ich darf das nicht. Mag sein, dass es ein besonderes Band zwischen Drachen und Menschen geben kann, aber mein Herz sagt mir, dass ich nicht so ein Drache bin."

Phytheon konnte Fuku sogar gut verstehen, aber es gibt Zeiten, die verlangen besondere Opfer. Und sie lebten leider in solchen Zeiten. Phytheon bot alle Disziplin in sich auf. „Fuku, es steht hier nicht zur Diskussion, was wir wollen. Es gibt Zeiten, in denen müssen wir leider Opfer bringen, und du musst übermorgen das Band zwischen Drachen und Menschen erneuern."

Fuku spürte in sich eine Mischung aus Wut, Angst und verletzten Gefühlen. Er hatte Tränen in den Augen und wollte nur noch alleine sein. Ansatzlos schoss er in die Luft und flog davon. Phytheon schaute ihm traurig nach.

MI LOU

Es war ein kalter Oktobertag in Vancouver. Die zauberhafte, neunzehnjährige Mi Lou saß an ihrem Schreibtisch bei ITSS, einem hochspezialisiertem Unternehmen für Netzwerksicherheit. Die Räume von ITSS lagen im fünfundzwanzigsten Stock eines modernen Hochhauses im Coal-Harbour-Viertel. Die Aufträge kamen von großen, weltweit operierenden Firmen, die ITSS damit beauftragten, die Sicherheit ihrer Computernetze zu überprüfen.

Ein kleines Team, zu dem auch Mi Lou gehörte, versuchte die vorhandenen Sicherheitssysteme auszuhebeln und sich Zugriff zu verschaffen. Es war immer wieder erstaunlich, wie anfällig diese lernfähigen Systeme waren und das trotz der rasanten technischen Entwicklungen der letzten Jahre. Die Erfolgsquote des sogenannten Intrusion Teams lag bei zweiunddreißig Prozent. Die Sicherheitslücken wurden akribisch dokumentiert und zusammen mit einer Handlungsempfehlung an den Kunden weitergegeben.

Mi Lous aktuelle Aufgabe bestand darin, sich Zugang zu dem Intranet eines großen kanadischen Energieversorgers zu beschaffen. Sie hatte sich alle relevanten Informationen und externen Netzwerkverbindungen auf ihr inneres Auge des Junctura-Moduls gemapped. Sie arbeitete mit einer riesigen, dreidimensionalen Mindmap und einer Vielzahl von Echtzeit-Datenströmen. Von außen betrachtet sah es wie ein Tanz aus, wenn sie mit ihren Armen, Händen und der Bewegung ihres Kopfes die Daten im virtuellen Raum verarbeitete. Sie hätte auch einfach nur still sitzen und sämtliche Funktionen mit ihrem Geist lenken können. Aber sie liebte es, ihre Aktionen mit Bewegungen zu unterstützen. Mi Lou war der Meinung, dass die damit einhergehende Verlang-samung der Datenverarbeitung die Fehleranfälligkeit dras-tisch reduzierte.

„Fuck, jetzt haben die mich doch erwischt. So ein ..." Mi Lou stand wütend auf, unterbrach die Verbindungen und nahm den Datenkristall aus dem Lesegerät, das wie ein anthrazitfarbener Donut aussah. Sie stieß ihren Stuhl gegen den Schreibtisch, ging zum Fenster und sah frustriert hinun-ter auf den Hafen. „Arhhh". Was eigentlich ein unkontrol-lierter, lauter Wutschrei werden sollte, verkümmerte zu ei-nem kläglichen Grollen.

„Kann man dir helfen?", fragte Jeff, einer von Mi Lous Kollegen. Er mochte die hübsche Halbasiatin mit den langen schwarzen Haaren sehr. Wenn Mi Lou ihn mit ihren man-delförmigen tiefbraunen Augen ansah, schmolz er förmlich dahin und konnte ihr keinen Wunsch abschlagen.

„Ach, mir ist nicht zu helfen. Ich war bei denen schon so tief im System und dann habe ich schlicht vergessen, das Gamma Routing hinter mir zu löschen", entgegnete Mi Lou und fluchte leise.

„So was kann jedem mal passieren, mach dir nichts draus", versuchte Jeff sie zu trösten.

Sie schaute ihn nur böse und entgeistert an. „Das kann jedem passieren? Sag mal, hältst du mich für einen trotteli-gen Anfänger? Das ist so, als würde ich eine Bank ausrauben und meinen Fluchtplan samt meiner ID-Karte dem Wach-mann in die Hand drücken. ‚Entschuldigen Sie, junger Mann, ich bin gerade damit beschäftigt, Ihre Bank auszu-rauben. Können Sie das mal bitte für mich halten? Ach ja, nur falls ich es in der Eile vergesse: Es wäre lieb, wenn sie mir die Sachen nach Hause bringen. Name und Adresse ste-hen ja drauf'", wütete sie.

„Sei nicht so ungerecht, du weißt, wie viel ich von dir halte. Und Fehler machen wir alle mal, selbst du", versuchte Jeff, sie zu beschwichtigen. Er mochte es nicht, wenn sie so hart zu sich selbst war, aber er wusste, sie würde sich auch wieder beruhigen.

„Dann behandle mich nicht wie ein kleines Kind", gab sie schnippisch zurück. Sie ärgerte sich über sich selbst. Sie hatte den ganzen Nachmittag schon das Gefühl, unkonzentriert zu sein. Irgendetwas störte ihre innere Ruhe. Sie hätte den Job einfach abbrechen sollen. Dann hätte sie noch eine zweite Chance gehabt, diese Sicherheitslücke bei einem nächsten Versuch zu benutzen. Aber das war nun unmöglich, das Sicherheitssystem hatte diesen Angriff jetzt gelernt. „Ich war unkonzentriert und habe trotzdem weitergemacht. Gegen besseres Wissen. Das war mein Fehler. Fehlende Selbsteinschätzung und Ignoranz."

Jeff verdrehte nur die Augen. „Wenn du meinst. Darf ich dir einen Rat geben?" Mi Lou nickte ihm kurz zu. „Mach Schluss für heute und versuche, den Kopf wieder klar zu bekommen."

„Ich glaube, du hast recht", antwortete Mi Lou und packte ihre Sachen zusammen. Es machte wirklich keinen Sinn mehr, weiterzuarbeiten. Sie würde keine produktive Arbeit mehr leisten können. Ihr Training heute Abend würde ihr gut tun, spätestens dann würde sie den Kopf wieder vollständig frei bekommen.

„Wir sehen uns morgen", verabschiedete sie sich, nahm ihren Rucksack und verschwand zur Tür hinaus.

„Bis morgen", murmelte Jeff, der ihr verträumt nachsah. Er kannte niemanden, der sich so geschmeidig bewegen konnte wie diese junge Frau. Sicher, sie war etwas wunderlich. Alleine die Tatsache, dass sie immer ihre Ninja-Ausrüstung mit Wurfsternen, Seilen und diversen Werkzeugen in ihrem Rucksack mit sich herumtrug, war schon schräg, aber der Rest war einfach nur perfekt. Er ertappte sich dabei, wie er unbewusst mit der Zungenspitze über seine Lippen fuhr, während er Mi Lous wohlgeformte Rückseite betrachtete. Er musste unwillkürlich über sich selbst schmunzeln und widmete sich wieder seiner Arbeit.

Mi Lou fuhr derweil die fünfundzwanzig Stockwerke mit dem Aufzug nach unten und ging zu ihrem Fahrrad. Da ihr bis zum Training noch viel Zeit blieb, beschloss sie, kurz nach Hause und dann in den Park zu gehen. Vielleicht würde sie ja herausfinden, was sie so unruhig machte. Ihr Weg führte sie direkt am Hafen vorbei. Wegen des frischen Wetters waren heute nur wenige Menschen draußen und die Anzahl der an den Docks vertäuten Boote war überschaubar. Im Sommer war hier die Hölle los, aber jetzt im Herbst lief alles etwas gemächlicher ab. Sie genoss ihren Radweg, und der mit Seeluft geschwängerte Fahrtwind blies zumindest einen Teil ihrer Sorgen weg. Wenn sie in normalem Tempo fuhr, brauchte sie etwa zehn Minuten bis zu ihrer Wohnung in der Alexander Street.

Letztes Jahr hatte sie mit Jeans Hilfe diese Dachgeschosswohnung gekauft. Das fünfstöckige Haus lag am Rand des Chinesischen Viertels, direkt neben Downtown Vancouver. Die perfekte Lage für sie. Es hatte eine hübsche Fassade aus sandfarbenen, hellen Ziegeln, durchbrochen von Stuckelementen aus grauem Naturstein. Die Fensterrahmen waren aus Holz und in einem dunklen Grün gestrichen. Die Straße selbst war ruhig gelegen, und keine fünf Minuten entfernt gab es eine kleine grüne Oase, mit einem hölzernen Steg und einem kleinen Stück Strand, den CRAB Park. Als sie die Wohnung das erste Mal gesehen hatte, war es Liebe auf den ersten Blick gewesen. Sie lag in der fünften Etage und war entkernt, und nur wenige, in rohem Beton belassene Stützpfeiler und kleine Wände bildeten einen luftigen Wohnraum. Die Außenmauern bestanden aus den alten originalen Ziegelsteinen, jedoch hatte man die Fenster erheblich vergrößert. In die Decke waren Oberlichter eingelassen, die die vollständig mit Parkett ausgelegte Wohnung mit weiterem Licht durchfluteten.

Aber das große Finale war die Dachterrasse. Eine Treppe führte hinauf in einen weiteren Raum, der, wie ein Pavillon, auf dem Dach thronte. Von dort hatte man Zugang zu einem wunderschön gestalteten Garten, der sich über die gesamte Dachfläche erstreckte. Der Blick von dort auf das Fjord von Vancouver und die Umgebung verschlug ihr den Atem.

Richtung Nordosten hatte man einen grandiosen Blick auf den Industriehafen, der dem Haus quasi zu Füßen lag. Umtriebig wie Ameisen auf einem Ameisenhaufen be- und entluden dort stetig Drohnen und Kräne riesige Überseeschiffe mit bunten Containern. Waren aus aller Welt wurden dort umgeschlagen und weiter verteilt. Auf der anderen Uferseite des Burrard Inlets bauten sich hinter den Stadtteilen North- und West-Vancouver die Berge der North Shore Mountains auf. Im Westen türmte sich die Skyline von Downtown Vancouver in den Himmel. Eine Fusion aus Arbeiterhafen, Natur und Hochhauskommerz.

Ihr biometrisch unterstütztes eigenes Sicherheitssystem hatte Mi Lou bereits über öffentlich zugängliche Kameras geortet und identifiziert. So war bei ihrer Ankunft die Wohnung auf genau zwanzig Grad, ihre Wohlfühltemperatur, geheizt und es kochte Teewasser für einen frischen grünen Tee. Sie räumte die Sachen aus ihrem Rucksack weg, packte ihre Trainingskleidung ein und zog sich eine bequeme schwarze Jogginghose und ein weites graues Top an. Dann fläzte sie sich gemütlich auf ihr weißes Sofa, trank den Tee und öffnete ihren persönlichen Newsfeed.

Die Nachrichten waren wenig aufbauend. Fast ganz Afrika kämpfte, bedingt durch die Wasserknappheit, mit extremen Hungersnöten und versank in Bürgerkriegen. Zwielichtige Religionsführer wurden von den Leuten zu Freiheitskämpfern und Erlösern stilisiert und überzogen das Land mit vermeintlich heiligen blutigen Kämpfen. Die Europäische Union hatte ihre Grenzen für Flüchtlinge geschlossen. In Amerika gab es Rassenunruhen und in vielen großen Städten wie Los Angeles, New York und sogar dem liberalen Boston regierte auf den Straßen die rohe Gewalt.

Die meisten westlichen Demokratien waren mit den rasanten technischen Entwicklungen schlicht überfordert. Es war eine Zeit der Veränderung, ähnlich wie die der industriellen Revolution. Damals war es der Übergang von einer Agrar- zu einer Industriegesellschaft, die für soziale Missstände und eine Konzentration von Macht durch Kapital führte. Heute war es die ausgereizte Industriegesellschaft, die durch die prudentielle Revolution abgelöst wurde, einer Veränderung hin zu ungeheurem Wissen und Klugheit. Sich selbst verbessernde künstliche Intelligenzen hatten den geistigen Horizont der Menschheit rasant erweitert. Aber sie erledigten auch bisher dem Mensch vorbehaltene kreative und konstruktive Arbeiten, und das preiswerter und besser.

Die Menschheit war unvorbereitet in diesen Umbruch geschlittert, der innerhalb der letzten Jahre fast fünfzig Prozent der Arbeitsplätze in den westlichen Dienstleistungsberufen vernichtet hatte. Es gab durchaus vielversprechende philosophische und gesellschaftliche Ansätze, dieser Entwicklung zu begegnen und sie zum Vorteil aller zu nutzen. Aber der Kapitalismus, mit seiner Gier nach Profit, erstickte diese neuen Gesellschaftsformen im Keim.

Mi Lou stoppte die Nachrichten. Sie war Optimistin und glaubte, dass die Regierungen mit der Zeit auch diese neuen Probleme in den Griff bekommen würden. Der Mensch hatte schon ganz andere Probleme bewältigt. Sie merkte aber auch, wie sehr ihr Hass auf die geistigen Brandstifter wuchs. Die Leute, die getrieben durch Macht und Gier, immer wieder Krisen heraufbeschworen und schürten. Sie trank ihre Tasse aus und füllte den restlichen Tee in eine Thermoskanne um. Aus dem Schrank im Schlafzimmer holte sie sich ihre dicke Decke aus Bambusfasern. Beides packte sie in ihren Rucksack und ging los Richtung CRAB Park.

Dort angekommen, suchte sie sich einen Platz auf einem sanften Grashügel aus und setzte sich auf ihre Decke. Sie schaute sich um und versuchte die Menschen und Situationen im Park in sich aufzunehmen. Nach einiger Zeit ergab sich ein Bild aus Mustern und sie schloss ihre Augen. Vor ihrem inneren Auge führte sie die Muster und Bewegungen fort und hielt sie am Leben.

Wenn sie wollte, könnte sie sich jederzeit erweiterte Sinne implantieren lassen und diese Übung überflüssig machen. Aber das wollte sie nicht, sie liebte es, ihre natürlichen

Sinne bis aufs Äußerste zu schärfen. Außerdem blieb ihr immer noch die Möglichkeit, bei wirklichem Bedarf Wearables zu benutzen.

Ihre Eltern hatten ihr kurz nach der Geburt das Junctura und das Ichnographia-Modul implantieren lassen. Das Junctura-Modul funktionierte wie ein erweitertes geistiges Kontrollzentrum. Vor ihrem inneren Auge konnte sie alle möglichen eigenen und auch externen Daten verarbeiten und visualisieren.

Das Ichnographia-Modul ist wie eine Landkarte des Gehirns. Die gesamten Verknüpfungsrouten, die ein Gehirn im Laufe der Zeit erstellt, werden darauf gespeichert. Der Zugang kann durch das Junctura-Modul gesteuert werden. Mit dem Ichnographia-Modul kann man sowohl Gedanken, als auch Wissen direkt in ein Gehirn übertragen.

Das Junctura-Modul liebte sie und nutzte es auch eifrig, das Ichnographia-Modul hingegen machte ihr Angst. Deswegen hatte sie es immer deaktiviert.

Als kleines Kind fand sie die Vorstellung erweiterter Sinne total spannend. In ihrer Phantasie war sie die fliegende Super-Lou, die die Welt retten musste. Aber Asuka und Jean vertrösteten sie auf später. „Werde du erstmal vierzehn, dann darfst du selbst entscheiden, ob du deine Sinne erweitern willst. Bis dahin lerne erstmal, deine vorhandenen zu gebrauchen", sagte Jean immer.

Aber dann durchkreuzte Daichi, ihr japanischer Urgroßvater, der damals zu ihnen nach Genf zog, diese Pläne. Daichi war ein Sōke der Ryō Ryû, ein Meister der Schule der Drachen und außerdem ein begnadeter Geschichtenerzähler. Als Mi Lou fünf Jahre alt war, schlossen sie einen Pakt. Mi Lou verpflichtete Daichi, sie zu einer Ninja-Kriegerin auszubilden, dafür würde sie ihn in das Geheimnis, wie man Nudeln mit der bloßen Zunge aufrollen konnte, einweihen. Mi Lou und Daichi nahmen die Ausbildung beide sehr ernst. Ihr Urgroßvater unterrichtete sie in den alten Traditionen und der Philosophie der Ryō Ryû. Sie lernte, eins zu werden mit der Natur, Disziplin und Geduld. Die Kampfkunst war nur ein kleiner Teil der Ausbildung.

Mi Lous Sinne waren durch jahrelange Übungen extrem scharf. Bereits mit zwölf konnte sie mit geschlossenen Augen einem Schwerthieb von hinten intuitiv ausweichen. Diese Ninja-Prüfung des sechsten Sinnes waren normalerweise deutlich älteren Schülern vorbehalten.

Während sie in ihrer Übung versunken war, spürte sie, wie sich ihr jemand näherte. Ein leichter süßlicher Duft wehte ihr von der Seite zu. Sie konnte leise Schritte hören und zu dem Duft gesellte sich eine unangenehme Note, die leicht nach Harn roch. Ihre Ohren nahmen ein leises Schmatzen und Schnaufen war. Die Schritte kamen näher und stoppten etwa einen halben Meter neben ihr. Sie wusste, was jetzt wahrscheinlich kommen würde, ließ ihre Augen aber noch geschlossen.

„Schläfst du?", fragte eine verrotzte Jungenstimme.

„Ja", antwortete Mi Lou nur knapp, ließ die Augen aber weiterhin geschlossen. Wieder war ein Schmatzen zu hören. Der Junge dachte über das Gesagte nach und schob nach ein paar Sekunden ein „Wirklich?" hinterher. Mi Lou hörte, wie er die Nase hochzog. Neben ihr hatte sich ein etwa drei Jahre alter, feister, kleiner Junge aufgebaut. In der Hand hielt er ein Himbeereis und seine Hose hatte beim letzten Pieseln ein paar Tropfen abbekommen.

„Das glaube ich nicht", konterte der Junge, „weil, wenn du schlafen würdest, könntest du nicht mit mir reden."

Mi Lou hatte immer noch die Augen geschlossen.

„Ich bin mit meinem Papa hier und der bringt mir Fußball bei", fuhr der Junge unbeirrt fort. „Kannst du Fußball spielen?" Mi Lou hörte ein Geräusch, als würde ein einzelner fetter Regentropfen auf dem Boden aufschlagen. Bitte nicht, dachte sie. Der Junge tropfte mit seinem Eis auf ihre Decke. „Du tropfst meine Decke voll, kannst du mit deinem Eis bitte einen Schritt zurückgehen?"

„Siehste, du bist doch wach", antwortete der kleine Schlaumeier. „Sonst wüsstest du das mit meinem Eis nicht."

Mi Lou konnte fühlen, wie der Junge mit seinem rechten Fuß versuchte, den Fleck auf dem Deckenrand wegzuwischen. Jetzt reichte es ihr und sie schlug die Augen auf. Der kleine Junge blickte sie respektvoll an, fiel aber schnell wieder in seine kesse Art zurück. „Guck mal, schon fast alles wieder weg."

Alles, was Mi Lou sah, war, dass aus dem kleinen Himbeereistropen ein fetter Himbeerfleck auf ihrer Lieblingsdecke geworden war. „Lieb von dir, man sieht den Fleck kaum noch. Den Rest mach ich dann selber", versuchte sie ihn von weiteren Aktionen abzuhalten und in der Hoffnung, dass der Kleine abdackeln würde.

„Was hast du da unter deinen Haaren?", fragte der kleine Junge und verdrehte den Kopf, um eine bessere Sicht auf Mi Lous Nacken zu bekommen. Um keinen weiteren Schaden anzurichten, stopfte er sich das restliche Eis auf einmal in den Mund.

Mi Lou überlegte kurz, entschloss sich aber, dem Jungen lieber doch zu antworten. Ansonsten könnte sich das Gespräch noch ewig hinziehen. Mi Lou lüpfte ihre langen schwarzen Haare, die sie zu einem Zopf gebunden hatte und drehte dem Kleinen ihren Nacken zu. Eine dunkelblaue, mystische Drachenhaut-Tätowierung, die an HR Gigers Alienbilder erinnerte, wandte sich grazil vom Genick bis hin zur Mitte des Hinterkopfes. Normalerweise lagen ihre Haare über dieser Stelle und sie war nicht so leicht zu sehen; der Junge hatte eine gute Beobachtungsgabe.

„Cool", bewunderte der Junge das Tattoo. „Was ist das?" Mit seinem klebrigen Fingern kam er Mi Lou bedrohlich nahe. O. k., sie musste das Ganze irgendwie zu Ende bringen.

„Vorsicht, du darfst mich nicht anfassen, sonst verbrennen deine Finger, ich bin ein verzauberter Drache."

Der kleine Junge bekam große staunende Augen und nahm eilig seine Finger zurück. „Was fressen Drachen denn?", fragte er, schon ein bisschen vorsichtiger.

„Normalerweise fressen wir kleine Kinder, aber du hast Glück, ich habe erst gestern gegessen."

„Aha." Der Kleine und ging vorsichtshalber lieber noch einen Schritt zurück. Mi Lou schoss in einem Sekundenbruchteil in die Höhe und reckte bedrohlich ihre Arme wie Klauen in die Luft. „Arrrgghhhhhh, ich will dich fressen."

Der kleine Junge quietschte in einer Mischung aus Freude, Furcht und Schrecken und lief davon. Nach fünf Metern fühlte er sich wohl sicher genug, denn er drehte sich um, rief „Das glaube ich dir nicht!", lachte und verzog sich zu seinem Vater.

Mi Lou war froh, wieder alleine zu sein, ging aber bald darauf nach Hause. Das Erlebnis mit dem Jungen erinnerte sie daran, wie viel Geduld ihr Urgroßvater mit ihr gehabt haben musste. Zu Hause machte sie noch etwas Ordnung und entfernte den Himbeerfleck auf der Decke.

Ihre Gedanken schweiften ab, zu ihrem Vater Jean. Er hatte sich in den letzten Monaten verändert, irgendetwas bewegte ihn. Im Sommer war sie einen Monat lang zu Besuch bei ihm in Manarola. Er arbeitete in der letzten Zeit viel von seinem italienischen Sommerhaus aus und fuhr nur noch selten nach Genf. Meistens nur zu Präsentationen und den obligatorischen Quartalsberichten. Er hatte sich zwei Ferienwochen genommen, die sie gemeinsam verbrachten. Beide genossen die gemeinsamen Gespräche, die sich aber immer um abstrakte und wissenschaftliche Themen drehten. Sie hatten feinste Antennen für die Gefühlslage des jeweils anderen, aber sie schafften es nie, darüber zu sprechen.

Als Asuka ohne Vorzeichen vor sieben Jahren über Nacht verschwand, brach für beide eine Welt zusammen. Jean und Asuka waren noch gemeinsam zu Bett gegangen, und morgens war sie dann weg. Einfach nicht mehr da. Die Seite ihres Bettes war zerwühlt, und ihr Duft schwebte noch über dem Laken. Zuerst glaubten sie noch an ein Verbrechen oder einen Unfall. Tag um Tag verging, und es gab keine Spur und keinen Hinweis. Nichts, nur die Unsicherheit wurde mit jeder Nacht größer.

Zwei Wochen vor dem Verschwinden hatten Jean und Asuka einen heftigen Streit über ihre Arbeit. Mi Lou hatte sich in ihr Zimmer zurückgezogen und sich gezwungen, nicht zu weinen. „Du blöder, sturer Bock", hatte Asuka Jean angeschrien. „Ihr glaubt bei Ustranetics doch alle, dass ihr machen könnt, was ihr wollt!"

„Und du weißt mal wieder genau, was das Richtige ist, du mit deinen heroischen Moralvorstellungen. Wenn Leute wie du entscheiden dürften, säßen wir heute noch mit Steinwerkzeugen in der Steppe und würden auf bitteren, trockenen Wurzeln rumkauen", wütete Jean zurück.

„Weißt du, ihr kotzt mich an", fauchte Asuka. „Ihr mit euren herausragenden intellektuellen Fähigkeiten und der sozialen Kompetenz eines Pantoffeltierchens. Manchmal würde ich einfach nur gerne abhauen und euch machen lassen. Das wäre für alle einfacher …"

So ging das noch eine ganze Weile hin und her.

Nach dem Streit kam Asuka zu Mi Lou ins Zimmer. Sie hatte geahnt, dass Mi Lou den Streit mitverfolgt hatte, und setzte sich auf ihr Bett. Sie zog den Kopf der kleinen Mi Lou auf ihren Schoß und beruhigte sie. „Nicht weinen, mein Blümchen. Dein Papa ist nur manchmal ein blinder, sturer Bock, und seine Kollegen bei Ustranetics könnte ich einfach nur auf den Mond schießen. Alles ist wieder o. k., entschuldige." Sie streichelte Mi Lou liebevoll die Wange und wartete, bis sie einschlief.

Mi Lou redete mit niemandem über dieses Gespräch, aber für sie stand fest: Asuka war weggelaufen und zwar alleine. Sie glaubte auch, dass Jean zu demselben Schluss gekommen war. In der Folge arbeitete sie immer härter an ihrer Selbstdisziplin und der Kontrolle über ihre Gefühle.

Ihr Dojo lag in einem roten Backsteinhaus in Chinatown. Im Erdgeschoss gab es einen chinesischen Nudelimbiss und einen chinesischen Gemischtwarenladen mit bunter Auslage zur Straßenseite hin. Der Eingang zum Dojo lag eingebettet in der Mitte zwischen den Läden und führte über eine Holztreppe in den ersten Stock. Mi Lou zog sich ihren Gi an und schlüpfte in die typischen Ninja-Schuhe mit dem separaten Zeh, die Chika Tabi. Als sie den eigentlichen Dojo betrat, verbeugte sie sich zuerst zur Vorderseite, den Shōmen, hin. Danach begrüßte sie den Sensei und die anderen Schüler.

Das Training verlief wie gewohnt, und die Übungen mit ihren exakt einstudierten Bewegungsabfolgen sorgten dafür, dass Mi Lou mit ihren Grübeleien aufhörte. Nach zwei Stunden kam sie erschöpft nach Hause und fiel nur noch in ihr Bett. Dort wurde sie sofort von einem traumlosen Schlaf übermannt.

Um drei Uhr riss sie ein lautes Klingeln aus dem Schlaf. Mi Lou bekam die Info Eingehende Nachricht von Antonio Verusco, Manarola, Italien auf ihr inneres Display. Sie war sofort hellwach. Antonio hatte das kleine Alimentari-Geschäft in der Mitte von Manarola. Dort ging sie immer einkaufen, wenn sie in Italien war. Die Veruscos liebten das kleine Parker-Mädchen und im Laufe der Jahre behandelten sie Mi Lou fast wie eine eigene Tochter. Sie nahm das Gespräch an. „Antonio?"

„Si , scusa, Mi Lou, aber es ist etwas Schreckliches passiert. Dein Papa, Signore Jean ..." Antonio schluckte beklommen. „Er ist tot."

In Mi Lou zog sich alles zusammen, und Tränen schossen ihr in die Augen. Ihr Bauch verkrampfte sich, und mit viel Beherrschung schluchzte sie: „Wie ... Ich meine, was ... ist passiert?"

„Ich habe ihn heute Morgen vermisst, sonst kauft er jeden Tag um acht panino und die La Nazione bei mir. Also bin ich mit meiner Ape zu ihm rauf gefahren und da lag er tot im Wohnzimmer. Mein Liebes, es tut mir so leid. Gerade sind die Polizei und ein Krankenwagen da. Le mie più sincere condoglianze!"

Mi Lou war völlig geschockt, sie brachte unter Tränen nur ein leises „Ich komme, so schnell ich kann" heraus. „Antonio? Ich muss auflegen."

„Va bene, du kannst bei uns wohnen, wenn du magst."

„Danke, Antonio, ich melde mich", sagte sie schwach und legte auf.

Minutenlang saß sie auf ihrem Bett und weinte. Jetzt war sie wirklich alleine, ihre ganze Familie war weg. Irgendwann versiegten ihr die Tränen und sie ging hinaus in den noch dunklen, kühlen Morgen und lief stundenlang ziellos in der Stadt herum.

Irgendwann übernahm die Vernunft wieder das Regiment und sie überlegte, was sie alles erledigen musste. Flug nach Italien und Mietwagen buchen, ITSS Bescheid sagen, dass sie zehn Tage Urlaub brauchte. Beerdigung vorbereiten. Todesanzeigen verschicken. Es gab viel zu tun, und sie ging zurück nach Hause, um es zu erledigen. Sie startete eine Suchanfrage für den nächstmöglichen Flug nach Italien und schrieb eine kurze Nachricht an ihren Chef. Sie konnte noch heute Mittag über Paris nach Genua fliegen und wäre morgen um etwa fünfzehn Uhr in Manarola. Sie bestätigte die Buchung und schickte Antonio und seiner Frau Giulia eine kurze Nachricht, dass sie Samstagnachmittag ankommen würde. Den Rest würde sie von Italien aus organisieren. Sie packte ihren großen schwarzen Koffer und bestellte sich ein Taxi. Sie wollte nur noch so schnell wie möglich weg.

Karl hatte es sich inzwischen in Jeans altem Arbeitszimmer bequem eingerichtet und erstattete Scolari Bericht. „Danke für deine Hilfe, die Polizei hatte mich, den Sonderermittler aus Rom, bereits freudig erwartet. Ich war sogar noch fünf Minuten vor denen bei Jeans Haus. Sowohl das Haus als auch das Grundstück sind gesichert. Gerade bin ich mit der Sichtung von Jeans Daten und Verbindungen fertig. Es gibt ein kleines Dossier über uns und außer dem Einbruch von gestern keine weiteren Spuren oder Dateien, die auf uns hinweisen. Wenn du willst, kannst du selber mal einen Blick drauf werfen, steht aber nichts Aufregendes drin. Habe es eben auf unsere Server hochgeladen. Außerdem habe ich unseren Spezialisten befohlen, alle Daten, die in Verbindung mit Jean Parker stehen, nach Auffälligkeiten zu durchsuchen. Mein Antidot hat gut angeschlagen, ich bin also wieder fast hundertprozentig leistungsfähig."

„Das hört sich gut an", antwortete Scolari. „Was hast du mit dem Mädchen vor?"

Karl lächelte. „Die ist vor einer Stunde in den Flieger nach Paris eingestiegen und auf dem Weg zu mir. Ich habe die Zeit genutzt und ein kurzes intensives Gespräch mit dem Pathologen geführt. In seinem Bericht wird stehen, dass die Todesursache ein Herzversagen infolge einer Vergiftung war. Ein Genickbruch wird nicht erwähnt werden. Sobald Mi Lou morgen Mittag in Genua gelandet ist, werden wir ihre Einreise einen Tag vordatieren, so dass sie zum Zeitpunkt des Mordes bereits, den Papieren nach, in Italien war. Ein Zöllner wird ihr die Ampulle mit dem Rest von Jeans Gift heimlich in die Tasche schmuggeln. Mit Hilfe der Sicherheitskameras vom Flughafen und ihrem Mietwagen weiß ich immer, wo sie ist. Ich gehe davon aus, dass sie direkt zu Jeans Haus kommt, wo ich sie bereits erwarte. Weicht sie von der Route ab, werde ich eine Großfahndung wegen Mordes auslösen. Ich habe Anweisung gegeben, dass sie bei einer Festnahme sofort isoliert und auf direktem Wege an mich ausgeliefert wird. Es wird also niemand Fragen stellen."

„Was ist mit diesem Antonio, der Jean gefunden und Mi Lou benachrichtigt hat?", fragte Scolari.

„Antonio ist ein einfacher Händler, dessen Nase vom vielen Rotwein so rot ist wie die italienischen Tomaten. Als ich bei Jean ankam, wartete er vor dem Haus und hatte sofort einen riesigen Respekt vor der Obrigkeit. Wollte wohl zu einem Frühschoppen mit Jean. Laut seiner Aussage hat er nichts angefasst und sofort, nachdem er Jean entdeckte, die Polizei gerufen. Das stimmt auch mit den Satellitenvideos überein: Er war noch nicht mal eine ganze Minute im Haus."

„Kann das Telefonat zwischen Mi Lou und ihm zu einem Problem werden? Er könnte behaupten, Mi Lou war gestern noch in Kanada, als sie telefonierten", wollte Scolari wissen.

„Nein, wenn man den Anruf verfolgt, wird man sehen, dass der Anruf von Kanada aus auf ein unregistriertes Empfangsmodul in Italien umgeleitet wurde."

„O. k., gut, und was hast du konkret mit Mi Lou vor?"

Karl runzelte die Stirn, seine Augen verengten sich leicht, und man sah ihm den Genuss an, der hinter seiner Fassade lauerte. „Sie wird sich der Verhaftung widersetzen und dabei leider umkommen."

„Meinen Segen hast du, pass auf dich auf!" Scolari beendete das Gespräch.

Karl ging ins Wohnzimmer und ließ sich in Jeans ledernen Lieblingssessel fallen. Gestern hatte Jean ihn noch von hier aus begrüßt. Er schloss die Augen und genoss die Macht, die er hatte.

EIN STURM ZIEHT AUF

Fuku war immer noch sauer. Das Fischen mit Phytheon hatte ihm wirklich viel Spaß gemacht, und für einen Moment hatte er alle seine Sorgen und den Frust vergessen. Ziellos flog er über die vom Herbstlaub bunt gefärbten Hänge des Druidengebirges. Er verstand ja den Sinn der Drachenwahl, aber warum gerade er? Das war ungerecht und er fühlte sich wie gelähmt.

Er nutzte einen Aufwind an der südlichen Steilwand der Nebelhornspitze, um sich hoch in die Luft tragen zu lassen. Er war bereits weit über dem mit ewigem Eis bedeckten Gipfel und flog höher und höher. Seine Drachenglut krampfte sich dumpf zusammen, ein Zeichen dafür, dass die Luft um ihn herum bereits merklich dünner wurde. Die eisige Kälte nahm von ihm Besitz. Ein lähmendes taubes Gefühl breitete sich in seinen Flügen, Armen und Beinen aus. Er bibberte am ganzen Körper. Aber die Kälte lenkte ihn von seinen trübsinnigen Gedanken ab. Der Schmerz tat gut. Er konnte plötzlich wieder klar denken. Die Kälte hatte den Schleier des Selbstmitleides, des Frustes und der Angst, die seine Gedanken völlig überlagert hatten, zurückweichen lassen. Mit klarem Kopf wollte er sich seinem Schicksal stellen.

Er stieß eine mächtige Feuerwolke aus und flog durch sie hindurch, um das frostige Gefühl zu vertreiben. Dann raste er senkrecht gen Boden. Der harte Luftstrom versuchte vehement, ihm die Drachenhaut von seinem Körper zu zerren. Wie ein Stein stürzte er auf den felsigen Grund zu. Nicht mehr weit vom Boden entfernt, entfaltete er seine Flügel. Erst sachte, da ihm sonst die gewaltigen Fliehkräfte den Rücken und die Flügel auseinandergerissen hätten. Dann immer weiter. Mit jeder einzelnen Muskelfaser spürte er die gewaltigen Kräfte, die auf ihn einwirkten und versuchten, ihn an den Felsen zerschellen zu lassen. Er verstärkte die Spannung und fühlte, wie der Auftrieb unter den Flügeln stärker wurde. Erst kurz über dem Boden spannte er seine Schwingen zu voller Spannweite auf und schoss in einem eleganten, weichen Bogen über die Baumwipfel hinweg. Er flog Richtung Skargness. Die Burg und die Menschen würde er sich nochmals genauer ansehen.

Die Burg Skargness wirkte wirklich mächtig, wie sie da mit ihren acht riesigen Türmen über dem kleinen Städtchen Alryne thronte. Fuku drehte in sicherem Abstand seine Runden über der Stadt. Je stärker er sich konzentrierte, umso deutlicher konnte er die Schutzzauber von Alryne und Skargness erkennen, wie ein Auge, das sich nach kurzer Zeit an die Dunkelheit gewöhnte.

Die kleine Stadt und das gesamte Burggelände lagen unter einer bläulich schimmernden Schutzglocke. Dieser einfache Schutzzauber war nicht besonders stark, aber sobald fremde Magie ihn durchdrang, konzentrierte sich alle Kraft auf diesen Bereich. An dieser Stelle war die Energie so stark, dass sie durchaus großen Schaden beim Gegner anrichten konnte. Alarmiert durch das Eindringen fremder Magie konnte ein Magier den Schirm leicht zusätzlich verstärken.

An den Türmen und in gleichmäßigen Abständen an der Stadtmauer saßen Gargoyles. Die waren schon von einem ganz anderen Kaliber. Gargoyles waren sehr alte Wesen mit viel magischer Energie. Ein Abwehrzauber eines Gargoyles war zwar nicht tödlich, aber es gab kaum einen Schutz gegen ihn. Selbst ein durchschnittlicher Magier würde erst einmal zu Stein werden. Und dann war er leichte Beute für einen Verteidiger. Man brauchte keine gut ausgebildeten Krieger, es reichte ein kräftiger Bauer mit einem Hammer, der seinen Burgherren bei der Verteidigung half.

Die Häuser des Städtchens hatten noch individuelle Schutzzauber, die in Fukus magischer Sicht in allen möglichen Farben schimmerten und waberten. Es gab alte Riten und Überlieferungen, die innerhalb der Familien weitergegeben wurden. Die Bewohner wirkten solche Zauber meist selbst. Es kam häufiger vor, dass ein ahnungsloser Dorfbewohner einen Zauber wirkte, der völlig außer Kontrolle geriet. Dann musste ein Dorf- oder Burgmagier eingreifen, um den Schaden in Grenzen zu halten.

Außerhalb der Burg entdeckte Fuku viele kleine, leuchtende, grünlich-blaue Punkte, die knapp über dem Boden schwebten. Sie bildeten kleine Grüppchen an Büschen oder Bäumen. Wie viele andere Dörfer auch, hatte Alryne eine Feenwiese vor seinen Toren. Die Feen liebten die Dörfer der Menschen, da es in ihrer Nähe viele Blumen und Bäume gab. Sie waren etwa so groß wie eine menschliche Hand und sehr feingliedrig. Ähnlich wie Bienen und Hummeln flogen sie von Blüte zu Blüte und ernährten sich von deren Nektar. Dabei bildete sich um sie eine sanft glitzernde Hülle aus verzaubertem Blütenstaub. Berührte ein Lebewesen diesen Feenstaub, wurde es von den Gefühlen der Fee übermannt. Um ein vielfaches verstärkt übertrugen sich die Empfindungen der Fee auf das hilflose Opfer.

Da Feen recht launische und leicht zu beeinflussende Wesen waren, nutzten Magier diese Laune der Natur für eine Abwehrstrategie. Bei einem Angriff legten sie einen sogenannten „Nebel der Trauer" über die Feenwiese. Die Feen verfielen daraufhin in tiefe Depressionen und suchten Trost bei allen anderen Lebewesen in ihrer Nähe. Mit jeder Berührung stürzten sie das arme Geschöpf in ein Gefühlsmeer aus abgrundtiefer Trauer. Auf diese Weise konnte aus einer Horde angriffslustiger, aggressiver Feinde schnell ein trauriger Haufen heulender und verzweifelter harmloser Monster werden.

Fuku hatte eine Idee und flog zu der Wiese vor dem Dorf.

Rob passierte den Markt und bog dann links ab, in Richtung des südlichen Stadttors. Der Bauernhof von Layman Radcliffe lag etwa eine Viertelstunde südlich vor den Toren von Alryne. Um ihre Äcker gegen Tiere und andere Kreaturen zu schützen, lebten die Bauern in der Nähe ihrer Weiden und Feldern, außerhalb der Stadtmauern. Die Familie von Lord Marquard hatte den Radcliffes diesen Boden vor ein paar Generationen als Lehen zur Verfügung gestellt. Nachdem sie in mühevoller Arbeit die Bäume gerodet hatten, konnten sie ihre Felder anlegen und diese bewirtschaften. Den größten Teil des gerodeten Holzes mussten sie an den Lord abgeben, aber einen kleinen Teil durften sie behalten. Daraus bauten sie die Häuser und Wirtschaftsgebäude für die bäuerliche Großfamilie und umzäunten ihre neu angelegten Felder. In regelmäßigen Abständen schlugen sie Pflöcke in den Boden und flochten in mühevoller Kleinarbeit Dornenhecken und Reisig in die Zwischenräume. Zum Schluss belegte ein Magier den Zaun mit einem Schutzzauber, um wilde Kreaturen und unliebsame magische Geschöpfe auf Abstand zu halten. Das Lehen wurde innerhalb der Familie vererbt und die Radcliffes hatten eine durchaus gute Beziehung zu ihren Lehnsherren. Von den erwirtschaften Erträgen mussten sie lediglich dreißig Prozent an die Marquards abgeben. Zusätzlich dazu waren sie zweimal im Jahr zu Fronarbeit verpflichtet. Da diese für das Gemeinwohl waren, wie die Instandsetzung der Straßen oder nötige Reparaturen an der Wasserversorgung, kam sie ihnen auch zu Gute. Bauern in anderen Grafschaften mussten deutlich höhere Belastungen stemmen. Im Laufe der Jahre sprachen die Marquards der Familie immer wieder neues Land zu. Die Radcliffes verstanden es geschickt, das neue Land in fruchtbaren Boden umzuwandeln, und somit war der Hof der Radcliffes einer der größten in der näheren Umgebung. Layman Radcliffe war im ganzen Städtchen beliebt und hatte mit seinem Hof ein gutes Einkommen.

Den Weg durch die Feenwiese säumte zu beiden Seiten saftiges grünes Gras. Obwohl der Herbst bereits Einzug gehalten hatte, standen gelbe Goldbecher, hellrosa Anemonen und lila Herbstzeitlose in voller Blüte. Sie sahen wie lustige Farbtupfer auf der ansonsten grünen Wiese aus.

Ein paar Meter hinter dem Stadttor lagen die Überreste der Battyrs auf dem Weg. Bisher hatte Rob die Versteinerungsabwehr der Gargoyles für eine eher sanfte Methode gehalten. Schließlich konnten die Opfer wieder zurückverwandelt werden. Aber bei dem Anblick der zersplitterten Battyrs wurde ihm auf grausame Art klar, dass das nicht für fliegende Angreifer galt. Rob fuhr weiter über die steinerne Bogenbrücke, die über das kleine Flüsschen Gnyih führte.

Er schweifte mit seinen Gedanken zu dem Turnier morgen. Zum ersten Mal würde er richtige Drachen zu Gesicht bekommen. Er hatte schon viel über diese unnahbaren, weisen Geschöpfe gehört, aber da er nie weiter aus seiner kleinen Welt als bis zu Layman Radcliffe herauskam, hatte er selbst noch keinen gesehen. Ulbert hatte ihm früher häufig Geschichten über Drachen erzählt, und Rob hatte in Bennetts Bibliothek ein wunderbares Deckengemälde von ihnen gesehen. Er hatte sich oft vorgestellt, wie es wäre, wenn er auf einen richtigen Drachen treffen würde. Meistens hatte er in seiner Vorstellung vor Ehrfurcht den Mund nicht aufbekommen. Obwohl er große Menschenansammlungen nicht mochte, überwog die Vorfreude auf das Drachenturnier. Spannende Ritterzweikämpfe, magische Duelle und richtige Drachen.

Plötzlich brach Rob in Tränen aus. Die Vorstellung, dass sich ein Ritter im Kampf verletzen könnte, machte ihn unendlich traurig. Seine Traurigkeit steckte Arlas und Arras an, und sie blieben mit dem Gespann hinter der Brücke stehen. Oder die Lieblingslanze eines Ritters könnte an dem Brustpanzer des Gegners zersplittern. Rob schluchzte bei dem Gedanken. In Tränen aufgelöst saß er auf dem Kutschbock. Nach einem kurzen Moment verflog die Trauer und Rob konnte wieder vernünftig denken.

Eine dieser verflixten Feen musste ihn berührt haben! Verdammt, was war denn los? Normalerweise ließen die Feen einen zufrieden und kümmerten sich um ihre eigenen

Angelegenheiten. Irgendetwas musste sie aufgescheucht haben. In diesem Moment hörte Rob ein aufgeregtes Summen hinter sich. Er drehte sich um und entsetzt sah er, dass ein Schwarm Feen, doppelt so groß wie er selbst, genau auf ihn zuhielt. Es mussten mindestens hundert sein. Er versuchte noch, Arlas und Arras zur Flucht anzutreiben. Aber vergeblich. Was hätte er dafür gegeben, wenigstens einen kleinen Abwehrzauber zu beherrschen? Der Schwarm hatte ihn eingeholt. Rob fühlte sich, als würde er platzen, und versank in einem Gefühlschaos aus abgrundtiefer Trauer.

Fuku schaute sich das Schauspiel gut versteckt aus einer nahen Baumgruppe heraus an. Zu Beginn amüsierte er sich noch köstlich. Er hatte über die Wiese nur einen kleine Zauber gelegt und damit das Gefühlsleben der Feen etwas aufgemischt. Einen leichten Nebel der Trauer, der über die Wiese waberte. So wie es schien, war der Junge auf dem Pferdegespann voll in einen Schwarm Feen geraten.

Aber jetzt kamen Fuku Bedenken. Warum wehrte sich der Kerl nicht? Das konnte doch nicht sein, dass man sich von ein paar Feen so unterkriegen ließ. Fuku wurde ärgerlich. Eigentlich wollte er nur etwas Spaß haben. Aber natürlich musste der einzige Mensch, der heute Morgen hier unterwegs war, extrem empfindlich auf Gefühle reagieren! Fuku musste wohl oder übel eingreifen. Rasch wandelte er den Nebel der Trauer in einen der puren Freude um.

Rob lachte laut auf und trieb seine Pferde mit bester Laune an. „Los, ihr beiden, wir wollen hier doch keine Wurzeln schlagen. Auf, auf, Layman wartet bestimmt schon auf uns."

Fuku schüttelte in seinem Versteck den Kopf. Menschen!, dachte er und machte sich unbemerkt auf den Heimweg.

Rob wurde langsam klar, dass er Opfer der Feen geworden war. Er schämte sich ein bisschen für seine Gefühlsausbrüche und hoffte inständig, dass niemand auf dem nahen Bauernhof etwas davon gemerkt hatte. Er atmete tief ein und lauschte in sich hinein. Es schien, als sei er wieder ganz normal.

Das Gespann kam zu dem Gatter des Flachsfeldes, an dem Laymans Grundstück begann. Dort wartete Medwyn, der Wachhund, schon freudig mit dem Schwanz wedelnd. Der riesige bleigraue Mastino konnte es kaum erwarten, Rob zu begrüßen. Ein tiefes, erwartungsvolles Bellen hallte durch die Luft.

„Medwyn, ja mein Guter, mach mal Platz, sonst komme ich nicht durch." Rob sprang vom Kutschbock ab und öffnete das Gatter. Arlas und Arras trotteten gemächlich mit dem Wagen durch den Eingang. Hinter ihnen verschloss Rob das Gatter wieder. Medwyn dachte wohl, er hätte genug gewartet. Der siebzig Kilo schwere Koloss sprang Rob mit seinen Vorderbeinen an und leckte ihm mit seiner nassen Zunge zur Begrüßung einmal quer über das Gesicht. Rob kam unfreiwillig ins Taumeln. „Ey, lass das!", prustete er und rettete sich, indem er einen Schritt zurücktrat. „Du sollst Eindringlinge vertreiben – und nicht abknutschen."

Aber das interessierte Medwyn gerade gar nicht. Er mochte Rob, und das wollte er ihm zeigen. Gefolgt von Medwyn kletterte Rob wieder auf den Kutschbock. Der Wachhund, mit seinen vielen Falten, setzte sich neben Rob und ließ sich seinen dicken Kopf kraulen.

Der typische Geruch nach Vieh und Dung lag deutlich in der Luft. Rob fuhr zwischen den Feldern hindurch auf das Gehöft zu. Da kam ihm ein dunkelbraunes, borstiges Schwein im Galopp entgegen. Dahinter liefen zwei kleine Jungen, die es mit lautem Gebrüll jagten.

„Du sollst zu den anderen. Halt, Halt!", rief einer, aber das Schwein gehorchte nicht. Rob erkannte Harry. Er war mit sechs Jahren der Jüngste der sechs Kinder von Layman und seiner Frau Gladys. Der zweite Junge war etwa im gleichen Alter wie Harry, vielleicht etwas jünger, aber Rob hatte ihn hier noch nie gesehen.

„Rob, du musst das Schwein aufhalten, das soll in den Wald zu den anderen", brüllte Harry völlig aus der Puste und mit hochroten Bäckchen.

Rob schob mit seiner gesamten Kraft den trägen Medwyn vom Wagen. „So, zeig mal, dass du ein guter Hütehund bist." Medwyn stellte sich seelenruhig mitten auf den Weg und gab ein kurzes, tiefes Knurren von sich. Das Schwein blieb sofort verunsichert stehen und sah sich nach einem Fluchtweg um. „Ihr müsst dem Schwein jetzt auch den Rückweg frei machen", rief Rob. Die Jungs wichen links und rechts auf die Felder aus und kamen in einem Bogen um das Schwein herum zu Rob.

„Hallo, Rob", begrüßte ihn Harry. Der zweite Knabe versteckte sich halb hinter Harry und musterte ihn aufmerksam aus seinen hellen blauen Augen.

„Hallo, Harry, wer ist denn dein Freund da?"

„Ach, das ist mein Cousin Tim. Mamas Schwester und ihre Familie wohnen seit Neustem bei uns. Tim und ich helfen gerade Norman, der mit den Schweinen im Wald in der Nähe der alten Ruine ist. Die sollen nämlich ganz viele Eicheln und Bucheckern fressen, damit sie schön fett werden."

„Willkommen, Tim", begrüßte Rob den kleinen Jungen, aber der drehte sich nur verschämt weg. „Na, dann macht mal eure Arbeit und jagt das Schwein in den Wald."

Das Schwein stand noch, im sicheren Abstand zu Medwyn, unentschlossen auf der Straße und überlegte offensichtlich, was es als nächstes tun sollte. Harry grinste Rob an und setzte zu einem wilden Kampfgeschrei an, in das Tim sofort einstimmte. Die zwei Jungen jagten wieder dem Schwein hinterher, das sofort Reißaus nahm. Nur diesmal in die andere, hoffentlich richtige Richtung. Medwyn schaute der Hatz hinterher, entschied, dass er seine Arbeit getan hatte, und kam wieder zu Rob auf den Kutschbock.

Inzwischen hatte auch Layman ihn gesehen. Der kräftige, sonnengegerbte Bauer mit den freundlichen Zügen säte gerade mit seinem Ältesten, Tom, den Winterweizen aus, kam nun aber auf ihn zu. Layman wischte sich die Hand an seinem Leinenhemd ab und begrüßte Rob freundlich. „Hallo, Rob, und danke, dass du meinen faulen Wachhund durch die Gegend kutschierst. Ich weiß ja nicht, was du mit dem angestellt hast, normalerweise lässt er niemanden auf unser Anwesen, aber bei dir scheint er eine Ausnahme zu machen. Schau ihn dir an! Rückt dir kein bisschen von der Seite. Aber sag, wie kann ich dir helfen?"

„Ulbert schickt mich. Ich soll eine große Ladung Stroh abholen. Unsere Vorräte sind aufgebraucht, da wir momentan auch die Teilnehmer vom Turnier versorgen müssen. Außerdem wollte er unsere Scheune wieder aufgefüllt haben, bevor der Winter kommt. Ich komm die nächsten Wochen also öfter."

„Das freut mich, du bist hier gerne gesehen. Hast du schon gefrühstückt?"

„Nein, aber ich habe mir Verpflegung mitgebracht."

„Dann lass uns doch erst den Wagen beladen und anschließend in Ruhe frühstücken. Ich habe heute noch nichts gegessen. Tom? Kommst du? Wir machen nachher hier weiter."

Tom kam zu ihnen und kletterte auf die Ladefläche. „Hallo, Rob, wie geht's?"

„Gut, danke der Nachfrage."

„Freust du dich schon auf das Turnier morgen?", wollte Tom wissen. „Kümmerst du dich wieder um die Pferde? Dann hast doch bestimmt einen genialen Platz." Für Tom, der auf dem Bauernhof lebte, war die Vorstellung faszinierend, den Rittern und Magiern so nah zu sein.

„Klar, und wie. Morgen kümmere ich mich wahrscheinlich sogar nur um Lynir, das Pferd von Burkhard. Das soll ja Burkhards ganz besonderer Tag werden. Heute Nachmittag trainier ich ein letztes Mal mit Lynir, bei Feuer und Rauch ruhig zu bleiben. Morgen muss er das perfekt beherrschen", erklärte Rob stolz.

Sie kamen auf dem Gehöft an. Es gab einen zentralen Hof, mit einem Brunnen in der Mitte. Auf der rechten Seite lag die langgestreckte Scheune, an die sich das Wohnhaus anschloss. Die Dächer der aus kräftigen Holzplanken gebauten Häuser waren mit Flachs gedeckt. Sie reichten so tief herunter, dass es so aussah, als hätten die Häuser Mützen auf. Vor Kopf lag der Stall, an den sich die Weide anschloss. Sie erstreckte sich weiter nach links, bis zur Südgrenze des Anwesens. Dort grasten gemächlich Rinder, Schafe und ein paar Ziegen. Linkerhand lag auch noch ein kleiner Teich, von dem die Gänse mit wildem Geschnatter auf die Neuankömmlinge zuliefen. Dahinter wuchsen allerlei Obstbäume. Die prallen roten Äpfel hingen schwer an den Ästen, und auch die Pflaumen waren reif. Hinter dem Wohnhaus gab es noch Gladys' heiligen Garten, einen gemauerten Ofen und einen Verschlag mit Bienenstöcken.

Vor dem Haus saßen Adney, die zehnjährige Tochter von Layman, mit einem weiteren Mädchen. Sie kämmten Flachs aus, indem sie die Stränge über verschieden feine Kämme zogen. Neben ihnen saß Gladys' Mutter Cathrin am Spinnrad und verspann die gewonnenen Fasern zu Fäden. Daraus würden sie später im Winter Kleidung oder Seile herstellen.

„Adney, mein Schatz, sagst du bitte Mom Bescheid, dass wir einen Gast haben? Wir laden eben an der Scheune den Wagen voll und wollen danach zusammen Brotzeit machen."

„Klar, Dad", antwortete das Mädchen und verschwand im Haus.

Die Scheunentore standen weit offen, und Brian, Edward und ein sehr kräftiger Mann mit stahlblauen Augen, Mitte Dreißig, droschen mit Dreschflegeln den Hafer. Layman, Tim und Rob gingen zur Scheune und begrüßten die drei.

„Darf ich vorstellen? Das ist Rune, mein Schwager aus Vargdal. Meinen Sohn Edward und Brian, unseren Knecht, kennst du ja. Und das hier ist Rob, der beste Stalljunge unter dieser Sonne. Er lebt oben auf Skargness und kann mit Tieren sprechen."

Rob wurde wieder rot, er fühlte sich bei solchen Bemerkungen nicht ganz ernst genommen.

„Hallo, Rob, bei euch auf der Burg ist heute bestimmt richtig viel los", meinte Brian und gab Rob zur Begrüßung einen kräftigen Schlag auf die Schulter. „Layman gibt mir morgen frei, und meine Liebste, Eva, und ich werden auch zu dem Spektakel kommen."

„Wir kommen auch alle", schaltete sich der für seine vierzehn Jahre noch relativ kleine Edward ein. „Darf ich dich bei den Pferden besuchen kommen?"

Rob zögerte ein wenig. Layman kam ihm zur Hilfe. „Das wird nicht gehen, Edward. Rob ist verantwortlich für die Pferde von Skargness. Und der Bereich für die Ritter und ihr Gefolge ist abgetrennt. Wenn sie dich da erwischen, werden sie dir zur Strafe mindestens zwei Finger brechen. Und Rob wird zehn Peitschenhiebe bekommen. Das wollen wir doch nicht."

„Ach, so schlimm wird das schon nicht sein, du übertreibst bestimmt", antwortete Edward.

„Stimmt, ganz so schlimm ist es nicht, aber ich würde trotzdem eine Menge Ärger und sicherlich auch Schläge bekommen", sagte Rob. „In letzter Zeit sind die Sitten auf Skargness viel rauer geworden."

„Das ist mir auch schon aufgefallen, und so eine Stimmung kann sich ganz schnell weiter aufheizen, nicht wahr, Rune?", meinte Layman.

Doch Rune murmelte nur halblaut und mehr zu sich selbst. „Ihr wisst ja gar nicht, wie schlimm das werden kann."

„Schade, aber von der Bühne sehen wir bestimmt auch sehr gut", tönte Edward dazwischen.

Alle machten sich zusammen an die Arbeit, die Strohgarben auf den Wagen zu verladen. Edward und Rune standen oben auf dem Heuboden und warfen sie hinunter. Tom, Layman und Rob fingen sie auf und stapelten sie ordentlich und dicht an dicht auf der Ladefläche. Die Arbeit ging schnell, aber die Luft war staubig und unangenehm. Rob war verschwitzt, und der Staub klebte an den unmöglichsten Stellen. Sein Rücken juckte und er fühlte sich nicht sonderlich wohl in seiner Haut.

Layman grinste, als er das sah. „Neben der Scheune steht ein Wassertrog, da können wir uns gleich waschen und den Staub aus den Kleidern klopfen."

Rob sah in dankbar an. „Ja, das wird echt nötig sein. So wie das hier aussieht, sind wir in fünf Minuten bestimmt fertig."

„Ja, ich denke, da hast du recht", meinte Tom und fing eine weitere Strohgarbe.

Nach zehn Minuten waren sie nicht nur fertig, sondern hatten sich auch schon gewaschen und waren auf dem Weg zum Wohnhaus. Die Arbeit hatte sie hungrig und durstig gemacht und sie freuten sich auf ein ausgiebiges spätes Frühstück. Als sie die Küche betraten, empfingen sie der Duft nach leckerem Essen und eine behagliche Wärme.

Gladys, Laymans braunhaarige, kräftige Ehefrau, kam freudestrahlend auf Rob zu und drückte ihn herzhaft an sich. „Hallo, Rob, mein Guter, du warst ja ewig nicht mehr hier. Lass dich mal richtig anschauen. Das gibt es nicht, du bist ja noch kräftiger und größer geworden! Wann warst du das letzte Mal hier?"

„Vor einem Monat."

Gladys spürte, dass Rob die Situation unangenehm wurde, das kannte sie von ihren eigenen Jungs. Daher wechselte sie das Thema und ergriff die Chance, den neuesten Klatsch und Tratsch aus der Burg zu erfahren. „Und was gibt es Neues bei euch oben auf der Burg? Das sind doch bestimmt fünfzig Bewohner mehr als normal. Die sind bestimmt alle ganz aufgeregt."

„Ja, aufgeregt sind sie alle. Ich glaube, mit fünfzig Leuten liegst du ganz gut", versuchte Rob, Gladys' Neugier zu stillen.

„Und?", bohrte Gladys weiter.

„Und was?"

„Lass dir doch nicht alles aus der Nase ziehen, mein Junge", lachte sie. „Wie ist Burkhard drauf? Der ist bestimmt schon ganz nervös vor einem solch bedeutenden Tag."

„Ja, der ist nervös", meinte Rob einsilbig. Er mochte Burkhard nicht sonderlich, aber das würde er niemandem erzählen. Der junge Lord war arrogant und schnöselig. Er behandelte alle Leute, die ihn umgaben, wie Luft, es sei denn, er hatte einen Befehl für sie. Wenn er mit Rob redete, dann nur, um sich über Lynir zu beschweren. Entweder sei das Pferd nicht gut oder Ulbert und er könnten es nicht richtig ausbilden. Der Idiot hatte ja keine Ahnung und überhaupt kein Gefühl für Lynir! Lynir war das beste Pferd, und Ulbert und Rob selber waren gute Ausbilder. Burkhard war einfach ein schlechter und unfähiger Reiter, aber das konnte Rob ihm ja nicht sagen. Und ansonsten hatten sie nicht viel miteinander zu tun.

„Ich merke schon, wenn ich mehr über die Burg wissen will, muss ich mich mal wieder mit Gwyn treffen, die erzählt einem wenigstens etwas", unterbrach Gladys seine Gedanken.

„Ach ja, ich soll dir liebe Grüße von ihr ausrichten."

Gladys schmunzelte. „Du bist genau wie Tom – der erzählt auch nie was und vergisst immer die Hälfte. Das muss an eurem Alter liegen. Na gut, du bist aus dem Verhör entlassen."

Tom und Rob grinsten sich schief an.

Derweil hatten die anderen den Tisch reichlich gedeckt. Es gab frisches Brot, Bier für die Erwachsenen und Holunderblütensaft für die Kinder. Dazu wurde eine Platte mit Wurst und Käse gereicht, und aus ihrem Garten hatte Gladys saftige Gurken geerntet. Rob hatte seinen Proviant einfach mit auf den Tisch gelegt. Er genoss das vorzügliche Mahl, da das Essen der Bediensteten auf der Burg normalerweise nicht so reichhaltig war. Er hatte Glück, dass die Küche unter Gwyns Kommando stand. Er hatte eine gewisse Sonderstellung bei ihr, und sie versorgte ihn immer wieder mit Extrarationen.

Während des Essens fiel ihm auf, dass Laymans Schwager Rune und seine Frau Lea ihren Kindern heimlich mehrmals ermahnende Blicke zuwarfen. Es schien so, als wollten sie ihre Kinder bremsen, die, ermutigt von Gladys, wie ausgehungerte Wölfe zulangten. Nachdem alle fertig waren, packte Gladys einen Korb mit Leckereien für Norman und die Bande, die im Wald die Schweine hüteten. Die Kinder schickte sie mit dem Korb los. Der Knecht und Eva gingen wieder ihrer Arbeit nach, und Gladys und ihre Schwester Lea räumten ab. Tom und Rob halfen ihnen.

Zu Rune gewandt sagte Layman: „Ihr braucht eure Kinder hier nicht zu zügeln. Wir sind eine Familie, und wir haben das Glück, mehr als genug zu haben. Lass sie einfach, sie sind für uns wie unsere eigenen Kinder. Und Lea und du, ihr arbeitet härter als alle anderen hier auf dem Hof. Und eure Kinder packen auch überall mit an. Rune, alles ist gut."

Rune wirkte abwesend. „Nichts ist gut, wir fallen euch hier zur Last. Wegen uns habt ihr einen Knecht und eine Magd entlassen müssen."

Layman lachte. „Dafür bin ich dir dankbar, das hätte ich schon viel früher machen sollen. Im Gegensatz zu Brian und Eva waren die beiden faul und haben mich sogar angelogen. Du hast mir einen Gefallen getan. Und nein, ihr fallt uns nicht zur Last, ehrlich nicht."

Layman nahm Rune in den Arm und drückte ihn an sich. „Du bist mein Schwager, und du hättest dasselbe auch für mich getan. Allerdings solltest du unbedingt mit Bennett reden."

Rune wusste, dass Layman richtig lag und, obwohl ihm es ihm schwer fiel, meinte er nur: „Ja, wahrscheinlich hast du recht."

Rob war inzwischen nach draußen gegangen und spannte Arras und Arlas wieder vor den Wagen. Er wollte gerade den Rückweg zur Burg antreten, als Layman nach ihm rief. „Rob, kannst du Rune mit auf die Burg nehmen? Ich brauche meine Pferde hier für den Pflug, aber ich denke, es ist Zeit, dass Rune sich mit Bennett, dem Burgmagier, unterhält."

„Klar, gerne, aber denkst du, Bennett hat einen Tag vor dem Drachenturnier Zeit? Ich meine ja nur ...", antwortete Rob.

„Hmm, ich denke, das, was Rune ihm zu berichten hat, ist so interessant, dass er sich die Zeit nehmen wird."

In dem Moment kam Rune um die Ecke, um einiges gefasster als eben am Tisch. „Layman hat recht, ich sollte mit Bennett reden. Lieb, dass du mich mitnimmst, Rob." Rune kletterte zu ihm auf den Kutschbock. Rob verabschiedete sich noch, und dann fuhren sie los. Medwyn, der Wachhund, sprang zu ihnen hoch und drängelte sich mit seinem ganzen Gewicht in die schmale Lücke zwischen ihnen.

„Der liebt dich aber wirklich aus tiefstem Herzen", meinte Rune zu Rob, der jetzt sogar etwas lächelte.

„Ja, das ist komisch, aber ich kann wirklich gut mit Tieren. Die scheinen mich zu verstehen, und eigentlich glaube ich auch ganz gut zu wissen, was ein Tier fühlt."

„Das ist eine kostbare Gabe, du solltest stolz darauf sein."

„Ich weiß nicht, ob stolz die richtige Beschreibung ist, aber ich genieße es. Ich empfinde es mehr als Ehre und spüre eine Verantwortung für die Tiere", sagte Rob. „Es gibt da ein Pferd bei uns im Stall, und ich habe das Gefühl, wenn wir zusammen sind, ergänzen wir uns. Wenn ich auf ihm reite, fühlen wir uns als Einheit."

Rune wurde nachdenklich. „Ich verstehe, was du meinst. Es gibt Krieger, die eine magische Einheit mit einem anderen Lebewesen eingehen. Ursprünglich komme ich aus Norgyaard, einem schroffen Bergland hoch oben im Norden. Wir nennen uns die Wolfsblutkrieger. Um unsere Dörfer herum leben kräftige, starke Wölfe in großen Rudeln. Wird bei uns ein Kind geboren, begrüßen es die Magier und schauen sich seine Aura genau an. Erkennen die Magier die Aura als die eines besonderen Kriegers, setzen die Eltern das Kind bei einer Wölfin, die gerade selber einen Wurf hatte, aus. Wenn alles gut geht, akzeptiert die Wolfsmutter das Kind und zieht es zusammen mit ihrem Wurf auf. Ich habe eine solche Aura und wurde bei einer Wölfin ausgesetzt, die mich auch sofort adoptierte. Ich habe drei Wolfsschwestern und zwei Wolfsbrüder. In meinem ersten Lebensjahr lernte ich das Leben der Wölfe und wurde von dem Rudel als einer der ihren akzeptiert. Wir Wolfsblutkrieger wachsen und entwickeln uns unter den Wölfen viel schneller als die normalen Babys des Dorfes. Nach einem Jahr bringt die Wolfsmutter das Kind mit seinen Wolfsgeschwistern zu den menschlichen Eltern. Dort werden sie dann zusammen erwachsen. Zwischen dem Rudel und den Menschen des Dorfes entsteht ein festes Band der Zugehörigkeit. Das Band der Geschwister, ob Mensch oder Wolf, ist ungleich stärker. Wir leben in einer ständigen Verbindung zusammen. Wir können gegenseitig durch die Augen der anderen sehen und wissen, was der andere denkt."

Rob bekam den Mund vor Staunen nicht mehr zu. Aber jetzt ergaben auch Runes seltsam kalte Augen einen Sinn.

„Aber Menschen werden doch viel älter als Wölfe, oder?"

„Nicht bei den Wölfen der Wolfsblutkrieger. So wie wir uns in unserem ersten Wolfsjahr schneller entwickeln, so steigt die Lebenserwartung der Wölfe nach ihren Menschenjahren auf die der Menschen."

„Und wo sind deine Wolfsgeschwister gerade?", wollte Rob wissen und drehte sich suchend um.

„Du wirst sie hier nicht sehen, die sind mit Norman im Wald und verstecken sich dort. Sie waren es, die Vertrauen zu dir gefasst und deine Gabe durch mich gespürt haben."

„Aber deine Frau Lea ist doch kein Wolfsblutkrieger, oder?", fragte Rob.

Rune grinste. „Nein, auch wenn man das manchmal vermuten könnte. Nein, Lea ist keine Wolfsblutkriegerin. Sie und ich haben uns vor zwölf Jahren auf meiner Reise durch das Land Rochildar kennengelernt und sofort ineinander verliebt. Nach dem Tod von Leas Vater haben wir in Leghea, dem Dorf ihrer Eltern, den Hof übernommen. Der liegt direkt am Waldrand, und meine Wolfsgeschwister fühlten sich dort sofort wohl. Jeder im Dorf wusste, dass ich ein Wolfsblutkrieger bin und meine Wolfsgeschwister ein Teil der

Familie sind. Aber das war kein Problem. Nach kurzer Zeit der Eingewöhnung, konnten sie alleine im Wald umherstreifen, ohne dass jemand vor ihnen Angst hatte. Im Gegenteil, die Anwesenheit meiner Wolfgeschwister sorgte für mehr Sicherheit im Dorf. Übles Gesindel und Räuber mieden Leghea. Sie hatten Angst vor den im Wald patrouillierenden Wölfen. Wir waren voll akzeptiert und niemand im Dorf hatte Angst vor uns. Der Hof lief gut, und wir hatten ein angenehmes, beschauliches Leben."

„Und was passierte dann?", bohrte Rob nach.

„Dann kam eines zum anderen. Vor einem Jahr ging es damit los, dass der von allen geschätzte Dorfmagier Dumitru krank wurde. Er hatte ein seltsames Fieber und wurde von Tag zu Tag schwächer. Unsere Heilerin konnte lediglich die Schmerzen lindern, aber das Fieber konnte sie nicht heilen. Im Dorfrat beschlossen wir, dass wir Dragoslav Olaru, den ehrwürdigen Magnatus von Rochildar, um Hilfe bitten wollten. Wir schickten einen Boten in die Hauptstadt Chiril, der auch eine Audienz bei dem obersten Magier von Rochildar bekam. Nachdem Dragoslav sich unser Anliegen angehört hatte, schickte er uns Cristofor, einen seiner jungen Magier. Ein glühender Anhänger der Magie der reinen Lehre. Leider konnte Cristofor unsern Dumitru auch nicht mehr helfen. Nach einem weiteren Monat erlag Dumitru seiner Krankheit und Cristofor trat seine Nachfolge an.

Dumitrus Tod war nur der letzte Akt in einer langen Reihe schwerer Schläge für das kleine Leghea. Wir hatten drei Jahre lang extrem lange und kalte Winter und unsere Ernten waren schlecht. Aber das hat die Dorfbewohner bisher immer zusammenrücken lassen. Wir haben uns gegenseitig geholfen. Aber mit der Ankunft des neuen Magiers änderte sich das. Neben seiner normalen Tätigkeit als Magier eröffnete Cristofor bald ein kleines Geschäft, in dem er magische Tränke und Gegenstände verkaufte. Er machte keinen Hehl aus der Abneigung zu mir und meinen Wolfsgeschwistern. Die Verbindung mit anderen Rassen konnte seiner Meinung nach niemals gut sein. Das sei unnatürlich und unkontrollierbar. Der schleichende Wandel begann damit, dass er Amulette verkaufte, die eine bessere Ernte versprachen. Nicht, dass die Dorfbewohner an den Erfolg dieser vermeintlichen Segensbringer geglaubt hätten, aber sie dachten sich, dass es auch nicht schaden könnte, so ein Amulett zu besitzen. Plötzlich waren die in der Minderzahl, die allein auf die Natur vertrauten. Cristofor verstand es geschickt, die Gutgläubigkeit der Dorfbewohner auszunutzen. Schon bald erweiterte er sein Angebot um Tränke, die die Gesundheit bewahrten, welche, die dem gewöhnlichen Menschen magische Fähigkeiten verliehen, und Tränke, die Kraft spendeten. Natürlich waren alle seine Produkte nur mit reiner Magie gewirkt.

Und wieder brach ein extrem langer, kalter Winter über das ganze Land herein. Die knappen Vorräte, die die Bauern nach den vorgegangenen schlechten Jahren angelegt hatten, reichten nicht, die Bewohner zu ernähren. Die Menschen in Leghea hungerten, und Verzweiflung machte sich breit. Die Bauern aßen in ihrer Not ihr letztes Saatgut. Viele schwache alte Leute und Kinder starben in diesem grausamen Winter, und die Menschen sehnten sich den Frühling herbei. Aber auch im April hatte der Frost Leghea noch fest im Griff. Wo um diese Jahreszeit normalerweise die ersten Keimlinge des Getreides den braunen Ackerboden durchbrachen und die Felder in ein sattes Grün tauchten, waren in diesem Jahr die Böden noch von einer dicken Schicht aus Schnee bedeckt. Der Boden war so hart gefroren, dass man ihn mit einer Hacke nicht hätte auflockern können.

In ihrer Verzweiflung und Not wendeten sich die Bewohner Hilfe suchend an Cristofor, den Magier. Der verstand es geschickt, die Gefühle und den Frust der Menschen in Wut umzuwandeln. Eine üble Macht sei am Werk und verhindere die Wirkung seiner Zauber. Er gab die Schuld der unreinen Magie, die wie ein verdorbener Nebel über dem Dorf läge und seiner Magie die Kraft entzöge. Natürlich machte er mich und mein Wolfspack schnell als den Ursprung dieser unreinen Magie aus. Langsam und stetig nährte er die Flammen der Wut und lenkte sie, wann immer er konnte, in unsere Richtung. Es gab kein Übel in Leghea, dessen Ursprung Cristofor nicht mir und meinen Wölfen zuschrieb. Die Stimmen, die wollten, dass wir das Dorf verlassen, wurden lauter.

Mein bester Freund aus dem Dorf kam im Spätsommer auf meinen Hof. Der Dorfrat, aus dem man mich im Winter ausgeschlossen hatte, schickte ihn. Er sollte mit uns im Guten reden und dafür sorgen, dass wir Leghea verlassen. Es ist wie ein Faustschlag ins Gesicht, wenn dein bester Freund dich wegschicken will. Meine Frau Lea hat die ganze Nacht geweint, und wir waren grenzenlos enttäuscht. Aber so leicht lasse ich mich nicht vertreiben, also haben wir uns entschieden, zu bleiben. Aber die Situation eskalierte. Niemand sprach mehr offen mit uns, meine Wolfsgeschwister wurden gejagt, und eines Abends brannte unsere Scheune. Selbst unsere engsten Freunde trauten sich nicht mehr, öffentlich zu uns zu stehen. Sie hatten einfach Angst, dass sich der Zorn des Dorfes auch gegen sie richten würde. Mit Recht, wie ich denke, und wir konnten sie sogar verstehen. Dann, vor sechs Wochen, kam mitten in der Nacht jener alte Freund auf den Hof gestürzt und weckte mich. Er warnte mich, dass Cristofor eine Schar Bauern um sich herum bewaffnet und ein Kopfgeld für mich und die Wölfe meiner Familie ausgesetzt hatte. Sie seien maskiert und hätten sich Mut angetrunken. Er flehte mich an, sofort zu fliehen. Er fürchtete um unser aller Leben.

Ich habe sie mit den Wolfsaugen meiner Geschwister selbst gesehen, die wahnsinnige, gewaltbereite Menge, die sich zusammenrottete, um auf die Jagd zu gehen. Diesen Anblick werde ich nie vergessen. Die Menschen, mit denen ich vor einem Jahr noch zusammen gefeiert hatte. Jetzt waren sie maskiert und trugen Fackeln und Waffen. Sie waren voller Hass auf dem Weg zu uns und wollten mich und meine Familie töten." Rune machte eine kurze Pause und fuhr mit seiner Erzählung fort.

„Wir rissen die Kinder und Leas Mutter aus dem Bett. Ohne irgendetwas zu packen, flohen wir. Wir wollten nur so schnell wie möglich weg. Als wir zurückblickten, sahen wir unser Haus schon brennen, und eine Horde maskierter Männer plünderte unsere Habe. So sind wir hier letzte Woche angekommen, mit nichts, außer unserem blanken Leben."

„Das tut mir leid für euch, das muss schlimm sein, fast alles zu verlieren", sagte Rob.

„Das Schlimme ist nicht der materielle Verlust. Das Grausame ist die Hilflosigkeit. Es gibt keinen Feind, gegen den du dich verteidigen kannst. Du wirst von deinen besten Freunden aus Angst verraten, und du kannst sie verstehen. Du würdest, um deine Familie zu schützen, genauso handeln. Du bist voller Wut und weißt nicht, gegen wen du sie richten sollst."

„Aber ist nicht Cristofor schuld? Kannst du nicht gegen ihn vorgehen?"

„Du hast recht, gegen Cristofor müsste man vorgehen. Mit seinem Wahn von der reinen Magie ist er der Brandstifter, der mit dem Feuer spielt. Aber stell dir vor, ich hätte ihn umgebracht. Meinst du, ich hätte in Leghea bleiben können und alles wäre gewesen wie vorher?", fragte Rune.

„Nein, ich glaube nicht", antwortete Rob.

DIE MAGISCHEN FÜNF

M i Lou schob die Blende von ihrem Fenster hoch und schaute durch die verkratzte, doppelt verglaste Scheibe nach draußen. Die meisten Fluggäste schliefen. Neben dem monotonen Dröhnen der Triebwerke konnte man andere Passagiere schwer atmen oder auch schnarchen hören. Die Luft war kalt und muffig, und es roch nach Schweiß. Vereinzelt schaute jemand einen Film, um sich die Zeit zu vertreiben.

Das Flugzeug flog in einer Höhe von zehntausend Metern, unter sich das ewige Eis Grönlands. Mi Lou rutschte in ihrem Sitz nach unten, um die Sterne zu sehen, aber die Verzerrungen am Rande des verkratzten Fensters ließen nur einen sehr verschwommenen Blick zu. Enttäuscht setzte sie sich wieder normal hin und sah stattdessen hinunter auf die Wolkendecke. Im Osten sah man in der tiefschwarzen Nacht schon ganz sanft, aber noch weit entfernt, einen dünnen orangen Schimmer, der den nahenden Tag ankündigte.

Etwa dreitausend Meter unter ihr tobte ein starkes Gewitter. Einzelne bauschige Wolkenformationen zeichneten sich plötzlich gegen die schwarzgraue Masse ab. Ihre Ränder wurden von Blitzen hell erleuchtet. Die Gewitterblitze zeichneten immer wieder dramatische Bilder in die Wolkendecke.

Mi Lou dachte, dass Jeans Geist jetzt bestimmt frei in diesem Unwetter tobte, und fühlte sich ihm seltsam nahe. Sie glaubte nicht, dass man nach dem Tod in den Himmel kam. Das waren Geschichten für Kinder und unaufgeklärte Menschen, aber Jean war hier über den Wolken seltsam präsent. Und das auf eine ruhige, sehr zufriedene Art. Sein Geist war eins geworden mit dem Universum. Wie um sie zu bestätigen, tanzte plötzlich ein wilder roter Kugelblitz über die Wolkendecke. Immer wieder änderte er spontan seine Richtung, als würde eine mächtige, unsichtbare Kraft ihn abstoßen. So plötzlich, wie er aufgetaucht war, so plötzlich verschwand er nach drei Sekunden in den Wolken, so, als hätte er den Eingang zu einem geheimen Reich gefunden. Mi Lou lächelte und schlief sanft ein.

Ihre Träume entführten sie in schöne Kindheitserinnerungen mit Jean und Asuka. Sie wurde nach ein paar Stunden wach. Während sie schlief, hatte die Stewardess die Blende wieder zugemacht. Als Mi Lou sie jetzt öffnete, wurde sie von der Sonne so stark geblendet, dass es fast wehtat. In der Kabine wurde es unruhig. Das Bordpersonal bereitete das Frühstück vor.

Zwei Stunden später landeten sie in Paris. Dank ihres Schweizer Passes kam sie relativ schnell durch die Passkontrollen und hatte keine Probleme, ihren Anschlussflug nach Genua zu bekommen. Dort durchsuchte ein feister Zollbeamter akribisch ihre Tasche. Erst nach einer gefühlten Stunde Beamtenwillkür konnte sie ihren Mietwagen übernehmen. Sie gab die Adresse ein und machte sich auf den letzten Abschnitt ihrer schweren Reise. Die Fahrt durch die schroffe, zerklüftete Küstenlandschaft der Cinque Terre lenkte Mi Lou ein wenig ab. Immer wieder sah sie Dörfer, die sich wie Festungen über der rauen Brandung des Meeres an die Felsen krallten. Früher, in den unsicheren Zeiten, als Krieg das Land überzog und Piraten die Gewässer Liguriens durchkreuzten, boten diese Wehrdörfer den besten Schutz vor feindlichen Angreifern.

Heute Vormittag hatte sich der Geschäftsführer von Ustranetics nervös bei Karl gemeldet. Er hatte, wie befohlen, sämtliche Daten, die in irgendeinem Bezug mit Jean Parker standen, von einer lernfähigen Künstlichen Intelligenz mit unglaublicher Rechenleistung durchsuchen lassen. Karl wollte sichergehen, dass er in der kurzen Zeit nicht irgendetwas Relevantes übersehen hatte. In einer der Sicherheitsaufzeichnungen von Ustranetics hatte die KI tatsächlich etwas gefunden. Sobald sich ein Mitarbeiter mit den Ustranetics-Servern verband, nahmen die Sicherheitssysteme auch sämtliche inneren Displayfeeds der Mitarbeiter auf.

Eine Aufnahme, die kurz vor Jean Parkers Präsentation in Paris im März dieses Jahres datiert war, zeigte eine Auffälligkeit. Jean rief eine Prozedur namens Augmentum auf, aber es geschah nichts weiter. Augmentum war Jeans Projekt mit dem Ziel, das menschliche Gehirn mit einer Künstlichen Intelligenz zu erweitern. Das Forschungsgebiet der Procedural Augmented Intelligence, oder kurz PAI, hatte bei der Bruderschaft höchste Priorität. Das Augmentum-Modul sollte, gekoppelt mit Junctura und Ichnographia, die Menschheit in ein neues Zeitalter führen.

Es war unmöglich, dass Jean das Augmentum-Modul aufrief und nichts passierte. Normalerweise startete der letzte aktuelle Prototyp und ein Debugger nahm alle Befehle und Systemmeldungen auf, um sie weiteranalysieren zu können. Die Tatsache, dass sein Befehl nichts weiter auslöste, war extrem ungewöhnlich. Karl befahl drei IT-Spezialisten-Teams, diesen Widerspruch aufzuklären. Er überlegte kurz, ob jemand die Daten manipuliert haben könnte, verwarf diesen Gedanken aber schnell als absurd.

Mittlerweile war Mi Lou in Genua angekommen und Karl hatte sie über die Sicherheitskameras des Flughafens gesehen. Der Zollbeamte hatte die Ampulle bei ihr versteckt und sie fast dreißig Minuten aufgehalten. Jetzt war sie in ihrem Mietwagen, einem grünen Land Rover, unterwegs und etwa noch eine Stunde von Jeans Haus entfernt. Alle Informationen über Mi Lou und die Positionsdaten des Land Rovers hatte er in einem Feed zusammengefasst. Er markierte einen Punkt auf der Wegstrecke, etwa zehn Minuten vor ihrer geschätzten Ankunft. Wenn sie diesen passierte, würde ein Alarm bei ihm ausgelöst werden. Genug Zeit, damit er sich noch vorbereiten konnte.

In diesem Augenblick ging eine Nachricht auf seinem inneren Display ein. Tony Scott, ein kleiner, zierlicher Mann mit schütterem blonden Haar und viel zu rotem Kopf, wollte eine Verbindung zu ihm aufbauen. Karl verkleinerte den Mi-Lou-Feed auf Icon-Größe und widmete sich Scott, dem Chef der inneren IT-Sicherheit.

„Haben Sie eine plausible Erklärung für mich, warum die Daten fehlen?", fuhr er ihn barsch an.

Scott sah aus wie ein geprügelter Hund, sein Kopf versank so sehr zwischen seinen Schultern, dass jede Schildkröte vor Neid erblasst wäre. „Es tut mir leid, Herr Wolfensberger, aber es sieht so aus, als wären unsere Datensätze manipuliert worden."

Karl wurde kreidebleich. Das konnte nicht sein. Niemand war in der Lage, das Netzwerk der Nietzsche-Bruderschaft oder einer ihrer Firmen zu hacken – das konnte nicht sein.

„Was haben Sie herausgefunden? Erzählen Sie schon!", schnauzte er Scott an. „Oder muss ich jedes Wort einzeln aus ihnen herausprügeln?"

Scott zitterte am ganzen Leib und war sichtlich um Fassung bemüht. „Das kann ich Ihnen leider nicht sagen."

„Was?!", schrie Karl. „Wissen Sie, mit wem Sie sprechen? Ich habe sämtliche Vollmachten und uneingeschränkten Zugriff auf alle Daten. Haben Sie eine Ahnung, was ich mit Ihnen und Ihrer Familie anstelle, wenn Sie mir nicht sofort alles erzählen?"

„Aber ich kann nicht! Dieser Vorfall unterliegt einer Sicherheitsstufe, die noch über Ihrer Freigabe liegt. Es tut mir leid", sagte Scott kleinlaut.

Karl verstummte und beendete die Verbindung.

Er stand auf und sah durch die Panoramascheibe auf das offene Meer hinaus. Es gab tatsächlich eine Sicherheitsstufe, die er nicht hatte. Und die war dem hohen Rat der Nietzsche-Bruderschaft vorbehalten. Der hohe Rat bestand aus dreizehn Mitgliedern, deren Identität selbst Karl nicht kannte. Sein Pflegevater Giacinto Scolari war einer der dreizehn, da war er sich relativ sicher. Aber sonst wusste niemand, wer die Mitglieder des hohen Rates waren. Das war eines der bestgehüteten Geheimnisse dieser Welt. Das bedeutete aber, dass es innerhalb des hohen Rates einen Verräter gab. Er baute eine Verbindung mit Scolari auf und erklärte im kurz die Situation.

Eine Viertelstunde später meldete sich ein sichtlich aufgewühlter Scolari. Karl hatte das Gefühl, dass sein Pflegevater in den letzten Tagen zehn Jahre gealtert war. „Karl, wir wissen jetzt, dass die Dateien manipuliert wurden. Es sieht so aus, als hätte jemand die letzten fünf Jahre des Augmentum-Projektes, also die gesamte Arbeit von Jean Parker, neu geschrieben."

Karl war entsetzt. „Aber das ist doch nicht möglich! Nur der hohe Rat hätte die Zugriffsrechte für solche Veränderungen."

„Das ist ja das Schlimme, die Manipulation ist mit meinen Zugriffsrechten erfolgt."

Karl war sprachlos. „Das bedeutet entweder", fuhr Scolari fort, „dass der hohe Rat das in meinem Namen getan hat. Dafür müssten aber mindestens neun der dreizehn Ratsmitglieder zugestimmt haben. Das halte ich für unwahrscheinlich, aber auch nicht für ausgeschlossen. Oder jemand hat unser Sicherheitssystem komplett gehackt, aber das halte ich auch für nahezu unmöglich. Ich werde noch für heute Abend eine Versammlung des hohen Rates einberufen. Ich denke, ab morgen wird mich der Rat argwöhnisch beobachten. Karl, wir dürfen jetzt keinen Fehler machen, das ist dir doch klar?"

„Kann es sein, dass Jean mit dem Augmentum-Modul viel weiter war, als wir gedacht haben, und jemand versucht, das vor uns zu verheimlichen?", fragte Karl.

„Das wäre zumindest eine plausible Erklärung." Scolari überlegte kurz. „Überprüfe du nochmal jedes Detail in Jean Parkers Umfeld und kümmere dich um seine Tochter. Vielleicht haben wir etwas übersehen. Und warten wir ab, was die Ratssitzung bringt. Ich melde mich danach bei dir", beendete Scolari die Unterhaltung.

Karl überkam ein Gefühl der Unsicherheit, das ihn rasend machte. Er war es gewohnt, die Zügel in der Hand zu halten und die Kontrolle über Ereignisse zu behalten. Hier entglitt ihm die Situation gerade zum zweiten Mal innerhalb kürzester Zeit. Wütend fing er an, sämtliche Schränke und Schubladen aufzureißen. Nachdem er den Inhalt untersucht hatte, schmiss er alles einfach auf den Boden. Karl steigerte sich in einen Wahn und wütete wie ein Orkan durch das Haus.

Mi Lou fühlte sich unwohl bei dem Gedanken, alleine in Jeans Haus zu gehen, deswegen beschloss sie, zuerst zu Giulia und Antonio zu fahren. „Bitte lass mich hier an der Piazza raus und suche dir einen Parkplatz", befahl sie dem Land Rover. Sie schnappte sich ihren Rucksack und machte sich quer über den Platz zu Fuß auf den Weg. Das Auto fuhr zurück zu einem Parkplatz vor dem Dorfeingang.

Giulias und Antonios Geschäft lag in der schmalen Gasse, die hinunter zu dem kleinen pittoresken Hafen des Dorfes führte. Für Autos waren die schmalen Gässchen von Manarola viel zu eng. Hier an der ligurischen Küste war es außerdem üblich, dass die Fahrzeuge nach Gebrauch auf den zentralen Parkplätzen vor und hinter den Dörfern parkten. Quer über die Gassen hatten einige Bewohner der oberen Stockwerke Wäscheleinen gespannt, und rote Spitzenunterwäsche flatterte keck neben bunten T-Shirts im Wind. Immer wieder hörte man Gesprächsfetzen, die durch halbgeöffnete Fensterläden oder Türen nach draußen drangen.

Von weitem konnte man schon die grün-weiß gestreifte Markise sehen, die weit auf die Straße hinausragte. Sie beschützte die Auslagen und Kunden vor zu starker Sonne oder, wie jetzt im Herbst, vor Regen. Jeden Morgen stapelte Giulia das frische Obst und Gemüse in Kisten und Körben auf das dreistufige Holzgerüst vor dem Laden. Hatte sie dort keinen Platz mehr, drehte sie die blauen Körbe vom Großmarkt einfach um und stellte den Rest darauf. Der Geruch nach frischem Obst und die Intensität der Farben waren überwältigend. Drinnen in dem kleinen Laden war jeder Zentimeter vollgestopft mit Leckereien und nützlichen Haushaltsgegenständen. Im Sommer hatte es Antonio auf wundersame Weise sogar noch geschafft, rechts von der schmalen Eingangstür eine kleine Eiscremetheke aufzubauen. Wenn sie in den Ferien hier war, holte Mi Lou sich immer drei Kugeln. Erdbeere, Schokolade und Zitrone. Es war das leckerste Eis im ganzen Universum.

Je näher sie dem Laden kam, umso mehr zog sich ihr Magen wieder zusammen, und sie merkte, wie ihr Tränen in die Augen schossen. Beklommen trat sie zur Tür ein und brachte kein Wort heraus. Sofort kam Giulia zu ihr rüber – „Mi Lou!" – und nahm sie feste in den Arm. So standen sie dort fast eine Minute, ohne ein Wort zu sagen, und Mi Lou spürte, wie sie sich langsam entkrampfte. Es war schön, einfach nur in den Arm genommen zu werden. Kurze Zeit später kam Antonio und drückte sie ebenfalls voll tiefer Zuneigung an sich.

„Komm mit nach oben, Mi Lou, ich glaube, wir haben ein paar Dinge zu besprechen", sagte er und ging die Wendeltreppe neben der Frischtheke in der hinteren Ecke des Ladens nach oben. Antonio war bestimmt schon fast achtzig Jahre alt, hatte sich aber sehr gut gehalten. Er war ein lustiger Mann, der immer lachte, und dementsprechend hatten ihm die Falten genau diesen lebensfrohen Ausdruck in sein Gesicht geschrieben. Er nahm seine Schürze ab und stellte drei kleine Schnapsgläser auf den Tisch. Aus einem weißen Küchenschrank holte er eine handbeschriftete Flasche mit Schnaps und goss die drei Gläser voll. „Giulia, mein Schatz, kommst du? Wir wollen auf Jean anstoßen."

Giulia schloss die Ladentür, ging nach oben und setzte sich zu Mi Lou und Antonio.

„Auf Jean, den intelligentesten und nettesten Mann, den ich je getroffen habe", sprach Antonio, und alle drei tranken auf Jean.

„Hast du Mi Lou schon von dem weißen Riesen erzählt?", wollte Giulia wissen.

„Wann sollte ich das, bitte sehr, gemacht haben?", gab Antonio zurück.

Mi Lou schaute nur verwirrt von Giulia zu Antonio und fragte: „Ein weißer Riese?"

Antonio ergriff das Wort, nachdem er allen nochmals eingeschenkt hatte. „Also, ich bin gestern Morgen so gegen zehn bei Jeans Haus gewesen. Du weißt ja, dass er normalerweise jeden Tag so gegen halb neun hier zu uns in den Laden kommt und die Dinge für den Tag und eine Zeitung kauft. Gestern war er nicht da, und da er in letzter Zeit häufiger einen komischen Eindruck gemacht hat, wollte ich nach dem Rechten sehen. Nach dem morgendlichen Ansturm im Laden fuhr ich hoch zu seinem Haus. Ich dachte, vielleicht ist er krank und freut sich, wenn ich ihm Brötchen und die Zeitung bringe. Oben am Haus angekommen, fiel mir sofort auf, dass die Tür nicht richtig zu war. Ich klopfte an, rief nach Jean und bekam keine Antwort. Da bin ich einfach reingegangen und habe Jean auf dem Boden liegend gefunden. Er hatte den Kopf ganz komisch verdreht und blaue Streifen am Hals. Ich habe seinen Puls gefühlt, aber da war nichts zu spüren. Also habe ich die Polizei angerufen. Die sagten, sie wären in zehn Minuten da und würden auch einen Arzt mitbringen. Ich bin dann wieder raus und habe vor der Tür gewartet.

Kurze Zeit später kam ein riesiger Mann mit weißblonden Haaren und blauen Augen. Sein Blick war falsch, und er strahlte irgendetwas Krankes aus. Als er mich sah, setzte er ein nettes Gesicht auf und stellte sich als Sonderbeauftragter von Interpol vor. Aber ich habe ihm kein Wort geglaubt, irgendetwas stimmte mit diesem Typen nicht. Und warum sollte die italienische Polizei Interpol einschalten? Ich habe mich einfach doof gestellt und so naiv wie möglich seine Fragen beantwortet, ohne ihm wirklich etwas zu erzählen. Fünf Minuten später kam unsere Polizei und die scharwenzelte, unterwürfig wie räudige Straßenköter, um diesen Typen rum. Das war schon fast ekelig. Ich war froh, als ich gehen durfte, fragte aber noch, was denn mit Jean passiert sei.

Der hätte einen Herzinfarkt gehabt, bekam ich von dem Hünen zur Antwort. Ich hatte aber das Gefühl, dass er mich nur loswerden wollte. Ganz ehrlich: Die Gedanken an die rotblauen Streifen auf Jeans Hals haben mich die ganze Nacht nicht losgelassen. Ich denke, das waren Würgemale. Aber wir wollten erst mit dir reden, bevor wir damit zur Polizei gehen."

Mi Lou hörte dem Bericht von Antonio gefasst zu. „Du meinst, jemand könnte Jean ermordet haben?"

„Ich weiß nicht, meine Kleine, aber etwas stimmt hier nicht", sagte Antonio und trank noch einen Schnaps. „Wieso ist fünf Minuten nach meinem Anruf ein Sonderbeauftragter bei Jeans Haus aufgetaucht? Haben die das Haus überwacht? Ist er überhaupt der, für den er sich ausgibt? Und warum macht unsere Polizei bei dem Spiel mit?"

„Das ist doch alles sehr komisch", ergänzte Giulia.

Mi Lou schaute geistesabwesend zum Fenster hinaus. „Ich weiß gerade überhaupt nicht, was ich denken soll."

Giulia stand auf und ging zu einer Truhe. „Wir haben hier noch etwas von Jean für dich." Aus der Truhe holte sie ein wunderschönes altes Holzkästchen, in dessen Deckel ein filigranes Relief aus vielen verschlungenen Ellipsen und Kreisen geschnitzt war. Die Form erinnerte an mystische, keltische Knotenmuster oder südindische Kolams, verschlungene Muster, die vor Hauseingänge gemalt werden, um Segen und Glück zu erbitten. Das Kästchen war etwa so groß wie ein DIN-A4-Blatt, bestimmt zehn Zentimeter hoch und ziemlich schwer. „Jean hat uns das letzte Woche gebracht. Er sagte, er habe Angst, dass man bei ihm einbricht, und dass das Kästchen bei uns sicherer sei. Bei den Veruscos würde niemand wagen, einzubrechen."

Mi Lou nahm das Kästchen und öffnete es gespannt. Zum Vorschein kamen fünf weiße Kristalle mit einem Durchmesser von jeweils zwei bis drei Zentimetern, die in einer Vertiefung in einem schwarzen seidenen Polster steckten. Die Steine waren matt und durchzogen von Einschlüssen. Es wirkte so, als wären wilde Wolken in ihnen gefangen. Sie nahmen die Helligkeit der Umgebung auf und brachen das Licht in seine farbigen Bestandteile auf. Je nach Lichteinfall legte sich ein verspielter, farblicher Schimmer über die sonst weißen Steine. Es sah so aus, als würden sie glühen.

In einer zweiten Reihe, unterhalb der Steine, befanden sich ein fein gestalteter Ring und ein Armreif mit jeweils einer Fassung für einen Stein. Mi Lou hob das Samtkissen mit den Steinen und dem Schmuck an. Darunter lag ein Dolch, dessen Griff die Form eines Drachen hatte. Die ausgestreckte Zunge des Drachen wurde zu einer rasiermesserscharfen Klinge. Auch im Griff gab es eine Fassung für einen Stein.

„Die magischen Fünf", entfuhr es Mi Lou.

„Die, bitte was? Magischen Fünf?", fragte Antonio, als hätte er sich verhört.

Mi Lou lachte. „Ihr kanntet doch meinen Urgroßvater Daichi, oder? Also Daichi hat mir als Kind häufig die Sage von den Ryūjin erzählt. Am Anbeginn der Zeit lebte eine Drachenrasse, die sowohl die Gestalt von Drachen als auch die der Mensch annehmen konnte. Sie wachten über die Welt und konnten nach Belieben ihre Gestalt wechseln. Mit der Zeit löste sich aber das magische Band zwischen Menschheit und Drachen. Die Menschen sagten sich immer mehr von der Magie der Drachen los, und nur noch einige wenige glaubten an die Macht der Ryūjin. So verlor für die Ryūjin die Menschheit an Bedeutung, und sie verlernten es, sich zu verwandeln. Doch der Sage nach gab es vor tausenden Jahren eine besondere Freundschaft zwischen einem Drachen und einem einfachen Schmied. Sie waren traurig, dass sich die beiden Völker so auseinanderlebten. Um die gemeinsame Magie zu bewahren, erschufen sie zusammen aus dem Feuer des Drachen und der Handwerkskunst des Schmiedes diese fünf Kristalle und die dazugehörigen Gegenstände, in denen sie die magischen Fähigkeiten bündelten. Neben den Kristallen entstanden ein Ring, ein Armreif, ein Dolch und zwei Schwerter. Ein langes Katana und ein kurzes Wakizashi. Die beiden Schwerter gingen im Strudel der Zeiten verloren. Alle zusammen wurden sie die magischen Fünf genannt, und nur wer ihrer wirklich würdig war, konnte die Steine einsetzen und die außerordentlichen Kräfte freisetzen. Der Sage nach hat dieser Schmied die Ryō Ryû, die Schule der Drachen, gegründet und war ihr erster Meister. Die magischen Fünf wurden nur von Meister zu Meister weitergegeben, und Daichi hat sie von seinem Vater bekommen." Mi Lou schluckte. „Und jetzt habe ich sie."

Liebevoll legte sie das obere Samtkissen wieder in das Kästchen und nahm den Ring heraus. Sie steckte ihn an ihren Finger und setzte einen Kristall in die Fassung ein. Dann klappte sie die Schatulle zu und musterte ihre Hand mit dem Ring. „Sieht doch richtig gut aus."

„Eine schöne Sage", murmelte Giulia versonnen.

„Aber du hast etwas vergessen", ergänzte Antonio. „Jean hatte so ein rundes Ding, sieht ein bisschen aus wie ein Donut. Als ich neulich bei ihm war, schwebte einer dieser Kristalle darin und wurde von einem Laser angestrahlt."

„Ach, du alter Trottel." Giulia stand auf und küsste ihren Mann kess auf die Stirn. „Das ist eines von diesen modernen Speichergeräten für einen Haufen Daten, von denen ich nicht weiß, warum man sie braucht. Manchmal glaube ich echt, du lebst noch im Mittelalter, du greiser Hüpfer."

„Pah, diesen ganzen modernen Quatsch verstehe ich eh nicht, das überlasse ich lieber den jungen Dingern wie Mi Lou", konterte Antonio schnippisch.

„Aber, Moment." Mi Lou holte ein Speichergerät aus ihrem Rucksack. „Das würde ja heißen, dass Jean Daten auf den Kristallen gespeichert hat."

„Ja genau, so ein Gerät war das", bestätigte Antonio.

Mi Lou nahm vorsichtig den ersten Kristall aus der Schatulle und setzte ihn in die Mitte des Torus. Sie schaltete das Gerät ein, und der Kristall schwebte genau in den Mittelpunkt. Der innere Ring des Torus öffnete sich, und ein etwa ein Millimeter breiter Spalt entstand. Durch diesen Spalt strahlte ein grüner Laser, der den Kristall durchdrang und auf der gegenüberliegende Seite wieder in dem Spalt verschwand. Nun begann sich der schwebende Kristall um seine eigene Achse zu drehen.

Auf Mi Lous innerem Auge erschien eine Passwortabfrage für den Zugriff auf die Dateien auf dem Kristall. Sie dachte: Ich bin Mi Lou, Jeans Tochter. Das war eine der sichersten Passwortmethoden, die unter anderem auch Jean mitentwickelt hatte. Dabei dachte Jean während des Datentransfers an alle Personen, die Zugriff auf den Kristall haben durften. In diesem Fall offensichtlich auch Mi Lou. Jeans Erinnerungen und Assoziationen an Mi Lou ergaben ein Muster, das das Schloss war. Nur die echte Mi Lou, die über die Gegenstücke dieser Erinnerungen verfügte, konnte das richtige Muster denken. Der Schlüssel passte und sie bekam vollen Zugriff auf den Kristall. Er war voll mit Daten von Jean.

„Habt ihr ein ruhiges Plätzchen für mich?", fragte Mi Lou in Gedanken versunken. „Ich würde mir das gerne genauer ansehen."

„Klar, geh rüber in das kleine Gästezimmer, das haben wir eh für dich fertig gemacht. Wir dachten, vielleicht möchtest du lieber bei uns als alleine in dem großen Haus schlafen", meinte Giulia.

„Ja, gerne." Mi Lou nahm ihre Sachen und ging hinüber ins Gästezimmer.

„Melde dich, wenn du etwas brauchst, wir sind unten im Laden", bot Giulia an.

Antonio zupfte sie am Ärmel. „Komm schon, ich glaube Mi Lou braucht jetzt etwas Ruhe."

Karl beruhigte sich langsam. Er hatte nichts gefunden, was ihn weiterbrachte. Er stieg über das Trümmerfeld, das er hinterlassen hatte, und wunderte sich, wie viel Zeit vergangen war. Mi Lou sollte doch längst da sein. Er öffnete seinen Mi-Lou-Feed und sah, dass der Land Rover seit dreißig Minuten vor Manarola parkte. Diese blöde Kuh, dachte er bei sich. Sie ist bestimmt diesen Antonio besuchen gegangen. Er löste die offizielle Fahndung nach Mi Lou aus und machte sich zu seinem Auto auf. In zehn Minuten wäre er bei diesem Antonio.

Mi Lou schaute in den Spiegel, der in ihrem Zimmer hing. Das, was sie sah, waren tiefbraune Augen, die viel zu viel gesehen hatten. „Das kann nicht sein", dachte sie sich. „Das darf nicht sein." Sie hatte doch bloß kurz die Daten ihres Vaters durchstöbern wollen, aber das, was sie entdeckt hatte, war jenseits ihrer Vorstellungskraft.

Die Nietzsche-Bruderschaft hatte sich heimlich zur mächtigsten Macht auf der Erde entwickelt. Die hochrangigen Mitglieder des inneren Zirkels, der Führungsebene direkt unter dem hohen Rat, saßen unerkannt an den entscheidenden Positionen der menschlichen Gesellschaft. Sie bekleideten Präsidentenämter, führten große Organisationen und leiteten die Geschicke der weltweit agierenden Konzerne.

Die gesamte Wirtschaftsmacht der Bruderschaft könnte die Weltwirtschaft binnen Sekunden ins Chaos stürzen. Sie nutzten ihr Geld und ihren Einfluss, um Unruhen und Krisen zu schüren. Ihre Absicht war es, die Welt weiter zu destabilisierten. Im Geheimen hatten sie bereits das Wissen erlangt, den natürlichen Tod durch Alterung zu besiegen. Sie konnten jede beliebige Zelle im menschlichen Körper gezielt nachwachsen lassen und waren somit nahezu unsterblich – sie hatten buchstäblich alle Zeit der Welt.

Die Fertigstellung von Jean Parkers Augmentum-Modul würde zusammen mit Junctura und Ichnographia die geistigen Fähigkeiten der Bruderschaft in das nächste Zeitalter katapultieren. Diesen Moment wollten sie abwarten, um dann die Gesellschaft der Übermenschen zu etablieren.

Mi Lou rannte ins Bad. Ihr war schlecht. Sie beugte sich über die Toilette und erbrach sich. Obwohl sie ihren Mund mit Wasser ausspülte, blieb ein bitterer, ekliger Geschmack in ihrem Rachen zurück.

„Mi Lou? Alles in Ordnung bei dir?", rief Antonio von unten besorgt hoch.

„Mach dir keine Sorgen, alles bestens", antwortete Mi Lou. Sie konnte sich ein zynisches Lachen nicht verkneifen.

Dreihundert Kilometer über Manarola richtete ein Satellit seine Sucheroptik auf den kleinen Alimentari von Giulia und Antonio Verusco aus. Karl war noch hundert Meter von dem Eingang entfernt und arrangierte alle relevanten Daten auf seinem taktischen Display. Er kniete sich hin und öffnete einen Koffer, aus dem augenblicklich zehn Minidrohnen starteten. Sie sahen aus wie Hummeln, die sich sorglos in der Luft bewegten, aber sie waren Teil einer tödlichen Strategie. Die Drohnen flogen auf ihre berechneten Positionen und versorgten Karl durch die Summe ihrer Daten mit einem vollständigen dreidimensionalen Lagebericht. Der biometrische Scan der Person im oberen Stockwerk bestätigte Karl, dass es Mi Lou war.

Mi Lou saß oben im Gästezimmer und bemerkte vor dem offenen Fenster eine unnatürliche Bewegung. Ein Adrenalinstoß durchfuhr ihren Körper, und sie war sofort hoch konzentriert. In einem Sekundenbruchteil hatte sie eine Drohne erkannt, griff in einer fließenden Bewegung in die Innentasche ihrer Jacke und warf drei Shuriken auf die Drohne. Einer flog direkt auf die Drohnen zu. Die anderen etwas oberhalb und unterhalb.

Karl trat unten in den Laden ein, als eine seiner Drohnen ausfiel. Ihr Ausweichmanöver, das Kollisionen verhindern sollte, hatte sie direkt in die Flugbahn des oberen Wurfsterns manövriert, der sie voll traf und zerstörte.

„Verschwinde, Mi Lou!", schrie Antonio, der Karl erkannt hatte.

Mi Lou fegte das Lesegerät mit Kristall und Schatulle in ihren Rucksack und hechtete zum Fenster. Karl schlug Antonio ansatzlos mit seiner rechten Faust vor die Brust, so dass der alte Mann in das Weinregal stolperte. Im Fallen wischte er noch mit seinem Arm über das Regal, so dass die runterfallenden Flaschen Karl wertvolle Millisekunden lang aufhielten. Antonio blieb mit Schnitten an seinem Arm liegen und schnappte nach Luft. Giulia schrie entsetzt nach Hilfe, während Karl die Treppe hoch hastete. Mi Lou verschwand gerade aus dem Fenster und kletterte, behände wie eine Katze, die Dachrinne hoch. Am Fenster angekommen erkannte Karl, dass er zu schwer für die Regenrinne war, also riss er sie mit einer Hand aus der Wand. Aber zu spät. Die Flüchtende war gerade oben angekommen und schwang sich über den Sims auf das Dach.

Mi Lou sah sich kurz um und entdeckte weitere Minidrohnen. Zu viele, die konnte sie unmöglich alle zerstören. Sie musste sie also abhängen.

Karl sprang durch das Fenster aus dem ersten Stock und landete unten auf der Straße. Er blieb kurz stehen und grinste. Mi Lou hatte keine Chance. Seine verbliebenen neun Minidrohnen hatten die Verfolgung aufgenommen. Und sie waren unangenehmer als die schlimmsten Bluthunde. Neben den visuellen Fähigkeiten, inklusive Wärmebild und Nachtsicht, konnten sie auch riechen, auch jetzt folgten sie bereits der individuellen Duftspur von Mi Lou.

Während sie weiter über die Dächer floh, realisierte Mi Lou, was für ein übermächtiger Gegner auf sie Jagd machte. Angestrengt überlegte sie, wie sie entkommen konnte. Der Versuch, eine Verbindung zum Internet herzustellen, schlug fehl, da die Drohnen alle Funksignale störten. Sie musste unbedingt unsichtbar für die Drohnen werden. Sie floh weiter, in Richtung der terrassierten Weinberge oberhalb des Dorfes. Eine alte Bewässerungsanlage versorgte die Weinreben dort mit Wasser, und auf der untersten Terrassierung gab es ein Abflussrohr aus Beton mit nicht ganz einem halben Meter Durchmesser. Dieser Abfluss führte mit starkem Gefälle etwa zweihundert Meter zu einem nahe gelegenen Wildwasserfluss, der aus den Bergen ins Tal rauschte. Das überschüssige Wasser aus dem Weinberg konnte so leicht abfließen, ohne der Terrassierung zu schaden. Nach zwei Minuten kam sie an dem Rohr an. Es war mit einem rostigen Eisengitter geschützt. Mi Lou fluchte und trat mit beiden

Füßen darauf ein. Es bewegte sich leicht, machte aber viel zu viel Lärm. Gerade, als sie ihren Verfolger näherkommen spürte, gab es nach. Schnell schlüpfte sie hinein und positionierte das Gitter wieder am Eingang. Ohne einen Laut von sich zu geben, kroch sie tief in das Rohr hinein.

Karl spazierte in aller Ruhe auf die unterste Terrasse und sah sich um. Mi Lou saß in dem Rohr in der Falle. Sein taktisches Display zeigte ihm die exakte Umgebung. Der Ausgang des Rohrs führte zu dem Fluss und war, genau wie der Eingang, auch mit einem Eisengitter geschützt. Zwei seiner Drohnen überwachten diese Position. Karl spürte wieder die Macht in sich, wie immer, wenn er die völlige Kontrolle über eine Situation hatte. Diese Jagd war viel zu kurz gewesen, fand er, er wollte noch etwas spielen.

Auf der Zufahrt zu dem Weinberg hatte er eben einen uralten Traktor mit einem großen Wassertank gesehen. Er ging los, schloss den Traktor kurz und rangierte den Tankwagen vor die Eingangsöffnung. Er stieg aus und ging gemächlich zu dem Rohr. „Hallo, Mi Lou, gestatte, dass ich mich vorstelle. Ich bin Karl, also genaugenommen Karl Wolfensberger. Dein Vater hat uns etwas gestohlen, und ich bin hier, um es zurückzuholen. Magst du nicht freiwillig rauskommen?"

„Fick dich!", kam es zurück.

Karl war enttäuscht. Statt verängstigt um Gnade zu betteln, schaute sie ihn aus der Tiefe der Röhre ruhig an und zeigte keine Angst. Er öffnete den Tankwagen, und das Wasser strömte in das Rohr. Er machte sich zur anderen Seite auf, um dort das Schauspiel am vergitterten Ausgang zu beobachten.

Derweil strömte das Wasser unablässig auf Mi Lou zu, staute sich, und verdrängte die letzten kleinen Lufträume. Der Druck wurde immer größer. Mi Lou holte tief Luft und presste sich flach auf den Boden, damit das Wasser ablaufen konnte. Glücklicherweise war so wieder ein wenig Luft an der Oberseite der Röhre. Um nicht zu ertrinken, robbte sie weiter Richtung Ausgang.

Es kostete sie ihre gesamte Konzentration, nicht in Panik zu verfallen. Jetzt wusste sie, wozu ihr jahrelanges Training gut war. Zumindest wäre es das, wenn sie irgendwie aus dieser Falle entkommen könnte. Der Ausgang war noch zwanzig Meter von ihr entfernt. Sie musste Karl irgendwie überrumpeln, das war ihre einzige Chance.

Sie brauchte zwei Minuten, bis sie sich so gedreht hatte, dass ihre Füße nach vorne zeigten. Immer wieder hielt sie lange den Atem an, da Nase und Mund vom Wasser umspült wurden. Sie stemmte ihre Füße an eine Nahtstelle, an der zwei Röhrensegmente nicht ganz sauber verbunden waren. Dann machte sie einen Buckel und verstopfte mit ihrem Rücken und dem Rucksack die Röhre. Nach kurzer Zeit schmerzten ihre Beine von dem Druck des sich mehr und mehr aufstauenden Wassers. Kurz bevor sie dem nicht mehr Stand halten konnte, zog sie die Beine zur Hocke an.

Die aufgestaute Wassersäule katapultierte sie mit einer brachialen Gewalt schneller und schneller auf den Ausgang zu. Innerhalb von Sekunden krachte sie mit einem lauten Getöse durch das Gitter und flog in den wilden, eisigen Fluss. Mi Lou fühlte, wie das kalte Wasser ihre Glieder lähmte und sie immer wieder gegen Felsen geschleudert wurde. Sie nahm ihre letzte Kraft zusammen und tauchte auf, um nach Luft zu schnappen. Die starke Strömung zog sie unablässig weiter flussabwärts.

Karl, der am Ufer in Ruhe gewartet hatte, war überrascht. Eigentlich hatte er damit gerechnet, Mi Lou würde am unteren Gitter fest sitzen und er könnte sie dort in aller Ruhe einsammeln. Sie war gut, dass musste man ihr lassen. Gespannt in welche Richtung sie fliehen würde, folgte er ihr langsam flussabwärts. Mi Lou kämpfte sich ans Ufer, kletterte die Böschung hinauf und verschnaufte kurz. Aber anstatt weiter zu fliehen, machte sie ein trotziges Gesicht und kam auf ihn zu gestampft.

„Du Arsch willst mit mir spielen? Vergiss es, nicht mit mir. Lass es uns austragen, jetzt und hier!", fauchte sie ihn an. Karl war amüsiert: Dieses Mädchen wusste nicht, wel-

101

chen Gegner sie herausforderte, aber das konnte ihm nur recht sein.

Sie bauten sich voreinander auf. Mi Lou, noch klitschnass, ließ ihren Rucksack fallen und nahm ihre Grundstellung ein. Sie ging leicht in die Knie, hob ihre Hände in Abwehrstellung und versuchte Karls nächsten Move vorauszusehen. Aber Karl blieb nur ruhig stehen.

Mi Lou deutete einen tiefen Push Kick an, um im selben Moment einen harten Jab mit dem rechten Arm zu vollführen. Der explosive Schlag traf Karl voll in den Solar Plexus, aber er grinste nur und schlug ihr gerade mit der flachen Hand vor den Brustkorb. Sie strauchelte rückwärts. Der Schlag kam mit einer unmenschlichen Geschwindigkeit und Härte und war für sie nicht erkennbar. Sie brauchte ein paar Sekunden, um sich davon zu erholen. Der Schmerz in ihrem Brustkorb war stechend und ebbte nur langsam ab.

„Was bist du? So eine Art Cyborg?", keuchte sie.

„Du hast ja nicht die leiseste Ahnung", gab Karl arrogant zurück.

Mi Lou war wieder bei Atem und versuchte es mit einem Roundhouse-Kick. Karl fing den Tritt mit Leichtigkeit mitten in der Luft ab. Mi Lou hatte das Gefühl, gegen eine Wand getreten zu haben. Mit einer einzigen Armbewegung nach oben schleuderte er sie einen Meter zurück. Mi Lou krachte hart auf den Boden. Mit was habe ich es hier zu tun?, dachte sie sich und blendete ihre Schmerzen aus.

Sie sprintete auf Karl zu, lief seine Brust wie eine Rampe hoch und trat mit der vollen Wucht des rechten Fußes von unten vor seinen Kopf. Karl taumelte leicht, während sie ihren Oberkörper nach hinten fallen ließ, sich mit dem Armen ausbalancierte und nach einem Salto rückwärts wieder auf den Füßen landete.

Eigentlich hatte sie das Gefühl, einen sauberen Treffer gelandet zu haben. Der Bewegungsablauf hatte sich perfekt angefühlt. Aber etwas hatte sie getroffen. Ein fürchterliches Dröhnen war plötzlich in ihrem Kopf, und es wurde gleißend hell um sie herum. Dann verlor sie das Bewusstsein.

DAS DUELL

Ein ohrenbetäubender Knall hallte über das Turnierfeld direkt zu Füßen der Burg Skargness. Dichte, fette, graue Rauchschwaden zogen, die Sicht verschleiernd, durch die Luft. Ein nach Schwefel riechender, ätzender Brandgeruch trieb Rob die Tränen in die Augen. Aber Lynir und er hielten in vollem Galopp unbeirrt auf ihr Ziel zu. Rob hob seine hölzerne Lanze an, deren Spitze mit voller Wucht auf das anvisierte Schild knallte. Die Lanze zersplitterte mit lautem Krachen. Ulbert, der das Schild in die Höhe hielt, strauchelte einen Meter rückwärts und knallte mit seiner Hüfte vor die bereits aufgebaute Turnierschranke.

„Gut gemacht, Rob, sehr gut, Lynir", rief er ihnen, noch leicht benommen von der Kraft des Aufpralls, hinterher. Etwas leiser zu sich meinte er: „Ich glaube, ich werde langsam zu alt für solchen Quatsch."

Rob verlagerte das Gewicht auf die Hinterhand des Pferdes, um Lynir am Ende der Turnierschranke abzubremsen.

Er klopfte ihm auf den Hals. „Super, Lynir, toll gemacht, gutes Pferd." Lynir quittierte das Lob mit einem kräftigen Wiehern, stellte die Ohren aufmerksam auf und nickte stolz.

„Lynir hat fünf Minuten Pause. Rob, hilf mir mal", kommandierte Ulbert. Rob stieg von Lynir ab, um zu helfen, den nächsten Parcours vorzubereiten.

Die Arbeiter hatten am Vormittag die Tribünen und die Turnierschranke fertiggestellt und die Arena für das Training der Ritter freigegeben. Inzwischen bauten sie am Strand, außerhalb der Stadtmauern, zwischen Hafen und Burg, die Seebühne für die magischen Duelle auf.

Neben Ulbert, Rob und Lynir trainierten auch einige Ritter auf dem Platz. Eine Gruppe Soldaten beobachtete von einer hölzernen Tribüne aus interessiert das Geschehen. Ein paar Meter entfernt, außer Hörweite, unterhielt sich Bennett Tobey, der Burgmagier, mit Gweir Owen. Gweir war ein durchtrainierter Mann Ende Dreißig mit viel Kriegserfahrung. Lord Ethan Bailey, der Graf von Druidsham und Burkhards Vater, hatte ihn vor sieben Jahren, nach seinen Erfolgen in den Trollkriegen, zum obersten Kommandanten seiner Truppen gemacht. Sein Ruf als Raubein und harter Kommandant eilte ihm voraus, aber seine Soldaten schätzten ihn auch für seine ehrliche, direkte Art. Bennett sah ihn mit ernster Miene an, während Gweirs Blick dem Training von Rob und Lynir folgte.

„Wir müssen sehr wachsam sein, Gweir, die Kräfte verschieben sich. Leider nicht zu unseren Gunsten."

„Verehrter Bennett, redet nicht wie ein Orakel, sagt mir lieber direkt, was Euch bedrückt", antwortete Gweir Owen, ohne seinen Blick von Rob und Lynir zu nehmen.

Bennett überlegte kurz. Er hatte sich schon vor einiger Zeit entschlossen, Gweir Owen zu vertrauen. Er hielt viel von ihm, auch wenn ihn seine direkte Art manchmal etwas ärgerte. Diplomatie war sicher keine Stärke des Kommandanten. „Heute Morgen hat mir ein Rabe beängstigende Nachrichten vom Hof des Kaisers Theobaldus aus Greifleithen gebracht. Wir wissen schon länger um den Machthunger von Wilhelm Mortemani, seinem Hofmagier, aber wir haben ihn wohl dennoch unterschätzt. Oder vielmehr unterschätzt, wie lange er sein Spiel bereits treibt. Erinnert ihr euch an die Wahl des Magnatus von Rochildar vor drei Jahren?"

„Ihr meint die Wahl von Dragoslav Olaru zum Oberhaupt der Magier von Rochildar? Ja, ich erinnere mich, dass sie knapp war, aber sonst gab es daran nichts auszusetzen. Oder irre ich mich?"

„Bisher schien alles o. k., aber meine Leute haben herausgefunden, dass Wilhelm Mortemani seit Ewigkeiten eng mit Dragoslav befreundet ist. Sie kennen sich bereits seit ihrer gemeinsamen Ausbildung. Vor fünf Jahren haben sie sich öffentlich zerstritten. Dragoslav gab sich als Kritiker der reinen Lehre aus, und so machte das Zerwürfnis der ehemaligen Freunde für alle Sinn. Es gibt allerdings Beweise für eine rege, heimliche Korrespondenz zwischen ihnen. Bei der Wahl zum Magnatus hat Wilhelm sich lautstark gegen seinen ehemaligen Freund gewandt, was Dragoslav viele Sympathien der Erzmagier von Rochildar einbrachte. Dragoslav wurde letztendlich mit knapper Mehrheit zum Magnatus von Rochildar gewählt. Ein vermeintlicher Sieg der alten Magie. Aber ein trügerischer Sieg, wie sich nach und nach herausstellte. Jede neu zu besetzende Stelle eines Magiers wird von Dragoslav mit einem Anhänger der reinen Magie besetzt. Außerdem sind in den letzten drei Jahren auffällig viele Magier einem seltenen, tödlichen Fieber zum Opfer gefallen. Zu viele, als das die schlechten Ernten und harten Winter dafür als Erklärung genügen würden. Rochildar ist auch nicht das einzige Reich, nach dem Mortemani seine gierigen Finger ausstreckt. Aber uns fehlen noch belastbare Beweise, um ihn wegen seiner Machenschaften belangen zu können."

Owen drehte sich zu Bennett um und sah ihn an. „Moment, ich bin mir nicht ganz sicher, ob ich Euch folgen kann. Ihr sagt, Wilhelm Mortemani hat seit Jahren seine Anhänger der reinen Magie in sämtlichen Reichen positioniert? Er gestaltet die Politik am Hofe des Kaisers, während er gleichzeitig die Macht des derzeitigen Magus Maximus untergräbt?"

„Das ist vielleicht etwas vereinfacht ausgedrückt, aber ja!", bestätigte ihm Bennett.

„Aber der Magus Maximus, das Oberhaupt aller Magier, kann nicht abgesetzt werden, richtig? Er muss erst sterben, damit das Konzil einen neuen Magus Maximus wählt."

„Das ist richtig", bestätigte Bennett. „Ich denke, noch hat Mortemani keine Mehrheit im magischen Konzil , aber seine Anhängerzahlen und sein Einfluss steigen täglich. So skrupellos, wie er seine Machtpolitik betreibt, ist es nur eine Frage der Zeit, bis er genug Stimmen hinter sich vereinen kann.

Ich bin mir auch sicher, dass er einen Weg finden wird, den Magus Maximus aus dem Weg zu räumen."

„Das sind wahrlich schlechte Neuigkeiten. Es liegt schon länger der Geruch von Krieg in der Luft, aber wenn dann noch der Konflikt zweier magischer Lager dazukommt, entsteht eine gefährliche, explosive Mischung. Bisher hielt ich die Scharmützel der Fürstentümer und die Bedrohung der Trolle aus Utgard für unser dringlichstes Problem. Laut meinen Berichten trauen die sich auf ihren Raubzügen immer tiefer in die Grafschaft Northset hinein. Letzte Woche habe ich mit Lord Bailey noch beschlossen, dass wir unsere Truppen im Norden von Druidsham verstärken wollen. Es ist gerade leicht, Soldaten zu rekrutieren. Durch die schlechten Ernten gibt es wenig Arbeit auf dem Land, was dazu führt, dass die jungen Männer kaum Perspektiven haben. Bei uns bekommen sie wenigstens regelmäßig etwas zwischen die Zähne und noch Sold obendrauf. Allerdings wirken sie eher wie eine Armee ausgehungerter Skelette, so abgemagert sind sie."

„Hier in Skaiyles geht es uns noch verhältnismäßig gut", meinte Bennett. „Heute habe ich mich mit einem Flüchtling aus Rochildar unterhalten. In seinem kleinen Dorf gab es dieses Jahr die vierte Missernte in Folge. Er ist ein Wolfsblutkrieger, den es samt seiner tierischen Geschwister aus Liebe nach Rochildar verschlagen hatte. Eben ein solcher von Dragoslav eingesetzter Magier der reinen Magie hat das Dorf gegen ihn aufgehetzt. Es war ein Leichtes, die verzweifelte, halb verhungerte Dorfgemeinschaft davon zu überzeugen, dass die alte, ‚unreine' Magie des Wolfsblutkriegers und seiner Geschwister für ihr Elend verantwortlich wäre. Der arme Mann konnte gerade noch mit seiner Familie fliehen, sonst hätte der Mob ihn samt der seinen sicherlich zu Tode geprügelt."

Gweir schüttelte sich angewidert. „Ich habe ja schon einiges erlebt, und das Kriegshandwerk ist sicherlich auch grausam und brutal. Aber trotzdem, wenn ich so etwas höre, wird mir ganz schlecht. Aber macht Euch nicht zu viele Sorgen. Wenn morgen der junge Burkhard Bailey mit dem Drachen Fuku Riu das Band erneuert, haben wir zwei Generationen einer mächtigen Familie, die sich zur alten Magie bekennt, an unserer Seite. Das sollte das Machtgefüge in Skaiyles zu unseren Gunsten festigen. Was haltet Ihr eigentlich von Burkhard? Er war schließlich neun Jahre lang Euer Schüler."

„Wer fragt mich das, der Kommandant von Lord Bailey oder Gweir Owen?", fragte Bennett.

Gweir musste schmunzeln. „Es liegt an Euch, wem Ihr antworten wollt."

„Um ehrlich zu sein, denke ich, er ist gesundes Mittelmaß. Er ist nicht sonderlich schlau, aber er ist auch nicht dumm. Seine Auffassungsgabe ist … verzögert. Ich glaube, das ist das passende Wort. Er braucht manchmal etwas länger, um Zusammenhänge zu begreifen. Das größte Problem ist, dass er an maßloser Selbstüberschätzung leidet. Aber daran trifft den Jungen keine Schuld. Jeder in seinem Umfeld erzählt ihm, wie toll er sei, und niemand stellt ihn in Frage oder fordert ihn. Er ist einfach viel zu sehr verwöhnt worden. Das hat leider auch dazu geführt, dass er überhaupt kein Durchhaltevermögen hat. Aber er hat einen starken Drang zur Macht. Manchmal macht mir seine Vehemenz in dieser Sache Sorgen. Leider fehlt es Burkhard an einem ausgleichenden Sinn für Gerechtigkeit, der dieses Streben nach Macht in die richtigen Bahnen kanalisieren würde. Meine Hoffnung ist, dass in diesem Punkt der Drache einen guten Einfluss auf ihn haben wird. Allerdings sehe ich auch Euch in der Pflicht."

„Mich?!" Gweir musste lachen. „Jaja, Gweir muss es wieder richten. Aber seid unbesorgt, das sehen sein Vater und ich genauso. Es ist uns nicht verborgen geblieben, dass der junge Herr Burkhard noch ein paar Lektionen lernen muss. Der Plan ist, dass ich den Jungen und den Drachen für die nächsten zwei Jahre unter mein Kommando nehme."

„Das wird dem jungen Lord aber sicherlich nicht schmecken. Er geht davon aus, dass ihm sein Vater sofort das

Oberkommando über seine Truppen geben wird. Zumindest hat er mir das erzählt."

„Da mache ich mir keine Sorgen. Lord Bailey sind seine Truppen sicherlich zu wichtig, als dass er sie einem Grünschnabel anvertraut. Auch wenn dieser Grünschnabel sein eigener Sohn ist", antwortete Gweir selbstbewusst. Seine Aufmerksamkeit war inzwischen wieder bei Rob und Lynir, die ihm sichtlich imponierten. „Die Zwei sind gut, die gefallen mir. Wer ist das?"

„Der Junge ist Robin, ein Stallbursche. Ein netter Kerl und ein unglaublicher Reiter. Er trainiert Lynir, das Pferd von Burkhard."

„Der reitet nicht nur gut, der führt auch eine exzellente Lanze. Hat er auch Kampferfahrung oder trainiert er nur mit Attrappen?"

„Soweit ich weiß, hat er noch nie gegen einen echten Krieger gekämpft. Er ist Stallbursche. Ein Knecht, kein Krieger."

„Bennett, muss ich Euch darin erinnern, dass sich die Zeiten ändern? Vielleicht ist gerade ein Stallbursche der Feldherr von morgen. Erlaubt Ihr mir, dass ich den Jungen auf die Probe stelle?"

„Wenn Ihr meint. Tut, was Ihr für richtig haltet. Soll ich ihn rufen?", fragte Bennett.

„Ja, ruft ihn unter einem Vorwand, aber lasst mich dann mit ihm reden."

Rob wendete gerade Lynir und war im Begriff, die nächste Attacke auf Ulbert zu reiten.

„Robin, komm doch mal bitte zu mir", rief Bennett von der Tribüne. Rob war irritiert, was könnte der alte Burgmagier von ihm wollen?

„Halt hier keine Maulaffen feil und mach, dass du zu Bennett kommst", zischte Ulbert ihn barsch an.

Sie trabten zur Tribüne, und Rob stieg von Lynir ab. Neben Bennett saß ein kräftiger Ritter, den Rob nicht kannte. Er musterte Rob mit solch einem grimmigen Blick, dass es ihm eiskalt den Rücken hinunterlief. Wie es sich für Gespräche mit mächtigen Herren geziemte, senkte er ehrfurchtsvoll den Kopf.

„Seid gegrüßt, ehrenwerter Burgmagier, wie kann ich Euch dienen?"

„Du hast heute einen Mann namens Rune Birth mit in die Burg gebracht. Richtig?"

„Ja, das ist richtig. Er sagte, er müsse Euch unbedingt sprechen. Da er der Schwager von Layman Radcliffe ist, dachte ich, das würde in Ordnung gehen. Es tut mir unendlich leid, wenn das falsch war."

„Nein, keine Sorge, aber ich möchte, dass du nachher zu mir in die Bibliothek kommst und mir genau berichtest, was er dir alles erzählt hat. Du kannst jetzt mit dem Training fortfahren."

„Sehr gerne, bis nachher", antwortete Rob, der froh war, gehen zu dürfen. Er wollte sich gerade umdrehen, als der grimmig dreinblickende Ritter lospolterte: „Was soll der Schwachsinn?"

Rob machte sich vor Schreck fast in die Hose und brachte nur ein klägliches „Sir?" hervor.

„Du trainierst das Pferd von Burkhard Bailey, richtig?", fragte der Mann weiter. Ohne eine Antwort abzuwarten, fuhr er fort: „Du machst einen verspielten Schoßhund aus dem Gaul, der wird doch nie in einer Schlacht bestehen. Der Gaul reißt doch schon aus und ist über alle Berge, wenn der Standartenträger nur mit seiner Fahne wedelt. Schäm dich!"

Rob versank im Boden. Er wusste nicht, wie ihm geschah, aber er wusste, dass Lynir in einer Schlacht bestehen würde. „Aber ...", setzte er an.

Gweir sprang von der Bühne und baute sich vor Rob auf. Alle Anwesenden schauten plötzlich neugierig zu der peinlichen Szene. „Halts Maul, weißt du, mit wem du sprichst? Ich bin Gweir Owen, der Oberkommandeur der Truppen von Druidsham. Willst du mir etwa widersprechen, Stallbursche? Das nennst du ein Pferd ausbilden? Ein bisschen Holzschilder schupsen, die dazu noch von jemandem gehalten werden, den das Pferd kennt? Mit der Lanze Kürbisse vom Boden aufpicken? Du meinst, nur weil es hier raucht und knallt, würde aus dem Gaul ein Kriegsross werden? Ich habe noch niemals eine schlechtere Ausbildung als hier gesehen. Wenn der Gaul mal einen richtigen Gegner bekommt, wird er kneifen. Stell dir vor, Burkhard wird mit dieser Mähre von drei Trollen umzingelt, das wäre sein sicherer Tod, weil sich sein Gaul einpissen würde."

Rob fühlte sich völlig ungerecht behandelt, aber er wagte es nicht, Gweir irgendetwas zu entgegnen. Das einzig Beruhigende war Lynir, der Rob seine Stirn kräftig, aber zutraulich, in den Rücken drückte.

„Sir, ich bin für das –" Aber weiter kam Ulbert nicht. Bennett hatte mit einer beiläufigen Handbewegung einen Zauber gewirkt, der Ulbert verstummen ließ.

„Schau mich an, wenn ich mit dir rede", schnauzte Gweir Rob an, der ihn nun ängstlich ansah. „Wenn du so überzeugt bist von dem, was du machst, dann bekommst du jetzt mal einen richtigen Kampf."

Er drehte sich zu der Gruppe Soldaten um, die auf der Tribüne saßen und die Szene aufmerksam verfolgt hatten. „Morgan, sattle dein Pferd und zieh deine Rüstung an. Du zeigst unserem Helden hier mal, was es bedeutet, ein Pferd in einen Kampf zu führen. Ihr werdet ein Duell mit richtigen Lanzen auf Leben und Tod reiten. Dylan, besorge dem Burschen eine Rüstung und eine Lanze. Der Rest von euch teilt sich in zwei Gruppen auf. Jede Gruppe geht auf eine Seite der Turnierschranke. Dort startet ihr einen Schwertkampf quer über die Schranke und blockiert so die direkten Wege der Pferde." Gweir richtete seinen Blick wieder auf Rob. „Wenn dein Gaul auch nur einen Zentimeter scheut, werde ich ihn heute noch eigenhändig erschlagen. Burkhard hat ab morgen einen Drachen, der braucht kein Pferd mehr. Und du wirst in Zukunft nur noch Stroh ausmisten. Das verspreche ich dir. Ich könnte kotzen, wenn ich zusehen muss, wie gute Pferde durch so unfähige Leute wie dich verdorben werden. Geh dich umziehen!"

Rob hatte fürchterliche Angst. Seine Knie waren so weich wie Butter, und er hatte Mühe zu laufen. Was verdammt nochmal hatte er denn getan? Er kämpfte innerlich gegen die Tränen an. Das alles war einfach nur ungerecht. Aber ihm blieb nichts anders übrig, als das Duell zu reiten.

Gweir setzte sich wieder zu Bennett. „Was habt Ihr mit dem armen Jungen vor? Habt Ihr ihn nicht zu hart angefasst, er hat Euch doch gar nichts getan", kommentierte Bennett Gweirs raues Vorgehen.

„Bennett, es wird auf der Welt keinen motivierteren Menschen als diesen Jungen in diesem Moment geben. Sein Talent liegt tief unter Selbstzweifel und Respekt vor der Obrigkeit vergraben. Ich will, dass er uns zeigt, was wirklich in ihm steckt. Wartet nur ab."

Dylan half Rob dabei, die Rüstung anzuziehen. Der alte Ulbert wurde von zwei weiteren Soldaten auf die Bühne gebracht, wo sie ihn auf einer Bank absetzten. Rob konnte die Furcht in seinen Augen sehen, aber er brachte immer noch kein Wort heraus. Lynir spürte die Anspannung, tänzelte unruhig mit seinen Vorderhufen, schnaubte und legte seine Ohren an. Rob zwang sich zur Ruhe. Lynir und er waren gut, das wusste er. Er wusste nicht, ob sie gegen einen richtigen Soldaten eine Chance hätten, aber er war sich sicher, wenn sie eine hätten, dann nur mit äußerster Konzentration. Er stieg in den Sattel.

Sofort wurde auch Lynir ruhig. Die zwei wuchsen zu einer Einheit zusammen. Lynir blähte seine Nüstern auf und mit seinem warmen Atem, der in der kalten Luft wie Rauch wirkte, sah er aus wie ein Drache, kurz bevor dieser Feuer speit. Rob nahm die Lanze und ritt zu seiner Startposition. Morgan, sein Gegner, war in Position, während in der Mitte der Bahn bereits ein heftiger Schwertkampf der übrigen Soldaten entbrannt war. Lynirs Augen weiteten sich, und Rob spürte, dass jeder Muskel des Pferdes angespannt war. Durch den Helm sah er nur sehr wenig, aber er hatte das Gefühl, mit Lynirs Augen sehen zu können. Bennett und

Gweir beobachten das Duell aufmerksam. Aber auch viele Ritter mit Gefolge waren aus ihrem nahen Zeltlager auf die Tribüne gekommen, um dem ungewohnten Schauspiel beizuwohnen.

Ein Soldat schwenkte zum Start eine weiße Flagge. Lynir stellte sich auf seine Hinterbeine und wieherte lautstark, als wollte er seinen Gegner herausfordern. Rob musste ihn ein wenig zügeln, damit er nicht ungestüm wurde. Dann stürmten beide Kontrahenten gnadenlos aufeinander los. Zu dem harten Klirren des Schwertkampfes gesellten sich das Schnauben der Pferde und das dumpfe Geräusch der Hufe, die den Erdboden aufrissen. Erde spritzte in die Höhe. Rob, Lynir und die Lanze wurden zu einer tödlichen Einheit. Rob zielte ganz ruhig auf die Brust seines Kontrahenten, während Lynir direkt auf die Schwertkämpfer, die seinen Weg blockierten, zuhielt. In letzter Sekunde rettete sich ein Schwertkämpfer mit einem Sprung zur Seite. Lynir hätte ihn sonst einfach umgerannt, so bekam er nur einen Huftritt vom vorbeistürmenden Pferd am Oberschenkel ab. Rob und Lynir strahlten eine furchtlose Entschlossenheit aus. Der Moment kurz vor dem Zusammentreffen verlangsamte sich, wie in Zeitlupe . Lynir verlagerte sein Gewicht nach rechts, wodurch der Stoß von Morgan ins Leere führte. Rob hingegen traf seinen Gegner genau wie beabsichtigt auf dem Brustpanzer. Rob drückte sich im Moment des Treffers aus dem Sattel, so dass er in den Steigbügeln stand, womit er mehr Kraft hinter seine Lanze brachte. Das Holz der Lanze zerbarst mit einem lauten Krachen. Morgan wurde aus seinem Sattel geschleudert und landete auf dem Boden.

Rob galoppierte mit Lynir zum Ende der Schranke und bremste sanft ab. Lynir wieherte, ihren Sieg feiernd, und warf stolz den Kopf zurück, als wollte er allen sagen: „Nicht mit uns, so nicht." Rob war erstaunt über Lynir und sich. In ihm machte sich Stolz und Erleichterung breit. Aber als er Lynir zu Gweir und Bennett lenkte, überkam ihn wieder die Verunsicherung. Angespannt hielt er vor der Tribüne an.

„Bravo! Exzellent, junger Mann." Gweir war aufgestanden und zu ihnen gekommen. Er klopfte Lynir anerkennend auf die Schulter. „Du hast gerade einen meiner besten Männer geschlagen, Respekt!"

Rob setzte sich mit stolz geschwellter Brust auf Lynir zurecht. „Danke, Kommandant, aber ich hatte wahrscheinlich nur viel Glück", sagte er leise.

„Das hattest du, aber mindestens genauso viel Talent. Ich würde dich und dein Pferd gerne in meiner Truppe aufnehmen. Ich kann Männer wie dich gut gebrauchen."

„Ähhh, Ihr meint, ich ein Soldat?", stammelte Rob.

Gweir wurde ernst. „Ja, aber überlege es dir gut. Das Leben als Soldat ist hart, anstrengend und voller Entbehrungen. Aber wenn du für eine gerechte Sache kämpfst, kannst du Ruhm, Reichtum und Ehre erlangen. Morgen Abend nach dem Turnier erwarte ich deine Antwort. Entscheidest du dich für uns, werde ich das Nötige mit den Lords besprechen, damit du mit deinem Pferd freigestellt wirst."

Rob brachte nur ein „Danke, ich weiß gar nicht, was ich sagen soll." hervor.

Gweir drehte sich Bennett zu. „Ich muss los. Auf Wiedersehen, Bennett." Er wandte sich zum Gehen, sagte aber noch zu Rob: „Morgen Abend erwarte ich deine Antwort junger Mann."

Bennett stand auch auf. „Wirklich beeindruckend, Rob, sehr beeindruckend. Ich erwarte dich dann in zwei Stunden bei mir im Turm." Dann verschwand auch er Richtung Burg.

Rob stand nun alleine mit Lynir vor der Tribüne, als Morgan, der Soldat, den er eben geschlagen hatte, von seinen Kameraden gestützt auf ihn zu gehumpelt kam. Jeder Schritt verursachte sichtlich Schmerzen, und er verzerrte sein Gesicht. Rob fürchtete, dass die Soldaten Rache an ihm nehmen könnten. Aber Morgan zwang sich ein Lächeln ab und gratulierte ihm: „Respekt, junger Mann." Er klatschte mühsam in die Hände. Seine Kameraden und die Leute, die sonst noch in der Arena standen, fielen in den Applaus ein.

Der verlegene Rob wusste gar nicht, wie ihm geschah.

Ulbert, der sich wieder ordentlich bewegen konnte, kam auf ihn zugestürmt. „Mein Junge, was machst du nur für Sachen?! Ich hätte fast einen Herzinfarkt bekommen."

„Ich hoffe, Ihr seid nicht allzu schwer verletzt", meinte Rob besorgt zu Morgan.

Der lachte schroff. „Na ja, eine gebrochene Rippe und diverse Prellungen, aber nichts, was mich umbringt. Du hast aber auch wirklich einen Wumms hinter deinem Stoß gehabt. Eigentlich müsstest du morgen auf dem Turnier für mich antreten, ich werde mit den Verletzungen sicherlich nichts gewinnen."

Rob war verwundert über sich selber. Er genoss stolz das Lob und ertappte sich dabei, von einer Karriere als Krieger zu träumen.

Mi Lou kam langsam wieder zur Besinnung. Sie hatte das Gefühl, dass es wärmer geworden war. Auch die Luft roch anders, viel weicher und weniger würzig. Vorsichtig machte sie die Augen auf. Sie lag auf einer kleinen Lichtung in einem Buchenwald. Etwa drei Meter entfernt von ihr lag Karl. Sie hörte, wie er atmete und langsam wieder zu sich kam.

Irgendetwas war hier grundlegend falsch, aber dafür hatte sie jetzt keine Zeit. Sie musste hier weg, bevor dieses Monster wieder bei vollem Bewusstsein war. Sie rappelte sich auf, schnappte sich ihren Rucksack und verschaffte sich schnell einen Überblick über ihre Lage. Karl hatte außergewöhnliche Sinne und Fähigkeiten, diese Lektion hatte sie schmerzlich gelernt. Sie war sich sicher, dass sie ihn nicht einfach betäuben oder töten konnte. Also blieb ihr als beste Option nur die Flucht. Während Daichis' Training hatte sie gelernt, sehr lange Strecken im unwegsamen Gelände zurückzulegen, ohne Spuren zu hinterlassen. Sie hoffte nur, dass sie genügend Vorsprung hätte. Wenn Karl wieder bei vollem Bewusstsein war, musste sie außerhalb der Reichweite seiner Sinne sein, sonst würde er sie problemlos einholen.

Sie griff sich ihren Rucksack und lief, so schnell sie konnte, los. Es ging leicht bergauf. Der Waldboden war mit Laub bedeckt, aber fest. So schaffte sie es gut voran. Nach einer Viertelstunde hörte sie das Rauschen von Wasser. Dort musste ein kleiner Fluss oder Bach sein. Mi Lou freute sich und hielt auf das Gewässer zu. Es war ein Wildbach, etwa drei Meter breit und nicht sehr tief. Sie überquerte ihn, folgte dem Bachlauf jedoch anschließend noch etwa fünfhundert Meter, bevor sie ans Ufer trat. Falls Karl die Möglichkeit hatte, ihrer Duftspur zu folgen, würde er sie spätestens hier verlieren.

Mi Lou blickte, kurz inne haltend, zurück. Aber sie konnte keinen Verfolger ausmachen. Sie stillte ihren Durst mit dem kalten, klaren Wasser aus dem Bach. In ihr schlummerte immer noch eine Ahnung, dass hier vieles nicht stimmte. So konnte sie mit ihrem Junctura-Modul weder ein GPS-Signal, noch irgendwelche anderen Funksignale empfangen. Aber ihr Fokus lag auf anderen Dingen, deshalb drängte sie die Ahnung in den Hintergrund. Darum könnte sie sich später kümmern. Jetzt musste sie erstmal genug Abstand zwischen sich und Karl bringen.

Als sie wieder loslief, änderte sie ihre Richtung. Sie lief wieder bergauf, eine höhere Position war ein strategischer Vorteil. Nach weiteren drei Stunden Dauerlauf, spürte sie, wie ihre Kräfte nachließen. Eigentlich sollte sie genug Abstand zu Karl herausgearbeitet haben – und falls nicht, hätte sie eh keine Alternative. Es begann zu dämmern, und sie musste sich nach einem sicheren Schlafplatz für die Nacht umsehen. Sie verlangsamte ihr Tempo, um nach einem geeigneten Ort zu suchen. Kurz darauf sah sie eine Gruppe von drei großen Buchen, die ganz dicht nebeneinander in die Höhe wuchsen. Der mittleren Buche entsprangen in circa fünf Meter Höhe drei dicke Äste, die zusammen eine trichterähnliche Form bildeten. Groß genug, dass Mi Lou dort bequem sitzen konnte. Glücklicherweise hatte sie noch ihren Rucksack mit der Ausrüstung. Wie oft hatte man sich über sie lustig gemacht, dass sie fast immer mit einem Seil, Messern, Shuriken und Metallhaken durch die Welt lief. Jetzt kam es ihr zu Gute. Sie nahm das Seil, befestigte den Haken an einem Ende, um es hoch in die Astgabelung zu werfen. Der Haken umschlang den Ast und verhakte sich im Seil. Mi Lou zog es fest und kletterte auf den Baum. Der Platz war ideal, da die belaubten Äste einen vor suchenden Blicken verbargen. Mi Lou machte es sich, so gut es ging, bequem und überlegte ihre nächsten Schritte.

Einen Schlafplatz hatte sie nun, zumindest für heute. Als nächstes musste sie sich um Wasser und etwas zu essen kümmern. Sie steckte ihr Messer und eine Plastiktüte aus dem Rucksack ein. Das Licht wurde zwar immer weniger, aber sie wagte es nochmal, vom Baum herunterzuklettern.

Sie durchstreifte die nähere Umgebung, konnte aber nichts Essbares finden. Zumindest hatte sie jetzt die Zeit, die Natur wahrzunehmen und sich richtig umzusehen. Sie hörte Vögel und sah auch zwei Rehe, die in der Dämmerung auf einer Lichtung grasten. Morgen könnte sie sich Pfeil und Bogen bauen und damit auf die Jagd gehen. Wasser fand sie auch keines mehr, aber sie wusste ja ungefähr, wo der Bachlauf war. Auch das sollte morgen kein Problem sein. Auf dem Weg zurück zu ihrem Versteck stolperte sie über einen großen Strauch Brombeeren, an dem noch einige reife Beeren hingen. Sie jubilierte innerlich und steckte sich sofort ein paar in den Mund. Selten hatte sie Beeren als so lecker empfunden. Die restlichen Beeren steckte sie in ihre Plastiktüte, die am Schluss fast halb voll war. Da sie die Nacht im Baum verbringen würde, erledigte sie noch schnell ihre Notdurft, um dann den Rückweg anzutreten.

Draußen war es bereits dunkel, als Rob sich auf den Weg machte, um Bennett zu treffen. Der Innenhof der Burg war mit Fackeln erleuchtet. Es roch nach Ruß, und die Schatten, die die flackernden Fackeln warfen, tanzten auf den Mauern. Die schwere Eichenholztür zum Turm des Burgmagiers war mit allerhand Runen und geheimnisvollen Zeichen versehen. Rob war sich sicher, dass das mächtige Schutzzauber waren, die ungebetene Eindringlinge abhalten würden. In der Mitte war ein Metallbeschlag mit einem dicken goldenen Ring angebracht. Rob war etwas mulmig zumute, aber er fasste sich ein Herz, nahm den Ring und klopfte an. Von oben rief eine Stimme: „Du kannst reinkommen, wir sind im zweiten Stock."

Rob trat ein und stieg die steinerne Wendeltreppe hoch. Seine Schritte hallten durchs Treppenhaus. Er war froh, dass er eine Kerze mitgenommen hatte, die ihm ein wenig Licht spendete.

Im ersten Stock des Turmes lag eine kleine Gästewohnung für Besucher des Magiers. Daneben war ein kleines Zimmer für einen Lehrling. Außerdem befand sich eine kleine Küche in dem Stockwerk. Sie war mit großen Kesseln und einem gut sortierten Vorratsschrank voller Kräuter und anderer Zutaten ausgestattet. Dort konnten Tränke gebraut und einfache Zauber gewirkt werden. Zurzeit hatte Bennett allerdings keinen Lehrling. Der Unterricht mit Burkhard nahm so viel seiner kostbaren Zeit in Anspruch, dass er sich nicht auch noch um die Ausbildung eines Lehrlings kümmern konnte. Auf dem Weg nach oben hörte Rob schon Bennett mit Burkhard sprechen. Angekommen im zweiten Stock, trat er in ein großes Unterrichtszimmer mit mehreren Bänken und einem Pult. Große Fenster ließen bei Tag viel Licht in den Raum und schafften eine freundliche Atmosphäre. Jetzt war der Raum durch Öllampen, die auf den Fensterbänken standen, in ein warmes Licht gehüllt. An den Wänden hingen Karten von Skaiyles, den Grafschaften Druidsham, Northset und Fairfountain. Auf der gegenüberliegenden Seite gab es Karten von Utgard und Rochildar. Daneben waren schematische Zeichnungen von Wesen mit magischen Eigenschaften. Rob erkannte Trolle, Feen und diverse Zeichnungen von Drachen. Rechts hinter Bennetts Pult führte eine dunkle schwere Tür vom Unterrichtsraum in einen weiteren Raum. Wahrscheinlich lag dort ein Lehrerzimmer.

„Hallo, Rob, du bist etwas früh dran. Wir brauchen hier noch fünfzehn Minuten. Kannst du bitte oben in der Bibliothek auf mich warten?", bat ihn Bennett. „Da gibt es einen bequemen Lesestuhl. Wenn du magst, kannst du dir auch eines der Bücher von den Lesepulten ansehen."

Burkhard sah nicht einmal auf, sondern blickte stur in sein Buch und sagte kein Wort.

„Wie Ihr wünscht. Die Bibliothek ist ein Stockwerk höher, richtig?", fragte Rob.

„Ja, ein Stockwerk höher. Zu deiner eigenen Sicherheit solltest du nicht versuchen, höher zu steigen."

„Das würde ich niemals tun", sagte Rob und ging die Stufen zur Bibliothek hoch.

Er war früher schon ein paar Mal hier gewesen. Auch dieses Mal verschlug es ihm, als er die Bibliothek betrat, den Atem. Die Bibliothek erstreckte sich über zwei Etagen. Als er einen Schritt in den Raum tat, knarrte es unter seinen Füßen. Im Gegensatz zu den ersten zwei Stockwerken war der Boden hier mit Holzdielen ausgelegt. In der Mitte des Raumes befand sich ein etwa anderthalb Meter tiefes, mit kunstvollen Schnitzereien verziertes Rondell, in das vier gepolsterte Sitzgelegenheiten eingelassen waren. Der Bezug der Leseplätze bestand aus einem dunkelroten, weichen Samtstoff. Jeweils auf der rechten Armlehne war ein kleines Tischchen mit einem beweglichen Gelenk angebracht. So konnte man ein aufgeschlagenes Buch auf den Tisch legen und diesen in alle Richtungen drehen oder neigen, um bequem lesen zu können. An der hinteren Seite des Lesetisches gab es einen weiteren Arm mit einer Fassung, in die eine Leuchtkugel eingespannt war. So hatte man bei Dunkelheit immer genug Licht zum Lesen, auch ohne die Brandgefahr, die eine offene Flamme eines Öllämpchens mit sich bringen würde. Das gesamte Geschoss war vollgestellt mit Bücherregalen aus dunklem Eichenholz. Diese waren wiederum vollgestopft mit Büchern und Schriftrollen. Jeder noch so kleine Raum wurde ausgenutzt. Eine kleine Wendeltreppe führte in halber Höhe des zweigeschossigen Raumes zu einer Galerie, die einmal um den ganzen Turm führte. An der Außenwand reihte sich ein Bücherregal an das nächste, an denen immer wieder mal eine Leiter lehnte, und zum Raum hin wurde sie mit einem Geländer gesichert. Hier und da standen Holzfässer, aus denen zusammengerollte Karten und Papyri herauslugten. Das Faszinierendste für Rob war aber trotzdem das grandiose Deckengemälde. Eine große Kuppel über die gesamte Grundfläche des Stockwerkes bildete die Decke der Bibliothek. Auf ihr waren drei spektakuläre Drachen abgebildet, die über den Himmel von Skaiyles zogen. Sie waren so realistisch abgebildet, dass man jeden Moment erwartete, dass sie vom Himmel herabstoßen und aus dem Gemälde stürzen würden.

Rob setzte sich in einen der Lesesessel, legte den Kopf nach hinten und bestaunte die Drachen. Die trockene, staubige Luft kitzelte in seiner Nase, und er musste laut niesen. Mit Schrecken schaute er auf das Buch, das auf dem Lesepult vor ihm lag. Glücklicherweise hatte er es nicht getroffen. Vorsichtig fuhr er mit seinen Fingern über das kostbare Band mit den eng beschriebenen Seiten aus heller Ziegenhaut. Die Seiten waren mit allerhand Symbolen gefüllt, die an symmetrische Knoten erinnerten. Darunter war wohl eine Erklärung verfasst. Es wurmte ihn, dass er nicht lesen konnte. Das wäre ein weiterer Grund, den Vorschlag von Gweir anzunehmen und Soldat bei den Truppen von Druidsham zu werden. Dort würde man ihm auch das Lesen und Schreiben beibringen.

Rob war ganz in Gedanken versunken, als er von unten Bennetts Stimme hörte, die lauter geworden war.

„Junger Herr Burkhard, so funktioniert das nicht."

Neugierig ging Rob zur Tür und lauschte dem Gespräch ein Stockwerk tiefer.

„Aber mit der reinen Magie gehen solche Sprüche viel einfacher und schneller", beschwerte sich Burkhard.

„Das mag auf den ersten Blick so wirken, aber bei der alten Magie musst du Rücksicht auf deinen Drachen nehmen. Du musst die Energie aus beiden magischen Lebewesen vorsichtig beschwören und verweben", versuchte Bennett zu erklären.

„Ich werde Euch zeigen, wie gut das geht. Wenn erstmal das magische Band zwischen mir und dem Drachen besteht, kann ich die doppelte Energie nutzen. Die so von mir beschworene Magie der reinen Lehre wird stärker als alles andere sein. Oder wollt ihr mir sagen, dass diese reine Magie bei mir nicht mehr funktionieren wird?", fragte Burkhard provokant.

Bennett war hörbar verärgert. „Du dummer Junge, du hast ja keine Ahnung, was du damit anrichten kannst. Ja, du wirst Zauber der reinen Lehre ausführen können, aber das bringt das Gleichgewicht von dir und deinem Drachen durcheinander. Letztendlich wirst du damit dich und den Drachen schwächen. Du wirst euch in den Wahnsinn treiben. Wenn du es mit Fuku nicht schaffst, die alte Magie, die euch innewohnt, in eine Einheit zu binden, werdet ihr daran zu Grunde gehen. Eure Einheit darf nicht aus der Balance geraten. Sonst werdet ihr daran verzweifeln und wahnsinnig werden. Das hier ist kein Spiel, Burkhard, und noch hast du auf das zu hören, was ich dir sage. Nach der Drachenwahl wird deine Ausbildung erst richtig beginnen."

„Ihr habt mir überhaupt nichts mehr zu sagen. Und schon gar nicht dürft Ihr mich einen dummen Jungen nennen. Ihr seid ein alter, verwirrter Zauberer, der seine Augen vor neuen, ungeahnten Möglichkeiten verschließt. Ich freu mich schon darauf, wenn Ihr morgen nach meiner Wahl vor mir niederkniet. Dann habt Ihr euren neuen Platz gefunden. Strapaziert meine Geduld nicht zu sehr, Burgmagier Bennett, sonst werden mein Vater und ich nach jemand anderem Ausschau halten müssen."

Man hörte einen Stuhl umstürzen, und jemand ging die Treppe herunter. Dann war der laute Knall einer Tür zu vernehmen. Offensichtlich war Burkhard aufgestanden, hatte dabei seinen Stuhl umgeschmissen und beim Verlassen des Turmes lautstark die Tür hinter sich zugeschlagen.

„Was für ein rotzfrecher dummer Idiot dieser Kerl ist. Verdammt und …" Bennett kam wütend die Treppe hochgestampft, als er Rob erblickte, der es gerade noch rechtzeitig zurück auf den Stuhl geschafft hatte. „Ach, der junge Robin, dich hatte ich ganz vergessen. Was stelle ich denn jetzt mit dir an? Warte, ach ja, ich weiß wieder. Entschuldige, ich bin etwas aufgebracht."

„Ich kann morgen oder später wiederkommen, wenn Ihr wollt", bot Rob an.

„Nein, nein, nicht nötig. Eigentlich ist es ganz simpel. Rune hat dir heute auf der Fahrt hierher ein paar Dinge erzählt. Ich hoffe, du hast bisher mit keinem darüber gesprochen. Ich möchte, nein, ich verpflichte dich dazu, nichts von dem Gehörten irgendjemandem weiterzuerzählen. Das gilt auch für den Streit zwischen dem jungen Lord und mir, den du gerade miterlebt hast. Hast du mich verstanden?"

„Ja, ehrenwerter Burgmagier, ich schwöre, dass ich niemanden etwas erzählen werde."

„Dann ist gut", antwortete Bennett, der mit seinen Gedanken ganz woanders war.

„Gut, mein Junge, ach und Glückwunsch zu dem Sieg heute. Das war wirklich sehr gut von dir. Ich rate dir, das Angebot von Gweir anzunehmen. So eine Chance wirst du nicht ein zweites Mal bekommen. Und nun mach, dass du los kommst."

„Danke, ich weiß Euren Rat zu schätzen." Mit diesen Worten machte sich Rob davon.

Die Geschichte von seinem Sieg gegen den Soldaten Morgan hatte sich wie ein Lauffeuer in der Burg ausgebreitet. Jeder, der ihn sah, gratulierte ihm, und alle waren stolz auf ihn. Nach dem Essen ging er noch kurz zu Lynir.

„Das haben wir heute sehr gut gemacht. Ich bin stolz auf dich, Lynir, sehr stolz. Und was denkst du, sollen wir das Angebot von Gweir annehmen?"

Lynir schnaubte und schaute ihm ruhig in die Augen. Rob konnte fühlen, dass Lynir sich auch nicht sicher war.

Aber genau wie ihn selbst schien Lynir das Abenteuer zu reizen.

„Also machen wir es?", fragte Rob.

Lynir wieherte zustimmend und drückte seinen Kopf liebevoll an Robs Brust.

„O. k., wir machen es." Er streichelte Lynirs Hals. „Gute Nacht, mein Guter, schlaf jetzt, morgen wird ein anstrengender Tag."

Rob ging nach oben und legte sich in sein Bett. Er lächelte und gestattete sich von Robin, dem Soldaten, zu träumen. Aber wieder und wieder kamen die Zweifel. Konnte er wirklich ein unerschrockener Soldat werden? Konnte man das lernen? Vielleicht würde er das einfache, ruhige Leben auf der Burg vermissen. Er beschloss, morgen Ulbert und Gwyn nach ihrer Meinung zu fragen, heute waren sie ihm bei dem Thema immer ausgewichen. Rob gähnte und fiel in einen tiefen unruhigen Schlaf.

Mi Lou kletterte an dem Seil hoch auf ihren Schlafplatz. Ihr war kalt, aber sie hatte sich nicht getraut, ein Feuer zu machen. Zu groß war die Gefahr, entdeckt zu werden. Sie nahm das Seil und knotete sich daraus einen Gurt um die Hüfte und um die Brust. Dann warf sie das andere Ende über einen dicken Ast, führte es einmal durch die Träger ihres Rucksacks und machte es wieder an ihrem Gurt fest. So gesichert nahm sie den Rucksack als Kopfkissen und suchte sich eine einigermaßen erträgliche Position. Aus der Tüte naschte sie noch ein paar Brombeeren. Sie hoffte, dass sich, wenn sie morgen aufwachte, alles nur als ein Traum herausstellen würde.

In einer Höhle im Druidengebirge rollte sich Fuku zusammen, um zu schlafen. Chiu und Phytheon hatten nochmal mit ihm geredet. Seine Eltern hatten seine Beweggründe verstanden, aber das änderte nichts an ihrer Einstellung. Vielleicht hatten sie ja recht. Aber wenn er schon das Band mit diesem Menschen eingehen musste, wollte er auch etwas

Spaß haben. Mal abwarten, vielleicht würde das Turnier morgen ja auch ganz lustig werden.

Fuku grübelte noch lange, ob es nicht einen Weg gäbe, seinem Schicksal zu entkommen, und schlief darüber ein.

DAS TURNIER

Bewegungslos in einem unerbittlichen Zauber gefangen, stand Rob mit seiner kleinen Schar Soldaten auf einer Anhöhe am Rande eines kleinen Buchenwäldchens. Nicht weit von Ihnen entfernt stand ein Magier, dessen Gesicht von einer bleichen weißen Maske verborgen wurde. In einen dunkelblauen Talar gehüllt, intonierte er eine Beschwörungsformel in einer fremden Sprache. Rob spürte, wie sich die lähmende Kälte des Zaubers immer mehr ihn ihm ausbreitete. Sie schnürte ihn förmlich ein. Unterhalb der Anhöhe, auf der sie gefangen waren, schmiegte sich ein kleines Bauerndorf in eine Mulde. Grüne Weiden, auf denen Schafe grasten, und beackerte Felder umsäumten die kleine Siedlung. Zwölf schlichte, strohgedeckte Holzhäuser gruppierten sich um einen Dorfplatz herum. In dessen Mitte versorgte ein Brunnen die Menschen mit Wasser. Zum Schutz vor Eindringlingen war die Siedlung mit einem einfachen Holzzaun umfriedet.

Die Szenen, die Rob zusammen mit seiner kleinen Truppe ansehen musste, waren grausam. Im Bann des Magiers gefangen, waren sie zur Untätigkeit verdammt. Es war ihnen unmöglich, den Bauern zu helfen.

Eine Horde von zwanzig, mit Schwertern bewaffneten Angreifern fegte über das Dorf und seine Bewohner hinweg. Die Reiter sprangen mit Leichtigkeit über den Zaun und machten Jagd auf die hilflosen Menschen. In ihrer Verzweiflung wehrten sich die Männer, Frauen und Kinder mit Mistgabeln, Hacken und einfachen Knüppeln. Aber sie wurden von den gut ausgebildeten Soldaten gnadenlos mit Schwertern niedergemäht. Die Zahl der Ermordeten stieg stetig, und nach zehn Minuten gab es keine Überlebenden mehr. Die Reiter plünderten die Häuser, um sie anschließend in Brand zu stecken. Dunkle, beißende Rauchschwaden lagen über dem mit Leichen gepflasterten Dorf, als die Reiter sich wieder sammelten. Der Magier kam auf Rob zu und legte ihm die Hand auf die Schulter.

„Aufwachen, du Faulpelz!", rief Ulbert und rüttelte Robs Schulter. Rob war schweißgebadet. Er brauchte ein paar Sekunden, um zu realisieren, dass er nur geträumt hatte. Noch ganz benommen von seinem Traum, steckte er seinen Kopf in einen Eimer mit eiskaltem Wasser. Sämtliche Muskeln zogen sich abrupt zusammen, und ein Schauer durchlief seinen Körper. Das tat gut und brachte ihn vollständig in die Realität zurück.

„Schlecht geschlafen?", fragte Ulbert.

„Schlecht geträumt. Ich war Soldat und musste mit meiner Truppe hilflos ansehen, wie ein ganzes Dorf unschuldiger Bauern abgeschlachtet wurde. Schrecklich. Wenn so das Leben als Soldat ist, dann bleibe ich lieber Stalljunge."

„Die Fratze des Krieges ist immer schrecklich und grausam. Ein Krieger wird nie allen helfen können, aber vielleicht kannst du ein paar wenigen helfen. Vielleicht sind es genau die, die daraufhin unsere Welt in eine gute Zukunft führen werden. Deswegen ist es so wichtig, dass du die richtige Seite wählst. Denn oft ist es schwer, Gut und Böse zu unterscheiden", antwortete Ulbert.

„Ähhh, ja. Danke. Das ist nicht sonderlich hilfreich. Meinst du nun, ich soll oder ich soll nicht?"

„Mein lieber Robin, diese Frage kannst nur du dir beantworten. Aber fürs Erste warten jetzt deine Pflichten auf dich. Pferde füttern, ausmisten und Lynir striegeln. Danach gibt es Frühstück, auf das eine Ansprache von Bertramus, dem Burgvogt, folgt."

„Ich mach ja schon." Rob schlüpfte in seine Kleider und machte sich nachdenklich an seine Arbeit. Bis heute Abend müsste er sich entschieden haben …

Mi Lou kroch die morgendliche, feuchte Kälte in die Knochen. Eine Mischung aus laut zwitschernden Vögeln und schmerzhaften Verspannungen in ihrem Rücken weckte sie. Sie öffnete schläfrig ihre verklebten Augen. Immer noch saß sie in der Astgabelung, die sie sich gestern Abend als Schlafplatz ausgesucht hatte. Es war also kein Traum gewesen. Sie rieb sich die Augen, um einen klaren Blick zu bekommen, und reckte ihre Glieder, um den Schmerz zu vertreiben. Ein dichter Nebel schwebte über dem Waldboden, und im Osten ließ ein heller Schimmer am Horizont die aufgehende Sonne erahnen.

Mi Lou saß einfach nur ein paar Minuten still da und lauschte den Geräuschen. Wo verdammt nochmal war sie? Was war passiert? Nach wie vor empfing sie nicht das geringste Funksignal, und sah auch keine Kondensstreifen von Flugzeugen am Himmel. Hatte man sie betäubt und verschleppt? Und wenn ja, wer hatte das getan, und warum hatte Karl neben ihr gelegen, als sie gestern aufgewacht war?

Komm schon, Mi Lou, denk logisch, sagte sie zu sich. Brich deine Probleme in kleine Häppchen auf und ordne sie nach Wichtigkeit. Das dringendste Problem waren Wasser und Nahrung. Sie war hier tief in der Wildnis und mit Sicherheit sehr weit von der nächsten Zivilisation entfernt. Gestern hatte sie auf ihrer Flucht schneebedeckte Berge gesehen, also war sie in der Nähe eines Gebirges. Sie beschloss, dem Wildbach vom Tag zuvor flussaufwärts zu folgen. Vielleicht würde die Landschaft ihr mehr über ihre Position verraten. Die Alpen konnten es nicht sein. Sie waren zu dicht besiedelt, Mi Lou hätte längst irgendwelche Anzeichen von Zivilisation entdecken müssen. Vieles sprach für Norwegen oder Kanada, aber was würde das bedeuten? Wie lange war sie bewusstlos gewesen?

Wieder war sie in eine gedankliche Sackgasse geraten. Also nahm sie sich das nächste Häppchen vor.

Das zweite drängende Problem war die Bedrohung durch diesen Karl und die Nietzsche-Bruderschaft. Die wollten Jeans Daten haben und sie selbst am liebsten tot sehen.

Bei dem Gedanken an Jean zog sich Mi Lous Herz zusammen und Tränen wollten ihr in die Augen schießen. Aber sie unterdrückte ihre Gefühle. Das musste warten. Mi Lou resümierte, was sie während ihrer kurzen Begegnung alles über Karl gelernt hatte: Sein Auftraggeber war diese Nietzsche-Bruderschaft. Das bedeutete, Geld und Ressourcen waren für ihn kein Problem gewesen. Sie musste also davon ausgehen, dass Karls Modifikationen auf dem neusten Stand des technisch Möglichen waren. Wahrscheinlich musste sie sogar ein paar Schritte weiter denken. Die Bruderschaft verfügte schließlich über exzellente Forschungseinrichtungen und sie hatte sich im Verlauf der letzten Jahrzehnte ein Geheimwissen erarbeitet, das sie nicht mit der Öffentlichkeit teilte. Es war also anzunehmen, dass Karls körperliche Modifikationen seiner Zeit drei bis fünf Jahre voraus waren. Das bedeute Nachtsicht, Ultraschall, Wärmebild, extrem gute Augen, KI-unterstützte Mustererkennung, verstärktes Skelett, maschinenähnliche Kräfte und wer weiß, was noch!

Mi Lou schauderte bei dem Gedanken, aber ihre Überlegungen passten auch zu den Erfahrungen, die sie im Kampf mit Karl gemacht hatte. Der einzige positive Aspekt war, dass dieser Kerl Unmengen Kalorien zu sich nehmen musste. Hier in der Wildnis dürfte es schwer für ihn sein, an High-Energy-Rationen zu kommen. Wahrscheinlich musste er pro Tag mindestens fünfzehn Kilo Fleisch zu sich nehmen. Beim Jagen würde er Spuren hinterlassen und würde viel in Bewegung bleiben müssen. Das erhöhte ihre Chancen, ihn rechtzeitig zu bemerken. Da sie ihre Erfolgsaussichten gegen ihn aber nicht besonders hoch einschätzte, hielt sich ihre Freude in Grenzen. Klar war aber, dass sie eine direkte Konfrontation mit Karl unbedingt vermeiden musste.

Ihre Gedanken schweiften weiter zur Nietzsche-Bruderschaft. Bei Giulia und Antonio hatte sie nur einen kurzen Blick auf die Daten ihres Vaters werfen können. Sie fürchtete sich davor, was sie darin noch alles finden würde. Dass die Bruderschaft völlig frei von Skrupeln war, hatte sie schmerzlich erleben müssen. Sie musste unbedingt ein Backup anlegen und in Ruhe die gesamten Informationen auf dem Kristall auswerten. Das würde Wochen dauern, aber erst dann könnte sie an einem Plan arbeiten, wie sie ihr Wissen veröffentlichen könnte.

Wie auch immer, sie musste definitiv untertauchen. Ein leichtes Lächeln umspielte ihren Mund. Besser als hier in der Wildnis konnte man nirgendwo untertauchen. Sie kramte die restlichen Brombeeren aus ihrem Rucksack und steckte sie sich einzeln in den Mund. Jetzt erst merkte sie, wie groß ihr Hunger war. Vorsichtig löste sie ihre Seilsicherungen und kletterte mit steifen Bewegungen den Baum hinunter.

In der Burg Skargness machte der helle Schein der aufgehenden Sonne Hoffnung auf einen wunderschönen Herbsttag. Bertramus, der Burgvogt, verantwortlich für den reibungslosen Ablauf des täglichen Burglebens, hatte die etwa dreißig Bediensteten der vorderen Burg in der steinernen Halle gegenüber der Stallungen versammelt. Bertramus schob sich mit wichtiger Miene und seinem mindestens ebenso gewichtigen Bauch an allen vorbei. Da er relativ klein war, stieg er auf einen Stuhl und räusperte sich. Seine Glupschaugen waren leicht unterlaufen, seine Stirn und das schüttere schwarze Haar glänzten vor Schweiß. Mit seinem Doppelkinn und den hervorquellenden Augen erinnerte sein Aussehen stark an das eines fetten Karpfen.

„Ich brauche euch ja nicht zu sagen, welch wichtiges Ereignis hier heute stattfindet. Ich möchte, dass jeder heute sein Bestes gibt. Unser geliebter Burgherr, Lord Marquard, erzählte mir im Vertrauen, dass wir heute sogar den ehrenwerten Magnatus Leonard Wallace, oberster Magier von Skaiyles, mit seinem Drachen, Lady Malyrtha, erwarten dürfen. Und aller Wahrscheinlichkeit nach kommt auch der oberste Magier von Rochildar, Magnatus Dragoslav Olaru, um dem Turnier beizuwohnen. Aus sämtlichen Grafschaften Skaiyles sind die Grafen oder ranghohe Vertreter anwesend. Alles in allem werden auf der Ehrentribüne etwa fünfzig hohe Damen und Herren sowie zehn Drachen anwesend sein. Nochmals möchte ich euch alle eindringlich an die gebotene Etikette erinnern. Das ganze Turnier folgt einem streng festgelegten Ablauf und beinhaltet uralte Rituale. Kleinste Abweichungen können unangenehme Folgen haben. Also haltet euch, soweit ihr Kontakt zu den hohen Herren und Damen habt, streng an das, was ich euch beigebracht habe. Sprecht niemals als erster, sondern wartet immer, bis ihr angesprochen werdet. Schaut den hohen Herren nicht in die Augen. Gebt keine Widerworte, ein Graf oder eine Gräfin hat immer recht. Habt ihr mich verstanden?"

Ein bejahendes Gemurmel kam aus der versammelten Belegschaft.

„Ich bin mir nicht sicher, ob ihr mich richtig verstanden habt. Aber die geringste Beschwerde über einen von euch zieht eine Strafe von mindestens zehn Peitschenhieben nach sich. Meine Leute aus der Hauptburg, die sich schon seit Tagen um die bereits angereisten hohen Gäste kümmern, werden ein Auge auf euch haben. Und redet mich gefälligst mit meinem Titel an. Habt ihr mich jetzt verstanden?"

„Ja, werter Burgvogt Bertramus", antworteten alle deutlich.

„Das gilt besonders für Robin und Pantaleon. Als Stallbursche und Lehrling des Schmieds steht ihr in direktem Kontakt mit den Rittern und ihrem Gefolge. Ich möchte, dass ihr euch so unauffällig wie möglich im Hintergrund haltet, es sei denn, jemand braucht etwas von euch. Dann erledigt ihr es schnell, geräuschlos und gehorsam. Wenn ihr mehrere Aufgaben übertragen bekommt, erledigt die Aufgabe des Ranghöheren zuerst. Habe ich mich klar ausgedrückt?"

„Ja, werter Burgvogt Bertramus", antworteten Rob und sein Freund Pantaleon.

„Was steht ihr dann hier noch so faul rum? Ab an die Arbeit. Los, los!" kommandierte Bertramus und machte sich mit wichtiger Miene wieder auf zur Hauptburg.

„Das kann ja heiter werden, wenn die schnöseligen Diener aus der Hauptburg ein Auge auf uns werfen", meinte

Pantaleon zu Rob. Der dunkelhaarige Junge war genauso alt wie Rob, wenn auch etwas kleiner und nicht so breit. Aber als Lehrling des Schmiedes war er kräftig und extrem geschickt. Die zwei waren seit frühster Kindheit beste Freunde und unternahmen viel zusammen.

„Du sagst es. Gerade bei uns werden sie zu Hauf sein, um die Ritter mit Essen und Bier zu versorgen. Na toll." Rob verdrehte die Augen.

„Pah, nächstes Jahr müssen sie dich bedienen. Nachdem er den Trollen in Utgard den Bauch aufgeschlitzt hat, kommt der große Krieger Robin zurück auf die Burg, um sämtliche Turniere in Skaiyles zu gewinnen", phantasierte Pantaleon. „Frag doch mal Kommandant Owen, ob er nicht noch einen guten Schmied in seiner Truppe braucht."

„Mach keine dummen Witze. Echt, Pantaleon, ich weiß noch nicht, was ich dem Kommandanten heute Abend sagen soll. Die Vorstellung, den ganzen Tag mit Lynir zusammen zu sein, ist phantastisch. Auch eine Kampfausbildung zu bekommen, Lesen und Schreiben zu lernen, ist extrem verlockend. Aber was, wenn ich im Kampf versage? Wenn ich nicht so gut bin, wie der Kommandant denkt?"

Pantaleon grinste. „Ich weiß nicht, wo du Probleme hast. Das ist genau das, wovon wir früher zusammen geträumt haben. Robin, du kannst ein Krieger sein! Du kannst dich gegen Unrecht wehren! Ich würde das an deiner Stelle sofort machen. Mach dir keine Gedanken, ob du als Krieger gut bist. Ich bin sicher, du wirst ein großartiger sein. Wenn nicht, ist es auch völlig belanglos."

„Warum sollte das belanglos sein?", fragte Rob.

„Na ja, wenn du ein schlechter Krieger sein solltest, wirst du das nicht mitbekommen. Weil du tot sein wirst. Ist doch ganz einfach. Dann kann es zumindest dich nicht mehr stören. Ich dagegen werde mit den holden Maiden, deren Herz du stolzer Recke gebrochen hast, an deinem Grabe kniend, bittere Tränen der Verzweiflung heulen", gab Pantaleon theatralisch schluchzend zurück.

Rob puffte ihn grinsend in die Rippen. „Pan, manchmal spinnst du echt."

„Aber ich, der edle Schmied von Skargness, werde sie alle trösten", tönte Pantaleon und puffte ihn zurück.

Rob mochte Pantaleons unkomplizierte Art. Wenn sie zusammen waren, war das Leben immer lustig und einfach. Nun zogen sie, sich noch weiter kabbelnd, los Richtung Stall, um von dort mit den Pferden, die am Turnier teilnahmen, weiter zur Arena zu ziehen.

Am Eingang der Drachenhöhle im Druidengebirge saß Fuku mit seinen Eltern Chiu und Phytheon zusammen. Phytheon wollte mit Fuku ein letztes Mal die Drachenwahl durchgehen.

„Höre einfach auf deine innere Stimme und dein Herz. Mach deinen Kopf frei von allem um dich herum. Ich bin sicher, dann wird die Wahl auch problemlos funktionieren. Du forscht mit deinem Geist nach dem Wesen des jungen Herrn Burkhard. Der wird dir, wie gelernt, seinen Geist öffnen und dich willkommen heißen. Dann schickst du aus deiner Drachenglut die magische Energie direkt in seine Seele. Das Band wird euer Innerstes miteinander verflechten. Um eure Verbindung zu besiegeln, stößt du eine mächtige Flamme aus, und Burkhard wird in deinem lodernden Feuer stehen, ohne zu verbrennen. Er wird zum Drachenmagier, während du zu einem Hüter der alten Drachenmagie wirst. Ihr werdet ein mächtiges Duo bilden."

„Ja, Dad. Ich denke, dass Chocque mich gut genug vorbereitet hat. Das Ritual wird funktionieren", beruhigte Fuku seine Eltern. „Mir ist die Wichtigkeit meiner Aufgabe bewusst. Ihr müsst keine Angst haben."

„Du wirst sehen, Fuku, das ganze Turnier wird dir am Ende auch noch Spaß machen", meinte Chiu, seine Mutter.

Fuku grinste nur schief. Zur Not müsste er halt etwas nachhelfen.

„Na dann, lasst uns losfliegen", sagte er. Die drei erhoben sich erhaben in den morgendlichen Himmel und flogen Richtung Skargness.

Etwa eine Flugstunde von der Drachenhöhle entfernt lag der Wald noch immer in dichtem Nebel. Mi Lou rollte ihr Seil auf und verstaute es zusammen mit dem Haken im Rucksack. Liebevoll kramte sie ihr Japanisches Outdoor-Messer hervor, das sie sich vor zwei Jahren in einem kleinen Laden im japanischen Viertel von Vancouver geleistet hatte. Bedächtig zog sie es aus seiner Magnolienholzscheide und prüfte die etwa zwölf Zentimeter lange, äußerst scharfe und robuste Damastklinge. Die verschlungene Maserung des Stahls sah wie Wurzelholzfurnier aus und machte das Messer unverwechselbar. Der Griff, der in etwa so lang wie die Klinge war, hatte eine Wicklung aus Paracord. Diese dünne Nylonleine, die auch als Fangleine beim Fallschirmspringen benutzt wird, bildete am Ende des Messers noch eine etwa fünfundzwanzig Zentimeter lange Schlaufe. Mi Lou befestigte die Messerscheide mit den zugehörigen Lederriemen an ihrem Gürtel und steckte das Messer wieder vorsichtig hinein. Bei Bedarf konnte sie es nun in einem Sekundenbruchteil zücken.

Sie hielt einen Moment inne und nahm ihre Umgebung in sich auf. Die morgendliche Luft war noch feucht von dem Nebel und roch so, wie es typisch für einen Buchenwald war: erdig, mit einem Beigeschmack von verrottenden Blättern. Kein Duft wies auf größere Tiere wie Wildschweine oder gar Bären hin. Die Geräusche, die sie hörte, waren alle unbedenklich. Da waren das leichte Rauschen der Blätter im Wind, das Knarren von Bäumen und die unterschiedlichsten Vogelstimmen. Die Vögel selbst waren entspannt und warnten nicht vor Eindringlingen. Aus nordöstlicher Richtung bemerkte sie einen sanften, stetigen Lufthauch. Das war gut, denn in diese Richtung wollte sie aufbrechen, um dem Verlauf des Wildbaches zu folgen. Auf diese Weise trug ihr der

Wind Laute und Gerüche vorzeitig entgegen und sie konnte sich rechtzeitig auf Veränderungen einstellen.

Mi Lou machte sich fast lautlos auf den Weg. Sie wollte die Gegend erkunden und plante, bis mittags flussaufwärts zu wandern. Die zweite Tageshälfte wollte sie nutzen, um sich ein Quartier für die Nacht zu suchen und Pfeil und Bogen zu bauen. Der weiche Blätterboden gab unter ihren Schritten sanft nach und nur selten machte sie ein Geräusch, das man weiter als drei Meter hören konnte.

Im Gegensatz zu gestern war sie heute deutlich langsamer unterwegs. Schon bald hörte sie das stete Plätschern des Wildbaches, den sie gestern überquert hatte. Der Boden unter ihren Füßen wurde merklich steiniger und die Luft deutlich feuchter. Bald lichteten sich die Bäume und machten einem felsigen Flussbett Platz. Der Wildbach hatte über die Jahre kleine Becken ausgewaschen, durch die sich das Wasser jetzt munter hinunter ins Tal schlängelte. Links und rechts säumte ein dichter Baum- und Strauchbewuchs den Bachlauf. Mit Freude entdeckte Mi Lou am anderen Ufer eine kleine Gruppe Birken. Da Birkenrinde einen relativ hohen Anteil gut brennbarer Öle enthielt, war sie perfekt, um Feuer zu machen.

Aber bevor sie weiter lief, versicherte sie sich erstmal, dass niemand in der Nähe war. Sie kroch auf allen Vieren leise ins Unterholz und beobachtete aus ihrem sicheren Versteck für fünf Minuten das Flussbett. Dort waren aber nur ein paar Waldvögel, die am Wasser Insekten jagten oder sich das Gefieder putzten. Mi Lou fühlte sich sicher und wagte sich aus ihrer Deckung heraus. Sie nahm ihren Rucksack ab, hockte sich an eines der ausgewaschenen Felsbecken und beobachtete die Wasserläufer auf der Oberfläche. Am Rand des Beckens war das Wasser klar und Mi Lou sah die Steine am Grund. Nach hinten wurde das Wasser tiefer und färbte sich türkisblau. Sie formte aus ihren Händen eine Schale und trank begierig das kalte, klare Wasser. Nachdem sie ihren Durst gelöscht hatte, ging sie hinüber zu der kleinen Birkengruppe. Dort zog sie die außenliegende, seidenpapierähnliche Rinde vorsichtig in Streifen ab. Das war der perfekte Zunder, falls sie heute Abend ein Feuer machen wollte. Da sie nicht wusste, wie häufig sie hier auf Birken treffen würde, zupfte sie an sämtlichen Birken der Gruppe dünne Streifen ab. Danach ritzte sie mit ihrem Messer in die obere Schicht der Rinde ein paar Millimeter tief ein etwa handgroßes Rechteck. Vorsichtig hob sie dann mit ihrem Messer die Ecken des Rechteckes an und zog ein großes, etwa zwei Millimeter dickes Stück Rinde von der Birke. Das wiederholte sie ein paar Mal, bis sie auch genug von der dickeren Rinde zur Verfügung hatte. Sie verstaute ihre Beute und machte sich weiter flussaufwärts auf den Weg.

Das Gelände veränderte sich. Der Bach hatte sich über die Jahre immer tiefer in den Felsen gefressen und war zu einer kleinen Schlucht geworden. Mi Lou vernahm schon aus weiter Entfernung ein deutlich lauteres Rauschen und nach ein paar Minuten sah sie einen kleinen Wasserfall. Aus fünf bis sechs Metern Höhe strömte das Wasser über eine bemooste Kante einer steilen Felswand und landete laut plätschernd in einem weiteren Becken. Auf der steilen Bruchkante hatten sich Farne und diverse Gräser angesiedelt. Mi Lou musterte die Felswand kritisch. Der Stein war vom feuchten Moos glitschig, und sie traute sich nicht hinaufzuklettern. Technisch wäre es kein Problem gewesen, und unter normalen Umständen wäre sie schnell und wendig die paar Meter nach oben geklettert. Aber Mi Lou hatte viel zu große Angst, sich zu verletzten. Das war das Letzte, was sie in der Wildnis gebrauchen konnte. Sie musste vorsichtig sein und durfte kein unnötiges Risiko eingehen.

In den nächsten Stunden traf sie immer wieder auf kleinere und größere Wasserfälle. Umständlich und mühsam musste sie die Hindernisse umlaufen und bemerkte dabei nicht, dass sie die ganze Zeit beobachtet wurde.

Der Turnierplatz zu Füßen der Burg Skargness wirkte wie ein hektischer Ameisenhaufen. Den gesamten Vormittag strömten die Menschen auf das Gelände. Die Tribünen waren, mit Ausnahme der Ehrentribüne, voll belegt. Die Herbstsonne war noch so kräftig, dass sie die Zuschauer wärmte und das gesamte Areal in ein klares Licht tauchte. Auf der Straße zum Westtor hatten fahrende Händler kleine Stände aufgebaut. Es roch nach Gebratenem und frisch gebrautem Bier. Das Volk drängelte sich, in Vorfreude auf das anstehende Turnier, durch die engen Straßen. Überall flatterten bunte Fahnen im Wind, auf denen die verschiedenen Wappen der Ritter abgebildet waren. Jeder versuchte einen guten Platz mit bester Sicht zu ergattern. Gaukler unterhielten mit ihren Darbietungen die wartende Menge und vereinzelt boten Händler mit einem Bauchladen Süßigkeiten zum Verkauf an.

Die Soldaten von Druidsham, unter dem Kommando von Gweir Owen, sorgten für Ordnung. Neben der Bewachung der Ehrentribüne patrouillierten sie auch verstärkt in dem kleinen Städtchen und sicherten in größerer Zahl als sonst die Stadttore. Sie hatten nicht besonders viel zu tun, außer vielleicht mal hier und da eine Rauferei zu schlichten. Wegen der erwarteten fremden Magier, die am Turnier teilnehmen wollten, hatte Burgmagier Bennett den Schutzring um die Stadtmauern, inklusive der Gargoyles, extrem gelockert. Lediglich die Burg selbst blieb von dieser Maßnahme unberührt. Im Gegenteil, dort wurden die Sicherheitsvorkehrungen noch weiter verstärkt.

Rob und Pantaleon erledigten ihre Arbeiten bei den Zelten, die rund um die alte Ruine auf der Westseite der Arena aufgestellt waren. Neben den provisorischen Stallungen für das Turnier hatten hier die Soldaten und Ritter niedrigeren Standes seit ein paar Tagen ihr Quartier bezogen. Vor den Zelten der Ritter waren Standarten mit Wappen aufgestellt und Fahnen in den Farben der Herren flatterten lustig knatternd im Wind. Die Eingänge der einfach gehaltenen, weißen Soldatenzelte zierten die Wappen ihrer Grafschaft.

Während Rob sich fast vollständig auf Lynir konzentrierte, hatte Pantaleon alle Hände voll zu tun. Es schien so, als würde jeder die Hilfe eines Schmiedes brauchen. Er musste Rüstungen reparieren, verklemmte Verschlüsse weiten und Pferden neue Hufeisen verpassen.

„Hey, Pan, schau mal, ich glaub da tut sich was. Sieht aus, als würde der Herold seinen Platz einnehmen", sagte Rob zu dem gerade vorbeieilenden Pantaleon.

„Schön für den Herold, ich kann leider gerade überhaupt nicht. Drück mir mal die Daumen, dass die hier mal langsam mit ihren Wünschen fertig werden. Ich könnte mich gerade zweiteilen und hätte immer noch genug Arbeit übrig", gab Pantaleon zurück und verschwand gehetzt.

Rob hatte recht. Der Herold, in ein prächtiges oranges Gewand mit gelben Streifen gekleidet, stieg auf sein kleines Podest vor der noch fast leeren Haupttribüne. Vor ihm hing das Wappen von Druidsham, der grüne Mistelzeig mit den zwei gekreuzten goldenen Sicheln. Links neben dem Podest liefen drei Trommler auf, und rechts postierten sich fünf Trompeter. Die Menge wurde in Erwartung des nahenden Turnierbeginnes unruhig. Auf den Straßen wurde es hektisch. Jeder wollte so schnell wie möglich auf den Turnierplatz.

„Sehr verehrte Leute von Alryne und Skargness, geschätzte Zugereiste", rief der Herold aus. Ich habe die Ehre, das Turnier der heutigen Drachenwahl zu Skargness, in der Grafschaft Druidsham, anzukündigen. Nehmt nun Eeure Plätze ein und freut euch mit uns über dieses einmalige Ereignis!"

In freudiger Erwartung ging zustimmendes Gemurmel durch die Menge.

„Lasst mich euch kurz den Ablauf des Turnieres schildern. Wir beginnen mit der Begrüßung unserer Ehrengäste und deren Einzug in unsere Arena. Sodann findet ein Mêlée zwischen den gemeldeten Kriegern statt. Wir haben dreiundzwanzig Kämpfer, die mit Schild und Schwert bewaffnet, im Kampf gegeneinander antreten werden. Jeder geschlagene Gegner bringt dem Sieger eine Silbermünze. Als besiegt gilt, wer sich nicht mehr auf den Beinen halten kann oder tot ist. Es ist den Kämpfern freigestellt, dem Gegner Gnade gegen ein Lösegeld zu gewähren."

Die Menge applaudierte.

„Anschließend werden sich die Bogenschützen und die Schwertkämpfer in ihren Künsten messen. Nach einer Pause von fünfzehn Minuten geht es mit dem Tjost weiter. Unsere tapferen Ritter werden hoch zu Ross mit aller Härte versuchen, ihren Gegner mit der Lanze aus dem Sattel zu werfen. Es ist mir eine besondere Freude, die Teilnahme des jungen Burkhard Bailey, Sohn unseres Grafen von Druidsham, Lord Ethan Bailey, bei diesem Wettkampf anzukündigen. Dem Gewinner dieses Wettbewerbes winken fünfzig Goldmünzen."

Auch diese Ankündigung quittierten die Zuschauer mit Jubel und Applaus.

„Dann wird es magisch. In einem Duell der Magier werden wir heute fantastische Zauber sehen. Aus Sicherheitsgründen finden die magischen Duelle außerhalb der Stadtmauern auf der mit Schutzzaubern gesicherten Seebühne statt. Nach dem Tjost bitte ich euch, meinen Anweisungen folgend, zur Seebühne zu gehen. Dem Gewinner des magischen Duells winkt heute ein besonders wertvoller Preis. Lord Ethan Bailey hat zur Feier des Tages zwei außergewöhnlich alte magische Schwerter aus seinem privaten Besitz als Preis ausgelobt."

„Dann, meine verehrten Zuschauer, kehren wir hier in die Arena zurück und kommen zum Höhepunkt dieses Turniers. Der junge Fuku Riu, ein direkter Nachfahre des goldenen Drachen, wird das Band zwischen unseren zwei Rassen erneuern. Er wird sich einen Menschen wählen, mit dem er die magische Verbindung eingeht. Ein mächtiges Duo aus Drache und Drachenmagier, das über unser geliebtes Skaiyles wachen wird. Um das neue Duo in ihren Reihen zu begrüßen, erwarten wir heute auch voller Stolz die übrigen vier Drachenmagier von Skaiyles mit ihren Drachen. Ich wünsche euch viel Spaß und ein großartiges Turnier."

Die Menge brach in tosenden Applaus aus.

Rob hatte der Ansprache des Herolds aufmerksam ge-
lauscht. Dabei war ihm entgangen, dass sich Morgan, sein
gestriger Gegner, neben ihn gesellt hatte.

„Hast du schon mal einen Drachen gesehen?", fragte
Morgan nun.

Überrascht drehte sich Rob um. „Hallo, Sir Morgan.
Nein, noch keinen echten. Ich bin schon ganz gespannt. Habt
Ihr schon Drachen gesehen?"

„Ja, den ein oder anderen. Wirklich sehr beeindruckende
Wesen. Es verschlägt mir regemäßig die Sprache, wenn ein
Drache in meiner Nähe ist. Häufig sind wir in Falconcrest,
der Hauptstadt und dem Sitz des Königs, stationiert. Dort
hatte ich schon häufiger das Vergnügen, der zauberhaften
Drachendame Malyrtha zu begegnen. Sie lebt zusammen mit
ihrem Drachenmagier, dem Magnatus von Skaiyles, am Hof
des Königs. Es gibt meiner Meinung nach kein Geschöpf,
das mehr Würde und Weisheit ausstrahlt als diese Drachendame. Jedes Mal, wenn ich sie sehe, rührt es mich ganz tief
in meinem Innersten."

Der in diesem Moment einsetzende, laute Trommelwirbel brachte die schnatternde Menge zum Verstummen. Die
Trompeter schmetterten eine Fanfare, und der Herold stieg
wieder auf das Podest. Er wartete, bis es ganz still war, um
sich dann der Menge zuzuwenden.

„Verehrtes Publikum! Es ist mir eine große Freude, die
Ehrengäste dieses Turniers empfangen zu dürfen. Aber zuerst begrüße ich unseren geliebten Burgherren von Skargness, Lord Roger Marquard, den Gastgeber dieses prächtigen Turniers."

Unter dem Applaus der Menge betrat Lord Roger Marquard, begleitet von seiner Frau und seinen zwei Töchtern,
die Ehrentribüne, wo sie ihre Plätze einnahmen.

„Aus der Grafschaft Northset, im hohen Norden, begrüße ich den Grafen Pàdraig MacCaluim mit seiner Familie",
fuhr der Herold fort, „aus dem schönen Midvon, Baron
Dùghall Giobsan, den edlen Lord Arthur Scurlock aus der

Grafschaft Frashire und aus dem Süden Sir Meic Maddox, den Duke von Trollfolk."

Nach und nach füllte sich die Ehrentribüne mit den angekündigten Gästen.

„Einen kräftigen Applaus erbitte ich für unseren Grafen, den Herren von Druidsham, Lord Ethan Bailey, mit seinem Sohn Burkhard."

Die Zuschauer gehorchten brav und begrüßten laut klatschend ihren Landesherren und dessen Sohn.

„Welche Bedeutung unserem Drachenwahlturnier auch außerhalb unserer Grenzen beigemessen wird, zeigt sich an der regen Teilnahme von Magiern aus dem ganzen Kaiserreich. So ist es mir eine besondere Ehre, den magischen Führer aus Rochildar begrüßen zu dürfen. Herzlich willkommen, Magnatus Dragoslav Olaru."

Magnatus Olaru war Ende Fünfzig, hatte ein vertrauenserweckendes Gesicht und lächelte dem Publikum spitzbübisch zu. Er deutete eine leichte Verbeugung an, bevor er sich unter seinem Applaus auf seinen Ehrenplatz neben Lord Bailey setzte.

„Nun komme ich zu den ersten Drachen, die ich heute willkommen heißen möchte."

Der Herold machte eine kleine Pause, um seine Worte wirken zu lassen. Ein erwartungsvolles Raunen ging durch die Menge.

„Bitte begrüßt mit mir die Eltern des heutigen Hauptdarstellers, Fuku. Einen herzlichen Applaus für Phytheon und Chiu Riu. Begleitet werden sie von seinem Lehrer, dem weisen Meister Chocque."

Die drei ausgewachsenen Drachen stiegen hinter Burg Skargness in die Lüfte, um in einem weiten Bogen über die Arena zu fliegen. Ihre Schatten zogen über die Menge hinweg, während sie auf die Tribüne zuhielten. Für die meisten Zuschauer waren diese drei ausgewachsenen, großen Drachen die ersten, die sie in ihrem Leben sahen. Mit weit geöffneten Mündern und aufgerissenen Augen verfolgten sie ihren eleganten Flug. Einige schrien vor Schreck, aber schnell wurden sie von lautem Jubel übertönt. Die Drachen landeten elegant und nahmen ihre Plätze ein.

Der Herold wartete, bis sich die Menge beruhigt hatte. Begleitet von einem ansteigenden Trommelwirbel, fuhr er mit ernster Stimme fort: „Begrüßt mit mir nun die Wächter von Skaiyles. Die mächtigen Drachenmagier mit ihren fabelhaften Drachen: Baroness von Fairfountain, Gwynefa Loideáin, mit ihrem stolzen Tanyulth. Lord Fearghal Ó Cionnaith mit seiner edlen Drachendame Anathya, der Hüterin von Linfolk. Die Beschützerin unserer Südgrenze, die ehrenwerte Baroness Delwen Dee aus Coalwall, mit dem weisen Mianthor."

In einer dichten Formation schossen drei große ausgewachsene Drachen mit weit aufgespannten Flügeln hinter der Burg hervor. Die Drachen standen sekundenlang still in der Luft, und im Gegenlicht der Sonne erinnerten sie an eine filigrane Krone, mit einer goldenen Aura. Das subtile Spiel von Licht und Schatten der fein geäderten durchscheinenden Flughaut und der massiven Knochen ließ dem Betrachter eine Gänsehaut über den Rücken laufen. Plötzlich drehten sie sich ein und, gleich einem Schwimmer, der von einer Klippe ins Wasser springt, tauchten sich nach unten hin ab. Jetzt erst sahen die gebannten Zuschauer, dass die farbig schillernden Drachen von Magiern geritten wurden.

Die Drachendame Anathya bildete mit ihrem Magier Lord Fearghal Ó Cionnaith die Mitte der Formation. Anathyas Rumpf maß etwa fünf Meter. Samtige dunkelgrüne Schuppen, wie feuchtes Moos auf einem Baumstamm glitzernd, schützten ihren Körper. Ihre gelben Augen mit den ovalen schwarzen Pupillen leuchteten durchdringend. Ihr Reiter, Lord Ó Cionnaith, der Graf von Linfolk, trug eine weite lindgrüne Tunika. Er hatte buschiges, langes, rotes Haar, das fast ansatzlos in einen vollen Bart überging.

Die Baroness von Fairfountain, eine stolze, gut aussehende Frau Mitte Vierzig, mit stahlblauen Augen und in einem grünen Kleid, ritt auf dem blauen Tanyulth auf der rechten Flanke der Formation. Ihre lockigen roten Haare wehten wild im Wind, als Tanyulth, ihr blauer Drache, sich einmal um seine Längsachse drehte und seine Position mit Mianthor, an der linken Flanke der Formation, tauschte. Sowohl Tanyulth als auch Mianthor waren Drachen des Wassers. In ihnen schien ein Meer zu fließen, denn jede Bewegung jagte blaue Wellen durch die Schuppen ihres Körpers. Besonders kräftige Bewegungen verursachten eine Brandung, die die Enden der Schuppen weiß färbten. An diesen Stellen entstand ein leichter Nebel aus Gischt, der aus den Drachen entwich. Die zwei Wasserdrachen zogen eine weißbläuliche Nebelspur hinter sich her. Mianthor wurde von Baroness Delwen Dee, der Gräfin von Coalwall, geritten. Eine lebenslustige, zierliche, etwas schrullige, alte Frau mit halblangen braunen Wuschelhaaren.

Die Magier und ihre Drachen flogen in einer Schleife wieder Richtung Burg. Die Zuschauer verfolgten noch immer fasziniert die Flugkünste der Drachen, als der Herold wieder ansetzte: „Aus unserer Hauptstadt Falconcrest, in Vertretung unseres verehrten Königs Charles Tasker, begrüßen wir den ehrenwerten Magnatus Leonard Wallace, oberster Magier von Skaiyles, mit seiner Drachendame, der zauberhaften Lady Malyrtha, Vorsitzende des weisen Drachenrates."

Die drei Drachen flogen gerade einen Looping über die Burg. Plötzlich entstand vor ihnen ein leuchtender breiter Feuerstrahl, der die Luft vor Hitze flirren ließ. Die drei Drachen durchstießen die Feuerwand. Dabei blieben einige Flammen an ihnen hängen, die sie von da an wie einen Kometenschweif hinter sich herzogen. In der Mitte dieses Spektakels tauchte eine große, rote, in züngelnde Flammen gehüllte Drachendame auf. Aus ihrem Maul entsprang ein mächtiger, laut prasselnder Feuerstrahl, der die Besucher des Turniers vor Furcht erstarren ließ, und auf ihr ritt der ganz in weiß gekleidete Magnatus, dessen weißer Vollbart und langen Locken von den Flammen, in denen er saß, unberührt blieben.

Nach kurzer Zeit ließ Malyrtha ihren Feuerstrahl erlöschen und reihte sich in die Formation der übrigen Drachen ein. Mit ihrem Formationsflug zeichneten die vier Drachen aus den Feuerschweifen und den Nebelschwaden ein phantastisches, verschlungenes, rotglühendes Mandala in den Himmel. Auf ein Kommando vom Magnatus Leonard Wallace hin lösten sie ihre Formation auf. Das feurige Mandala im Nebeldunst verpuffte, und unter klarem Himmel flogen die vier Drachen mit ihren Reitern zur Ehrentribüne, wo sie ihre Plätze einnahmen.

Die Menge war in Ehrfurcht erstarrt. Kein Geräusch war zu hören, bis ein, sichtlich um Fassung bemühter, Herold wieder das Wort ergriff.

„Zum Schluss freue ich mich, euch den Drachen vorstellen zu dürfen, der mit seiner Wahl die enge Freundschaft zwischen unseren zwei Rassen erneuern und vertiefen wird. Bitte begrüßt mit mir Fuku Riu."

Die Menge, wieder mutig geworden, johlte und applaudierte heftig. In Erwartung eines weiteren Spektakels blickten die Versammelten in den Himmel. Doch nichts passierte.

„Da, seht doch, da ist er!", rief ein kleines, in Lumpen gekleidetes Mädchen aus der Menge. Doch die Leute sahen ihn nicht, bis sie dem ausgestreckten Arm des Mädchens mit ihren Blicken folgten.

Fuku kam zu Fuß durch den Nebeneingang, der für das gewöhnliche Volk vorgesehen war, auf das Turnierfeld gelaufen. Er war zu der noch leeren Seetribüne für die magischen Duelle geflogen, um unbemerkt durch das Westtor in das kleine Städtchen zu gelangen. In aller Seelenruhe wanderte er nun quer über den Platz, hopste über die Turnierschranke und lächelte den Leuten freundlich zu.

Irritiert von Fukus unspektakulären Fußmarsch, tuschelte die Menge miteinander. Die Leute wussten nicht recht, wie sie reagieren sollten. Der Herold rettete die Situation.

„Einen kräftigen Applaus für Fuku Riu!", forderte er die Menge auf.

Wie auf Kommando klatschten die Zuschauer wild und jubelten Fuku zu, der gerade umständlich auf seinen Ehrenplatz neben der ehrwürdigen Drachendame Malyrtha kletterte. Deren Miene wusste Fuku nicht zu deuten. Sie wirkte eher erhaben und schien sich nicht an Fukus ungewöhnlichem Auftritt zu stören. Aber er sah, dass sein Lehrer Chocque innerlich kochte, im Gegensatz zu seinen Eltern, die sichtlich Mühe hatten, sich ihr Grinsen nicht anmerken zu lassen.

„So erkläre ich das Turnier offiziell für eröffnet! Lasst das Mêlée beginnen!"

DIE KÄMPFE BEGINNEN

Rob war noch ganz benommen von dem Anblick der Drachen. „Jetzt verstehe ich, was Ihr gemeint habt, Sir Morgen. Die Drachen sind wirklich unglaublich!" Rob konnte seinen Blick gar nicht von den schönen Wesen lösen.

„Also hab ich dir nicht zu viel versprochen?"

„Nein, ganz im Gegenteil, ich glaube ich habe noch nie etwas Schöneres gesehen", schwärmte Rob.

Vier Soldaten liefen an ihnen vorbei und grüßten Sir Morgan. Der grüßte zurück. „Das waren meine Kameraden, die am Mêlée teilnehmen werden", erklärte er Rob, der ihn fragend ansah.

„Ihr selbst nehmt nicht teil?", wollte Rob wissen.

Morgan lachte nur. „Weißt du, junger Mann, gestern hat mich so ein unverschämter Kerl mit seiner Lanze vom Pferd gehauen. Seitdem kann ich vor Schmerzen kaum laufen. Dann werde ich sicher nicht an einem Rudelprügeln mit scharfen Schwertern teilnehmen, bei dem es auf Leben und Tod geht. Ich bin doch nicht lebensmüde."

„Ich bitte vielmals um Entschuldigung. Ich habe mich noch nicht einmal nach Euren Wunden erkundigt. Hoffentlich geht es Euch wieder besser?" Rob schämte sich für seine Achtlosigkeit Morgan gegenüber. Darüber, dass er von ihm fast wie ein alter Freund behandelt wurde, vergaß er sämtlichen Anstand.

„Mach dir keinen Kopf, mein Junge, alles ist gut. Schau dir lieber das Schauspiel an und wie sich unsere Jungs mit den anderen schlagen. Vier aus meiner Einheit nehmen teil. Ich glaube, Dylan hast du gestern kennengelernt, oder?"

„Ja, Dylan hat mir geholfen in meine Rüstung zu kommen. Geredet haben wir allerdings nicht viel."

„Das sieht ihm ähnlich, er ist kein Mann vieler Worte. Er lässt lieber sein Schwert sprechen, und das hat meist auch das letzte Wort. Die Kämpfe werden sicherlich sehr spannend, da aus allen möglichen Ländern Kämpfer und Magier angereist sind. Schon ein Wahnsinn, wen diese Drachenwahl alles anzieht. Vorhin habe ich eine Kämpfertruppe aus Rochildar, in Begleitung eines Magiers, getroffen. Einer meiner Leute hat erzählt, er habe Söldner aus Utgard gesehen. Sehr unangenehme Typen, die es gewohnt sind, ihre Haut gegen gewalttätige Trolle zu verteidigen. Und ich bin mir sicher, mindestens einen Hünen aus Dulgmoran gesehen zu haben."

„Wie kommt es, dass das Turnier so gut besucht ist?", wollte Robin wissen.

„Die ganzen abenteuerlustigen Kämpfer werden von den Preisgeldern angelockt. Die sind bei diesem Turnier wirklich außergewöhnlich hoch. Außerdem ist eine Drachenwahl ein äußerst seltenes Ereignis. Die letzte Wahl von Baroness Loideáin ist fast hundert Jahre her."

„Aber Baroness Gwynefa Loideáin ist doch vielleicht gerade mal um die Vierzig. Wie kann es dann sein, dass die letzte Drachenwahl fast hundert Jahre her ist?"

Sir Morgan lachte. „Junge, du musst echt noch viel lernen. Sobald ein Mensch von einem Drachen gewählt wird, altert er sehr viel langsamer. Drachen können um die fünfhundert Jahre alt werden, und der gewählte Mensch passt sich daran an."

„Ach ja, das hatte ich ganz vergessen. Das ist so wie bei den Wolfsblutkriegern aus Norgyaard. Da werden die Wölfe so alt wie ihre menschlichen Geschwister", versuchte Rob seinen Patzer auszubügeln.

„Ja, genau so ist es." Morgan hatte schon gemerkt, dass Rob versuchte, seine Unwissenheit zu überspielen, aber er ließ ihn damit durchkommen.

Ein Gehilfe des Herolds schwenkte eine Fahne, die den Beginn des Kampfes signalisierte. Robs und Morgans Aufmerksamkeit nun wieder ganz dem Turnierplatz. Die Gegner stürmten aufeinander los und droschen mit Schwertern aufeinander ein.

„Wie kann man in so einem Getümmel den Überblick behalten?", wunderte sich Rob.

Morgan zeigte auf das Schlachtfeld. „Siehst du die vier Krieger auf der rechten Seite? Das sind unsere Jungs. Sie stimmen sich ab und kämpfen koordiniert gegen die Männer aus Utgard. Sie sind in der Überzahl und ermüden ihre Gegner so schneller. Dadurch können diese leichter besiegt werden."

Es dauerte tatsächlich nur ein paar Minuten, bis jeder der drei eigentlich körperlich überlegenen Krieger aus Utgard eine scharfe Klinge von einem der Soldaten aus Druidsham an seinem Hals spürte.

„Was passiert da mit den Männern aus Utgard?" Rob beobachtete, wie sie verächtlich ausspuckten und etwas in einer hart klingenden Sprache sagten, das sehr nach einem Fluch klang.

„Sie wurden gerade gefragt, ob sie ihr Leben freikaufen wollen. Das ist in einem solchen Mêlée üblich und bringt dem Kämpfer normalerweise mehr Geld ein als die offizielle Kopfprämie von einer Silbermünze. Aber die Sturheit der Männer aus Utgard wird nur noch von ihrem Stolz übertroffen. Ihre Ehre verbietet es ihnen, Lösegeld zu zahlen, also haben sie sich für den Tod entschieden", erklärte Morgan.

Die Kämpfer aus Druidsham hoben ihre Schwerter und schlugen den Besiegten in einem kräftigen Streich den Kopf ab. Das herausströmende Blut färbte den Boden rot, und die Körper fielen leblos zu Boden. Die Menge erschauerte verzückt. Teilweise drehten sich empfindlichere Gemüter weg, aber die Mehrheit war begeistert.

Dank der Erklärungen des Kommandanten entwirrte sich der wilde Knoten, der das Schlachtfeld für Rob bisher gewesen war. Er konnte erkennen, welche Kämpfer miteinander verbündet waren, indem er die Männer in ihrem Zusammenspiel genau beobachtete. Von den ursprünglichen dreiundzwanzig Kämpfern waren nur noch zehn auf den Beinen. Es gab nur einen weiteren Toten, der Rest der Besiegten nutzte die Chance, sich freizukaufen. Jetzt waren nur noch die fünf Krieger aus Rochildar, die vier aus Druidsham und der Hüne aus Dulgmoran auf dem Kampfplatz.

Es war für Rob nicht schwer zu erkennen, dass die vier aus Druidsham den sechs anderen gegenüberstanden. Der Kampf wurde mit aller Härte ausgetragen. Das laute Klirren von Stahl auf Stahl, wenn sich die Klingen kreuzten, hallte hart durch die Luft. Wegen der Überzahl ihrer Gegner ermüdeten die Kämpfer aus Druidsham deutlich schneller. Man konnte sehen, wie ihre Reaktionen langsamer und ihnen die Arme und Beine schwerer wurden, was ihre Abwehr deutlich schwächte. Der blonde Hüne aus Dulgmoran ließ sich aus dem Kampfgetümmel etwas nach hinten fallen, so als müsste er Luft holen. Aber er nutzte diese Position nur, um Dylan in den Rücken zu fallen und ihn kaltblütig von hinten zu erstechen. Diese Taktik wiederholte er auch bei den anderen Soldaten aus Druidsham und schlachtete sie nacheinander grausam ab. Die Menge buhte wütend, und einige Zuschauer waren kurz davor, die verbliebenen Kämpfer zu lynchen.

„Warum haben diese Arschlöcher unseren Männern nicht die Chance gegeben, sich freizukaufen?", riefen die Leute aus der Menge. „Knüpft diesen Mörder auf!", erklang es, und andere schrien: „Hetzt die Drachen auf sie!"

Die verbliebenen Kämpfer aus Rochildar und der blonde Hüne aus Dulgmoran kämpften unbeirrt weiter und beendeten das Mêlée ohne weitere Tote. Im Gegensatz zu den Soldaten aus Druidsham wurde ihnen die Möglichkeit gewährt, sich freizukaufen. Am Ende blieb der blonde Kämpfer aus Dulgmoran als Sieger auf dem Platz.

Die Zuschauer tobten. Die Soldaten von Druidsham, die als Patrouillen eingesetzt waren, kamen nur sehr widerstrebend ihrer Aufgabe nach, für Ruhe zu sorgen. Schließlich hatten sie gerade auf äußerst unfaire Weise vier Kameraden verloren.

Auch Rob und Morgan waren entsetzt.

„Warum lassen sie die Menge nicht einfach auf diese gemeinen Schweine los?", wütete Rob.

Morgan, der sichtlich getroffen von dem Tod der Kameraden war, zögerte, bevor er eine Antwort gab, die offensichtlich nicht seiner persönlichen Meinung entsprach.

„Wenn dem Kämpfer aus Dulgmoran oder denen aus Rochildar hier auch nur ein Haar gekrümmt wird, würde das wahrscheinlich zu einem Krieg führen. Rechtlich haben sie sich nichts zu Schulden kommen lassen, daher ist Druidsham für ihre Sicherheit verantwortlich. Die Regeln eines Mêlée erlauben die Möglichkeit einer Lösegeldzahlung. Das ist aber nicht verpflichtend, auch wenn es die Ehre gebietet. Was wir hier eben gesehen haben, ist eine dreiste, grenzenlose Provokation."

Rob verstand, was Morgan gesagt hatte, aber trotzdem hätte er die Typen am liebsten in der Luft zerfetzt.

Sämtliche offiziellen Vertreter schienen sich sehr wohl der Provokation und deren Brisanz bewusst zu sein, aber sie taten alles, um die Situation nicht eskalieren zu lassen. Der Herold sprach kurz mit Lord Marquard und verkündete das offizielle Ergebnis: „Entsprechend dem allgemein anerkannten Regelwerk erkläre ich Clemens Schachner aus Dulgmoran zum rechtmäßigen Sieger des Mêlée."

Die Menge buhte, da sie mit dem Sieger überhaupt nicht einverstanden war. Aber Kommandant Owen instruierte seine Soldaten geschickt, sich auf die auffälligsten Protestler zu konzentrieren. Die Anwesenheit der Soldaten brachte diese schnell zum Verstummen, was die gesamte Arena deutlich beruhigte.

„Darf ich nun die Bogenschützen und die Schwertkämpfer zu mir bitten?!", verkündete der Herold, um möglichst schnell zum nächsten Programmpunkt überzugehen.

Die zwei Wettbewerbe liefen ohne weitere Zwischenfälle ab. Die Zuschauer schienen den tragischen Verlauf des Mêlée schon wieder verdrängt zu haben. Sie hatten schnell wieder Spaß an dem Turnier und unterstützten lautstark ihre Favoriten.

Nach einer Stunde standen auch hier die Sieger fest. Sie kamen aus den Grafschaften Fairfountain und Druidsham. Die Masse war offensichtlich wieder versöhnt, da beide Champions aus Grafschaften, die zu Skaiyles gehörten, kamen.

Dem Sonnenstand nach zu urteilen, war es etwa halb zwölf, als Mi Lou eine deutliche Veränderung in der Luft spürte. Der Nebel hatte sich verzogen, und die Sonne stand hoch am Himmel. Sie hatte das Gefühl, dass sie Geräusche hörte, die von weiter weg kamen als bisher. Sie musste in der Nähe einer großen, flachen Ebene oder eines Sees sein. Da die Luft ein oder zwei Grad kälter geworden war, tippte sie auf einen See. Nach weiteren fünfzehn Minuten zeigte sich, dass sie recht gehabt hatte. Zwischen den Bäumen am Horizont sah sie die funkelnden Reflektionen der Sonne, deren Licht von den seichten Wellen eines Sees reflektiert wurde.

Mi Lou trat aus dem Buchenwald hinaus an das Ufer des Gewässers. Vor ihr öffnete sich ein spektakulärer Blick auf einen etwa fünf Kilometer langen See, der, leicht gebogen, zu Füßen eines mächtigen, schneebedeckten Gebirgsmassives lag. Der See war größtenteils von einem Buchenwald umgeben, dessen grüne Blätter der Herbst in leuchtend gelbe und rote Tupfer umgefärbt hatte. Der zauberhafte See lag ruhig und friedlich in der Mittagssonne.

Zu ihrer rechten Seite am Westufer gab es einen weiteren breiten, flachen Ablauf, der sich nach kurzer Zeit zu einem reißenden Fluss entwickelte. Am Ostufer schloss sich ein steiler Hang an, der über einen Sattel hoch hinaus in die schneebedeckten Gipfel des Massivs reichte. Dort ging der Baumbestand sanft von Buchen in Kiefern über, die sich bis hin zur Baumgrenze zog. Aus den Gletschern lösten sich viele kleine Bäche, die auf dem östlichen Hang zahlreiche Wasserfälle entstehen ließen. Letztendlich mündeten sie aber alle früher oder später in dem See.

Mi Lou glaubte, in der Nähe des Flussablaufes Haselnusssträucher zu sehen. Getrieben von der Hoffnung auf reife Nüsse und der Aussicht auf gutes Holz für Pfeil und Bogen, schlug sie diese Richtung ein. Vorsichtig hüpfte sie über die aus dem seichten Wasser herausragenden Steine und kam so trockenen Fußes auf die andere Seite.

Sie blickte zurück zum Ostufer des Sees. Hatte sich da an den Felsen etwas bewegt? Sie beschattete ihre Augen mit der rechten Hand. Angestrengt fokussierte sie das gegenüberliegende Ufer. Bewegten sich dort die Felsen? Mi Lou verwarf den Gedanken, ihre Augen hatten ihr bestimmt einen Streich gespielt. Außerdem war das Ufer weit weg, wahrscheinlich waren das bloß Reflektionen im Wasser gewesen. Sicherheitshalber suchte sie Deckung hinter einer dichten Baumgruppe und beobachte gespannt den ganzen Uferbereich. Nach ein paar Minuten kam sie zu der Überzeugung, dass ihr keine Gefahr drohte. Dennoch würde sie vorsichtig bleiben. Lautlos huschte sie zu den Haselnusssträuchern.

„Diese grenzdebilen Trolle", grollte ein Wesen, das, halb in die Erde versunken, halb in einem Strauch versteckt, Mi Lou schon seit ein paar Stunden beobachtete. „Macht das Mädchen doch nicht unnötig nervös, ihr Idioten!", schimpfte es leise.

Heute Morgen war es einem Eichhörnchen in den Geist gefahren. Bei jedem Sprung hatte es ihm kurz vor der Landung die Kontrolle über seine Muskeln versagt. Wahnsinnig vor Angst und Aufregung hatte das arme Tier Unmengen Adrenalin produziert und in seine Adern gepumpt. Das mochte das Wesen. Das gab seinem Opfer eine besondere Note, die es liebte. Doch plötzlich war ihm diese junge Frau mit der merkwürdigen Aura über den Weg gelaufen. Es beschloss, den anderen erstmal nichts zu erzählen, und stattdessen mehr über das Mädchen herauszufinden. Es war für das Wesen ein Leichtes, ihr zu folgen und unentdeckt, bis auf ein paar Meter, heranzukommen. Aber diese unnützen, dämlichen Trolle verhinderten, dass sie sich entspannte. Eigentlich wollte das Wesen warten, bis sie sich ein Lager einrichtete, um noch näher heranzukommen. Dann würde es entschieden, ob und was es den anderen berichten würde.

Mi Lou hatte Glück, die Haselnusssträucher waren voll mit reifen Früchten. Gierig pflückte sie die Nüsse von den Ästen. Nach einer halben Stunde hatte sie fast zwei Kilo zusammen und schnitt sich noch Äste für Bogen und Pfeile zurecht. Zufrieden mit ihrer Ausbeute, setzte sie sich auf einen kleinen Felsen am Rande des Flussbettes und knackte sich eine Hand voll Nüsse. Sie spürte, wie deren Energie sofort in ihren Körper floss. Während sie genüsslich aß, suchte sie mit ihren Augen das Flussbett nach geeigneten Steinen ab. Sie brauchte Werkzeug und musste sich vernünftige Pfeilspitzen machen. Ansonsten wäre der Bogen nicht für die Jagd zu gebrauchen. Sie steckte sich die letzte Nuss in den Mund und sammelte dann geeignete Steine aus dem Flussbett. Das war mit den Steinen und den Haselnusssträuchern ein richtiger Glücksfall gewesen. Mit dem Nötigsten versorgt, konnte sie sich jetzt schon nach einem Lagerplatz für die Nacht oder vielleicht auch für die nächsten paar Tage umsehen.

Sie machte sich zu der Uferstelle auf, an der der See einen Knick machte. Wenn sie ihr Lager dort errichten würde, hätte sie einen guten Überblick über den gesamten See. Der dichte Wald reichte dort direkt bis ans Ufer und würde ihr guten Schutz bieten. Um nicht entdeckt zu werden, wählte sie einen Weg durch das dichte Unterholz, ein paar Meter vom Ufer entfernt. Sicherlich war das mühsamer und dauerte länger, aber Mi Lou wollte kein unnötiges Risiko eingehen. Innerlich fluchend, drückte sie Äste weg, die ihr immer wieder das Gesicht zerkratzten. Das Vorwärtskommen wurde immer beschwerlicher. Der Boden war vom Wasser aufgeweicht und matschig. Plötzlich stieg Mi Lou ein strenger scharfer Geruch in die Nase. Vorsichtig hielt sie an und ging hinter einer dicken Buche in Deckung.

Die Strenge des Geruches deutete auf einen Bär oder ein Wildschwein hin. Vielleicht war das Tier auch noch in der Nähe? Vorsichtig riskierte sie einen Blick aus ihrer Deckung heraus, konnte aber nichts Auffälliges entdecken. Sie stellte ihren Rucksack ab und pirschte sich leise voran, dem unangenehmen Geruch entgegen. Kurze Zeit später fand sie auffällig abgeknickte Äste und undeutliche Spuren auf dem Boden. Die gebrochenen Äste befanden sich teilweise auf Augenhöhe, aber auch höher, also war der Verursacher wohl ein Bär. Mi Lou inspizierte die Bruchkanten der Äste genauer. Sie waren bereits getrocknet, also war der Besuch des Bären mindestens eine Stunde her. Der Bruchwinkel ließ darauf schließen, dass er genau in die Richtung unterwegs war, die auch Mi Lou eingeschlagen hatte.

Hinter Mi Lou knarrte es, und sie fuhr erschrocken zusammen. Aber es war nur der Wind in den Bäumen. Mi Lou war verärgert über sich selbst. Sie hatte sich zu sehr auf das Spurenlesen konzentriert und dabei vergessen, die gesamte Situation im Blick zu behalten. Sie hörte die mahnende Stimme ihres Urgroßvaters Daichi: „Sei fokussiert auf das, was du tust, aber halte deine Sinne immer offen für alles um dich herum." Mi Lou lächelte bei dem Gedanken an Daichi.

Das war knapp, dachte das Wesen. Ich darf nicht unvorsichtig werden.

Es hatte sich bis auf ein paar Meter an Mi Lou herangemacht und es gerade noch rechtzeitig geschafft, seine Gestalt aufzulösen und in den Boden zu fahren.

Mi Lou bückte sich und untersuchte die Fußabdrücke im weichen Boden. Sie waren sehr tief und auffällig groß. Aber leider wuchs hier zu viel Gras und sie konnte die Form nicht richtig erkennen. Also holte sie ihren Rucksack und folgte dem Verlauf der Spuren. Bald schon kreuzte sie eine lehmige Stelle ohne dichten Grasbewuchs. Wie erwartet, fand sie dort in einer kleinen Mulde einen richtig guten Abdruck, der etwa dreißig Zentimeter maß. Sie erkannte wunderbar die einzelnen Zehen und die schmalen Einschnitte der Klauen.

Das muss ein richtig großes Exemplar sein, dachte Mi Lou bei sich. Sie hatte viel Respekt vor Bären, aber sie sah keinen Grund, sich zu viele Sorgen zu machen. Die Spuren stammten definitiv von einem ausgewachsenen, männlichen

Bären. Sie musste also vermeiden, unvorbereitet auf ihn zu stoßen, aber das sollte ihr eigentlich gelingen. Nach ein paar Metern bog die Spur nach rechts ab, weg vom See. Das kam Mi Lou sehr gelegen, und so bahnte sie sich ihren Weg weiter parallel zum Seeufer.

Während sich die Teilnehmer des Lanzenreitens auf ihren Wettkampf vorbereiteten und die Paarungen ausgelost wurden, hatten Helfer die Schwertkampfarena und die Ziele für die Bogenschützen abgebaut.

Nun begann die erste Runde des Lanzenreitens und die Menge fieberte lauthals mit ihren Champions mit. Burkhard Bailey, der für den ersten Durchgang ein Freilos gezogen hatte, betrat, in Begleitung seiner beiden Knappen, missmutig sein Zelt. Rob sattelte gerade Lynir und machte ihn für seinen ersten Einsatz fertig. Pantaleon schmiedete, leise vor sich hin summend, noch an den einzelnen Teilen der Rüstung des jungen Lords.

Burkhard Baileys magische Rüstung war eine Perle der Schmiedekunst, so filigran und sauber war sie gearbeitet. Die einzelnen Elemente bestanden aus feinstem, dünnem Stahl, hart wie Granit, aber leicht wie eine Feder. Stahl, wie er nur mit der besonderen Kohle aus der Grafschaft Coalwall verhüttet werden konnte. Gefertigt wurde diese Rüstung im Auftrag von Lord Ethan Bailey von dem berühmten Schmied Eryi Bowen aus Fairfountain. Der Brustpanzer sowie die Arm- und Beinschienen waren reichlich mit Ornamenten verziert und hatten jeweils eine Fassung für einen Edelstein. Magische Steine, eingesetzt in diese Fassungen, verliehen der Rüstung besondere Fähigkeiten. So konnte man Steine mit extra Stärke, zusätzlicher Agilität oder einfach nur mit Schutzzaubern einsetzen. Für das heute anstehende Lanzenreiten waren solche magischen Hilfsmittel allerdings strengstens verboten. Deswegen setzte Pantaleon einfache weiße Bergkristalle, die in einer schlichten, mit dem Wappen der Baileys verzierten Schatulle lagen, in die Fassungen ein. Diese Bergkristalle waren nicht nur Zierde, sondern funktionierten auch als Indikatoren für magische Energie. Bei der geringsten magischen Kraft leuchteten sie farbig auf und enttarnten auf diese Weise jegliche verbotenen Zauber. Reiter, die keine solche Rüstung trugen, mussten eine Kette mit einem Bergkristall um den Hals tragen.

Auf einem braunen Ledertuch, das über einen groben Holztisch ausgebreitet war, lagen die bereits fertigen Rüstungsteile. Burkhard nahm seinen Helm von dem Tisch und musterte ihn kritisch. Der perfekt eingesetzte Bergkristall, auf dessen Fassung in der Mitte des Helmes ein goldener Greif thronte, funkelte wunderschön im Licht.

„Kannst du dich mit dem Einsetzen der Steine nicht mal etwas beeilen? Das kann doch nicht so schwer sein", motzte er Pantaleon an. „Ich reite gleich mein erstes Duell, und du trödelst hier rum, als müsste mein Gegner erst noch geboren werden."

„Jawohl, Sir Bailey, aber die Steine müssen doch richtig sitzen", versuchte sich Pantaleon zu rechtfertigen.

„Nerv meine Ohren nicht mit deinem Gejammer, sondern tu deine Arbeit. Jedes kleine Kind könnte die Steine in die Rüstung einsetzten."

„Jawohl, Sir Bailey", antwortete Pantaleon, der sich hütete, dem jungen Burkhard zu widersprechen. In Wirklichkeit war es eine aufwendige Arbeit, die sogar grundlegende magische Fähigkeiten verlangte.

Pantaleon widmete sich wieder dem Brustpanzer, dessen Fassung er in seiner kleinen, mobilen Esse zum Glühen brachte. Vollständig auf seine Arbeit konzentriert, spürte er, dass sein Werkstück die richtige Temperatur erreicht hatte und nahm es aus dem Feuer. Leise summte er die magische Melodie eines Feuerzaubers, und die Einfassung weitete sich. In einem langsamen, sanften Bogen wischte er mit seiner freien rechten Hand über die Schatulle mit den Kristallen. Wie von Geisterhand erhob sich ein Bergkristall in die Luft und schwebte langsam an seinen Platz. Pantaleon bewegte die rechte Hand ganz sanft und der Stein rotierte die letzten Millimeter exakt auf seine Position. Pantaleon änderte den Rhythmus und die Melodie, woraufhin sich die Fassung wieder zusammenzog. Langsam änderte sich die Farbe der Einfassung, von gleißendem, heißem Orange zu erkaltendem Stahlgrau. Ein mit weniger Sorgfalt eingesetzter Stein würde Spannungen verursachen, die das Schmiedestück unter Belastung bersten ließe, aber dieser Stein saß perfekt.

Rob betrachte versonnen die Arbeit seines Freundes. Er bewunderte Pantaleon für sein Geschick im Umgang mit Schmiedehammer, Magie und Feuer. Auch war er etwas neidisch auf die magischen Fähigkeiten, die Pan besaß. Mit denen hätte er gestern auf der Feenwiese nicht ganz so blöd ausgesehen.

Lynirs unruhiges Schnauben brachte ihn wieder in die Realität zurück. Burkhard legte den Helm zurück auf den Tisch und wendete sich direkt an Rob.

„Mir ist zu Ohren gekommen, dass du gestern mit meinem Pferd ein Lanzenduell geritten bist. Was fällt dir eigentlich ein? Der Gaul muss heute sein Bestes geben, da kann ich es nicht gebrauchen, wenn ihm noch deine unfähigen Reitversuche vom Vortag in den Knochen stecken. Siehst du nicht, wie unruhig er ist?"

Rob biss sich auf die Zunge. Er konnte Burkhard ja wohl kaum sagen, dass der junge Lord selbst es war, der die schlechte Stimmung verbreitete, Lynir ihn nicht leiden konnte und es deswegen kein Wunder war, wenn er nervös herumtrappelte.

„Ich bitte vielmals um Entschuldigung, Sir Burkhard, aber Kommandant Owen hat mir das Duell befohlen."

„Ach, dann warst du gar nicht gegen meinen Willen mit dem Pferd auf dem Turnierplatz, sondern Owen hat dich in der Burg angesprochen und dir befohlen, das Pferd zu satteln und mit einem seiner Soldaten ein Lanzenduell zu reiten? Entschuldige, mein Knappe hat mir die Geschichte anders erzählt."

Burkhard drehte sich zu dem etwa vierzehnjährigen Knappen rechts neben ihm um und schlug ihn mit voller

Wucht ins Gesicht. „Was hast du mir da für Lügengeschichten erzählt, wie steh ich denn jetzt hier da?"

Die Wange des Jungen war knallrot, seine Nase blutete und er hatte Mühe, seine Tränen niederzukämpfen. Burkhard holte nochmals aus und schlug zu. Rob schnellte einen Schritt nach vorne. „Haltet ein!" Mit seinem rechten Arm fing er den Schlag ab.

Lynir scheute und keilte mit seiner rechten Hinterhand mit voller Wucht aus. Er verfehlte Burkhard nur um Haaresbreite.

Burkhard wurde krebsrot. „Was fällt dir ein, Stallbursche?! Du wagst es, Hand gegen deinen Herren zu erheben?" Burkhard riss sein Schwert aus der Scheide, die ein zweiter Knappe für ihn gehalten hatte. Mit hochrotem Kopf holte er aus. Wäre Lynir nicht laut wiehernd auf seine Hinterbeine gestiegen, hätte er Rob voll erwischt. So verzog Burkhard den Schlag und verpasste Rob nur eine tiefe Schnittwunde am rechten Oberarm.

Alarmiert von dem Lärm tauchte Kommandant Owen im Eingang des Zeltes auf. In einem Sekundenbruchteil erfasste er die gefährliche Situation.

„Junger Herr Burkhard, Ihr müsst Eure Rüstung anziehen. Ihr tretet im nächsten Duell gegen den Sohn von Baron Dùghall Giobsan an. Ich kümmere mich derweil um die Bestrafung dieses Jungen. Ihr braucht Euch damit nicht die Hände schmutzig zu machen."

Mit zwei großen Schritten war er bei Rob und drehte ihm grob den linken Arm auf den Rücken. Rob schrie mit schmerzverzerrtem Gesicht laut auf. Von einem harten Stoß in den Rücken getroffen, torkelte er aus dem Zelt und fiel vor dem Eingang zu Boden. Gweir Owen ging ihm hinterher, hob ihn aus dem Dreck auf und fixierte wieder seinen Arm.

„Viel Erfolg, junger Lord Bailey. Ihr solltet Euch aber jetzt beeilen."

Der überrumpelte Burkhard fasste sich wieder. „Danke, Kommandant. Aber nehmt Ihr nicht auch am Lanzenreiten teil?"

„Ja, aber meinen ersten Kampf habe ich bereits gewonnen", grinste Gweir und schubste Rob grob vorwärts.

„Ihr habt gehört, was der Kommandant gesagt hat! Los, beeilt euch, ihr faules Pack!", schnauzte Burkhard. Weder seine Knappen noch Pantaleon erwähnten, dass mindestens noch drei Kämpfe vor Burkhards erstem Einsatz waren.

Im sicheren Abstand vom Zelt lockerte Kommandant Owen seinen Griff um Robs Arm.

„Bist du des Wahnsinns, junger Mann? Das hätte deinen Tod bedeuten können! Ich dachte, du bist keiner von diesen jungen wilden Heißsporns."

Rob schaute nur missmutig, wollte sich aber nicht rechtfertigen. Da sagte er lieber gar nichts.

„Zieh mal dein Hemd aus, ich möchte mir deine Wunde genauer ansehen."

Rob zog sein blutiges Hemd aus. Am rechten Oberarm hatte die scharfe Klinge des Schwertes einen tiefen, langen Schnitt hinterlassen. Gweir Owen inspizierte die Wunde.

„Du hattest Glück, es ist nur eine Fleischwunde. Die Klinge des jungen Burkhard wird immer gut gepflegt, deshalb ist sie auch nicht durch Dreck verunreinigt. Komm mit in mein Zelt, dort habe ich Verbandszeug."

Rob schwieg noch immer, trottete aber gehorsam hinter ihm her. In dem einfachen Zelt des Kommandanten standen nur zwei große, mit Metallscharnieren versehene Holztruhen, ein Tisch mit drei Stühlen und ein einfaches Feldbett. Gweir nahm einen Wasserkrug vom Tisch und säuberte Robs Wunde. Dann öffnete er die kleinere der zwei Truhen. Er kramte Verbandsstoff und ein Messingtöpfchen mit einer dunklen, scharf riechenden Paste heraus. Mit einem Dolch schnitt er einen breiten Streifen von dem Verbandszeug ab, auf das er die Paste auftrug.

„Das zieht jetzt etwas, aber dafür wird sich die Wunde nicht entzünden", erklärte er Rob.

Er drückte das Stoffstück mit der Paste feste auf den Schnitt und nahm den übrigen Stoff, um ihn als Verband um den Oberarm zu wickeln. Die Tinktur brannte höllisch, und Rob sog zischend die Luft ein.

„Was ist denn da drin"?, stieß er durch fest aufeinandergepresste Zähne hervor.

Gweir Owen lachte. „Nur Gutes. Knoblauch, Zwiebeln, Wein und Ochsengalle. Aber keine Angst, das Brennen hört gleich auf." Er machte die zweite Truhe auf und entnahm ihr ein sauberes Hemd, das er Rob zuwarf. „Hier, nimm das. Dein altes kannst du nicht mehr anziehen."

Rob fing das Hemd auf. „Vielen Dank, aber so ein Hemd kann ich mir nicht leisten. Ich weiß ja noch nicht mal, wie ich Eure Hilfe je wieder gutmachen kann."

„Mach dir darüber mal keine Sorgen, ich schenke es dir."

„Wieso tut Ihr das alles für mich?"

Gweir Owen zog die Stirn in Falten und dachte kurz nach. „Du meinst, warum habe ich verhindert, dass Burkhard dich erschlägt? Das habe ich zu seinem eigenen Schutz getan. Ich musste den Sohn meines Herrn vor einer törichten Ungerechtigkeit bewahren. In nicht allzu ferner Zukunft soll er Soldaten anführen und da macht es sich schlecht, wenn er in dem Ruf steht, willkürlich Stalljungen zu erschlagen. Der Respekt der Truppe gegenüber ihrem Kommandanten sollte aus vorbildlichen Handlungen kommen, nicht aus der Angst vor ihm. Wenn du allerdings wissen willst, warum ich dich verarztet habe, ist meine Motivation eine andere. Ich habe eine gute Nase für Leute, in denen mehr steckt, als es der erste Blick vermuten lässt. Ich bin davon überzeugt, dass in dir noch viel mehr steckt, als du selber glauben magst. Deswegen möchte ich, dass du eine Chance bekommst, etwas aus deinen Talenten zu machen."

Von den Tribünen hörte man johlenden Applaus, der Tjost war ihm vollen Gange. Einer seiner Soldaten rief nach Gweir Owen.

„Sir? Euer Viertelfinale ist in ein paar Minuten, Ihr müsst Euch bereit machen."

„Ich komme, Gundolf, ich komme. Robin, kannst du mir bitte mit meiner Rüstung helfen?"

„Ja, Herr, natürlich."

Rob half ihm, wieder die Armschienen anzulegen, die er, um ihn zu verarzten, abgelegt hatte.

Gweir Owen nahm seinen Helm vom Tisch und richtete eindringliche Worte an Rob.

„Halte dich bitte den Rest des Tages unauffällig im Hintergrund und meide Burkhard. Wenn er dich heute nochmals sieht, kann selbst ich dir nicht mehr helfen. Vergiss nicht, er ist der Sohn meines Herrn."

„Bedeutet das, dass ich nicht in Eure Truppe eintreten kann?", fragte Rob ängstlich.

„Doch, mein Junge, das kannst du. Wahrscheinlich ist das auch die klügere Wahl. Wenn du auf der Burg bleibst, wirst du es kaum vermeiden können, dem jungen Herrn Burkhard über den Weg zu laufen. Kommst du zu uns in die Armee, sieht er dich frühestens in sechs Monaten wieder. Bis dahin hat er dein Gesicht sicherlich vergessen. Glaub mir ... Ich würde mich jedenfalls freuen."

Gweir Owen verließ das Zelt so schnell, dass Rob ihm nicht mal mehr danken konnte.

Es würde noch eine Weile dauern, bis sich Rob aus dem Zelt trauen würde. Er wollte erst etwas Zeit vergehen lassen, um dann während der Halbfinale, im Schutz des Trubels, ungesehen zu verschwinden. Rob lauschte angespannt. Dem Lärm nach hatte gerade Kommandant Owen seinen Kampf gewonnen.

Rob hörte die Stimme des Herolds und spähte vorsichtig aus dem Zelt heraus.

„Im ersten Halbfinale des heutigen Tjosts stehen sich der junge Burkhard Bailey aus Druidsham und Sir Martyn Ellis aus Fairfountain gegenüber. Das zweite Halbfinale bestreiten Sir Miron Banciu aus Rochildar und Kommandant Gweir Owen, ebenfalls aus Druidsham."

Während die Menge applaudierte und Burkhard zu seinem Ritt aufbrach, sah Rob Pantaleon, der nur ein paar Meter von ihm mit steinerner Miene vorbeiging.

„Psssst, hey, Pan", rief Rob leise. Pantaleon drehte sich verwirrt um, schien ihn aber nicht zu sehen. Rob öffnete den Eingang zu Owens Zelt etwas weiter und trat einen halben Schritt heraus. „Hier, Pan!", rief Rob etwas lauter.

Pantaleon strahlte erleichtert, als er Rob sah. Schnell kam er zu dem Zelt und schob Rob vor sich hinein. „Mensch, bin ich froh, dich zu sehen, ich hatte schon das Schlimmste befürchtet. Geht es dir gut?", sprudelte es aus ihm heraus.

Rob erzählte wie es ihm mit dem Kommandanten ergangen war.

„Da hast du ja echt nochmal Schwein gehabt", kommentierte Pantaleon die Geschichte. „Der Kommandant scheint wirklich ein netter Typ zu sein. Also trittst du in seine Einheit ein?"

„Na ja, ich denke, ich habe keine andere Wahl, als in seine Truppe einzutreten. Ich muss es nur schaffen, Burkhard heute nicht mehr unter die Augen zu kommen."

„Ich vermisse dich jetzt schon, aber ich freu mich ganz doll für dich. Ich kann es kaum erwarten, dass sich die Geschichte vom mutigen Robin auf der Burg rumspricht."

„Bist du wahnsinnig? Das darf niemand erfahren! Und die Aktion war alles andere als mutig. Ich hatte mich einfach nicht unter Kontrolle. Schwöre mir, dass du die Geschichte niemandem erzählst, sonst werde ich nie meine Ruhe vor Burkhard haben."

„Na gut, aber endlich hat jemand dem feinen Schnösel mal Kontra gegeben. Seine Lanzenduelle sind auch alle wieder geschönt. Er hat nur Freilose oder Soldaten aus unseren Grafschaften als Gegner. Kommandant Owen hat die schweren Kerle aus Dulgmoran und anderen Ländern aus dem Weg geräumt. Eben die Ritter, die sich nicht so einfach kaufen lassen."

Außerhalb des Zeltes hörten die zwei wilde Rufe und tosenden Beifall. Der Herold kündigte die Entscheidung im

Lanzenreiten an: „Nun, meine verehrten Zuschauer, kommen wir zu dem großen Finale. Nach heftigen und spannenden Duellen haben sich zwei Krieger besonders hervorgetan. Einen tosenden Beifall für unsere zwei Finalisten: der Sohn unseres verehrten Landesfürsten, der junge, tollkühne Lord Burkhard Bailey und der Anführer unserer Truppen, der kampferprobte Kommandant Gweir Owen."

Die Leute hielt es nicht mehr auf ihren Plätzen. Alle waren aufgestanden und jubelten den zwei Finalisten zu. Unter dem Schutz des tosenden Lärmes und der allgemeinen Aufregung wagten sich auch Rob und Pantaleon einen Schritt aus dem Zelt hinaus, um sich das Finale anzusehen.

Die zwei Duellanten positionierten sich mit ihren Pferden jeweils an einem Ende der Turnierschranke. Mit noch geöffneten Visieren grüßten sie das Publikum. Die Knappen überprüften die Rüstungen der Pferde, die einen Rossharnisch trugen, bestehend aus einer großen Platte zum Schutz des Bauches und einer länglichen Platte als Kopfschutz. Rob fand, das Lynir prächtig in seiner glänzenden Rüstung aussah. Ein Helfer stellte sich mit einer Fahne in der Mitte der Turnierschranke in Position und wartete, dass die Reiter mit dem Präsentieren der Lanze ihre Startbereitschaft anzeigten. Die Pferde tänzelten nervös auf der Stelle, und Burkhard hatte Mühe, Lynir im Zaum zu halten. Sowohl Burkhard Bailey als auch Kommandant Owen gaben das Zeichen mit der Lanze und schlossen ihr Visier.

Die Menge hielt den Atem an und man hätte das Fallen einer Nadel hören können.

Die Stille wurde erst durch das Pferd des Kommandanten, das sich furchteinflößend wiehernd auf seine Hinterbeine stellte, durchbrochen.

Auch Burkhard Bailey lockerte die Zügel, und Lynir preschte mit einer wahnsinnigen Geschwindigkeit los. Burkhard wäre dabei fast rückwärts vom Sattel gefallen, konnte sich aber gerade noch halten. Nun stürmte auch Gweir Owen los. Sein schwarzer Hengst beschleunigte in einen kraftvollen Galopp, er war mindestens so schnell wie

Lynir. Während Burkhard Mühe hatte, sein Gleichgewicht zu finden, und eher wie ein Kreisel mit zu wenig Schwung im Sattel herumeierte, kam Kommandant Owen ihm machtvoll kontrolliert mit gesenkter Lanze entgegen. Die zwei Kontrahenten kamen sich näher und näher. Nun senkte auch Burkhard seine Lanze, und mit einem lauten Aufprall traf er Kommandant Owen mitten auf die Brust. Dessen Lanze verfehlte Burkhard nur knapp, und er flog rückwärts aus dem Sattel. Nur weil Lynir geschickt sein Gewicht nach vorne verlagerte und seinen Reiter ausbalancierte, konnte sich Burkhard im Sattel halten.

„Hast du gesehen, Pan? Das war doch Absicht! Kommandant Owen hat mit seiner Lanze die von Burkhard auf seine eigene Brust geleitet. Burkhard hätte ihn alleine doch meilenweit verfehlt. Er hat ihn gewinnen lassen und absichtlich daneben gezielt. Das ist doch Betrug!", ärgerte sich Rob.

„Manch anderer nennt es Politik. Freu dich doch, dass Lynir gewonnen hat."

Gweir Owen stand auf, klopfte sich den Dreck von der Rüstung und gratulierte Burkhard zu seinem Sieg. Der ritt gerade in einer Ehrenrunde an dem jubelnden Volk vorbei und genoss es sichtlich, sich feiern zu lassen. Immer wieder machte er kraftvolle Siegesgesten, als könnte ihm niemand das Wasser reichen.

„Ich könnte kotzen, so ein Arschloch", schnaubte Rob.

„Beruhig dich, Rob. Du hast ja recht, aber sieh es positiv: Wenn er nachher noch seinen Drachen bekommt, hat er den Zwischenfall mit dir morgen schon wieder vergessen."

Langsam beruhigte sich die Menge, und Burkhard ging zu seinem Platz auf der Ehrentribüne, nicht ohne von den Damen und Herren, die dort saßen, noch Glückwünsche zu seinem Erfolg einzusammeln. Die jungen Damen drückten ihn verlegen, mit niedergeschlagenen Augen, an sich. Wohingegen die hohen Herren ihm ihre Anerkennung meist mit einem kräftigen Schlag auf den Rücken quittierten. Sicherlich gab es auch den ein oder anderen, der diese Scharade verachtete und ihm am liebsten den Hintern versohlt hätte. Diese Leute waren aber scheinbar die Ausnahme und hatten sich gut unter Kontrolle.

Die Sonne wurde schwächer, und langsam setzte die Dämmerung ein. Der Herold riss, wie so oft an diesem Tag, das Wort wieder an sich und kündigte den nächsten Programmpunkt an.

MAGIERDUELLE

Ohne weitere Vorkommnisse kam Mi Lou zu der Stelle am See, die sie sich für ihr Nachtlager ausgeguckt hatte. Sie war sehr zufrieden mit ihrer Wahl. Von hier aus konnte sie tatsächlich den gesamten See überblicken. Dichter Wald erstreckte sich direkt bis zum Ufer. Sie musste bloß drei Meter in den Wald hineingehen und konnte vom Ufer aus nicht mehr gesehen werden. Die Anwesenheit eines Bären in ihrer Nähe nahm ihr die Entscheidung über die Art ihres Lagers ab. Einem Bären zu begegnen war eine Sache, aber im Schlaf von ihm überrascht zu werden, eine völlig andere. Also würde sie sich einen Unterschlupf in den Bäumen bauen.

Bei den eng stehenden Buchen brauchte sie keine fünf Minuten, um eine passende Baumgruppe auszumachen. Vier Bäume standen wunderbar nah zusammen und hatten alle auf ungefähr gleicher Höhe eine belastbare Astgabelung. Mi Lou machte sich daran, einen großen Haufen armdicker Äste aus dem Gehölz zu brechen. Sie hängte sich einfach an einen Ast oder bog ihn so lange mit ihrem gesamten Gewicht, bis er brach. Ihr war bewusst, dass sie einigen Lärm verursachte, aber jeden Ast mit dem Messer abzusäbeln, hätte zu viel Kraft gekostet. Außerdem hätte es die Klinge unnötig stumpf gemacht. Danach organisierte sie sich dünne, laubtragende Zweige und Schilf, das sie am Ufer fand. Nach fast zwei Stunden war der Materialhaufen an ihrer Baumgruppe zu einer beachtlichen Größe herangewachsen. Sie band das Ende ihres Seiles um das Bündel mit den dicken Ästen und warf den Haken hoch in den Baum. Geschickt kletterte sie an die Stelle, wo sie ihre Plattform errichten wollte, und zog das Holzbündel zu sich hoch. Sie legte die zwei dicksten Äste als Querstreben zwischen die Astgabeln der jeweils gegenüberliegenden Bäume. Die anderen Äste legte sie dicht an dicht quer dazwischen. Nach zehn Minuten war das Grundgerüst ihrer Plattform fertig. Sie verkeilte die Äste über sich so geschickt, dass sie wie ihre Plattform ein Rechteck bildeten. Dieses legte sie mit den Laubzweigen aus und schuf sich so ein regensicheres Dach. Die übrigen Zweige legte sie auf den Boden ihres Lagers. Damit verschloss sie nicht nur die restlichen Ritzen, sondern wurde so der Boden auch deutlich weicher und angenehmer. Ihr war klar, dass sie das Laub spätestens in drei Tagen würde erneuern müssen, aber das war ihr im Moment egal. Sie schätzte, dass sie wahrscheinlich noch eine Stunde Tageslicht zur Verfügung hätte. Sie kletterte von ihrem Lager herunter und machte sich an die Herstellung ihres Bogens.

An dem Haselnussstrauch hatte sie sich einen schönen, etwa zwei Meter langen, relativ gleichmäßig geformten Ast mit drei Zentimetern Durchmesser geschlagen. Mit ihrem Messer entfernte sie nun die dünnen Zweige und kürzte ihn an der schmaleren Seite um weitere zwanzig Zentimeter. Um die natürliche Biegung des Astes herauszufinden, stellte sie eine Seite auf den Boden und stützte sich mit ihrem Gewicht auf die andere. Der Ast bog sich unter ihrer Last, und Mi Lou markierte die Richtung, indem sie an den Seiten links und rechts jeweils ein Stück Rinde entfernte. Als nächstes balancierte sie den Ast auf einem Finger, um den Schwerpunkt zu finden. Wie erwartet, lag er zu weit rechts an dem dickeren Ende des Stocks. Also nahm sie dort etwas Holz an den Seiten weg, bis der Schwerpunkt exakt in der Mitte lag. Nun war der Bogen schön ausbalanciert, lag ihr angenehm in der Hand und hatte beim Biegen ein gutes Zuggewicht. Mi Lou war zufrieden und schnitzte an den Enden die Nocken in das Holz. Als Sehne plante sie die Griffumwickelung ihres Messers, die robuste Fallschirmleine, zu benutzen. Da das Arbeiten mit dem Messer ohne die Umwickelung nicht besonders angenehm war, kümmerte sie sich erstmal um die Herstellung der Pfeile. Schnell waren fünfzehn Äste auf die richtige Länge gebracht. Bei zehn Pfeilen schnitzte sie das vordere Ende spitz zu, bei den fünf anderen machte sie eine Kerbe, in die sie nachher ihre Steinspitzen einsetzen konnte. Morgen würde sie nach Federn und Baumharz, den sie als Kleber verwenden konnte, Ausschau halten. Sie nahm die Paracord von ihrem Messergriff ab und schätzte die benötigte Länge für die Bogensehne ab. Dort machte sie mit Achterknoten zwei Schlaufen, die sich auch nach hoher Belastung noch einigermaßen gut lösen ließen. Eine Schlaufe legte sie um die erste Nocke und stellte das entsprechende Bogenende zwischen ihren Beinen hindurch auf den Boden, vor ihren rechten Fuß. Das andere Ende bog sie hinter ihrem Rücken über die Hüfte so stark nach vorne, bis sie vor ihrem Körper die zweite Schlaufe der Sehne über die andere Nocke ziehen konnte. Sie musste so kräftig drücken, dass sie schon Angst hatte, der Bogen könnte brechen, aber er hielt den Kräften stand. Die Spannung, die er hatte, würde locker für Ziele in fünfundzwanzig Metern Entfernung reichen.

Kritisch musterte sie ihr Werk, aber in Anbetracht der Umstände konnte sie durchaus zufrieden sein. Um sich Wild zu jagen oder im Notfall Karl auf Distanz zu halten, würde er reichen. Damit sich das Holz in die neue Form einfinden konnte, würde sie den Bogen bis morgen unter Spannung lassen. Natürlich wäre es schön gewesen, den Ast ein paar Tage zu trocknen, aber die Zeit hatte sie nicht. Wenn ihr Bogen hundert Schuss lang halten würde, ohne zu viel Spannung zu verlieren, wäre das schon fast mehr, als man erwarten konnte.

Das restliche verbleibende Tageslicht wollte sie nutzen, um sich die Pfeilspitzen aus Stein zu hauen. Da die Dämmerung bereits eingesetzt hatte, setzte sie sich an das Ufer des Sees. Sie legte einen der faustgroßen Feuersteine, die sie in dem Flussbett gefunden hatte, auf einen Steinblock und schlug kräftig mit einem anderen Stein zu. Der Feuerstein zersplitterte in viele kleine Stücke. Mi Lou sammelte sich die vielversprechendsten Bruchstücke heraus und bearbeitete sie mit einer der Stahlspitzen ihres Wurfhakens. Vorsichtig schlug sie kleinste Splitter an den Seiten der Bruchstücke heraus und brachte sie nach und nach in die Form eines Pfeiles. Sie machte die Pfeilspitzen etwa zwei Zentimeter groß, wobei sie am Ende noch einen kleinen Schaft stehen ließ, den sie in die Kerbe des Pfeils stecken konnte. Die Hälfte der Pfeilspitzen zerbrachen ihr während der Bearbeitung, aber das war noch eine ganz gute Ausbeute.

Bei Mi Lou stellte sich eine gewisse Zufriedenheit ein. Sie hatte heute ein glückliches Händchen gehabt und viel geschafft. Sie war Karl nicht über den Weg gelaufen und konnte morgen gut ausgerüstet in den neuen Tag starten. Wahrscheinlich würde sie den Hang hinauf den Kiefernwald erkunden. Dort würde sie sicherlich Baumharz finden und bestimmt auch einen Vogel schießen , mit dessen Federn sie ihre Pfeile befiedern könnte. Wenn sie viel Glück hatte, würde ihr vielleicht ein Reh oder anderes Wild vor den Bogen laufen. Bei dem Gedanken an das Wild meldete sich ihr Hunger wieder. Schnell räumte sie auf und brachte ihre Sachen hoch auf die Plattform. Erst jetzt fiel ihr auf, wie kalt es geworden war, und sie zog sich ihr Sweatshirt und die dünne Regenjacke über.

So gegen die Kälte geschützt, kletterte sie wieder von ihrem Lager herunter. Sie suchte sich einen gemütlichen, trocknen Platz am Ufer und holte die Haselnüsse hervor, die sie in ihre Taschen gestopft hatte. Vielleicht würde sie sich morgen trauen, ein Feuer zu machen, aber heute war ihr das definitiv noch zu gefährlich. Im Gegenteil, sie wollte die Dunkelheit der Nacht nutzen, um zu sehen, ob Karl vielleicht irgendwo ein Feuer machte. Außerdem war der Himmel heute klar. Vielleicht würde sie anhand der Sterne herausfinden, wo sie eigentlich war.

So leise wie möglich, knackte sie die harten Schalen ihrer Nüsse und steckte sie sich gedankenversunken in den Mund. Als sie im Dämmerlicht das weit entfernte gegenüberliegende Ufer und die Hänge nach Auffälligkeiten absuchte, kam ihr der Gedanke, dass dort vielleicht jemand genau das Gleiche machte. Sie bekam eine Gänsehaut und zog sich in die Schatten unter der ersten Baumreihe zurück. Plötzlich hatte sie das Gefühl, beobachtet zu werden.

Mi Lou hatte keine Ahnung, dass das Wesen keine zwei Meter von ihr entfernt in der Erde lauerte. Es hatte wieder seine flüchtige Gestalt angenommen und war in die Erde abgetaucht.

Diese junge Frau hatte es völlig verwirrt. Sie war kräftig und wohl genährt, aber es hatte sie während der ganzen Zeit nur ein paar Haselnüsse essen sehen. Sie hatte ein Messer und einen Wurfhaken aus einem faszinierenden Stahl, aber sie schnitzte sich einen extrem simplen Bogen mit profanen Pfeilspitzen aus Stein. Ihre Kleidung war ungewohnt und extrem dünn, aber sie machte sich kein Feuer. Das Mädchen schien auf der Flucht quer durch die Wildnis zu sein, aber sie baute keinerlei magischen Schutz um sich auf. Und dann hatte sie noch diese seltsame Aura, die es nicht richtig deuten konnte.

Mi Lou wurde das Gefühl, beobachtet zu werden, nicht mehr los. Eigentlich wollte sie warten, bis die Sterne am Firmament erschienen, doch sie fühlte sich zu unruhig. Die Sterne könnte sie auch später noch sehen, nun wollte sie sich erstmal in ihr sicheres Lager zurückziehen. Mit einem unwohlen Gefühl kletterte sie auf ihre Plattform und lauschte angespannt in die Stille. Nach einer halben Stunde fiel sie in einen frühen, unruhigen Schlaf.

„Der Tag beginnt sich zu neigen, und wir verneigen uns vor den mächtigen Magiern, die uns mit ihrem Können verzaubern werden. Zu unserer aller Sicherheit werden die Duelle außerhalb der Stadtmauern hinter einem magischen Schutzwall stattfinden. Ich bitte nun zuerst unsere Ehrengäste, ihre neuen Plätze einzunehmen. Im Anschluss werden die Gäste der zwei seitlichen Tribünen folgen und danach die restlichen Zuschauer. Und keine Angst, es sind genügend Plätze für alle da."

Diener gingen zur Ehrentribüne und geleiteten die hohen Damen und Herren durch das Nordtor hinaus auf ihre neuen Plätze. Die Drachenmagier waren auf ihren Drachen bereits schnell über die Stadtmauer geflogen und hatten es sich schon bequem gemacht.

Nachdem sie sicher waren, dass Burkhard Bailey bereits außerhalb der Stadtmauern war, gingen Rob und Pantaleon zurück in Burkhards Zelt. Einer der Knappen hatte Lynir bereits zurückgebracht, und niemand kümmerte sich um die zwei Jungen. Lynir begrüßte Rob mit einem freundlichen Wiehern und forderte mit heftigem Kopfnicken seine Streicheleinheiten ein.

„Pan, tu mir bitte den Gefallen und geh zu dem Magierduell. Du freust dich doch schon seit Wochen darauf. Nur weil ich Ärger habe, möchte ich dir das nicht versauen", sagte Rob, während er liebevoll Lynir kraulte.

„Hmm, ohne dich habe ich keine Lust, und ich lass dich doch jetzt nicht alleine. Das ist unser vorerst letzter gemeinsamer Abend."

„Ich bin nicht alleine", grinste Rob, der von Lynir liebevoll mit seinem großen Kopf angestupst wurde. „Siehst du, Lynir ist bei mir."

„Ha, ha, du weißt genau, wie ich das meine. Aber ich habe eine andere Idee. Wir könnten auf den Turm der alten Ruine an der Stadtmauer klettern, von dort hat man bestimmt eine super Aussicht, und niemand wird uns da sehen."

Rob zögerte kurz. „Ich weiß ja nicht." Er ging langsam zum Ausgang des Zeltes und spurtete von dort mit den Worten „Wer zuletzt oben ist, hat verloren!" los.

Pantaleon sprintete ihm hinterher. Die zwei jagten um die Zelte herum zur Ruine und durch das halb zerfallene, steinerne Treppenhaus nach oben. Völlig außer Atem, standen sie schließlich an der Stelle, die noch über die normalen Stufen erreichbar war. Von hier an mussten sie die letzten Meter klettern, da der obere Teil des fast fünfzehn Meter hohen, alten Wachturms vor mehreren hundert Jahren eingestürzt war. Die groben, bemoosten und mit Flechten überwucherten, grauen Natursteine waren von steten feuchten Seewinden glitschig, und der weitere Aufstieg war nicht ungefährlich.

„Und, traust du dich bis ganz nach oben?", fragte Rob nach Luft japsend.

„Allemal, soll ich dich tragen? Du siehst fertig aus", feixte Pantaleon zurück.

Die zwei kletterten geschickt die letzte Strecke über das zerstörte Mauerwerk des alten Turmes nach ganz oben. Die Wachplattform des Turms war zu zwei Dritteln erhalten und mit einer brusthohen, mit Zinnen bestückten Mauer umgeben.

Rob und Pantaleon standen an der Brustwehr und schauten hinunter zur Seebühne. Der salzige, feuchte Seewind blies ihnen um die Nase, und Möwen beschwerten sich lauthals über den ungewohnten Trubel an ihrem Strand. Das dunkle Blau der Nacht gewann Überhand. Nur die tiefe, zu ihrer Linken untergehende Sonne vermochte es noch, Teile der Landschaft mit feuerrotem Licht zu überziehen. Das ruhige Meer wirkte bis auf die glitzernden Reflektionen bleiern-tiefblau, aber die Mauern der Burg, die auf ihrem mächtigen Felsen weit aufs Meer hinausragte, und die Boote im Hafen glühten im orangenen Licht der untergehenden Sonne. Am Himmel schwebten ein paar vereinzelte, verwischte Wolkenstreifen, die sich nahezu schwarz gegen den sonst sanft von Orange nach Dunkelblau verlaufenden Horizont abhoben.

„Wow, schau dir das an, Pan! Das war eine geniale Idee, hier oben findet uns niemand und wir haben die beste Aussicht der Welt."

„Ich habe nur geniale Ideen", gab Pantaleon zurück.

Sie blickten über die Stadtmauer hinweg, hinunter auf das Spektakel unter ihnen. Dort kamen gerade die letzten Zuschauer an. Am Strand waren drei Tribünen mit dem Rücken zur Stadtmauer aufgebaut. Davor war etwa noch fünfundzwanzig Meter Platz, bis eine einfache Holzabsperrung den Zugang zum Meer abriegelte. In diesem Bereich, am Hafen und auch auf den Burgfelsen, suchten sich gerade die einfachen Leute ihre Plätze. Zwischen der Holzabsperrung und dem Meer waren in gleichmäßigen Abständen fünf Kristallkugeln auf einem im Boden steckenden, reichlich verzierten Metallstab montiert. Mit zwei weiteren identischen Kristallkugeln, die sich am Ende der Mole und am nördlichen Rand des Burgfelsens befanden, bildeten sie einen gleichmäßigen großen Halbkreis mit fast hundert Meter Durchmesser.

Der Burgmagier Bennett und Magnatus Wallace erhoben sich von ihren Plätzen und gingen hinunter zum Meer. Ihre Roben wehten sanft im Wind, und sie erhoben ihre Hände und bewegten sie in feinen Bögen, wie ein Dirigent vor seinem Orchester . Der Wind trug einen tiefen, zweistimmigen Gesang hoch zu dem Turm, von dem Rob und Pantaleon gespannt das Geschehen verfolgten.

„Schau mal, Rob, da kommt etwas aus dem Meer heraus. Was ist das?", rief Pantaleon.

„Hmm, sieht aus wie ein Steg oder so etwas ..."

In der Mitte der Bucht, etwa fünfzig Meter vom Strand entfernt, schien das Wasser zu kochen. Nach einem kurzen Augenblick tauchte aus diesem Gurgeln eine massive steinerne Brücke auf, deren beide Seiten abrupt im Wasser endeten. Sie war auf vier Pfeilern, die über Bögen miteinander verbunden waren, aufgebaut. Ihre Seiten waren mit feinen, verschlungenen Ornamenten verziert und sie ragte etwa eine Manneslänge hoch aus dem Meer heraus.

Noch während das Wasser mit leisem Plätschern ablief, stoppte der Gesang und die zwei Zauberer portierten sich auf ihre Mitte. Auch wenn die Brücke nirgendwo hinführte, sah es doch so aus, als würde sie schon ewig an dieser Stelle stehen.

Magnatus Wallace fixierte die Kristallkugeln mit seinem konzentrierten Blick und wirkte einen weiteren Zauber. Aus den Kugeln schoss jeweils ein heller blauer Lichtstrahl senkrecht nach oben. Einer weiteren Armbewegung des Magiers

171

folgend, krümmten sich die Lichtstrahlen nach unten und trafen an einem Punkt in etwa fünfzig Metern Höhe über dem Meer zusammen. Der Burgmagier Bennett beschrieb mit seinen Armen die Form eines Halbkreises, woraufhin sich, zwischen den Strahlen, eine dünne Haut aus bläulich schimmerndem Licht bildete. Die Bucht mit der neuen Brücke war jetzt mit einem magischen Schutzschirm versehen, der nur zum weiten Meer hin offen war. Mit dem Verstummen der Magier verblasste das Licht und der Schutzschirm wurde unsichtbar.

Die zwei Magier entspannten sich und liefen die Brücke zur Kontrolle ab. Wie aus dem Nichts drehte sich Wallace mit einem hämischen Grinsen völlig unerwartet zum Strand und schoss aus seiner Hand einen heißen roten Blitz genau auf das Publikum ab. Die Menge schrie entsetzt auf. Mit heftigen Donnern und Krachen absorbierte die unsichtbare Schutzwand, hell aufschimmernd, den Blitz.

„Der Schutzwall hält", grinste Pantaleon, der sich genauso heftig wie Rob und das restliche Publikum erschrocken hatte.

Wallace grinste frech in die Menge und portierte sich mit Bennett zurück an eine Stelle am Strand, die aber noch etwa einen halben Meter jenseits der Schutzwand lag. Von dort schwebte er lässig Richtung Tribüne und knallte vor die magische Absperrung. Wie ein Mime tastete er die unsichtbare Wand ab, die jede seiner vergeblichen Versuche, sie schwebend zu durchdringen, mit einem blauen Glühen blockierte. Magnatus Wallace grimassierte Verzweiflung, also packte Bennett ihn an seinen Schultern und schob ihn ganz ohne Magie durch die Barriere. Gespielt überschwänglich bedankte sich der Magnatus bei Bennett.

Die Menge, besonders die Kinder, vergaßen ihren Schreck und lachten herzhaft, während sich die zwei Magier vor ihrem Publikum verbeugten.

Auch Rob und Pantaleon lachten schallend über dieses kleine Schauspiel der sonst so ernsten Magier. Auf dem

Wachturm der alten Ruine fühlten sie sich so sicher, dass sie den Ärger mit Burkhard schon völlig verdrängt hatten.

Ein paar Magier wirkten schwebende Lichtkugeln, die die Seebühne, die Burg und den Hafen beleuchteten. Im Gegensatz zur Brücke, die im hellen Licht erstrahlte, tauchten sie die Umgebung in ein sanftes, gelblich-oranges Licht, wie bei einem Lagerfeuer. Auf dem weit in das Meer hinausragenden Burgfelsen hatte der Herold seine neue Position auf einer kleinen Treppe, die hinauf zum Wassertor der Burg führte, bezogen.

„Nachdem nun alle Sicherheitsvorkehrungen getroffen und auch überprüft worden sind, ist es mir eine Freude, mit dem Magierduell des heutigen Turniers fortzufahren. Es wird drei Runden geben. In der ersten Runde müssen die Kontrahenten Besitz von dem Geist eines Trolls ergreifen. Den Troll portieren sie dann auf die Duellbrücke und müssen dort mit ihm die Silberkugel des Gegners erobern. Wer zuerst die gegnerische Silberkugel in der Hand hält, hat gewonnen. Die Kugel muss von einem Troll erobert werden und darf nicht direkt portiert werden. Der Sieger kommt eine Runde weiter. In der zweiten Runde muss der Magier selber auf die Brücke, um sich gegen die Angriffe einer Wassernymphe zu erwehren. Schafft er es, eine Minute auf der Brücke zu bleiben, ist er eine Runde weiter. In der letzten Runde treten die übrig gebliebenen Magier im Duell eins zu eins gegeneinander an, bis nur noch ein Zauberer übrig bleibt. Ähnlich wie beim Trollkampf hat dabei jeder Duellant an seinem Ende der Brücke eine kleine, faustgroße Silberkugel, die es zu verteidigen gilt. Schafft der Zauberer es, die Kugel seines Widersachers für drei Sekunden in der Hand zu halten, hat er gewonnen."

Rob und Pantaleon beobachteten von ihrem Turm aus, wie eine blonde Magierin in ihren Fünfzigern zusammen mit einem mittelgroßen, bärtigen, etwa vierzig Jahre alten Zauberer durch den Schutzschirm auf den Strand trat.

„Die ersten beiden Gegner sind die ehrwürdige Magierin Lili MacComhainn aus Linfolk und der Magier Vali Theodorescu aus Rochildar. Wir wünschen den zwei Kontrahenten viel Glück."

Die zwei gaben sich die Hand und stellten sich in dreißig Metern Entfernung zueinander auf. Sie grüßten zuerst das Publikum und dann Bennett, den Burgmagier. Der wiederum gab daraufhin drei Helfern, die am Wassertor der Burg warteten, ein Zeichen. Die Zauberer verschwanden durch das Tor in die Vorburg, um die zwei Trolle auf den Strand zu portieren.

Wie aus dem Nichts erschienen zwei furchteinflößende, dreieinhalb Meter große, muskulöse Waldtrolle, die ganz offensichtlich nicht freiwillig bei diesem Spiel mitmachten. Die graue Haut der Waldtrolle war wie aus rauem Gestein. Würde man sie anfassen, hätte man das Gefühl, kalten, leblosen Felsen zu berühren. Das dichte Kopfhaar und der lange, geflochtene Bart, der wie verfilzte grüne Äste einer Trauerweide aussahen, rahmten das grobe Gesicht mit der platten, geschlitzten Nase ein. Die Ohren waren dick und spitz und gingen nahtlos in die zwei großen Stirnwülste über, die wie ein Felsvorsprung die leuchtend grünen Augen überragten. Gleich einem Keiler wuchsen riesige, scharfe und krumme Hauer aus ihren Unterkiefern. Auf den muskelbepackten Schultern, dem Nacken und den kräftigen Armen wuchsen Gräser in grünen und braunen Farbtönen, wie Körperbehaarung. Die kurzen, aber breiten, kräftigen Hände und Füße waren mit scharfen Krallen bestückt, die den Hauern im Unterkiefer in nichts nachstanden. Mit diesen Krallen konnte ein Waldtroll mit Leichtigkeit sein Gewicht von einer halben Tonne auf einen Baum hinaufziehen, vorausgesetzt, der Baum konnte dieses Gewicht tragen. Auch hatten sie einen kraftvollen Schwanz, der in einem grasgrünen Puschel endete. Sie trugen nur eine derbe, gegerbte, dunkelbraune, halblange Lederhose und ein wenig groben Metallschmuck.

Wütend, dass sie gegen ihren Willen von Zauberern gefangen und an den Strand portiert worden waren, stürzten sie sich mit gefletschten Zähnen auf die Duellanten.

Hochkonzentriert und mit heller, klarer Stimme intonierte Lili MacComhainn eine Beschwörungsformel und drang so in den Geist des auf sie zustürmenden Waldtrolles ein. Der Troll blieb stehen, aber die aufgestaute Wut war ihm anzusehen und sein Körper blieb angespannt. Mit jeder weiteren Sekunde übernahm die Magierin jedoch immer mehr Kontrolle über den Geist des Trolls, bis er schließlich ganz von ihr besessen war und sich völlig entspannte. Mit einer kleinen Geste ihrer rechten Hand portierte sie ihn auf ihre Seite der Duellbrücke und ließ ihn von dort zur gegnerischen Seite laufen, um die siegbringende Silberkugel des Gegners zu erlangen. Ihr Gegner, Vali Theodorescu, verfolgte eine andere Strategie. Mit einer Hammerfaust, einem schnellen Schlag, bei dem die lockere Hand fest zur Hammerfaust zusammengezogen wird, schickte er eine Energiewelle auf seinen Troll, die diesen sofort lähmte. Dann erst nahm er nach und nach Besitz von dem Troll und portierte ihn auf seine Seite der Brücke. Er hatte ein bisschen mehr Zeit gebraucht, aber sein Troll kam gerade noch rechtzeitig, um den Gegner aufzuhalten. Die Trolle verwickelten sich in einen harten Kampf, wobei keiner einen Vorteil für sich herausschlagen konnte.

Die duellierenden Zauberer standen wie in Trance am Strand und lenkten mit leichten, fließenden Bewegungen den Kampf der Waldtrolle, die wie Marionetten an Fäden jedem noch so kleinen Befehl folgten. Die Magierin aus Linfolk ließ ihren Waldtroll mit eleganten Kampftechniken agieren, wohingegen Vali Theodorescu seinen Troll eher grobschlächtig und mit brachialer Gewalt führte. Der Kampf dauerte nun schon drei volle Minuten, was dazu führte, dass die Magier in ihrer Konzentration nachließen. Lili MacComhainns Bewegungen wurden unruhiger, und es schlichen sich Fehler in die Kampftechniken ihres Trolles ein. Diese nutzte Vali Theodorescu gnadenlos aus, blockte mit seinem Troll eine unsaubere Attacke und fegte seinen Gegner mit einem wüsten, derben Schlag von der Brücke ins kalte Meerwasser. Während ein grünliches Aufleuchten unter

Wasser darauf hindeutete, dass der besiegte Waldtroll zurück in seinen Käfig in der Vorburg portiert wurde, lief der andere nun zu der unbewachten Silberkugel seines Gegners. Als der Waldtroll sie ergriff, portierte ein sichtlich erschöpfter Vali Theodorescu ihn zu sich, um ihm die Kugel aus der Hand zu nehmen. Triumphierend streckte er sie in die Höhe, dem begeistert klatschenden Publikum entgegen. Auch sein Troll wurde wieder in seinen Käfig zurückportiert.

Die Menge applaudierte, und der Herold verkündete den nächsten Kampf.

„Ich weiß nicht, irgendwie tun mir die Waldtrolle leid", meinte Rob. „Das muss doch grausam sein, wenn jemand anderer die Kontrolle über dich und deinen Körper hat."

„Ey, Rob, das sind Waldtrolle, deren Muskelmasse nur noch von ihrer Gemeinheit übertroffen wird. Die sind so tumb, den macht das doch nichts", rechtfertigte Pantaleon die Magierduelle.

„Trotzdem, weißt du, was sie fühlen und warum sie so handeln, wie sie es tun?"

„Ich weiß nur, wie viele Menschen sie während der Trollkriege in Skaiyles und anderen Ländern wie Dulgmoran und Rochildar abgemurkst haben, und da hatten sie nicht besonders viel Mitleid mit uns. Und auch jetzt fallen sie immer wieder marodierend in die Grafschaft Northset ein."

„Ja, aber daran sind wir Menschen nicht ganz unbeteiligt. Soweit ich weiß, war die Ursache des Trollaufstandes die Vertreibung der Trolle aus Theobaldus' Kaiserreich. Bis dahin hat man mehr oder wenig friedlich zusammengelebt. Aber mit einem Mal wurden sie verfolgt und gejagt, und hätten sie es nicht geschafft, sich nach Utgard zurückzuziehen, hätte man sie vielleicht völlig ausgerottet", gab Rob zu bedenken.

„Friedlich zusammengelebt nennst du das? Dir ist schon klar, dass Trollkrieger immer wieder erbarmungslos Dörfer der Menschen angegriffen haben? Dabei ging es ihnen einzig darum, die Häuser dem Erdboden gleichzumachen, und falls jemand dabei umkam, war ihnen das völlig gleichgültig."

„Das leugne ich ja auch gar nicht. Aber trotzdem finde ich es grenzwertig", entgegnete Rob nachdenklich.

In der Zwischenzeit waren die nächsten zwei Magier zum Duell auf dem Strand angetreten. Die zwei Waldtrolle wurden wie schon im ersten Duell in ihre Nähe portiert und stürmten blindwütig vor Hass auf die Zauberer zu. Der eine Zauberer wirkte eine Schutzhülle um sich herum, an der der wütende Troll immer wieder abprallte, um dann noch wütender wieder dagegen anzulaufen. Der junge Zauberer wurde immer nervöser und bekam den Geist des Trolls einfach nicht zu fassen. Einen Sekundenbruchteil war er abgelenkt und sein Schutzschirm wurde durchlässig. Gerade in diesem Moment der Schutzlosigkeit fuhr einer der gewaltigen Arme des Trolles nieder, durchdrang den Schild und tötete den jungen Zauberer mit einem bärengleichen Hieb. Durch die Menge raste ein entsetzter Aufschrei.

Aufgeschreckt von dem Schicksal seines Gegners verlor auch der zweite Magier die Kontrolle über seinen Troll und bekam einen gewaltigen Hieb ab. Die scharfen Krallen rissen tiefe Wunden in seinen Brustkorb, der sich selbst mit letzter Kraft auf die Seebrücke portierte. Dort erschienen sofort weitere Magier, die erste Hilfe leisteten. Die Trolle liefen nun direkt auf das Publikum zu, aber kurz bevor sie es erreichten, wurden sie wieder in ihre Käfige portiert.

„Uhhhh, so hilflos sind die Trolle wohl doch nicht", meinte Pantaleon. „Aber ich würde auch keine Zauberformel sprechen können, wenn so ein Waldtroll auch nur in meiner Nähe wäre. Hast du die Wunden von dem Zauberer gesehen? Mann, das sah richtig übel aus."

„Zumindest bekommt er erste Hilfe und die Magier können ihm helfen, die Wunde zu heilen", sagte Rob.

„So einfach ist das nicht. Sie können vielleicht die Blutung stoppen und die Knochen richten, aber ein Heilungszauber kann lediglich die eigene Heilung beschleunigen. Das bedeutet, dass seine Wunde statt in einem Monat unter günstigsten Umständen in einer Woche verheilt ist. Und das auch nur, wenn sie sich nicht entzündet. Bei einer Verletzung mit Magie wird es noch schwieriger, weil du als erstes die magische Ursache der Verletzung vollständig beseitigen musst. Erst dann kann eine Heilung einsetzen, die durch einen Heilzauber verstärkt werden kann", erklärte Pantaleon ihm.

„Woher weißt du solche Sachen, Pan? Ich komme mir neben dir manchmal völlig blöd vor."

„Ach Quatsch, du weißt halt andere Sachen, Rob. Für meine Schmiedekunst muss ich ein paar magische Kniffe kennen, und die hat mir Bennett beigebracht. Wenn er einen guten Tag hatte, habe ich die Chance genutzt und ihn mit allen Fragen zur Magie gelöchert, die mir unter den Nägeln brannten. Meist hat er bereitwillig die Antworten gegeben und mir auch den ein oder anderen nützlichen Zauber gezeigt. Wäre er nicht so beschäftigt mit Burkhard gewesen, hätte er mich vielleicht sogar als seinen Lehrling genommen. Ach, ich wäre wirklich gerne Magier geworden."

„Pan der Magier. Klingt irgendwie komisch, aber gut. Und du hast im Gegensatz zu Burkhard wirklich Talent."

„Das wäre es gewesen, wenn wir beide als Duo durch die Welt gezogen wären. Ritter Robin und Pan der Magier erobern die Welt."

Die zwei Jungen lachten herzhaft und sahen sich von ihrem Turm aus die weiteren Duelle unten am Strand an. Die Kämpfe gingen jetzt zügig und ohne nennenswerte Ereignisse weiter. Nach einiger Zeit kündigte der Herold den letzten Kampf der ersten Runde an.

„Sehr verehrtes Publikum, bevor wir mit der nächsten Runde, dem Kampf gegen die Wassernymphe fortfahren, bleibt noch ein letzter Trollkampf auszutragen."

Rob und Pantaleon beobachteten, wie eine blonde, junge Magierin in einem langen blauen Kleid und mit weichen Gesichtszügen den Strand betrat. Ihr folgte ein kleiner, schwarzhaariger, hagerer Mann mit unterlaufenen, tiefliegenden Augen und glatten, nach hinten zum Zopf gebundenen, schwarzen Haaren. Er trug eine lange rote Robe und wirkte in seinen Bewegungen flink und wendig.

„Begrüßt mit mir die hochgeschätzte Magierin Meggan Bevan aus Midvon und den ehrenwerten Magier Cristofor Predoui aus Rochildar. Viel Erfolg, und möge der Bessere gewinnen."

Während das Publikum die Magier klatschend begrüßte, wurde Rob kreidebleich und schluckte. „Das kann doch nicht wahr sein! Ich glaube, das ist der Magier, von dem Rune mir erzählt hat."

„Bitte was?", fragte Pantaleon verwirrt. „Alles in Ordnung? Du siehst aus, als hättest du ein Gespenst gesehen."

„Ach, ich habe Dinge über diesen Magier da unten gehört, da wird einem ganz anders", erklärte Rob zögerlich.

„Nun lass dir nicht alles aus der Nase ziehen, was hast du gehört?", bohrte Pantaleon nach.

Rob machte ein angewidertes Gesicht. „Ich bin mir ja noch nicht mal sicher, ob er es ist. Aber falls ja, ist er ein fanatischer Anhänger der reinen Magie. Bei sich in Rochildar hetzt er perfide und skrupellos gegen Menschen, die nach seiner Auffassung der falschen Lehre folgen."

„Das hört sich nicht gerade sehr vertrauenserweckend an. Und woher weißt du das?", wollte Pantaleon wissen.

„Gestern auf der Rückfahrt von Layman habe ich dessen Schwager Rune mit in die Burg zu Bennett genommen", erklärte Rob . „Rune kannte diesen Cristofor aus seinem kleinen Dorf Leghea und hat mir von ihm erzählt."

Das schlechte Gewissen meldete sich bei Rob, da er doch Bennett versprochen hatte, nichts über Rune zu erzählen. Aber als er Cristofor sah, war es einfach aus ihm herausgerutscht. Rob starrte abwesend hinunter zu dem Duell, um nicht in Pans Augen sehen zu müssen.

Pantaleon spürte, dass Rob das Thema beenden wollte, und bohrte nicht weiter nach. „Auf jeden Fall hat der Typ eine unangenehme Ausstrahlung, ich mag ihn nicht."

Die beiden Zauberer hatten schnell Besitz von ihren Trollen ergriffen, und jetzt tobte ein erbitterter Kampf auf der

Brücke. Häufig sah es so aus, als ob ein Waldtroll den anderen besiegen könnte, aber die Gegner schafften es immer noch, die Niederlage im letzten Augenblick abzuwenden. Dieser Kampf dauerte bereits mehrere Minuten, doch die beiden Magier waren weiterhin hochkonzentriert. Und das, obwohl die Waldtrolle im Laufe der Kämpfe einige Verletzungen davongetragen hatten und die Magier zusätzlich zu der Kontrolle des Geistes auch noch mit der Unterdrückung der Schmerzen der Trolle zu kämpfen hatten. Doch dann schaffte es der von Cristofor gelenkte Waldtroll, bei einem Angriff sein Bein so auszustrecken, dass sein Gegner darüber stolperte. Aus dem Gleichgewicht gebracht, war es für Cristofors Troll ein Leichtes, seinen Gegner mit einem laut krachenden Bodycheck ins Wasser zu rammen. Unter dem Applaus der Menge präsentierte Cristofor die silberne Kugel.

„So ein Mist, ich hatte gehofft, er fliegt direkt am Anfang raus", kommentierte Rob den Sieg Cristofors.

„Sieh es positiv, spätestens gegen Gwynefa Loideáin wird er gnadenlos untergehen. Die Frau ist so gut, sie ist, glaube ich, die beste Magierin von allen", schwärmte Pantaleon.

„Soso, du stehst also auf sie? Sei aber vorsichtig, die hat einen Drachen als Aufpasser!"

Pantaleon schubste Rob. „Blödmann, es ist nicht so, wie du denkst. Sie ist einfach die beste Magierin. Aber ja, sie sieht dabei auch noch sehr gut aus."

„Solange sie dafür sorgt, dass dieser Cristofor das Turnier nicht gewinnt, ist alles gut. Aber vielleicht irre ich mich ja auch und das ist ein ganz anderer Magier, der nur auch zufällig Cristofor heißt."

„Auf jeden Fall ist er unsympathisch und soll nicht gewinnen!", sagte Pan.

SEELENTRANK

Der Herold ergriff wieder das Wort, um den nächsten Wettkampf anzukündigen: „Acht hervorragende Zauberer haben sich durch ihre Siege im Trollkampf für die nächste Runde qualifiziert. Sie alle müssen sich nun der Wassernymphe stellen. Die Regeln sind denkbar einfach. Die Magier müssen eine Minute gegen die Nymphe bestehen, die versuchen wird, sie von der Seebrücke zu vertreiben, um an ihre Jungen zu kommen. Verliert ein Magier den Kontakt zur Brücke, hat er verloren, schafft er es aber, der Nymphe eine Minute lang zu trotzen, ist er in der finalen Runde und kann in den direkten Magierduellen um den Sieg des Turniers kämpfen. Darf ich nun als ersten Kämpfer den mutigen Magier Iain Coineagan aus Frashire auf die Seebrücke bitten?"

Während der Ansprache des Herolds beobachteten Rob und Pantaleon, wie Bennett und Wallace mit einem weiteren Schutzschirm den Zugang zur offenen See versperrten. Die Zuschauer reckten ihre Hälse, um einen Blick auf die Wassernymphe zu werfen. Sie sahen aber nur einen türkisen Schimmer unter der Wasseroberfläche an der neu errichteten Barriere.

Plötzlich entstand in der Mitte der Brücke eine Kugel aus Wasser. Sie schwebte und waberte frei über dem Boden und hatte einen Durchmesser von etwa einem Meter. In ihr bewegten sich hektisch drei kleine, tintenfischähnliche Geschöpfe auf der Suche nach ihrer Mutter. Jedes Mal, wenn sie an den inneren Rand der Wasserkugel stießen, wurden sie wie von einer Strömung erfasst und mit einem sanften Sog wieder in die Mitte bugsiert.

„O. k., ich glaube, das gibt gleich richtig Stress da unten. Obwohl, eigentlich sind Wassernymphen doch relativ friedliche Wesen, oder?", meinte Rob zu Pantaleon.

„Normalerweise schon, aber nicht wenn du ihren Nachwuchs klaust, da wird jede Mutter zur Furie. Ich möchte da jetzt nicht unten auf der Brücke stehen."

In diesem Augenblick löste sich der Schutzschirm zum Meer hin auf, und wie ein Blitz schoss die Nymphe unter der Wasseroberfläche zu dem Gefängnis ihrer Kinder. In sicherem Abstand zu der Brücke tauchte ihr Kopf aus dem Wasser auf. Der Magier hatte sich und die Wasserkugel mit den Kleinen in ein Schutzfeld eingeschlossen und wartete gespannt auf den Angriff der Wassernymphe.

Pantaleon und Rob starrten mit offenen Mündern auf das Wesen. In dem Moment des Auftauchens wurde aus dem wütenden, vor Furcht um ihre Kinder verzerrten Gesicht der Nymphe das sanfte Antlitz einer wunderschönen Frau. Die Wellen spielten verführerisch mit ihren schillernden, langen, blauen Haarlocken und ihre weichen Züge strahlten Ruhe und Geborgenheit aus. Ein selbstsicheres Lächeln huschte über ihr Gesicht. Fragend und irritiert lächelte der Magier zurück, als die klaren blaugrünen Augen der Nymphe wie gebündeltes weißes Licht in einem Aquamarin funkelten. Unter dem entsetzten Gesicht des Magiers löste sich sein Schutzschild auf und die freigesetzte Energie floss in die Augen der Wassernymphe. Dann schnellten ganz plötzlich drei dicke Tentakeln mit kräftigen Saugnäpfen aus dem Meer und schlangen sich um den erschrockenen Zauberer. So fixiert sogen sich die Saugnäpfe an ihm fest und entzogen ihm sämtliche Lebensenergie. Innerhalb von Sekunden verwandelte sich sein Körper in ein aschfahles grünlich-graues Korallengebilde und verdammte ihn zur Bewegungslosigkeit. Mit unbändiger Gewalt zog die Nymphe ihn in seinem Korallengefängnis von der Brücke ins Wasser, wobei sie mit weiteren Tentakeln versuchte, den Wasserball mit ihren Kindern zu fassen. An diesem Punkt griffen Bennett, Wallace und ihre Helfer ein. Ein Magier portierte den armen

Iain Coineagan aus seiner misslichen Lage heraus, auf den Strand. Die übrigen fixierten mit einer gewaltigen Anstrengung die Wassernymphe und bewegten sie wieder weg von der Brücke, hinter die neu errichte Absperrung ins Meer hinaus. Die Wassernymphe wehrte sich mit allen Kräften, war aber den fünf erfahrenen Magiern eindeutig unterlegen. Während sie sich wütend wandte, um dem Zugriff der Zauberer zu entgehen, sah man ihre Gestalt zum ersten Mal in ganzer Pracht. Sie hatte den Oberkörper einer wohlgestalteten, menschlichen Frau. Statt Haut war sie von saphirblauen Schuppen bedeckt, die je nach Lichteinfall grünlich glitzerten. Ihre Haare und ihre leuchtenden Augen glänzten wie ein Aquamarin im Licht. Ihr Unterkörper glich dem eines großen Kraken. Aus ihm wuchsen acht kräftigen Tentakel, die jeweils mit zwei Reihen Saugnäpfen bestückt waren. Die Außenseiten der Tentakel waren saphirblau, wie der Oberkörper, wohingegen die Innenseiten mit den Saugnäpfen hellgrün schimmerten. Oberkörper und Fangarme brachten es zusammen auf eine Länge von fast fünf Metern. Mit diesen gewaltigen Tentakeln schlug sie bei dem Versuch, sich aus der Umklammerung zu befreien, so kräftig um sich, dass das Wasser um sie herum zu kochen schien. Die Zauberer waren peinlich darauf bedacht, die Tentakel unter Kontrolle zu bringen, da eine Wassernymphe mit ihnen durchaus mächtige Zauber wirken konnte. Dafür musste sie sich aber frei bewegen können, was die Zauberer mit aller Kraft verhinderten. Erst als der nächste Magier, Cristofor aus Rochildar, auf der Brücke stand, ließen sie von ihr ab. Der Schutzschild zum Meer verschwand, aber auch die Nymphe war untergetaucht.

„Siehst du sie?", fragte Pantaleon.

„Nö, vielleicht muss sie sich erst erholen?", mutmaßte Rob.

Pantaleon zeigte auf eine Stelle in der Bucht, etwa hundert Meter von der Brücke entfernt im offenen Meer. „Schau mal, da vorne. Das sieht so aus, als würde dort ein Strudel entstehen."

„Ja, ich sehe es, aber außer dem Strudel scheint nichts zu passieren. Dieser blöde Magier dort unten scheint Glück zu haben, die Minute ist fast um."

Und tatsächlich blickte Cristofor nervös in Richtung des entstehenden Strudels. Auch er hatte sich in diverse Schutzzauber gehüllt und war hoch konzentriert, bereit das, was auch immer da kommen mochte, abzuwehren. Ihm liefen vor Anspannung die Schweißperlen über die Stirn. Selbst das Publikum schwieg in absoluter Anspannung.

Plötzlich stieg eine leuchtend rote Kugel in den Nachthimmel und explodierte mit einem lauten Knall in tausende kleine Punkte, die langsam am Himmel verglühten. Das war das Zeichen, dass die Minute um war, und die Menge applaudierte dem Zauberer zum Erreichen der nächsten Runde.

Sofort portierte sich der nächste Magier auf die Brücke. Dort stand jetzt ein junger Zauberer, dessen blaue Robe im Wind flatterte. Er wirkte sehr gelöst und glaubte wohl, dass sich die Wassernymphe verzogen hatte. Jedenfalls alberte er locker mit dem Publikum rum, das sich von dem Gefühl der vermeintlichen Sicherheit anstecken ließ.

„Das war aber super einfach für den Typen aus Rochildar", kommentierte Pantaleon an Rob gewandt. „Der musste ja überhaupt nichts machen."

„Ähhhhhh", stammelte Rob nur hervor und zeigte mit weit aufgerissenen Augen auf das offene Meer.

Pantaleon drehte sich um und sah es auch. Eine riesige Monsterwelle, bestimmt fünfundzwanzig Meter hoch, raste mit einer unbändigen Geschwindigkeit auf die kleine Bucht zu. Rob und Pantaleon schmissen sich unwillkürlich hinter die Brustwehr. Im Publikum brach Panik aus, und die Leute warfen sich auf den Boden oder suchten Schutz hinter ihren Vorderleuten.

Der Zauberer auf der Brücke wirkte gegen die Welle wie ein kleiner, kümmerlicher Haufen. Er schaffte es gerade noch, sich Wurzeln wachsen zu lassen, die sich überall, wo sie Halt fanden, an der Brücke festhielten. Aber die unbändige Kraft der gewaltigen Monsterwelle war viel zu groß und riss ihn gnadenlos von der Brücke. Mit einem Heidenspektakel knallten die Wassermassen vor die magische Wand, die das Publikum beschützen sollte. Entsetzte Schreie kamen aus der panischen Menge, aber teilweise gab es auch Leute, die nur schicksalsergeben apathisch auf die gewaltigen Wassermassen starrten.

Für die, die ihre Augen auf die Welle gerichtet hatten, gab es ein faszinierendes Schauspiel. Die magische Schutzwand hatte überhaupt kein Problem, die Monsterwelle aufzuhalten. So kam es, dass sich das Wasser auf der ganzen Höhe staute und es aussah, als würde man in einem riesigen Unterwasseraquarium sitzen. Aufgespülte Steine, Kies, Fische, Muscheln und diverse Wasserlebewesen wirbelten hilflos in dem hochgestautem Wasser herum, das jetzt langsam wieder abfloss.

Rob und Pantaleon wagten einen Blick über die Brustwehr hinaus und mussten unwillkürlich lachen. Fast genau auf ihrer Höhe kämpfte gerade der Zauberer in einem Wurzelknäul verheddert mit seiner Übelkeit. Offensichtlich schwer durchgeschüttelt, hatte er es rechtzeitig geschafft, sich mit einer Schutzhülle zu umgeben, sah aber aktuell nicht besonders souverän aus.

Es dauerte fast zwei Minuten, bis das ganze Wasser wieder abgelaufen war, und weitere fünf, bis sich alles wieder einigermaßen beruhigt hatte.

„Ich glaube, das ist der spannendste Tag meines ganzen Lebens", sagte Rob zu Pantaleon.

„Jo, da kann ich dir nur zustimmen. Das war echt krass. Ich dachte eben wirklich, das Wasser würde uns hier vom Turm herunterhauen. Ich glaube nicht, dass wir das heil überstanden hätten."

„Schau mal, über der Brücke schwebt immer noch die Wassersphäre mit den drei kleinen Wassernymphen. Das gibt es doch gar nicht", wunderte sich Rob.

„Unterschätze nicht die Macht von Magnatus Wallace und seinem Drachen. Ich glaube, es gibt auf der ganzen Welt nur eine Handvoll Magier, die ähnlich starke Magie wie er wirken können. Da kommt eine einfache Wassernymphe nicht gegen an."

„Eine einfache Wassernymphe … Du hast gut reden. Hast du nicht gesehen, was die gerade angerichtet hat? Einfach würde ich das nicht nennen."

Pantaleon schmunzelte. „Ich meine ja nur im Vergleich zu Wallace und den anderen Drachenmagiern."

Die Wassernymphe war jetzt richtig in Rage, und es schafften nur noch zwei weitere Zauberer, die Prüfung zu bestehen. Ein Magier wurde wieder nicht angegriffen und die zweite Magierin wirkte einen Schutzschild, der den gewaltigen Wassermassen standhielt.

Als letzte Teilnehmerin betrat Gwynefa Loideáin die Brücke. Sie hatte mit ihrer besonderen Ausstrahlung sofort die volle Aufmerksamkeit des gesamten Publikums. Auch Rob und Pantaleon schauten ihr gebannt zu. Die Wassernymphe tauchte auf und wieder, wie in dem ersten Kampf, funkelten ihre Augen wie ein Aquamarin. Aber Gwynefa hielt ihrem Blick stand und hob ganz sanft von unten ihre Arme mit nach oben gerichteten Handflächen bis über die Brust hoch, so vorsichtig, als würde sie ein Baby aus einer Krippe anheben. Die Wassernymphe schwebte parallel zu dieser Bewegung vollständig aus dem Wasser heraus. Gwynefa schloss langsam ihre rechte Hand, und die Tentakel der Wassernymphe wurden wie ein Zopf zusammengehalten. So schwebte dieses wunderschöne Wesen, völlig unter der Kontrolle der Magierin für eine Minute über der Wasseroberfläche.

Pantaleon und Rob konnten ihren Blick nicht von diesem auf seine ganz eigene Weise fabelhaften und wunderhübschen Wesen wenden. Der Anblick der hilflosen Wassernymphe berührte etwas ganz tief im Inneren der Zuschauer. So ging ein erleichtertes Seufzen durch die Menge, als die rote Kugel nach einer Minute in die Luft schoss. Gwynefa entließ die Wassernymphe aus ihrer Umklammerung und zeitgleich kamen ihre drei kleinen Babys aus der

Wassersphäre frei. Noch leicht verängstigt, aber glücklich wieder vereint zu sein, verschwand die kleine Familie sofort in den Tiefen des Ozeans. Unter Applaus portierte sich Gwynefa wieder zum Strand und verbeugte sich vor der Zuschauermenge.

„Nach dieser doch eher feuchten Angelegenheit kommen wir jetzt zu den Halbfinalen des großen magischen Wettkampfes. Noch vier Zauberer sind im Rennen um den Titel des besten Magiers. Ich bitte die vier Teilnehmer gemeinsam auf die Seebrücke. Einen tosenden Applaus bitte für unsere Helden: Die zauberhafte Lady Gwynefa Loideáin aus Fairfountain, die junge Kaitlin Palmer aus Trollfolk, der gewitzte Cristofor Predoui aus Rochildar und der kühne Jacob Fletcher aus Linfolk. Die Magier portierten sich der Reihe nach auf die Duellbrücke und verbeugten sich vor dem Publikum.

„Noch einmal zur Erinnerung: Jeder Magier hat eine kleine Silberkugel auf seiner Seite der Brücke, die er gegen seinen Gegner verteidigen muss. Schafft es ein Zauberer, die Kugel des Gegners mindestens drei Sekunden lang in der Hand zu halten, hat er den Kampf gewonnen. Das erste Halbfinale findet zwischen Cristofor Predoui aus Rochildar und Jacob Fletcher aus Linfolk statt. Möge der Bessere gewinnen." Die zwei Damen verließen die Brücke und die beiden Zauberer nahmen ihre Plätze ein.

Vorsichtig tasteten sich die Gegner gegenseitig ab. Cristofor schoss mehrere Druckwellen, die die Brücke erzittern ließen, auf Jacob ab. Mit einer eleganten Handbewegung lenkte der die Wellen von sich ab, so dass sie harmlos im Meer ausliefen. Jacob antwortete mit einem Stakkato aus grellen weißen Lichtblitzen. Die Blitze trafen auf Cristofors magische Schutzsphäre, auf deren Oberfläche sie sich gleichmäßig verästelten und eine weiche, leuchtende Aura erzeugten. Aber keiner der Blitze schaffte es durch den Schutzschild hindurch, um Cristofor Schaden zuzufügen. Die zwei Magier versuchten noch das ein oder andere harmlose Manöver, um die Fähigkeiten des Gegners auszuloten, aber mit der Zeit nahm die Intensität der Attacken zu.

Mit unmenschlicher Kraftanstrengung krümmte Jacob den Raum um sich herum plötzlich so stark, dass Cristofors Brückenende einen Halbkreis beschrieb, der genau über ihm endete. Die silberne Kugel fiel dank der Schwerkraft Richtung Jacob. Da dies in Sekundenbruchteilen geschah, war Cristofor von diesem Zug völlig überrascht. Gerade noch fing er seine Kugel kurz über Jacobs Hand ab. Er murmelte ein paar Worte und aus der silbernen Kugel entstanden tausende identische Duplikate. Die Kugeln flogen jetzt in hoher Geschwindigkeit um die zwei Zauberer herum, wie Planeten, die die Sonne umkreisen. Bald waren die Zauberer kaum noch zu sehen, so sehr waren sie von scheinbar unendlich vielen Kugeln umschwärmt. Jacob, der völlig den Überblick verloren hatte, konzentrierte sich darauf, die Kugeln zu zerstören, doch Cristofor griff sich eine bestimmte Kugel aus der wilden Menge und hielt sie in seinem roten Umhang versteckt in der Hand. Dann plötzlich, wurde das Schauspiel durch den abrupten Start des roten Signallichtes beendet. Cristofor hatte gewonnen. Völlig unbemerkt von Jacob war dessen Kugel ein Teil des silbernen Schwarmes geworden, und Cristofor hatte sie gezielt aus der Masse herausgefischt.

Die Zuschauer applaudierten wild, und Jacob gratulierte Cristofor zu seinem Sieg.

„Ich mag diesen Cristofor nicht, aber eins muss man ihm lassen: Dieses Duell hat er geschickt für sich entschieden. Blöd ist der nicht", kommentierte Pantaleon.

„Ne, ganz bestimmt nicht. Aber trotzdem hoffe ich, dass Gwynefa ins Finale kommt und ihm zeigt, wer hier Herr im Hause ist", meinte Rob. „Das kann doch nicht sein, dass so ein dahergelaufener Anhänger der reinen Magie ausgerechnet ein Drachenwahlturnier gewinnt. Das würde ja alles auf den Kopf stellen."

„Ich bin mir sicher, dass Gwynefa gewinnt, die spielt doch in einer ganz anderen Liga", schwärmte Rob.

Wie erwartet gewann die erfahrene Drachenmagierin Gwynefa ihr Halbfinale ohne Mühen gegen die junge Kaitlin Palmer aus Trollfolk. Die junge Magierin gab sich zwar sehr viel Mühe, undurchlässige Schutzschilder um sich herum aufzubauen, doch Gwynefa durchbrach ihre Abwehr mit Leichtigkeit und portierte die siegbringende Silberkugel durch alle Schutzzauber hindurch zu sich, als wären diese gar nicht da. Der Kampf dauerte noch nicht einmal eine ganze Minute.

Als der Applaus langsam abebbte, trat der Herold hervor und richtete sein Wort an die Menge: „Nun ist es so weit, die Entscheidung über den Sieg des magischen Turniers, hier zu Füßen der wunderschönen Burg Skargness, steht an. Insgesamt haben dreißig Zauberer aus dem gesamten Kaiserreich teilgenommen. Unter den Augen ihrer magischen Führer, dem Magnatus Leonard Wallace von Skaiyles und Magnatus Dragoslav Olaru von Rochildar, haben sich zwei Magier ganz besonders hervorgetan. Ich bitte die hinreißende Drachenmagierin Gwynefa Loideáin aus Fairfountain und den gewieften Cristofor Predoui aus Rochildar auf unsere Duellbrücke. Freut euch nun mit mir auf das magische Finale."

Er wandte sich den beiden Finalisten zu, die angespannt und hoch konzentriert auf den Beginn ihres Duells warteten.

„Die Bühne gehört Euch, möge die Magie mit Euch sein."

Während Gwynefa, ruhig abwartend, Cristofor beobachtete, schoss dieser bereits eine Salve grellrot leuchtender Lichtblitze auf sie ab. Gwynefa lenkte sie mit ruhigen Handbewegungen an sich vorbei, so dass sie krachend hinter ihr einschlugen. Sie schloss die Augen und baute ein sanft grünlich schimmerndes Schutzfeld um sich herum auf. Die ihr entgegengeschleuderten Blitze wurden nun bereits, kurz nachdem sie Cristofors Arm verlassen hatten, zur Seite abgelenkt. Zu Anfang lenkte das Feld die Blitze nur ins Meer, aber Gwynefa änderte stetig die Form des Schutzschildes. Die Blitze beschrieben nun einen Bogen, und schossen zurück zu Cristofor, wo sie an seinem eigenen Schutzschild leuchtend rot verglühten. Von außen sah es so aus, als würde Cristofor sich selber beschießen, aber anstatt den Angriff einzustellen, verstärkte er den Beschuss. Als sei er unter Hypnose und in einer Schleife gefangen, war er nicht in der Lage, die Situation richtig einzuschätzen. Er verstärkte seine Angriffe und versank in einem energiezehrenden roten Ball aus Angriff und Abwehrzaubern, der die ganze Umgebung in ein grelles rotes Licht tauchte.

Selbst die Gesichter von Rob und Pantaleon leuchteten noch rötlich. Die beiden Jungen verfolgten das Spektakel fasziniert. Aufgeregt und vor Begeisterung nicht wissend, wohin mit sich, zupfte Pantaleon Rob unruhig am Hemd.

„Schau mal, das ist doch unglaublich. Während Cristofor sich auspowert und gleich keine Kraft mehr haben wird, scheint Gwynefa sich überhaupt nicht anzustrengen. Wahnsinn, die Frau ist einfach nur einzigartig! Vielleicht sollte ich nach Fairfountain auswandern und sie fragen, ob sie nicht einen Lehrling braucht. Jetzt, wo du Soldat wirst, hält mich hier nicht mehr viel", träumte Pantaleon.

„Sprich doch nach der Drachenwahl mal mit Bennett über das Thema. Wenn Burkhard erst Drachenmagier ist, hat er bestimmt viel mehr Zeit als früher. Bei deinem Talent und Fleiß könnte ich mir gut vorstellen, dass er dich liebend gerne als Lehrling nehmen würde. Außerdem mag er dich, sonst hätte er sich nicht so viel Zeit für dich genommen, als er dir deine Feuerzauber beigebracht hat", antwortete Rob.

Als alle dachten, dass es nur noch eine Frage von Sekunden wäre, bis Gwynefa das Duell für sich entschied, schaffte es Cristofor, sich aus seiner Trance zu befreien. Die teilweise schon gleißend rote Sphäre um ihn herum klang ab, und noch etwas benommen brauchte er kurz, um sich zu sammeln. Während eine entspannte Gwynefa ihn souverän anlächelte, zog Cristofor die Stirn in Falten und funkelte sie wütend an.

Wie in seinem vorherigen Duell ließ Cristofor etwa zwei Meter vor Gwynefa, in Höhe ihrer Augen, aus dem Nichts eine silberne Kugel entstehen. Diese Kugel duplizierte er, und nur kurze Zeit später umtanzte ein wilder silberner

Schwarm die Magierin. Immer wieder lösten sich einzelne Kugeln aus der Masse und schossen in einer höllischen Geschwindigkeit auf Gwynefa zu. In zahllosen grünen Lichtblitzen verglühten diese an ihrem Schutzschild. Cristofor nutzte diese Attacke, um ein wenig zu verschnaufen, aber Gwynefa wurde es irgendwann zu bunt. Sie beendete den Angriff, indem sie ein starkes Gravitationsfeld erschuf, so dass sämtliche Kugeln in ihrer Nähe unmittelbar ins Wasser oder regungslos auf den Boden der Brücke fielen. Derweil holte Cristofor einen daumengroßen weißen Stein und eine kleine Phiole mit einer schwarzen Flüssigkeit aus der Tasche seiner roten Robe. Diesmal war er es, der Gwynefa überlegen angrinste. Unter ihrem verwunderten Blick ließ er den weißen Stein vor sich schweben, öffnete die Phiole und träufelte einen kleinen Tropfen der schwarzen Flüssigkeit auf den Stein. Die Flüssigkeit ätzte die äußere weiße Schicht des Steines weg, und darunter wuchs ein tief schwarzer Klumpen heran, der wie ein faustgroßes Stück erkaltete Lava aussah.

Gwynefas Augen weiteten sich vor Schreck und Zorn, als sie den Zauber erkannte. Unter einem grausamen lauten Geräusch, das an das Schreien eines hilflosen Drachen erinnerte, zog der Stein die magische Kraft aus Gwynefa heraus. Filigran verästelte, blaue Schwaden entströmten Gwynefas gesamten Körper und flossen zu dem schwebenden Stein. Auf ihrem Weg änderte sich die Farbe von Blau zu einem Schwarz, das sämtliches Licht in der Umgebung in sich aufsaugte.

Das Publikum starte gespannt auf die zwei Magier, wobei sich der Drache Tanyulth an seinem Platz auf der Tribüne vor Schmerz krümmte. Genüsslich und mit einem fiesen Lächeln beobachtete Cristofor, wie Gwynefas Adern sich pechschwarz färbten und sie völlig entkräftet zu Boden fiel. Die Zuschauer verstanden nicht, was sie sahen, aber sämtliche Drachenmagier und ihre Drachen bebten innerlich vor Wut und konnten sich kaum unter Kontrolle halten.

„Himmel, Pan, was passiert da?", fragte Rob.

Pantaleon, der sichtlich mit Gwynefa litt, packte Robs Arm so fest, dass es schmerzte.

„Das Schwein hat eine Phiole mit einem Drachenbluttrank, einem Zaubertrank, der aus dem Blut eines ermordeten Drachen hergestellt wird. Träufelt man den Trank auf weißen Seelenstein, verwandelt der sich in eine Art Lava und entzieht einem Drachenmagier sämtliche Energie, die er aus seiner Verbindung mit der Drachennatur schöpft. Durch das magische Band wird auch der Drache des Magiers in Mitleidenschaft gezogen und erleidet unerträgliche Schmerzen", erklärte Pantaleon.

Noch während Pantaleon sprach, ging Cristofor siegessicher auf Gwynefa zu. Auf dem Boden liegend suchte sie Blickkontakt zu Tanyulth, ihrem Drachen. In dem Moment in dem sich ihre Blicke trafen, ging durch beide ein Ruck. Die Energie, die aus Gwynefa flutete, verdichtete sich und eine riesige, massive, blaue Wolke in Form eines Drachenkopfes mit weit aufgerissenem Maul verschlang den übelbringenden Stein. Gwynefas Drache Tanyulth brüllte einen lauten Befreiungsschrei, eine gewaltige Explosion zerfetzte den Stein, und die freigesetzte Energie strömte zurück in Gwynefa. Beinahe wahnsinnig vor Wut, Zorn und Trauer schnellte sie hoch und versetzte dem verdutzten Cristofor eine so harte Schockwelle, dass dieser samt Schutzschild hoch in die Luft geschleudert wurde. Gwynefas Gesicht war zu einer Grimasse des Zornes verzerrt, und sämtliche Lieblichkeit war aus ihrem Antlitz entwichen. Gleich einer Furie im wilden Tanz, drehte sie sich um sich selbst und löste einen riesigen Orkan aus.

Pantaleon und Rob konnten sich vor Aufregung kaum zurückhalten. Selbst auf ihrer Seite der magischen Schutzwand war der Wind deutlich aufgefrischt. Sie standen beide an der Brüstung des Turmes, ihre Haare flatterten wild im Wind, und feuerten Gwynefa frenetisch an.

Der Sturm heulte laut krachend durch die Bucht und in ihrer Wut entfesselte Gwynefa unfassbare Naturgewalten. Der Orkan erfasste nicht nur Cristofor, sondern sog auch eine gewaltige Masse Wasser, Felsen und alles, was sonst noch in der Umgebung war, in sich auf. Cristofor war wie ein hilfloses Blatt im Wind und wurde mit unbändiger Gewalt durch den Himmel geschleudert. Langsam bekam sich Gwynefa wieder unter Kontrolle, und ihre verzerrte Grimasse wich einem zwar bösen, aber zumindest wieder menschlichen Ausdruck. Man konnte förmlich fühlen, wie sehr sie gegen den Wunsch ankämpfte, dem Leben von Cristofor ein grausames Ende zu bereiten. Aber schließlich siegte die Vernunft in ihr.

Während Cristofor noch wild in der Luft herumgewirbelt wurde, portierte sie sich in das ruhige Auge des Orkans, in dem Cristorfos Silberkugel noch an ihrem ursprünglichen Platz lag. Ohne jegliches Anzeichen des Triumphes oder der Freude hob sie die Kugel auf und hielt sie nachdenklich drei Sekunden in der Hand. Dann ließ sie die Kugel achtlos auf den Boden fallen und löste ohne Vorwarnung den Orkan auf. Cristofor fiel sprichwörtlich aus dem Himmel und plumpste wie ein Stein zwischen der Duellbrücke und dem Strand ins Meer.

Die Menge johlte und skandierte laut Gwynefas Namen, doch die Magierin wollte nur so schnell wie möglich zu ihrem Drachen Tanyulth. Als sie sich bei ihm vergewissert hatte, dass alles in Ordnung war, ging sie, deutlich entspannter, zurück zum Strand. Für Cristofor, der wie ein begossener Pudel klatschnass aus dem Meer herauskam, hatte sie nur einen verächtlichen Blick übrig. Ohne ihr die Hand zu geben, ging Cristofor auf die Tribüne zurück und setzte sich neben seinen Magnatus, Dragoslav Olaru.

„Man ist die sauer, mit der möchte ich mich niemals anlegen", kommentierte Rob.

„Wie gesagt, für den Drachenbluttrank brauchst du das Blut eines ermordeten Drachen. Da liegt die Frage nahe, wie Cristofor an solches Blut gekommen ist und warum er es überhaupt hat. Nehmen wir mal an, er hat selbst keinen Drachen getötet ...", meinte Pantaleon.

„… dann hat er zumindest zu jemandem Kontakt, der kein Problem damit hatte", vollendete Rob den Gedanken.

„Genau. Wahrscheinlich sähen sämtliche anwesenden Drachenmagier Cristofor am liebsten im dunkelsten Kerker, wo sie aus ihm herausquetschen würden, woher er diesen Trank hat."

Rob beobachtete, wie die Magier, der Graf von Druidsham Lord Bailey und Lord Marquard die Tribüne nach hinten verließen. Dort war zwischen den Drachenmagiern unter der Führung von Magnatus Wallace auf der einen Seite und Cristofor und seinem Magnatus Olaru auf der anderen Seite ein heftiger Streit entbrannt. Während Chocque beruhigend auf die Drachen einredete, versuchten Lord Bailey und Lord Marquard, die aufgebrachten Magier zu beruhigen. Wallaces Kopf war hochrot und seine Nackenmuskeln waren angespannt. Es sah so aus, als würde er Cristofor auf das Übelste drohen. Auch schien er für Magnatus Olaru keine freundlichen Worte übrigzuhaben.

Die Menge bekam von den Tumulten hinter der Bühne nichts mit und feierte immer noch ausgelassen den Sieg von Gwynefa. Inzwischen war der Herold am Strand zu Gwynefa gegangen und gratulierte ihr zu ihrem Sieg.

„Mein sehr verehrtes Publikum. Nach diesem grandiosen Finale ist es mir eine Freude, die Siegerin des heutigen –"

Doch weiter kam er nicht. Ein sichtlich aufgewühlter Bennett portierte sich direkt neben ihn und flüsterte ihm etwas ins Ohr. Danach erklärte er Gwynefa etwas und machte dabei den Eindruck, als würde ihm das sehr unangenehm sein.

„Hochverehrtes Publikum. Ich bin gerade darüber informiert worden, dass wir mit der Siegerehrung noch etwas warten müssen. Wir machen nun eine Pause von etwa dreißig Minuten. Ich bitte euch, wieder zurück in die Arena zu gehen, wo das weitere Programm stattfinden wird. Dort werden wir dann den Sieger des magischen Duells krönen und dem absoluten Höhepunkt des heutigen Abends, der Drachenwahl, beiwohnen."

Noch völlig überwältigt von den Eindrücken der Duelle, applaudierte die Menge und machte sich, in wilden Diskussionen über das Erlebte, auf zu ihren Plätzen innerhalb der Stadtmauern.

Gwynefa schaute nach wie vor ernst und verzog auch nach dieser neuen Wendung keine Miene.

Aus der Erde unter Mi Lou strömten dunkle, schwarze, gasartige Fäden. Das Gebilde war verzweigt wie Baumwurzeln, und in der Mitte verdichtete sich ein dunkler Bereich. Entfernt erinnerte er an einen menschlichen Körper – oder vielmehr an die Knochen und Sehnen, die übrig blieben, wenn das Fleisch verrottet war. Aus der Mitte der gasigen Masse bildete das Wesen einen amorphen Totenkopf mit scharfen spitzen Zähnen, wobei alles an ihm flüchtig war. Der kleinste Windhauch und jede schnelle Bewegung brachten die Form durcheinander, wie ein starker Wind, der durch den beißenden schwarzen Qualm eines Feuers fegt. Aber der Sog des Wesens war so stark, dass sich die verlorenen Partikel wieder an anderer Stelle in den Körper einfügten. Wo bei einem Menschen Arme mit Händen und Fingern saßen, hatte diese Gestalt nur wurzelähnliche Auswüchse, die es wie Peitschen durch die Luft bewegte. Beine oder Füße waren nicht zu erkennen.

So strömte es ganz gezielt langsam auf die schlafende Mi Lou zu. Eigentlich sollte es seine Geschwister holen, aber die Anziehungskraft dieses Mädchens war einfach zu groß. Es konnte dem Drang, die Seele dieses Geschöpfes zu berühren, nicht widerstehen. Es umfloss den Baum nach oben und wandte sich in dichten Nebelfäden um Mi Lou, die unruhig träumte. Es strömte dicht vor ihrem schlafendes Antlitz, immer näher und näher. In ihm tobte ein wilder Kampf. Es wusste, es müsste seinen Geschwistern von seiner Entdeckung berichten, aber auf der anderen Seite war da dieser unwiderstehliche Drang, das ungewöhnliche Mädchen für sich alleine haben zu wollen.

Dann passierte es. Sein rauchiger Körper war so nah an Mi Lous Gesicht, dass sie einen dünnen schwarzen Faden durch ihre Nase einatmete. Das Wesen verlor die Kontrolle über sich und umhüllte ihren Kopf vollständig.

Mi Lou wachte mit weit aufgerissenen Augen auf und atmete in ihrem Schreck tief ein. Ein fürchterlicher Stromschlag durchfuhr ihren Körper. Sämtliche Nerven waren überlastet, so als würde jemand mit einer Zange daran zerren. Ein Blitzgewitter durchzuckte ihr Gehirn, und sie schrie ihre gesamte Angst aus sich heraus.

Dem Wesen erging es nicht besser. Es hatte etwas berührt, das ihm seine gesamte Energie mit einem Schlag geraubt hatte. Innerlich völlig verbrannt, entfuhr ihm ein schriller greller Todesschrei, der grausam durch den nächtlichen Wald hallte. Die unglückliche Kreatur hatte nicht mehr die Kraft, seine Form zu halten, und löste sich in dünne Schwaden auf, die der Wind in alle Richtungen verteilte.

Mi Lou sah nur die schwarze Rauchwolke, die sich vor ihr auflöste, und war taub von dem markerschütternden Schrei. Panisch kletterte sie von dem Baum herunter und versuchte zu verstehen, was hier passierte.

Aufgeschreckt von dem grausamen Schrei, strömten die Geschwister der Kreatur aus dem Boden. Mi Lou stand mit dem Rücken zum Baum und hatte ihr Messer in der rechten Hand angriffsbereit erhoben. Ihr Herz raste wie wild. Plötzlich wurde es hundert Meter entfernt von ihr taghell, so als hätte jemand ein Flutlicht angemacht. Die Konturen der Bäume, der Sträucher und des Bodens waren im Kontrast zu dem weißen, grellen Licht schwarz, wie bei einem Scherenschnitt. Mi Lou schaute vorsichtig um den Baum herum. Dort schwebten drei riesige Kugeln, die den nächtlichen Wald hell erleuchteten. Wegen der feuchten Luft entstand eine massive Nebelwand. Vor dieser bleichen Wand konnte Mi Lou sieben schwarze, menschenähnliche Gestalten ausmachen, die durch den Nebel schwebten.

Erschrocken machte Mi Lou einen unachtsamen Schritt zurück. Dabei trat sie auf einen dünnen Ast, der unter ihrem

Gewicht zerbrach. Eigentlich war das Geräusch nicht besonders laut, aber in dieser Situation wirkte das leise Knacken des Astes wie ein Stein, den man durch eine Fensterscheibe warf. Sofort witterten die Wesen Mi Lou und nahmen ihre Verfolgung auf. Mi Lou rannte, so schnell sie konnte, in die Dunkelheit. Äste schlugen ihr Gesicht blutig, und sie trat schief mit ihrem rechten Fuß auf. Das Gelenk schmerzte höllisch, aber Mi Lou gab nicht auf und biss die Zähne zusammen. Sie floh am Ufer entlang und war froh, dass sie sich bei dieser Dunkelheit keine schlimmeren Verletzungen zuzog. Die Verfolger waren langsamer als sie, und so hatte sie sich nach zehn Minuten ein paar hundert Meter Vorsprung herausgearbeitet. Mit ihrem schmerzenden Fuß würde sie dieses Tempo allerdings nicht lange durchhalten.

Was zum Teufel verfolgte sie da? Hatte die Nietzsche-Bruderschaft bereits erste fliegende Nanopartikel? Mi Lou kam zu dem Schluss, dass sie die größten Chancen hätte, wenn sie sich verstecken würde. Die schwarzen Wolken mit dem schwebenden Licht kamen immer näher. Sie waren vielleicht noch zweihundert Meter entfernt. Mi Lou zwang sich, ruhiger zu atmen. Sie schaute sich um, fand aber keinen geeigneten Platz. Noch hundertfünfzig Meter.

Mi Lou tu was, trieb sie sich selbst an. Das Licht der Kugeln reichte jetzt fast bis zu ihr. Gleich würden diese Dinger sie sehen können. Hundert Meter. Mi Lou sprintete zum Ufer, brach ein Schilfrohr ab und schnitt sich mit ihrem Messer ein etwa dreißig Zentimeter langes Rohr zum Atmen ab. Ohne ein Geräusch zu verursachen, glitt sie in das eiskalte Wasser und tauchte vollständig unter. Sie zwang sich, weiter ruhig zu atmen. Die Sekunden verrannen extrem langsam. Als Mi Lou glaubte, dass sich der von ihr aufgewühlte Sand beruhigt hatte, öffnete sie kurz ihre Augen. Sie sah durch das Wasser, wie das Ufer taghell erleuchtet war. Eine der Leuchtkugeln musste nur ein paar Meter von ihr entfernt sein. Sie bekam doch etwas Dreck in die Augen und schloss sie schnell wieder. Aber selbst mit geschlossenen Augen merkte sie, dass die Uferumgebung noch taghell erleuchtet war. Durch ihr Schilfrohr konnte sie nur wenig Luft atmen und musste deswegen immer wieder ihre Panik herunterkämpfen.

Es dauerte eine gefühlte Ewigkeit, bis es über ihr dunkler wurde. Mi Lou ließ eine weitere Minute verstreichen, und öffnete dann ihre Augen. Sie brannten ein wenig, aber am Ufer war es jetzt dunkel. Mi Lou wollte aber so sicher wie möglich gehen. Ihre Verfolger hatten bestimmt Wärmebildkameras und wenn sie aus dem kalten Wasser herauskäme, würden die sie sofort entdecken.

Die folgende halbe Stunde waren die längsten dreißig Minuten, die Mi Lou je erlebt hatte. Sie erinnerte sich noch an Bruchstücke ihres Traumes, bevor sie von diesem komischen Ding angegriffen wurde. Ihr Urgroßvater Daichi nahm sie an die Hand und wollte ihr eine gute Freundin vorstellen. Sie waren im Gebirge und gingen in eine große Höhle. Darin erwartete sie eine riesige feuerrote Drachendame, die Daichi respektvoll begrüßte. Dann wandte sich die Drachendame Mi Lou zu und meinte mit tiefer freundlicher Stimme: „Du bist also die junge Tochter von Asuka?! Lass dich mal ansehen, mein Kind."

Und dann brach der Traum ab.

Mi Lou war total erschöpft. Lag sie hier wirklich, mitten im Herbst, in einem eiskalten See und atmete durch ein dünnes Schilfröhrchen? Mi Lou entschloss sich, aufzutauchen. Sie hatte eigentlich keine Wahl, ansonsten würde sie völlig unterkühlen. Ganz langsam und vorsichtig tauchte sie zuerst nur mit dem Kopf auf. Um sie herum war es dunkel. In der nördlichen Bucht des Sees, etwa zwei Kilometer entfernt, schwebten die Lichter am Ufer entlang. Ihr fiel ein Stein vom Herzen, sie flogen weg von ihr. Mi Lous Blick wanderte weiter nach oben zum Himmel. Sie konnte einen klaren, funkelnden Sternenhimmel sehen und entspannte sich. Nachdenklich versuchte sie, bekannte Sternenbilder zu finden. Aber sie fand keine. In diesem Sternenhimmel war keine einzige Konstellation, die sie erkannte. Ihre Knie wurden weich.

Und im diesem Augenblick wurde sie von einer der Leuchtkugeln, die plötzlich direkt über ihr schwebte, in gleißend helles Licht getaucht.

SIEGEREHRUNG

Es war empfindlich kalt geworden, und Rob und Pantaleon fröstelten. Sie setzten sich, mit ihren Rücken an die Brustwehr gelehnt, damit der kalte Wind sie nicht mehr erwischte. Von unten hörten sie das aufgeregte Schnattern der Zuschauer, die noch fasziniert von den Duellen der Magier in die Arena strömten.

„Und wie machen wir jetzt weiter?", fragte Pantaleon.

„Keine Ahnung, aber wenn alle wieder in die Stadt gehen, können wir nicht hier oben bleiben. Lass uns die Unruhe nutzen und wieder nach unten gehen. Ich tauche in der Menge unter und schau nochmal nach Lynir. Burkhard wird sicher nicht mehr in sein Zelt kommen, der bereitet sich auf die Drachenwahl vor", antwortete Rob.

„Ja, und außerdem würden Bertramus' Spitzel uns vermissen, wenn sie uns nicht bei den Zelten sehen. Ich bin mir sicher, dass es keine fünf Minuten dauern würde, bis sie uns bei dem Burgvogt verpetzten. Die nutzen doch jede Gelegenheit, ihrem Meister in den Arsch zu kriechen", ätzte Pantaleon.

Rob stand auf, reckte seine von der Kälte steifen Glieder und ließ seinen Blick ein letztes Mal schweifen. Ein großer Teil der magischen Lichter war erloschen, und der Strand lag wieder friedlich in die Dunkelheit der Nacht gehüllt.

Lord Bailey hatte sich mit den streitenden Magiern in die große Halle der Hauptburg zurückgezogen. Die Halle, in der normalerweise die Festtafeln des Burgherrn und die wichtigen Versammlungen stattfanden, war an den Seitenwänden mit wertvollen Teppichen ausgehängt. An der Wand gegenüber der Tür hingen Schilder mit den Wappen der Grafschaften von Skaiyles. Bei Tag war der Raum durch die großen Fenster auf der Südseite hell durchflutet, aber jetzt verbreiteten nur ein paar Fackeln ein spärliches Licht.

Lord Bailey saß nachdenklich vor Kopf eines großen, massiven Holztisches in der Mitte des Raumes, an dem bis zu zwanzig erwachsene Leute Platz finden konnten. Zu seiner Rechten saßen der Magnatus von Rochildar, Dragoslav Olaru und der Magier Cristofor Predoui. Auf der linken Seite saß Magnatus Leonard Wallace und Bennett Tobey, der Burgmagier. Die Stimmung war extrem angespannt, und Lord Bailey hatte Mühe, die erhitzten Gemüter zu beruhigen.

„Baroness Gwynefa Loideáin hat mit unfairen Mitteln gewonnen. Das magische Duell wird Zauberer gegen Zauberer ausgetragen, und sie hat mich nur mit der Hilfe ihres Drachen Tanyulth geschlagen. Ich erhebe Einspruch und verlange, dass sie disqualifiziert und nicht zur Siegerin des Turniers erklärt wird", sagte Cristofor mit einem arroganten Grinsen.

„Diese Forderung ist einfach nur provokant und unverfroren. Wir Drachenmagier bilden mit unserem Drachen eine Einheit. Wenn man so will, ist jegliche Magie, die wir wirken, zum Teil auch ein Drachenzauber. Das sollte selbst ein kleiner Zauberer aus Rochildar wissen, wenn er an magischen Duellen mit Drachenmagiern teilnimmt. Bitte, werter Olaru, weist Euren Schützling in die Schranken."

„Aber genau das ist doch der springende Punkt. Was ihr da mit den Drachen treibt, ist doch keine richtige Magie. Ihr benutzt Kräfte, die ihr nicht versteht und die nicht der menschlichen Natur entsprechen", erwiderte Cristofor mit angewidertem Blick.

Dragoslav Olaru schaute Magnatus Wallace abschätzend an, sagte aber kein Wort zu dem Thema.

„Meine Herren, darf ich Euch daran erinnern, dass wir unsere Stärke aus der Einheit beziehen? Ich weiß, jeder von Euch hat eine andere magische Philosophie. Aber genau aus diesem Grund hat unser weitsichtiger Kaiser Theobaldus vor zwei Jahren das Konzil der Magier einberufen. Wenn ich mich richtig erinnere, wart sowohl Ihr, Magnatus Wallace, als auch Ihr, Magnatus Olaru, Teil dieses Konzils, deren Abschlusserklärung eindeutig jedem Magier erlaubt, seine Magie auszuüben." Lord Bailey schaute die angesprochenen Magier ernst an.

Leonard Wallace funkelte Cristofor böse an. „Aber es kann doch nicht sein, dass dieser dahergelaufene Wald- und Wiesenmagier in einem Turnier Drachenbluttrank einsetzt. Das ist ein Seelentrank, der aus dem Blut eines ermordeten Drachen erstellt wird. Im Augenblick des Todes wird die Drachenseele in dem Trank gebunden. Das ist verboten und widerspricht jeglichem Ehrencodex der Magier. Ich verlange eine Erklärung, woher er das Blut für den Trank hatte."

Cristofor grinste nur frech. „Erzählt Ihr mir nichts von Ehrencodex. Ihr zieht Eure magische Energie doch aus jedem Drecksmythenwesen. Ich sehe überhaupt keinen Grund, meine Quellen preiszugeben. Wieso sollte ich das tun? Ihr Drachenmagier erklärt mir doch auch nicht, woher Ihr Eure Kraft zieht. Außerdem ist der Besitz eines solchen Trankes nicht verboten, nur die Herstellung."

Dragoslav Olaru hob beschwichtigend die Hände. „Lieber Cristofor, bitte zügelt Euch."

„Wir töten dafür aber auch keine magischen Geschöpfe, wobei vielleicht sollten wir das noch einmal überdenken", giftete Leonard Wallace zurück und sah Cristofor herausfordernd an.

„Wollt Ihr mir etwa drohen?", zischte Cristofor böse.

Im selben Augenblick krachte die Tür auf und Gwynefa kam mit wehenden roten Haaren hereingestürmt. „Wo ist dieses Arschloch?", tobte sie.

Als sie Cristofor sah, stürmte sie auf ihn zu und versetzte ihm einen mächtigen Kinnhaken. Mit lautem Krachen kippte Cristofor samt Stuhl nach hinten und schlug hart mit seinem Kopf auf dem steinernen Boden auf. Leicht benommen und mit blutender Nase wirkte er ein Schutzfeld um sich herum. „Haltet diese Verrückte auf!", schrie er hilflos auf dem Rücken liegend, als Gwynefa mit wutentbranntem Gesicht bedrohlich über ihm stand.

Dragoslav Olaru war aufgesprungen und zog sie grob von Cristofor weg. Auch die Anderen hielt es nicht mehr auf ihren Stühlen. Sofort eilte Leonard Wallace Gwynefa zur Hilfe und schubste Dragoslav Olaru weg von ihr.

„Untersteht Euch, mich anzupacken", schnauzte Gwynefa den Magnatus aus Rochildar an. Ihr Gesicht war wutverzerrt, und auch bei Leonard Wallace war jeder Muskel auf das Äußerste angespannt. Drohend hob er seine Arme in die Luft und wirkte wie ein Tiger, kurz bevor der sich auf seine Beute stürzte. Gerade noch rechtzeitig stellte sich Lord Bailey schützend vor Dragoslav und Cristofor, während Bennett mit beschwichtigenden Handbewegungen versuchte, Leonard Wallace und Gwynefa zu beruhigen.

„Stoppt den Unsinn", schrie Lord Bailey. „Verdammt nochmal, wir sind erwachsene Menschen. Kommt zur Vernunft. Alle!"

Die körperliche Anspannung ließ nach, aber das böse Funkeln schwelte noch in den Augen der Magier.

„Lord Bailey hat recht", pflichtete nun auch Bennett seinem Lord bei. „Der heutige Tag sollte ein Festtag für die Drachenmagier und für den jungen Burkhard Bailey werden. Beruhigt Euch also wieder."

„Pah, beruhigen, wenn so ein Arschloch in meiner Nähe ist, will ich mich nicht beruhigen", stieß Gwynefa zwischen den Zähnen hervor.

„Seht Ihr, die Frau ist völlig unzurechnungsfähig", entgegnete Cristofor, der inzwischen wieder auf den Beinen war.

„Ruhe jetzt", schnauzte Lord Bailey, der es gewohnt war, zu befehlen. „Ich würde gerne mit den beiden Magnati in Ruhe nach einer Lösung für diesen Streit suchen. Ihr Einverständnis vorausgesetzt, wäre es gut, wenn Baroness Loideáin und Magier Predoui draußen warten könnten." Sowohl Wallace als auch Olaru nickten zustimmend. „Lieber

Bennett, begleitet die zwei bitte vor die Tür und gebt Acht, dass sie nicht wieder aneinander geraten."

Mit finsterer Miene verließen Gwynefa und Cristofor, begleitet von Bennet, die große Halle.

Lord Bailey wartete, bis sie die Tür hinter sich geschlossen hatten. „Nehmt doch bitte wieder Platz", bat er Olaru und Wallace höflich. Er selbst setzte sich wieder vor Kopf und ließ ein paar Sekunden in Stille verstreichen. In Anbetracht des vorangegangenen Tumultes, wirkte die absolute Ruhe in der großen Halle extrem unwirklich.

Lord Bailey atmete tief durch und schaute die zwei Magier ernst an. „Meine Herren, draußen wartet eine Drachenwahl auf uns, und wir müssen in zehn Minuten den Sieger des Turnieres ausrufen. Ich kann nicht leugnen, dass mir die Drachenwahl sehr am Herzen liegt, dass wird gerade Euch, Magnatus Wallace, nicht sonderlich wundern. Aber als Lord der Grafschaft Skaiyles möchte ich, dass unsere verehrten Gäste aus Rochildar nicht das Gefühl bekommen, ungerecht behandelt zu werden." Lord Bailey schaute Dragoslav Olaru lange in die Augen, ohne eine Idee zu bekommen, was der Magnatus gerade dachte. Der runzelte nur erwartungsvoll die Stirn.

„Und?" fragte er.

„Ich bitte Euch inständig, mit Cristofor zu reden, dass er seine Forderung, Baroness Loideáin zu disqualifizieren, zurücknimmt."

„Ich kenne Cristofor inzwischen ganz gut, und ich wage zu bezweifeln, dass er das so einfach tut. Besonders nachdem ihn alle so hart angegangen sind. Was hätte er davon, jetzt nachzugeben?", fragte Olaru.

„Jetzt macht aber mal einen Punkt", unterbrach ihn Leonard Wallace. „Ich kann nicht auf einem Turnier mit Drachenmagiern auftauchen, während eines Kampfes den Trank aus dem Blut eines Drachen benutzen und erwarten, dass mich alle lieb haben."

„Ich gebe zu, das war ungeschickt und findet auch absolut nicht meine Zustimmung", beschwichtigte Olaru. „Aber dennoch hat sich Baroness Gwynefa nicht wirklich deeskalierend verhalten. Oder seht Ihr das anders, werter Kollege?"

Leonard Wallace schwieg nachdenklich.

„Ich sehe das zumindest genauso, spätestens ihr Wutausbruch in diesem Raum sollte eigentlich Folgen für sie haben. So hat sich eine Baroness aus Skaiyles nicht Gästen aus einem anderen Königreich gegenüber zu verhalten", stimmte Lord Bailey zu.

„Und was schlagt Ihr vor?", fragte Leonard Wallace.

„Cristofor ist ein freier, stolzer Magier und durch die Demütigung in diesem Raum ist seine Ehre schwer verletzt. Aber ich sehe auch Fehler auf seiner Seite und würde mit ihm als sein Magnatus reden. Ich möchte doch auch, dass diese Drachenwahl ein schönes und erfolgreiches Fest für die Familie Bailey wird. Allerdings stelle ich zwei Bedingungen, ohne die ich es nicht schaffen werde, ihn zum Einlenken zu bringen."

„Und die wären?", fragte Leonard Wallace argwöhnisch.

„Die Drachenmagier müssen ihn fortan mit Respekt behandeln. Dazu gehört auch, so unangenehm das für Euch ist, ihn nicht weiter nach dem Ursprung des Drachenbluttrankes zu fragen."

Leonard Wallace wollte schon aufbrausen, doch Lord Bailey hielt ihn mit seiner Hand zurück. „Und die zweite Bedingung?", wollte er wissen.

„Baroness Loideáin muss sich öffentlich bei ihm entschuldigen."

„Das wird sie niemals tun, nie im Leben", platzte es aus Leonard Wallace heraus. „Und die Geschichte mit dem Seelentrank aus dem Drachenblut können wir auch nicht so einfach auf sich beruhen lassen, das wisst Ihr ganz genau."

Olaru wendete sich direkt an Wallace: „Ich kann Euren Ärger ja verstehen, aber um des Friedens willen solltet Ihr die Geschichte vergessen. Ich kann anbieten, dass ich ihn, wenn etwas Gras über die Ereignisse des heutigen Tages gewachsen ist, zu dem Thema befrage. Und wenn ich mehr herausbekommen sollte, würde ich Euch eine entsprechende Nachricht schicken."

„Das ist doch ein gutes Angebot, meint Ihr nicht auch, Magnatus Wallace?", kommentierte Lord Bailey. Aber Leonard Wallace sah nicht sonderlich überzeugt aus, er schien Dragoslav Olaru nicht zu trauen.

„Darf ich einen Vorschlag machen?", fragte Lord Bailey, der das Gefühl hatte, eine Lösung wäre greifbar nahe. Die zwei Magier sahen ihn erwartungsvoll an.

„Meiner Meinung nach sollte sich nicht nur Baroness Loideáin, sondern auch Magier Predoui entschuldigen. Schließlich ist der Einsatz des Trankes mehr als fragwürdig. Hier mein Vorschlag: Die beiden müssen sich hier in diesem Raum unter unseren Augen vertragen. Die Drachenmagier verpflichten sich dazu, das Thema Drachenbluttrank die nächsten zwei Tage nicht anzusprechen. Dafür versucht Magnatus Olaru herauszufinden, woher der Drachenbluttrank stammt. Baroness Loideáin wird zur rechtmäßigen Siegerin der Magierduelle ernannt, aber als Zeichen des guten Willens bekommt Magier Predoui eines der als Siegprämie ausgelobten, magischen Schwerter. Nach außen hin verpflichten wir uns zum Stillschweigen, als hätte es diesen Streit nie gegeben."

„Hmmm, für mich hört sich das wie eine bittere Pille für Predoui an, aber ich kann versuchen, ihn davon zu überzeugen", sagte Olaru mit gerunzelter Stirn.

„Und Ihr, Magnatus Wallace? Was denkt Ihr?", fragte Lord Bailey.

„Ich kann versuchen, Gwynefa davon zu überzeugen, aber viel Hoffnung mache ich mir nicht. Nicht zuletzt, weil ich persönlich diesen Kompromiss mehr als faul finde", murmelte Magnatus Wallace in seinen Bart.

Lord Bailey, der seinen Vorschlag nicht scheitern sehen wollte, wandte sich eindringlich an Leonard Wallace. „Verehrter Magnatus Wallace, tut es mir und meinem Sohn, dem zukünftigen Drachenmagier, zuliebe."

Wallace nickte Lord Bailey zu. „Gut, ich versuche es, ich rede mit Gwynefa."

Nachdenklich ging er zur Tür hinaus und kurze Zeit später kam Cristofor mit Bennett wieder in die große Halle. Magnatus Olaru schnappte sich seinen Schützling und redete in der Ecke leise auf ihn ein. Am Tisch sitzend, fasste Lord Bailey das Gespräch für Bennett kurz zusammen. Während die zwei Zauberer aus Rochildar in der Ecke des Raumes leise und ruhig miteinander sprachen, hörte man von vor der Tür ein lautes „Niemals, der kann sich seine Entschuldigung sonst wo hinstecken!" Kurz darauf gingen, den Geräuschen nach zu urteilen, mehrere Gegenstände zu Bruch. Auch schien jemand wütend vor dir Tür zu treten, aber dann war es plötzlich still. Einen kurzen Augenblick später ging die Tür auf und Gwynefa kam mit hochrotem Kopf und zerzausten Haaren, die ihr wild über das Gesicht hingen, wieder in die große Halle hereingestampft. Alle Augen waren gespannt auf sie gerichtet und kaum jemand bemerkte den verzweifelten Gesichtsausdruck von Leonard Wallace, der hinter ihr lief. Als eine weitere Wutattacke ausblieb und Gwynefa keine Anstalten machte, auf Cristofor loszugehen, nutzte Lord Bailey die Gelegenheit.

„Ich bin froh, dass wir einen Kompromiss gefunden haben, und bedanke mich aus tiefstem Herzen bei Magnatus Olaru und Magnatus Wallace für ihre Kooperation. Ich bitte nun Baroness Gwynefa und Magier –" Aber Lord Bailey kam nur bis hierhin, dann wurde er von Gwynefa barsch unterbrochen.

„Sparen wir uns doch das ganze Theater." Sie ging zu Cristofor und sagte völlig emotionslos „Entschuldigung" und gab ihm die Hand.

Etwas verdutzt schaute Cristofor seinen Magnatus an, aber der nickte ihm nur auffordernd zu. „Ich entschuldige mich auch bei Euch."

„Gut, das hätten wir, darf ich jetzt gehen?" Ohne eine Antwort abzuwarten, verließ sie den Raum und ließ die Männer irritiert zurück.

„Aber immerhin hat sie beim Rausgehen nicht die Tür zugeknallt", kommentierte Bennett ihren Abgang und zog sich mit dieser Bemerkung einen bösen Blick von Leonard Wallace zu.

„Baroness Gwynefa hat recht, wenn hier alles besprochen ist, ich würde mich jetzt auch gerne wieder zur Bühne begeben", sagte Dragoslav Olaru.

„Das sollten wir alle tun, nochmals vielen Dank." Mit diesen Worten entließ Lord Bailey alle aus der großen Halle. Nur er selbst saß zusammengesunken auf seinem Stuhl und war ziemlich erschöpft.

„Sollen sie sich doch alle die Köpfe gegenseitig einhauen, diese arroganten Idioten", sagte er, aber niemand konnte ihn mehr hören. Alle waren nach draußen verschwunden. Er sammelte sich und machte sich auf zu seinem Ehrenplatz. Wenigstens jetzt würde er etwas Spaß haben. Die Wahl seines Sohnes zum Drachenmagier würde die Macht der Familie Bailey weiter ausbauen. Er lächelte versonnen in die Nacht hinaus.

Das grelle Licht blendete Mi Lou fürchterlich, aber sie sah nur eine dieser furchterregenden Gestalten im Gegenlicht. Alles in dem Geschöpf war in Bewegung. Die peitschenähnlichen Extremitäten bewegten sich wild umher, ganz so, als folgten sie einer geheimen Choreographie.

Balriuzar war stark, stärker, als die anderen Wandler. Deswegen war er auch ihr Anführer. Dass er sich und seine Geschwister durch einen Bann an diesen Magier binden ließ, war eiskaltes Kalkül.

Vor langer Zeit war er selbst ein großer Magier gewesen. Er war kurz davor gewesen, die dunkle, magische Energie eines sterbenden Basilisken in einen Seelentrank zu bändigen. Doch während des Rituals griff ihn ein Drachenmagier mit einem roten Drachen an. Die Seele des sterbenden Basilisken entkam. Doch die in dem Ritual entfesselten dunklen Kräfte verlangten nach einem Opfer und verbrannten seinen Körper und verletzten seine Seele. Wie all die anderen, die das Risiko einer solchen Beschwörung eingegangen waren und versagt hatten, wurde er zu einem Wandler. Ein Lebewesen zwischen Leben und Tod, ohne eine feste Form. Aber trotzdem lebten sie in dieser Welt und mussten jagen und Nahrung zu sich nehmen, wie alle anderen auch. Mit ihren verletzten Seelen konnten sie, statt richtiger Freude, nur noch bösartige Genugtuung oder Schadenfreude empfinden. Quälten sie ein Lebewesen und brachten sie es langsam dem Tod nahe, fühlten sie diese Genugtuung. Sie genossen die Befriedigung, dass ihr Opfer gerade mehr als sie leiden musste. Aber für das Opfer kam irgendwann der erlösende Tod, der ihnen selbst verwehrt blieb. Mit einem bitteren Beigeschmack schlug das Gefühl der Überlegenheit in puren Hass und Neid um.

Balriuzar betrachtete die ungewöhnliche junge Frau, die klitschnass und völlig durchgefroren vor ihm im Wasser des ruhigen Sees stand. Aufgeschreckt von dem Schrei seines Bruders Fioxahl, war er mit den anderen gekommen, um zu sehen, was passiert war. Sie sahen, dass er sich völlig aufgelöst hatte, das Schlimmste, was ihnen passieren konnte. Damit hatte er die geringe Chance, ins Leben zurückzukehren, um einen richtigen Tod sterben zu können, vertan. Seine zersplitterte Seele war jetzt völlig gestaltlos und wurde, ohne die Chance sich jemals wieder zu einen, in alle Richtungen verweht. Balriuzar verzog seine flüchtige, entstellte Miene zu einem faden, schadenfrohen Grinsen. Das war einer dieser seltenen Momente, in denen er fühlte, dass es jemandem noch schlimmer als ihm ergehen konnte. Sie nannten sich zwar Geschwister, weil sie alle das gleiche Schicksal teilten, aber letztendlich war das nur eine Zweckgemeinschaft. Wenn sie unter seiner Führung zusammenarbeiteten, wurden sie stärker und konnten ihre Kräfte bündeln. Bildeten sie zu dritt eine Form, gelang es ihnen, genug Masse zu erzeugen, um andere Lebewesen zu halten. Waren sie mehr als sieben, konnten sie einen Ritter mit Rüstung schlagen. Leider hatte Balriuzar es bisher nicht geschafft, mehr als sieben Wandler zu führen, wer weiß wozu sie dann noch in der

Lage gewesen wären. Aber es war schon schwer genug, zwei weiterer Wandlern seinen Willen aufzuzwingen. Bei sechs weiteren war er sehr schnell an seinem Limit angekommen. Immer wieder gab es einen, der ausscherte und sein eigenes Ding machte. Fioxahl war einer von denen gewesen, der sich kaum kontrollieren ließ.

Sie mussten unbedingt herausfinden, was mit Fioxahl passiert war, schließlich wollte keiner sein Schicksal teilen. Und dann sahen sie das Geschöpf, diese ungewöhnliche junge Frau, die sich vor ihnen versteckte. Sie hatte eine seltsame Aura, die Balriuzar wahrnahm, aber nicht deuten konnte, ganz so als würde sie aus einer andern Welt kommen. Er wusste nicht, wie mächtig die junge Frau war, also schickte er seine Geschwister vor. Er selber hielt sich vorläufig im Hintergrund. Aber sie narrte seine Geschwister und schaffte es, sich vor ihnen zu verstecken. Er selbst hatte sie immer im Blick und studierte jede ihrer Bewegungen. Langsam kam er zu der Überzeugung, dass sie keine Magie wirken konnte. Als sie sich im Wasser versteckte, beschloss er, erstmal abzuwarten.

Nun stand sie hier unter ihm und starrte ihn angsterfüllt an. Mit einem Hieb eines dünnen Fadens aus dem Gebilde, das seinen rechten Arm ersetzte, wollte er Mi Lou zu einer Reaktion provozieren.

Mi Lou sah nur den schwebende schwarzen Wandler im grellen Gegenlicht über ihr, als plötzlich wie eine Peitsche ein dünner schwarzer Faden auf sie zuschnellte. Sie hob abwehrend ihr Messer und zerschnitt den Faden. Aber genauso gut hätte sie den Qualm einer Zigarette angreifen können. Das Messer glitt durch den schwarzen Rauch und verwirbelte ihn nur leicht. Mehr passierte nicht. Mi Lou war angsterfüllt und frustriert.

Ein zweiter Schlag zuckte auf sie nieder, aber Mi Lou ließ ihn einfach passieren. Schließlich war es nur verwirbelte Luft. Glaubte sie. Aber Balriuzar bot all seine Konzentration auf und gab dem schwarzen Faden so viel Masse wie möglich. Als wäre sie mit einem dünnen Draht gepeitscht worden, brannte der Hieb auf ihrem Arm und hinterließ eine scharfe Schnittwunde. Aber wie schon einmal heute Nacht durchschlug der schmerzende Schock ihre Nerven und Mi Lou sackte im Wasser in sich zusammen. Die letzten Mauern ihres inneren Schutzwalles waren eingestürzt.

Balriuzar durchzuckte ein starker, brennender Schmerz und etwas zerrte an ihm, als wollte es ihn zerreißen. Aber er war vorbereitet und hielt seine Gestalt zusammen. Die Stärke der jungen Frau überraschte ihn. In ihr war tatsächlich etwas Fremdes, das sehr stark mit seiner magischen Energie reagierte. Mit Genugtuung stellte er fest, dass die Berührung die junge Frau stärker geschwächt hatte als ihn. Er war ihr also überlegen, aber trotzdem wollte er weitere Berührungen mit ihr vermeiden. Sie kosteten ihn einfach zu viel Kraft. Er dachte kurz nach und fasste einen Entschluss.

„Du kannst gehen", hauchte er mit einer eisigen Stimme und löschte das magische Licht.

Mi Lou konnte die Stimme nicht orten. Sie drehte schwach den Kopf, in ängstlicher Erwartung, was als nächstes kommen würde. Sie schluchzte bitterlich und zitterte am ganzen Körper. Aber nichts weiter passierte. Die anderen Lichter am Ufer waren inzwischen auch erloschen. Der See lag nun unter dem fremden Sternenhimmel völlig ruhig im Dunkeln.

Rob und Pantaleon waren inzwischen wieder unten bei den Zelten angekommen. Vorsichtig ging Pantaleon vor, um nachzusehen, ob die Luft rein war. Nur vereinzelt huschten noch Bedienstete und ein paar Soldaten durch das Zeltlager. Der Rest hatte sich schon Plätze für die weitere Feier gesucht. In Burkhards Zelt war niemand außer Lynir, der unruhig hin und her tänzelte, als ob er spüren konnte, dass Rob in der Nähe war.

„Ist ja gut, Lynir, deinem geliebten Rob geht es gut. Er kommt gleich." Pantaleon huschte kurz zum Eingang des Zeltes und rief nach Rob. „Du kannst kommen, die Luft ist rein. Weit und breit kein Burkhard in Sicht."

Rob schaute sich nochmals vorsichtig um und ging ins Zelt, wo er von Lynir freudig begrüßt wurde. Rob umarmte den kräftigen Hals von Lynir. „Ja, mein Großer, alles wird gut."

„Ich schau mal, ob ich herausfinden kann, wo sich Burkhard rumtreibt. Wenn wir wissen, wo er ist, kann er dir nicht aus Versehen über den Weg laufen", schlug Pantaleon vor.

„Das ist super lieb von dir, ich warte vorsichtshalber hier im Zelt auf dich."

Pantaleon lief zu der äußeren Zeltreihe, die direkt an das Turnierfeld angrenzte. Die Magier hatten sich wieder sehr viel Mühe gegeben, die gesamte Umgebung zauberhaft zu beleuchten. Über dem Turnierfeld schwebten große Lichtkugeln, die die Arena und die Tribünen in ein weiches bläuliches Licht tauchten. Dahinter war die Burg Skargness mit ihren mächtigen acht Türmen in ein sanftes gelbes Licht eingehüllt. Von den Türmen und der Brustwehr flossen dunkelorange Lichtfontänen herunter, die auf ihrem Weg nach unten langsam verglühten, so als würden sie sanft aus einem Vulkan herausprudeln. Das Schauspiel erinnerte an einen Wasserfall aus feinen, verglühenden, goldenen Tropfen, umhüllt von einer tiefschwarzen Nacht. Die letzten Zuschauer nahmen ihre Plätze ein und auch die Ehrentribüne war schon wieder fast voll besetzt. Pantaleon beobachtete, wie Baroness Gwynefa sich mit eiserner Miene neben ihren blauen Drachen Tanyulth setzte. Er suchte die Ehrentribüne weiter ab und sah schließlich auch Burkhard Bailey, der vergnügt mit den jungen Damen in seiner Nähe herumscherzte. Er beobachtete, wie sich der Herold immer wieder umsah und nach jemandem zu suchen schien. Kurze Zeit darauf fiel ihm auf, dass Lord Bailey, Magnatus Wallace und Magnatus Olaru noch fehlten. Auf die wartete der Herold also noch. Pantaleon lief schnell zurück zum Zelt, um Rob zu holen.

„Rob, du kannst kommen. Burkhard sitzt auf der Ehrentribüne an seinem Platz, und so wie es scheint, hat er den Vorfall von heute Nachmittag schon längst wieder vergessen. Zumindest hat er glänzende Laune und flirtet mit den Töchtern der Grafen und Fürsten."

„Schön für ihn, aber ich halte mich trotzdem etwas im Hintergrund. Man kann ja nie wissen", antwortete Rob.

So zogen die zwei los und suchten sich an der letzten Zeltreihe, zwischen ein paar Soldaten und Rittern, einen unauffälligen Platz, von wo aus sie einen guten Blick auf das Geschehen hatten. Zur Not konnte Rob schnell in ein Zelt verschwinden oder sich nach hinten zu der Turmruine flüchten.

„Ach, sieh an, der junge Rob. Und, habe ich dir zu viel versprochen?", fragte Sir Morgan.

Rob musste schmunzeln, schon wieder war er bei Morgan gelandet. Er mochte diesen Soldaten inzwischen richtig gerne, hatte aber immer noch ein schlechtes Gewissen.

„Nein, überhaupt nicht. Heute war der mit Abstand spannendste und interessanteste Tag in meinem Leben. Ich konnte teilweise überhaupt nicht glauben, was ich gesehen habe", schwärmte Rob.

„Na, dann warte mal ab, was jetzt noch kommt. Du wirst gleich Zeuge eines äußerst seltenen Spektakels, von großer Bedeutung für unser geliebtes Skaiyles. Ich selbst habe das auch noch nie mit eigenen Augen gesehen. Aber das Duo, das gleich entstehen wird, hat die Macht, die Geschichte unseres Landes zu beeinflussen", sagte Morgan.

Die Intensität der Leuchtkugeln, die über dem Turnierplatz schwebten, ließ nach. Der Platz lag einen kurzen Moment in Dunkelheit, und nur das Licht der Burg beleuchtete die Szenerie schemenhaft. Die Kugeln veränderten ihre Positionen, um dann den Bereich vor der Ehrentribüne hell auszuleuchten. In diesem Lichthof erschien der Herold, der wieder auf sein kleines Podest gestiegen war.

„Hoch verehrtes Publikum. Wie ich sehe, ist jetzt auch Lord Bailey eingetroffen und wir können mit der Siegerehrung fortfahren. Es ist mir eine große Freude, Magnatus Wallace mit seiner Drachendame Malyrtha und Lord Bailey nach vorne zu bitten."

Lord Bailey und Magnatus Wallace liefen in gemächlichem, würdevollem Tempo auf den Turnierplatz. Die Drachendame Malyrtha stieß sich von ihrem Platz ab, entfaltete ihre Flügel zu voller Größe und schwang sich in die Luft. Ihre ehrfurchtsgebietende Gestalt mit der kunstvoll beleuchteten Burg im Hintergrund entlockte den Zuschauern ein staunendes „Ahhhh" und „Ohhhh". Elegant landete sie neben den beiden Zauberern auf dem Turnierplatz.

Eine der leuchtenden Kugeln schwebte etwa drei Meter über Lord Bailey, der sich der Menge zuwendete. Sie hüllte ihn in ein angenehmes, helles Licht.

„Mein Dank und Respekt gilt allen Magiern und Kämpfern, die uns hier und heute mit ihrem Können gezeigt haben, welche Macht ihnen innewohnt. Für mich ist es beruhigend, zu wissen, dass ich von diesen tapferen Frauen und Männern beschützt werde, und ich glaube, böse Mächte müssen sich warm anziehen. Ich bin stolz, dass die Drachen und Magier die Burg Skargness in meiner Grafschaft für dieses denkwürdige Ereignis ausgesucht haben. Von einem so wundervollen Tag wie diesem werden wir sicherlich noch unseren Enkeln und Urenkeln an einem prassenden Lagerfeuer voller Stolz berichten. Bleibt mir noch allen Beteiligten zu danken, und ich hoffe, es hat euch bis zu diesem Punkt auch so gut gefallen wie mir."

Die Zuschauer jubelten und klatschten wild, und der sichtlich stolze Lord Bailey deutete eine leichte Verbeugung an.

„Darf ich nun Magnatus Wallace bitten, den Sieger des Magierduells zu küren?"

Das Licht fokussierte sich auf Magnatus Wallace, der Lord Bailey freundschaftlich in den Arm nahm und geduldig wartete, bis es wieder ruhiger wurde.

„Danke, Lord Bailey. So, jetzt haben wir es fast geschafft", sagte Magnatus Wallace mit einem leichten Grinsen. „Ich kann mich meinem Vorredner nur anschließen und mich herzlich bei allen Beteiligten bedanken. Wir haben grandiose Kämpfe und fantastische magische Duelle gesehen." Ein paar begeisterte Zuschauer unterbrachen seine Rede mit spontan aufbrausendem Applaus. Als es wieder ruhiger wurde, fuhr er nachdenklich fort. „Wir leben in unruhigen Zeiten und vielerorts lauern noch unbekannte Gefahren auf uns. Umso schöner und beruhigender ist es, zu sehen, dass wir in dem von Theobaldus geeinten Kaiserreich zusammenhalten. Es ist für mich eine große Freude, dass so viele Kämpfer und Magier aus dem gesamten Reich an diesem Turnier teilgenommen haben." Wieder wurde er von spontanem Applaus der Zuschauer unterbrochen. „Bevor ich zur Siegerehrung schreite, möchte ich mich noch ganz herzlich bei Lord Bailey, dem Grafen von Druidsham, und Lord Marquard, dem Herren der zauberhaften Burg Skargness, für ihre Gastfreundschaft bedanken. Vielen Dank!"

„Und nun habe ich das Vergnügen, den Sieger des Magierduells zu küren. Ich bitte die Baroness Gwynefa Loideáin, Gräfin von der schönen Inselgrafschaft Fairfountain im Nordosten von Skaiyles, und Magier Cristofor Predoui aus dem fernen Rochildar zu mir nach vorne."

Unter frenetischem Applaus gesellten sich die zwei Magier zu Lord Wallace. Cristofor lächelte ein wenig, aber Gwynefa verzog keine Miene.

„In einem spannenden und packenden Finale haben diese zwei Magier bewiesen, welch außerordentliche Fähigkeiten sie haben. Ich gratuliere Magier Predoui zum Erreichen des zweiten Platzes." Magnatus Wallace machte eine kurze Pause für den gebührenden Beifall, und Cristofor verbeugte sich erst zur Tribüne hin und dann in die andere Richtung zu den restlichen Zuschauern. Er genoss die Situation offensichtlich sehr und machte einen zufriedenen Eindruck.

Rob suchte in der Menge das Gesicht von Rune, der wahrscheinlich auch als Zuschauer bei dem Turnier war. Was musste wohl in dem armen Kerl vorgehen, fragte er sich. Aber er fand ihn nicht, bemerkte aber ein flaues Gefühl in seiner Magengegend.

„Gwynefa sieht aber nicht besonders glücklich aus", kommentierte Pantaleon neben ihm. „Der steckt bestimmt noch die Attacke von vorhin in den Knochen."

„Na ja, wenn man sich vorstellt, dass die Soldaten aus Rochildar heute vier unserer besten Männer aus Spaß abgeschlachtet haben ... Dass dieser Zauberer Cristofor aus Rochildar mit unlauteren Mitteln, in aller Öffentlichkeit, einen Drachen gequält und gefährdet hat, um eine Drachenmagierin, die unser Land beschützt, in einem Duell zu besiegen, und die Zuschauer genau diesen Magier mit Applaus überschütten – also ich habe einen riesen Hass auf den Typen, aber der Großteil der Menge scheint das schon wieder vergessen zu haben", meinte Rob.

„Du bist zu streng mit den Zuschauern, Rob. Auch wenn du recht hast, die Leute haben alle ein hartes Leben und wollen nur etwas Spaß haben. Sieh es doch mal so, trotz all dieser Dinge haben sie noch gute Laune. Das ist doch auch etwas. Ich persönlich mag diesen Cristofor ja auch nicht", sagte Pantaleon.

Rob ließ es darauf beruhen, er wollte jetzt nicht mit Pantaleon diskutieren. Und ein bisschen Wahres war an seiner Aussage vielleicht ja auch dran.

Magnatus Wallace blickte zu den Trommlern und Trompetern, die neben der Tribüne standen, und machte eine leichte Bewegung mit seiner rechten Hand. Sie verstanden das Zeichen und setzten zu einem leisen, ruhigen Trommelwirbel an.

„Bitte einen kräftigen Applaus für die Siegerin des heuten Magierduells, die ehrenwerte bezaubernde Baroness Gwynefa Loideáin." Während dieser Worte wuchs der ruhige Trommelwirbel zu einem lauten Dröhnen heran, der seinen Abschluss in einer kräftigen Fanfare der Trompeter fand. Die Menge überschlug sich, wild applaudierend und jubilierend. Jeder war aufgestanden und fast alle Magier ließen gleißend helle Lichtblitze in allen erdenklichen Farben in den dunklen Nachthimmel emporsteigen. Viele davon explodierten mit lautem Krachen in Millionen schillernder und glühender Funken, die langsam zu Boden sanken. Gwynefa verfolgte das Spektakel und rang sich ein leichtes Lächeln ab. Auch sie verbeugte sich vor dem Publikum, das gar nicht mehr aufhören wollte, sie zu feiern.

„Das ist so wundervoll", schwärmte Pantaleon mit einem verklärten Lächeln, wobei nicht ganz klar war, ob er Gwynefa oder den Lichtzauber meinte.

„Wie soll das denn erst werden, wenn Burkhard zum Drachenmagier gewählt wird?", überlegte Rob, der auch ganz hingerissen von dem Schauspiel war.

Magnatus Wallace versuchte die Menge zu beruhigen, und nach etwa einer Minute konnte er sich wieder Gehör verschaffen. Inzwischen war ein Diener zu ihm gehuscht, der zwei wunderschöne, leicht gebogene, einschneidige magische Schwerter auf einem roten Samtkissen brachte. Das kleine Schwert war samt Griff etwa sechzig Zentimeter, das große ungefähr einen ganzen Meter lang. Die Holzgriffe waren mit der Haut eines Rochens belegt und kunstvoll mit schwarzer Seide umwickelt. Bei beiden Schwertern hatte das Stichblatt zwischen dem Klingenansatz und dem Griff die Form eines silbernen Drachen, der sich kunstvoll um den oberen Bereich des Griffes schlang. Die Arme der Drachen bildeten mit ihren Klauen zur Mitte des Schwertes hin eine Fassung, in die ein magischer Stein eingefasst war. Die große Klinge schmückte ein blauer Topas, und der Drachen des kleinen Schwertes hielt einen roten Rubin in seinen Klauen.

„Diese zwei wundervollen magischen Schwerter hat der edle Lord Bailey zur Feier dieses denkwürdigen Turnieres als Preisgeld für den Gewinner des Magierduells aus seinem Besitz gestiftet. Um unsere besondere Wertschätzung gegenüber Rochildar und seinem Magier Cristofor Predoui auszudrücken, haben wir mit dem Einverständnis der Siegerin beschlossen, das kleinere der Schwerter unserem zweiten Sieger zu überlassen. Magier Predoui, bitte nehmt dieses Schwert als Zeichen unseres Wohlwollens und Respektes vor Eurer Leistung in Empfang."

Auch wenn sich innerlich in Magnatus Wallace alles vehement gegen diese Geste sträubte, so zeigte er nach außen ein überzeugendes Bild. Cristofor trat vor, grinste feist und nahm mit einem leichten Kopfnicken das kleinere der Schwerter in Empfang. Wieder begleiteten die auf heile Welt versessenen Zuschauer diese Geste mit lautstarkem Klatschen.

„Baroness Loideáin, Ihr habt heute mich und die Zuschauer mit einer fantastischen Vorstellung beglückt und Euch als Siegerin dieses Turniers in einer außerordentlichen Weise hervorgetan. Bitte akzeptiert dieses wunderbare Schwert als ein Zeichen Eurer magischen Größe." Ehrlich bewegt überreichte er Gwynefa ihr Schwert, wissend, welche Beherrschung ihr sonst so stark aufbrausendes Wesen aufbrachte, um bei diesem abgesprochenen Theater mitzumachen. Er umarmte Gwynefa fest und entließ sie zurück auf die Tribüne, wo Tanyulth, ihr Drache, schon auf sie wartete und neugierig das Schwert begutachten wollte.

„Verstehst du das, Pan?", fragte Rob. „Warum bekommt dieser Magier aus Rochildar jetzt auch noch ein Schwert hinterhergeworfen? Der hat doch heute eher das Gegenteil von ehrenhaft gezeigt."

„Wenn man es ihm wenigstens so hinterherwerfen würde, dass es in seinem Rücken stecken bleiben würde", meinte Pantaleon. „Nein, keine Ahnung, das verstehe ich auch überhaupt nicht. Hast du gesehen, was für ein tolles Schwert das war? Das würde ich mir liebend gerne mal genauer ansehen. Außerdem ist es ein Unding, diese zwei Schwerter zu trennen. Die gehören einfach zusammen, so wie die Glut zum Feuer gehört", antwortete Pantaleon.

Mit zitternden Händen griff Mi Lou kraftlos in das Gras an der Uferböschung und zog sich aus dem Wasser. Ein scharfer Grashalm schnitt ihr bei dem unbeholfenen Griff in die Finger der rechten Hand. Sie spürte, wie das warme Blut ihre kalte, fast taube Hand herunter ran. Sie war völlig durchgefroren und musste sich unbedingt aufwärmen.

Mühsam schleppte sie sich zurück zu ihrem Lager und kletterte mit letzter Kraft hinauf.

Sie warf ihren Rucksack und einige Zweige hinunter. Mi Lou hatte sich entschlossen, ein Feuer zu machen, sonst wäre sie morgen so unterkühlt und geschwächt, dass sie die nächsten Tage nicht überleben würde. Sie nahm die Paracord von dem Bogen ab, spannte sie locker auf einen leicht gebogenen Ast und spannte einen angespitzten Stock in die Schnur. Auf ein trockenes Stück Rinde legte sie einen kleinen Haufen der dünnen Birkenrinde. Durch schnelles hin und her bewegen des Feuerbogens rotierte der Stab so stark, dass sich in der Mulde genug Hitze bildete und eine kleine Flamme entstand. Sie vergrößerte die Flamme, indem sie weiteren Zunder, die dickere Birkenrinde und immer größere Holzstücke auflegte. Nach ein paar Minuten hatte sie ein großes, wärmendes Feuer. Sie zog ihre Sachen aus und hängte sie zum Trocknen auf. Die Wärme des Feuers tat ihr gut und machte ihr wieder etwas Mut.

Obwohl sie überhaupt keinen Appetit hatte, aß sie einen großen Teil ihrer Nüsse. Sie musste unbedingt wieder zu Kräften kommen. Glücklicherweise gingen die Schmerzen in ihrem rechten Fußgelenk zurück und die Schnitte in den Fingern waren auch nicht tragisch. Mi Lou gestand sich ein, dass sie die Lage, in der sie war, nicht einschätzen konnte. Sie war weit davon entfernt, irgendwelche Kontrolle über die Situation zu haben. Aber sie konnte versuchen, sich so gut wie möglich vorzubereiten.

„Nimm die Dinge, wie sie sind, und mach das Beste daraus", machte sie sich selber Mut. Bis auf ihre Schuhe und die schwarze Jeans waren ihre Sachen wieder trocken. Sie schlüpfte hinein und ging die drei Meter zum Ufer. Sie wollte nochmal einen Blick auf den Sternenhimmel werfen und sichergehen, dass die Lichter am Ufer nicht wieder aufgetaucht waren.

Nachdenklich saß sie auf einem umgefallenen Baum am Ufer und betrachtete fröstelnd den Mond. Weit entfernt im Süden sah sie plötzlich, wie Leuchtkugeln in die Luft schossen und in schillernden bunten Lichtfontänen explodierten. Ein Feuerwerk. Also gibt es in der Nähe doch Menschen, dachte sie. Mi Lou überlegte noch, ob sie das Gefühl der Erleichterung zulassen sollte, als ihre Augen ihr ein Bild zeigten, das sie erneut an ihrem Verstand zweifeln ließ.

Über der Kontur des Bergmassives erschien eine milchig gelbe Aura und der Mond stieg langsam hinter dem Gipfel in den Himmel. Was Mi Lou so aus der Bahn warf, war die Tatsache, dass es der zweite Mond im sternenklaren Nachthimmel war. Mi Lou war auf das Äußerste verunsichert und zweifelte an ihrer Wahrnehmung. War sie längst gefangen und stand unter Drogen? Wie so oft in den letzten Tagen, machte sie sich Gedanken über Phänomene, die sie nicht fassen konnte. Ihre gesamte Erfahrung protestierte laut gegen das Erlebte. Kraftlos ließ sie ihre Schultern hängen.

DIE DRACHENWAHL

Mi Lou blickte noch einige Zeit angestrengt in die Richtung des vermeintlichen Feuerwerkes. Aber sie sah nichts weiter als den nächtlichen Sternenhimmel mit den zwei Monden. Da sie nicht schlafen konnte, entschloss sie sich, in die Richtung des Feuerwerkes aufzubrechen. Sie packte ihre gesamten Sachen und schlüpfte in die noch klamme Hose und die feuchten Schuhe. Wenn sie erstmal in Bewegung war, würde ihr schon wieder warm werden. Als sie alles verpackt hatte, nahm sie sich ein paar Minuten Zeit, um die Sterne zu studieren. In der Richtung, die sie einschlagen wollte, fiel ihr eine Sternenkonstellation auf, die sie an einen gespannten Bogen erinnerte. Sie musste lediglich das massive Gebirge im Rücken haben und auf den Sternenbogen zulaufen. Dann würde sie ungefähr zu der Stelle mit dem Feuerwerk kommen.

Durch die zwei Monde am Himmel war die Nacht relativ hell, und ihre Augen gewöhnten sich schnell an die Dunkelheit. Fast lautlos ging sie denselben Weg zurück, den sie heute im Laufe des Tages gekommen war. Nach einiger Zeit erkannte sie die Mulde, in der sie den Abdruck des Bären gesehen hatte. Sie hielt inne und lauschte den Geräuschen. Der Wind kam leicht aus Norden und blies ihr sanft in den Rücken. Die Blätter raschelten leise und sie hörte einen Kauz rufen. Jedes Mal, wenn eine Bö die Äste in Bewegung versetzte, jagte ihr ein kalter Schauer über den Körper. Die dunklen Schemen erinnerten an die fürchterliche Gestalt am See. Sie machte sich immer wieder Mut und ging tapfer weiter durch das Unterholz. Manchmal schien einer der Monde durch das Gehölz und tauchte ihren Weg in ein unwirkliches, kaltes Licht.

Auf einmal hatte sie wieder diesen strengen Geruch in der Nase, nur diesmal viel intensiver als heute Mittag. Sie blieb stehen und stellte sich mit dem Rücken an eine dicke Buche. Das Unterholz war extrem dicht, aber Mi Lou sah die Silhouette eines über drei Meter großen Tieres. Sie zückte ihr Messer, und atmete ruhig. Das Tier war mit irgendetwas beschäftigt und schnaufte laut. Es hatte sie noch nicht bemerkt. Vorsichtig verlagerte Mi Lou völlig geräuschlos ihr Gewicht und stellte sich so, dass sie im Schutz des dicken Baumstammes eine bessere Sicht hatte. Verdammt, warum musste sie ausgerechnet jetzt auch noch auf einen riesigen Bären stoßen? Wenn der sie entdecken und angreifen würde, hätte sie kaum eine Chance. Der Bär hob etwas hoch, und kurz darauf hörte sie schmatzende Laute und das Brechen von Knochen. Er hatte Beute gemacht und war dabei, sie zu fressen. Einen ungünstigeren Zeitpunkt hätte sie sich nicht aussuchen können. Einen Bären, der seine Beute verteidigt, konnte man nicht einschüchtern. Auf der anderen Seite würde er sie nicht besonders weit verfolgen. Die Angst, seine Beute unbeobachtet zu lassen, war zu groß.

Mi Lou überlegte, ob sie einfach auf gut Glück möglichst schnell weglaufen oder lieber langsam und leise verschwinden sollte. Eine kräftige Windbö blies die Äste zur Seite, und der Bär schaute Mi Lou für einen Sekundenbruchteil mit zwei grün funkelnden Augen direkt an. Mi Lou erschrak und wollte fliehen, aber in diesem Augenblick umhüllte eine schwarze Wolke das Tier. Es gab einen tiefen, grollenden Schrei von sich und floh in die entgegengesetzte Richtung. Mi Lou sah dem fliehenden Koloss hinterher.

„Verdammt, was war das denn?", fragte sie sich leise. Dieser Bär hatte eine glatte Haut, die im schwachen Mondlicht fast wie Felsgestein aussah. Außerdem hatten Bären keine grünen Augen und flohen auf allen Vieren – und nicht wie dieses Wesen auf zwei Beinen. Auch wenn Mi Lou sich zwang, nicht über die Phänomene von heute nachzudenken, so wuchs doch ihre Furcht und Unsicherheit stetig weiter.

Ohne lange zu warten, setzte sie ihren Weg fort. Schon bald vernahm sie das stete Rauschen fließenden Wassers und kam zu der seichten Stelle, an der der Fluss aus dem See ablief. Sie hüpfte über die Steine, um auf die andere Seite zu kommen. Etwa vier Meter vor dem Ufer rutschte sie mit ihrem rechten Fuß auf einem glatten Stein aus und knallte ins Wasser. Sie fing sich mit dem Arm ab, aber ihr rechtes Handgelenk schlug hart auf einem Stein auf. Ein stechender Schmerz durchzog ihre Hand. Glücklicherweise war das Wasser nicht sehr tief, aber es reichte, dass sie wieder völlig durchnässt war.

Mi Lou war stocksauer und stampfte trotzig die restlichen Meter mit ihren nassen Klamotten und dem tropfenden Rucksack auf die andere Uferseite. Sie knallte wütend ihren Rucksack auf den Boden und schrie ihren gesamten Frust in die Nacht hinaus. Es war doch völlig egal, was sie tat. Sollten sie doch alle wissen, wo sie war! Sie nahm sich dicke Steine vom Boden und schleuderte sie wahllos in den Wald. „Wo bist du Arsch?", schrie sie in die Nacht hinaus. „Trau dich, komm her und zeig dich!", brüllte sie. Aber lediglich ein aufgeschreckter Schwarm Krähen, krächzte aufgeregt aus den Baumkronen über ihr. Mi Lou nahm einen Stein und warf ihn mit aller Kraft in den Schwarm. Sie hörte einen dumpfen Ton, und ein paar Meter neben ihr schlug ein schwarzer, gefiederter Klumpen auf den Boden. Sie hatte tatsächlich eine Krähe getroffen. Mi Lou wusste nicht, ob sie lachen oder weinen sollte. Letztendlich lachte sie hysterisch. „Zumindest habe ich jetzt Federn für meine Pfeile und ein Abendessen. Und trocken ist sie auch."

Da sie völlig durchnässt war, machte es keinen Sinn weiterzulaufen. Sie musste ein Feuer machen und ihre Sachen trocknen. Glücklicherweise war ihr Zunder trocken. Vorsorglich hatte sie die Birkenrinde in der Plastiktüte verpackt. Schnell sammelte sie ein paar trockene Äste und machte ein großes Feuer. Für den Moment hatte sie sich entschieden, dass es ihr egal war, gesehen zu werden oder irgendwelche Spuren zu hinterlassen. Sie baute sich ein kleines Gestell aus Ästen, an dem sie ihre Sachen zum Trocknen aufhängte. Zum zweiten Mal an diesem Abend. Den Inhalt aus ihrem Rucksack hatte sie auf ihrer Regenjacke ausgebreitet. Sie rupfte die Krähe und sortierte die brauchbaren Federn für ihre Pfeile in ihren Rucksack. Widerwillig nahm sie die Krähe aus und schnitt ihr den Kopf ab. Die Innereinen und das noch warme Blut rochen streng, aber schließlich gehörte das zum Jagen dazu. Sie wusch sich am nahen Seeufer die Hände und setzte sich an ihr Feuer. Aufgespießt auf einen Ast, grillte sie die Krähe fast eine Stunde lang. Sie wollte ganz sichergehen, dass das Fleisch überall gut durch war. Die Gefahr von Parasiten in Wildtieren war nicht zu unterschätzen. Der Geruch von gebratenem Fleisch kroch Mi Lou in die Nase und machte ihr Appetit. Sie knackte sich als Vorspeise ein paar Nüsse und machte sich danach über ihren Braten her. Die Krähe schmeckte besser, als sie gedacht hatte. Das Fleisch war zart und schmackhaft. Sie musste grinsen, als sie an die Art und Weise dachte, wie sie zu diesem unerwarteten Genuss gekommen war. Das Prasseln des Feuers und die Wärme machten sie schläfrig, und sie nickte ein.

Fröstelnd wachte sie auf. Das Feuer war weit heruntergebrannt und sie wusste nicht, wie lange sie geschlafen hatte. Die zwei Monde waren nicht mehr zu sehen, und die Nacht war jetzt richtig dunkel. Sie stand auf, um nach ihrer Kleidung und dem Rucksack zu sehen. Die Sachen fühlten sich noch steif und ein wenig klamm an, aber das hielt sie nicht davon ab, alles wieder anzuziehen und zu packen. Wenig später war sie wieder unterwegs.

Auf den Rängen wurde es langsam wieder ruhig, und Magnatus Wallace ergriff noch einmal das Wort. „Wir nähern uns dem Höhepunkt des heutigen Abends, und niemand könnte bessere einleitende Worte für dieses uralte Ritual finden als meine weise Partnerin Lady Malyrtha. Bitte, verehrte Malyrtha, die Bühne gehört dir."

Die feuerrote Drachendame baute sich in der Mitte des Turnierplatzes auf und ließ einige Sekunden in Stille verstreichen. Dann erhob sie ihre sanfte, tiefe, aber bestimmende Stimme und wendete sich dem Publikum zu: „Bewohner von Skaiyles, liebe Gäste aus fernen Ländern, es gibt in unserer Welt eine uralte Sage, in der Drachen zu Menschen wurden und Menschen sich in Drachen verwandelten. Die Ryūjin waren ein geeintes Lebewesen, das sowohl die Gestalt eines Drachen als auch die eines Menschen annehmen konnte. Diese Geschöpfe besaßen der Sage nach die Weisheit und Vernunft der Drachen und die Anpassungsgabe und das Einfühlungsvermögen der Menschen. Sie waren die Behüter einer Welt, die in Frieden und Eintracht lebte. Aber im Lauf der Zeit verloren die Menschen ihr Verständnis für die Drachen und die Drachen ihres für die Menschen. So kam es, dass diese Geschöpfe unsere Welt nach und nach verließen. Menschen und Drachen lebten sich immer weiter auseinander. Das Böse kam in die Welt zurück und säte Hass und Zwietracht. Doch die letzten ihrer Art suchten sich einen besonderen Drachen und einen außergewöhnlichen Menschen aus, denen sie ein einmaliges Geschenk machten: Sie zeigten dem goldenen Drachen und dem Schmied, wie sie ihre Leben mit einem magischen Band miteinander verknüpfen konnten. Die zwei waren der erste Drachenmagier, der zwar aus zwei Lebewesen bestand, aber die Weisheit der Drachen und das Einfühlungsvermögen der Menschen in sich vereinte. Der goldenen Drache und der Schmied gaben dieses Wissen an andere, die sie für würdig befanden, weiter. Und so können wir stolz auf eine Jahrtausende andauernde Geschichte von Drachenmagiern zurückblicken. Heute ist ein solcher Tag, an dem die Drachen und die Menschen dieses Band erneut knüpfen wollen. Fuku Riu ist der auserwählte Drache, der sich heute einen passenden Menschen aussuchen wird und zusammen mit seinem neuen Partner in die stolzen Reihen der Drachenmagier aufgenommen wird. Tief aus seinem Herzen wird er den Menschen erkennen, der bereit ist, seine Magie aufzunehmen. Dann wird er seine

Drachenglut öffnen und die Magie in seinen Auserwählten fließen lassen, und das magische Band verwebt die zwei Seelen miteinander. Auf ewig besiegelt wird das Band, wenn er das Feuer der Treue spuckt, eine lodernd heiße Flamme, die seinen Auserwählten einhüllt, ohne ihn zu verbrennen. Mensch und Drache werden eins sein."

Die anderen drei Drachen der Drachenmagier schwangen sich in die Luft, und ein leiser Windhauch wehte durch die Arena. Sie landeten bei Malyrtha und bauten sich stolz neben ihr auf.

„Darf ich nun den Kandidaten der Menschen, Burkhard Bailey, nach vorne bitten?"

Burkhard kam selbstsicher von der Tribüne herunterstolziert und nahm die Erfolgswünsche der hohen Herren und Damen gelassen entgegen. Auf dem Turnierplatz blieb er vor den vier Drachen stehen und verbeugte sich höflich.

„Fuku Riu, wenn du bereit bist, deinen Menschen nach dem alten Ritus der Drachenmagier, mit all diesen Zuschauern als Zeugen, zu wählen, dann komm bitte in unsere Mitte", fuhr Lady Malyrtha fort.

„Du schaffst das, Fuku, wir sind wahnsinnigstolz auf dich!", flüstere Phytheon Fuku noch leise zu, bevor dieser sichtlich aufgeregt nach unten zu den anderen Magierdrachen flog. Auch Chiu, seine Mutter, schaute ihm bewegt hinterher. Er nahm zwischen Lady Malyrtha zu seiner Rechten und Anathya zu seiner Linken Platz. Auf beiden Seiten schlossen Tanyulth und Mianthor die Linie der Drachen ab.

Die magischen Lichter erloschen, und der gesamte Turnierplatz wurde pechschwarz. Ein Trommler setzte mit einer Pauke zu einem langsamen, sonoren Herzschlag an. Die anderen Trommler schlugen ihre Trommeln wie Bongos mit den Händen und stimmten in den Rhythmus mit ein. Die blaue Haut der Wasserdrachen Tanyulth und Mianthor begann im Rhythmus der Trommeln zu pulsieren. Sie stimmten einen fremdartigen Gesang an, der an australische Didgeridoos erinnerte. Wie eine Brandung, die sich mit wilder Gischt an Felsen brach, durchflossen leuchtende Wellen die

Körper der blauen Drachen und tauchten die Umgebung in ein unheimliches, pulsierendes Licht. Am Boden sammelte sich wie aus Phosphor ein bläulicher Nebel, der mit jeder Welle aus den zwei Drachen austrat und stetig dichter wurde. Nach kurzer Zeit durchzuckten Anathya grüne Blitze, die zu Fuku übersprangen und eine grüne Aura um ihn herum bildeten. Anathya intonierte mit ihrer weichen Stimme einen monotonen Gesang in einer fremd klingenden Sprache.

„Wenn du bereit bist, Fuku Riu, können wir mit der Drachenwahl beginnen", sagte Lady Malyrtha mit sanfter Stimme. Fuku schluckte hart und nickte.

Von den Zuschauern war nicht das leiseste Geräusch zu hören. In Ehrfurcht erstarrt, hatten alle eine Gänsehaut und waren grenzenlos gefesselt. Die mystische Klangkulisse und das übersinnliche Lichtspiel setzten jegliche rationalen Gedanken aus und trafen alle Anwesenden ungefiltert, direkt in das tiefe Innerste ihrer Seele.

„Schließe bitte deine Augen", befahl Lady Malyrtha.

Nun durchfuhren auch sie rote Lichtblitze und sprangen von der anderen Seite auf Fuku über. Die grünen und roten Blitze verfielen in einen tanzenden Kampf, so als wollte jeder Fuku für sich. Aber das Schauspiel war friedlich, es war wie ein freundschaftliches Ringen um die Oberhand über den jungen Fuku.

„Möge die Drachenwahl beginnen!", rief Lady Malyrtha erhaben, bevor sie mit in den Gesang von Anathya einstieg. Der Gesang der zwei Drachendamen erinnerte entfernt an gregorianischen Mönchsgesang, wohingegen die Laute der beiden blauen Wasserdrachen eher von einer anderen, weit entfernten, uralten Welt zu kommen schienen.

Die Musik mit dem Gesang und dem unwirklichen Lichtspiel halfen Fuku, sofort in einen Zustand tiefer Trance zu verfallen. Er ließ seinem Geist freien Lauf und vergaß die Welt um sich herum. Vorsichtig tastete er sich durch die Gefühle der Menschen. Er streifte die Seele eines Soldaten, der von Ruhm und Reichtum träumte. Dann stieß er auf einen kleinen Jungen, der davon träumte, einen Drachen zu reiten. Fuku musste unwillkürlich lächeln, während er seinen Geist weiter ausschickte.

Die Anspannung der Menschen auf den Tribünen war fast mit den Händen zu greifen. Sie trauten sich kaum zu atmen. Alle Augen waren auf Fuku und Burkhard, der vor der Ehrentribüne stand, gerichtet. Fuku hatte die Augen geschlossen und wurde nervös, da er Burkhard bisher nicht gefunden hatte. Der Rhythmus der Musik um ihn herum wurde intensiver und schneller.

Er suchte weiter und berührte die Seele eines Drachen. Erschrocken wich er zurück, das war Lady Malyrtha.

„Keine Angst, junger Fuku, du machst das sehr gut. Ich glaube fest an dich und bin bei dir", ermutigte sie ihn in Gedanken. Fuku beruhigten diese Worte tatsächlich. Mit einer für ihn unbekannten Ruhe, suchte er weiter. Nach kurzer Zeit fand er Burkhard, der ein Bild von sich als mächtiger Drachenmagier vor seinem inneren Auge sah. Fuku fühlte die Kraft seiner Drachenglut und leitete ihre Energie an Burkhard weiter. Er spürte, wie schwer es Burkhard fiel, sich ihm zu öffnen. Fuku wurde nervös, da sich die Energie in ihm unaufhörlich staute. Burkhard war nicht annähernd in der Lage, die immense magische Energie, die von Fuku auf ihn überging, aufzunehmen. Fuku versuchte, den Fluss zu kontrollieren, aber die ständig größer werdende Kraft entzog sich seiner Kontrolle. Er zitterte.

Plötzlich war in seinem Kopf eine fremde Stimme, die ihm befahl das magische Band zu besiegeln. „Stoß die Flamme aus. Stoß die Flamme aus", wiederholte sie immer wieder.

Fuku war verzweifelt, der heftige Energiefluss gab ihm das Gefühl, er müsse zerbersten. Die Stimme in Fukus Kopf wurde lauter. „Spei die Flamme, die euer Band besiegelt." Doch alles in ihm sträubte sich dagegen.

Das war falsch, irgendjemand war in seinem Kopf. Das war nicht seine innere Stimme. Er wehrte sich vehement gegen das Fremde. Fuku bebte am ganzen Körper. Er war hoffnungslos verzweifelt. Innerlich schrie alles in ihm, während seine Schmerzen ins Unerträgliche wuchsen. „Wehre dich nicht gegen mich. Ich weiß, was zu tun ist. Besiegele das Band mit der Flamme", sprach die Stimme wieder und wieder. Da erkannte Fuku, dass es sein Lehrer Chocque war, der sich mit seinem Bewusstsein in ihn eingeschlichen hatte.

Zu all dem aufgestauten Schmerz gesellte sich eine grenzenlose Wut. Fuku bebte außer sich vor Zorn. Das Band zu Burkhard riss ab, doch die Energie seiner Drachenglut floss unablässig weiter und bereitete ihm unerträgliche Schmerzen.

Hilflos rasten seine Gedanken ziellos durch die Welt. Da fühlte er plötzlich eine Seele, die ihm völlig offen stand. Er wollte es unterdrücken, aber das Band verfing sich in dieser Seele. Fast auf einen Schlag floss diese wahnsinnige Energie aus ihm ab und seine Schmerzen ließen nach. Innerhalb von Sekunden nahm dieses Lebewesen all seine Energie auf, während Fuku der unbändige Drang überkam, eine Flamme auszustoßen. Er unterdrückte diesen Drang, er wollte verstehen, was passiert war. Hatte Lady Malyrtha ihn aufgefangen? War sie es, die ihm Linderung verschafft hatte? Er versuchte, ihren Geist zu berühren, als ihm im selben Augenblick der Reflex, eine Flamme zu speien, übermannte. Er versuchte sich mit aller Kraft dagegenzustemmen, aber er konnte es nicht mehr unterdrücken. Alles um ihn herum erschien ihm unbedeutend, als er schicksalsergeben sein Maul weit aufriss. Mit einem Mal war der ganze unerträgliche Schmerz mit einem Schlag von ihm gewichen.

Die Menge war erstarrt, das Schauspiel des zitternden, bebenden jungen Drachen, in wild zuckende rote und grüne Blitze gehüllt, hatte alle mitgenommen. Fuku spie eine riesige, fast weiße, unglaublich heiße, fünf Meter lange Flamme aus. Während das erlösende, heiße Feuer aus seinem Maul strömte und das Band besiegelte, schaute die Menge gespannt auf Burkhard. Der Gesang und die Trommeln waren zu einem wilden Crescendo herangewachsen und fanden jetzt ihren Höhepunkt. Plötzlich wurde es mit einem Schlag totenstill und dunkel.

Ein entsetzlicher Schrei zerriss die Stille. An der Seite des Turnierplatzes bei den Pferden stand ein junger Mann in Flammen. Die Hitze um ihn herum war unerträglich. Menschen und Tiere stürmten in Panik weg von ihm. Nicht nur die Zelte in der Umgebung, sondern auch das Gras unter ihm fing Feuer. Er selbst schrie verrückt vor Angst, aber die Flammen verletzten ihn nicht. Auf den Tribünen fielen die Leute reihenweise in Ohnmacht, während der Turnierplatz im Chaos versank.

Fuku war körperlich völlig erschöpft. Seine Flamme versiegte, als er endlich den Geist spürte, mit dem er von nun an verbunden war.

„Mist, da ist wohl etwas schiefgelaufen", sagte er noch, bevor er sein Bewusstsein verlor.

Mi Lou bekam von alledem nichts mit. Müde lief sie durch den dunklen Wald und brachte ihre gesamte Konzentration auf, um wieder leise zu sein und keine Spuren zu hinterlassen. Sie hatte nachgedacht und ärgerte sich über ihre Achtlosigkeit. Die Verunsicherung und die latente Angst überdeckten ihr gutes Gespür für kleinste Veränderungen in ihrer Umwelt. Das dürfte ihr nicht wieder passieren. Auch wenn ihr die Schrecken der letzten zwei Tage tief in den Knochen steckten. Das war noch keine Rechtfertigung, sorglos zu werden.

Sie sog die kalte Nachtluft tief ein und hielt nach einer Lichtung Ausschau. Die letzte Stunde war sie in dem dunklen Wald einfach nach Gefühl bergab gelaufen, aber es war Zeit, die Richtung zu kontrollieren. Als nach ein paar Minuten der Wald noch dichter wurde und sie keine Lichtung erkennen konnte, entschied sie sich, auf einen Baum zu klettern. Sie holte ihr Seil mit dem Wurfhaken aus dem Rucksack und kletterte geschickt auf eine große Buche. Schon nach ein paar Metern konnte sie den dunklen Schatten des mächtigen Gebirgsmassives sehen und fand auch schnell die auffällige Sternenkonstellation, die wie ein gespannter Bogen aussah. Zumindest war sie in die richtige Richtung unterwegs. Flink seilte sie sich von dem Baum ab und lief weiter. Wie spät es wohl sein mag, dachte sie. Sie hatte jegliches Zeitgefühl verloren und ihr rechtes Hand- und Fußgelenk schmerzten. Irgendwann musste sie rasten, aber im Moment fühlte sie sich am wohlsten, wenn sie in Bewegung war. Zumindest gab ihr die Bewegung das Gefühl, etwas zu tun und nicht untätig auf den nächsten Horror zu warten. Aber der ließ trotzdem nicht lange auf sich warten.

Damit ihr wärmer wurde, war Mi Lou in einen leichten Trab verfallen. Das monotone Aufsetzen der Füße auf dem weichen unebenen Waldboden versetzte ihren schläfrigen Geist in eine Art leichte, wohlige Trance.

Plötzlich tauchte ein paar hundert Meter vor ihr eine Nebelbank aus gleißendem Licht zwischen den Bäumen auf. Genau die Art Licht, wie sie diese grausamen schwarzen Rauchgestalten am See erzeugt hatten. In den letzten Stunden hatten sich ihre Augen an die Nacht gewöhnt, so dass sie jetzt geblendet war und die feinen Graustufen um sich herum nur noch als eine einzige schwarze Fläche erkannte. Die schwarzen, knorrigen Äste der Bäume wirkten vor der grellen, bleichen Nebelwand wie Arme, die nach ihr greifen wollten. Etwas berührte sie im Nacken. Entsetzt schrie sie auf. Aber es war nur ein harmloser Ast, der ihren Hals berührt hatte, als sie einen Schritt zurückgegangen war. Die Lichtwand kam langsam auf sie zu. Mi Lou lief angsterfüllt in die entgegengesetzte Richtung, jene, aus der sie gekommen war. Aber auch dort strahlte ein Licht auf. Aufgeben kam für sie nicht in Frage, also floh sie nach rechts. Nach ein paar hundert Metern erschien auch in dieser Richtung eine der gespenstischen Nebelwände. Sie drehte um und rannte verzweifelt in die einzige noch dunkle Richtung. Eigentlich hatte sie fest damit gerechnet, dass auch hier ein Licht erscheinen würde. Aber nach ein paar Minuten war der vor ihr liegende Weg immer noch frei und die anderen gleißenden Nebellichter blieben hinter ihr zurück. Mi Lou beschlich ein beklemmender Gedanke. Eine Weile lief sie noch in die eingeschlagene Richtung, um dann plötzlich ihr ursprüngliches Ziel bergab wieder anzulaufen. Sofort glühte eine weitere Nebelwand auf und blockierte die eingeschlagene Strecke.

Mi Lou blieb atemlos stehen. Da steckte ein Prinzip hinter. Sie testete die anderen Richtungen, und sofort war sie von Nebelwänden eingekreist, die ihr nur einen dunklen Ausweg ließen. Da spielte jemand mit ihr, der wollte, dass sie einen vorbestimmten Weg einschlug.

„Ihr könnt mich alle mal kreuzweise", rief sie in den Wald. Irgendjemand trieb mit ihr ein ganz übles Spiel.

Mi Lou setzte sich widerspenstig auf den Boden. „Ich bleibe jetzt genau hier sitzen, und wenn ihr was wollt, dann kommt gefälligst heraus." Sie zückte ihr Messer und öffnete ihren Rucksack, um im Ernstfall möglichst schnell an ihre Wurfsterne zu kommen.

„Steh auf und geh weiter", sagte die eisige Stimme, die sie vom See her kannte. Es klang mehr wie ein Zischen, ganz ohne Resonanz, aber Mi Lou konnte sie deutlich vernehmen.

„Das kannst du dir abschminken. Ich bewege mich keinen Zentimeter mehr. Zeig dich, wenn du dich traust", fuhr sie ihn an. Ein paar Meter vor ihr nahm das Wesen wieder seine unheimliche Gestalt an.

„Du hast es so gewollt. Ich dachte, ich mache es ungefährlicher für dich", zischelte Balriuzar.

Mi Lou schaute ihn starrköpfig an. Balriuzar gab seinen Geschwistern den Befehl, in den Geist der Trolle zu fahren. Eigentlich wollte er das vermeiden. Diese eigensinnigen Riesen gerieten ihnen sehr schnell außer Kontrolle, und er wollte die faszinierende junge Dame ja lebendig und unversehrt haben. Aber sie ließ ihm keine andere Wahl, und er hielt sie für so vernünftig, die Trolle nicht zum Kampf zu fordern.

„Wenn ich dir einen Rat geben darf, flieh in die Dunkelheit, dann lebst du länger."

Mi Lou wusste nicht genau, woher sie ihr neues Selbstbewusstsein hatte, aber was sollte sie denn sonst gegen dieses Rauchmonster unternehmen? Sie sah Balriuzar nur böse an.

Plötzlich spürte sie eine zunehmende Vibration der Erde. Aus den Nebelbänken kamen fünf riesige, muskelbepackte Wesen auf sie zugestürmt. Wütend schrien sie und stampften mit ihren gewaltigen Füßen durch das Unterholz. Sie hatten grüne, funkelnde Augen und hielten aggressiv auf sie zu. In einer einzigen Bewegung sprang Mi Lou auf, schnappte ihren Rucksack und sprintete in die Dunkelheit. Völlig aufgelöst rannte sie um ihr Leben. Leise hörte sie noch das hämische Kichern dieses Rauchwesens.

Am Rande der Arena beobachtete Rob völlig fasziniert das Lichtspiel der leuchtenden Drachen. So etwas Schönes hatte er in seinen wildesten Träumen noch nicht erlebt. Der Rhythmus der Trommeln und der fremdartige Gesang übernahmen die Kontrolle über seinen Körper. Wie ein Boot, das sanft von Wellen umspült wurde, hatte ihn die Musik vollständig im Griff. Das Wasser trug ihn, aber er war den Kräften, die seinen Körper umspülten, völlig ausgeliefert. Versuchte er sich gegen die Strömung zu bewegen, so erfasste diese ihn freundlich, aber bestimmt und brachte ihn wieder in Einklang mit dem Rhythmus. Sein Herzschlag übernahm unwillkürlich den Takt der Pauke, die mit ihrem tiefen, sonoren Bass die ganze Umgebung in Vibration versetzte. Noch nie hatte er sich so vollständig im Einklang mit sich selbst und der Natur empfunden.

Seine Gedanken lösten sich von seinem Körper. Erst sehr zaghaft, und dann immer selbstbewusster, wie ein Adlerjunges, das sich zum ersten Mal aus dem sicheren Nest seiner Eltern wagte. Seine Seele stand am Rande einer hohen Klippe, und vor ihm lag die große, weite Welt, die darauf wartete, erobert zu werden. Leise Zweifel zogen auf, aber dann spürte er, wie der Wind auffrischte. Stärker und stärker zog er an ihm, bis Rob sich nicht mehr auf dem schmalen Felsen halten konnte. Instinktiv öffnete er seine Flügel und spürte, wie der starke Luftstrom ihn in die Höhe sog. Eine unglaubliche Leichtigkeit durchströmte Rob, als er in die Luft hinaufstieg. Das sichere Nest entfernte sich weiter und weiter. Er verlagerte sein Gewicht, spielte mit der Stellung seiner Flügel und erforschte, wie er die Richtung bestimmen konnte. Zu der Leichtigkeit gesellte sich eine unbeschreibliche Neugier, und kurze Zeit später glitt er elegant durch die Luft.

Er war jetzt kein kleines, leichtes Küken mehr, sondern fühlte sich schwer, wie ein Felsen. Aber dennoch segelte er mit Leichtigkeit durch die Luft. Die Welt war nicht mehr in Dunkelheit getaucht, sondern hell und leuchtete in allen Farben. Neugierig flog Rob tiefer und erkannte die bunt schimmernde Energie der wilden magischen Wesen. Er stieg wieder höher und hielt auf das Druidengebirge zu. Dort landete er auf einem Gletscher und rutschte, wild juchzend, pfeilschnell den eisigen Abhang herunter. Die spaßige Rutschpartie endete abrupt an einem leicht ansteigenden Felsvorsprung, hinter dem sich ein fünfhundert Meter tiefer Abgrund auftat. Rob wurde in die Luft katapultiert, genoss den freien Fall, um rechtzeitig über dem Boden seine Flügel auszubreiten und in einem eleganten Bogen über den See zu gleiten. Unter ihm raste das ruhige, tiefe Seewasser in einer höllischen Geschwindigkeit an ihm vorbei. Er stellte die Flügel auf, flog einen Rückwärtslooping und schoss senkrecht, mit dem Kopf voran, auf die Wasseroberfläche zu. Als er die Wasseroberfläche durchdrang, spritze die Gischt meterhoch in die Luft. Er durchteilte das Wasser und fühlte, wie sich die Kälte um ihn herum ausbreitete. Er sah Fische und Wasserpflanzen, aber je tiefer er tauchte, umso dunkler wurde es um ihn herum. Bald war es stockfinster, aber die Kälte wich einer angenehmen Wärme. Eine heiße Quelle sprudelte aus dem Grund und umhüllte ihn angenehm warm. Sein Körper fühlte sich wieder klein an, und er konnte sich kaum bewegen. Wenn er seine Füße gegen den Boden stemmte, drückte eine runde Wand in seinem Rücken gegen seinen Nacken und sein Kopf wurde automatisch gegen seine Brust gepresst. Er versuchte, die Arme zu bewegen, aber er bekam sie nicht weg von seinem Körper. Wieder war da diese Wand. Er schwebte in einer Flüssigkeit und war in einem kleinen Hohlraum eingeschlossen. Nicht weit entfernt hörte er vertraute Stimmen, die er aber nicht verstehen konnte. Er stemmte sich wieder und wieder gegen die Wand, bis sich über ihm ein kleiner Riss auftat.

Völlig erschöpft machte er eine Pause und schlief ein. Als er die Augen wieder aufschlug war der Riss noch da. Er sammelte seine Kräfte, spannte seinen Körper an, so dass seine Füße gegen den Boden traten und sein Kopf gleichzeitig Druck auf die Wand hinter ihm ausübte. Er schaukelte samt seinem Gefängnis wild hin und her, bis die Wand hinter ihm mit einem Ruck nachgab und der Riss zu einem großen Spalt wurde. Noch zwei weitere Tritte, und er hatte sich befreit. Er schaute in große, runde Augen, die ihn voller Liebe und Verzückung ansahen. Das wunderschöne grüne Gesicht, das ihn so liebevoll anhimmelte, gehörte zu einer stolzen Drachendame. Sie hob ihn ganz sanft und liebevoll auf ihren Arm und kuschelte ihn an sich. Noch völlig entkräftet, schloss er die Augen und schlief, umhüllt von mütterlicher Fürsorge, zufrieden ein.

Als er wieder aufwachte, lag er in einer Höhle und hörte, wie jemand nach ihm rief. Ihm war ganz komisch, so, als hätte er gestern glühende Lava gegessen. In ihm loderte schon länger eine Glut, ein heißes, glühendes Gefühl in der Brust, aber heute war es besonders stark. War es endlich so weit? Nervös stürmte er aus der Höhle und flog auf einen nahen Felsen. Er atmete tief ein und schaute direkt in die strahlende Sonne. Da spürte er das Verlangen, es mit seiner inneren Hitze der Sonne gleichzutun, diesem unglaublichen, ewig lodernden Feuer am Himmel, dem Symbol der Drachenglut. Eine Hitzewelle durchströmte seinen ganzen Körper und verdichtete sich in seiner Brust. Die Glut wurde dichter und dichter und entzündete sich, und er spie seine erste heiß lodernde Flamme in die Welt hinaus. Er fühlte sich, als würde er im Feuer baden, um ihn herum nur Flammen, Feuer und Glut.

Rob öffnete die Augen und schrie. Er stand wirklich in Flammen und alles um ihn herum brannte.

Pantaleon und Morgan, die neben ihm standen, fingen Feuer und schmissen sich auf den Boden, um die Flammen zu ersticken. Das Zelt hinter ihm brannte und die Pferde darin stürmten in wilder Panik davon. Die Welt um ihn herum war in ein heilloses Chaos getaucht. Rob verlor seinen Verstand und schrie in panischer Angst, obwohl er keinen Schmerz empfand.

Der erste rationale Gedanke, der ihm kam, war, dass er das Feuer löschen musste. In wilder Panik rannte er durch das Stadttor hinaus zum Strand. Verzweifelt stürzte er sich in die Brandung, aber die Flammen zischten nur. Das Wasser um ihn herum dampfte wild, aber er brannte einfach weiter. Völlig verzweifelt sank er am Strand nieder und ließ sich in den weichen, nassen Sand fallen. Überhaupt nicht verstehend, was mit ihm passierte, lag er bitterlich weinend in der Brandung. Die Flammen erloschen, aber Rob blieb schluchzend am Boden liegen.

„Was in aller Welt passiert hier?", fragte er, leise wimmernd, in die Nacht hinein. Er spürte, wie das eisigkalte Wasser ihn umspülte und ihm sämtliche Wärme und Kraft entzog. Aber das war ihm egal, sollte ihn doch das Meer holen. Er griff in den feuchten Boden, auf dem er lag, und merkte, wie der Sand ihm durch die Hände glitt. Dann übermannte ihn eine matte Müdigkeit und ein tiefer traumloser Schlaf nahm von ihm Besitz.

Eingerahmt von den Lichtern, rannte Mi Lou immer weiter in die Dunkelheit, die ihr mittlerweile wie ein Tunnel vorkam. War sie wirklich auf der Flucht vor Trollen? Immerhin spürte sie keine Vibration des Bodens mehr. Hatte sie die Trolle abgehängt? Ihr war klar, dass sie nicht in Sicherheit war. Im Gegenteil, das grausame Wesen hatte irgendetwas mit ihr vor.

Vor ihr tat sich eine Lichtung auf, und so plötzlich, wie sie gekommen waren, verschwanden die grellen Nebellichter wieder. Misstrauisch ging Mi Lou langsam ein paar Schritte weiter. Sie war noch geblendet, aber ihre Füße spürten einen harten, felsigen Untergrund. Langsam gewöhnte sie sich wieder an die Dunkelheit und konnte die Umrisse von sieben Monolithen erkennen, die gleichmäßig in einem Kreis angeordnet waren. Sie standen auf einem großen, runden Steinplateau, in das etwa zwanzig Zentimeter tiefe Kreise gehauen waren. Vorsichtig lief sie in die Mitte des Plateaus und erkannte, dass die Kreise eigentlich eine Spirale waren, die auf einen etwa zwei Meter breiten Kreis in der Mitte zuliefen. Die Spirale war von weiteren Rinnen durchzogen, die jeweils von der Mitte aus strahlenförmig zu einem kleinen Becken vor den Monolithen verliefen. Der ganze Aufbau erinnerte sie an Abbildungen von Stonehenge und hatte sicherlich eine okkulte Bedeutung. Ihr lief ein eiskalter Schauer über den Rücken.

Balriuzar war zufrieden mit sich. Endlich hatte er diese ungewöhnliche junge Frau an dem Ort, an dem er sie haben wollte. Im Schatten der Bäume, die die Lichtung einfassten, konnte sie ihn und seine Brüder nicht sehen. Aber sie waren alle da. Er konnte jetzt beginnen und endlich herausfinden, ob er mit seiner Vermutung richtig lag. Sie erleuchteten den Steinkreis mit einem einzigen Licht, das genau über der Mitte schwebte.

„Hallo, meine Freundin", zischte er mit eiskalter Stimme.

Mi Lou erschrak nicht mal mehr. Sie hatte innerlich erwartet, dass der Horror hier weiterging. Ernüchtert schaute sie zu dem Wesen auf.

„Wer bist du, und woher kommst du?", wollte Balriuzar wissen.

„Mein Name ist Mi Lou Parker, und ich habe die Schweizer Staatsbürgerschaft", sagte Mi Lou nur knapp. „Ich verlange, dass sie mich sofort gehen lassen. Falls nicht, wird ein Freund von mir sämtliche Daten über die Nietzsche-Bruderschaft veröffentlichen."

„Mi Lou heißt du also", sagte Balriuzar. Er gab seinen Geschwistern den Befehl, sich mit ihm zu vereinen.

Mi Lou sah, wie sechs weitere dieser fürchterlichen Rauchwolken sich in einem wilden Wirbel mit dem Sprecher vereinten. Die Vereinigung war von einem lauten Rauschen und Knistern begleitet. Nach und nach bildete sich wieder seine ursprüngliche furchteinflößende Gestalt heraus und schwebte genau über der Mitte des Kreises. Die schwarze, geeinte Gestalt warf einen wirbelnden Schatten auf das Steinplateau. Mi Lou zitterten die Knie, aber sie versuchte so selbstbewusst wie möglich aufzutreten. Einer Flucht gab sie, nach den gemachten Erfahrungen, nicht die geringste Chance.

Aus dem Wesen strömten jetzt schwarze Stränge nach unten und füllten die Rinnen der steinernen Spirale. Ein dichter schwarzer Rauch bahnte sich durch alle Kanäle seinen Weg, bis alle Vertiefungen, inklusive der Becken vor den Steinen, gefüllt waren. Der schwarze Qualm wanderte die Steine nach oben und verband sich über einen dünnen Strang wieder mit dem Wesen, das über der Mitte schwebte. Der so entstandene magische Käfig vervielfachte die magische Kraft von Balriuzar. Um Mi Lou herum versank alles in einem heftigen Strudel aus schwarzem Rauch. Hilflos spürte sie, wie das fremde Wesen in ihre Gedanken eindrang. Sie verlor die Kontrolle über ihren Körper und lief von dem fremden Geist kontrolliert in die Mitte des Kreises.

Das Wesen durchforstete ihre Gedanken, als würde es etwas suchen. Mi Lou war fest überzeugt, dass Karl sie gefangen und die Nietzsche-Bruderschaft Zugang zu ihrem Junctura-Modul erlangt hatte. Das war die einzige denkbare Erklärung.

Mi Lou erinnerte sich an eine Atemtechnik, die ihr Daichi beigebracht hatte, um ihren Geist von der Außenwelt zu isolieren. Sie nahm in dem grausigen Chaos ihre gesamte restliche Kraft zusammen und atmete ruhig und gleichmäßig. Zumindest hatte sie noch Kontrolle über ihre Lungen. Sie blendete alles um sich herum aus und erreichte bald den Zustand völliger Leere.

Balriuzar war von Mi Lous Erinnerungen völlig überrascht. Diese Frau schien aus einer anderen Welt zu kommen. Er sah Dinge, die denen aus seiner Welt sehr ähnlich waren, aber dann auch wieder grundlegend anders. Der Geist der jungen Frau wehrte sich nicht gegen sein Eindringen, doch er spürte, wie die Erinnerungen nach und nach verschwanden. Alle Gedanken entzogen sich hinter dem Schutz einer leuchtenden Aura seinem Zugriff. Vorsichtig versuchte er in die Aura einzudringen. Es war, als würde ein Blitz einschlagen, und er und seine Geschwister wurden aus dem Körper geschleudert. Zwei von ihnen entfuhr ein grausamer Schrei, und ihre Seelen zerstreuten sich unwiederbringlich in alle Richtungen. Mi Lou wurde bewusstlos.

Nur mit Hilfe der zusätzlichen Kraft dieses mächtigen magischen Ortes schafften es die restlichen Wandler, ihre Seelen zusammenzuhalten. Völlig entkräftet, aber zufrieden mit sich, zog sich Balriuzar zurück. Ein Wesen wie Mi Lou war ihm noch nie begegnet. Sie kam also aus einer anderen Welt und trug unbekannte Kräfte in sich. Das würde seinen Magier sicherlich interessieren, und vielleicht würde er ihm ja auch zur Belohnung seine Gestalt wiedergeben.

Balriuzar hatte vor Jahren von dem Gerücht gehört, dass es einen Magier gab, der erfolgreich einen Seelentrank aus dem Blut und der Seele eines Drachen gebraut hatte. Nach langer Suche hatte er ihn in Rochildar aufgespürt und sich von ihm samt seinen Brüdern in einem Bann fassen lassen. Wandler waren für Magier seltene, sehr willkommene Gehilfen. Kaum ein Magier ließ sich die Chance entgehen, einen Wandler mit einem Bann an sich zu binden. So auch dieser fähige Magier aus Rochildar. Damals hatte Balriuzar sich und seine Brüder absichtlich in seine Nähe gebracht. Er hatte fest damit gerechnet, in einen Bann gefasst zu werden. Aber das war Teil des Plans. Wenn jemand ihm seine Gestalt wiedergeben konnte, dann war es dieser Magier.

Balriuzar konzentrierte sich wieder auf die Kraft, die ihm dieser Ort verlieh. Er wirkte einen Zauber und der felsige, verwitterte, graue Stein umschloss Mi Lou vollständig. Lediglich über ihrem Gesicht, ließ er eine kleine Aussparung, damit sie nicht erstickte. Ohne das geringste Mitleid betrachtete er sein Werk und machte sich auf den Weg zu seinem Meister.

DER DRACHENMAGIER

Rob hörte leise Stimmen um sich herum, ließ seine Augen aber noch geschlossen. Er lag warm, in mehrere dicke Decken eingehüllt, in der großen Halle der Vorburg und lauschte angestrengt. Eine der Stimmen gehörte zu Bennett Tobey, dem Burgmagier, die andere kannte er nicht.

„Nachdem wir gestern den Jungen am Strand gefunden und hierher gebracht haben, bin ich noch zu den hohen Herren gegangen. Lord Bailey ist außer sich vor Wut, und sein Sohn Burkhard erzählt allen auf der Burg, dass dieser Stalljunge gestern Abend versucht habe, ihn umzubringen. Angeblich sei er Opfer einer perfiden Verschwörung, die das Ziel habe, der Familie Bailey die Herrschaft in Druidsham zu entreißen", hörte er Bennett sagen.

„Und wer soll seiner Meinung nach dahinterstecken?", fragte Magnatus Wallace leise.

„Das hat er nicht gesagt. Deswegen habe ich vorhin mit Gweir Owen, dem Kommandanten, gesprochen, doch der hält sich bedeckt. Er hat mir lediglich erzählt, dass die zwei Jungen in einen Streit geraten sind und er Burkhard gerade noch davon abhalten konnte, Robin zu erschlagen", antwortete Bennett.

„Das ist nicht viel. Ihr habt doch einen guten Draht zu ihm, könnt Ihr nicht mehr aus ihm herausbekommen?", wollte Magnatus Wallace wissen.

„Leider nein, Gweir Owen steht selber massiv in der Kritik. Er sollte im Auftrag von Burkhard den Stallburschen bestrafen und festsetzen. Es ist aber rausgekommen, dass er ihn stattdessen verarztet und laufen gelassen hat. Lord Bailey braucht seinen Kommandanten sicherlich noch, aber das bisher grenzenlose Vertrauen ist angekratzt. Gweir Owen hat mir signalisiert, dass ich nicht mehr auf ihn zählen kann."

„So ein Mist, die Zahl unserer Verbündeten wird immer geringer. Was wissen wir eigentlich über den Stalljungen, außer dass er Robin heißt? Könnt Ihr Euch vorstellen, dass ihn jemand benutzt hat?"

„Ausschließen kann ich gar nichts, aber ich kann es mir nicht wirklich vorstellen. Ich kenne ihn jetzt seit Kindesbeinen an und habe ihn in der Burg aufwachsen sehen. Er ist ein lieber, eher ruhiger und höflicher Junge. Vor siebzehn Jahren hat ihn jemand als Baby vor dem Burgtor ausgesetzt, aber ich habe ihn damals gründlich untersucht und nichts Außergewöhnliches an ihm finden können. Daher habe ich Ulbert, unserem Stallmeister, erlaubt, das kleine, hilflose Bündel mit in die Burg zu bringen und ihn großzuziehen. Der Junge hat ein außerordentliches Gespür für Tiere, und vorgestern hat er mich und Gweir Owen echt überrascht. Gweir Owen war von seinen Übungen mit Burkhards Pferd so angetan, dass er einen seiner besten Lanzenreiter in einem Duell gegen ihn hat antreten lassen. Der Junge war erstaunlich gut und hat den erfahrenen Krieger geschlagen. Aber glaubt mir, Robin war noch mehr über seinen Sieg verwundert als wir. Ansonsten ist der Junge immer auf der Burg beschäftigt. Es würde mich wundern, wenn er jemals weiter von hier weg war als bis zu dem Bauernhof vor den Toren der Stadt. Wenn ihn jemand beeinflusst hat, müsste der hier von der Burg kommen."

„Aber es muss da jemand geben, wie sollte sonst ein einfacher Junge zum Drachenmagier gewählt werden? Irgendetwas stimmt da nicht. Wir müssen uns fragen, wer einen Vorteil aus der Wahl dieses Stalljungen zieht?", überlegte Magnatus Wallace.

„Ihr meint, die Anhänger der reinen Magie könnten dahinterstecken?", fragte Bennett nachdenklich.

„Diese Diskussion sollten wir nicht hier führen, aber ja, in diese Richtung gehen meine Gedanken. Aber durch Fuku haben wir einen Zugang zu dem Jungen. Mit seiner Hilfe sollten wir herausfinden, was wirklich passiert ist."

„Wo ist Fuku, und wie geht es ihm?", wollte Bennett wissen.

„Malyrtha und seine Eltern kümmern sich um ihn. Er ist wohl vor einer Stunde aus seiner Trance erwacht und noch völlig durcheinander. Ihn hat die Drachenwahl besonders mitgenommen, aber er fühlt sich unschuldig. Er behauptet trotzig, dass Chocque während der Wahl in seinen Geist eingedrungen ist und da habe er die Kontrolle verloren."

„Chocque? Warum sollte er das tun, das ergibt doch keinen Sinn", sagte Bennett.

„Ich kann mir vorstellen, dass der alte Haudegen sichergehen wollte, dass sein Schützling alles richtig macht. Du kennst ihn doch, versessen in jedes Detail und manchmal etwas übermotiviert."

„Na, das ist dann ja mächtig schiefgelaufen", kommentierte Bennett.

„Das kannst du laut sagen. Ich werde nachher mal mit ihm reden. Aber jetzt gehe ich erstmal zu Malyrtha und Fuku", meinte Magnatus Wallace.

„Wie sollen wir denn jetzt mit dem Jungen weitermachen?", wollte Bennett wissen.

„Er ist ein Drachenmagier, daran ist nicht mehr zu rütteln. Wenn er wach wird, nehmt ihn unter eure beschützende Obhut und erklärt ihm das Nötigste. Ich versuche so bald wie möglich mit Malyrtha und Fuku zu euch zu kommen."

Rob hörte noch, wie Magnatus Wallace zur Tür hinausging. Er war jetzt mit Bennett alleine. Seine Gedanken tanzten wild, und er versuchte sie in Ruhe zu ordnen. Aber dann hielt er es nicht mehr aus. Die Fragen, die sich in seinem Kopf formten, wurden zu drängend.

Er ein Drachenmagier? Jemand hat ihn benutzt? Robs bisherige Welt löste sich vollständig in Luft auf und machte einem großen, beängstigen Vakuum Platz. Er stöhnte und schlug vorsichtig die Augen auf.

Sofort war Bennett bei ihm, setzte sich neben ihn und legte freundschaftlich seine Hand auf Robs Stirn. Er nahm ein Glas Wasser von dem Tisch neben Robs Lager und reichte es ihm. „Hier, mein Junge, trink erstmal etwas."

Dankend nahm Rob das Glas entgegen und trank einen kräftigen Schluck. Das Wasser rann erfrischend seine Kehle herunter und erinnerte ihn daran, dass er nicht mehr träumte. Das alles war kein böser Traum, es war die Realität. Rob setzte das Glas ein zweites Mal an und überlegte, was er tun sollte, aber Bennett kam ihm zuvor.

„Du willst sicher wissen, was passiert ist, habe ich recht?"

Rob nickte nur schwach und blickte den Burgmagier erwartungsvoll an. Noch nie hatte er sich Bennett so genau angesehen. Der alte Mann mit dem weißen Vollbart schaute ihn aufmerksam an, aber um seine Augen herum und auf der Stirn konnte er deutlich die Sorgenfalten erkennen.

„Um ehrlich zu sein", begann Bennett, „was genau passiert ist, verstehe ich auch noch nicht. Wie es scheint, hat der junge Drache Fuku dich zu seinem Drachenmagier erwählt."

Bennett machte eine lange Pause und musterte Rob sorgfältig. „Bei der Drachenwahl entsteht eine magische Verbindung zwischen euren beiden Seelen, ihr könnt eure Empfindungen und eure Kräfte miteinander teilen. Vielleicht kann man es gut so beschreiben, dass ihr zwei Körper habt, eure Seelen aber immer mehr zusammenwachsen."

Rob erschrak bei der Vorstellung. „Aber, das will ich überhaupt nicht. Der Drache hat sich bestimmt geirrt, ich habe überhaupt keine magischen Fähigkeiten. Bitte, Ihr könnt das doch bestimmt wieder in Ordnung bringen", bettelte Rob. „Burkhard sollte doch Drachenmagier werden. Ich mache alles, was Ihr wollt, und dann soll der Drache seine Wahl wiederholen."

„Mein lieber Robin, das geht leider nicht so einfach, wie du denkst. Eine Drachenwahl ist kein Wunschkonzert, und man kann nicht nach Belieben Verbindungen auflösen und neu knüpfen."

Robs Hoffnungen verpufften schnörkellos in der Luft. „Aber ..." Er suchte nach Worten, fand aber keine und sah niedergeschlagen in die Leere der Halle.

„Ruh dich noch ein bisschen aus, gleich kommt Magnatus Wallace mit den Drachen Malyrtha und Fuku. Magst du etwas essen?"

„Nein danke, ich würde gerade eh nichts herunterbekommen." Und obwohl er eigentlich voller Fragen war, starrte Rob gedankenversunken an die Decke. Er fühlte sich hilflos und absolut fehl an diesem Platz.

Nach einer Viertelstunde öffnete sich die hohe, massive, zweiflügelige Holztür, und Magnatus Wallace kam mit der Drachendame Malyrtha und Fuku Riu in die große Halle. Der Anblick der stattlichen roten Drachendame Malyrtha jagte Rob einen ehrfürchtigen Schauer durch seine Glieder. Vor Bennett, dem Burgmagier, hatte er sein ganzes Leben schon größten Respekt, aber hier kamen der Magnatus von Skaiyles und zwei Drachen, von denen die eine auch noch die Vorsitzende des weisen Drachenrates war. Seine Knie wurden weich, und eine unbestimmte Furcht überkam ihn. Sein Blick schweifte zu Fuku, und das Gefühl, diesen jungen Drachen schon ewig zu kennen, überkam ihn. Die Verbindung zu ihm war noch stärker als das, was er bei Lynir empfand. Versteckt hinter einem forschen Auftreten, spürte er eine Unsicherheit, die mindestens genauso groß wie seine eigene war.

Magnatus Wallace ergriff als erster das Wort: „Ah, wie ich sehe, bist du aufgewacht, das ist gut. Es gibt einiges, was wir zu bereden haben. Darf ich dir Lady Malyrtha vorstellen?"

Rob stand auf und verbeugte sich höflich vor der Drachendame. „Guten Tag, Lady Malyrtha." Er war unsicher, wie man Drachen begrüßte, und blieb mit dem Blick auf den Boden gerichtet stehen.

Malyrtha lächelte, beugte sich zu ihm herunter und hob sein Kinn sanft mit ihrer großen Klaue an, um ihn genauer zu betrachten. Ihre rote Drachenhaut fühlte sich ledrig an und verbreitete einen feinen, rauchigen Geruch. Sie hatte ihre rasierklingenscharfen Krallen eingefahren, aber, wenn sie wollte, könnte sie ihm mit einem einzigen kräftigen Hieb seine Halsschlagader durchtrennen.

„Du bist also unser neuer Drachenmagier", sagte sie mit sanfter Stimme. Ihre katzenähnlichen, leuchtend gelben Augen musterten Rob neugierig. Rob spürte, wie ihre Aura ihn umhüllte und ihn erforschte. Rob fühlte sich wie ein offenes Buch, aber seine Furcht schwand langsam.

„Wahrlich ein interessantes Geschöpf", murmelte sie. „Fuku, willst du deinen Drachenmagier nicht begrüßen?"

Verlegen kam Fuku zu Rob, und sie standen sich hilflos gegenüber, wie zwei pubertierende Jugendliche, die nicht zueinander finden konnten. Beide spürten, was der jeweils andere dachte. In beiden brodelten Gefühle wie Wut, Neugier, Vertrauen und Misstrauen, aber keines dieser Gefühle war klar definierbar. Beide waren grenzenlos verwirrt und außer Stande, ihr Gefühlschaos zu bändigen.

Rob durchbrach als erster das Schweigen und murmelte leise: „Hallo, Fuku, schön, dich kennenzulernen."

Fuku tänzelte auf der Stelle und brachte, nachdem ihn Malyrtha auffordernd in die Seite stupste, nur ein cooles „Hallo, Rob" heraus. Er drehte sich zu Malyrtha um und fragte mit ernster Miene: „Darf ich die Braut jetzt küssen?" Er deutete einen Kussmund an und klimperte verlockend mit seinen großen Augen.

Rob fiel die Kinnlade herunter und schaute Fuku nur entgeistert an.

„Fuku Riu!", polterte Magnatus Wallace. „Es ist ja nicht gerade so, als seist du ganz unbeteiligt an dem Schlamassel hier. Also spar dir deine dummen Bemerkungen und werde endlich vernünftig."

Malyrtha und Bennett drehten sich weg, damit man ihr breites Grinsen nicht sehen konnte, und Fuku setzte ein betroffenes Gesicht auf.

Rob spürte, wie die Wut in ihm hochkochte. Wollten sie ihn hier alle verarschen?

„Darf ich euch daran erinnern, warum wir hier sind?", schimpfte Magnatus Wallace und schaute ärgerlich in die Runde. Daraufhin wandte sich Bennett väterlich direkt an Rob.

„Lieber Rob, wir wissen, dass du ohne dein Zutun in diese Situation gekommen bist. Zumindest vermuten wir das", sagte er. „Oder gibt es jemanden, für den du arbeitest? Dann wäre jetzt der richtige Zeitpunkt, das zu erzählen."

„Ihr meint, ob mich jemand beeinflusst hat, um Burkhards Drachenwahl zu verhindern? Nein, ich verstehe überhaupt nicht, was in den letzten zwei Tagen passiert ist. Ich bin ein Stalljunge, vorgestern sollte ich plötzlich Soldat werden, und nun soll ich ein Drachenmagier sein, ich verstehe überhaupt nichts mehr", sagte Rob frustriert.

„Wir müssen aber trotzdem sichergehen. Es könnte ja auch sein, dass du von jemandem benutzt wurdest. Es gibt Möglichkeiten, in den Geist einer Person einzudringen, ohne dass der Betroffene das merkt. Hast du in der letzten Zeit irgendetwas Auffälliges in dir gespürt? Ist dir etwas Besonderes aufgefallen, etwas, das anders ist als normal? Oder hast du irgendwelche Erfahrungen mit Magie gemacht?", wollte Bennett wissen.

Rob schaute Bennett nur entgeistert an. Gar nichts war mehr normal, er hatte einen Drachen in seinem Kopf!

„Ich meine, bevor dich Fuku erwählt hat", ergänzte Bennett, der Robs Gedanken erraten hatte. „Denk bitte sorgfältig nach, jedes Detail könnte wichtig sein."

Rob ließ die letzten Tage Revue passieren.

„Vorgestern war ich zu Bauer Radcliffe unterwegs. Auf dem Weg bin ich in einen Feenschwarm geraten. Das ist mir bisher noch nie passiert. Normalerweise interessieren sich die Feen nicht für mich. Aber vorgestern haben sie wie verrückt auf mir gehockt und meine Gefühle durcheinandergebracht", gestand Rob, dem seine Hilflosigkeit in dieser Situation immer noch etwas peinlich war. „Und auf der Rückfahrt zur Burg habe ich Rune, den Schwager des Bauern, mitgenommen. Er hat mir gestanden, er sei ein Wolfsblutkrieger und seine Geschwister, die Wölfe, hätten Vertrauen zu mir gefasst, deswegen könne er mir das erzählen."

Malyrtha hob interessiert eine Augenbraue an und stellte den Kopf leicht schief, sagte aber nichts.

„Als ich ihn abgesetzt habe, wollte er direkt zu Euch gehen. Dann war da noch Gweir Owen, der mich zu dem Duell mit Morgan gezwungen hat. Aber da wart Ihr ja auch dabei", fuhr Rob fort.

„Na ja, und gestern das Turnier der Magier. Da hatte ich häufiger das Gefühl, dass mich magische Kräfte durchdrangen, und natürlich die Drachenwahl", schloss Rob.

Magnatus Wallace sah Bennett fragend an.

„Das klingt alles schlüssig. Mit Rune habe ich wirklich gesprochen, und es stimmt, er ist ein Wolfsblutkrieger und hat starke magische Fähigkeiten. Aber für ihn kann ich meine Hand ins Feuer legen, ein alter Freund von mir aus Vargdal kennt ihn gut. Bei dem Duell mit Morgan war ich anwesend, da war keine Magie im Spiel. Und klar, während des Turnieres war die ganze Umgebung voller Magie, da könnte jemand in Robs Geist eingedrungen sein. Was mich aber wundert, ist die Attacke der Feen. Dafür muss es einen Grund geben. Erzähl das doch bitte nochmal genau."

Fuku schluckte und wippte nervös mit dem Kopf auf und ab.

„Da gibt es nicht viel zu erzählen. Ich war mit meiner Kutsche unterwegs, und plötzlich stürmte ein Feenschwarm auf mich ein. Erst tauchten sie mich in tiefe Trauer und kurze Zeit später in ein himmelhochjauchzendes Gefühl. Dann ließen sie, genauso plötzlich, wie sie gekommen waren, wieder von mir ab. Gesehen habe ich weit und breit niemanden", erklärte Rob.

„Hmmm, das ist seltsam. Wahrscheinlich hat jemand die Feen verzaubert, aber das ergibt keinen Sinn, es sei denn, jemand wollte Rob ärgern", überlegte Malyrtha laut und sah dabei den unruhigen Fuku an.

„Fuku, gibt es etwas, das du uns sagen möchtest?", forschte sie nach, ohne ihren strengen Blick von ihm abzuwenden.

Fuku räusperte sich. „Ähhhh, ja, ich glaube, ich kann das erklären. Ich war zufällig in der Nähe, um mir die Burg Skargness anzusehen. Na ja, und als ich dort im Wald rumstreunte, habe ich mir einen fürchterlich schmerzhaften Splitter in den Fuß getreten. Das hat höllisch wehgetan, und ich ließ meinen Schmerzen freien Lauf. Das muss sich wohl auf die Feen übertragen haben. Aber als ich sah, dass sie sich auf einen unschuldigen Jungen stürzten, habe ich sofort einen Freudenzauber über sie gelegt. Damit der arme Kerl nicht unnötig leiden musste. Und dann habe ich den Zauber sachte abklingen lassen. Ja, so war das."

Lady Malyrtha schaute Fuku nur missbilligend an, aber Rob spürte, dass Fuku sich nur rausredete. Aber das war ihm gerade egal, er hatte drängendere Probleme.

„Gut, dann ist das also auch geklärt", beendete Bennett schnell dieses Thema.

„Gab es sonst noch etwas?", wollte er von Rob wissen.

„Nein, sonst war alles wie immer", gab der zurück.

„Wir brauchen dir nichts vorzumachen, Rob, du solltest nicht als Drachenmagier gewählt werden", übernahm Magnatus Wallace. „Aber die Dinge sind nun mal, wie sie sind. Damit wir aber wirklich sicher sein können, möchte ich, dass Lady Malyrtha eure Verbindung überprüft. Dafür muss sie tief in eure Seelen und das magische Band eindringen, und das geht nur, wenn ihr euch vollständig für sie öffnet. Die Prozedur ist der Drachenwahl von gestern sehr ähnlich, nur dass keine neuen Verbindungen geknüpft werden. Ihr werdet danach keine Geheimnisse mehr vor ihr haben, aber sie wird niemandem von diesen Dingen erzählen. Ist das o. k. für euch?"

Hatte er denn eine Wahl, fragte sich Rob. Aber eigentlich fand er die Idee sehr gut, vielleicht würde dann das latente Misstrauen, das er von allen spürte, weniger werden.

„Für mich ist das o. k.", sagte er, und auch Fuku stimmte zu.

Malyrtha sah die beiden ernst an. „Aber dafür müsst ihr zwei mitarbeiten und mich unterstützen."

Sie trat einen Schritt zurück und baute sich zu ihrer vollen Größe auf. „Tretet bitte vor mich und schließt eure Augen", befahl sie. Sie legte Fuku und Rob ihre Klauen auf den Kopf und intonierte, diesmal leise, wieder den tiefen Gesang, den Rob noch von der Drachenwahl in Erinnerung hatte. Rob spürte, wie seine Gedanken mit denen von Fuku verschmolzen und sich die Grenzen zwischen ihnen immer weiter auflösten. Bilder wie bei der Drachenwahl entstanden in seinem Kopf. Ihm war unheimlich, wie sehr er Fuku verstand und was in ihm vorging. „Keine Angst, ihr macht das sehr gut", hörten sie Malyrthas gedankliche Stimme. Die Drachendame glühte wieder leuchtend rot, und zwischen Rob und Fuku tanzten rötliche Lichtschwaden, die in ihren Bewegungen an Polarlichter erinnerten. Sie spürten ein leichtes Kribbeln, fast schon ein Kitzeln, als Malyrtha in ihrem Kopf unterwegs war. Aber im Gegensatz zu dem Eindringen von Chocque während der Drachenwahl übte ihr Geist keinerlei Druck aus. Sie hatten vielmehr das Gefühl, vollständig akzeptiert zu sein und dass sie Einfluss auf Malyrthas Geist nahmen, statt umgekehrt. Nach ein paar Minuten entließ sie die zwei langsam aus der Trance. Es war wie das zufriedene Aufwachen aus einem schönen Traum.

„Und?", fragte Magnatus Wallace gespannt.

„Unglaublich." Malyrtha war noch ganz benommen von ihren Eindrücken. „So etwas habe ich noch nie gesehen. Das Band von Fuku und Robin ist so tief verwurzelt, dass eine hundertjährige Eiche mit ihren Wurzeln dagegen wie ein frischer Keimling wirkt. Die Verbindung ist so rein, da hatte niemand seine Finger im Spiel. Langsam glaube ich, Fuku hatte das große Glück und die Größe, sein wahres menschliches Alter Ego zu erkennen und zu wählen. Ich bin mir sicher, dass keine fremde Macht so etwas erschaffen kann. Das bedeutet aber auch, die zwei sind nicht mehr zu trennen, es sei denn einer stirbt." Rob und Fuku schluckten unwillkürlich. „Aber den Verlust des anderen würde der Überlebende nicht lange überstehen."

Magnatus Wallace und Bennett waren sichtlich überrascht. „Du meinst, Fuku und Robin sind für einander bestimmt?", wollte Magnatus Wallace wissen.

„Eine Verbindung mit Burkhard wäre sicherlich zu unserem Vorteil gewesen, aber aus Fukus Sicht hat er definitiv die bessere Wahl getroffen", sagte Lady Malyrtha.

„Aber Robin bringt doch keinerlei magische Fähigkeiten mit, das ist doch so, als will man mit einem groben Stein eine edle Klinge schärfen", meinte Magnatus Wallace.

„Woher weißt du, dass der Junge keine magischen Fähigkeiten besitzt? Nur weil wir etwas nicht sehen, heißt das noch lange nicht, dass es nicht da ist. Ich glaube, in Robin stecken mehr Kräfte, als wir alle vermuten", antwortete ihm Malyrtha ärgerlich.

„Aber er hat es nicht mal geschafft, einen einfachen Schwarm Feen zu verscheuchen", gab nun Fuku zu bedenken, der die Vorstellung, auf immer mit einem groben Stein verbunden zu sein, eher enttäuschend fand.

Malyrtha funkelte Fuku böse an, da es ihr gegen den Strich ging, wie abwertend Fuku über Rob redete. „Er hat aber einen äußerst unreifen und arroganten Drachen dazu gebracht, einen Fehler einzusehen und zu korrigieren. Oder warum denkst du, hast du einen Gegenzauber gewirkt?"

Fuku sah trotzig auf den Boden.

Auch wenn er immer noch nichts verstand, verspürte Rob doch einen gewissen Stolz, dass ihn Lady Malyrtha verteidigte.

„Anstatt auf Rob herumzuhacken, solltest du lieber versuchen, seine Qualitäten zu erkennen und ihm helfen, eure Magie zu verstehen. Du hattest das Glück, eine gute Ausbildung zu bekommen, in dir stecken große Fähigkeiten, aber wenn du Rob nicht akzeptierst, war all das umsonst. Fuku, auch du musst noch viel lernen, besonders Verantwortung zu übernehmen und auch mal an andere zu denken", schimpfte sie mit ihm.

Die Rüge von Malyrtha traf Fuku tief. Niemand verstand ihn, und alle erwarteten nur Großes von ihm. Er solle an andere denken ... Pah! Schließlich hatte er sich die Drachenwahl nicht ausgesucht. Beleidigt hielt Fuku seinen Mund, verzog sich in eine Ecke des Raumes und spielte mit einer Flamme, die er von einer Klaue in die andere hüpfen ließ.

Rob sah traurig zu Fuku hinüber, doch Lady Malyrtha ignorierte den schmollenden Drachen. „Lass ihn, der hat gerade ein paar Dinge, über die er erstmal nachdenken muss, aber das wird schon. Er ist ein lieber Kerl und wird sich auch wieder beruhigen." Fuku, der das mit einem Ohr hörte, drehte sich absichtlich weg.

„Unser vordringlichstes Ziel muss sein, den jungen Robin auszubilden und aus den beiden einen richtigen Drachenmagier zu formen. Ich vermute, dass die zwei ein riesiges Potential haben, wir müssen es nur herausarbeiten", meinte Malyrtha zu den beiden Magiern. „Bennett, traut Ihr Euch das zu? Das wäre die eleganteste Lösung."

„Sehr gerne, aber wie stellt Ihr Euch das vor? Fuku und Robin werden nicht hier auf der Burg bleiben können. Zumindest nicht, solange Burkhard hier ist", meinte Bennett.

„Stimmt, daran haben wir bei dem ganzen Chaos noch gar nicht gedacht", pflichtete ihm Magnatus Wallace bei.

„Wir könnten ihn nach Norgyaard zu Loke Lindroth schicken. Der ist zwar etwas unkonventionell, aber der Aufgabe sicherlich gewachsen", überlegte Bennett laut.

„Gar keine schlechte Idee, dann wären sie auch nicht mehr in Skaiyles und hier aus der Schusslinie. Ich bin eh darauf gespannt, was unser geliebter König Charles uns erzählen wird, wenn wir wieder nach Falconcrest zurückkehren. Wahrscheinlich ist er außer sich vor Wut. Für ihn ist die Allianz mit der Familie Bailey ein Stützpfeiler seiner Macht in Skaiyles, und er hat mich vor meiner Abreise noch extra gebeten, darauf zu achten, dass bei der Wahl Burkhards alles reibungslos läuft. Mit seiner Liebe zu den Drachenmagiern ist er dem Kaiser und dessen Berater Mortemani schon lange ein Dorn im Auge. Sie werfen ihm vor, die Bedrohung durch die Trolle im Norden nicht im Griff zu haben. Wenn er jetzt die Unterstützung von Lord Bailey verlieren sollte, wird es eng für ihn. Es besteht die Gefahr, dass der Kaiser, unter dem Vorwand der Bedrohung durch die Trolle, die Macht in Skaiyles an sich reißen wird."

„Aber dann müsste er doch mit seinen Truppen in Skaiyles einmarschieren und einen offenen Krieg riskieren", gab Bennett zu bedenken.

„Dafür sind seine Truppen noch nicht stark genug, aber er könnte wie in Rochildar nach und nach seine Magier der reinen Lehre an wichtigen Positionen installieren und die Übernahme von innen heraus vorantreiben. Aber, solange ich Magnatus bin, wird ihm das nicht gelingen. Uns bleibt nichts anderes übrig, als mit Bailey zu reden", sagte Magnatus Wallace.

„Was wollt Ihr ihm denn anbieten, jetzt wo klar ist, dass sein Sohn kein Drachenmagier sein wird?", fragte Bennett.

„Ich werde ihm vorschlagen, dass ich Burkhard persönlich unter meine Fittiche nehme und seine Magierausbildung in Falconcrest, am Hofe von König Charles, fortführe. Er wäre zwar kein Drachenmagier, aber Lord Bailey hätte seinen Sohn in der Nähe des Königs. Die Vorstellung, direkten Einfluss am Königshof zu haben, sollte für ihn nicht uninteressant sein", sagte Magnatus Wallace.

„Wenn ich das wieder höre! Immer nur reden und reden, irgendwann müssen wir vielleicht auch mal kämpfen", grollte Malyrtha.

Magnatus Wallace lächelte seine Drachendame Malyrtha freundlich an. „Siehst du, Rob, ein schönes Beispiel für einen Drachenmagier. Während ich die Lösung in einem Konsens suche, möchte meine geliebte Drachendame am liebsten alle auffressen."

„Wenn ich bedenke, was wir uns in der letzten Zeit alles gefallen lassen mussten, ist meine Antwort definitiv ja!", grummelte Malyrtha.

„Bennett, schnappt Ihr Euch Robin und beginnt mit ihm und Fuku zu arbeiten. Ich werde mit Lady Malyrtha den anderen Drachenmagiern Bericht erstatten und anschließend das Gespräch mit Lord Bailey suchen", sagte Magnatus Wallace und zog mit Malyrtha ab.

Nur noch Rob, Bennett und Fuku, der versonnen mit seiner Flamme spielte, waren in der großen Halle. „Fuku, kommst du mit? Ich werde deine Hilfe brauchen, um Rob zu zeigen, wie eure Magie funktioniert."

Fuku schaute erst Bennett und dann Rob mit großen Augen an. Sein Ärger war größtenteils verflogen. Er gab sich einen Ruck, löschte die Flamme in seiner Hand und begleitete die beiden nach draußen.

Als sie die Tür öffneten, empfing sie die warme Herbstsonne und emsiges Vogelgezwitscher. Im äußeren Vorhof der Burg deutete nichts auf die schwelenden Konflikte hin, jeder ging geschäftig seiner täglichen Arbeit nach. Rob hielt nach Ulbert Ausschau, aber der war wohl im Stall beschäftigt und nicht zu sehen. Er bemerkte die neugierigen Blicke der Burgbewohner und der Wachen, aber sobald er ihre Blicke erwiderte, drehten sie sich weg und konzentrierten sich angestrengt auf ihre Arbeit.

„Wir gehen am besten in meinen Turm. Fuku, ich lasse dich oben durch mein Observatorium rein", sagte Bennett.

Fuku stieß sich vom Boden ab und flog los, während Bennett die schwere Eichenholztür zu seinem Turm öffnete.

„Ich dreh noch ein paar Runden, bis ihr oben seid."

Auch wenn es nur kurz war, genoss Fuku es, alleine zu sein. Er kreiste über der Burg Skargness und dachte über sich und Rob nach. Wir sind nicht mehr zu trennen, hat Malyrtha gesagt. Rob war sicherlich die bessere Wahl als dieser unfähige Burkhard. Er musste sich eingestehen, dass er den Jungen eigentlich sogar mochte. Immerhin hatte er es geschafft, seine magische Energie in sich aufzunehmen, aber die Vorstellung, Babysitter für einen Menschen zu sein, passte ihm überhaupt nicht.

Rob und Bennett gingen die steinerne Wendeltreppe hoch. Als sie an der Gästewohnung im ersten Stock vorbeikamen, fiel Rob die Unordnung auf. Gebrauchte Töpfe standen auf dem Küchentisch, das Bett war unordentlich, und überall lagen Scherben auf dem Boden.

„Bis gestern war hier Baroness Gwynefa einquartiert. Aber gestern Abend sind Magnatus Wallace und sie noch aneinander geraten. Darauf hat sie sich wutentbrannt mit ihrem Drachen Tanyulth aus dem Staub gemacht und ist zurück nach Fairfountain geflogen", erklärte Bennett, der Robs irritierten Blick bemerkt hatte. „Die Gute kann manchmal sehr aufbrausend sein", grinste er in sich hinein. „Vielleicht solltest du dieses Zimmer beziehen", überlegte er laut. Ihr Weg führte sie weiter über den Unterrichtsraum in die Bibliothek. Der Anblick des Deckengemäldes mit den drei Drachen verschlug Rob wieder den Atem. Nachdem er jetzt echte Drachen kannte, kam ihm das Gemälde noch realistischer vor. Bennett ging die Wendeltreppe hoch und Rob folgte ihm brav. Als er vor einem großen Bücherregal stehen blieb, fiel ihm auf, dass er beim letzten Mal gar nicht bemerkt hatte, dass es gar keinen Weg nach oben in den fünften Stock des Turmes gab. Bennett breitete seine Arme aus und murmelte ein paar Worte.

Es klackte leise, und wie von Geisterhand klappte das Bücherregal, samt seinen Büchern, auf und gab einen Durchgang nach oben frei. Eine verschlungene, steinerne Wendeltreppe tat sich vor ihnen auf. Das ergab keinen Sinn, Rob ging einen Schritt zur Seite und schaute hinter das Bücherregal. Da war nur die Rückseite des Regals, ebenfalls bis in den letzten Winkel vollgestopft mit Büchern, zu sehen. Rob trat wieder zurück vor das Regal und sah Bennett fragend an. „Ähh, das kann doch nicht sein ...", brachte er hervor. Bennett lächelte nur verschmitzt.

„Was, ach du meinst die Treppe. Entschuldige, hier herrscht chronischer Platzmangel. Ich habe langsam keine Ahnung mehr, wohin mit den ganzen Büchern und Schriften. Also habe ich mir eine kleine magische Pforte gebaut, um Platz zu sparen. Praktisches Ding, nicht?" Bennett kicherte. „Und außerdem möchte man ja schließlich auch mal ungesehen von der Burg verschwinden."

Rob folgte dem versonnen lächelnden Bennett in das Bücherregal, auch wenn es ihm unheimlich war. Im obersten Geschoss, dem magischen Kabinett von Bennett, kamen sie aus einem anderen Bücherregal wieder heraus.

Rob stockte der Atem, er wusste gar nicht, wohin er zuerst schauen sollte – oder vielmehr, was er erwartet hatte. Dieses Zimmer war vollgestopft mit magischen Geräten, Büchern, Fläschchen und Tiegeln. Zu seiner rechten Seite, genau vor einem Fenster, stand ein schwerer, dunkler Schreibtisch mit barockgeschwungenen Beinen und einem kleinen, mit rotem Samt überzogenen Hocker davor. Auf beiden Seiten der Arbeitsfläche stapelten sich vergilbte, aufgeschlagene Folianten zu hohen Türmen, die sich wie ein Gebirge über den Schreibtisch zogen. In der Mitte bildeten sie eine Schlucht, die gerade breit genug für ein handbeschriebenes Papyrus war. Die gläsernen Tintenfässchen für die unterschiedlich farbigen Tinten standen wie kleine Berghütten auf den Vorsprüngen, die entstanden, weil die Bücher leicht verdreht gestapelt waren. Auf einem dieser Vorsprünge lagen auch ein kleines, längliches Schälchen mit feinen Schreibfedern und eine Brille mit runden Gläsern. Neben dem Schreibtisch führte eine kleine Wendeltreppe weiter nach oben. Neben der Wendeltreppe stand ein Schrank mit tausenden Schubladen, wie man sie häufig in Apotheken fand. Jede Schublade war akribisch mit einem kleinen, schnörkelig beschrifteten Schild versehen, das einen Hinweis auf den dahinter verborgenen Inhalt gab. Davor stand ein Globus und auf einem dreibeinigen, bronzenen Stativ ein Gerät, mit dem man Konstellationen von Planeten nachstellen konnte. Daran schlossen sich weitere Regale an, in denen große und kleine Flaschen standen, die mit bunten Flüssigkeiten gefüllt waren. Es gab einen Bereich, in dem bleiche, skurrile, in Flüssigkeit eingelegte Kadavern in den großen Gefäßen schwammen. Viele von ihnen waren selbst im Tod von so schrecklicher Gestalt, dass Rob sich sicher war, ihnen nicht in echt begegnen zu wollen. Rob musste sich unwillkürlich schütteln. In der Mitte des Raumes stand ein großer, runder Tisch, von vier stabilen, einfachen Holzstühlen umgeben. Auf dem Tisch war eine wunderschöne Landkarte von Skaiyles ausgebreitet, die mit diversen Punkten mit handschriftlichen Bemerkungen und wundersamen Zeichnungen versehen war. Auch hier lagen aufgeschlagene Bücher verteilt, in denen Bennett diverse Stellen mit roter Tinte markiert hatte. Zu seiner Linken war ein kleiner Bereich mit einem schweren blauen Samtvorhang abgetrennt. Dahinter vermutete Rob ein Bett, weil sicherlich auch ein Burgmagier mal schlafen musste. Weitere, bis zum Bersten gefüllte Bücherregale und Vitrinen mit funkelnden Steinen und Mineralien füllten den restlichen Raum aus. Von der Decke herab seilten sich an dünnen Schnüren Traumfänger, magische Mobiles und Kugeln ab. Rob konnte sich nicht vorstellen, dass man in diesem Chaos den Überblick behalten konnte.

„Entschuldige die Unordnung, ich komme selten zum Aufräumen. Lass uns nach oben ins Observatorium gehen und Fuku reinlassen."

Sie gingen über die Wendeltreppe nach oben. Rob war völlig überrascht, dass der Turm eine gläserne Kuppel hatte. Sie schloss den etwa zehn Meter hohen Raum so geschickt ab und war tief in den Turm eingelassen, dass man sie von unten nicht sehen konnte. In dem Observatorium gab es fünf verschieden hohe Galerien, die über eine Treppe, die sich spiralförmig an die Wand schmiegte, erreichbar waren. Auf jeder der Galerien stand ein Fernrohr unterschiedlicher Größe. Sie waren auf massive goldene Stative montiert und in unterschiedliche Richtungen ausgerichtet. Die in Blei gefassten, gewölbten Fensterscheiben zierten feine Linien und Punkte, die teilweise beschriftet waren. Bennett hatte auf ihnen Sternenbahnen und Namen von wichtigen Konstellationen aufgemalt. Ansonsten war das Observatorium im Vergleich zu dem unteren Geschoss relativ leer. An einer

Wand vor einem der fünf, in die dicke Steinwand eingelassenen, bodentiefen Fenster stand ein Schreibtisch, neben dem in einer Tonne diverse aufgerollte Sternenkarten steckten. An einem anderen Fenster, das nach Süden ausgerichtet war, thronte ein gemütlicher, mit rotem Samt bezogener Ohrensessel. Daneben ein kleiner Beistelltisch und ein Fußhocker. Die Wand neben dem Sessel zierte ein großer Spiegel mit einem wunderschönen, geschwungenen, goldenen Rahmen. Dem Sessel gegenüber war eine hölzerne Voliere, in der sieben Raben gemütlich auf ihren Stangen saßen und zufrieden vor sich hin krächzten. Die Voliere hatte einen eigenen Ausgang, der extra durch die dicken Mauern gebrochen worden war, damit die Raben nach Belieben kommen und gehen konnten.

Bennett murmelte ein paar Worte, und die gewölbten Glasscheiben der Kuppel rotierten zur Seite. Rob sah, wie Fuku über den Turm hinwegflog und nun wieder die Richtung änderte, um hereinzukommen. Rob bekam eine Gänsehaut bei dem Gedanken, dass er und dieser faszinierende Drache ab nun zusammengehörten. Fuku flatterte geschickt über die relativ kleine Öffnung in der Kuppel und ließ sich die letzten vier Meter einfach herunterplumpsen. Mit viel Getöse und einem lauten Rumms landete er auf dem Boden. „'Tschuldigung", meinte er grinsend, etwas dümmlich auf dem Hintern sitzend.

Bennett sah ihn vorwurfsvoll an. „Hättest du die letzten Meter nicht levitieren können?"

Fuku zwinkerte Rob zu. „Er meinte damit schweben. Ups, ja Entschuldigung. Soll nicht wieder vorkommen."

Bennett schüttelte nur den Kopf, kommentierte Fukus Auftritt aber nicht weiter. Rob dagegen freute sich über Fukus Vertrautheit, vielleicht würden sie ja doch gute Freunde werden.

„Gut, ihr zwei. Wir sind hier, um Robin die Magie der Drachen näherzubringen. Legen wir los." Er wandte sich direkt an Rob. „Worte können dir vielleicht eine Ahnung von der Magie vermitteln, aber um sie wirklich zu verstehen, musst du sie selbst erleben." Rob nickte und war fürchterlich aufgeregt. „In der ersten Übung wird Fuku auf deiner Hand eine kleine Flamme entstehen lassen. Deine Aufgabe ist es, der Kraft nachzuspüren und herauszufinden, was die Magie in dir anstellt. Du hast doch vorhin Fuku in der Halle gesehen, wie er mit der Flamme gespielt hat, oder?"

Rob nickte und streckte seinen rechten Arm mit der Handfläche nach oben aus. Die Hand zitterte deutlich. Rob atmete tief durch, um sich zu beruhigen.

„Bist du so weit? Keine Angst, du wirst keinen Schmerz spüren."

„Ich bin so weit", presste Rob nervös heraus. Bennett nickte Fuku zu, der es sich auf dem Boden gemütlich gemacht hatte. Fuku grinste und plötzlich loderte eine kleine Flamme auf Robs Hand auf. Rob erschrak fürchterlich, als er die Flamme in seiner Hand sah, und sein Herz raste wie wild. Er brachte seine gesamte Selbstbeherrschung auf, um keinen Löschversuch zu unternehmen.

„Sehr gut", lobte ihn Bennett. Rob beruhigte sich langsam, auch wenn sein Herz noch immer wild in seiner Brust bummerte. Fasziniert schaute er auf seine Hand, in der eine fünfzehn Zentimeter große Flamme lustig vor sich hin flackerte. Nach ein paar Sekunden wagte er es, die Hand mit der Flamme zu bewegen. Rob grinste breit.

„Und? Kannst du etwas spüren?", fragte Bennett.

Rob schloss die Augen, und tatsächlich spürte er, wie eine Energie von Fuku zu ihm floss. Es fühlte sich ähnlich an wie ein Windhauch, der aber nicht an seiner Haut stoppte, sondern durch ihn durch wehte und sich zu seiner Hand hin verdichtete.

„Ja, ich spüre, wie etwas durch mich hindurch, in meine rechte Hand fließt."

„Ausgezeichnet, dann versuche jetzt die Energie in deine linke Hand zu leiten", forderte Bennett ihn auf.

Rob schloss die Augen, streckte die linke Hand aus, forschte nach dem Energiefluss und versuchte ihn umzuleiten. Er fühlte, wie er die sanfte Strömung zu fassen bekam und versuchte hoch konzentriert, sie in die Hand umzuleiten. Als er die Augen aufmachte, stellte er enttäuscht fest, dass die Flamme aus war.

Hinter ihm brach Fuku in schallendes Gelächter aus und trommelte mit beiden Fäusten auf den Boden. Verstört sah Rob erst zu Fuku, dann zu Bennett, der auch schmunzeln musste.

„Super", meinte Rob ärgerlich, der nicht bemerkt hatte, dass die Flamme auf seinem Kopf weiterloderte. „Könnt ihr mir sagen, was so lustig ist?"

Fuku konnte sich kaum halten vor Lachen. „Och, ich hatte nur das unbestimmte Gefühl, dass dir ein Licht aufgegangen ist."

„Wie, mir ist ein Licht aufgegangen? Wenn du damit wissen willst, ob ich die Energie gespürt habe, dann ja, das habe ich", patzte Rob Fuku an. Er wurde unsicher und zog eine Grimasse. „Verdammt, kannst du mich an deinem Spaß teilhaben lassen?"

Bennett, der selber auch fürchterlich grinsen musste, nahm Rob an der Schulter und brachte ihn zu dem großen Spiegel neben dem Sessel.

Als er auf seinem Kopf die tanzende Flamme sah, die er eigentlich auf seine linke Hand hatte bewegen wollen, musste selbst Rob lachen.

„Sag ich doch, du hattest eine Erleuchtung." Fuku kringelte sich auf dem Boden.

„Mal Spaß beiseite, das war wirklich nicht schlecht. Zumindest hast du sie bewegt, wenn auch nicht dahin, wo du sie haben wolltest. Du hast die Energie gespürt und beeinflusst und das direkt beim ersten Mal", lobte Bennett ihn. „Versuche mal weniger deinen Verstand zu benutzen, und verlasse dich mehr auf dein Körpergefühl. Der Verstand konzentriert alle Empfindungen immer auf den Kopf. Da ist es dann kein Wunder, wenn die Flamme dort auch landet."

Rob schloss wieder die Augen und schaffte es nach einigen Versuchen tatsächlich, die Flamme in der linken Hand zu halten. Rob fand Spaß an der Übung und erlangte immer mehr Zugriff auf die in ihm strömende Energie. Nach einiger Zeit vermochte er auch die Größe der Flamme zu modulieren und sie zu teilen, so dass sie auf beiden Händen loderte. Dabei lernte er auch den Energiefluss zu blockieren. Die Flamme erstarb.

„Respekt, das kann sich sehen lassen. Das war wirklich sehr gut. Was du eben gemacht hast, fällt unter die Kategorie Feuerzauber. Dazu gehört im weitesten Sinne, Dinge wachsen zu lassen und sie nach deinem Willen zu gestalten, ohne ihr Wesen zu verändern", erklärte ihm Bennett.

Rob war riesig stolz und fühlte sich zum ersten Mal an diesem Tag richtig gut.

„Magst du versuchen, einen Schritt weiter zu gehen?", fragte Bennett.

„Sehr gerne." Rob hatte Blut geleckt und wollte begierig alles über Magie wissen.

„In der nächsten Übung achtest du bitte genau darauf, was Fuku macht, wenn er die Flamme entstehen lässt. Du bewegst sie dann in die andere Hand und lässt sie dort erlöschen. Fuku, darf ich bitten?"

„Wenn es sein muss", sagte Fuku gelangweilt und erntete einen strafenden Blick von Bennett. „Mach ich doch gerne", hängte er schnell dran.

Die nächste Viertelstunde verbrachten sie mit dieser Übung, bis Bennett Rob aufforderte, diesmal selbst die Flamme entstehen zu lassen. Und tatsächlich, nach dem dritten Versuch schaffte es Rob ganz alleine. Eine kleine Flamme zeigte sich in der rechten Hand und Rob spürte, dass die Energie aus ihm selbst kam und nicht wie vorher von Fuku.

„Ausgezeichnet, mit dem Auslösen des Feuers hast du deinen ersten Holzzauber gemeistert. Du hast etwas neu entstehen lassen, was es vorher noch nicht gab", sagte Bennett begeistert. „Und nun mach sie größer", forderte er ihn auf.

Vor Selbstbewusstsein strotzend legte Rob all seine Energie in den Versuch, die Flamme wachsen zu lassen. Er spürte, wie sich die Kraft in ihm staute, weil er es nicht schaffte, sie in die Flamme zu leiten.

„Du musst dich entspannen und auf die Kraft einlassen", riet ihm Fuku. „Bei meinem ersten Feuerstoß habe ich mir die Sonne als Vorbild genommen."

Rob schaute hoch in die Sonne und spürte ihrer Stärke nach. Eine Riesenflamme schoss aus seinem gesamten Körper heraus und setzte die Vorhänge in Brand.

„Holla", rief Bennett aus und wirkte ein Schutzfeld um Rob. „Du verbrennst mir meine ganzen Sachen. Stopp die Flamme, oder mach sie wieder kleiner."

Rob war in dem Schutzfeld eingeschlossen und vollständig in sein eigenes Flammeninferno getaucht. Er kämpfte seine Panik nieder und schaffte es aus eigener Kraft, das Feuer zu löschen.

„Fuku, kannst du bitte demnächst etwas vorsichtiger mit deinen Ratschlägen sein? Du siehst ja selber, wohin sie führen. Und du, junger Herr Rob, solltest lernen, deine Kräfte zu dosieren. Aber du kannst wirklich zufrieden mit deiner Leistung sein. Wofür du zwei Stunden gebraucht hast, brauchen andere ein halbes Jahr."

„Aber ich dachte immer, ich hätte keine magischen Fähigkeiten in mir. Ist das mit der Drachenwahl gekommen?", wollte Rob wissen.

„Nein, viele tragen unerkannt magische Fähigkeiten in sich. Sei froh, dass du bisher noch keine Magie in dir bemerkt hast. Mit deiner Ausbildung bauen wir in dir das Gefäß auf, das die magische Energie aufnimmt. Da du noch wie ein unbeschriebenes Blatt bist, können wir ein großes Gefäß ins Auge fassen. Hättest du schon magische Fähigkeiten, wäre das Gefäß schon da und könnte nur schwer erweitert werden", erklärte Bennett ihm.

„Für heute machen wir mit der Praxis Schluss. Ich möchte, dass du deine Sachen packst und bis auf weiteres unten in die Wohnung im ersten Stock ziehst. Ich gebe dir noch zwei Bücher über die Geschichte der Drachenmagier mit.

Die liest du bitte möglichst zügig", sagte Bennett, der sehr zufrieden mit Rob war.

Robs Miene verfinsterte sich. „Entschuldigung, aber ich habe leider nie lesen gelernt, ich dachte das wüsstet Ihr."

„Wie, du kannst nicht lesen?", platzte es aus Fuku heraus, der ehrlich entsetzt war und sich nicht vorstellen konnte, dass jemand nicht lesen konnte. „Was hast du die letzten siebzehn Jahre eigentlich gelernt? Das ist ein schlechter Scherz oder?"

„Nein, das ist kein Scherz", sagte Rob verschämt.

Bennett ärgerte sich maßlos über sich selbst. Wie sollte der Junge auch lesen gelernt haben, das hätte er sich auch denken können. Nun hatte er ihn vor dem Drachen unnötig in diese peinliche Situation gebracht, gerade als er das Gefühl hatte, Fuku würde Rob langsam akzeptieren.

„Das ist kein Problem, das lernst du schnell. Wir arbeiten jetzt jeden Tag zusammen, da wäre es doch gelacht, wenn wir diese Kleinigkeit nicht auch in den Griff bekämen. Und jetzt geh und hol deine Sachen, ich komme nachher nochmal runter zu dir", versuchte Bennett die Situation zu entschärfen. Fuku warf er einen Blick zu, der ihm vermitteln sollte, seine vorlaute Klappe zu halten. Fuku verstand die Warnung und schwieg.

Rob trollte sich mit gemischten Gefühlen die Treppe hinunter.

„Warte", rief Bennett. „Ich geleite dich noch hinaus. Fuku, du bleibst bitte hier. Ich möchte noch kurz mit dir reden."

An dem Bücherschrank mit der magischen Pforte zur Bibliothek klopfte Bennett Rob freundschaftlich auf die Schulter. „Mach dir keine Gedanken, alles wird gut. Fuku ist wirklich ein lieber Kerl, aber er muss sich auch erstmal an die neue Situation gewöhnen. Du warst heute wirklich gut, ich hatte noch nie einen Schüler, der es so schnell geschafft hat, Magieflüsse zu erkennen und sie direkt auch manipulieren zu können. Du darfst wirklich sehr stolz auf dich sein."

„Danke, dass Ihr Euch um mich kümmert. Ich weiß das sehr zu schätzen", antwortete Rob bescheiden.

Auf dem Weg hinunter vergaß er seinen Ärger über Fuku und übte das Spiel mit der Flamme. Was Pantaleon wohl sagt, wenn ich ihm das zeige, überlegte er. Rob lächelte bei der Vorstellung.

Unterdessen redete Bennett ein ernstes Wort mit Fuku und rang ihm das Versprechen ab, sich bei Rob wegen seiner herablassenden Worte zum Thema Lesen zu entschuldigen.

REDEN ODER KÄMPFEN?

Gut gelaunt verließ Rob den magischen Turm und ging hinüber zur Schmiede, um Pantaleon zu treffen. Er kreuzte den Weg einer Schar schwer bewaffneter Soldaten, die das Wappen von Rochildar trugen und auf die Hauptburg zuliefen. Zu dem Lärm der marschierenden Soldaten gesellte sich der monotone harte Klang von einem Hammer, der mit kräftigen Schlägen auf ein Stück Stahl niederging. Das Echo des Schlages verhallte langsam zwischen den massiven, steinernen Mauern der Burg, um nach einem kurzen Augenblick von dem harten, metallischen Anschwellen des nächsten Schlages übertönt zu werden.

Rob öffnete die Tür zur Schmiede. Ihm kam der beißende Rauch des Schmiedefeuers entgegen, der leicht in seinen Augen brannte. Er musste sich langsam an die Dunkelheit in der Schmiede gewöhnen, bevor er Pantaleon sah, der mit einem schweren Hammer ein rot glühendes Stück Stahl auf einem Amboss in Form brachte. Pantaleon war alleine, da sein Meister Jeremy Collins vor der Burg den Abbau der Tribünen überwachte. Pan, der das Öffnen der Tür bemerkt hatte, blickte kurz hoch und nickte Rob beiläufig zu. Rob wusste, dass Pantaleon beim Schmieden immer hochkonzentriert war. Seine gesamte Aufmerksamkeit gehörte dem glühenden Stahl, der empfindlich wie eine Mimose jeden Schlag zu viel oder jeden Grad Hitze zu wenig damit quittierte, aus der Form zu geraten oder gar zu brechen. Pantaleon nahm den glühenden Stahl und schreckte ihn in einem Bottich mit kaltem Wasser ab. Unter lautem Zischen füllte sich die Schmiede mit feuchtem weißem Dampf. Mit kräftigen Stößen des Blasebalges verstärkte Pantaleon die

Glut des Schmiedefeuers, legte den Stahl hinein und prüfte immer wieder mit fachmännischem Blick, ob die von ihm gewünschte Temperatur erreicht war. Dann nahm er ihn wieder aus der Glut und bearbeitete ihn weiter mit dem Hammer. Langsam und stetig gab der Stahl, den immer wiederkehrenden Wiederholungen dieses Ablaufes nach und ließ sich von Pantaleon gefügig in die Form seiner neuen Bestimmung treiben. Zu Beginn der Arbeiten, kannte nur Pantaleon die Berufung des rohen Stück Stahls, aber jetzt konnte auch Rob erkennen, dass der unbehandelte Klotz die Form einer Streitaxt annahm und vermutlich in naher Zukunft den Feinden von Druidsham schwere Verletzungen, wenn nicht sogar den Tod, bringen würde.

Nach zehn Minuten war der Rohling so weit, dass Pantaleon eine Pause machen konnte. Er zog seine lederne Schürze aus, und die beiden Jungen gingen nach draußen, um sich dort auf die Bank vor der Schmiede zu setzen.

„So, nun bist du also kein Soldat mehr, sondern Magier mit einem eigenem Drachen. Glückwunsch", sagte Pantaleon, wobei Rob den mitschwingenden Sarkasmus nicht erkannte.

„Pass mal auf, Pan, was ich heute gelernt habe." Rob zeigte ihm sein magisches Flammenspiel. Neidisch sah Pantaleon zu, wie Rob voller stolz auf seiner Hand eine Flamme aus dem Nichts entzündete und sie mal größer, mal kleiner über sich gleiten ließ. Erwartungsvoll blickte Rob Pantaleon an. Doch der brachte nur ein knappes „Schön" heraus.

Rob war enttäuscht. „Was ist los mit dir? Ich dachte du freust dich vielleicht. Habe ich dir was getan?"

„Nö, ist schon o. k.", sagte Pantaleon und blickte gedankenversunken den kleinen Steinchen, die er auf den Boden schnippte, hinterher.

„Nichts ist o. k., das merke ich dir doch an", forschte Rob nach. Nicht, dass er nicht schon genug eigene Probleme hätte. Jetzt war auch noch sein bester Freund aus irgendwelchen Gründen sauer. Rob merkte, dass er ein bisschen gereizt klang, aber was sollte er dagegen tun? Die letzten zwei

Tage seines Lebens waren die Hölle gewesen und anstatt bei Pan Verständnis und Trost zu finden, muffelte der nur rum.

Pantaleon spielte mit den Steinchen und rührte sich nicht weiter.

„Hey, Pan, sag doch bitte, was los ist", bohrte Rob weiter.

Pantaleon atmete tief durch. „Was los ist? Willst du das wirklich wissen?" Er funkelte Rob mit all seinem angestauten Frust an.

„Seit zwei Tagen gibt es nur noch Rob, Rob und nochmals Rob. Früher hat es dich interessiert, was ich dachte, was mich bewegt. Aber das ist alles weg. Der feine Herr befand es noch nicht mal für nötig, nach der Aktion gestern ein Lebenszeichen von sich zu geben. Vielleicht gibt es Leute, die sich die ganze Nacht lang Sorgen gemacht haben? Und glaub mir, ich war nicht der einzige."

Rob sah betreten auf den Boden. Ihm war klar, dass sich Ulbert und Gwyneth sicherlich auch fürchterlich um ihn sorgten, und er hatte auch vor, nach dem Gespräch mit Pan zu ihnen zu gehen. Aber die Magier, die Drachen und all das war alles viel zu viel für ihn. „Aber ich bin doch direkt zu dir gekommen", versuchte sich Rob zu rechtfertigen.

„Direkt nennst du das? Du willst mir doch nicht erzählen, dass du vor fünf Minuten erst wieder aufgewacht bist. Ich habe mit ansehen müssen, wie sie dich gestern Abend völlig unterkühlt und fast leblos in die Halle gebracht haben. Aber mir, dem einfachen Schmied, sagt ja keiner etwas", platzte es aus ihm heraus.

„Willmot, der Küchenknecht, hat mir erzählt, dass er dich wohlbehalten mit dem Burgmagier auf dem Hof gesehen hat. Danke, Rob, sehr verständnisvoll von dir."

„Was hätte ich denn tun sollen? Hätte ich Bennett sagen sollen, dass ich keine Zeit für ihn habe?", entgegnete Rob ärgerlich.

„Du hättest dir bestimmt keinen Zacken aus der Krone gebrochen, wenn du dir eine Minute genommen hättest, um kurz die Tür zur Schmiede aufzumachen und ein kurzes Lebenszeichen von dir zu geben. Aber der Herr ist ja jetzt ein Drachenmagier und hat so etwas nicht mehr nötig", warf ihm Pantaleon vor.

„Entschuldigung, aber du hast ja keine Ahnung, was es bedeutet, wenn man von einem Drachen gewählt wird und plötzlich deine gesamte Welt zusammenbricht. Magnatus Wallace, Lady Malyrtha, der Burgmagier Bennett und dieser Drache Fuku, alle wollen etwas von mir und machen mein Leben zu einem einzigen Spießrutenlauf."

„Ach so, ich habe keine Ahnung. Vielen Dank! Soll ich jetzt noch Mitleid mit dir haben, dass man dich zum Magier gemacht hat? Du weißt selbst, dass ich davon mein ganzes Leben schon träume und hart arbeite, um vielleicht irgendwann mal die Chance zu bekommen, dass mir Bennett mehr beibringt. Im Gegensatz zu dir bringe ich Talent mit", platzte es aus Pantaleon heraus.

Rob war tief getroffen und bekam eine Idee davon, was in seinem Freund Pan vorging. Aber verdammt, er hatte sich das doch nicht ausgesucht! Warum hat sich Fuku nicht einfach Pan ausgesucht, fragte er sich.

Sie schwiegen sich eine Weile an, und Pantaleon schnippte wieder Steine auf den Boden.

Ein Schatten legte sich auf die zwei, und Fuku landete neben Rob.

Er ignorierte Pantaleon vollständig und meinte zu Rob: „Ich muss mit dir reden."

„Du siehst doch, das ist gerade ganz schlecht", würgte ihn Rob ab. „Ich unterhalte mich mit Pan, und wir müssen hier etwas klären."

Pantaleon, der noch nie einem Drachen so nah gewesen war, sprang auf, machte große Augen und wollte etwas sagen.

„Jetzt nicht", pflaumte ihn Fuku an. Er schnippte beiläufig mit den Fingern, und Pantaleon war kurz in einen giftgrünen Schimmer getaucht. Völlig aus dem Nichts schossen die Gargoyles ihre Salven auf Pantaleon ab, der augenblicklich mitten in der Bewegung versteinerte. Halb aufgestanden und mit einem angstverzerrten Gesicht, war sein Körper nun in massiven grauen Granit erstarrt.

Rob war entsetzt und schrie Fuku böse an: „Was hast du gemacht? Du kannst doch nicht einfach Pan versteinern. Sag mal, tickst du nicht mehr richtig?"

„Jetzt beruhige dich, die Verwandlung ist völlig ungefährlich. Ich löse den Zauber ja auch gleich wieder, aber ich muss dringend mit dir reden", sagte Fuku leicht gereizt. Es hatte ihn schon sehr viel Überwindung gekostet, zu Rob zu fliegen, um sich bei ihm zu entschuldigen, und jetzt regte der sich derart wegen dieses kleinen Zaubers auf. Irgendwie waren diese Menschen doch alle kleinlich.

„Verwandle ihn sofort wieder zurück. Sofort!", schrie ihn Rob aufgebracht mit hochrotem Kopf an.

„Ist ja gut." Fuku fühlte, dass er ein schlechtes Gewissen haben sollte, auch wenn er eigentlich nicht wusste, warum. Er löste die Versteinerung, und Pantaleon, dem der Schwung seiner Bewegung und die Balance fehlten, krachte hart auf den Boden. Der Möglichkeit beraubt, sich abzufangen oder schützend die Hände vor den Kopf zu nehmen, schlug er sich die Schläfen auf. Ängstlich verschreckt und mit wahnsinniger Wut im Bauch, fasste sich Pantaleon an die stark blutende Platzwunde. Ohne ein Wort zu sagen, drehte er sich um und verschwand durch die Tür in der Schmiede.

„Pan, bitte, das ist alles ein großes Missverständnis", versuchte Rob ihn zu beschwichtigen und stürmte ihm hinterher, doch Pantaleon hatte von innen den Riegel vor die Tür geschoben.

„Pan, mach bitte auf", rief Rob, verzweifelt an der verschlossenen Tür rüttelnd.

Pantaleon war den Tränen nahe, nahm sich seine angefangene Streitaxt und hämmerte wie ein Verrückter auf sie ein. Rob stand traurig vor der Tür und hörte nur den harten Klang des wild schlagenden Schmiedehammers, der mit jedem Schlag einen Stich in seinem Herzen auslöste.

„Soll ich die Tür aufmachen?", bot Fuku leutselig an.

Doch Rob funkelte ihn nur böse an, auch wenn er spürte, dass Fuku keinerlei böse Absichten gehabt hatte.

„Ich schätze das heißt nein?", fragte Fuku, der die ganze Aufregung völlig übertrieben fand. Dann fuhr er ganz pragmatisch fort: „Jetzt, wo dein Freund nicht mehr mit dir redet, hast du ja Zeit für mich. Also, ich wollte mich bei dir für vorhin entschuldigen. Ich war vielleicht etwas ungerecht zu dir."

Erwartungsvoll schaute er Rob mit leicht schief gestelltem Kopf an.

„Und?", fragte Rob sauer.

„Entschuldigung", sagte Fuku nochmals mit gerunzelter Stirn. Rob schien ihn das erste Mal nicht verstanden zu haben. Wieder stellte er den Kopf schief und sah Rob gespannt an.

Hatte dieser Drache das ganze Theater nur veranstaltet, um sich bei ihm zu entschuldigen?

„Ich habe es gehört. Ist o. k.", antwortete Rob genervt.

„Dann ist ja jetzt alles gut." Zufrieden mit sich und der Welt, stieß sich Fuku vom Boden ab und machte sich in den nahegelegenen Wald auf, um sich etwas zu essen zu jagen. Dieses ewige Hin und Her mit den Menschen hatte ihn wirklich hungrig gemacht.

Rob sah Fuku hinterher und konnte es nicht fassen. Wegen dieser Lappalie war der Streit mit Pantaleon so eskaliert. Rob drehte sich um und klopfte an die Tür zur Schmiede. Aber als Antwort wurden die Schläge des Hammers nur noch wilder und wütender. Rob wandte sich ab und machte sich traurig auf den Weg zum Stall.

„Ich hasse Drachen", sagte Rob völlig frustriert zu sich selbst. Warum musste ausgerechnet er an einen pubertierenden Jungdrachen geraten?

Bevor Magnatus Wallace und Malyrtha das Gespräch mit Lord Bailey suchten, trafen sie sich noch abseits der Burg mit den Drachenmagiern Baroness Dee, Lord Ó Cionnaith und deren Drachen Anathya und Mianthor. Wallace hatte auch die Eltern von Fuku und dessen Lehrer Chocque zu dieser Zusammenkunft eingeladen. In kurzen Worten berichtete er ihnen von dem Streit, den er mit Gwynefa noch mitten in der Nacht gehabt hatte und der ersten vielversprechenden Begegnung von Fuku und Rob. Gwynefa, die nicht einsehen wollte, dass man Cristofor nicht unmittelbar hart für den Einsatz des verbotenen Seelentrankes bestrafte, hatte sich noch mitten in der Nacht wütend nach Mossglade in Fairfountain aufgemacht. Sie beschlossen, dass sich Delwen Dee mit Mianthor und Fearghal Ó Cionnaith mit Anathya sofort nach Hause aufmachen sollten, um unauffällig mehr über die Herkunft des Trankes herauszufinden. Fukus Eltern und Chocque sollten zurück in das Druidengebirge fliegen. Magnatus Wallace und Lady Malyrtha versprachen ihnen, sich gut um Fuku und dessen weitere Ausbildung zu kümmern. Ihnen war wichtig, dass wieder Ruhe auf Burg Skargness einkehrte und keiner der Drachen ihre nächsten Züge durch unüberlegte Handlungen torpedieren konnte. Nach einer kurzen, herzlichen Verabschiedung machten sich Magnatus Wallace und Lady Malyrtha wieder auf zur Burg.

Da der eigentliche Burghof zu schmal für eine Landung war, flogen Wallace und Malyrtha in einer sanften Kurve die dem Meer zugewandte Westseite der Burg Skargness an. Dort gab es auf dem Burgfelsen eine weitere, mit hohen Mauern umfasste Vorburg, die sich unmittelbar an den Burgturm mit den privaten Gemächern des Burgherrn anschloss. Während der Magierduelle standen hier die Käfige mit den Trollen. Zwei Treppen führten hinunter zu dem in Fels gehauenen Anleger der Burg.

Magnatus Wallace und Lady Malyrtha genossen die Freiheit, die das Fliegen mit sich brachte. Ihnen war es möglich, fast jede Stelle zu erreichen, ohne sich um physikalische Barrieren zu kümmern. Hinter der Burg sahen sie das kleine Städtchen Alryne, das sich, nach den Ereignissen der letzten Tage, langsam wieder der Normalität zuwandte. Auf den Straßen gingen die Leute wieder ihren alltäglichen Beschäftigungen nach. Die Fischer arbeiteten im Hafen an ihren

Booten oder waren zum Fang hinaus auf das offene Meer gefahren.

Magnatus Wallace sog die feuchte salzige Seeluft tief in seine Lungen ein und hatte eigentlich gar keine Lust, sich mit Lord Bailey zu treffen. Ihm war vielmehr danach, mit Lady Malyrtha einfach ziellos über das ruhige Meer zu fliegen. Er seufzte tief und gab sich einen Ruck. Er spürte, dass Malyrtha innerlich noch sehr aufgebracht und unzufrieden war. Zum einen beschäftigte sie Robin und seine außergewöhnliche Verbindung zu Fuku Riu, zum anderen widerstrebte ihr das Ansinnen ihres Magiers, einen faulen Kompromiss mit dem Grafen zu schließen. Aber die menschliche Politik erschloss sich ihr auch nach so vielen Jahren, die sie zusammen mit ihrem geliebten Leonard Wallace verbracht hatte, nicht. Sie respektierte seine Entscheidung, den jungen Burkhard Bailey am Hofe des Königs weiter auszubilden, aber sie hielt sie für falsch.

„Denkst du, ich habe Lust dazu?", fragte Magnatus Wallace sie.

„Du weißt, was ich denke, und unsere Aufgabe sollte es sein, Robin und Fuku Riu auszubilden, nicht den Sohn des Grafen. Aber ich vertraue dir, du wirst das Richtige tun. Du hast das schon oft bewiesen, auch wenn dich Zweifel plagen", ermutigte sie ihn.

„Dann bringen wir es lieber gleich hinter uns. Wird schon gut gehen", sprach sich Magnatus Wallace selbst Mut zu. Lady Malyrtha drehte sich ein und tauchte in einer eleganten Bewegung ab, um auf dem östlichen Vorhof der Burg zu landen. Magnatus Wallace entging nicht, dass Malyrtha nicht ganz unbeabsichtigt fast einen kleinen Schwarm Möwen, die über der Burg durch die Luft segelten, über den Haufen flog. Wild schimpfend stoben sie zur Seite, wofür Malyrtha nur ein müdes Drachenlächeln übrighatte.

Sie landeten unter den neugierigen Augen der Wachen, und Wallace machte sich sofort auf zur großen Halle.

„Sei vorsichtig, ich trau dem Frieden nicht", gab ihm Lady Malyrtha noch mit auf den Weg, bevor sie sich ein ru-

higes Plätzchen suchte. Dort wollte sie sich wachsam zu-
sammenrollen und auf die Rückkehr von Wallace warten.
Auch wenn man es ihr nicht ansah, beäugte sie argwöhnisch
die ungewöhnlich vielen Soldaten aus Druidsham und
Rochildar. Es wunderte sie, dass die noch alle auf der Burg
waren und nicht, wie die meisten Gäste des Turniers, ihre
Heimreise angetreten hatten.

Magnatus Wallace betrat den inneren Burghof über eine
kleine Zugbrücke, die weiter in einen steinernen Durchgang
führte. Am Ende des Durchgangs angekommen, sah er, wie
eine Schar Soldaten aus Rochildar von der gegenüberliegenden Seite des Hofes in seine Richtung kam. Sie grüßten ihn
und marschierten auf das Zeughaus rechts neben ihm zu.
Eine Bewegung in der Luft, ließ ihn nach oben schauen. Dort
oben drehte Fuku offensichtlich einige Runden um die Burg.
Als er den Blick wieder senkte, fielen auch ihm die ungewöhnlich vielen Soldaten auf dem breiten Wehrgang der
mächtigen Burgmauern auf.

Der beflissentliche Burgvogt Bertramus fing Magnatus
Wallace vor dem Eingang der großen Halle ab.

„Kann ich Euch zu Diensten sein, ehrenwerter Magnatus?", fragte er übertrieben höflich und holte Wallace, der
eine unterschwellige Anwesenheit von fremder Magie spürte, aus seinen Gedanken zurück.

„Bringt mich bitte zu Lord Bailey", befahl Wallace.

Bertramus zögerte, die Situation war im offensichtlich
sehr unangenehm.

„Lord Bailey ist in einer wichtigen Versammlung und hat
darum gebeten, dass er von niemandem gestört werden
darf."

Der strafende Blick, mit dem Magnatus Wallace ihn ansah, ließ den kleinen, runden Mann noch kleiner werden.

„Ich bin kein Niemand. Sagt ihm, Magnatus Wallace
wünscht ihn zu sprechen", entgegnete er in scharfem Ton.

„Sicherlich, verehrter Magnatus, ich eile und werde es
ausrichten." Froh, aus den Augen des großen Magiers verschwinden zu können, lief Bertramus wie ein flinkes Wiesel

in die große Halle. Verstimmt sah Wallace ihm nach und wunderte sich, wie schnell dieser Mann war. Das hatte er ihm gar nicht zugetraut.

Nach einer Minute kam Bertramus zurück. „Der edle Lord Bailey wünscht Euch jetzt zu sprechen, bitte folgt mir", sagte er unterwürfig und führte Wallace in die große Halle.

Es überraschte Magnatus Wallace, wie hell die große Halle am Tag war. Aber er sah sofort, dass hier irgendetwas im Gange war. Die Halle war voll mit Soldaten und Lord Bailey besprach etwas mit mehreren Männern an dem großen Tisch. Im Gegensatz zu gestern Abend war der Tisch um neunzig Grad gedreht, so dass die Männer größtenteils mit dem Rücken zu ihm standen und er sie nicht sofort erkennen konnte.

Bertramus räusperte sich, und Lord Bailey drehte sich mit einem souveränen Lächeln zu Magnatus Wallace um.

„Ah, der ehrenwerte Magnatus Wallace. Schön, Euch zu sehen. Berthold, Ihr dürft jetzt gehen."

Bertramus ignorierte, dass ihn der Lord mit falschem Namen ansprach, schließlich konnten sich die hohen Herren nicht alle Namen merken. Leise zog er sich zurück. Nur als er die Tür hinter sich zu zog, hallte das laute Krachen des massiven Portals laut durch die Halle.

„Was führt Euch zu mir?", fragte Lord Bailey.

„Ich wollte mich mit Euch über die Zukunft unterhalten", antwortete Wallace, der nun erkennen konnte, dass eine große Karte von Skaiyles vor den Männern ausgebreitet lag. Links vom Tisch sah er Kommandant Gweir Owen mit einer Truppe von etwa fünfzehn Soldaten und den Burgherrn Lord Marquard. Gweir Owen sah Wallace durchdringend an und runzelte die Stirn, als ob er ihm etwas sagen wollte, aber dann trat Lord Bailey ein paar Schritte auf ihn zu und versperrte ihm die Sicht.

„Das trifft sich gut, das ist auch unser Thema. Aber kommt doch näher und begrüßt die anderen Anwesenden." Lord Bailey führte Magnatus Wallace zu dem großen, massiven Tisch. An der rechten Seite stand Burkhard, der sich eng vertraut mit diesem Magier aus Rochildar, Cristofor Predoui, und Dragoslav Olaru, dem Magnatus von Rochildar, unterhielt. Als Olaru Wallace sah, löste er sich aus der Gruppe und begrüßte ihn respektvoll.

„Schön, Euch zu sehen. Und wie macht sich Euer frischgebackener Drachenmagier?", wollte er wissen. Wallace entging nicht der bissige Gesichtsausdruck von Burkhard Bailey, der kurz zu ihnen herübersah und seine Miene leicht spöttisch verzog. Wollte er wirklich anbieten, diesen schlaksigen Jungen mit den hellen, wässrig blauen Augen bei sich auszubilden? Durch das halblange, fransige und dünne blonde Haar wirkte sein Kopf völlig konturlos. Die schmalen Lippen mit dem leicht geröteten Bereich, der seinen Mund umgab, ließen vermuten, dass seine ätzenden Bemerkungen die Haut in seinem Gesicht ständig entzündeten.

„Magnatus Wallace, seid Ihr o. k.?", fragte Olaru, der noch immer auf seine Antwort wartete.

„Entschuldigung, ich war kurz in Gedanken. Ja, alles bestens. Danke der Nachfrage", gab Wallace zurück, wobei nicht klar war, ob er wirklich die erste Frage beantwortete.

Hinter Burkhard und Cristofor sah er eine weitere Schar von zwölf schwer bewaffneten Soldaten in der Uniform von Rochildar, zu der sich eine auffällige weitere Person gesellt hatte. Er erkannte unter ihnen die Kämpfer und den Sieger des Mêlées, den blonden Hünen aus Dulgmoran. Daneben waren vier weitere Magier aus Rochildar, die alle an dem Turnier teilgenommen hatten. Irritiert erinnerte er sich an das komische Gefühl fremder Magie, die er auf dem Burghof gespürt hatte. Wahrscheinlich hatte er die Anwesenheit der vielen Magier aus Rochildar gespürt. Langsam beschlichen ihn Zweifel, ob er seine Drachenmagier vielleicht nicht etwas voreilig weggeschickt hatte.

„Wie ich sehe habt Ihr Eure Leute mitgebracht", sagte er zu Olaru. „Wolltet Ihr Euch noch standesgemäß verabschieden, bevor Ihr zurück in Eure Heimat reist?", fragte er mit einem leicht provokanten Unterton.

Magnatus Olaru sah ihm nur tief in die Augen und verzog keine Miene, ließ sich aber nicht auf ein Wortgefecht ein.

Lord Bailey antwortete an seiner Stelle. „Nein, Magnatus Olaru und sein Gefolge sind auf Einladung der Familie Bailey hier." Wallace stieß die Betonung des Begriffes Familie unangenehm auf. Das konnte nur bedeuten, dass der Sohn des Grafen anfing, sich in die Geschicke von Druidsham einzumischen. Die Vorstellung, dass ein verzogener, unreifer und pubertierender Jugendlicher, der öffentlich gedemütigt wurde, mit all seinem aufgestauten Frust und enttäuschten Gefühlen Einfluss auf die weiteren Entwicklungen nahm, gab Wallace ein ganz mieses Gefühl in der Magengegend. Eigentlich hatte er Lord Bailey für so intelligent gehalten, dass er seinen Sohn vollständig aus diesen Dingen raushielt.

„Wir unterhalten uns gerade darüber, wie wir die vermeintlichen Verstimmungen, die es zwischen Rochildar und Skaiyles gibt, endgültig beseitigen können. Mein Sohn und ich haben das Gefühl, dass wir auf einem guten Weg sind. Aber tragt doch bitte Euer Anliegen vor", bat ihn Lord Bailey.

Magnatus Wallace, dem auffiel, dass Lord Bailey von ganz Skaiyles und nicht nur von seiner Grafschaft Druidsham sprach, wurde vorsichtig. „Mir wäre es lieber, wenn wir das unter vier Augen besprechen könnten", bat Wallace ihn.

„Ganz der alte Taktiker", lachte Lord Bailey und ging auf die andere Seite des Tisches. Dort setzte er sich entspannt auf seinen Stuhl in der Mitte der Tafel. Er öffnete die Arme zu einer einladenden Geste. „Das hier sind alles unsere Freunde, Magnatus Wallace. Ich habe vor ihnen keine Geheimnisse, und wir können ganz offen sprechen. Magnatus Olaru, Burkhard, setzt Euch doch zu mir."

Während sich Magnatus Olaru auf den freien Stuhl links von Lord Bailey setzte, platzierte sich Burkhard zur Rechten seines Vaters. Im Gegensatz zu den zwei erfahrenen Männern, die einen reserviert freundlichen Gesichtsausdruck hatten, sah Burkhard Magnatus Wallace arrogant an.

Wallace erwiderte seinen Blick, und nach kurzer Zeit schaute Burkhard weg.

Diesem Idiot würde er am liebsten den Hintern versohlen, aber das hatte Zeit. Nun musste er sich sensibel zeigen und das Spiel, das ihm aufgezwungen wurde, so gut es ging mitspielen. Die restlichen Männer nahmen am Tisch Platz, und Wallace fiel auf, dass Gweir Owen seinem Blick auswich. Magnatus Wallace machte sich selber Mut, auch wenn es so aussah, als würde er vor einem Tribunal stehen. Er hatte definitiv schon schwierigere Situationen gemeistert. Er prüfte die Verbindung zu Malyrtha, die durch die magisch geschützten Mauern nur sehr schlecht war. Sie riet ihm eindringlich, vorsichtig zu sein. Von ihrem Platz draußen bekam sie nur bruchstückhaft mit, was Wallace sah und spürte. Sie hatten sich fürs Verhandeln entschieden, also musste er jetzt versuchen, das Beste herauszuholen. Und wenn er in Gefahr geriet, würde sie ihn da schon herausholen. Magnatus Wallace musste unwillkürlich lächeln, dafür liebte er seine Drachendame.

Er holte tief Luft und wendete sich an Burkhard und seinen Vater.

„Lieber Burkhard Bailey, es tut mir aufrichtig leid und ich bin persönlich sehr enttäuscht, dass Ihr, nach den ganzen Strapazen Eurer Ausbildung und Eurer immensen persönlichen Opfern, gestern Abend nicht von Fuku Riu gewählt wurdest. Meine weise Lady Malyrtha, die Vorsitzende des Drachenrates, und ich, Magnatus von Skaiyles, hatten Euch aus tausenden hoffnungsvollen Talenten aus unserem großen Land persönlich ausgewählt, um den vielversprechendsten Kandidaten zu küren, einen jungen, intelligenten, aufrichtigen Mann, der aber auch ein wilder, unbarmherziger Kämpfer sein kann. Selbst der König war erfreut über so einen guten Kandidaten und hat sich für Eure Wahl eingesetzt."

Burkhard Bailey rutschte während dieser Worte in seinem Stuhl immer höher und schob seine Brust nach vorne. Sein Gesicht reckte er stolz nach oben und sein Mienenspiel zeigte einen Ausdruck, den er für edel hielt. Lord Bailey und Dragoslav Olaru zeigten sich gänzlich unbeeindruckt, und Malyrtha, die seine Worte in ihren Gedanken mitverfolgen konnte, verdrehte ihre Augen.

„Aber offensichtlich war der Drache Fuku Riu noch nicht reif genug für diese große Bürde. Mit der Wahl eines Stalljungen hat er das Niveau gezeigt, auf dem er sich derzeit befindet. Wahrscheinlich müssen wir sogar froh sein, dass es so gekommen ist. Niemand möchte doch einen edlen Ritter sehen, der auf einem störrischen Esel reitet."

Auch wenn er den Magnatus nicht mochte, so erkannte Burkhard die Wahrheit hinter diesen Worten. Schon als der Drache in die Arena gelaufen kam, war ihm aufgefallen, dass er ziemlich mickrig war. Bei weitem nicht so elegant wie die anderen Drachen, deren Einzug ein prächtiges Spektakel gewesen war.

„Kommt bitte zum Punkt, Magnatus Wallace, ich weiß um die Qualitäten meines Sohnes", bat ihn Lord Bailey höflich. Burkhard schaute leicht missbilligend zu seinem Vater hinüber. Immer wenn ihn jemand lobte, wurde er neidisch von seinem Vater unterbrochen.

„Ich persönlich würde mir wünschen, Eure Ausbildung zu einem mächtigen Magier am Hofe unseres geliebten Königs Charles fortführen zu dürfen. Das Einverständnis von Euch, Lord Bailey, vorausgesetzt, werden Lady Malyrtha und ich Burkhard unter den Augen der Königsfamilie in Falconcrest zu einem der potentesten Magier von Skaiyles ausbilden. Und wer weiß, vielleicht tritt er irgendwann einmal in meine Fußstapfen als Magnatus von Skaiyles. Die Chancen dafür sollten gar nicht so schlecht stehen", fuhr Wallace fort.

Wallace, der Lord Bailey genau beobachtete, spürte, wie es in ihm arbeitete. Burkhard sah sich schon bei seiner Weihe als Magnatus von Skaiyles. Lord Bailey war schlau genug, das Angebot zu erkennen. Würde er den Vorschlag annehmen, wäre sein Sohn in unmittelbarer Nähe des Königs. Er hatte genug Macht, dass Wallace sein Versprechen halten musste, das war sicher. Wenn alles gut lief, könnte er versuchen, seinen Sohn in die Familie des Königs einzuheiraten. König Charles Tasker hatte nur zwei Töchter und die ältere würde vom Alter zu Burkhard passen.

Wallace glaubte schon, Lord Bailey überzeugt zu haben, aber so kritisch, wie der seinen Sohn musterte, schien er Burkhard diese neue Rolle nicht zuzutrauen. Magnatus Olaru beugte sich zu ihm rüber und flüsterte ihm etwas in das Ohr.

„Ein interessantes Angebot, was Ihr uns da unterbreitet. Aber seid Ihr sicher, dass es die Zustimmung unseres Königs finden wird?", fragte Lord Bailey.

„Wie Ihr wisst, verbindet mich mit dem König eine enge Freundschaft, und ich bin mir sicher, dass ich in seinem Sinne handle", antwortete Wallace selbstbewusst, auch wenn er noch keine Idee hatte, wie er Charles diesen Jungen schmackhaft machen sollte.

„Aber wie Ihr eben freundlicherweise erläutert habt, war es der ausdrückliche Wunsch unseres Königs, dass mein Sohn zum Drachenmagier wird. Also ist die Drachenwahl nicht seinen Wünschen entsprechend verlaufen und Ihr tragt die Verantwortung dafür, richtig?"

Magnatus Wallace nickte. „Das ist richtig, das spricht aber auch dafür, dass er ihn in seiner Nähe haben will."

„Ihr habt gesagt, dass der Drache Fuku Riu und dieser Stalljunge, der vor siebzehn Jahren von Unbekannten auf der Burg ausgesetzt wurde, unfähig seien, aber dennoch ist mir zu Ohren gekommen, dass Ihr und Bennett mit der Ausbildung der zwei begonnen habt", forschte Lord Bailey weiter. „Könnt Ihr mir das erläutern?"

Magnatus Wallace störte es, das Lord Bailey ihn ausfragte, aber ihm lag viel daran, ihn bei Laune zu halten. Also spielte er das Spiel mit.

„Wir alle haben gesehen, dass ein magisches Band zwischen dem Stalljungen und dem Drachen entstanden ist. Dabei können ungezügelte Energien entstehen, die müssen wir kontrollieren, und das geht am besten, wenn wir mit ihnen arbeiten."

Magnatus Olaru grinste, jetzt hatte Wallace einen Fehler gemacht. Er sagte leise ein paar Worte zu Cristofor Predoui, der daraufhin durch eine Nebentür verschwand, und beugte sich dann zu Lord Bailey, um ihm etwas ins Ohr zu flüstern.

„Ihr deutet also an, dass in dieser unrühmlichen Verbindung doch ein erhebliches Potential ist. Zumindest so viel, dass Ihr, Eure Drachendame Malyrtha und Bennett euch persönlich um die zwei kümmert?", fragte Lord Bailey und fuhr fort, ohne eine Antwort abzuwarten: „Wisst Ihr, dass der Stalljunge am Tag der Drachenwahl versucht hat, meinen Sohn zu erschlagen? Vielleicht weil er verhindern wollte, dass der Wille unseres geliebten Königs Charles umgesetzt wird?"

„Ich weiß nur von einem Streit, der stattgefunden haben soll", gab Wallace zurück.

„Kommandant Owen, stimmt es, dass der Stalljunge meinen Sohn angegriffen hat?", rief Lord Bailey laut in die Halle, ohne sich zu Owen umzudrehen.

„Ja, das stimmt", sagte Gweir Owen mit brüchiger Stimme, blickte dabei aber nicht auf.

„Ich halte also fest: König Tasker möchte, dass mein Sohn zum Drachenmagier gewählt wird. Kurz vor der Wahl versucht ein Stalljunge meinen Sohn zu ermorden, um dessen Wahl zu verhindern. Mein Sohn entkommt nur knapp diesem Anschlag, aber bei der Drachenwahl stört jemand mit großen magischen Fähigkeiten die Konzentration des Drachen und lenkt die Wahl auf eben diesen Stalljungen. Da muss ich mich doch fragen, wer daraus einen Nutzen zieht, uns, der Familie Bailey, die wir unser geliebtes Reich gegen die Bedrohung im Norden verteidigen, zu schaden."

„Worauf wollt Ihr hinaus?", fragte Magnatus Wallace, der nicht verstand, was Bailey wollte.

Lord Bailey stand auf und fixierte Magnatus Wallace. „Es gibt belastende Hinweise, dass der Stalljunge Euer Sohn ist. Jetzt, wo er ein Drachenmagier ist, habt Ihr ein leichtes Spiel, ihn statt meinen Sohn mit der ältesten Tochter des Königs zu vermählen. So wird Euer Sohn zum König von Skaiyles, und mit der Macht des Amtes als Magnatus von Skaiyles bringt Ihr das gesamte Land unter Eure Herrschaft. Ich beschuldige Euch, Leonard Wallace, des Hochverrates und enthebe Euch mit der Macht des mir gegebenen Amtes als Graf von Druidsham mit sofortiger Wirkung aus der Position des Magnatus von Skaiyles. Der verehrte Magnatus von Rochildar wird bis zur finalen Klärung der Vorwürfe Euer Amt kommissarisch übernehmen. Nehmt Leonard Wallace fest!"

Vorsichtig näherten sich die Soldaten Magnatus Wallace, um ihn abzuführen.

„Wagt es nicht, mich anzufassen!" Magnatus Wallace war wütend geworden und wirkte ein Schutzfeld um sich herum. Da stand er nun, eingehüllt in eine blaue Sphäre und hob drohend die Hände.

„Das ist absurd, Lord Bailey, das wisst Ihr besser als ich. Ruft eure Männer zurück, bevor ich mich vergesse", warnte er. Aber Lord Bailey und Magnatus Olaru thronten selbstsicher auf ihren Plätzen und rührten sich nicht weiter.

Lady Malyrtha war bereits aufgeschreckt und suchte nach einem Weg in die große Halle. Da entdeckte sie Cristofor, der mit einem großen weißen Stein und einer Phiole mit dunkler Flüssigkeit grinsend an der Zugbrücke zu dem östlich Vorhof stand. Er sah sie hämisch an und träufelte ein paar Tropfen des Trankes auf den Stein. Lady Malyrtha blieb wie vom Blitz getroffen stehen, sie konnte Leonard Wallace hier nicht alleine lassen, also war fliehen keine Option. Sie stürzte sich mit einer wilden Feuersbrunst auf Cristofor, wobei der mit dem Drachenbluttrank behandelte Stein bereits heftig die Energie aus ihr herauszog. Blaue Schwaden strömten in wilden Wirbeln aus ihrem Körper und wurden von dem jetzt lavaähnlichen Stein begierig aufgesogen. Drei weitere Magier, alle aus Rochildar, waren hinter Cristofor getreten und bildeten ein starkes Schutzfeld um sich herum. Lady Malyrthas Angriffe, für die ein solches Schutzfeld normalerweise lachhaft war, prallten, ohne den geringsten

Schaden anzurichten, an der Hülle ab. Die Leiden waren unerträglich. Ein schmerzverzerrter Schrei entfuhr Lady Malyrtha und ließ den Burgbewohnern das Blut in den Adern gefrieren. Rasend vor Wut schlug sie um sich, konnte aber keinen klaren Gedanken mehr fassen, geschweige denn Magie wirken. Dieser Trank zog ihr gnadenlos die Seele und Magie aus dem Körper, und sie konnte nichts dagegen tun. Magnatus Wallace spürte entsetzt den Schmerz von Malyrtha und das Blut in seinen Adern verfärbte sich schwarz. Seine Kräfte verließen ihn, so als hätte jemand ein Schleusentor geöffnet, und seine gesamte Macht strömte binnen Sekundenbruchteilen aus ihm heraus. Er verspürte eine wahnsinnige Angst um Malyrtha, und mit letzter Kraft presste er die Worte: „Haltet ein, ich ergebe mich!" heraus. Kraftlos fiel er zu Boden und sein Schutzfeld brach in sich zusammen.

Zufrieden stand Magnatus Olaru auf und ging zu ihm. Spöttisch stand er über dem verzweifelten Magier, der kraftlos, wie ein Häufchen Elend, auf dem Boden lag. „Ihr alter Narr, dachtet Ihr wirklich, dass Ihr mit Eurem Drachen ungestraft davonkommt? Ich bin enttäuscht von Euch und Euren Magiern. Ich hätte erwartet, dass sich die Drachenmagier stolz im Kampf erheben und nicht verweichlicht versuchen, sich aus der Konfrontation herauszureden." Abfällig drehte Dragoslav Olaru Wallace mit seinem Fuß auf den Rücken, damit er dessen Gesicht sehen konnte. Sowohl Leonard Wallace als auch die Drachendame Malyrtha waren völlig entkräftet und lagen fast regungslos auf dem Boden.

„Damit werdet Ihr niemals durchkommen, das wird König Charles nie im Leben dulden", röchelte Leonard Wallace mit letzter Kraft.

„So, glaubt Ihr?", sagte Dragoslav Olaru. „Da wäre ich mir an Eurer Stelle nicht so sicher. Ihr vergesst, dass in diesem Spiel die Drachenmagier der alten Magie die Bösen sind. König Charles täte gut daran, Euch in die Obhut von Mortemani am Hofe des Kaisers zu geben, damit dieser an Euch ein Exempel statuieren kann. Alter Mann, seht es ein, die Tage der Drachenmagier sind gezählt." Er wandte sich zu den Soldaten um. „Werft ihn in das Verlies und bewacht ihn gut, bis ich mit meinen Leuten komme, um die Zelle magisch zu versiegeln."

Mit diesen Worten, ging er hinaus in den Vorhof, um zu sehen, wie weit Cristofor Predoui war. Die Soldaten hatten die stolze Drachendame Malyrtha bereits festgesetzt und waren dabei, sie mit dicken Seilen zu fesseln. Sie hatte ihre leuchtend feuerrote Farbe eingebüßt und lag mit geschlossenen Augen, flach atmend, auf der Seite. Cristofor hielt immer noch den Tod bringenden Stein in der Hand, der so tief schwarz war, als schlucke er alles Licht in der Umgebung.

„Tötet sie nicht", befahl ihm Dragoslav Olaru. „Wir wollen sie lebendig."

„Aber sie wird langsam wieder zu Kräften kommen und versuchen sich zu befreien", gab Cristofor, der sich wahnsinnig gut fühlte, zu bedenken.

„Schickt nach einem Schmied und bringt ein paar schwere Eisenketten mit. Die, die normalerweise für die Zugbrücke benutzt werden", befahl Magnatus Olaru. „Wir legen den Drachen in Ketten, und der Schmied wird einen Teil des Drachentodsteins in dieser Kette einfassen. Gerade stark genug, damit sie nicht zu Kräften kommt, uns aber auch nicht wegstirbt. Das wäre zu einfach für die Drachenmagier. Wir wollen, dass ihnen am Hofe des Kaisers in Greifleithen öffentlich der Prozess gemacht wird."

Ein paar Soldaten machten sich auf den Weg zur Schmiede, um den Auftrag auszuführen.

„Guter Cristofor, wie ich sehe, hast du die Situation hier unter Kontrolle. Ich nehme mir zwei Magier von dir mit und werde zurück in die Burg gehen. Wir wollen uns doch noch um Bennett, den Burgmagier, kümmern. Ich bin übrigens sehr zufrieden mit dir, das hast du gut gemacht, zukünftiger Burgmagier von Skargness", lobte Olaru den Zauberer.

Cristofor grinste breit. „Ich habe ja auch einen exzellenten Meister!"

Sichtlich zufrieden ging Magnatus Olaru zurück in die große Halle, und ließ nach Bennett, dem Burgmagier, schicken. Er setzte sich zu Lord Bailey, der im Gespräch mit seinem Sohn war, und goss sich aus einer Karaffe ein Glas Wein ein.

„Das war doch einfacher, als wir uns erhofft hatten", meinte er zu Lord Bailey.

„Der alte Narr hat wirklich geglaubt, dass er uns mit ein paar Brotkrumen abspeisen könnte", entgegnete Lord Bailey. „Aber hätten wir ihn und seinen Drachen nicht lieber töten sollen?"

„Keinesfalls, das hätte ihn zum Märtyrer gemacht, und außerdem hat mein guter Freund Mortemani noch spezielle Pläne für den Drachen und dafür braucht er ihn lebendig", entgegnete Magnatus Olaru verschwörerisch.

Langsam dämmerte es Lord Bailey. „Daher also habt Ihr den Trank."

Magnatus Olaru lächelte ihn an. „Es gibt Dinge, die Ihr besser nicht wisst." Mit diesem Satz machte Magnatus Olaru ganz nebenbei deutlich, wer hier das Sagen hatte. Er brauchte die machthungrige Familie Bailey, aber deswegen musste er sie noch lange nicht in den großen Plan einweihen.

Zufrieden mit sich und der Entwicklung der Ereignisse wartete er auf die Ankunft des Burgmagiers Bennett Tobey. Um den unerfahrenen Drachen Fuku und den Stalljungen konnten er und Cristofor sich nachher in Ruhe kümmern.

„Wieso hat das so lange gedauert?", schnauzte Cristofor die Soldaten an, als sie endlich mit dem Schmied und einem Karren, voll beladen mit Eisenketten und Werkzeug, kamen. „Wir mussten erstmal die Tür zur Schmiede aufbrechen und diesen wütenden jungen Mann beruhigen", rechtfertigte sich einer der Soldaten.

Cristofor musterte Pantaleon aufmerksam, der mit gemischten Gefühlen die halbtote, bleiche Drachendame betrachtete, die apathisch auf dem Vorhof lag.

„Schon Erfahrungen mit Drachen gemacht?", fragte Cristofor neugierig.

„Nur schlechte", gab Pantaleon zurück. „Vorhin hat mich dieser Drache Fuku grundlos in Stein verwandelt", berichtete er missmutig.

„Ja, so sind sie. Aber wir werden dafür sorgen, dass sich diese Drachenmagier nicht mehr alles erlauben können", sagte Cristofor verschwörerisch. „Einer der Soldaten hat mir erzählt, dass du magische Steine in Rüstungen und Waffen einsetzen kannst. Stimmt das?"

„Ja, Bennett, der Burgmagier, hat mir die nötigen Zauber gezeigt", antwortet Pantaleon, der immer noch nicht wusste, was er von der Situation halten sollte.

„Dann bist du also quasi ein Magier?"

Pantaleon schnaubte geringschätzig. „Nein, ich bin ein einfacher Schmied, dem niemand etwas zutraut."

Cristofor spürte den verletzten Stolz in dem Jungen. Es wäre doch gelacht, wenn er so viel angestauten Frust nicht in vielversprechende Bahnen lenken könnte. Jeder Burgbewohner, der auf seiner Seite war, würde ihm schließlich das Leben als Burgmagier einfacher machen.

„Nun mach dich mal nicht kleiner, als du bist. Du wunderst dich bestimmt, warum wir diesen Drachen hier gefangen genommen haben. Lass mich dir erklären, was hier in Skargness passiert. Lord Bailey, Magnatus Olaru und ich haben gerade eine Verschwörung der Drachenmagier unter der Führung von Leonard Wallace aufgedeckt. Wir hatten schon länger einen Verdacht, aber gestern haben wir herausgefunden, dass sie die Drachenwahl manipuliert haben. Sie wollten erst Lord Bailey und dann den König stürzen. In letzter Minute haben wir sie durchschaut und konnten Schlimmeres verhindern", erklärte er Pantaleon. „Nun müssen wir diesen Drachen in magische Ketten legen, und dabei brauche ich deine Hilfe."

Das war alles etwas viel für Pantaleon. Magnatus Wallace ein Verschwörer, das konnte er sich kaum vorstellen, aber auf der anderen Seite hatte er heute am eigenen Leib erfahren, wie Drachen wirklich waren.

„Entschuldige, ich habe mich noch gar nicht vorgestellt. Ich bin Cristofor Predoui, Magier aus Rochildar und persönlicher Vertrauter von Magnatus Olaru, der bis auf weiteres die Amtsgeschäfte von Leonard Wallace übernimmt. Wie ist dein Name, junger Freund?"

„Pantaleon, aber alle nennen mich nur Pan", sagte Pantaleon, der Cristofor gar nicht mehr so abschreckend fand. Vor dem Hintergrund der Verschwörung verstand er jetzt auch dessen Verhalten bei den magischen Duellen.

„Dann lass uns mal loslegen. Entfache du bitte deine Esse, ich bereite den magischen Stein vor", sagte Cristofor und legte den pechschwarzen faustgroßen Stein vor sich auf den Boden. Pantaleon entfachte das Feuer, hob den Amboss mit Hilfe der Soldaten aus dem Karren und legte sich die Ketten und Stahlbänder zurecht. Cristofor murmelte eine Beschwörung und ein schwarzer Blitz schlug aus dem Nichts in den dunklen Stein ein und zerteilte ihn mit einem lauten Knall in zwei Hälften. Lady Malyrtha zuckte schmerzverzerrt zusammen und stöhnte schwach, als der schwarze Blitz in den Stein einschlug.

Mitleid regte sich in Pantaleon, als er die Drachendame dort so liegen sah. Cristofor bemerkte die aufkeimenden Zweifel und legte ihm väterlich die Hand auf die Schulter.

„Weißt du, Pan, ich werde der neue Burgmagier von Skargness, und ich bin noch auf der Suche nach einem vielversprechenden Lehrling. Du vereinst die Fähigkeiten eines Schmiedes mit dem Potential eines Magiers, das ist eine seltene Mischung. Was meinst du, wäre das etwas für dich?"

Pantaleon wurde aus seinen Gedanken gerissen.

„Ihr meint, Ihr wollt mich als Magier ausbilden?", fragte er ungläubig überrascht. „Aber was ist mit Bennett? Er ist doch Burgmagier von Skargness."

„Eigentlich hätte ich dir das noch nicht sagen dürfen, aber ich habe Vertrauen zu dir. Bennett Tobey ist ein Sympathisant von Leonard Wallace und wird noch heute seines Amtes enthoben. Also, was denkst du? Hättest du Lust,

Lehrling des neuen Burgmagiers von Skargness zu werden?", hakte Cristofor nach.

„Ich glaube schon", antwortete Pantaleon zögerlich, in dem ein wilder Kampf zwischen schlechtem Gewissen und der Aussicht, sich einen Traum zu erfüllen, tobte.

„Es ehrt dich, dass du zögerst. Das zeigt mir nur, wie loyal du bist. Aber du darfst nicht vergessen, Wallace und seine Verschwörer sind selbst verantwortlich für ihr Schicksal. Sieh dir Lord Bailey an, er hat es auch erst nicht glauben wollen und dann hat er tapfer an unserer Seite gekämpft."

Die Soldaten und Cristofor bogen die Arme, Beine und den Schwanz von Malyrtha ohne Gegenwehr nach hinten und legten ihr quer über den Rücken die Ketten an. Pantaleon brachte mehrere einzelne, offene Glieder zum Glühen und benutzte sie, um die Ketten miteinander zu verbinden. Geschickt, ohne den Drachen zu verbrennen, setzte er die Glieder ein und schloss sie vorsichtig mit Zange und Hammer. Die Drachendame war so fixiert, dass sie sich nicht mehr bewegen konnte. Dann bereitete er ein Stahlband für ihr Maul vor, in das er eine Fassung für den Stein schmiedete. Cristofor legte das fertige Band um ihr Maul, und Pantaleon verband es mit den Ketten auf dem Rücken. Wie eine Trense bei einem Pferd, konnte sie sich das Band nicht mehr alleine abstreifen. Zuletzt nahm Cristofor die kleinere Hälfte des Steines und gab sie Pantaleon. Cristofor und Pantaleon knieten vor Malyrtha, die nur ganz schwach atmete.

„Nun zeig mir mal, was du kannst, Pan", forderte Cristofor ihn auf und strahlte ihn erwartungsvoll an.

Mit gemischten Gefühlen ließ Pantaleon den magischen Stein unter der Führung seiner Hand in die noch glühende Fassung schweben. Er summte eine Melodie und die Fassung umschloss langsam den Stein. Lady Malyrthas Atem wurde noch schwächer und fürchterliche Gewissensbisse plagten Pantaleon. Als der Stein fest von der Fassung umschlossen war, zog Cristofor Pantaleon weg von der Drachendame, und sie standen auf. „Ich bin begeistert, du hast unglaubliche Fähigkeiten, Pan. Bitte werde mein Schüler, du hast das Zeug zu einem großen Magier, da bin ich mir sicher", lobte ihn Cristofor und zog ihn weiter von dem Drachen weg.

Pantaleon fegte sein schlechtes Gewissen weg. Schließlich hatten ihn auch alle im Stich gelassen. Es wurde Zeit, dass er sich um sich selbst kümmerte und nicht immer Rücksicht auf andere nahm. Auf ihn nahm doch auch keiner Rücksicht.

„Natürlich möchte ich Euer Lehrling werden. Sehr gerne", antwortete Pantaleon.

Cristofor umarmte ihn wie einen alten Freund. „Das wird toll. Ich freue mich riesig und bin stolz, so einen begabten Schüler zu haben."

Noch verstört von dem Schrei Malyrthas, den er in seinem Turm gehört hatte, führten drei Soldaten Bennett unsanft in die große Halle. Als er Lord Bailey, Magnatus Olaru und Burkhard im vertrauten Gespräch an den Tisch sitzen sah, ahnte er Böses.

„Was in aller Welt geht hier vor, und wo ist Magnatus Wallace?", wollte er wissen.

Lord Bailey stand auf. „Mein lieber Bennett Tobey, mein geliebter Schwager, Lord Marquard, Burgherr dieser schönen Burg, war immer sehr zufrieden mit Eurer Arbeit als Burgmagier. Wir haben Euch vertraut, und ich habe Euch sogar die magische Erziehung meines Sohnes anvertraut. Umso tiefer trifft es mich, dass Ihr den Verrat von Magnatus Wallace unterstützt habt. Und nicht nur unterstützt, sondern Ihr habt, laut Aussage von Leonard Wallace, auch aktiv an dem Umsturzversuch der Familie Bailey mitgewirkt."

„Welcher Umsturzversuch? Und welcher Verrat? Wovon redet Ihr, Lord Bailey?", fragte Bennett ganz ruhig. Er sah sich in der großen Halle um und wägte seinen Chancen für einen Kampf ab. In diesem Moment betrat Cristofor Predoui die Halle und nickte seinem Magnatus selbstsicher zu. Er hatte zwei weitere Magier im Schlepptau. Diese zusätzlichen Magier und die Menge der Soldaten machten die Erfolgsaussichten bei einem Kampf zunichte.

„Spielt hier nicht den Unwissenden", herrschte ihn Lord Bailey an. „Magnatus Wallace hat gestanden, dass Ihr hinter der Manipulation der Drachenwahl steckt, die nur ein kleiner Baustein eines viel größeren Komplotts war. Leonard Wallace sitzt im Kerker, und Magnatus Olaru leitet kommissarisch seine Ämter."

„Ach so", antworte Bennett nur verdutzt. Er sah sich nach Fluchtmöglichkeiten um und überlegte, ob er es schaffen würde, sich aus der Halle zu portieren. Aber die Mauern der Burg waren zu gut geschützt, dafür hatte er selber gesorgt.

Magnatus Olaru, der langsam keine Lust mehr auf das viele Gerede hatte, beschloss, die Anklageprozedur stark zu kürzen. „Bennett Tobey, Ihr seid des Hochverrates angeklagt und verhaftet. Cristofor Predoui wird ab sofort zum Burgmagier von Skaiyles berufen. Als Euer Magnatus befehle ich Euch, Cristofor den magischen Schlüssel der Burg zu überreichen." Cristofor ging zu Bennett und hob seine rechte Hand, damit ihm der Burgmagier den magischen Schlüssel überreichen konnte.

„Zu Eurem eigenen Schutz, tut was der Magnatus sagt", meldete sich zum ersten Mal der sonst sehr farblose und stille Lord Marquard zu Wort. „Es ist für alle das Beste, glaubt mir."

„Niemals werde ich den Schlüssel aushändigen. Ich erkenne Euch nicht als meinen Magnatus an, und Lord Marquardt, ich kann Euch nur empfehlen, dieses Gesindel von der Burg zu jagen", polterte Bennett los.

Nun stand Burkhard auf und ging zu seinem alten Lehrer hinüber. „Bennett, Ihr habt mir immer etwas von Weisheit erzählt und dass man seine Grenzen kennen muss. Erinnert Ihr Euch?" Sein Ton war freundlich, aber die Art, wie er seinen alten Lehrer umschlich, machte Bennett nervös. „Mir zuliebe, erkennt Eure Fehler, und gebt Cristofor den Schlüssel", schmeichelte er.

„Wenn du glaubst, dieses dahergelaufene Gesindel der reinen Magie nimmt dich ernst und benutzt dich nicht nur, bist du noch dümmer, als ich dachte", sagte Bennett völlig ruhig.

Burkhardts Gesicht verzerrte sich zu einer Fratze. Er packte Bennett am Kragen und rammte ihm seinen Dolch mitten ins Herz. Der alte Burgmagier brach sofort tot zusammen und ein goldener Energieschwall strömte aus seiner Hand. Wie ein wild rotierender, goldener Armreif verharrte der magische Burgschlüssel in der Luft, bis Cristofor ihn mit seiner Hand aufsog.

„Meinen herzlichen Glückwunsch, lieber Cristofor", sagte Dragoslav Olaru zufrieden. „Lord Bailey, wenn Ihr es erlaubt, würde ich gerne ein paar Worte zu den Anwesenden sagen." Lord Bailey nickte Olaru ermutigend zu.

„Liebe Freunde aus Skaiyles, Rochildar und Dulgmoran. Ihr wart heute Zeugen eines Aufbruches, eines Neuanfanges. Nur mit Eurer Hilfe ist es gelungen, die Verschwörung aufzudecken und zu verhindern. Aber es gibt noch Drachenmagier, die auf der Flucht sind. Unsere Aufgabe ist es, sie alle gefangen zu nehmen oder, wenn es sein muss, zu töten. Jeder, der einen Drachenmagier erledigt oder festsetzt, kann mit einer hohen Belohnung des Kaisers rechnen. Ich erkläre hiermit, im Namen des Kaisers Theobaldus, alle Drachenmagier und sympathisierenden Drachen für vogelfrei!"

Die Soldaten brachen in lautes Kampfgeschrei aus und schlugen laut polternd ihre Schwerter vor ihre Schilde. Der Krach schwoll durch die Akustik der großen Halle zu einem ohrenbetäubenden Lärm an.

„Habt Ihr noch von dem Trank?", versuchte Magnatus Olaru durch den Lärm hindurch von Cristofor zu erfahren.

„Wenn ihr meint, ob noch genug für diesen Fuku Riu da ist: Ja, für den habe ich extra etwas aufgehoben", schrie Cristofor, seinen Mund zu einem hämischen Grinsen verzogen.

„Dann soll sein Tod der krönende Abschluss dieses erfolgreichen Tages sein, werter Burgmagier Cristofor", sagte Magnatus Wallace und legte seinem Magier freundschaftlich den Arm um die Schulter.

FLUCHT

Die Sonne stand schon tief neben dem magischen Turm, als Rob noch traurig über den sinnlosen Streit mit Pantaleon, in den Stall ging, um Ulbert zu treffen. Der auflandige Wind trug vom Meer her einen grausamen verzweifelten Schrei zu der Burg, der ihm das Blut in den Adern gefrieren ließ. Ängstlich lauschte er, aber außer den vielen unruhigen Wachen fiel ihm nichts weiter auf. Instinktiv dachte er an Fuku, auch wenn er diesen blöden Drachen gerade am liebsten in Stücke gerissen hätte. Er spürte aber nur die Zufriedenheit eines Drachen, der gerade ein Reh geschlagen hatte und sich, kurz irritiert von dem Schrei, jetzt wieder genüsslich den Bauch vollschlug. Er schüttelte den Kopf über so viel Unbekümmertheit. Niedergeschlagen öffnete er die Tür und sog den vertrauten Geruch von Stroh und Pferden ein.

Hier war sein Platz, und hier fühlte er sich sofort besser. An der Treppe nach oben stand Ulbert, der Gwyneth tröstend in seinen kräftigen Armen hielt. Lynir scharrte aufgeregt mit seinen Hufen und begrüßte ihn mit einem lauten Wiehern. Überrascht sahen Gwyneth und Ulbert zu ihm, und ihre Gesichter hellten sich schlagartig auf. Die korpulente Gwyneth kam in einer Behändigkeit auf ihn zugestürmt, die er ihr gar nicht zugetraut hätte. Wie ein Kraken seine Beute umschlang sie ihn herzlich mit ihren dicken Armen und wollte ihn nicht mehr loslassen. Tränen schossen ihr aus den Augen und sie schluchzte aus tiefstem Herzen. Im Gegensatz zu sonst, genoss Rob diese innige Umarmung und drückte sie fest an sich. Das Gefühl, einfach nur geliebt zu werden, überwältigte ihn. Auch er spürte, wie seine Augen feucht wurden und die ganze Anspannung von ihm abfiel.

Ulbert gesellte sich zu ihnen und legte seine großen, kräftigen Arme beschützend um sie beide. So verharrten sie ein paar Sekunden, bevor Gwyneth ihn auf Armlänge von sich schob, um sich ihren kleinen Jungen genauer anzusehen. Ein Lächeln umspielte ihren Mund und mit leicht gebrochener Stimme fragte sie: „Geht es dir gut, mein Schatz?"

Rob brachte kein Wort heraus, sondern nickte nur stumm. Gwyneth umarmte ihn wieder und fuhr schluchzend fort: „Wir haben uns unendlich Sorgen um dich gemacht, mein dummer Schatz. Was machst du auch für Sachen?" Aber in ihrem Ton lag nicht der Hauch eines Vorwurfes, sondern nur eine Ahnung, wie schwer die Ereignisse der letzten Tage auf Rob lasteten. Rob ließ seinen Tränen freien Lauf und genoss die Geborgenheit, die er in den letzten Tagen so schmerzlich vermisst hatte.

„Schön, dass du da bist, mein Junge", sagte Ulbert, dessen raue, tiefe Stimme brüchig klang. Sie lösten die Umarmung, und Rob begrüßte seinen geliebten Lynir.

„Ich habe etwas zu essen mitgebracht", sagte Gwyneth. „Rob, du siehst schwach aus, iss etwas." Gwyneth hatte schon wieder ihren Befehlston aus der Küche aufgesetzt.

Rob musste unwillkürlich schmunzeln. Die gute Gwyneth, jedes Mal wenn sie ihre Küche verließ, um in den Stall zu kommen, versorgte sie ihre Liebsten mit Leckereien. Selbst wenn sie in verzweifelter Angst um ihren geliebten Rob war, legte sie diesen Spleen nicht ab. Rob wusste, dass er keine Chance hatte, also gab er ihr ohne Gegenwehr nach. Sie gingen nach oben und setzten sich zusammen an den Tisch. Rob nahm reichlich von dem Brot und dem Käse, den sie ihm reichte. Plötzlich merkte er, wie groß sein Hunger war, und er verschlang unter den wachsamen Augen von Gwyneth alles, was sie ihm gab.

„Sag mal, haben dir die hohen Herren etwa nichts zu essen gegeben?", fragte sie argwöhnisch. Rob musste schmunzeln. Bis eben spukten Gedanken über Drachenmagie, Bedrohungen aus Dulgmoran und große Aufgaben durch seinen Kopf, und Gwyneth brach alles herunter auf einen gut gefüllten Magen. Das Leben war doch so einfach, es tat gut, wieder hier zu sein.

„Das kann doch nicht wahr sein! Haben sie dich denn wenigstens gut behandelt?", forschte sie weiter.

Rob antworte mit vollem Mund. „Ja doch, Gwyneth. Burgmagier Bennett und die Drachendame Malyrtha waren ausgesprochen gut zu mir, und die anderen waren auch nett."

Gwyneth musterte ihn argwöhnisch, ob er wirklich die Wahrheit sagte, doch Ulbert bekam neugierige, große Augen. „Du hast die Drachendame Lady Malyrtha getroffen?", fragte er beeindruckt.

Rob erzählte ihnen ausführlich die ganze Geschichte: von dem Streit mit Burkhard über die Drachenwahl bis hin zu dem ersten magischen Unterricht bei Bennett. Ulbert und Gwyneth lauschten gespannt den Worten ihres Zöglings und konnten die Geschichte kaum glauben. Als Rob geendet hatte, saßen sie nachdenklich beisammen.

„Und wie soll es jetzt weitergehen?", wollte Ulbert wissen.

„Bis auf weiteres will Burgmagier Bennett, dass ich zu ihm in den magischen Turm ziehe. Aber ich glaube, Magnatus Wallace und Lady Malyrtha wollen, dass ich die Burg verlasse. Sie haben die Befürchtung, dass Burkhard Bailey mir nicht verzeihen wird und mir das Leben hier zur Hölle macht", erklärte Rob.

„Da liegen sie wahrscheinlich richtig. Ich möchte nicht wissen, was gerade in der großen Halle beredet wird. Aber ich kann mir kaum vorstellen, dass Familie Bailey dich in ihr Herz schließen wird. Wahrscheinlich haben die Magier recht, wenn sie dich von Skargness wegbringen", überlegte Ulbert laut.

„Mein kleiner Junge soll die Burg verlassen?", sagte Gwyneth mit traurigem Blick.

„Gwyneth", sagte Ulbert in einem belehrenden Tonfall, „dein kleiner Junge ist erwachsen. Schau dir diesen kräftigen Mann doch mal an! Und nun ist er obendrein auch noch

Drachenmagier. Es wird Zeit, dass er die Welt kennenlernt. Er ist längst nicht mehr das süße kleine Kind von früher."

„Für mich wird er immer mein kleiner Junge bleiben", entgegnete Gwyneth patzig.

Ulbert und Rob verdrehten die Augen. Aber Gwyneth störte das nicht im Geringsten.

„Ulbert hat recht, Gwyn, ich bin kein kleiner Junge mehr, und ich kann sehr wohl auf mich alleine aufpassen", sagte Rob und war selbst verwundert, woher er plötzlich so viel Selbstbewusstsein nahm. Aber vielleicht lag es daran, dass er Ulbert und Gwyn die Last, für ihn verantwortlich zu sein, von den Schultern nehmen wollte.

Kommandant Gweir Owen nickte Morgan zu und bedeutete ihm, nach draußen zu gehen. Morgan war froh, aus der lärmenden Halle herauszukommen. Ihm waren diese Drachenhetze und die Intrigen der Magier zuwider. Auf dem Burghof fiel ihm auf, dass viele der Burgwachen neugierig zu der großen Halle sahen, sich aber nicht trauten, ihren Posten zu verlassen. Sie hörten den Lärm und das aufgeheizte Kampfgeschrei, aber wussten letztendlich nicht, was passiert. Doch langsam machte das Gerücht die Runde, dass der rote Drache Malyrtha und Magnatus Wallace gefangengenommen worden waren. Statt Freude empfanden die meisten eher Angst und Unsicherheit. Die Drachenmagier waren beliebt, aber Lord Bailey war schließlich ihr Graf und hatte den Befehl zu der Festnahme gegeben. Trotzdem, die Anwesenheit so vieler Soldaten und Magier aus Rochildar verstanden sie nicht und machte sie misstrauisch.

Nach kurzer Zeit stahl sich Kommandant Owen auch zur Tür hinaus und lief zu Morgan. Um sicherzugehen, dass sie nicht belauscht wurden, schaute er sich immer wieder vorsichtig um. Völlig konsterniert wandte er sich an Morgan. „Ich fasse es nicht. Ich habe ja schon viel in meinem Leben erlebt, aber die Situation hier gerät vollständig außer Kontrolle. Tu mir bitte den Gefallen und warne den jungen Rob. Das ist das einzige, was wir noch für die Drachenmagier tun können, ohne Gefahr zu laufen, selbst in die Schusslinie zu geraten."

„Hat Robin wirklich versucht, Burkhard zu töten?", wollte Morgan wissen. Das konnte er sich bei dem Jungen überhaupt nicht vorstellen.

„Frag bitte nicht", bat Gweir Owen sichtlich berührt. „Lord Bailey hat mich schon genug bestraft, weil ich den Jungen verarztet habe. Irgendeiner dieser höfischen Schleimscheißer hat das beobachtet und brühwarm dem Burgvogt erzählt, als der Idiot Burkhard mit seiner Version der Geschichte ankam. Den Rest kannst du dir denken."

Morgan musterte nachdenklich die Platzwunde an Gweirs Wangenknochen. Lord Bailey hatte dem Kommandanten in seiner Wut mit seinem eisernen Handschuh mitten ins Gesicht geschlagen. Gweir Owen bemerkte Morgans kritischen Blick. „Die Wunde ist kein Problem. Das verheilt. Viel schlimmer ist, dass mich Lord Bailey nicht in seine Absichten eingeweiht hat. Ich hatte keine Ahnung, was er mit Wallace vorhatte. Falls es denn überhaupt sein Plan war. Jedenfalls musste ich ihm schwören, in Zukunft auch die Version der Geschichte zu erzählen, in der Rob seinen Sohn Burkhard umbringen wollte. Verdammt, was sollte ich denn tun?", schimpfte Gweir Owen wütend auf sich selber.

Morgan sah ihn verständnisvoll an. „Mach dir keine Vorwürfe. Du hattest keine andere Wahl", versuchte er ihn zu trösten.

„Wenn ich geahnt hätte, was die vorhaben, hätte ich Bennett, Wallace und Malyrtha vielleicht retten können. Morgan, ich bin so ein Idiot."

„Das konntest du wirklich nicht voraussehen. Wichtiger ist jetzt, dass du deinen Posten als Kommandant nicht verlierst. Sonst gibt es demnächst keinen Vernünftigen mehr in der Befehlskette von Druidsham. Und glaube mir, du hättet nichts ändern können, das war von langer Hand geplant", meinte Morgan ernst.

„Geh jetzt und warne den Jungen, das bin ich Bennett schuldig. Sag ihm, er soll zu Gwynefa fliehen, da ist er für den Moment am besten aufgehoben. In einer Stunde plant Bailey eine große Zusammenkunft aller Soldaten und Wachen, um ihnen die Neuigkeiten zu berichten und die Drachenmagier und Drachen offiziell für vogelfrei zu erklären. Danach hat der Junge keine Chance mehr", sagte Gweir Owen betrübt und ging zurück in die lärmende Halle.

Morgan machte sich auf zum Stall, wo er den jungen Robin vermutete. Nachdenklich passierte er die Zugbrücke zum Vorhof der Burg. Er war ein altgedienter, zuverlässiger Soldat, der immer stolz für seine Grafschaft gekämpft hatte. Diesen Stolz verdrängte jetzt eine unbestimmte Angst vor der Zukunft. Noch gestern hatten diese Schweine aus Rochildar und Dulgmoran in dem Mêlée seine Kameraden kaltblütig abgeschlachtet und heute sollten sie seine Waffenbrüder werden? Missmutig schüttelte er den Kopf und trat in den Stall ein.

„Robin?", rief er laut in den Raum hinein.

„Hier oben", hallte eine Antwort aus dem ersten Stock herunter, und er hörte, wie Robin oben zur Treppe gelaufen kam. „Morgan, schön Euch zu sehen", sagte Rob.

Morgan kam die Treppe hoch. „Ich muss mit dir reden."

Rob freute sich über den Besuch des Soldaten, auch wenn er sich wunderte, was Morgan von ihm wollte. Als Morgan die zwei Bediensteten erblickte, die bei Rob waren, sagte er reserviert: „Alleine."

„Ich wollte auch gerade wieder in meine Küche zurück", sagte Gwyneth und verschwand, aber nicht, ohne Rob noch einmal fest an sich zu drücken. Sie gab ihm einen dicken Kuss auf die Stirn. „Bis nachher, mein Schatz." Sie nickte Morgan im Gehen freundlich zu.

„Ich muss auch los", folgte ihr Ulbert. „Wenn du mich suchst, ich bin unten bei der Arena und helfe beim Abbau." Ulbert nahm Rob fest in den Arm und verschwand.

„Das waren meine Mutter und mein Vater", erklärte Rob.

Verwundert sah Morgan ihn an. „Ich hatte gehört, du wärst eine Vollwaise?!"

Rob grinste schief. „Technisch gesehen ja, aber Ulbert und Gwyneth haben mich in die Burg geholt und aufgezogen. Bessere Eltern kann man sich nicht wünschen."

Morgan nickte und schluckte schwer. „Mein lieber Robin, Gweir schickt mich, aber das darf nie jemand erfahren." Dem ernsten, traurigen Blick nach, den Morgan hatte, erwartete Rob eine unangenehme Botschaft. Da war es wieder, dieses flaue Gefühl im Magen.

„Dragoslav Olaru und Lord Bailey haben Magnatus Wallace und Lady Malyrtha gefangen genommen und des Hochverrates angeklagt. Ihnen soll ihn Greifleithen der Prozess gemacht werden, was ihren sicheren Tod bedeutet. Die Drachenmagier und die Drachen sind für vogelfrei erklärt worden. Jeder darf sie, ohne sich vor einer Strafe fürchten zu müssen, töten oder fangen", erklärte Morgan.

Rob wurde unsanft aus seinem kurzen Verweilen in der Wohlfühlzone gerissen, die grausige Realität holte ihn wieder gnadenlos ein.

„Aber Lord Wallace und Lady Malyrtha sind doch viel zu …", setzte Rob an.

„Mächtig, wolltest du sagen, nicht? Aber gegen den Drachenbluttrank hatten sie keine Chance, vor allem, da sie nicht dicht genug zusammen waren. Magnatus Wallace verhandelte mit Lord Bailey in der großen Halle, hinter dicken, magisch geschützten Mauern, als Cristofor Lady Malyrtha angriff", unterbrach ihn Morgan. „Aber es kommt noch schlimmer. Burgmagier Bennett ist tot."

Rob spürte einen Stich in seinem Herzen.

„Burkhard Bailey hat ihn kaltblütig erstochen, und jetzt wollen sie dir den Mord in die Schuhe schieben", fuhr Morgan bedrückt fort. „Du musst so schnell wie möglich von hier weg. Schnapp dir deinen Drachen, und haut zusammen ab."

„Aber wohin soll ich denn? Ich kenne doch niemanden außerhalb der Burg", entgegnete Rob schwach.

„Versucht zu Gwynefas Schloss nach Mossglade, in Fairfountain, zu fliehen. Ich komme aus einem kleinen

Städtchen namens Tartide, hinter dem Druidengebirge, dicht an der Grenze zur Grafschaft Northset. Dort waren Drachenmagier immer gern gesehen und ich könnte mir vorstellen, dass sie dir und deinem Drachen helfen. Von dort könnt ihr nach Fairfountain übersetzen. Aber seid vorsichtig, heutzutage ist es schwer, Freund und Feind zu unterscheiden", riet ihm Morgan. „Und jetzt beeile dich, ich muss wieder zurück." Mit diesen Worten verschwand Morgan wieder zurück in die Hauptburg.

„Danke", sagte Rob kaum hörbar. Ihm schwirrte der Kopf.

Er ging zu seinem geliebten Lynir und sattelte ihn. Hastig stopfte er Ersatzkleidung, einen Wasserbeutel und sein scharfes Messer, das ihm Ulbert letztes Jahr zum Geburtstag geschenkt hatte, in zwei Satteltaschen. Rob hatte ein fürchterlich schlechtes Gewissen, schließlich gehörte ihm Lynir nicht. Jetzt war er auch noch ein gemeiner Pferdedieb. Er schob diesen Gedanken zur Seite. Hatte er denn eine andere Wahl?

Er versuchte herauszufinden, wo Fuku war, um ihn zu warnen. Aber er war noch zu unerfahren und empfing nur ein unbestimmtes Gefühl, dass er nicht einordnen konnte. Eine starke Schläfrigkeit übermannte ihn, so dass er sich kaltes Wasser ins Gesicht rieb, um wieder frisch zu werden.

„Komm, Lynir, es muss sein." Liebevoll schmiegte er sich an das Pferd und konnte dessen gespannte Aufregung fühlen. „Du freust dich, kann das sein?"

Lynir wieherte und nickte kräftig mit dem Kopf. Rob führte ihn aus dem Stall. „Auf dich ist wenigstens Verlass, mein Guter."

Rob wollte sich noch schnell von Gwyneth verabschieden, aber dann hörte er das aufgeheizte Jagdgeschrei der Soldaten in der Hauptburg, die von Magnatus Olaru aufgestachelt wurden. Ein eiskalter Schauer lief ihm den Rücken hinunter, obwohl Rob nicht ansatzweise die Größe der Gefahr, in der er schwebte, ahnte.

Er saß auf und meinte zu Lynir: „Wir fragen besser Gladys, die Frau von Bauer Radcliffe, ob sie Gwyneth erklären kann, warum ich so schnell weg musste." Wenn sich die Gemüter auf Skargness beruhigt hätten, könnte er ja zurückkommen und ihr alles persönlich erklären.

Statt wie normalerweise mit ihm zu scherzen, öffneten die Torwachen respektvoll die Zugbrücke. Die Nachricht, dass Rob der Stalljunge jetzt ein Drachenmagier war, hatte in der Burg schnell die Runde gemacht. Sie grüßten ihn höflich und ließen ihn unbehelligt passieren.

In Robs Bauch machte sich ein mulmiges Gefühl breit. Könnte er wirklich wieder zurückkommen? Tief in ihm gab es eine Stimme, die das stark anzweifelte. Aber die drängenden Aufgaben ließen Rob auf andere Gedanken kommen. Er musste unbedingt Rune warnen, dass Cristofor der neue Burgmagier von Skargness war. Er und seine Familie waren hier nicht mehr sicher. Außerdem musste er Fuku suchen und ihm erzählen, was passiert war.

In schnellem Trab durchquerte er das kleine Städtchen Alryne, das noch keine Ahnung hatte, was sich auf der Burg zusammenbraute, und friedlich in der Abenddämmerung lag. Nachdem er Alryne durch das Südtor verlassen hatte, wechselten Rob und Lynir in einen strammen Galopp. Der feuchtkalte Wind blies Rob erfrischend ins Gesicht, und der dumpfe, monotone Hall von Lynirs Hufen beruhigte ihn. Lynir bahnte sich kraftvoll einen Weg über die Straße. Sie waren eins in ihrer Bewegung, und Rob wünschte sich, ewig so weiterreiten zu dürfen. Als sie die Stelle passierten, an der er vor zwei Tagen in den Feenschwarm geraten war, holten ihn seine Gedanken wieder ein. Hier hatte der ganze Ärger begonnen. Traurig dachte er an Burgmagier Bennett, den er immer schon mochte, aber während des Unterrichts heute erst richtig in sein Herz geschlossen hatte. Die zauberhafte Lady Malyrtha, die ihm das Gefühl gegeben hatte, etwas Besonderes zu sein, und auch Magnatus Wallace, der ihn mit außergewöhnlichen Respekt behandelt hatte. Ein weiteres Mal spürte er Fuku nach, aber wieder schaffte er es nicht, das Bewusstsein des Drachen zu erreichen. Der Versuch hinterließ lediglich eine matte Müdigkeit in ihm.

Er blickte sich um und glaubte das gelbe Funkeln von Augen in dem Wald hinter der Feenwiese zu erkennen. Der Schreck jagte ihm die Müdigkeit aus den Knochen und er war wieder hellwach. Er war froh, als das Gatter zu Bauer Radcliffes Gehöft in der Dämmerung vor ihm auftauchte. Erstaunt spürte er die Schutzzauber, die das gesamte Grundstück von Radcliffe umgaben. Bisher hatte er immer nur die einfache Reisigumzäunung gesehen, aber dank seiner neuen Gabe nahm er die Schutzzauber wahr, die in regelmäßigen Abständen in den Zaun verflochten waren.

Als er auf den Hof zuritt, kam Medwyn, freudig schwanzwedelnd, auf ihn zu gerannt. Rune stand mit Layman und einem Rudel Wölfe vor der Tür zum Haus und wartete lächelnd auf ihn. Die Wölfe hatten sein Kommen bereits angekündigt. Jetzt verstand er auch die gelben Augen, die er eben zwischen den dunklen Bäumen im Wald gesehen hatte.

„Glückwunsch, Rob, da hast du gestern ja für einen riesigen Wirbel gesorgt. Bei dir alles o. k., junger Drachenmagier? Das bist du doch jetzt, oder?", fragte Rune neugierig und bemerkte erst langsam das bedrückte Gesicht von Rob.

Rob sprang von Lynir ab. „Gar nichts ist o. k. Burkhard hat Bennett kaltblütig erstochen, und Cristofor ist sein Nachfolger als Burgmagier. Magnatus Wallace und Lady Malyrtha liegen halbtot im Kerker, und die restlichen Drachenmagier und Drachen hat Olaru für vogelfrei erklärt", sprudelte es aus ihm heraus. „Ich musste von Skargness fliehen, weil sie mir Bennetts Mord anhängen wollen", fuhr er aufgeregt fort.

Die Mienen von Rune und Layman verfinsterten sich. „Früher oder später musste das ja kommen, aber ich dachte, wir hätten noch mindesten ein Jahr Zeit, bevor jemand seine Hände nach Skaiyles ausstreckt", sagte Rune nachdenklich und gefasst.

„Ich wollte euch warnen, bevor ich nach Norden aufbreche", sagte Rob, „und euch um ein bisschen Verpflegung bitten. Ich hatte keine Zeit mehr, mir noch etwas in der Burg zu besorgen. Und könnt ihr bitte Gwyneth und Ulbert sagen, dass ich fliehen musste und es mir gut geht?" Nervös ließ Rob immer wieder seinen Blick in die Ferne schweifen, um sicherzugehen, dass ihm niemand folgte.

Rune erkannte Robs Anspannung. „Gungir, Gry, Hjördis, beobachtet bitte die Straße nach Alryne. Mildri und Arneot bleiben bei mir." Drei der Wölfe machten sich unverzüglich in den Wald auf, und schon nach ein paar Sekunden waren sie nicht mehr zu sehen. „Sobald jemand das Stadttor verlässt, werden sie uns Bescheid geben", beruhigte Rune Rob. „Jetzt erzähl doch mal der Reihe nach, was eigentlich passiert ist."

Eilig erzählte Rob den beiden Männern, was in den letzten zwei Tagen alles geschehen war.

Als Rob aufgewühlt die Ereignisse zusammenfasste, spürte Fuku die Trauer und die Wut, die in seinem Magier brodelten. Alarmiert schreckte er aus seinem Schlaf auf. Nachdem er sich bei Rob entschuldigt hatte, war er jagen geflogen und hatte sich nach einer kurzen Hatz den Bauch mit einem köstlichen Reh vollgeschlagen. Danach hatte er sich ein kleines Verdauungsschläfchen gegönnt und war wohl fester, als beabsichtigt, eingeschlafen. Rob schien sich immer noch nicht beruhigt zu haben. Fuku beschloss, nach dem unerfahrenen Jungen zu sehen, schwang sich mit seinem vollen Magen träge in die Luft und schlug ahnungslos die Richtung zur Burg ein.

Rune und Layman lauschten entsetzt Robs Bericht. „Zu Loke Lindroth wollten sie dich schicken. Interessant, das ist ein Drachenmagier, der aus meinem Dorf kommt", sagte Rune in Gedanken versunken.

„Das hat damals viel Aufregung gegeben. Er war für ein Wolfsrudel ausgewählt, aber die Wölfe haben ihn nicht angenommen. Irgendwann verließ er das Dorf und kam als Drachenmagier mit Alfdis, dem Eisdrachen, zurück. Aber nur, um sich dann in die Einsamkeit des Gebirges und ewiger Gletscher zurückzuziehen. Magnatus Wallace und Bennett werden schon gewusst haben, warum sie dich dorthin schicken wollten."

Rob war verwundert. Bisher dachte er immer, Drachenmagier gäbe es nur in Skaiyles und nicht im hohen Norden.

„Wo ist eigentlich dein Drache jetzt?", wollte Rune besorgt wissen. „Du musst Fuku unbedingt warnen. Der einzige Grund, warum Olaru noch keine Truppen ausgesandt hat, ist, dass er glaubt, ihr wisst noch nicht Bescheid. Sie gehen davon aus, dass ihr ahnungslos auf die Burg zurückkommen werdet. Dort werden sie euch sicher schon mit dem tödlichen Trank erwarten. Wenn Fuku dort landet, wird es für ihn zu spät sein."

„Ich habe schon ein paar Mal versucht ihn zu warnen, aber schaffe es einfach nicht, eine Verbindung zu ihm aufzubauen", erklärte Rob verschreckt.

„Versuch es weiter", befahl Rune.

Rob bemühte sich, war aber viel zu aufgeregt, um einen klaren Gedanken zu fassen.

„Verdammte Scheiße", fluchte Rune wie aus dem Nichts. „Gry hat gerade Fuku zur Burg fliegen sehen."

Im nächsten Augenblick war Rob schon auf Lynir gesprungen und preschte im vollen Galopp Richtung Burg. Er konnte nicht zulassen, dass man Fuku etwas antat.

„Rob, verdammt, was willst du denn tun?", hörte er noch Rune hinter sich her schreien.

Rob wusste keine Antwort auf diese Frage, aber irgendetwas musste er unternehmen. Krampfhaft versuchte er, die Verbindung zu Fuku zu finden, aber er war viel zu aufgeregt. In rasender Angst, preschte er mit Lynir durch die anbrechende Nacht zurück zur Burg.

Nichts Böses ahnend, landete Fuku genau vor den Füßen von Magnatus Olaru.

„Willkommen, Fuku", begrüßte ihn der Magier freundlich. „Wo hast du deinen Jungen gelassen?", fragte er interessiert. In diesem Moment trat Cristofor aus dem Stall.

„Hier ist er auch nicht und er hat das Pferd ..." Als Cristofor Fuku sah, brach er den Satz ab. Olaru gab Cristofor hinter Fukus Rücken ein Zeichen, die Ruhe zu bewahren. Fuku funkelte Cristofor böse an, diesen Zauber mochte er so gar nicht.

„Cristofor, kannst du bitte in Bennets Turm auf mich warten?", bat ihn Magnatus Olaru. „Ich ruf dich, wenn ich dich brauche, aber ich möchte mich noch kurz mit Fuku unterhalten. Du kannst aber schon alles vorbereiten, dann geht es gleich schneller."

Cristofor lächelte in sich hinein. „Kein Problem, Ihr solltet wissen, dass ich immer vorbereitet bin, ehrenwerter Magnatus Olaru", sagte er und verschwand durch die Tür in den magischen Turm.

Die Zeit wurde träge und verrann nur langsam. Wie in Zeitlupe zog die Feenwiese an Rob vorbei, obwohl Lynir sein Bestes gab.

„Keine Ahnung, wo Rob ist, ich bin auch auf der Suche nach ihm", antwortete Fuku auf Olarus Frage. „Ich dachte, Ihr habt ihn vielleicht gesehen."

„Kannst du ihn nicht mit eurer außergewöhnlichen Verbindung aufspüren?", forschte Olaru weiter.

„Eigentlich schon, aber uns fehlt noch etwas Übung. Wir müssen uns wohl noch besser aneinander gewöhnen", entgegnete Fuku, ohne sich weiter Gedanken zu machen.

„Wahrscheinlich ist er bei einem der anderen Drachenmagier", schlug Magnatus Olaru vor.

„Das denke ich auch, oder vielleicht bei Bennett im Turm. Wisst Ihr denn, wo Magnatus Wallace und Lady Malyrtha sind?", wollte Fuku wissen.

„Das letzte Mal als ich Magnatus Wallace gesehen habe, fühlte er sich sehr schwach. Wahrscheinlich geht es ihm nicht so gut und er ruht sich irgendwo in der Nähe aus", mutmaßte Olaru mit fürsorglichem Blick.

Cristofor verfolgte das Gespräch durch den Türspalt am Eingang des Magierturmes und hielt sich den Mund zu, damit man sein Gekicher nicht hören konnte. Wie dämlich war dieser Drache eigentlich? Das war ja kaum auszuhalten. Den Stein und den Drachenbluttrank hatte er vorsorglich schon vorbereitet und neben sich gestellt.

Irgendwie kam Fuku der Magnatus komisch vor, aber auf dem Flug hierher hatte er beschlossen, den Menschen mehr Geduld und Höflichkeit entgegenzubringen. Vielleicht würde ihm das mit Rob weiterhelfen.

„Aber kannst du Drachenmagier nicht aufspüren, euch verbindet doch eine starke Magie?", fragte Olaru ihn.

Fuku lachte. „Ihr hört euch an wie mein Lehrer Chocque, mit all euren Fragen. Ich glaube, ich brauche etwas Zeit, um diese Fähigkeit zu lernen, momentan spüre ich jedenfalls keinen in unserer Nähe", antwortete Fuku redselig.

Die Wachen am Stadttor sahen trotz der nahenden Dunkelheit schon von weitem die Staubwolke von Rob und Lynir. Alarmiert von dem, was da in hoher Geschwindigkeit auf sie zukam, zückten sie ihre Waffen. Rob und Lynir bremsten scharf ab und gaben sich zu erkennen.

„Ach, du bist es wieder", begrüßten sie Rob. „Du weißt heute Abend auch nicht, wohin du willst, oder?"

„Macht das Tor auf, Lord Bailey möchte, dass ich auf schnellstem Weg zu ihm komme", befahl Rob in einem für ihn ungewöhnlich harschem Ton.

Es dauerte eine gefühlte Ewigkeit, bis die Wachen das Tor endlich geöffnet hatten. Unruhig trippelte Lynir auf der Stelle, und Rob hielt es vor Anspannung kaum aus. Gerade als der Spalt breit genug war, stob Lynir nach vorne durch das Tor. Rob stieß mit seinem Knie noch hart vor den eisernen Ring des rechten Portals, aber er ignorierte den stechenden Schmerz. Das war gerade völlig egal.

Also sind die Drachenmagier geflohen und haben diese Frischlinge nahezu schutzlos in Skargness zurückgelassen, dachte Olaru, erfreut, wie einfach sich der ganze Plan umsetzen ließ. Er hatte mit deutlich mehr Widerstand gerechnet. Eigentlich wollten sie Druidsham und die Drachenmagier nur provozieren, um herauszufinden, wie weit sie gehen konnten. Aber die Wahl Robins als Drachenmagier war ein ausgesprochener Glücksfall gewesen und eine einmalige Gelegenheit, die Familie Bailey auf ihre Seite zu ziehen. Das hatte er sich einfach nicht entgehen lassen können.

„Also, wenn Ihr auch nicht wisst, wo Robin ist, flieg ich mal hoch zu Bennett, vielleicht weiß der mehr", sagte Fuku, der das Gespräch mit Olaru relativ träge fand. Er wollte sich gerade vom Boden abstoßen, als Olaru laut „Jetzt!" rief.

Was war das denn für eine komische Antwort, wunderte sich Fuku.

In diesem Moment flog die Tür zum Magierturm auf. Aufgeschreckt durch das laute Krachen, flüchtete ein kleiner Schwarm Raben laut krächzend in die Luft. Cristofor stand mit einem hämischen, überlegenen Grinsen im Türrahmen und träufelte den restlichen todbringenden Seelentrank aus seiner kleinen Phiole auf den noch weißen, unschuldig wirkenden Stein. Doch mit der Berührung der ersten Tropfen des Trankes, die langsam über den Stein rannen, verlor er seine Unschuld und verursachte bei Fuku und Rob höllische Qualen. In Cristofors Hand wuchs der Stein, der ursprünglich nur so groß wie ein Kiesel war, auf seine dreifache Größe an und verfärbte sich pechschwarz. Er sog das Licht in seiner Umgebung auf, und Fuku schrie herzzerreißend, als die ersten blauen Energieströme ihm die Seele aus dem Körper lösten und in Schwaden wie Tinte, die in Wasser tropfte, in den unheilvollen Stein zogen.

Lynirs Hufschlag auf den mit Steinen gepflasterten Weg hoch zur Burg hallte laut von den Wänden der Häuser wider. In vollem Galopp nahmen Pferd und Reiter die engen Gassen und mussten ihr gesamtes reiterliches Können abrufen, um nicht auszurutschen und sich sämtliche Knochen zu brechen. Rob konnte bereits die mit Fackeln beleuchtete Zugbrücke sehen, als ein markerschütternder, grausamer Schrei die nahende Nacht durchriss. Rob spürte, wie eine fremde Kraft an ihm zerrte, und er sah schockiert, wie das Blut in seinen Armen eine dunkle Farbe annahm. Er wurde rasend vor Angst um Fuku.

In der Vorburg sah Cristofor überheblich zu, wie der Stein alle Kraft und Magie aus Fuku zog, dessen Adern sich wie bei Rob schwarz färbten. Die anwesenden Soldaten und Burgbewohner starrten gebannt auf dieses Schauspiel aus wild tanzenden, dunkelblauen Wirbeln und dem leidenden Drachen, der nahezu hilflos auf dem Boden lag. Die eine Hälfte hatte tiefes Mitleid, konnte aber nicht die Augen von dem Geschehen abwenden, die andere Hälfte, überwiegend Soldaten aus Rochildar, waren stolz auf die Überlegenheit ihrer reinen Magie. Fuku verlor mehr und mehr an Farbe und zitterte fürchterlich. Magnatus Olaru trat einen Schritt vor und gebot Cristofor, einzuhalten. Mit einer Hand umkreiste der neue Burgmagier den Stein und stoppte so den Sog. Die blauen Schwaden drehten sich in kleinen Wirbeln auf der Stelle, aber nach Olarus Eingreifen strömte zumindest keine Magie mehr aus Fuku heraus.

Magnatus Olaru lief zu Fuku und schob dessen Kopf unsanft mit dem Fuß so zurecht, dass er ihm von oben herunter in die Augen sehen konnte. „Lieber Fuku Riu, wenn du gestehst, dass Wallace seinem Sohn Rob zuliebe die Drachenwahl manipuliert hat, und mir sagst, wo die restlichen drei Drachenmagier sind, werde ich dich verschonen", bot Magnatus Olaru gnädig an.

Fuku hauchte mit leiser Stimme: „Was soll ich verstehen?"

„Nein, du sollst gestehen", wiederholte Olaru. „Du sollst hier vor allen gestehen, dass Wallace die Drachenwahl manipuliert hat, und mir sagen, wo die restlichen drei Drachenmagier sind."

Fuku atmete ganz flach. „Ich bin zu schwach, ich kann nicht mehr stehen."

„Gestehen, du Idiot, nicht stehen", fluchte Magnatus Olaru.

Er schaute Fuku argwöhnisch an. War der Drache im Delirium oder wagte er es tatsächlich im Angesicht des Todes ihn zu verarschen?

„Treib keine Spielchen mit mir, das wirst du bitter bereuen", warnte ihn Magnatus Olaru

„Au ja, lasst uns etwas spielen", stöhnte Fuku mit schwacher Stimme.

Olaru verdrehte resigniert die Augen, aus dem Drachen war nichts Sinnvolles mehr herauszuholen. Cristofor ärgerte sich über diese Verzögerung und trat an Olaru heran. „Lasst es uns zu Ende bringen."

Olaru wollte schon nicken, als Fuku mit letzter Kraft ein vernehmliches „Wartet", herausbrachte. Olaru und Cristofor sahen ihn erwartungsvoll an.

Mit leiser Stimme wisperte Fuku: „Wir könnten ,Ich sehe was, was du nicht siehst' spielen."

Olaru trat Fuku mit aller Wucht ins Gesicht. Aber der grinste lediglich versonnen, als mit einem fürchterlichen Krachen Rob mit Lynir durch das Burgtor stürmte. Angesteckt von Robs Wut, hielt Lynir in vollem Tempo auf die Schar Soldaten zu, die versuchte, ihnen den Weg zu verstellen. Rob entriss einer der Wachen eine Hellebarde und schleuderte sie mit seiner ganzen Kraft auf den unheilvollen Stein, der Fuku und ihm innerlich die Seelen verbrannte.

Völlig überrascht von dem Angriff, blickten Cristofor und Olaru auf, nur um zu sehen, wie die Hellebarde den Stein aus Cristofors Hand katapultierte und ihm dabei zwei Finger der rechten Hand abschnitt. Von der Hellebarde getroffen, knallte der Stein auf den Boden und zerbrach in viele kleine Stücke.

Aus Cristofors Wunden spritzte das Blut auf das weiße Gewand seines Magnatus, und die zwei Zauberer mussten sich kurz besinnen, um die Gefahr zu erkennen. Sie wirkten Schutzzauber, um sich gegen weitere Angriffe zu schützen und aus einer Position der Sicherheit einen Angriff auf Rob und Fuku starten zu können. Dieser Junge hatte nur Glück gehabt, magisch waren sie ihm um Welten voraus.

Rob war von Lynir gesprungen und hob liebevoll Fukus Kopf mit beiden Händen auf. „Ich habe gespürt, dass du kommst", sagte Fuku schwach. Rob betrachtete Fukus von dem Tritt geschwollenes Auge. Er hatte das Gefühl, jemand würde seinen Rücken mit einer scharfen Klinge aufschneiden. Aber da war nichts, Rob spürte, wie der Schmerz sich zu einer immensen Energie aufwallte. Seine gesamte Wut kroch durch seinen Körper und verdichtete sich in magische Kraft. Dieselbe Energie sprang auf Fuku über, und die in der Luft verbliebenen blauen Schlieren stellten haarfeine Verbindungen, verästelt wie ein Sprung, der eine Glasscheibe durchzieht, zwischen ihnen und den Resten des schwarzen Steines her.

In einer gewaltigen energetischen Entladung strömte die von dem Stein aufgesaugte Energie zurück in Fuku und Rob. Ihre Adern waren nicht mehr länger schwarz, und sie spürten eine immense Kraft in sich. Rob stieg wieder auf Lynir, und der Drache richtete sich zu seiner vollen Größe auf. Fuku entlud seinen gesamten Frust in einem unglaublich lauten Brüllen und löste eine Schockwelle aus. Rob spürte Fukus magische Ausstrahlung und gab all seine Kraft dazu. Es entstand eine verheerende Kraft, die Magnatus Olaru und Cristofor samt ihrem magischen Schutzschild wie die einfachen Soldaten vor die Burgmauern schleuderte. Rob und Fuku wussten, dass sie lediglich durch das Überraschungsmoment diesen Vorteil hatten. Sie verstanden sich blind und wussten, dass sie schleunigst fliehen sollten.

Einen mächtigen Feuerstoß voran schickend, kämpfte sich Fuku den Weg zur Zugbrücke frei und bolzte mit seinem gesamten Gewicht die Brücke einfach aus den Angeln. Eigentlich wollte er, dass die Ketten rissen und die Brücke herunterklappte, um Rob und Lynir die Flucht zu ermöglichen. Aber durch Fukus Masse zersplitterte die Zugbrücke laut krachend in tausend Einzelteile. Rob und Lynir hatten jetzt einen unüberwindbaren, sieben Meter breiten Graben vor sich und eine Horde schwer bewaffneter Ritter, die sich gerade sammelten, im Rücken.

Mist, das wollte ich nicht, schoss es Fuku durch den Kopf, und er wollte schon wenden, als er nur Robs Kampfgebrüll vernahm.

„Für Bennett! Ihr werdet uns niemals bekommen!", brüllte Rob aus Leibeskräften. Fuku beobachtete, wie Rob und Lynir in ungebremster Geschwindigkeit voll auf den tiefen Burggraben zuhielten. Ohne das geringste Zeichen der Angst oder Zweifel spannte Lynir seine Muskeln an und sprang in einem mächtigen Satz über den vor ihm aufklaffenden Burggraben. Fuku sah mit weit aufgerissenem Maul staunend zu, wie sein Magier mit dem prächtigen Pferd über den Graben flog. Als wären sie lediglich über einen niedrigen Zaun gesprungen, landeten Rob und Lynir erstaunlich sanft auf der anderen Seite und hatten sogar noch einen knappen Meter Spielraum. Zusammen mit Fuku preschten sie weiter die Straße Richtung Stadttor herunter.

„Jaaaa!", schrie Fuku, und ließ damit seiner Anspannung freien Lauf. Für die Ritter, die sich teilweise schon Pferde aus dem Stall organisiert hatten, um sie zu verfolgen, war dieses Hindernis unüberwindlich. Sie stauten sich an dem Abgrund und versuchten die Fliehenden mit Pfeilen zu erwischen. Vergeblich, Rob und Fuku waren außerhalb ihrer Reichweite. Fuku ließ es sich nicht nehmen, seinen Flug zu stoppen. In einer schwungvollen Bewegung lupfte er seinen langen grünen Schwanz und stellte den Verfolgern seinen Allerwertesten zur Schau. Dabei drehte er seinen Kopf so nach hinten, dass er die Reaktionen der Verfolger sehen konnte.

Rob hielt mit Lynir kurz inne. „Fuku, was soll der Quatsch? Komm, wir müssen weiter!"

„Entschuldigung, aber das ist ein spezieller Drachengruß, das musste sein!", erklärte ihm Fuku verschmitzt. Glücklicherweise schaute Fuku nach hinten, so schaffte er es gerade noch rechtzeitig, ein Schutzfeld um sich, Rob und Lynir aufzubauen. Dragoslav Olaru und Cristofor Predoui, der sich notdürftig seine rechte Hand verbunden hatte, waren mit den anderen Magiern aus Rochildar auf den Wehrgang der östlichen Burgmauer gestiegen und schossen mit magischen Blitzen auf sie.

Aber der Abstand war inzwischen zu groß und die Blitze schafften es nicht, Fukus Schutzschild zu durchdringen. Unbehelligt flohen sie weiter durch die Gassen Alrynes und kamen schnell an das Stadttor. Mit Entsetzen sahen die Wachen den großen Drachen und den Magier auf dem Pferd, die direkt auf sie zuhielten.

„Fuku, kannst du uns wieder das Tor öffnen?", fragte Rob in vollem Galopp.

„Aber mit Vergnügen, es ist mir eine Ehre, junger Drachenmagier", antwortete Fuku.

Rob war sehr wohl aufgefallen, wie Fuku ihn gerade genannt hatte, und er freute sich wahnsinnig über diese Vertrautheit. Er hatte das Gefühl, Bäume ausreißen zu können und dass es kein Problem gäbe, dass er, sein Pferd und sein Drache nicht lösen könnten.

Fuku nutzte die Straße vor dem Stadttor wie eine Rutschbahn und schlidderte ziemlich rüpelhaft, mit den Füßen voraus, durch das geschlossene Tor. Krachend löste es sich in tausende kleine Splitter auf, um den Drachen den benötigten Platz zu machen. Auch ließ er es sich nicht nehmen, die Reihe von Begrenzungspfählen, die an der Seite der Straße eingelassen waren, mit seinem Schwanz abzurasieren. Der Schwung seiner Rutschpartie ließ nach und Fuku hob sich wieder elegant – und vorzüglich gelaunt – in die Lüfte. Lynir und Rob galoppierten durch das Tor und mussten aufpassen, nicht über das von Fuku hinterlassene Gerümpel zu stolpern.

Im strammen Tempo ließen sie die Feenwiese hinter sich und sahen Rune, der mit einer Fackel am Gatter zu Radcliffes Hof auf sie wartete.

Rob hielt mit Lynir an und stieg kurz ab. Fuku war ein paar Meter entfernt auf der Wiese gelandet und schaute argwöhnisch zu Rune herüber.

„Keine Angst, Fuku, das ist Rune, ein Freund und Wolfsblutkrieger, dem können wir vertrauen."

Fuku war etwas beleidigt. „Äh, Angst?", fragte er nur ungläubig.

Rob ignorierte diese Bemerkung und wandte sich Rune zu, dem seine Geschwister in groben Zügen von der Flucht berichtet hatten, zumindest ab dem Teil, der nach der Burg stattgefunden hatte.

„Gry ist in Alryne und hat mir erzählt, dass die Schreiner gerade den Burggraben überbrücken. Außerdem hat ein Teil der Soldaten über die andere Seite der Burg, quer über den Strand, eure Verfolgung aufgenommen. Ihr müsst also sofort weiter. Hier hast du etwas zu essen. Und jetzt ab mit euch. Ich werde mit meiner Familie versuchen, nach Norden zu fliehen, da sind wir am sichersten. Los jetzt, viel Glück und seid vorsichtig."

„Lieben Dank und euch auch viel Glück. Bis bald!", sagte Rob und stieg wieder auf Lynir. Ihm war klar, dass sie keine Zeit verlieren durften, und so brachen sie sofort auf.

Fuku schwang sich wieder in die Luft und flog neben Lynir und Rob her. „Kannst du mir erklären, was hier passiert?", fragte Fuku, der noch keine Ahnung von den neusten Ereignissen des heutigen Tages hatte.

Rob erzählte ihm von der Verschwörung, dem Tode Bennetts und der Festnahme von Magnatus Wallace und Lady Malyrtha.

Fuku flog minutenlang schweigend neben Rob her. Rob ließ seinem Drachen Zeit, und bald war auch er in Gedanken versunken.

Traurig ergriff Fuku irgendwann das Wort. „Ich mochte Burgmagier Bennett."

„Das ging mir auch so, ich vermisse ihn", sagte Rob.

„Wir müssen Wallace und Malyrtha befreien", dachte Fuku laut nach. „Aber ich glaube, dafür brauchen wir Hilfe, das schaffen wir nicht alleine."

Sie atmeten die feuchtkalte Nachtluft ein und ritten und flogen im hohen Tempo Richtung Druidengebirge. Jeder war tief in seine eignen Gedanken versunken, und schweigend verstrichen die Minuten auf ihrem Weg nach Norden.

Währenddessen standen Magnatus Olaru und Cristofor auf den Burgmauern von Skargness und schickten einen Schwarm Battyrs hinter den Flüchtigen her.

Nach einer halben Stunde des Schweigens schaute Fuku Rob ernst in die Augen.

„Danke, Rob, du warst unglaublich gut heute", sagte Fuku aus tiefster Überzeugung.

Fukus Lob traf Rob unvorbereitet. Er musste hart schlucken und brachte nur ein leises „Gerne" heraus.

„Und wenn du magst, bringe ich dir alles bei, was ich über Magie weiß. Und natürlich auch lesen", bot Fuku ehrlich an.

Rob wusste nicht, ob es der scharfe Wind war, aber seine Augen wurden feucht.

„Wirklich?", fragte er bewegt.

„Klar", sagte Fuku nur cool, und Lynir ließ ein lautes Wiehern hören.

Verfolgt von Soldaten, Zauberern und magischen Wesen flohen die drei schweigend in die tiefe Schwärze der Nacht hinein.

Zweiter Teil

AM LAGERFEUER

Olaru stand vor einem Bücherregal in Bennetts Bibliothek im magischen Turm und strich mit dem Finger über die ledernen Buchrücken. Er begutachtete den Staub auf seinem Zeigefinger und blies ihn weg. Cristofor war auf der Galerie ein Stockwerk höher und fluchte. „Ich finde den verdammten Eingang nicht. Wie zur Hölle ist Bennett in sein magisches Kabinett gekommen?"

Olaru ging in die Mitte des Raumes und setzte sich an einen der Leseplätze. Nachdenklich begutachtete er das vor ihm liegende Buch. Es war ein altes, in Leder eingeschlagenes Exemplar mit wunderschönen Zeichnungen von Drachenmagiern auf seiner Titelseite. „Die Geschichte der Drachenmagier", murmelte er leise zu sich und klappte das Buch auf.

„Wie bitte?", fragte Cristofor, der ihn nicht verstanden hatte.

Olaru blätterte etwas in dem Buch. „Ach nichts, ich war nur in Gedanken."

Cristofor ärgerte sich ein wenig über Magnatus Olaru. Während er in dem unübersichtlichen Chaos jeden Zentimeter absuchte, hatte Olaru nichts Besseres zu tun, als sich Bücher anzusehen. „Am besten, wir verbrennen den ganzen Schrott unten im Hof. Dann wäre zumindest Ordnung. Das ist doch alles nur wirres und dreckiges Zeug, was hier steht."

„Unterschätze niemals das Wissen der alten Magie, mein Sohn", sagte Olaru mit gerunzelter Stirn. „Und die Bücher in dieser Bibliothek sind ein Schatz. Aus ihnen können wir alles über unseren Feind lernen und nachlesen." Innerlich schüttelte er den Kopf über so viel Ignoranz. Auch wenn sie Anhänger der reinen Lehre waren, so störte es ihn häufig, wie nachlässig seine Brüder und Schwestern mit scheinbar fremdem Wissen umgingen. Aber er wusste, Cristofor war eigentlich nicht so, sondern im Moment einfach nur enttäuscht. Er hatte zwei Finger verloren, Fuku und der Junge waren ihnen entkommen, und er konnte seinen Preis als Burgmagier nicht genießen, weil ihm der Zugang zu Bennetts magischen Kabinett verwehrt blieb. Von oben hörte er ein lautes Rumsen. „Alles gut bei dir da oben?", wollte Olaru wissen.

Cristofor hatte in seiner Wut ein Bücherregal umgekippt, und der Inhalt war laut auf den Boden gekracht. Seine rechte Hand tat ihm fürchterlich weh, und er hatte nicht den leisesten Hinweis gefunden, wo sich der Eingang zum magischen Kabinett befand. „Ich ärgere mich, dass der junge Burkhard Bennett umgebracht hat. Wir hätten ihn einfach nur gefangen nehmen sollen. Unter Folter hätten wir auch den magischen Schlüssel zur Burg bekommen und hätten jetzt zumindest noch die Möglichkeit, ihm Fragen zu stellen."

„Du hast recht, und wer weiß, was wir sonst noch aus ihm herausbekommen hätten. Aber dazu ist es jetzt zu spät. Auf der anderen Seite wissen wir, dass wir Burkhard wieder einsetzen können, wenn sich jemand die Hände schmutzig machen muss. Und wenn wir ein Druckmittel gegen Burkhard brauchen, ist der Mord an einem Burgmagier auch keine schlechte Karte. Komm jetzt von da oben runter, den Eingang suchen wir morgen weiter. Wir haben ein paar dringendere Sachen zu besprechen."

Widerwillig brach Cristofor seine Suche ab und gesellte sich zu Olaru. Die beiden gingen die Treppe hinunter in den Unterrichtsraum. Olaru setzte sich an das Lehrerpult und nahm sich ein Blatt Papier und eine Feder, um einige Gedanken aufzuschreiben. Cristofor betrachtete die Zeichnungen von Drachen und anderen magischen Wesen an der rechten Wand. „Diese ganzen Zeichnungen von mystischen Kreaturen und Drachen sind hier völlig fehl am Platz. Mit

Eurer Erlaubnis würde ich die gerne entfernen. Schließlich will ich ab morgen hier meinen neuen Lehrling Pantaleon ausbilden. Und zwar in der reinen Lehre, nicht in so einer Mischmasch-Magie."

„Tu dir keinen Zwang an, mein lieber Cristofor. Versteh mich nicht falsch, natürlich müssen wir die Burg, Druidsham und ganz Skaiyles von den Spuren der Drachenmagier befreien. Nur möchte ich nicht, dass uns nützliches Wissen über unsere Widersacher verloren geht. Du siehst doch selbst, welches Ärgernis dir der Zugang zu Bennetts Kabinett bereitet", antwortete Olaru, ohne von seinem Papier aufzusehen.

„Das mit dem Verbrennen der Bücher meinte ich nicht wirklich ernst", rechtfertigte sich Cristofor, während er die Abbildungen der Drachen und anderer magischer Wesen von der Wand riss.

„Das weiß ich doch", erwiderte Olaru, der Cristofor jetzt auch ansah. „Glaubst du, du wärest bei mir, wenn dem nicht so wäre?" Olaru lächelte Cristofor väterlich an. „Aber bitte setz dich zu mir, wir müssen unsere nächsten Schritte überlegen."

„Was ist mit Lord Bailey und seinem Sohn? Sollten sie nicht dabei sein?", fragte Cristofor mit leicht hochgezogenen Augenbrauen.

„Alles zu seiner Zeit, im Augenblick brauchen wir sie nicht." Olaru lehnte sich in seinem Stuhl zurück. „Das drängendste Problem sind Wallace und sein Drache Malyrtha. Ich bin mir sicher, die Drachenmagier werden so schnell wie möglich einen Befreiungsversuch starten, und die Burg Skargness ist nicht besonders gut zu verteidigen. Zumindest solange wir sie nicht vollständig unter Kontrolle gebracht haben. Unsere Gefangenen sind hier also nicht sicher", überlegte Olaru laut.

„Da stimme ich Euch zu. Diese Gwynefa halte ich auch für äußerst impulsiv. Wenn sie von der Gefangennahme erfährt, wird sie die Burg sofort angreifen. Zur Not im Alleingang. Und wir haben keinen Drachenbluttrank mehr", erwi-

316

derte Cristofor. „Ein Jammer, dass die anderen Drachenmagier nicht auch in unserer Gefangenschaft sind."

„Immer langsam, Cristofor, das Ganze ist schon optimal gelaufen. Wären die anderen Drachenmagier noch geblieben, hätten wir niemals Wallace und Malyrtha festsetzen können. Aber in Bezug auf Gwynefa hast du sicherlich recht."

„Können wir sie nicht einfach nach Greifleithen zum Hofe des Kaisers bringen?", wollte Cristofor wissen.

„Wie willst du das anstellen? Außerdem möchte ich den Transport begleiten. Wenn ich Wallace und Malyrtha nicht persönlich beim Kaiser abliefere, wird sich jemand anderes mit ihrer Gefangennahme brüsten. Und ich habe vorerst keine Zeit, fast drei Monate lang quer durch das Kaiserreich zu reisen. Denk dran, Greifleithen ist etwa zweitausend Kilometer entfernt."

„Hmmm, vielleicht sollten wir sie über das Meer bringen. Dann wäre man auch relativ sicher vor Überfällen und Befreiungsversuchen", überlegte Cristofor.

„Das ist gar keine schlechte Idee. Wir bringen die zwei nach Fenbury in das Schloss von Lord Bailey. Dort sind sie auf jeden Fall gut aufgehoben. Fenbury hat einen großen Hafen und entsprechend taugliche Schiffe. Wenn ich mit meinen Aufgaben in Skaiyles fertig bin, steche ich von dort in See", führte Olaru den Gedanken fort.

„Kann ich euch von Euren Aufgaben in Skaiyles etwas abnehmen?", wollte Cristofor wissen.

Olaru grübelte ein wenig. „Ein paar schon, aber das meiste muss ich persönlich regeln. Wir müssen dafür sorgen, dass Burkhard die Tochter von König Tasker heiratet. Und dafür muss ich selber nach Falconcrest reisen. Der König sollte mich auch als stellvertretenden Magnatus von Skaiyles bestätigen. Außerdem muss Lord Bailey so viel Druck auf ihn ausüben, dass er zu Gunsten seiner Tochter abdankt."

„Wie wollt Ihr denn den König dazu bekommen, abzudanken? Das wird er sicherlich nicht freiwillig tun", wollte Cristofor wissen.

Olaru lachte. „Nein, freiwillig nicht. Aber schließlich haben wir es mit einer großen Verschwörung der Drachenmagier zu tun. König Tasker hat die Drachenmagier immer öffentlich unterstützt, also liegt der Verdacht nahe, dass er ein Teil dieser Verschwörung sein könnte. Wenn Lord Bailey ihm seine Unterstützung versagt, hat er ein riesiges Problem mit den Trollen im Norden. Er kann sich also entscheiden: Nimmt er die Drachenmagier in Schutz, werden wir ihn des Hochverrates am Kaiser anklagen. Lord Bailey, als die militärische Macht und Stütze von Skaiyles, würde dann vorläufig die Amtsgeschäfte übernehmen und König Tasker müsste mit dem Tod rechnen. Stimmt er der Hochzeit seiner Tochter mit Burkhard zu und wäre bereit abzudanken, würde er aus der Schusslinie geraten. Er wäre über jeden Verdacht des Verrates erhaben und könnte weiterhin ein angenehmes Leben führen. Burkhard wäre dann König, und wenn er aus der Reihe tanzt, können wir ihn immer noch des Mordes an dem ehrenhaften Burgmagier Bennett anklagen. Zeugen haben wir ja genug." Olaru lächelte Cristofor vielsagend an.

„Ihr seid außergewöhnlich, Magnatus Olaru, Euch möchte ich nicht zum Feind haben", sagte Cristofor, der ehrlich beeindruckt von dem perfiden Plan war. „Ihr könntet Wallace mit nach Falconcrest nehmen. Dann wäre er getrennt von seinem Drachen, und Ihr könntet ihn als abschreckendes Beispiel einsetzen."

„Du meinst, wir könnten ihn dem König vorführen?"

„Es gibt niemanden, der bei entsprechender Folter nicht alles, was wir wollen, gesteht. Ich habe damit Erfahrung, glaubt mir", grinste Cristofor.

„Gut, das überlasse ich dir", meinte Olaru, der nicht wirklich wissen wollte, was Cristofor vorschwebte. Alleine sein abgebrühter Umgang mit dem Drachenbluttrank machte ihm manchmal ein wenig Angst vor seinem Gehilfen. Aber einer musste die Drecksarbeit machen, und Cristofor war sich dafür nicht zu schade. Wenn er damit seine sadistische Neigung befriedigte, dann war das halt so.

„Was machen wir mit den anderen Drachenmagiern?", wollte Cristofor wissen.

„Ehrlich gesagt, weiß ich das noch nicht genau. Nun, wo sie vogelfrei sind, hoffe ich, dass sie fürs Erste genug damit zu tun haben, sich gegen die Angriffe von geldgierigen Hasardeuren zu verteidigen. Aber Gwynefa in Fairfountain macht mir wirklich Sorgen. Auf ihrer Insel ist sie beliebt, und ich denke, niemand wird es wagen, sie dort anzugreifen. Vielleicht sollten wir ihr in Skargness eine Falle stellen? Was meinst du?" Olaru beobachtete Cristofor interessiert, der wieder aufgestanden war und an der Wand die Karte von Fairfountain studierte.

„Wir könnten versuchen sie zu vergiften oder sie in einen Hinterhalt zu locken. Aber eine richtige Idee habe ich auch nicht, dazu ist sie zu mächtig. Wir müssten eine kleine Armee nach ihr ausschicken. Aber in Rochildar kenne ich noch ein paar Magier, die wir zumindest auf Baroness Dee und Lord Ó Cionnaith hetzen könnten. Das sind zwar sehr unangenehme Typen, aber sie verstehen ihr Handwerk. Allerdings sind die nicht gerade billig."

„Geld ist in diesem Fall egal. Wenn es um Macht geht, dürfen wir nicht knauserig sein. Schick denen ein Battyr und gib ihnen den Auftrag", entschied Olaru, ohne groß nachzudenken. „Ich muss heute auch noch mit Mortemani sprechen. Hast du schon was von unseren Leuten, die Fuku und den Stalljungen verfolgen, gehört?"

„Nur, dass die zwei in Richtung Druidengebirge fliehen. Mehr leider noch nicht."

„Wer gehört jetzt eigentlich zu dem Trupp? Das schien mir vorhin alles etwas hektisch."

„Wir haben vier Soldaten aus Rochildar und zwei aus Druidsham, die das Gelände kennen. Kommandiert werden sie von Magier Theodorescu. Zusätzlich habe ich fünf Battyrs ausgeschickt. Bis morgen Mittag sollten die zwei Flüchtigen tot sein", erklärte Cristofor.

„Theodorescu", grübelte Olaru laut. „Der ist gut, dann werden die zwei wirklich keine Chance haben, so unerfahren wie die sind. Ich mach mich auf zu Lord Bailey, begleitest du mich?"

„Ich wollte noch kurz mit Pantaleon reden, vielleicht hat der einen Tipp, wohin sein ehemaliger Freund fliehen könnte. Ich komme dann nach", antwortete Cristofor.

„Wir sind in der großen Halle zu finden. Bis gleich." Mit diesen Worten verabschiedete sich Magnatus Olaru und ging zur großen Halle in der Hauptburg, wo ihn wahrscheinlich Lord Bailey schon erwartete. Still lächelte er vor sich hin. Ja, es gab noch ein paar ungelöste Probleme, aber viel besser konnte es für ihn kaum laufen.

Die schwarzen Schemen der Bäume flogen nur so an Rob und Lynir vorbei. Sie waren jetzt bestimmt schon zwei Stunden unterwegs und hatten noch keine Rast gemacht. Rob drehte sich immer wieder um, ob er irgendwelche Verfolger ausmachen konnte. Lynir war von dem hohen Tempo völlig durchgeschwitzt, und Rob spürte sein Kreuz.

„Hast du eine Ahnung, wo wir sind?", fragte Rob, der sich noch nie so weit von Skargness entfernt hatte.

„Klar, wir sind auf der Straße nach Norden. Die führt weiter über einen Pass im Druidengebirge und dann direkt nach Northset", erklärte Fuku und unterdrückte eine dumme Bemerkung. Es war für ihn kaum vorstellbar, dass man die Gegend, in der man lebte, so wenig kannte.

„Glaubst du, es ist eine gute Idee, wenn wir auf dem Weg bleiben? Ich denke wir sollten besser durch den Wald fliehen", sagte Rob.

„Ich habe darüber nachgedacht, und ich glaube, wir sollten uns unseren Verfolgern stellen. Wir lauern ihnen hinter einer scharfen Kurve auf und greifen sie von hinten an", sagte Fuku herausfordernd. Drachen suchten gerne die Konfrontation. Eine Flucht war für einen Drachen eher der letzte Ausweg.

„Bist du wahnsinnig?", entgegnete Rob mit weit aufgerissenen Augen. „Die werden uns, ohne mit der Wimper zu zucken, töten."

Fuku war da anderer Meinung, wollte aber nicht mit Rob diskutieren. Er musste Rob helfen, ein gesundes Selbstbewusstsein aufzubauen, sonst würden sie in den nächsten Jahren nur noch auf der Flucht sein.

„Kannst du denn mit Lynir quer durch den Wald reiten?", fragte Fuku erstaunt.

„Die Monde geben genug Licht. Wir werden halt deutlich langsamer als auf dem Weg sein, aber das wird unseren Verfolgern genauso gehen."

„O. k., dann lass uns durch den Wald fliehen. Ich kenne unterhalb des ruhigen Sees einen magischen Steinkreis. Von dort könnten wir versuchen, eine Verbindung mit Gwynefa und Tanyulth herzustellen", meinte Fuku.

„Einen magischen Steinkreis?", fragte Rob. „Was meinst du damit?"

„Na, einen übersinnlichen Steinkreis halt, einen Platz, der magische Kräfte bündeln kann", erklärte Fuku.

„Ach so", gab Rob nur knapp zurück, der sich wieder mal völlig unwissend vorkam. Fuku spürte das und erinnerte sich an seinen Vorsatz, geduldig mit Rob zu sein.

„An Orten, an denen die magische Kraft sehr intensiv ist, schaffen Magier immer wieder solche verzauberten Plätze. Meist bestehen sie aus alten, überlieferten, magischen Zeichen, die in einen Fels gehauen werden. Oft findet man auch Monolithen oder alte Bäume an solchen Orten. Die in den Fels oder das Holz geschlagenen Zeichen bündeln und verstärken die magische Energie. Du kannst dir das in etwa so wie eine Lupe , die Licht bündelt, vorstellen. Häufig können mehrere Magier gleichzeitig ihre Kräfte an einem solchen Ort zusammenfließen lassen", erklärte Fuku geduldig.

„Und du meinst, deine Energie wird da so sehr verstärkt, dass du Tanyulth und Gwynefa erreichen könntest?"

„Unsere Energie, Rob, unsere", antwortete Fuku. „Vergiss nicht, dass auch du magische Kraft besitzt."

„Im Augenblick fühle ich mich eher kraftlos, aber wenn du meinst." Rob zweifelte, dass er mit dem bisschen Flammenzauber, den er beherrschte, eine große Hilfe sein würde. Er fürchtete sich auch davor, Fuku wieder zu enttäuschen.

„Das wird schon", versuchte ihn Fuku aufzuheitern. „Ich fliege dicht über den Bäumen und suche nach einem möglichst einfachen Weg für euch", schlug er vor.

„O. k., mach das. Was schätzt du, wie lange werden wir zu diesem außergewöhnlichen Steinkreis brauchen?"

Fuku zuckte mit den Schultern. „Wahrscheinlich ein paar Stunden, ich hab keine Ahnung, wie schnell du mit Lynir im Wald bist."

„Wir werden unser Bestes geben." Rob lenkte Lynir von der Straße herunter. Geschickt ritten die beiden zwischen den Bäumen hindurch. Immer wieder schlugen Rob Äste ins Gesicht, auch wenn sich Lynir größte Mühe gab, das zu vermeiden. Fuku flog über den Baumwipfeln voraus und war teilweise minutenlang nicht zu sehen. Aber dennoch spürte Rob seine Anwesenheit ganz deutlich in seinem Herzen. Rob klopfte seinem treuem Lynir anerkennend auf den Hals. „Gut machst du das, mein Großer." Lynir wieherte leise und trabte mit sicheren Schritten weiter durch das Unterholz.

Ohne dass Rob es bemerkte, drehte Fuku einen großen Bogen und flog einen Teil der Strecke zurück. Er wollte wissen, wer sie alles verfolgte und wie weit entfernt ihre Jäger noch waren. Langsam gewann er an Höhe und suchte den Wald hinter ihnen ab. Unter ihm lagen die sanften Ausläufer des Druidengebirges friedlich in der Nacht. Konzentriert suchte er nach magischen Spuren zwischen den Bäumen. Es dauerte nicht lange, bis er die ersten Anzeichen sah. Er erkannte mindestens drei Battyrs, die hoch über den Baumkronen flogen.

„Fuku?", spürte er Rob in seinem Bewusstsein. „Wo bist du? Ich sehe dich nicht mehr!"

„Keine Panik, ich halte Ausschau nach einem Platz zum Rasten", log er und schirmte seine Gedanken ab. Zielstrebig hielt er auf die Battyrs zu und sah sehr bald ihre Verfolger. Er erkannte sechs Soldaten und einen der Magier aus

Rochildar, den er während der Magierduelle gesehen hatte. Sie wurden von insgesamt fünf Battyrs begleitet. Fuku lächelte zuversichtlich, mehr hatten die nicht zu bieten? Das sollte für ihn und Rob kein Problem sein. Fuku flog noch etwas näher an die Verfolger heran und drehte erst ab, als er sicher war, dass sie ihn entdeckt hatten.

Rob roch eine Veränderung in der Luft. Zu dem kaltfeuchten, modrigen Geruch des Waldes mischte sich ein strenger Gestank. Nicht sonderlich stark, aber doch auffällig. Hier müssen vor kurzem Trolle gewesen sein, dachte Rob und bekam Angst. Seine Unruhe übertrug sich auf Lynir, der die Veränderung auch bemerkt hatte.

„Fuku?", rief Rob ängstlich und versuchte seinen Drachen zu erspüren. Plötzlich jagte ihm jeder Schatten im Zwielicht der Bäume Angst ein. Nervös drehte Rob sich immer wieder um und versuchte etwas in der Dunkelheit zu erkennen. Auf seinem Rücken hatte sich eine Gänsehaut gebildet. Bisher hatte Rob geglaubt, dass sie sehr leise durch den nächtlichen Wald geritten waren. Jetzt aber erschien es ihm, als erzeugte jeder Schritt von Lynir einen riesigen Lärm. Rob überlegte ernsthaft, ob er nicht besser absteigen sollte. Wo verdammt nochmal war Fuku schon wieder? Hatte man ihnen eine Falle gestellt und Fuku war gefangen? In Rob wuchs eine leichte Panik heran, die er nicht mehr kontrollieren konnte.

„Rob?", hörte er Fuku und sah ihn durch die Baumwipfel ein paar Meter über sich.

Rob atmete tief durch und seine Panik fiel von ihm ab. „Da bist du ja, ich hatte mir schon Sorgen gemacht."

Fuku grinste schief. „Um mich?", fragte er. „Du bist niedlich, um mich braucht man sich keine Sorgen zu machen. Ich kann ganz gut auf mich aufpassen."

„Jaja, so wie heute Abend auf Skargness", gab Rob zurück, der einfach nur froh war, nicht mehr mit Lynir alleine zu sein.

Fuku zog eine Schnute. „Na ja, meistens jedenfalls. Aber egal, ich habe einen schönen Rastplatz für uns gefunden.

Eine Viertelstunde bergauf kommt eine Lichtung mit einem großen Felsen, in dessen Schutz wir gut übernachten können. Frisches Gras für Lynir ist da oben auch. Morgen früh können wir dann in wenigen Stunden an dem magischen Steinkreis sein und versuchen Tanyulth und Gwynefa zu erreichen.

Rob war todmüde und von dem Tag geschafft. „Oh, das sind wunderbare Nachrichten." Die Aussicht auf eine baldige Rast nahm ihm seine Anspannung. Rob gähnte laut und hatte Mühe, nicht schon auf Lynir einzuschlafen, der sich in einem sanften Auf und Ab durch den Wald bewegte. „Lynir wird die Rast auch gut tun, der Arme ist völlig durchgeschwitzt."

Rob hatte das Gefühl, kurz eingenickt zu sein. Als er die Augen wieder öffnete, sah er vor sich schon wie die Reihen der Bäume dünner werden. Am Fuße eines dreißig Meter hohen Felsens erstreckte sich eine kleine Lichtung im fahlen Schein des Mondlichtes. Mit der Aussicht auf eine Pause und frisches grünes Gras, legte Lynir noch einen Zahn zu. Sie waren an den felsigen Ausläufern des Druidengebirges angekommen. Rob entdeckte auf beiden Seiten immer wieder Felskonstellationen, die die Lichtung umsäumten und phantastische Figuren bildeten. Teilweise waren sie mit Moosen und Flechten bedeckt, und immer wieder hatten Baumsamen Halt in den Spalten gefunden und Bäume an den unmöglichsten Stellen wachsen lassen. Rob war verwundert, wie viel Details er in der Nacht erkennen konnte. Die zwei Monde waren zwar relativ hell, aber er hatte das Gefühl, dass seine Augen deutlich besser als sonst waren. Er wollte Fuku bei Gelegenheit danach fragen. Jetzt aber stieg er von Lynir und nahm seinem treuen Pferd Sattel und Zaumzeug ab.

„Ich schau mich ein bisschen in der Gegend um. Du könntest derweil etwas Holz sammeln und Feuer machen", bat ihn Fuku.

„Aber ich habe doch gar kein Werkzeug zum Feuermachen mit", entgegnete ihm Rob vorwurfsvoll.

Fuku seufzte laut und runzelte die Stirn. „Denk doch mal nach, mein junger Magier, dir wird schon ein Licht aufgehen." Ohne ein weiteres Wort stieß sich Fuku vom Boden ab, und Rob spürte den Lufthauch der schlagenden Flügel in seinem Gesicht. Er drehte sich zu Lynir um und streichelte ihm über den Kopf.

„Na super, da bin ich mit einem Drachen unterwegs und muss mich selbst ums Feuer kümmern", nörgelte er. „Dir wird schon ein Licht aufgehen", äffte er den Drachen nach. Lynir stellte seinen riesigen Kopf schief und schnaubte. „Lachst du blöder Gaul mich etwa aus?" In diesem Moment fiel bei Rob der Groschen. „Ich Vollidiot", schalt er sich. „Natürlich mache ich Feuer. Aber trotzdem hätte deine Reaktion etwas respektvoller ausfallen können", schimpfte er im Spaß mit Lynir. Er hatte sich noch überhaupt nicht an den Gedanken gewöhnt, dass er magische Fähigkeiten besaß.

Lynir hatte am Rande der Lichtung einen kleinen Bach gesehen und trottete dort gemächlich hin. Rob folgte ihm mit ziehenden Oberschenkeln und schmerzendem Gesäß. Kein Wunder, dachte er sich, wir sind bestimmt vier Stunden geritten.

An dem Bach stillten Lynir und Rob ihren Durst mit dem kalten, klaren Wasser. Lynir hatte bald genug getrunken und machte sich zufrieden über das saftige Gras an der Uferböschung her. Rob sah ihm dabei lächelnd zu und spürte, dass er auch mächtigen Hunger hatte. Aber bevor er seinen Proviant aus der Satteltasche holte, wollte er Feuer machen. Es wäre doch gelacht, wenn er nicht vor einem anständigen Feuer saß, wenn Fuku wiederkäme. Schnell sammelte er trockenes Holz, das in der Umgebung zur Genüge herumlag. Am Fuße des Felsens machte er einen schönen Platz aus, der einigermaßen wind- und blickgeschützt war. Dort stapelte er das Holz auf und setzte sich auf einen großen Stein. Er betrachtete den Stapel und fragte sich, ob er es wieder schaffen würde, eine Flamme zu wirken. Keinesfalls wollte er sich vor Fuku blamieren und setzte sich daher selber unter Druck.

„Beruhige dich", sagte er zu sich. Er schloss die Augen und konzentrierte sich auf seine innere Energie. Er spürte, wie ihn die Kraft durchströmte, und noch bevor er seine Augen wieder öffnete, hörte er schon das Knacken von brennendem Holz. Rob war erleichtert und verwundert, wie einfach ihm das gefallen war. Die Wärme war angenehm, und Rob entspannte sich ein wenig. Stolz wartete er auf Fukus Rückkehr und spielte solange mit Flammen herum, die er den Felsen hinauf- und herunterlaufen ließ. Das machte richtig Spaß, wobei ihm eine Veränderung in dem Gefühl für die Flammen auffiel. Im Gegensatz zu Holz wehrte sich der Stein und musste erst überzeugt werden, seine Flamme zu tragen.

In diesem Augenblick landete ein ausgezeichnet gelaunter Fuku neben ihm. Quer in seinem grinsenden Maul trug er einen mittelgroßen Steinbock, den er eben gerissen hatte. Die Arme hinter seinem Rücken verschränkt, spuckte er das tote Tier auf den Boden aus. Rob schaute den schmunzelnden Drachen mit dem blutigen Maul irritiert an.

„Ich wusste, du schaffst das. Und, hast du lange gebraucht?", wollte Fuku grinsend wissen. Rob grinste zurück.

„Es hat bloß etwas länger gedauert, bis ich mich an meine Fähigkeiten erinnert habe. Das Feuer zu entzünden ist mir unglaublich leicht gefallen."

Fuku lachte. „Sehr gut, und zur Belohnung habe ich dir etwas mitgebracht." Er präsentierte Rob zwei tote Kaninchen, die er mit seinen Pranken an den Ohren festhielt. „Heute gibt es Kaninchenbraten für dich."

„Vielen Dank, du bist ein Schatz, Fuku." Rob nahm freudig die Kaninchen entgegen, die ihn daran erinnerten, dass er eigentlich großen Hunger hatte. Dank Fukus Fang brauchte er den Proviant von Rune gar nicht anzubrechen.

„Wohin gehst du, Rob?", fragte Fuku.

„Ich hole mein Messer aus der Satteltasche, oder glaubst du, ich esse die Kaninchen mit Fell und Innereien?"

Fuku sah Rob fragend an und erinnerte sich wieder. „Ach ja, das habe ich vergessen. Warte, ich erledige das für dich." Er nahm ein Kaninchen und schlitzte ihm gewandt mit seiner scharfen Kralle den Bauch auf. Rob staunte nicht schlecht, wie geschickt der Drache mit seiner Klaue war. Als Fuku aber seine Lippen spitzte und mit einem fürchterlich lauten Schlürfen die Innereinen aus dem Bauch saugte, drehte er sich angewidert weg. „Fuku, du bist ekelig", entfuhr es Rob.

„Wieso? Das ist doch das Leckerste!", antwortete der Drache. Manchmal waren Menschen echt komisch. Was war denn besser daran, dem Kaninchen mit einem Messer die Gedärme wegzuschneiden und sie irgendwelchen Aasfressern vor die Füße zu werfen?

Rob drehte sich wieder um und betrachtete Fuku, wie er dem Kaninchen das Fell abzog. Er gab ihm das ausgenommene Tier und Rob spießte es auf einen Ast, den er über das Feuer legte. „Danke, Fuku, das war lieb von dir."

„Gerne, das zweite auch?", fragte Fuku und hielt das andere Kaninchen an den Ohren in die Höhe.

„Ich glaube schon, was ich nicht schaffe, packe ich zu meinem Proviant."

Fuku schlitzte dem Tier den Bauch auf, spitzte sein Maul und sah Rob mit seinen großen Augen fragend an.

„Na mach schon." Rob drehte sich weg und zog in Erwartung des ekeligen Geräusches den Kopf zwischen die Schultern. Auf ein lautes Schlürfen folgte ein wohliges Schmatzen.

„Bin fertig, du kannst dich wieder umdrehen", sagte Fuku.

Rob drehte sich um und sah, dass Fuku noch ein blutiges Irgendwas aus dem Maul hing. Unglücklich verzog er sein Gesicht und drückte es in seine Hände. „Fuku, du hast da noch was zwischen den Zähnen hängen."

„Oh, Entschuldigung." Ein lautes Schlürfen war zu hören. „Kannst wieder gucken, ist jetzt weg", sagte Fuku leutselig und reichte ihm das zweite Kaninchen.

Während Rob seine Kaninchen über dem Lagerfeuer grillte, zog sich Fuku mit seinem Steinbock hinter einen Felsen zurück. Er wollte Rob nicht in Verlegenheit bringen und machte sich erst, als er außer Sichtweite war, gierig über seinen Fang her. Rob fühlte sich geschmeichelt, dass Fuku so viel Rücksicht zeigte. Er nahm sich vor, demnächst nicht so empfindlich zu sein. Fuku hatte schließlich nicht ganz unrecht mit seinen Argumenten. Als er allerdings das krachende Zersplittern der Knochen, gepaart mit dem lauten Schmatzen seines Drachen hörte, zweifelte er bereits schon wieder an seinen guten Vorsätzen. Der Geruch seiner Kaninchen stieg ihm in die Nase, und er schnitt sich mit seinem Messer ein kleines Stück ab. Das war das leckerste Fleisch, das er jemals gegessen hatte. Er nahm den ersten Spieß vom Feuer und schnitt sich einige dicke Stücke ab und legte sie auf einen flachen Stein, den er als Teller benutzte. Gierig vor Hunger stopfte er sich das saftige Fleisch in den Mund, als er bemerkte, dass Fuku wieder bei ihm war und ihn erwartungsvoll ansah.

„Und, schmeckt es?", fragte Fuku neugierig. Rob wurde ein wenig rot, weil er sich ertappt fühlte. Schließlich ließen seine Manieren gerade auch zu wünschen übrig. Gwyn hätte ihm die Ohren lang gezogen, wenn sie ihn so gesehen hätte. Fuku interessierte sich aber nicht im Geringsten für Manieren, er wollte einfach nur wissen, ob das Fleisch gut war. Rob grinste, pfiff auf Manieren und aß den Rest des Kaninchens direkt vom Spieß. „Ausgezeichnet", antwortete er mit vollem Mund. Der Bratensaft lief ihm das Kinn herunter und er merkte, wie er wieder zu Kräften kam. Nachdem er das erste Kaninchen in Windeseile verputzt hatte, nahm er sich für das zweite deutlich mehr Zeit.

„Ich dreh eine kurze Runde und halte Ausschau, ob ich was Verdächtiges sehe", sagte Fuku und flog nochmals eine kleine Runde, achtete aber diesmal darauf, dass er nicht gesehen wurde. Die Verfolger hielten genau auf ihren Lagerplatz zu, das war gut so. Er schätzte, dass sie spätestens in einer Stunde bei ihnen waren. Er grübelte kurz, ob er das

Richtige tat. Aber die Geschichte mit dem Lagerfeuer bestätigte seine Entscheidung. Rob musste unbedingt lernen, seine Kräfte auch zu nutzen und nicht immer klein beizugeben.
Sicherlich würde das kein einfacher Kampf werden, aber
wenn sie den schon verlieren würden, hätten sie auf ihrem
weiteren Weg erst recht keine Chance. Fuku flog nachdenklich zurück zu ihrem Lager, wo er sich zu Rob gesellte, der
inzwischen aufgegessen hatte.

„Hast du irgendetwas entdeckt?", fragte er mit sorgen-
voller Miene.

„Nein, nichts Konkretes", sagte Fuku, der überrascht
war, wie schwer ihm diese Lüge fiel. Rob sah ihn forschend
an. Fuku wich seinem Blick aus und lief hinüber zu dem
Bach, um etwas zu trinken.

„Du, Fuku, kann es sein, dass meine Augen besser geworden sind?", wollte Rob wissen.

Erfreut über den Themenwechsel kam Fuku zurück und
setzte sich zu Rob ans Feuer. „Das ist bestimmt so, und mit
der Zeit werden sie noch besser werden. In einiger Zeit wirst
du auch magische Auren erkennen können. Wir sind seit der
Wahl eng miteinander verbunden und passen uns aneinander an", erklärte Fuku. „Du weißt, dass du jetzt eine Lebenserwartung von um die fünfhundert Jahren hast?", fragte
Fuku ernst.

Daran hatte Rob überhaupt nicht mehr gedacht. Er
schluckte. „Ja, das habe ich gewusst, aber ganz ehrlich, so
richtig angekommen ist das bei mir noch nicht."

Fuku lächelte, „Na ja, dafür hast du jetzt ja noch fast
fünfhundert Jahre Zeit."

Rob schmunzelte. „Mit was muss ich denn noch rechnen?"

„Du wirst kräftiger werden und deine Reaktionen werden schneller."

„Aber sag mal, wenn ich bessere Augen bekomme, kräftiger werde, bessere Reaktionen bekomme und fünfhundert
Jahre alt werde, was verändert sich dann bei dir?"

Fuku dache einen Moment nach und setzte eine ernste Miene auf. „Ich werde mit Messer und Gabel essen können und mein Häufchen nur noch auf einem runden Lochbrett machen."

Die beiden lachten so laut, dass Lynir den Kopf hob und sich wunderte, was bei Fuku und Rob los war.

„Jetzt aber mal im Ernst, Fuku", lachte Rob. „Etwas muss für dich dabei doch auch rausspringen."

Nun wurde Fuku wirklich nachdenklich. „Ich glaube, ich werde so etwas wie Mitleid und Verständnis für andere Lebewesen lernen."

Rob dachte über Fukus Worte nach. „Ich glaube, da habe ich das bessere Geschäft gemacht."

„Bis vor zwei Tagen hätte ich dir sofort recht gegeben, aber seit heute bin ich mir nicht mehr ganz so sicher", entgegnete Fuku in Gedanken versunken.

„Aber jetzt Schluss mit diesem Thema, wir sollten etwas schlafen, damit wir morgen fit sind", beendete Fuku das Gespräch. „Mach das Feuer aus und schnapp dir Lynir."

„Aber schlafen wir denn nicht hier?", wollte Rob wissen.

„Nein, hier sind wir viel zu exponiert. Rechts neben dem Felsen ist ein schmaler Durchgang zu einem etwas erhöhten Plateau. Er ist so schmal, dass Lynir gerade durchpassen wird. Ein Reiter muss absteigen, um da durchzukommen. Wenn wir heute Nacht angegriffen werden sollten, können wir uns von dort aus perfekt verteidigen."

Rob wurde mulmig im Bauch. Der Abend mit dem Lagerfeuer war so gemütlich gewesen, dass er die drohende Gefahr fast vollständig verdrängt hatte. Aber immerhin war er nicht alleine. Sie löschten das Feuer und gingen das kurze Stück auf das höher gelegene Plateau. Fuku hatte recht, Lynir passte gerade so durch den schmalen, etwa drei Meter hohen, Durchgang. Der Weg führte einige Meter steil nach oben auf die kleine Ebene. Rob ging an den Rand und konnte von dort auf den schmalen Durchgang unter ihnen blicken. Fuku sammelte einige dicke Felsbrocken und legte sie an dem Rand zurecht. „Die können wir schnell herunter werfen und den Eingang blockieren", erklärte er Rob. „Leg dich jetzt schlafen, du hattest einen anstrengenden Tag. Ich halte die erste Wache und in zwei Stunden wecke ich dich. O. k.?"

Rob, der todmüde war, willigte ein. Er breitete seine Satteldecke im Schutze der Felswand aus und legte sich schlafen. Im Halbschlaf sah er noch, wie Fuku weitere Steine am Rand des Plateaus aufhäufte, aber dann übermannte ihn die Müdigkeit.

Rob war gerade in einem tiefen Traum, als ihn Fuku weckte. „Rob, aufwachen, da kommt eine Truppe Soldaten."

Rob war sofort hellwach. Ängstlich stand er auf. „Weißt du, wie viele es sind?"

„Sechs Soldaten und ein Magier, außerdem habe ich fünf Battyrs gezählt. Kannst du mit einem Schwert umgehen, Rob?"

„Mehr schlecht als recht, ich habe immer mit Pantaleon trainiert, aber das war nur im Spaß", erklärte er. „Aber du weißt, dass ich kein Schwert habe?"

„Das werden wir dir besorgen, das sollte kein Problem sein." Fuku klang überhaupt nicht ängstlich. Rob hatte vielmehr das Gefühl, dass sich der Drache auf den bevorstehenden Kampf freute.

„Komm mit, ich zeige dir unsere Gegner, und dann überlegen wir uns eine Strategie." Fuku ging vorsichtig mit Rob an den Rand des Plateaus, von dem sie eine gute Sicht auf die darunterliegende Ebene hatten. Am Saum des Waldes ritten ihre Verfolger auf die Lichtung. „Sie haben uns bisher nicht entdeckt", flüsterte Fuku. In diesem Augenblick flatterte ein Battyr über sie hinweg und stieß einen spitzen Schrei aus. „Wenn du genau auf mich hörst, haben wir die in einer halben Stunde besiegt", ermutigte Fuku Rob. „Hast du verstanden?", vergewisserte er sich.

„Ja, ich tu, was du sagst", sagte Rob kleinlaut. Fuku hatte keine Ahnung, wie sehr ihm die Knie zitterten. Der Drache schwang sich in die Luft und jagte dem Battyr hinterher.

Nach drei kräftigen Flügelschlägen hatte er ihn erreicht und verkohlte ihn mit einem satten Feuerstrahl. „Noch vier", sagte Fuku leise zu sich selbst. Im gleichen Augenblick schoss ein roter Blitz aus dem Arm des Magiers und verfehlte Fuku nur knapp. Rob suchte Deckung hinter einem Felsvorsprung. Fuku fiel ein Stein vom Herzen. Ihre Feinde führten keinen Drachenbluttrank mit sich, sonst hätten sie ihn direkt eingesetzt. Vali Theodorescu, der Magier aus Rochildar, wirkte eine Leuchtkugel und schickte sie hoch in die Luft. Die zwei Ebenen erstrahlten in hellem Licht. Fuku landete neben Rob.

„Warte du über dem Durchgang bei dem Steinhaufen. Geh dort in Deckung. Wenn einer der Soldaten sich hindurch traut, rollst du die Felsen auf ihn. Ich kümmere mich um den Magier und sorge dafür, dass du ein Schwert bekommst. Wenn du eins hast, gehst du hinunter und erschlägst jeden, der versucht, durch den Durchgang zu kommen. Und versuche immer in Verbindung mit mir zu bleiben. Verstanden, mein Drachenmagier?"

Rob nickte besorgt. „Verstanden!" Fuku schien sehr viel Vertrauen in ihn zu haben.

„Wir schaffen das, wir haben heute schon ganz andere Gegner besiegt, Rob", machte Fuku ihm Mut und schwang sich in die Höhe. Nebenbei schnappte er sich in der Luft einen weiteren Battyr und brach ihm mit einem erbarmungslosen Biss das Genick. Angewidert von dem ekligen Geschmack, spuckte er das Wesen wieder aus. Als nächstes hüllte er den Magier in einen satten Feuerstoß ein. Theodorescu schützte sich mit einem Schutzschild, das rot aufglühte, als das Feuer es umschloss. In dieser Zeit konnte er den Drachen nicht angreifen. Fuku nutzte die Gelegenheit und flog mit voller Wucht in einen Soldaten, der sich dabei sämtliche Knochen brach. „Drei Battyrs und fünf Soldaten", zählte Fuku und schnappte sich das Schwert des Toten. Er flog zurück zu Rob, der bei den Steinen wartete.

Theodorescu hob aus seiner entfernten Position die Steine in die Luft und ließ sie auf Rob fallen. Gerade noch rechtzeitig bildete Fuku ein schützendes Feld um Rob. „Spürst du den Energiestrom, Rob?", fragte Fuku. „Halte ihn aufrecht, das ist dein Schutzschirm."

Rob spürte die Energie in sich und ähnlich wie bei dem Feuer hielt er ohne Probleme den Energiestrom aufrecht. Die Steine purzelten an ihm vorbei, als wären sie auf einen anderen Felsen geprallt. „Gut gemacht, hier – dein Schwert", rief Fuku und warf Rob die Waffe zu.

Während Fuku abdrehte, um den Magier erneut anzugreifen, lief Rob hinunter zum Durchgang und stellte sich den anderen Soldaten. Theodorescu hob seine Hände und rief einen Zauber. Fuku spürte einen starken Orkan, der ihn von der Ebene fegte. Mit lautem Krachen wurde er in die Bäume geschleudert und schürfte sich seinen Rücken auf. Unnachgiebig zerrte der Wirbelsturm an ihm und drückte ihn immer weiter von der Ebene weg. Fuku sammelte seine Kräfte, hob den Magier samt seiner Schutzhülle an und zog ihn zu sich in den Orkan. Beide wirbelten nun unkontrolliert umeinander in der Luft herum und entfernten sich von der Lichtung.

Rob bekam in dem Durchgang nur das laute Rauschen des Windes mit. Der erste Soldat lief mit erhobenem Schwert auf ihn zu. Rob hob sein Schwert und erwartete den Angriff. Kurz vor der schmalen Stelle hockte sich der Soldat grinsend hin und Rob erkannte direkt hinter ihm einen weiteren Soldaten, der mit einem gespannten Bogen und einem Pfeil im Anschlag auf ihn zielte. Robs Augen weiteten sich vor Schreck.

„Benutzte deinen Feuerzauber, brenn den Bogen und die Pfeile ab", riet ihm Fuku, der eine Verbindung zu ihm aufgebaut hatte. Rob spürte die Energie der zwei nötigen Zauber in sich und fütterte sie mit seiner angestauten Wut. Im selben Augenblick, als der Pfeil die Sehne des Bogens verließ, strömte die magische Energie aus Rob. Auf halbem Weg verbrannte der abgeschossene Pfeil und regnete als harmlose Asche auf den hockenden Soldaten zwischen ihnen. Aber Robs Zauber fraß sich weiter und verbrannte den Bogen samt Schützen. Schmerzverzehrt trat der brennende Bogenschütze den Rückzug an und brach auf der Lichtung tot zusammen. Der andere Soldat nutzte Robs kurze Unachtsamkeit und stürmte auf ihn los. Mit all seiner Erfahrung und der Kraft, die von jahrelangem Training herrührte, schob er Rob aus dem Durchgang heraus auf die offene Ebene. Dort schlug er unerbittlich auf Rob ein, der nur mit dem Schwert bewaffnet war. Die Schläge des Schwertes parierte Rob mit viel Mühe, aber der Soldat schlug auch immer wieder mit seinem Schild zu und konnte so einige Treffer setzen. Der Schnitt am Oberarm von Burkhards Attacke brannte höllisch, und Rob wurde immer schwächer.

„Du musst angreifen, Rob, werde aktiv und überrasche deinen Gegner!" Fuku war immer noch in einem wilden Gefecht mit dem Magier verwickelt, hatte aber stets ein Auge auf Robs Situation. Er spürte, wie die drei Soldaten gerade den Durchgang passierten, um ihrem Kameraden zu helfen. Er zweigte etwas Energie von seinem Angriff ab und schob die Felsen, die er am Rand der Ebene bereitgelegt hatte, mit reiner Gedankenkraft in den Durchgang hinunter.

Die Felsen erschlugen den ersten der drei Soldaten und blockierten den Durchgang für die zwei anderen. Ihre schwere Rüstung machte es ihnen unmöglich, über die Felsen zu klettern. Also liefen sie zurück, zogen sie aus, um dann, nur mit ihren Schwertern bewaffnet, auf die Ebene zu klettern.

Nachdem Rob einen heftigen Schwerthieb des Gegners gerade noch parieren konnte, bekam er wieder das schwere Holzschild in die Rippen. Ihm blieb die Luft weg, und er wusste nicht, wie lange er dem Gegner noch standhalten konnte. Da kam ihm eine Idee. Er spürte in sich der Energie nach, um eine Flamme zu erzeugen und setzte den Helm seines Gegners in Flammen. Die an sich harmlosen, kleinen, züngelnden Flammen versenkten seinem Feind die Augenbrauen. Panisch schmiss er Schwert und Schild zu Boden und hob die Arme, um sich den brennenden Helm vom Kopf zu reißen. Rob nutzte die Gelegenheit und stach ihm sein Schwert seitlich mit voller Kraft in den ungeschützten Bereich zwischen Brust- und Armpanzer. Das Blut strömte aus der Wunde, und nach kurzem Todeskampf blieb sein Gegner regungslos in einer Blutlache liegen. Rob wurde schlecht, und er glaubte, er müsste sich übergeben. Aber in diesem Moment stürmten die zwei übrigen Soldaten auf die Ebene. Gegen die zwei trainierten Kämpfer würde er keine Minute überstehen. Rob blickte sich um und suchte nach einem Ausweg. Die einzige Möglichkeit war, die Felsen nach oben zu klettern und zu fliehen. Die zwei waren keine zehn Meter von ihm entfernt und fixierten ihn argwöhnisch. Sie waren sich unsicher, welche Macht Rob hatte, da ihnen der Magier versichert hatte, dass der Junge über keinerlei Kräfte und schon gar nicht über Magie verfügte. Das war offensichtlich falsch.

In diesem Augenblick stürmte ein wild gewordenes Wesen auf die zwei Soldaten zu und rannte sie mit seinem Gewicht von ungefähr einer Tonne über den Haufen. Lynir wieherte laut, drehte sich auf der Stelle und keilte mit seinen Hinterhufen aus. Er traf einen der Soldaten am Kopf. Der Mann sackte nur noch tot in sich zusammen. Rob erfasste die Situation blitzschnell, sprang von der Felswand und rammte dem anderen, der sich gerade aufrappeln wollte, wütend sein Schwert in die Brust. Der Mann schaute ihn mit schrecklich weit aufgerissenen Augen an. Rob erkannte in ihm eine der Burgwachen von Skargness. Die Wache wollte noch etwas sagen, brach aber vorher in sich zusammen. Diese Augen würde Rob sein Leben lang nicht vergessen. Er wusste, dass ihn der Mann ohne Skrupel getötet hätte, aber das war für ihn kein Trost. Er ging zu Lynir und schmiegte sich an das Pferd. „Danke, alter Kumpel, ohne dich wäre ich verloren gewesen." Lynir schnaubte nur zustimmend. Fuku hatte den größten Teil des Kampfes mitbekommen und war überrascht, wie gut Rob sich schlug. Eigentlich hatte er vorgesehen, dass Rob ein oder zwei Soldaten übernahm – aber vier hätte auch er ihm nicht zugetraut.

Wissend, dass Rob in Sicherheit war, konnte er sich voll und ganz auf seinen Zauberer konzentrieren. Der Wirbelsturm hatte sich inzwischen gelegt, und Theodorescu versuchte, Fuku mit Blitzen zu besiegen. Aber Fuku hatte einen besonderen Schutzzauber aufgebaut, der die gesamte Energie der Blitze speicherte. Bisher hatte er nicht genug Konzentration übrig gehabt, um die Energie zu seinem Gegner umzuleiten, aber das war jetzt nicht mehr der Fall. In dem Augenblick, als der Magier seinen nächsten Blitz losschleuderte, setzte Fuku die Energie frei und Theodorescu schlug sein eigener Blitz samt der gesamten gespeicherten Energie entgegen. Das war zu viel für den Zauberer. Er hatte dieser Kraft nichts mehr entgegenzusetzen und beendete sein Leben als ein kleiner, verkohlter Haufen auf einer nächtlichen Lichtung im Druidengebirge.

„Bleiben noch drei Battyrs übrig", murmelte Fuku, der sich auf den Weg zu Rob und Lynir machte. Er suchte den Nachthimmel nach den schaurigen Wesen ab, konnte aber keines mehr entdecken. „Verdammter Mist", fluchte Fuku. „Dann ist uns spätestens morgen früh der nächste Trupp auf den Fersen."

Fuku landete auf der Ebene und fand einen nachdenklichen Rob vor, der niedergeschlagen an einem Felsen lehnte. Er strich Rob mit seiner Klaue anerkennend über den Kopf.

„Sag mal, du hast mich wirklich überrascht, du bist ein exzellenter Krieger. Von wegen ein bisschen mit dem Schwert geübt", lobte Fuku ihn. „Freu dich doch, wir haben unsere Verfolger besiegt, das ist ein Grund zum Feiern. Komm, wir machen uns noch ein gemütliches Feuer und du erzählst mir genau, wie du die Typen erledigt hast!"

Fuku und Rob sammelten etwas Holz und nach ein paar Minuten saßen sie zusammen an einem lodernden Feuer. Sie waren beide ziemlich fertig und müde nach dem heutigen Tag, aber Fuku spürte, dass Rob noch nicht schlafen konnte.

„Erzähl, wie ist dein Kampf gelaufen?", fragte Fuku neugierig.

Rob erzählte, wie er seine Magie benutzt hatte, um seine Gegner zu besiegen, und wie Lynir in den Kampf eingegriffen hatte. Fuku hörte aufmerksam zu und stellte hier und da ein paar Fragen.

„Das hast du echt gut gemacht", lobte ihn Fuku noch einmal.

„Danke, Fuku, aber ohne deine Hilfe hätte ich das nicht geschafft. Ich habe dich immer gespürt und auch mitbekommen, wie du im richtigen Moment die Steine in den Durchgang gerollt hast."

„Aber das hatte ich dir doch versprochen, und vergiss nicht, wir sind ein Team", antwortete Fuku.

Rob verlagerte sein Gewicht und stöhnte. Ihm taten sämtliche Knochen weh, und er wollte nicht wissen, wie viele Prellungen er von dem Kampf hatte. Die Vertrautheit mit Fuku tat gut, und ihm war auch klar, was er heute geleistet hatte.

Er lächelte Fuku an. „Du warst aber auch nicht schlecht."

Fuku kicherte etwas verlegen. Er fing an, diesen Jungen richtig in sein Herz zu schließen.

„Hast du keine Gewissensbisse, wenn du jemand tötest?", wollte Rob wissen.

Fuku sah ihn verwundert an. „Nein", kam die klare Antwort. „Die wollten uns doch auch töten."

„Ja, aber trotzdem. Einen der Soldaten kannte ich. Er war eine Wache von Skargness, und jetzt ist er tot", sagte Rob nachdenklich.

„Und glaubst du, der hätte gezögert, dich umzubringen?", fragte Fuku und zog seine Stirn in Falten.

„Nein, das nicht. Aber der hat eine Familie und ... ach, ich weiß auch nicht", brach Rob seinen Satz ab. „Vielleicht sind wir Menschen da anders als ihr Drachen."

„Aber ihr tötet doch auch Tiere. Habt ihr dann auch so ein schlechte Gewissen?", forschte Fuku nach.

„Das ist doch was völlig anderes. Dann töten wir, um zu essen. Der Tod ist nicht sinnlos", erklärte Rob.

„Du meinst, wenn ihr tötet, um zu essen, habt ihr kein schlechtes Gewissen?" Fuku sah Rob verwirrt an.

„Ja, geht euch Drachen das nicht auch so?", fragte Rob.

„Nö , ich glaube, wir sind da etwas unempfindlicher." Fuku sah, wie Rob in den Nachthimmel starrte. Eigentlich sollten sie zufrieden über ihren Sieg sein, stattdessen saß Rob da und machte sich komische Gedanken. Fuku überlegte, wie er Rob wieder etwas aufheitern konnte. Da kam ihm die zündende Idee. Zufrieden mit sich stand er auf und lächelte in die Nacht hinein. Er ging rüber zu einem der Soldaten, biss ihm herzhaft die untere Hälfte seines Beines ab und kaute darauf herum. Die Knochen splitterten krachend in Fukus Maul.

Rob sah entsetzt auf und musste sich fast übergeben. „Fuku!", schrie er nur.

„Was denn? Ich dachte, das würde deinem schlechten Gewissen helfen!?", antwortete Fuku ehrlich verunsichert und schaute ihn mit seinen großen, treuen Augen an.

„Indem du den Soldaten schändest?", schrie Rob wütend.

„Ich esse ihn, und laut deiner Definition gebe ich damit seinem Tod einen Sinn", patzte Fuku zurück. „Statt mich anzuschreien, solltest du dankbar sein."

Rob versuchte sich zu beruhigen. „Das ist etwas anderes, Fuku."

„Echt? Warum?", wollte Fuku wissen und versuchte seinen Frust zu verbergen.

„Die haben Familie und ein eigenes Leben und so ..." Rob fehlten in Anbetracht des Drachen, dem ein halbes Bein aus den Maul ragte, die Worte.

„Aha, und du denkst, das hatten die Kaninchen, die du heute Abend gegessen hast, nicht?"

„Doch, aber das waren Tiere", antwortet Rob noch völlig verwirrt.

Jetzt verstand Fuku seinen Magier überhaupt nicht mehr. Er zuckte mit den Schultern und spukte das Bein aus. „Schmeckt eh eklig."

338

„Was würdest du sagen, wenn ich neben dir einen Drachen verspeisen würde?", fragte Rob.

Fuku legte den Kopf schief und überlegte kurz. „Ich würde dich fressen?!"

Rob verdrehte die Augen und versuchte sich ein Lächeln abzuringen. Er merkte mal wieder, wie verschieden sie waren, aber Fuku hatte es ja wirklich nur gut gemeint.

„Danke, Fuku, ich kann es dir nicht wirklich erklären, aber wenn du die Menschen frisst, die ich töte, macht mich das nicht glücklicher. Vielleicht sollten wir jetzt schlafen."

„Ja, lass uns schlafen, eine Wache können wir uns sparen. Für den Rest der Nacht sollten wir sicher sein." Fuku rollte sich schützend um Rob. Für ihn war das Thema erledigt und er schlief nach ein paar Sekunden fest ein.

Rob genoss die Nähe zu Fuku, lag aber noch ein paar Minuten wach und schaute gedankenversunken in die Sterne. Er schüttelte den Kopf, als er an Fuku mit dem Bein des Soldaten im Maul denken musste, doch dann schlief auch er feste ein.

DIE BEFREIUNG

Im frühen Licht der aufgehenden Sonne stritt sich ein Schwarm Krähen um die Kadaver der getöteten Soldaten. Feuchter Nebel lag über dem Boden, und es war empfindlich kalt. Fuku schaute dem Treiben der Krähen zu und schmunzelte. Jetzt wurden die Soldaten doch gefressen, aber er verkniff sich eine dumme Bemerkung. Er stand vorsichtig auf, um Rob nicht zu wecken und vertrieb die Krähen.

Doch Rob war schon wach. Es fiel ihm unheimlich schwer, aufzustehen, und sein Körper fühlte sich fürchterlich geschunden und steif an. Fast so, als hätte ihn ein Lähmungszauber eines Gargoyles mit voller Wucht getroffen. Überall hatte er blaue Flecken und Prellungen. Auf einen Felsen gestützt, zwang er sich mit viel Kraft auf die Beine. Die Fußknöchel an beiden Füßen schmerzten. Sobald er sie mit mehr Gewicht belastete, hatte er das Gefühl, dass ihn der dumpfe Schmerz von den Beinen holte. Jeder Schritt fühlte sich an, als ob ihm jemand tausend Nadeln in seinen Körper jagte. Muskeln brannten an Stellen, von denen er bisher nicht geahnt hatte, dass sie überhaupt Muskeln hatten. Und zu allem Überfluss kam noch ein dumpfer, pulsierender Schmerz von seinen Nieren dazu.

„Guten Morgen, hast du gut geschlafen?", begrüßte ihn Fuku gut gelaunt.

„Morgen", antwortete Rob mit leicht verzerrtem Gesicht. „Nicht wirklich, mir tut alles weh", jammerte er.

„Du musstest gestern ja auch einiges einstecken. Das wird wieder, glaub mir", beruhigte ihn Fuku.

Rob gähnte und massierte seine schmerzenden Glieder. Er nahm etwas Brot und Käse aus seiner Satteltasche und frühstückte eine Kleinigkeit.

„Sag mal, Fuku, hast du gestern eigentlich gewusst, wie nah uns unsere Verfolger waren?" Rob schaute Fuku ernst an. Fuku verzog sein Maul und sah angestrengt in die Luft, als würde er etwas suchen.

„Fuku, ich habe dich etwas gefragt!", bohrte Rob weiter. Fuku spürte die enge Bindung zu Rob. Ihm war klar, dass er den Jungen nicht einfach anlügen konnte. Es war ihm zwar möglich, sich kurzzeitig gegen ihn abzuschirmen, aber sonst waren sie einfach zu eng miteinander verwebt.

„Ich wollte nicht, dass du dir schon vorher zu viele Sorgen machst", antwortet Fuku, ohne Rob anzusehen. „Du machst dir immer so viele Gedanken."

Rob hatte das schon gestern geahnt, war sich aber nicht sicher gewesen, ob er Fuku fragen sollte. Irgendwie hatte er Angst vor der Antwort gehabt. Rob schaute Fuku nur an, sagte aber nichts. Er war enttäuscht, dass der Drache so wenig Vertrauen zu ihm hatte. Auf der anderen Seite war Fukus Inneres gerade wie ein offenes Buch für ihn. Er verstand seine Motivation und musste sich insgeheim eingestehen, dass er ihn sogar verstehen konnte. Trotzdem war er tief getroffen und fühlte sich wie ein kleines Kind, dem die Eltern nicht die Wahrheit erzählten, weil es zu jung war. Fuku sah Rob versöhnlich an und war erstaunt, wie sehr sie sich, ohne etwas zu sagen, verstanden. Es war so, als ginge Rob in seinen Gedanken spazieren und betrachtete seine Erinnerungen und Gefühle, wie man eine schöne Landschaft bewunderte. Fuku fand das faszinierend und unangenehm zugleich. In Gedanken nahm er Rob an die Hand und führte ihn zu dem Kampf gegen ihre Verfolger. Rob spürte die Anerkennung, die Fuku ihm entgegenbrachte, aber auch die Zweifel, die er an seinem Drachenmagier hegte.

Die beiden sahen sich noch eine Weile schweigend an. Robs Ärger war verflogen, aber es blieb noch immer der fade Beigeschmack, dass Fuku ihn noch nicht als ebenbürtig ansah. Konnte er das überhaupt verlangen? Auch wenn alles in Rob danach strebte, er war noch weit davon entfernt, ein Drachenmagier zu sein. Wenn er ehrlich war, wusste Rob überhaupt nicht, was ein Drachenmagier war. Wäre er, wie Gweir Owen es gewollt hatte, Soldat geworden, hätte er Befehle bekommen und diese nur auszuführen brauchen. Aber die einzigen, die sich dem hilflosen Drachenmagier annehmen wollten, waren Bennett, Wallace und Malyrtha gewesen. Der eine war tot und die anderen gefangen. Ob sich Gwynefa um ihn kümmern würde? Fuku hatte recht, er machte sich schon wieder Gedanken über Dinge, auf die er keinen Einfluss hatte.

Der große Drache legte ihm freundschaftlich seine dicke Pranke auf die Schultern. „Wir müssen die Soldaten nach Waffen und Geld durchsuchen. Wenn wir es bis Tartide schaffen, wirst du das sicherlich brauchen." Rob sah Fuku an und nickte. Widerwillig ging er auf die untere Ebene und durchstöberte das Gepäck der Soldaten. Er füllte seine Satteltasche mit Vorräten, nahm sich zusätzliche Kleidung und sammelte das Geld in einer kleinen Lederbörse, die er in ihrem Gepäck gefunden hatte. Zum Schluss nahm er sich noch ein großes Schwert von einem der Soldaten und schnallte es sich um. Ein Teil der Pferde hatte sich bereits gestern losgerissen und war geflohen. Rob band die restlichen drei los und entließ sie mit einem Klapps in die Freiheit. Dann sattelte er Lynir und machte sich mit Fuku auf zu dem magischen Steinkreis.

Magnatus Olaru saß am Fenster in seinem Turmzimmer in der Hauptburg und betrachtete den Sonnenaufgang über dem Meer. Wie erwartet, war es gestern Abend kein Problem gewesen, die machthungrige Familie Bailey von seinem Plan zu überzeugen. Allerdings überraschte ihn die unterschwellige Rivalität zwischen Vater und Sohn. Aber das konnte ihm nur recht sein. Lord Bailey war sehr mächtig, und mit Burkhard konnte er einen Gegenpol zum Vater aufbauen. Der Grünschnabel Burkhard fraß ihm wie ein zahmes

Lamm aus der Hand. Versonnen lächelte Olaru in sich hinein. Ärgerlich war nur, dass die drei Battyrs über Nacht zurück zur Burg gekommen waren. Das bedeutete, dass Theodorescu sie nicht mehr unter Kontrolle hatte. Irgendetwas musste bei der Verfolgung des Jungen und seines Drachen schiefgegangen sein.

Plötzlich hörte er von draußen eine eiskalte Stimme. „Meister?"

Was wollte denn Balriuzar jetzt von ihm, und wie hatte er es durch die Schutzzauber der Burg geschafft? Er musste unbedingt mit Cristofor darüber reden. Das war nicht gut. Er öffnete das Fenster und ließ den Wandler herein. Die schwarze, rauchige Gestalt strömte in das Zimmer und verbreitete einen leicht fauligen Geruch.

„Seid gegrüßt, ehrenwerter Meister", hauchte die kalte Stimme.

„Balriuzar, was verschafft mir das Vergnügen deiner Anwesenheit?", wollte Olaru mit hochgezogenen Augenbrauen wissen.

Balriuzar mochte die herablassende Art seines Meisters nicht, aber was sollte er tun? Er war diesem Mann nun mal ausgeliefert.

„Vorgestern ist mir ein außergewöhnliches Wesen über den Weg gelaufen. Eine junge Frau, menschlich, aber ich glaube nicht von dieser Welt", erzählte er.

Olaru horchte erstaunt auf. Er kannte die uralten Schriften, in denen über die Existenz einer anderen Welt spekuliert wurde. Aber bisher hatte er das als völligen Unfug abgetan. Noch nie war es jemanden gelungen, die Existenz zu beweisen, geschweige denn ein Tor zu dieser Welt zu öffnen. Aber Balriuzar war kein Dummkopf und er würde es nicht wagen, ihn mit Nichtigkeiten zu behelligen.

„Erzähle weiter", ermutigte Olaru seinen Lakaien.

Balriuzar berichtete in allen Details, wie er Mi Lou gefangen hatte. Wie er versucht hatte, in ihren Geist einzudringen, sich dabei fast aufgelöst hätte und wie er einen Teil ihrer Gedanken gelesen hatte.

Gespannt lauschte Olaru den Erzählungen seines Dieners. „Und diesen Karl, der sie verfolgt, hast du den selber gesehen?", fragte Olaru.

„Nein, aber laut den Erinnerungen des Mädchens lagen sie beide bewusstlos im Druidengebirge. Ich habe mir die Stelle auf dem Weg hierher angesehen und tatsächlich die Spuren von zwei Menschen, die dort länger auf dem Laubboden gelegen haben, gefunden. Allerdings verlieren sie sich nach ein paar Metern", berichtete Balriuzar.

„Und die junge Frau, wie nannte sie sich? Mi Lou? Also diese Mi Lou hat keine Ahnung, wo sie ist und wie sie hierhergekommen ist?"

„Nein, sie glaubt, eine gewisse Nietzsche-Bruderschaft hätte sich in ihr Gehirn eingeklinkt. Sie hat irgendetwas gegen diese Bruderschaft in der Hand, und nun wollen die sie ermorden. Deswegen war dieser Karl, der über unglaubliche Sinne und Kräfte verfügen muss, hinter ihr her."

Olaru strich sich nachdenklich über das Kinn. „Und warum glaubst du, dass diese Mi Lou und dieser Karl aus einer anderen Welt kommen? Vielleicht ist sie ja einfach nur verrückt oder steht unter Drogen?"

„Natürlich ist mir dieser Gedanke auch gekommen. Aber schon als ich sie das erste Mal gesehen habe, ist mir diese besondere Aura aufgefallen. Ich kann sie immer noch nicht einordnen. Es ist fast so, als könnte ich nur einen kleinen Teil spüren. Aber da ist sicherlich mehr. Deswegen bin ich das Risiko eingegangen und habe sie berührt, obwohl schon Fioxahl an ihr zerbrochen ist. Meiner Einschätzung nach steckt eine unbändige Kraft in ihr und das Mädchen hat nicht den blassesten Schimmer davon."

„Das hört sich tatsächlich sehr spannend an. Du hast sie oben bei dem magischen Steinkreis im Druidengebirge gefangen gesetzt?"

„Ja, ich habe sie vorgestern Abend dort in Stein eingefasst", kicherte Balriuzar eiskalt.

„Vorgestern schon? Und dann kommst du erst jetzt?", fuhr Olaru ihn scharf an.

„Ehrenwerter Meister, ich habe gestern den ganzen Tag genutzt, um tiefer in ihren Erinnerungen zu graben. Ich wollte meiner Sache ganz sicher sein und Euch nicht mit unreifen Geschichten belästigen."

Es stimmte zwar, dass Balriuzar den Tag damit verbracht hatte, noch mehr Informationen aus Mi Lou heraus zu quälen, aber ohne Erfolg. Eigentlich hatte er gehofft, Mi Lou vollständig unter seine Kontrolle zu bringen. Das hätte seine Position deutlich gestärkt. Erst als er sich eingestehen musste, alleine nicht weiterzukommen, hatte er sich dazu überwunden, Olaru einzuweihen, aber das musste er ihm ja nicht unbedingt auf die Nase binden.

Magnatus Olaru sah Balriuzar argwöhnisch an. Der Wandler war hinterhältig und verschlagen und stets auf seinen eigenen Vorteil bedacht. „Soso, na gut. War das alles oder hast du noch etwas für mich?"

Olaru wollte das Gespräch beenden und über das Gehörte nachdenken. Die Unterhaltungen mit diesem Wesen, das fortwährend in Bewegung war, empfand er als sehr anstrengend.

Der Wandler war verdrossen. Er hatte Lob oder Dank erwartet, eine Möglichkeit, die ihm die Gelegenheit bot, mit seiner Bitte an Olaru heranzutreten. So blieb ihm nur, das Thema direkt anzusprechen.

„Ich könnte Euch noch viel besser dienen, wenn ich wieder eine vernünftige Gestalt hätte", zischte Balriuzar so unterwürfig, wie er es vermochte.

„Darüber können wir uns bei Gelegenheit unterhalten. Halte dich außerhalb der Burg zu meiner Verfügung. Ich werde dich rufen, wenn ich entschieden habe, wie wir weitermachen", entgegnete Olaru nur im knappen Befehlston. Er hatte keine Ahnung, wieso der Wandler meinte, dass er ihm seine ursprüngliche Gestalt wiedergeben konnte. Aber auch wenn dem nicht so war, so lange der Glaube daran Balriuzars Motivation hochhielt, sah er nicht ein, warum er ihm das sagen sollte. Widerstrebend strömte der Wandler aus dem Zimmer und verfluchte seinen Meister innerlich. Olaru setzte sich an seinen Schreibtisch und grübelte.

Fuku nutzte die Zeit, die sie unterwegs waren, um Robs magische Ausbildung fortzusetzen. Mit einem einfachen Zauber hüllte er Rob in ein Schutzschild. „Spürst du die Energie in dir?", fragte er.

„Ich glaube schon, das fühlt sich anders an als der Flammenzauber", antwortete Rob hochkonzentriert.

Fuku schüttelte den Kopf. „Flammenzauber gibt es nicht. Als du die Flamme erzeugt hast, war das ein Holzzauber, ein Zauber mit dem man etwas entstehen lassen kann. Die Größe hast du mit einem Feuerzauber reguliert."

„O. k., ich werde es mir merken", antworte Rob nur knapp.

„Den Schutzschild musst du, wie bei unserem Kampf gestern, lediglich mit einem Feuerzauber aufrechterhalten. Und ja, natürlich fühlt sich das anders an", erklärte Fuku voller Tatendrang. Rob konzentrierte sich und hielt den Schutzschild aufrecht.

Fuku sah ihn auffordernd an. „Bist du bereit?", fragte er.

„Ich bin bereit", gab Rob zurück, dem etwas mulmig war.

„O. k., denk dran, immer ganz ruhig bleiben. Keine Panik", sagte Fuku und trat einen Schritt zurück.

Sekunden später schoss eine bläulich schimmernde Kugel mit hoher Geschwindigkeit krachend durch das Unterholz. Sie durchbrach Äste, knickte Sträucher ab und landete schließlich, etwa zweihundert Meter von Fuku entfernt, zwischen den Bäumen. Fuku betrachtete seinen Schlag wohlwollend. Er kannte keinen Drachen, der so gut mit seinem Schwanz schlagen konnte wie er.

„Cooler Schlag oder, Lynir?", fragte er den schwarzweiß gescheckten Hengst, der neben ihm stand. Die zwei machten sich auf, um nach Rob zu sehen.

„Alles heil geblieben?", fragte Fuku, als er in Hörweite von Rob war. Der saß an einen Baum gelehnt und schmunzelte. „Jepp, alles gut. O. k., mir ist etwas schwindelig, aber sonst ist alles gut."

Fuku lachte. „Geht doch besser, als wir dachten, oder? Nochmal?"

„Klar und du kannst ruhig etwas weiterschlagen", forderte Rob ihn auf.

„So mag ich dich", erwiderte Fuku lachend.

Rob übernahm den von Fuku gewirkten Schutzschild und erwartete den Schlag.

Fuku nahm drei Schritte Anlauf, machte einen eleganten Hüftschwung und schlug Rob samt seinem kugelförmigen Schutzschild mit seinem Schwanz in die Luft.

Rob krachte durch die Äste und flog diesmal fast vierhundert Meter weit über den Baumkronen hinweg. Fuku schaute Lynir an. „Der war noch besser, oder?"

„Hiiilfe, Fuku hilf mir", hörte er Rob plötzlich schreien.

„Mist, da ist wohl etwas schiefgegangen. Komm, Lynir."

Fuku stieß sich ab und flog in die Richtung, in der er Rob vermutete. Kurze Zeit später sah er seinen Magier, der sich in einer Baumkrone verfangen hatte. Fuku lachte laut, als er Rob hilflos in den Zweigen sah. Der Schutzzauber hatte sich aufgelöst, und Rob klammerte sich besorgt an einem dicken Ast fest.

„Lach nicht so doof, hilf mir bitte runter", forderte ihn Rob auf.

„Ich glaube, eine der nächsten Übungen sollte schweben sein", kommentierte Fuku. Vorsichtig umfasste er Rob mit seinen Klauen unter den Armen und pflückte ihn aus dem Baum.

„Siehst du da hinten die Lichtung mit den Steinen? Das ist der magische Steinkreis, zu dem wir wollen", erklärte Fuku.

„Wo? Ich sehe nichts", antwortete Rob, dem in Anbetracht der Höhe ziemlich mulmig im Bauch war. Fuku flog höher und löste eine Kralle, um in die Richtung der Lichtung zu zeigen. Dabei rutschte Rob ein paar Zentimeter ab und hing schief in Fukus linkem Arm.

„He, bist du wahnsinnig!?", schrie Rob, der sich krampf-haft an Fuku festhielt. „Halt mich fest."

„Ups, tut mir leid", entschuldigte sich der Drache und hielt Rob wieder mit beiden Armen fest. „Ich glaube, ich ha-be dein Gewicht etwas unterschätzt."

„Kannst du mich bitte am Boden absetzen?", fragte Rob betreten. Er wollte möglichst schnell wieder festen Grund unter den Füßen haben. Rob zweifelte inzwischen, ob es eine gute Idee war, Fuku bei seiner Auffassung von magischem Unterricht blindlinks zu vertrauen. Fuku setzte ihn wie be-fohlen ab und hockte sich neben ihn.

„Ich glaube, mir reicht es für heute", sagte Rob. „Lass uns auf Lynir warten. Ich reite besser den Rest des Weges."

Fuku sah ihn leicht enttäuscht an. „Aber warum? Haben dir unserer Übungen keinen Spaß gemacht?"

„Doch, aber als ich da oben hilflos auf dem Baum saß, war mir ganz komisch. Wer weiß, was vielleicht das nächste Mal passiert und ob ich wieder so glimpflich davonkomme."

Fuku verzog unzufrieden sein Maul. Sein Spieltrieb war geweckt, und er wollte unbedingt mit dem nächsten Schlag in den Steinkreis treffen. „Du machst dir schon wieder un-nütze Gedanken", nörgelte er. „Gerade wenn dich dein Mut verlässt, sollten wir weitermachen. Danach wird es dir viel besser gehen, glaub mir", versuchte er Rob zu überzeugen.

„Glaubst du, Bennett würde unsere Methoden guthei-ßen?", fragte Rob seinen Drachen.

Fuku überlegte kurz. „Sicherlich, der durchschlagende Erfolg gibt uns recht."

In Anbetracht der Schneise, die sie mit ihrem Training in das Unterholz geschlagen hatten, musste Rob bei dem Wort „durchschlagend" fürchterlich lachen.

Fuku legte seinen Kopf schief und sah Rob mit seinen großen Augen flehend an. „Komm schon, gib dir einen Ruck, bitte, Rob. Und du wirst sehen, mit dem nächsten Schlag treffe ich genau in die Mitte des Steinkreises", quen-gelte er.

„Das schaffst du niemals", provozierte Rob seinen Drachen. Es stimmte, er hatte bei Fuku in kurzer Zeit wahnsinnig viel gelernt.

„Wollen wir wetten?", nahm Fuku die Herausforderung an.

„O. k., ich sage, du schaffst das nicht. Und wenn ich recht habe, musst du einen Tag lang genau das tun, was ich von dir verlange."

„Und wenn ich es schaffe, musst du mir einen Tag lang bedingungslos gehorchen", ging Fuku auf den Vorschlag ein.

Die zwei schlugen ein. „Die Wette gilt!"

„Versuch doch, ob du deine Schutzhülle nicht auch selbst aufbauen kannst", schlug Fuku vor.

Rob konzentrierte sich und schaffte es tatsächlich, sich mit einem eigenen Schutzschild zu umgeben. Fuku ging zehn Schritte zurück und leckte sich konzentriert mit der Zunge über sein Maul. „Bist du bereit?", rief er.

„Klar, aber das schaffst du niemals", versuchte Rob, Fuku zu verunsichern. Die ersten Schritte trippelte Fuku noch langsam, um dann mit großen Schritten und einer eleganten Drehung Rob samt seines Schutzschildes mit seinem Schwanz in die Luft zu katapultieren. Rob blieb angesichts der starken Beschleunigung kurz die Luft weg, aber sein Schild hielt. Es sah unter sich die Baumkronen vorbeiziehen und wunderte sich über seinen eigenen Mut. Fuku hatte ihn tatsächlich perfekt geschlagen. Er flog exakt auf die runde, leicht erhabene Steinplattform in der Mitte des Steinkreises zu. Kurz vor dem Aufprall machte er reflexartig die Augen zu. Sein Schutzschirm schluckte die harte Aufprallenergie, und er wurde nur leicht durchgeschüttelt. Rob stoppte den Energiefluss und plumpste bäuchlings die letzten zwanzig Zentimeter auf die unter ihm liegende Steinplatte. Stolz öffnete er die Augen und schrie erschrocken auf.

Nur zehn Zentimeter unter ihm lag eine junge Frau und schaute ihn aus zwei dunkelbraunen, mandelförmigen Augen ängstlich an. Rob rappelte sich auf und trat einen Schritt zurück. Da lag wirklich eine junge Frau lebendig in einen verwitterten Stein eingeschlossen. Nur ihr hübsches Gesicht schaute aus einer kleinen Öffnung heraus. Zögerlich kniete er sich neben sie. „Hallo, ich bin Rob. Kann ich dir helfen?", fragte er verstört.

Mi Lous Angst wurde wieder von ihrem Trotz übermannt. Was war das für eine neue grausame Taktik? Gestern hatte das Wesen den ganzen Tag versucht, in ihren Geist einzudringen. Nur mit größter Anstrengung konnte sie sich vor ihm abschirmen. Zu völliger Bewegungslosigkeit verdammt war sie häufig kurz davor, ihren Verstand zu verlieren. Die Schmerzen in ihren Gelenken waren unerträglich, und sie hatte wahnsinnigen Durst. Und nun versuchten sie ihr Vertrauen in Form einer menschlichen Gestalt zu erlangen, die wie ein Engel vom Himmel fiel. Ein großer Teil von ihr sehnte sich flehentlich danach, die Hilfe anzunehmen, aber ihre Vernunft siegte. „Nein, lass mich in Ruhe", fauchte sie böse.

Rob schreckte zurück und war völlig verwirrt. Wieder einmal musste er sich eingestehen, dass es ihm häufig schwer fiel, seine Artgenossen zu verstehen. Diese Frau war ganz offensichtlich in einer extrem misslichen Lage und brauchte Hilfe. Er überlegte, ob sie das vielleicht sarkastisch gemeint hatte, und startete vorsichtig einen zweiten Versuch. „Bist du dir sicher? Vielleicht hat mein Drache eine Idee, wie wir dich da herausbekommen", sagte er mit sorgenvollem Blick.

„Dein Drache! Verarschen kann ich mich alleine. Verpiss dich, du Spinner", fauchte Mi Lou.

Mit hängenden Schultern und leicht eingeschnappt trottete Rob ein paar Meter weg. Er setzte sich auf die Steine, und kurze Zeit später gesellte sich Fuku zu ihm. „Das war der weltbeste Schlag, und du schuldest mir was, Rob", sprudelte es aus ihm heraus. „Rob, alles o. k. bei dir? Warum lässt du die Schultern so hängen? Nur weil du eine Wette verloren hast?", forschte Fuku nach.

Rob schüttelte den Kopf. „Nein, alles gut, ich bin nur etwas verwirrt. Da vorne liegt eine Frau unter der Steinplatte. Ich habe sie gefragt, ob sie Hilfe braucht, doch sie hat mich nur angemotzt."

Fuku sah Rob verwundert an. „Und was macht sie da?", wollte er wissen.

„Keine Ahnung, vermutlich in den Himmel gucken", mutmaßte Rob.

„Ihr Menschen seid manchmal echt komisch. Ich könnte mir was Besseres vorstellen, als mich in Stein einfassen zu lassen und den ganzen Tag in den Himmel zu starren. Und du bist dir sicher, dass sie keine Hilfe braucht?"

„Ich habe sie zweimal gefragt, und jedes Mal hat sie mich angeschnauzt", erklärte Rob ärgerlich.

Mi Lou hörte das Gespräch der zwei Freunde und brennende Tränen schossen ihr in die Augen. Krampfhaft versuchte sie sich mit ihrer Atemtechnik zu beruhigen, aber ohne Erfolg.

„Hmmmm, das ist doof. Solange sie da liegt, können wir den Steinkreis nicht benutzen, um Tanyulth zu erreichen. Hat sie gesagt, wie lange sie da noch liegen will?", fragte Fuku.

„Nein, aber frag sie doch selbst. Vielleicht ist sie zu dir höflicher."

Fuku stand auf und lief zu der Frau hinüber. Aufmerksam betrachtete er ihr hübsches Gesicht. Sie hatte die Augen geschlossenen und atmete tief und ruhig.

„Entschuldigung, wie lange wolltest du hier noch liegen bleiben?", fragte er höflich. „Wir müssen den Steinkreis benutzen, und das geht nicht, solange du hier in der Mitte liegst."

Mi Lou schlug die Augen auf und sah in ein freundlich lächelndes, grünes Gesicht. Ihr stockte der Atem. Sie sah keine zehn Zentimeter vor sich einen Drachen. Jetzt war sie endgültig übergeschnappt.

„Ich komme hier alleine nicht weg", stammelte sie völlig von der Rolle.

„Kein Problem", sagte Fuku. „Das können wir für dich machen. Warte hier, ich bin gleich wieder da." Fuku lief zu Rob, der inzwischen aufgestanden war.

„Sie braucht doch Hilfe, Rob", sagte er.

„Ach ja? Als ich sie eben gefragt habe, wollte sie keine", erwiderte Rob, der immer noch etwas verärgert war.

„Vielleicht hast du sie auf dem falschen Fuß erwischt", meine Fuku grinsend. „Ist ja auch egal. Jedenfalls kann ich dir hier schön zeigen, wie man einen Zauber rückgängig macht."

„Du meinst, jemand hat sie dort hineingezaubert?", fragte Rob erstaunt.

Fuku legte den Kopf schief und sah Rob vorwurfsvoll an. „Ich weiß, du kannst noch keine magischen Spuren sehen, aber denkst du etwa, die natürliche Erosion hätte sie dort eingesperrt?"

Rob grinste dämlich, eigentlich hätte er selbst darauf kommen können.

„Achte einfach auf die Magie, die durch uns fließt. Aber bitte verändere sie nicht, sonst könnten wir die Frau verletzen."

„Wie meinst du das?", wollte Rob wissen.

„Ich habe vor, den Stein in Luft umzuwandeln, aber wenn wir zu viel Stein wegnehmen, beschädigen wir den magischen Kreis. Und dann fliegt uns hier alles um die Ohren", warnte ihn Fuku.

„Vielleicht sollte ich dann lieber nicht in deinen Gedanken sein, sonst geht noch etwas schief", überlegte Rob laut.

Fuku sah ihn leicht verärgert an. „Aber dann lernst du nichts! Also pass auf."

Der Drache stellte sich vor Mi Lou und summte leise eine Melodie. Rob passte ganz genau auf, wie Fuku sorgfältig den Unterschied zwischen dem Stein, der zu dem magischen Kreis gehörte, und dem, der fremd war, ausarbeitete. Er spürte exakt das Volumen des fremden Steines und wandelte ihn langsam und sorgfältig in Luft um.

Mi Lou konnte sich wieder ein bisschen bewegen und dann war der Stein um sie plötzlich ganz weg. Sie atmete tief durch und stürmte im nächsten Augenblick trotz der höllischen Schmerzen in den nahen Wald.

Fuku und Rob sahen ihr nur verwundert hinterher.

„Die hatte es aber eilig", kommentierte Fuku Mi Lous Flucht.

Mi Lou suchte Deckung hinter einem Baum und wunderte sich, dass der Junge und der Drache sie nicht verfolgten. Sie massierte sich ihre Gelenke und schaute sich um. Mit Schrecken stellte sie fest, dass sich zwischen den Baumstämmen ein dunkle, rauchige Gestalt direkt auf sie zubewegte. Ein Wandler hatte Mi Lou entdeckt. Wie Balriuzar es befohlen hatte, wollte er sie zurück in den Steinkreis treiben. Drei weitere Wandler kamen von den Seiten, so dass ihr nur die Flucht zurück blieb.

Mi Lou überlegte nicht lange und sprintete wieder zu dem Jungen und seinem Drachen.

Wieder sahen sich Rob und Fuku nur erstaunt an.

„Guck mal, wer da wiederkommt", meinte Fuku zu Rob. „Sie ist ganz schön schnell", staunte er.

„Könnt ihr mir bitte helfen?!", flehte Mi Lou die beiden an. Sie wusste sich einfach keinen anderen Rat mehr.

„Klar, womit?", fragte Fuku trocken.

Erschrocken zeigte Mi Lou auf das gruselige schwarze Rauchwesen, das bis auf ein paar Meter herangekommen war. „Das Viech verfolgt mich", keuchte sie. Fuku drehte sich um und sah den Wandler, der den Drachen erst jetzt wahrnahm. Sofort machte er kehrt, aber zu spät. Mit einem kräftigen Flügelschlag war Fuku bei ihm und zog ihn durch seine Nasenlöcher ein. Als hätte er eine Prise Schnupftabak eingeatmete, verzog er sein Gesicht zu einer Grimasse. Dann spie er den Wandler zusammen mit einer gewaltige Flamme und einem mächtigen Nieser wieder aus. Der Wandler verlor seine Gestalt und wurde für ewig in alle Richtungen vom Winde verweht. Die restlichen drei Wandler zogen sich sofort verschreckt zurück. Dem Drachen hatten sie nichts entgegenzusetzen.

„Gesundheit", wünschte ihm Rob höflich.

„Danke. Wo waren wir stehen geblieben?", fragte Fuku.

„Wir wollten Kontakt zu Tanyulth aufnehmen", half ihm Rob weiter.

„Ach ja, jetzt weiß ich wieder." Er wandte sich Mi Lou zu. „Kannst du bitte aus dem Kreis gehen? Sonst klappt unser Zauber nicht."

Mi Lou sah ihn nur mit großen Augen an. Sie hatte keine Ahnung, was sie von dem jungen Mann und dem Drachen halten sollte. Aber zumindest hatten sie ihr geholfen.

„Äh, ja natürlich", sagte sie unsicher und verzog sich zu dem kräftigen schwarzweiß gescheckten Pferd, das außerhalb des Steinkreises zufrieden graste.

Rob sah der hübschen jungen Frau fasziniert hinterher, bis ihn Fuku mit seiner dicken Pranke an der Schulter schüttelte. „Rob? Du kannst den Mund wieder zumachen. Hallo?"

Rob wurde rot im Gesicht und antwortete verlegen: „Bin ja schon da."

Fuku grinste ihn dämlich an. „Findest du sie hübsch?"

„So etwas fragt man nicht, aber wenn du es unbedingt wissen willst, ja, du nicht?"

„Ich bin ein Drache! Für mich ist sie etwas kleingeraten und viel zu dünn. Außerdem müffelt sie streng", gab Fuku zurück.

„Kein Wunder, wer weiß wie lange sie da in dem Stein eingeschlossen war. Dann würdest du auch streng riechen", verteidigte Rob Mi Lou.

Fuku verzog das Maul zu einem Lächeln und kicherte. „Du magst sie, hab ich recht?"

Rob verdrehte die Augen. „Können wir bitte das Thema wechseln? Wir wollten doch versuchen, Tanyulth zu erreichen, oder?"

„Ja, ja. Kannst du dich bitte da vorne in das Becken vor dem großen Stein stellen?" Fuku zeigte mit seiner dicken Kralle auf einen der großen Monolithen am Rand. Folgsam stellte sich Rob dort auf und wartete auf Fuku, der sich an einem Stein ihm gegenüber postierte.

„Schließ die Augen und verbinde dich mit mir", befahl Fuku. Die Intensität, mit der Rob Fuku spürte, war überwältigend. Fuku nahm Robs Geist an die Hand und zusammen fegten sie in ihren Gedanken über die Landschaft. Rob spürte die Lebewesen, die sich unter ihnen auf der Welt bewegten. Auch wenn er nur einen Hauch von ihnen erhaschte, war der Eindruck berauschend.

Mi Lou betrachtet fasziniert das Schauspiel, dass die beiden boten. Die Spirale des Steinkreises füllte sich mit weißem Nebel, der sich allmählich dunkelgrün färbte, um schließlich in einem wilden Wirbel den gesamten Steinkreis einzuhüllen. Er sah aus wie ein wilder grüner Tornado, der zwischen den sieben Monolithen gefangen war. Zu dem lauten Rauschen der Luft gesellte sich Fukus tiefer, brummender Gesang.

Fuku und Robs Gedanken trieben durch Berge und Täler, streiften Wälder und flogen über das Meer. Schließlich fand Fuku die Aura von Tanyulth, der mit Gwynefa in den Wäldern von Fairfountain herumstreifte, und versuchte, seine Aufmerksamkeit zu erlangen. Die Verbindung zu dem überraschten Tanyulth war nur sehr schwach. Fuku versuchte ihm zu vermitteln, dass die Drachenmagier in großer Gefahr waren und dass er und Rob nach Tartide fliehen wollten, um dort Gwynefa und Tanyulth zu treffen. Dann brach die Verbindung ab.

Erschöpft öffnete Rob die Augen. „Das war faszinierend. Glaubst du, Tanyulth hat uns verstanden?"

Auch Fuku machte einen ausgelaugten Eindruck. Er kam zu Rob herüber. „Ich hoffe es, aber ich glaube schon. Zumindest bin ich mir relativ sicher, dass wir wirklich Kontakt zu Tanyulth hatten."

„Wieso konnten wir überhaupt mit unseren Gedanken so weit reisen? Wenn ich das richtig verstanden habe, ist Tanyulth in Fairfountain, oder?", wollte Rob wissen.

„Im Laufe der Jahrtausende haben die Magier viele von diesen magischen Orten entdeckt und solche verstärkenden Steinkreise darum gebaut. Sie sind weit über die Welt verstreut und untereinander mit Energieströmen verbunden. Deswegen konnten wir uns in Gedanken über das Land bewegen. Aber das birgt auch die Gefahr, dass man sich verirrt oder auf Wesen trifft, die man lieber nicht kennengelernt hätte. Es soll sogar Magier geben, die mit Hilfe der Steinkreise reisen können."

Rob war fasziniert und bekam langsam ein Gefühl dafür, was es bedeutete, ein Magier zu sein.

„Lass uns mal zu der jungen Frau rübergehen und uns richtig vorstellen", schlug Fuku vor.

Mi Lou streichelte das Pferd und war noch tief beeindruckt von dem Wirbel, den die zwei in der Mitte des Steinkreises gemacht hatten. Als sie auf sie zukamen, entschied sie sich dafür, nicht wegzulaufen. Schließlich hatten sie ihr geholfen, und eigentlich machten die beiden einen sympathischen Eindruck auf sie. Nach ihren schrecklichen Erfahrungen der letzten Tage war es sicherer, in Gesellschaft zu sein.

„Geht es dir gut?", wollte Rob wissen, dessen Ärger bei ihrem Anblick vollständig verflogen war.

„Danke, viel besser als noch vor ein paar Minuten", sagte Mi Lou und lächelte Rob und Fuku verlegen an. „Entschuldigt meinen Auftritt, aber die letzten Tage waren etwas schwierig für mich. Ich sehe bestimmt schrecklich aus."

„Und du stinkst wie eine Horde Trolle", ergänzte Fuku ehrlich.

„Fuku!", schimpfte Rob und knuffte den Drachen in die Seite. „Nein, ist gar nicht so schlimm."

„Lass mal, dein Drache hat ja nicht ganz unrecht. Ich bin übrigens Mi Lou, und ihr seid Fuku und Rob, richtig?"

„Ja", antwortete Fuku etwas eingeschnappt. „Wobei ich nicht ‚sein‘ Drache bin, sondern ein Drache, auch wenn wir zusammengehören."

„Oh, Entschuldigung, das war nicht so gemeint", entgegnete Mi Lou.

„Passt schon", antworte Fuku, der alles andere als nachtragend war.

Rob musterte die fremd aussehende Mi Lou besorgt. Ihre ungewöhnliche Kleidung war zerrissen und dreckig, ihre Augen waren blutrot unterlaufen und schauten seltsam abwesend drein.

„Magst du etwas trinken oder essen?", fragte Rob höflich.

Mi Lou lächelte Rob dankbar an. „Sehr gerne, ich sterbe fast vor Durst."

Die drei setzten sich neben den Steinkreis, und Mi Lou verschlang gierig das Brot und den Käse, den Rob ihr gab. Immer wieder musste sie fasziniert diesen Drachen betrachten.

„Was ist eigentlich mit dir passiert, und wo kommst du her?", wollte Fuku wissen.

Mi Lou überlegte kurz und machte ein angespanntes Gesicht. „Vorgestern haben mich diese komischen Wesen gefangen und zwei Tage lang versucht, in meine Gedanken einzudringen." Angewidert schüttelte sie sich. „Seitdem kann ich mich an nichts mehr erinnern", log sie. „Ich habe keine Ahnung, was ich hier wollte und wie ich in diesen Wald gekommen bin." Mi Lou wischte sich ihre Haare aus dem Gesicht und wartete auf die Reaktionen von Fuku und Rob. Zumindest in ihrem letzten Satz hatte sie die volle Wahrheit gesagt.

Mi Lou kam Fuku seltsam vertraut vor, obwohl er sich sicher war, diese Frau noch nie gesehen zu haben. Aber ihre Ausstrahlung war sympathisch. Er mochte sie. Fuku gab sich mit ihrer Antwort zufrieden, obwohl er bezweifelte, dass sie ihnen die volle Wahrheit erzählte.

„Das ist ja schrecklich", sagte Rob entsetzt. „Und was hast du jetzt vor?"

Mi Lou zuckte mit den Schultern und setzte ein hilfloses Gesicht auf. „Vermutlich werde ich mich zur nächsten Stadt durchschlagen und darauf hoffen, dass meine Erinnerungen wiederkommen."

Der Anblick von Mi Lous großen, traurigen Augen berührte Rob, der krampfhaft überlegte, wie sie ihr helfen konnten. „Wohin seid ihr zwei unterwegs?", fragte Mi Lou.

„Wir sind auf dem Weg nach Tartide an der Grenze zu Northset, um dort jemanden zu treffen", erklärte Fuku.

„Könnt ihr mich dahin mitnehmen?", fragte Mi Lou direkt. Sie wollte definitiv nicht länger alleine in diesem Wald unterwegs sein.

Rob sah Fuku fragend an, der ihn daraufhin aufmunternd zunickte.

„Im Prinzip schon, aber wir haben leider nur ein Pferd", sagte Rob. „Du müsstest dann hinter mir reiten."

„Das ist lieb von euch", sagte Mi Lou erleichtert.

„Wenn du magst, kann ich dir auch frische Kleidung geben", bot ihr Rob an. Er stand auf und holte eine braune Lederhose und ein beiges Leinenhemd aus der Satteltasche. Dass er die Sachen heute Morgen bei den Soldaten gefunden hatte, erzählte er ihr nicht.

„Vielen Dank, wisst ihr, ob hier irgendwo Wasser in der Nähe ist? Dann könnte ich mich etwas frisch machen", sagte Mi Lou.

Fuku zeigte nach Osten. „Keine zweihundert Meter von hier fließt ein kleiner Bach."

Mi Lou stand auf und ging zögerlich in die Richtung los.

„Soll ich dich begleiten?", fragte Fuku, der ihr Zögern bemerkte.

„Nein, lass mal, wenn etwas sein sollte, schrei ich laut." Mit einem mulmigen Gefühl ging Mi Lou los und freute sich, als sie ihren Rucksack nicht weit von dem Steinkreis entfernt liegen sah. Diese komischen Viecher hatten ihn einfach liegen lassen. Er lag noch genauso da, wie sie ihn dort vor zwei Tagen hingeschmissen hatte. Während sie zu dem Bach lief, durchsuchte sie den Rucksack und hatte Glück. Es war noch alles da. Am Bach angekommen schaute sie sich kurz um und zog sich bis auf die Unterhose aus. So gut es ging, legte sie sich in den kleinen Wasserlauf. Das Gefühl, wie das klare, fließende Wasser den Dreck von ihrer Haut spülte, war erleichternd. Bei der Vorstellung, bald mit einem Drachen unterwegs zu sein, musste sie schmunzeln. Die zwei waren echt nett, auch wenn sie etwas schräg rüberkamen. Sie bekam ausgesprochen gute Laune, so als ob das Wasser auch die schrecklichen Erinnerungen der letzten Tage von ihr abwusch.

„Verlieren wir nicht zu viel Zeit, wenn wir sie mitnehmen?" Rob hatte beinahe ein schlechtes Gewissen, als er sich fragte, ob das wirklich eine gute Idee war.

„Mach dir darüber keine Sorgen. Gwynefa und Tanyulth werden sicherlich auch ein paar Tage brauchen. Da ist es egal, ob wir einen Tag mehr oder weniger brauchen", beruhigte ihn Fuku.

„Du magst sie auch?"

„Ja, sie ist nett. Allerdings erinnert sie mich an irgendetwas, ich kann nur nicht sagen, an was. Vielleicht fällt es mir wieder ein, wenn wir ein paar Tage zusammen unterwegs sind. Dir scheint sie ja richtig gut zu gefallen", meinte Fuku.

Rob wurde wieder rot, sagte aber kein Wort dazu.

„Wir sollten dann aber auch gleich aufbrechen. Magnatus Olaru und Cristofor werden uns sicherlich weiter jagen und bis Tartide brauchen wir noch ein paar Tage", sagte Fuku mit nachdenklicher Miene.

Die Vorstellung an weitere Verfolger ließ Rob nervös werden. Er packte zusammen und sattelte Lynir. „Stimmt doch, mein Guter, du bist kräftig genug, uns beide zu tragen, oder?" Lynir schnaubte nur zustimmend, als wäre ein weiterer Reiter für ihn ein Klacks.

Nach ein paar Minuten kam Mi Lou wieder. Sie hatte sich die Lederhose und das Hemd gekürzt und lachte sie zauberhaft an.

„Mach den Mund wieder zu", meinte Fuku leise zu Rob, „sonst wird das noch ein Dauerzustand bei dir." Peinlich berührt senkte Rob seinen Blick.

„Das war super, jetzt geht es mir wieder gut", sagte Mi Lou. Natürlich hatte sie gemerkt, dass sie Rob immer wieder aus der Fassung brachte, aber sie fühlte sich dadurch eher geschmeichelt.

„Dann lasst uns aufbrechen" sagte Fuku. „Wir haben noch ein gutes Stück Weg vor uns."

Rob stieg auf Lynir, und Mi Lou setzte sich mit ihrem geschulterten Rucksack hinter ihn. Fasziniert betrachtete sie, wie sich der Drache in die Luft erhob und mit kräftigem Flügelschlag Richtung Norden flog. Als Lynir dem Drachen hinterherpreschte, musste sich Mi Lou feste an Rob klammern. Rob atmete ihren Duft ein und spürte Mi Lous weichen Körper fest an seinem Rücken. Zuerst war er peinlich berührt, aber nach kurzer Zeit genoss er es einfach nur. So ritten sie unter Fukus Führung den Rest des Tages immer tiefer in die Berge des Druidengebirges hinein.

Ein paar Stunden, nachdem Mi Lou, Rob und Fuku die Steinkreise verlassen hatten, führte Balriuzar eine Truppe von zwanzig Soldaten sowie Cristofor und Magnatus Olaru zu dem magischen Ort, an dem er Mi Lou zurückgelassen hatte. Kaum hatten sie die Lichtung erreicht, kamen die anderen Wandler und erzählten, was passiert war.

„Verdammter Mist", fluchte Magnatus Olaru, außer sich vor Zorn. „Bin ich denn nur von Idioten umgeben? Die einen sind zu dämlich, eine junge, wehrlose Frau festzusetzen, und die anderen sind nicht mal fähig, einen Stallburschen und einen unerfahrenen Drachen aufzuhalten." Magnatus Olaru bebte vor Wut und hätte Balriuzar am liebsten in tausend Stücke zerfetzt. Cristofor trat vorsichtshalber einen Schritt zurück. So wütend hatte er seinen Meister noch nie erlebt.

„Das ist das zweite Mal, dass dieser junge Drachenmagier unsere Pläne durchkreuzt hat", schimpfte er. „Wir haben ihn unterschätzt, aber das wird nicht noch einmal passieren. Und deine Brüder sind sicher, dass die drei nach Tartide wollten?", fauchte er Balriuzar an.

„Sie haben ein Gespräch zwischen der Frau, dem Jungen und dem Drachen belauscht. Und ja, sie sind sich sicher", zischelte Balriuzar unterwürfig und um seine Existenz bangend.

Magnatus Olaru nahm Cristofor am Arm und ging mit ihm außer Hörweite der anderen. „Haben wir schon Leute in Tartide?", fragte er seinen Gehilfen.

„In Tartide haben wir nur ein paar unbedeutende Anhänger. Aber der Befehlshaber der Truppen von Northset ist unser Mann. Der könnte binnen eines Tages in Tartide sein", antwortete Cristofor.

„Nach dem Ritt quer durch das Druidengebirge werden der Junge und das Mädchen sicherlich in dem Gasthof absteigen. Dort sind sie getrennt von dem Drachen und sollten leicht zu überwältigen sein", überlegte Olaru laut. „Wir schicken sofort einen Battyr los. Zur Sicherheit reitest du bitte mit unseren Soldaten und den Wandlern hinterher. Ich möchte, dass das Thema mit dem Jungen und seinem Drachen endgültig erledigt ist, bevor der Kerl noch irgendwelche Kräfte entwickelt. Das Mädchen lasst ihr bitte leben, aber den Jungen und den Drachen bringt ihr um. Um jeden Preis. Hast du mich verstanden?"

Cristofor nickte. „Aber wenn wir den Drachen töten, entgeht uns dann nicht die Chance, sein Blut für einen Seelentrank zu nutzen?", gab er zu bedenken.

„Das ist mir in diesem Fall egal. Wir haben Malyrtha, und zusätzlich zu deinen magischen Meuchelmördern habe ich vor, Truppen aus Rochildar in Coalwall, Trollfolk und Linfolk einmarschieren zu lassen. Wäre doch gelacht, wenn wir dort nicht die übrigen Drachenmagier unter Kontrolle bekämen", gab Olaru zurück.

Cristofor grinste seinen Meister an, dessen schlechte Laune weitestgehend verflogen war. „Ich werde mit unseren Soldaten die Straße nehmen. Dann sollten wir schneller als die drei sein, die sich quer durch das Gebirge quälen."

„Mach das. Sobald ich in Skargness bin, werde ich wie besprochen erst mit unseren Gefangenen nach Fenbury und dann mit den Baileys weiter an den Königshof in Falconcrest reisen." Magnatus Olaru kramte in seiner Tasche und holte einen Ring, wie er ihn selbst auch an seiner rechten Hand trug, hervor. „Hier, nimm diesen Ring, damit können wir jederzeit in Kontakt miteinander treten. Wenn er glüht, versuche ich dich zu erreichen, und genauso sehe ich auch, wenn du mich sprechen willst."

Cristofor staunte nicht schlecht, als er den dunkelblauen, eingefassten Kristall betrachtete. „Ist das ein echter Fayocerite-Ring? Ihr erstaunt mich immer wieder." Als Cristofor sich den Ring an seinen Finger an der rechten Hand stecken wollte, wallte in ihm der Zorn wieder auf. Für das Fehlen seines rechten Ring- und Zeigefingers würde er den Jungen extra büßen lassen. Er steckte ihn zornig an die linke Hand.

„Du wirst deine Rache bekommen, glaub mir", sagte Magnatus Olaru mitfühlend. „Und nun macht euch auf den Weg. Halt mich auf dem Laufenden. Und viel Erfolg!"

„Euch auch, verehrter Magnatus." Cristofor konnte es kaum erwarten, sich an Rob zu rächen. Innerlich hoffte er, den Jungen vor den Soldaten aus Northset in die Finger zu bekommen. „Und vergiss nicht, einen Battyr nach Northset zu schicken", rief ihm Olaru nach, als Cristofor mit den zwanzig Soldaten und den Wandlern Richtung Straße aufbrach. Cristofor fühlte eine befriedigende Spannung. Die Jagd hatte begonnen.

ENTDECKUNG DER INNEREN MAGIE

M i Lou presste sich feste an Rob. Dicke Regentropfen prasselten auf sie nieder, und es war empfindlich kalt geworden. Mi Lou war froh, dass sie ihre Regenjacke anhatte. Rob und Fuku hatten sich zwar über das merkwürdige Material gewundert, aber nicht weiter nachgeforscht. Das mochte sie an den beiden. Sie nahmen sie einfach, wie sie war, und stellten keine unnötigen Fragen. Seit drei Tagen ritten sie nun schon auf schmalen Pfaden oder Wildwechseln quer durch das Druidengebirge. Gestern Abend am Lagerfeuer war sie kurz davor gewesen, Rob und Fuku die Wahrheit über sich zu erzählen. Aber im letzten Moment hatte sie sich doch dagegen entschieden. Es hätte nichts an ihrer Situation geändert, und wer weiß, wie die zwei darauf reagiert hätten. Mi Lou beobachtete gedankenversunken die dicken Wolken, die sich in den Hängen der Berge festgesetzt hatten.

„Ich habe dich und Fuku heute Morgen bei deinem magischen Training beobachtet. Das war sehr beeindruckend", sagte Mi Lou.

Rob wurde rot und war froh, dass Mi Lou sein Gesicht nicht sehen konnte.

„Ach, das war doch gar nichts. Wir sind noch ganz am Anfang von meiner Ausbildung", spielte Rob seine Zauberei herunter.

„Wie lange übst du schon?", wollte sie wissen.

„Lass mich mal überlegen. Heute ist der fünfte Tag."

Mi Lou war beeindruckt. „Wie, du bist erst seit fünf Tagen ein Zauberer? Muss man erst volljährig sein, um zu einem Magier zu werden?"

Rob fühlte sich geschmeichelt, da er mit seinen siebzehn Jahren noch nicht ganz volljährig war. „Nein, normalerweise wird man mit zwölf ein Zauberlehrling. Ich bin da eine Ausnahme. Bis vor kurzem habe ich mich um die Pferde in der Burg Skargness gekümmert, aber dann hat mich Fuku als seinen Magier ausgewählt."

„Obwohl du keine Ausbildung hattest? Und jetzt bist du ein Magier und musst alles nachholen?"

„Um genau zu sein, bin ich ein Drachenmagier, und ja, ich muss noch viel lernen", antwortete Rob, der sich ein wenig naiv vorkam.

„Ist das immer so, dass ein Drache seinen Magier ausbildet? Ich meine, seine Methoden kommen etwas unkonventionell rüber", forschte Mi Lou neugierig weiter.

Rob lachte laut. „Nein, das ist ein absoluter Sonderfall. Wir sind auf der Suche nach einem Lehrer, der sich um uns kümmert."

„Ist der letzte vor euch weggelaufen?", scherzte Mi Lou.

„Nein", antwortete Rob mit trauriger Stimme. „Bennett ist ermordet worden, und Magnatus Wallace und seine Drachendame Malyrtha sitzen im Kerker fest."

„Oh, das tut mir leid. Sorry, das wusste ich nicht", sagte Mi Lou ehrlich berührt.

Sie schwiegen sich eine ganze Weile an und ritten auf einem steinigen Weg durch eine enge Schlucht. Das laute Tosen eines Wasserfalls machte jegliches Gespräch unmöglich. Nachdem sie die Schlucht durchquert hatten, setzte Mi Lou wieder zum Sprechen an: „Und könnte ich auch Magierin werden? Ich meine, könntet ihr mir Zaubern beibringen?"

Rob lachte. „Nein, so einfach geht das nicht. Man muss zum Magier geboren werden. Das magische Talent schlummert in einem." Rob besann sich seiner eigenen Geschichte. „Aber wer weiß, vielleicht hast du auch das Talent dafür?"

Mi Lou schmunzelte bei der Vorstellung, zaubern zu können. Sie hätte diesem Karl einfach mit Blitzen sämtliche Leitungen in seinem Kopf durchbrennen können. „Und was macht ein Drachenmagier so?", fragte sie neugierig.

„Ehrlich gesagt, weiß ich das noch nicht so genau. Das muss sich jetzt dumm für dich anhören", sagte Rob verschämt.

„Ja, das tut es", rutschte es Mi Lou raus. Im selben Augenblick tat es ihr bereits wieder leid. „Ich meine, das ist ja klar. Wenn ihr keinen Lehrer habt, schwebt ihr natürlich etwas hilflos in der Luft", versuchte sie die Situation zu retten.

„Aber Fuku hatte einen Lehrer?"

Rob runzelte die Stirn. „Ja, Fuku ist viele Jahre auf seine Rolle vorbereitet worden."

„Aber das ist doch gut, oder? Dann kann dir Fuku sein Wissen beibringen, bis ihr einen Lehrer gefunden habt", meinte Mi Lou.

„Wenn ich es bis dahin überlebe, ist das der Plan", sagte Rob leicht ironisch und dachte an ihre Verfolger.

„Ach, komm schon, nicht trübsinnig sein. Ich finde Fuku Klasse", schwärmte Mi Lou. Ihre gute Laune steckte Rob an und er lachte.

„Fuku ist ein Schatz, auch wenn er manchmal etwas komisch ist. Aber er ist halt ein Drache."

„Ich hätte auch gerne magische Fähigkeiten, da bin ich wirklich neidisch auf dich", sinnierte Mi Lou und drückte sich wieder fester an Rob. Rob lächelte nur und war das erste Mal richtig stolz, ein Magier zu sein.

Es war kurz nach Mittag, als sich Fuku mal wieder blicken ließ. „Ich habe nicht weit von hier eine verlassene Burg gefunden. Was haltet ihr von einer Rast im Trockenen?", fragte er Mi Lou und Rob.

„Das wäre super", sagten die beiden wie aus einem Mund.

Nach einer halben Stunde rissen die Wolken auf und gaben den Blick auf die Burg frei. Weit oben, steil über ihnen, thronten drei halb verfallene Wachtürme, die eine in den Felsen gemauerte Burg überragten. Die Burg war schon seit langem verlassen und überall mit Sträuchern und Bäumen überwuchert. Ein schmaler, felsiger Weg führte über viele Serpentinen nach oben zu dem Burgtor. Während Mi Lou und Rob von Lynir abstiegen, um dem steilen Trampelpfad zu Fuß zu laufen, flog Fuku hoch zur Burg. Er wollte sicher-gehen, dass sie dort oben keine bösen Überraschungen erleb-ten. Nach fünf Minuten kam er zufrieden zurück.

„Da oben ist alles in Ordnung. Ich habe keine magischen Schutzzauber oder Lebewesen gefunden. Und die große Halle ist noch gut in Schuss. Dort finden wir für die Nacht ein trockenes Dach über dem Kopf", berichtete er. „Ich fliege jagen, kümmert ihr euch um ein Feuer?"

„Machen wir", antworte Rob, vom steilen Aufstieg schnaufend. Fuku stieg hoch in die Luft und drehte hinter dem Berg elegant in den Wald ab. Mi Lou sah ihm beein-druckt nach.

Nach einer Viertelstunde erreichten sie die morsche Zug-brücke, die durch einen verwitterten Torbogen in die Burg führte. Mit einem mulmigen Gefühl im Bauch liefen sie äu-ßerst vorsichtig über die verrotteten Planken der Brücke und standen schließlich in dem großen, verfallenen Burghof. „Schau mal, da, ich glaube da geht es zur großen Halle." Rob zeigte auf eine hohe doppelflügelige Tür. Mi Lou war noch ganz beeindruckt von den enormen Türmen und dem gran-diosen Ausblick. Rob ging auf die große Tür zu und zog sie mit aller Kraft auf. Das laute Quietschen der Türangeln, die seit Jahrzehnten leise vor sich hin rosteten, ließ Rob und Mi Lou erschreckt zusammenzucken. Vor ihnen tat sich eine etwa fünfzehn Meter hohe, große Halle mit einem hellen Steinboden auf. Im Gegensatz zu dem Rest der Burg war sie gut erhalten und machte einen ganz gemütlichen Eindruck. Zu ihrer Linken war ein gemauerter Kamin und in die Wand gegenüber waren lange, große Fenster eingelassen. Sie wa-ren zwar größtenteils schmutzig, aber noch gut erhalten und verbreiteten ein angenehmes, gedämpftes Licht.

„Das sieht doch ganz passabel aus", meinte Mi Lou und schaute sich um. „Hier ist es zumindest trocken, und wenn wir in dem Kamin Feuer machen, wird es bestimmt schnell warm." Plötzlich knarrte hinter ihnen die Tür.

Erschrocken blickten sich die zwei um.

„Lynir! Mensch, hast du mich erschreckt", rief Rob. Der große Hengst kam gemächlich in die Halle getrottet. Mi Lou und Rob nahmen ihm den Sattel und die Taschen ab und stellten sie an die Wand neben den Kamin.

„Du kannst dich ja hier mal etwas umsehen und ausruhen", sagte Rob und verschwand mit Lynir nach draußen.

Mi Lou zog sich ihre Regenjacke, die nassen Schuhe und Strümpfe aus. Barfuß ging sie hinüber zur Fensterfront, um einen Blick nach draußen zu werfen. Von hier oben hatte sie einen prächtigen Ausblick über das bewaldete Tal unter ihr. Sie glaubte, trotz der dichten Wolkendecke in ein paar Kilometern Entfernung eine große Straße zu sehen. Ganz sicher war sie sich allerdings nicht. Dann sah sie, wie der mächtige Drache mit weit aufgespannten Flügeln und einem großen Tier in seinem kräftigen Maul majestätisch auf die Burg zugeflogen kam.

Kurze Zeit später kam Fuku bestens gelaunt durch die Tür. Er legte seine Beute – ein Reh und drei Hasen – auf den Boden neben dem Kamin.

„Ist doch schön hier, oder?", fragte er Mi Lou.

„Ja, und vor allem trocken. Und ich sehe, du hattest Erfolg beim Jagen?"

Fuku lächelte. „Das war doch ein Kinderspiel für mich."

Mi Lou konnte ihre Augen nicht von Fuku lassen. Fasziniert starte sie den kräftigen Walddrachen an. Sie wünschte sich, Daichi und Jean könnten ihn auch sehen. Fuku bemerkte, wie Mi Lou ihn bewundernd ansah. Amüsiert räusperte er sich, und Mi Lou wendete leicht verlegen ihren Blick ab. „Sorry, aber ich habe noch nie vorher einen Drachen gesehen."

Fuku lachte sie an. „Ja, von uns gibt es nicht mehr viele, aber wir sind nicht kleinzukriegen."

„Mein Vater und mein Urgroßvater waren schon immer fasziniert von Drachen, das liegt bei uns in der Familie", sagte Mi Lou geistesabwesend.

Fuku sah sie überrascht an. „Hey, du kannst dich wieder erinnern?"

„Hmmm, ja. Ich erinnere mich an Teile meiner Kindheit."
Sie überlegte kurz, wie weit sie gehen sollte. „Mein Urgroßvater Daichi hat mir, als ich klein war, immer Geschichten
von Drachen erzählt." Mi Lou spielte verlegen mit ihren
Haaren.

Fuku reckte neugierig den Kopf, als er das Tattoo in Mi
Lous Nacken sah. „Was hast du da für eine Zeichnung im
Nacken?", fragte er

Mi Lou war froh, dass der Drache das Thema wechselte,
neigte den Kopf und schob ihre Haare zur Seite. Fuku kam
näher, beugte sich über sie und sah sich ihren Nacken aufmerksam an. Mi Lou sog seinen Geruch ein. Er roch leicht
rauchig mit einer Note von feuchtem Waldmoos.

„Das sieht aus wie die Haut eines Wasserdrachen", sagte
Fuku beeindruckt. „Wo hast du das machen lassen? Das ist
wunderschön."

Mi Lou lächelte bei der Erinnerung, wie sie Daichi als
kleines Mädchen überredet hatte, ihr das Tattoo zu stechen.
„Als ich ein kleines Kind war, hat mir das mein Urgroßvater
gemacht. Meine Eltern waren nicht wirklich erfreut, trauten
sich aber nicht, etwas dagegen zu sagen. Schließlich war
Daichi das Familienoberhaupt."

Fuku strich vorsichtig die feinen Linien mit seiner Klaue
nach. Doch in dem Moment, als er sie berührte, durchzuckte
es Mi Lou und ihn, als hätte sie ein kleiner Blitz getroffen.

Erschrocken zog Fuku seine Klaue weg. „Entschuldigung, das wollte ich nicht", sagte er verstört.

Mi Lou hätte fast ihr Bewusstsein verloren, fing sich aber
wieder. „Geht schon", zwang sie sich zu sagen und kämpfte
innerlich gegen den Schwindel an.

„Ich gehe mal Rob mit dem Holz helfen, o. k.?" Fuku hatte ein fürchterlich schlechtes Gewissen. Er schaute Mi Lou
verunsichert an.

„Mach das. Ich glaube, ich lege mich kurz hin", beruhigte
sie ihn. „Das war alles etwas anstrengend die letzten Tage."
Fuku warf einen letzten Blick auf Mi Lou, die noch immer
leicht benommen war, und verschwand, um Rob zu suchen.

Mi Lou war wie von Sinnen. Ausstrahlend von ihrem Nacken verbreitete sich der Schwindel über ihren ganzen Körper. Sie versuchte dagegen anzugehen, aber nach kurzer Zeit verlor sie ihr Bewusstsein und verfiel in eine tiefe Trance. Sie legte sich auf den harten, hellen Boden und streckte alle Viere von sich. Ihre Arme, Hände und Beine fingen an, sich in schwungvollen, teils kreisenden Bahnen über den Boden zu bewegen. Dann wieder bäumte sich ihr Körper auf, sie drehte sich um ihre eigene Achse und verharrte bewegungslos in der neuen Position.

In diesem Augenblick kamen Fuku und Rob wieder in die große Halle herein. Erschüttert sah Rob Mi Lou regungslos auf dem Boden liegen und stürzte zu ihr. „Mi Lou", schrie er panisch und wollte den Puls an ihrem Hals fühlen. Doch in diesem Augenblick begannen wieder die kreisenden Bewegungen ihrer Arme und Beine. Rob hatte einfach nur Angst und wich einen Schritt zurück. Panisch schrie er Fuku an: „Schau dir ihre Augen an, Fuku. Was passiert mit ihr? Man sieht die Pupillen gar nicht mehr. Tu doch was!"

Fuku selber war irritiert. „Ich habe keine Ahnung, was hier am Werk ist, aber ich fühle nichts Böses. Im Gegenteil, ich spüre eine wachsende positive Energie."

„Ich fühl nichts Böses, na super. Schau dir das doch mal an. Das ist doch nicht normal. Bitte, Fuku, sei doch einmal nicht so fürchterlich überheblich. Tu was, oder … verdammt ich weiß doch auch nicht …"

Fuku sah Rob betroffen an. Rob hatte immer noch nicht begriffen, dass er ihn jetzt wirklich mochte und respektierte. „Wirklich, ich glaube nicht, dass hier etwas Böses am Werk ist. Das würden wir spüren."

Rob musste sich innerlich eingestehen, das Fuku wahrscheinlich recht hatte. Mi Lou machte, auch wenn die Situation skurril wirkte, einen ruhigen Eindruck. Auch er fühlte nur eine zufriedene, positive Energie von ihr ausgehen. Er beobachtete ihre kreisenden Bewegungen und ihn beschlich ganz langsam eine Idee.

„Moment." Er musste seine Anspannung herunterkämpfen, damit sich die flüchtige Idee zu einem Gedanken formen konnte. Ein kalter Schauer lief ihm über den Rücken. „Weißt du, was ein Schneeengel ist, Fuku?"

„Ein Schneeengel? Na, ich vermute, ein Engel aus Schnee."

Rob verdrehte die Augen. „Als Pantaleon und ich klein waren, haben wir im Winter, wenn der erste hohe Schnee draußen auf den Feenwiesen lag, immer Schneeengel gemacht. Wir haben uns rückwärts, mit ausgestreckten Armen und Beinen, in den tiefen unberührten Schnee fallen lassen. Dann haben wir mit unseren Armen und Beinen gerudert und sind vorsichtig aufgestanden. Was übrig geblieben ist, war der Abdruck im Schnee, und der sieht aus wie ein Engel. Pantaleon meinte, der Engel sei ein magisches Symbol und würde glitzern. Er fühlte sich danach immer besonders stark. Ich glaube, ich verstehe langsam, was er damals meinte."

„Aha, aber ich glaube, ich verstehe noch nicht ganz." Fuku sah Rob ratlos an. „Was hat das mit Mi Lous Anfall zu tun?"

„Ich hab da eine Idee." Rob nahm einen dicken Ast, der am Kamin lag und warf ihn Fuku vor die Füße. „Kannst du mir daraus bitte mal Kohle machen?"

Fuku stellte den Kopf schief. „Willst du wieder schwarzmalen?"

„Ha, ha, sehr witzig. Los, mach schon."

Fuku holte kurz Luft und brachte den Ast mit einem satten Feuerstoß zum Glühen.

„Danke." Rob zerbrach den verkohlten Ast in vier gleich große Stücke und klemmte Mi Lou, die gerade in einer ruhigen Phase war, jeweils ein Stück zwischen die Finger und Zehen.

Fuku sah Rob ratlos an. „Und jetzt?"

„Warte ab", erwiderte Rob.

Mi Lou begann wieder mit den kreisenden Bewegungen ihrer Arme und Beine und hinterließ mit den Kohlestücken schwarze Striche auf dem Boden. Je häufiger sie die Bewegungen wiederholte, umso konkreter bildeten sich wundersame Kurven auf dem hellen Steinboden. Das entstehende Bild sah fast so aus, als würde man von oben in eine Seerosenblüte schauen.

„Das sieht wunderschön aus", meine Fuku fasziniert.

„Das sieht nicht nur wunderschön aus. Es erinnert mich an die Zeichen, die ich in einem Buch bei Bennett im magischen Turm von Skargness gesehen habe", ergänzte Rob.

„Du meinst, das werden magische Zeichen?", fragte Fuku nachdenklich.

Rob und Fuku beobachteten Mi Lou noch eine ganze Weile und aus den anfänglichen einfachen Formen bildete sich mit der Zeit ein immer komplexeres Muster. Ihre Bewegungen wirkten wie ein harmonischer Tanz.

„Beim heiligen Drachenbeinthron", stieß Fuku plötzlich hervor. Er wurde ganz aufgeregt, und flatterte wie ein aufgescheuchtes Huhn in die Luft, um einen Blick von oben auf die Zeichnung zu erhaschen. Inzwischen war das Bild viel komplexer als eine Seerosenblüte. Es gab viele kleine, filigrane Verbindungen aus Ellipsen, Bögen und Kreisen.

„Das Zeichen kenne ich. Oh Mist, das hätte ich schon viel früher erkennen müssen." Fuku war völlig außer sich.

„Was ist los, Fuku? Fuku?" Rob wurde von Fukus Nervosität angesteckt.

„Ich kenne das Zeichen, das ist ein altes Mandala aus den Tagen der großen magischen Kriege!" Fuku war immer noch ganz außer sich. „Was passiert hier? Rob?"

„Aber Mi Lou kann das unmöglich kennen", sagte Rob, irritiert von Fukus extremer Anspannung.

„Steig auf meinen Rücken, Rob. Sofort!" Fuku landete neben Rob auf dem Boden.

„Aber ich ..."

„Halt die Klappe und tu was ich sage." Rob schwang sich auf Fukus Rücken, der sofort mit ihm in die Luft stieg. Er manövrierte sich und Rob genau über den Mittelpunkt des fantastischen Mandalas.

Mi Lou war immer noch in dem tranceartigen Zustand, ganz im Gegensatz zu dem aufgewühlten Fuku und dem ratlosen Rob. Der Drache mit dem Jungen auf dem Rücken hielt seine Position genau über Mi Lou, als die Linien plötzlich tieforange wie die untergehende Sonne glühten.

„Das Zeichen, das du unter uns siehst, war bei den alten Drachenmagiern ein Symbol für einen komplizierten Zauber. Ich habe keine Ahnung, was hier passiert, aber die Energie die sich unter uns sammelt, wird immer mächtiger."

Der Boden in der Halle der alten Ruine bebte, die Wände zitterten und die Linien glühten immer stärker.

„Aber hast du nicht gesagt, du spürst nur gute Energie?", schrie Rob panisch.

„Ja, aber wenn dir ein Freund auf den Fuß tritt, ist der Schmerz derselbe, als wenn es ein Feind tut", entgegnete Fuku. Für diese geistreichen Vergleiche könnte Rob Fuku jedes Mal eine langen.

„Was hältst du davon, wenn du versuchst, uns in einen Schutzzauber einzuhüllen, statt hier schlaue Reden zu schwingen?", stieß Rob hervor.

„Gar keine schlechte Idee. Halt dich fest, Rob. Mi Lou hat scheinbar die letzte Drehung gemacht. Gleich ist das Mandala fertig, und ich habe echt keine Ahnung, was dann passiert." Fuku konzentrierte sich und bildete eine blau schimmernde Schutzhülle, die etwa so groß wie die ganze Halle war.

„Was soll der Quatsch, Fuku?", schrie Rob. „Die Hülle ist viel zu groß!"

Aber in diesem Moment beendete Mi Lou das Mandala. In einer runden, weichen Bewegung schloss sie die letzten losen Enden der noch offenen Linien.

Es folgte einen Wimpernschlag lang absolute Stille. Das Mandala leuchtete extrem intensiv auf. Dann entstand eine gewaltige Schockwelle, die sich konzentrisch von Mi Lou ausbreitete. Die Wand der Halle, die nicht innerhalb Fukus Schutzzauber war, zerfetzte in tausend Stücken nach außen. Die in der Wand eingelassenen Holzbalken zersplitterten mit einem riesen Krach. Draußen stürzten die bereits verfallenen Wachtürme und Burgmauern mit einem ohrenbetäubenden Lärm weiter ein.

Dann war es still. Fuku ließ den Schutzzauber abklingen und landete. Rob stieg ab und kniete sich ängstlich neben Mi Lou. „Mi Lou, kannst du mich hören? Mi Lou?"

Sie öffnete die Augen und sah Rob und Fuku fragend an. „Alles o. k. mit euch? Warum starrt ihr mich so an?"

Sie richtete sich auf, gähnte und rekelte sich. Dabei hielt sie inne, als sie das Chaos um sich herum erkannte. „Was war denn hier los? Könnt ihr mir bitte erklären, was hier passiert ist?"

„Ich glaube, du hast gerade die Ruine ruiniert", alberte Fuku schon wieder rum.

Mi Lou schaute Fuku nur verwirrt an.

Der kicherte nur und meinte: „Immerhin besser, als eine Rune zu urinieren."

„Fuku, es reicht", schnauzte ihn Rob an.

Anscheinend war Mi Lou nichts weiter passiert. Fuku und Rob waren erleichtert.

Die beiden erklärten ihr knapp, was geschehen war, zumindest den Ablauf. Auch wenn sie es noch nicht ansatzweise verstanden hatten.

Mi Lou stand auf und ging zu der Stelle mit der fehlenden Wand und sah nach draußen. „Du meine Güte. War ich das etwa? Ich kann das immer noch nicht fassen. Das Einzige, woran ich mich erinnere, ist, dass mir schwindelig war und ich mich einen Moment hingelegt habe. Wir hatten echt Glück, das uns nichts passiert ist."

„Na ja", mischte sich Rob ein. „Fuku hat um uns einen Schutzzauber errichtet. Ich denke sonst hätten wir sicherlich etwas abbekommen. Und Fuku, entschuldige, ich verstehe inzwischen auch, warum du die Schutzhülle so groß gemacht hast."

Mi Lou schaute fragend von Fuku zu Rob.

„Ach", erklärte Rob, „ich hatte Fuku angeschnauzt, warum er die Schutzhülle so überdimensional gemacht hat. Ich dachte, er wollte wieder mal angeben. Aber er hat dafür gesorgt, dass die Halle, in der wir sind, heil blieb. Hätte er das nicht gemacht, wären wir wahrscheinlich alle in einem riesigen Gebirge aus Steinen verschüttet worden."

„Außerdem habe ich die eine Wand, die du jetzt nicht mehr sehen kannst, bewusst nicht geschützt, damit sich die Energie einen Weg nach draußen bahnen konnte", ergänzte Fuku. „Und Entschuldigung angenommen."

„Danke, Fuku." Rob kraulte den Drachen liebevoll hinter dem Ohr.

„Aber wie bist du noch rechtzeitig darauf gekommen, dass ich ein altes Mandala gezeichnet habe und uns die Hütte um die Ohren fliegen würde?", wollte Mi Lou wissen.

„Damals, als mich mein alter Lehrer Chocque unterrichtet hat, habe ich das nicht richtig verstanden. Es gibt bei uns Drachen noch alte Schriftrollen von den ersten magischen Kriegen. Einen der Schlachtpläne haben wir uns näher angeschaut. Ich weiß nicht mehr, welche Schlacht das war, aber irgendeine bedeutungsvolle. Auf dem Pergament waren unsere Armeen und die unserer Feinde eingezeichnet. So, wie sie auf dem Terrain aufgestellt waren, mit Pfeilen für die Marschrichtung und Notizen über die Truppenstärke. An vielen Stellen befanden sich diese Mandalas. Jetzt verstehe ich, dass das eine Art Strategieplan war. Die Mandalas zeigten, welcher Zauber wo und wann gewirkt werden sollte. An einer Stelle fiel mir genau das Mandala auf, das du, Mi Lou, heute gezeichnet hast. Auf meine Frage nach seiner Bedeutung erklärte mir Chocque, dass das ein mächtiges Drachenmandala sei und dass ein berühmter Drache, dessen Namen ich mir noch nie merken konnte, in der berühmten Schlacht von was weiß ich an einem Datum, das ich mir leider nicht gemerkt habe, damit auf jeden Fall viele Feinde besiegt hat. Mi Lou hat heute unabsichtlich einen dieser Zauber ausgelöst. So richtig verstehe ich das allerdings noch nicht, aber wir könnten Tanyulth und Gwynefa fragen, wenn wir sie finden."

Mi Lou schüttelte nur den Kopf. „Fuku, Fuku, wenn dein Lehrer die Zusammenfassung der Schlacht hören könnte …"

Fuku zog eine Fratze in Robs Richtung und sprach mit leiser, hoher Fistelstimme: „Wenn dein Lehrer dich nur hören könnte, bla, bla, bla."

Rob musste grinsen, und Mi Lou verdrehte die Augen.

„Was haltet ihr davon, etwas zu essen? Ich habe Hunger", wechselte der Drache das Thema. Rob beneidete Fuku, wie schnell er Dinge abhaken konnte. Da er aber auch riesigen Hunger hatte, stimmte er dem Vorschlag zu.

„Wenn das o. k. für euch ist, gehe ich kurz nach draußen. Ich glaube, ich brauche ein wenig Ruhe, um nachzudenken", sagte Mi Lou.

„Mach das, wir kümmern uns hier um das Essen", meinte Rob.

Mi Lou verschwand auf den Burghof. Sie war noch immer über ihren erneuten Kontrollverlust aufgewühlt und schwor sich innerlich, unbedingt zu ihren alten Tugenden zurückzukehren.

Fuku versicherte sich, dass Mi Lou außer Hörweite war, und wandte sich Rob zu. „Mit Mi Lou stimmt etwas nicht. Ich glaube nicht, dass sie ihr Gedächtnis verloren hat. Sie hat Geheimnisse vor uns oder erzählt uns zumindest einiges nicht."

Rob sah Fuku ernsthaft an. „Ja, das ist mir auch schon aufgefallen." Er machte eine kurze Pause. „Meinst du, sie ist eine Gefahr für uns?"

„Nein. Ich glaube ihr auch, dass sie unsere Hilfe gebraucht hat. Nur erwarte ich dann auch so viel Vertrauen, dass sie uns ihre Geschichte erzählt."

„Sollen wir sie fragen?"

„Nein, sie muss selber darauf kommen, sonst ist es reines Kalkül", sagte Fuku streng. „Ich bin dafür, dass wir uns von ihr trennen."

„Aber wolltest du nicht Tanyulth fragen, was da eben mit ihr los war?"

„Und was bringt uns das?", fragte Fuku mit hochgezogenen Augenbrauen. „Auch wenn Tanyulth uns ihren Anfall erklären kann: Solange sie ihre eigene Suppe kocht, hilft uns das kein bisschen weiter. Wir haben genug eigene Probleme."

Zögerlich nickte Rob. „Trotzdem wüsste ich gerne, was da heute passiert ist. Vielleicht können Gwynefa und Tanyulth ihr auch weiterhelfen? Wir können sie doch nicht einfach alleine lassen."

Fuku runzelte seine Stirn, spürte aber auch, wie sehr Mi Lou Rob am Herzen lag. „O. k., dir zuliebe. Wir nehmen sie mit zu Tanyulth und Gwynefa. Aber danach soll sie ihren eignen Weg gehen."

„Danke", sagte Rob nur leise.

„Wenn wir in Tartide sind, gehst du mit Mi Lou in den Gasthof. Das ist am unauffälligsten. Ich werde etwas außerhalb bleiben und versuchen, Tanyulth und Gwynefa abzufangen."

„Gut, so machen wir das", sagte Rob und stand auf. „Ich geh mal nach ihr schauen."

Rob ging auf den Burghof und sah Mi Lou im Schneidersitz auf einer heruntergefallenen Zinne eines Wachturmes sitzen. Sie hörte Rob kommen und schlug die Augen auf.

„Und ihr meint, diese Gwynefa und ihr Drache können uns helfen? Wer ist das eigentlich genau?", fragte Mi Lou.

„Gwynefa ist die Gräfin von Fairfountain und eine erfahrene Drachenmagierin. Tanyulth ist ihr Wasserdrache", erklärte Rob. „Sie sind unheimlich gelehrt und wenn uns jemand helfen kann, dann die zwei."

Mi Lou nickte und hüpfte von dem Stein herunter. Sie kam unglücklich mit ihrem rechten Fuß auf, knickte ein und musste sich an Rob abstützen. Lächelnd sah sie Rob an, dessen Herz bei der Berührung fast doppelt so schnell schlug wie sonst.

„Lass uns zu Fuku gehen und etwas essen", beendete Mi Lou die Situation und ging über die Trümmer im Burghof hinüber zur großen Halle.

Dort setzten sie sich um das Feuer herum und aßen.

Rob sah sich um. Die Wände der Halle und Teile des Daches waren eingestürzt. Eigentlich hätten sie auch irgendwo in der Wildnis rasten können.

„Wirklich gemütlich ist es hier nicht mehr", sagte er zwischen zwei Bissen.

„Tut mir leid", sagte Mi Lou. „Mir wäre es auch lieber gewesen, wenn ich diesen Anfall nicht gehabt hätte."

„Du brauchst dich nicht zu entschuldigen, so meinte ich das doch nicht", entgegnete Rob schnell.

Mi Lou lächelte Rob an.

„Wir sollten so schnell wie möglich weiter nach Tartide reiten, um Gwynefa und Tanyulth zu treffen", unterbrach sie Fuku nachdenklich. „Vielleicht bekommen wir dann ein paar Antworten."

„Aber mit uns beiden auf dem Rücken kann Lynir nicht noch schneller reiten", gab Rob zu bedenken.

„Dann reite doch auf Fuku", meine Mi Lou. „Wenn Lynir nur mich tragen muss, wird er bestimmt noch schneller."

„Ich kann doch nicht auf Fuku reiten", sagte Rob empört.

„Aber habt ihr mir nicht vorhin erzählt, dass du bei meinem Anfall auf Fukus Rücken gesessen hast?", fragte Mi Lou.

Rob sah Fuku verwirrt an. Der wiederum grinste leicht dämlich zurück.

„Klar, das könnten wir so machen. Ist eine gute Idee", gab Fuku Mi Lou recht.

„Wie, ich kann auf dir reiten?" Rob sah Fuku verstört an.

„Klar, ist gar kein Problem. Hast du nicht die anderen Drachenmagier gesehen?"

„Und das sagst du erst jetzt? Das hätten wir doch schon viel früher machen können", meinte Rob etwas erbost und schüttelte den Kopf.

„Du hast ja nie gefragt, und ich dachte nach der Erfahrung auf dem Baum, dass du vielleicht Höhenangst hast", entschuldigte sich Fuku mit großen Augen.

Rob schüttelte ein weiteres Mal den Kopf. Er konnte die Situation gerade nicht fassen.

„Jungs, ich glaube, ihr müsst ein wenig an eurer Kommunikation arbeiten", meinte Mi Lou schmunzelnd.

Rob fand die Vorstellung, in schwindelnden Höhen auf Fuku zu reiten, nicht wirklich erstrebenswert. Mit der Höhenangst lag der Drache gar nicht so falsch. Außerdem genoss er es, zusammen mit Mi Lou auf Lynir zu reiten. „Aber wir haben doch gar keinen Sattel", gab er zu bedenken.

„Sattel?", entgegnete Fuku aufgebracht. „Ich bin doch kein Pferd. Du bist ein Magier und kein stinknormaler Reiter. Du brauchst keinen Sattel, sondern Magie!"

„Dann machen wir das so. Rob reitet ..." Mi Lou hielt inne und sah Fuku fragend an. „Darf ich ‚reitet' sagen?"

Fuku hielt den Kopf schräg und sah Mi Lou herausfordernd an.

„Oder wie nennt man das, wenn ein Magier auf einem Drachen fliegt?", fuhr sie fort.

„Fliegt", sagte Fuku nur knapp und grinste.

„O. k.", sagte Mi Lou leicht genervt. „Rob fliegt auf Lynir, und ich –"

Weiter kam sie nicht. Rob und Fuku sahen sich an, und brachen in fürchterliches Gelächter aus.

„Lynir, das fliegende Schlachtross", alberte Fuku rum.

„Jungs, es reicht!", sagte Mi Lou gereizt. „Also Rob fliegt auf Fuku, und ich reite mit Lynir hinterher."

„Lasst uns jetzt aufbrechen", meinte Fuku, der wieder ernst geworden war. „Dann schaffen wir es vielleicht, noch vor Mitternacht in Tartide zu sein."

Sie aßen schnell auf, packten ihre Sachen und machten sich auf den Weg.

Es war schon spät am Abend, und der kalte, feuchte Wind pfiff Rob um die Ohren. Sie hatten das Druidengebirge hinter sich gelassen und unter ihnen zogen sich sanfte Hügel bis zur Küste hin. Rob zuliebe flog Fuku extra niedrig und gab sich Mühe, keine außergewöhnlichen Manöver zu fliegen. Ein Bindungszauber hielt Rob fest auf dem Rücken des Drachen, aber dennoch hatte Rob ein flaues Gefühl im Magen. Er war sich sicher, dass sich sein Gleichgewichtssinn nie an das Fliegen gewöhnen würde. Seine Hände waren eisig, und er traute sich kaum, nach unten zu sehen.

„Siehst du da hinten die Bucht?", fragte Fuku.

„Ja, da scheint ein Dorf zu sein. Zumindest sehe ich Hütten und erleuchtete Fenster hinter den Palisaden", gab Rob, verwundert über seine erstaunliche Sehkraft, zurück.

„Das ist Tartide. Lass uns auf Mi Lou und Lynir warten. Von hier reitet ihr am besten zusammen weiter", sagte Fuku und landete sanft auf der menschenleeren Landstraße, die unter ihnen durch den Wald führte. „Siehst du den kleinen Berg nördlich des Dorfes? In dem Tal dahinter werde ich mir ein ruhiges Plätzchen für die Nacht suchen. Ihr kommt morgen früh einfach über die große Straße weiter nach Norden zu mir. So eng, wie wir inzwischen verbunden sind, sollten wir uns schnell finden."

„Willst du nicht mit auf Mi Lou warten?", fragte Rob verunsichert.

„Je schneller ich verschwinde, umso geringer ist die Gefahr, dass mich jemand entdeckt. Muss ja nicht jeder wissen, dass wir hier sind. Ihr zwei seid ein hübsches junges Paar und fallt kaum auf. Ein Drache dagegen schon."

Rob musste Fuku zustimmen. Zusätzlich spürte er den unterschwelligen Groll, den Fuku gegen Mi Lou hegte, da sie ihnen nicht ihre wahre Geschichte erzählte. „Dann schlaf gut. Und ‚Fuku?", sagte Rob sanft.

Der Drache legte den Kopf schief. „Ja?"

„Danke für alles, es ist schön, einen Freund wie dich zu haben."

„Gerne." Fuku überlegte kurz, sagte dann aber doch nur: „Schlaf du auch gut. Und wenn was ist, wir sind verbunden." Er stieß sich vom Boden ab und verschwand lautlos im Nachthimmel.

Da saß er nun. Alleine, mitten in der Nacht, auf einer Landstraße irgendwo im Norden Skaiyles. Erleichtert atmete Rob

379

durch, als er nach ein paar Minuten Lynirs typischen Hufschlag hörte. Mi Lou und Lynir freuten sich, ihn zu sehen. Er saß hinter Mi Lou auf, und sie ritten weiter hinein nach Tartide. Sie mussten die Wachen am Tor erst wecken, aber das junge Paar hatte keine Probleme, in das Dorf gelassen zu werden. Die Wachen erklärten ihnen sogar den Weg zum Gasthof. Mi Lou betrachtete aufmerksam die einfachen Holzhäuser und lauschte auf jedes noch so leise Geräusch. Langsam ritten sie die Hauptstraße entlang. Hinter einigen gardinenverhangenen Fenstern zeichnete sich ein fader Lichtschein ab. Wahrscheinlich machen sich die Bewohner gerade bettfertig, dachte Mi Lou.

„Schau, da vorne ist das Schild vom Gasthaus", sagte Rob.

„,Zum Mistelzweig'", las Mi Lou vor. „Komischer Name. Hoffentlich haben die noch ein Zimmer frei. Und vielleicht bekomme ich auch noch ein heißes Bad."

„Mir wäre es lieber, wenn wir noch anständig gewürztes Essen bekämen."

Sie hielten vor dem zweistöckigen Gasthaus und stiegen ab. Hinter einigen Fenstern brannte noch Licht, und aus der Wirtsstube drangen dumpfe Geräuschfetzten zu ihnen heraus. Mi Lou hörte leises Schnauben und scharrende Geräusche direkt neben dem Gasthaus. Dort war also der Stall. Den Geräuschen nach zu urteilen, waren bestimmt fünfzehn Pferde darin untergebracht.

„Scheint ganz schön voll zu sein", dachte Mi Lou laut.

„Wie kommst du darauf?", fragte Rob und gähnte. Ohne eine Antwort abzuwarten, nahm er die Satteltaschen von Lynir und betrat das Gasthaus. Mi Lou folgte ihm angespannt in einen kleinen Flur mit knarrenden Holzdielen. Auf der linken Seite war ein Tresen für den Empfang eingerichtet und am Ende des Ganges führte eine steile Holztreppe nach oben zu den Zimmern. Auf der rechten Seite gab es eine Tür, die in die Wirtsstube führte. Rob öffnete sie und wurde sofort von einem gemütlichen, etwas übergewichtigen Mann Mitte fünfzig begrüßt. Seine große Knollnase und der stets zum Lachen verzogene Mund vermittelten sofort gute Laune und ehrliche Gastfreundschaft. Die Wirtsstube war gut gefüllt und die Gäste hatten schon ausgiebig dem kräftigen, hausgebrauten Starkbier gefrönt.

„Einen wunderschönen guten Abend, der Herr, die Dame, wie kann ich Ihnen weiterhelfen?", fragte der Wirt. Er wischte sich mit einem Handtuch die feuchten Hände ab und kam mit ausgestreckter Hand auf sie zu.

„Guten Abend, Herr Wirt", sagte Rob. „Meine Frau und ich brauchen ein Quartier für ein paar Tage. Habt Ihr ein Zimmer frei?"

„Aber natürlich. Für ein so hübsches Paar, wie Ihr es seid, doch immer", gab der Wirt mit einem Augenzwinkern zurück. Er begrüßte Mi Lou mit einem Handkuss. „Einen zauberhaften Abend, junge Frau, ich hoffe, Ihr hattet eine angenehme Reise?"

„Vielen Dank, ja. Aber jetzt sind wir müde und sehnen uns nach einem frischen Bad und einer guten Mahlzeit", sagte Mi Lou. Ihr entgingen nicht die aufmerksamen Blicke eines kräftigen, bärtigen Mannes, der zusammen mit zehn weiteren Männern kartenspielend um einen langen Tisch in der Ecke des Wirtsraumes saß. Sie hatten weite Umhänge an, so als würden sie etwas darunter verbergen.

„Peter!", rief der Wirt laut und lenkte Mi Lous Aufmerksamkeit wieder auf sich. Aus dem Wirtsraum kam ein schlaksiger junger Kerl um die fünfzehn, wohl der Sohn des Wirtes, gelaufen und lächelte Mi Lou breit an.

„Kannst du bitte die Herrschaften in Zimmer zwei bringen und danach ihr Pferd versorgen? Ach, und sag bitte Eve in der Küche Bescheid, dass sie Wasser für ein Bad aufsetzt." Er wandte sich Mi Lou zu. „Hinter der Küche haben wir einen kleinen Raum, in dem Ihr in Ruhe zusammen ein Bad nehmen könnt."

Rob wurde bei dem Gedanken ganz verlegen und lief rot an.

„Oh, das Bad ist nur für mich", unterbrach Mi Lou den Wirt. „Mein Mann ist nicht so empfindlich wie ich und hat kein Problem, sich bei kältestem Wetter in einem eisigen Fluss zu waschen." Sie klammerte sich an Robs Oberarm und sah ihn anhimmelnd an. Der Wirt lachte nur laut und schlug Rob kräftig auf die Schulter. „Ja, so sind sie, die jungen Männer. Echte Kerle. Ihr sagtet, Ihr hättet Hunger. Ich kann meine Frau fragen, ob sie Euch noch etwas zaubern kann. Und Ihr müsst unbedingt mein Bier probieren, junger Herr. Es gibt zwischen Northset und Coalwall kein besseres. Glaubt mir."

Rob musste grinsen, er mochte den redseligen Wirt und freute sich tatsächlich auf eine gute Mahlzeit und ein erfrischendes Bier. Der Wirt wandte sich wieder seinem Sohn zu. „Peter? Bist du hier festgewachsen? Los mit dir!"

„Aye, Dad", sagte der Junge nur knapp und führte Mi Lou und Rob nach oben in ein kleines, hübsches Zimmer. An der Wand stand ein schlichtes Doppelbett mit weichem Daunenbettzeug. Unter dem Fenster stand ein kleiner Tisch mit einer Öllampe und zwei Holzstühlen. Das Zimmer war einfach, aber gemütlich.

Als Peter weg war, sah Mi Lou Rob an. „Sieht so aus, als müsstest du heute auf dem harten Boden schlafen."

Rob hatte nichts anderes erwartet. Er nickte, auch wenn er leicht enttäuscht war. „Ich nehme die Satteldecke als Unterlage, das ist auf jeden Fall bequemer als das, was ich die letzten Tage hatte."

Mi Lou hob die Bettdecke an. „Sieht etwas dünn aus. Kannst du den Wirt nicht fragen, ob er noch eine Decke für uns hat?" Sie sah Rob mit ihren hübschen Augen bittend an.

„Du kannst auch die Satteldecke haben, falls dir zu kalt ist", bot Rob selbstlos an.

Mi Lou musterte ihn trocken und nahm das zweite Kopfkissen in den Arm. „Ist es o. k., wenn ich das zweite Kissen behalte? Ich kann auf einem so schlecht schlafen."

„Kein Problem, ich schlafe eh immer mit meinem Kopf auf dem Arm", sagte Rob leicht enttäuscht.

„Das ist gut, dann könntest du eigentlich auch vor der Tür Wache halten. Oder?" Mi Lou sah Rob herausfordernd an.

„Wenn du meinst", sagte Rob kleinlaut und fühlte sich langsam etwas ausgenutzt.

Mi Lou lachte schallend los. „Ich kenne keinen süßeren Menschen als dich." Sie schmiss dem konsternierten Rob das Kissen an den Kopf. „Natürlich schläfst du mit im Bett. Das ist doch überhaupt kein Problem."

Rob grinste nur hilflos, als es an der Tür klopfte. Peter streckte seinen Kopf herein. „Das Bad ist fertig. Wenn Ihr wollt, begleite ich Euch hinunter."

Mi Lou klemmte sich ihren Rucksack mit frischen Anziehsachen unter den Arm und ging mit Peter und Rob hinunter zur Badekammer neben der Küche. Sie nahmen den direkten Zugang vom Flur und mussten so nicht durch den vollen Wirtsraum, aus dem inzwischen lustige Musik schallte. In der Mitte der Kammer stand ein hölzerner Badezuber, über dem ein heißer Nebel schwebte. Peter verzog sich durch die zweite Tür in die Küche. Mi Lou sah Rob an. „Magst du auch baden?"

Rob wurde schlagartig ganz heiß. „Nein", druckste er verlegen herum. Er wollte Mi Lou nicht lästig werden und beschloss, schon mal in die Wirtsstube zu gehen. „Ich geh schon mal vor und trink ein Bier."

„Aber mit dem Essen wartest du auf mich, oder?", fragte ihn Mi Lou, die bereits ihr Hemd auszog. „Ich beeile mich auch, versprochen."

Rob sah verlegen weg und verdrückte sich Richtung Tür. „Klar warte ich, aber lass dir ruhig Zeit", brachte er etwas brüchig heraus und verschwand durch die Küche in den Wirtsraum.

Mi Lou zog sich weiter aus und ließ sich ganz langsam in das heiße Wasser gleiten. Ihre Haut wurde knallrot, aber Mi Lou genoss die Hitze. Sie schloss die Augen, spürte wie das Wasser ihren Körper umspielte und hörte dem fröhlichen

Spiel zweier Geigen aus dem Wirtsraum zu. Stück für Stück sank sie tiefer in das wohltuende Bad. Sie schloss die Augen und entspannte sich. So blieb sie bestimmt fünf Minuten liegen, bis das Wasser langsam etwas abkühlte. Sie wollte Rob nicht zu lange warten lassen, nahm sich die Seife, die die Wirtin zusammen mit zwei Handtüchern auf einem Stuhl neben den Zuber bereitgestellt hatte, und wusch sich ausgiebig. Zum Schluss tauchte sie vollständig in das Wasser ein, um den Seifenschaum abzuspülen. Wie früher als Kind verharrte sie für einige Sekunden völlig unter Wasser und lauschte den durch das Wasser gedämpften Geräuschen. Plötzlich hörte sie ein lautes Poltern, so als ob jemand einen Tisch umgeschmissen hätte. Mit einer bösen Vorahnung tauchte sie auf. Der Tumult, der aus dem Wirtsraum durch die Küche bis zu ihr drang, wurde immer lauter. Als sie ein Geräusch hörte, als ob jemand ein Schwert aus seiner Scheide zog, sprang sie entsetzt aus ihrem Bad, streifte sie sich ihr Top und die Hose über, riss ihr Messer aus dem Rucksack und stürmte barfuß durch die Küche Richtung Wirtsraum. „Hoffentlich ist Rob nichts passiert", betete sie leise.

TARTIDE

Mi Lou hatte Rob in den letzten fünf Minuten völlig aus dem Konzept gebracht. Erleichtert stieß er die Tür zum Wirtsraum auf. Rauchige, schlechte Luft und lauter Gesang schlugen ihm entgegen. In einem separaten Nebenraum fand eine kleine Feier statt. Durch die halb offene Tür sah er eine Frau, die im Duett mit ihrem Mann Geige spielte. Ein großer Teil der Gäste dort tanzte oder sang zu den fetzigen Liedern. Rob lächelte und sah sich nach einem freien Platz im Hauptraum um. Hinten in der linken Ecke war ein kleiner Tisch frei. Direkt daneben spielten elf stattliche Männer Karten. Noch während Rob sich setzte, kam der Wirt zu ihm. „Meine Frau Eve hat noch einen leckeren Wildschweinbraten für Euch. Möchtet Ihr den haben und dazu ein vorzügliches Bier?", fragte er geschäftstüchtig.

„Sehr gerne, aber ich warte noch auf meine Frau. Aber ein großes Bier könnt Ihr mir gerne schon bringen."

„Ein großes?", versicherte sich der Wirt. Rob nickte. Der Wirt griente Rob vielsagend an. „Ihr werdet es nicht bereuen." Kurze Zeit später stand ein großer Krug mit Starkbier vor Rob. Mit einem kräftigen Zug lehrte er durstig den halben Krug. Das Bier war eiskalt und erfrischend. Rob wischte sich mit dem Ärmel den Schaum vom Mund und lächelte zufrieden. Er spürte wie der Alkohol seine Bedenken wegspülte. Er nahm sich vor, im Umgang mit Mi Lou viel entspannter zu werden. Es konnte doch nicht sein, dass er jedes Mal, wenn sie ihn ansah, die Sprache verlor und nur noch unzusammenhängendes Zeug redete. Begierig trank er sein Bier aus und bestellte sich direkt ein weiteres.

Der Wirt lachte ihn an, als er den zweiten Krug brachte. „Ganz schön durstig, der junge Herr."

Rob lachte zurück. „Bin ja auch weit gereist." Rechtzeitig merkte er, dass er kurz davor war, zu viel zu erzählen. Er biss sich auf die Zunge und senkte den Kopf. Der Wirt zog weiter, und Rob lächelte gut gelaunt sein Bier an. Er nahm einen großen Schluck und freute sich auf Mi Lou. Der bärtige, stämmige Mann, der vor Kopf am Nachbartisch saß, schaute interessiert zu ihm rüber. „Wie kommt denn so ein Kerl wie du an eine solch hübsche Frau?", provozierte er Rob.

„Wie meinst du das, ein Kerl wie ich?", entgegnete Rob verdutzt.

„Wahrscheinlich ist er stinkend reich", schlug einer der Männer feixend vor.

„Das glaub ich nicht, schau dir doch mal sein dreckiges Hemd an."

„Jetzt weiß ich es, das ist seine Schwester und nicht seine Frau", kommentierte ein weiterer.

Rob ärgerte sich maßlos über seine unverschämten Tischnachbarn. Er trank einen kräftigen Schluck und knallte den Krug auf den Tisch. „Sie ist meine Frau", antwortete er gereizt.

„Wahrscheinlich hat er sie gekauft oder hält ihre Mutter als Geisel", lachte ein anderer.

Rob hatte zu viel getrunken, um gelassen zu bleiben.

„Sie hat bestimmt Mitleid mit dem armen Typen und ein großes Herz", sagte nun ein weiterer kräftiger Kerl vom Nachbartisch.

„Die hat bestimmt nicht nur ein großes Herz, die hat bestimmt auch riesige –" Weiter kam er nicht. Rob sprang auf und stieß dabei den Tisch um. Klirrend zerbrach sein Bierkrug auf dem Boden. Rob wankte betrunken. Das zweite Bier war definitiv zu viel gewesen.

„Nehmt euch in Acht", drohte er leicht lallend. „Sonst rufe ich meinen Drachen. Ich bin nämlich ein großer Zauberer."

Der Mann, der vor Kopf an dem Tisch saß, sprang auf und zückte sein Schwert unter seinem Umhang hervor. Die anderen taten es ihm gleich, streiften ihre Umhänge ab und zogen ihre Waffen.

Verdutzt stand Rob einer schwer bewaffneten Schar Soldaten in der Uniform von Northset gegenüber. „Niemand bewegt sich, oder wir töten ihn", warnte der Anführer die übrigen Gäste im Raum. Im Nebenraum wurde munter weitergefeiert, niemand bekam etwas von dem Streit mit.

Keiner traute sich, etwas gegen die Soldaten zu unternehmen. Die Leute hier waren Fischer und einfache Bauern und hatten den Soldaten aus Northset nichts entgegenzusetzen.

„Ups", entschlüpfte es Rob. „Fuku? Hilfe?" Aber Rob war vom Alkohol viel zu benebelt, um eine Verbindung zu Fuku aufzubauen.

Der bärtige Anführer verzog seinen Mund zu einem fiesen Lächeln. „Sieht so aus, als würde dein Drache dich nicht hören. Wo ist das Mädchen?" Er setzte Rob die Klinge an den Hals, während ihm ein anderer Soldat die Arme hinter den Rücken verdrehte. „Verrat es mir oder ich muss dir leider deinen schönen Kopf abhacken."

„Nur über meine Leiche", schrie Rob aufgebracht. Den sicheren Tod vor Augen ließ die Wirkung des Alkohols rapide nach. Rob schaffte es, eine ganz feine Verbindung zu Fuku aufzubauen.

Panisch schreckte Fuku hoch. Er spürte, dass Rob mit einer scharfen Klinge am Hals in unmittelbarer Lebensgefahr schwebte. Zornig vor Hilflosigkeit schwang er sich in die Luft. Fuku brüllte vor Wut in die Nacht, er würde mindestens eine halbe Stunde bis zu Rob brauchen. Panisch versuchte er ihn zu erreichen. Wenn er ihm wenigsten mit Magie helfen könnte, aber seine Bemühungen blieben fruchtlos. Er spürte nur ein heilloses Chaos in Robs Kopf. Verzweifelt gab der Drache alles, um so schnell wie möglich in Tartide zu sein.

„Das kannst du gerne haben", sagte der Anführer und holte mit seinem Schwert aus.

Plötzlich krachte die Tür zur Küche auf. In einem Sekundenbruchteil überbrückte Mi Lou, noch klitschnass von ihrem Bad, die fünf Meter bis zu dem Anführer. Erschrocken drehte der sich um. Mi Lou sprang, drehte sich dabei um die eigene Achse und brach ihm mit einem gewaltigen rechten Roundhouse-Kick den Brustkorb. Sich von dem Anführer abstoßend behielt sie ihren Schwung bei, drehte sich weiter und trat dem Soldaten, der Robs Arme nach hinten drückte, mit voller Kraft in den Nacken. Krachend brach dessen Genick und er stürzte tot zu Boden. Sie landete sicher auf ihren Füßen, zog Rob mit dem linken Arm zu sich und schubste ihn zu den anderen Gästen, während sie mit der rechten Hand einem Soldaten, der mit seinem Schwert auf sie zustürmte, ihr Messer in den Hals warf. Mit dem linken Fuß lupfte sie den umgefallen Tisch an, so dass er wieder zwischen ihr und den restlichen Soldaten zum Stehen kam. Sie hob zwei Schwerter auf und sprang auf den Tisch. Geschickt legte sie die Griffe der Schwerter übereinander, und packte sie mit beiden Händen. Nun hatte sie auf beiden Seiten eine scharfe, zweischneidige Klinge, die sie wie einen Propeller rotieren ließ. Die Soldaten machten den Fehler, sich nur auf die blitzenden Klingen der Schwerter zu konzentrieren. So waren sie völlig überrascht, als Mi Lou einen Rückwärtssalto machte und zwei weiteren Soldaten mit ihren Füßen den Kehlkopf eintrat. Während die zwei nach Luft röchelnd zu Boden gingen, brachte Mi Lou den Tisch unter sich mit einer kontrollierten, harten Landung zum Einbrechen. Sie stand umringt von nur noch sechs konsternierten Soldaten mit ihrer Doppelklinge in deren Mitte und sah ihre Gegner herausfordernd an. Aus dem Nachbarraum drang der rhythmische Klang eines Geigenduells zu ihr.

Waren seit ihrem Eintreffen und dem Ausschalten der ersten fünf Soldaten nur ein paar Sekunden vergangen, wurde der Kampf jetzt langsamer. Ihre Gegner waren gewarnt, und sie hatte nicht mehr den Vorteil des

Überraschungsmoments. Mi Lou verzog dem Mund zu einem Lächeln und rotierte ihre Schwerter im Takt der Musik. Immer wieder parierte sie die Attacken ihrer Gegner, verlor aber nie die Kontrolle über den Kampf. Ungeachtet dessen trommelten die Gäste im Nachbarraum im Takt der Musik mit ihren Händen auf den Tischen. Mi Lou genoss den Rhythmus. Sie katapultierte sich mit einem kräftigen Sprung aus der Gruppe heraus, landete hinter den Soldaten und rammte zwei von ihnen ihre Schwerter in die Rippen. Sie wehrte die Attacke eines weiteren Angreifers ab, sprang hoch, und schlang ihre Beine um seinen Hals. Mit einem kräftigen Ruck drehte sie ihren Körper nach links unten weg und brach ihm das Genick, als sie einem weiteren Hieb auswich. Wieder wurde sie umringt, diesmal von nur noch drei Soldaten. Wie die Flügel einer Windmühle ließ sie ihre Schwerter kreisen und überraschte ihre Gegner immer wieder mit gezielten Ausfällen. Sie rotierte die Schwerter so schnell, dass sie zu einer einzigen silbrig leuchtenden Scheibe verschmolzen. Dann ließ sie plötzlich beide Schwerter abrupt los. Mit einer höllischen Geschwindigkeit und Präzision durchbohrten die Schwerter zwei weitere Gegner. Mi Lou ließ sich während der Aktion auf den Boden fallen und wischte dem letzten verbliebenen Soldaten mit einem harten Kick die Beine weg. Einen Wimpernschlag später war sie bei ihm und schlug ihn bewusstlos.

Völlig erschöpft stand sie auf, ging hinüber zu Rob und nahm ihn in den Arm. Sie hatte nur zwei kleine Schnitte abbekommen. „Ich dachte schon, ich komme zu spät", sagte sie noch immer keuchend.

Rob erwiderte ihre Umarmung. „Ich glaube, du hast mir gerade das Leben gerettet. Danke." Überwältigt betrachtete er die niedergestreckten Gegner, die tot oder kampfunfähig waren. „Sag mal, wer bist du eigentlich wirklich?", fragte Rob, der mehr als beeindruckt von Mi Lous Kampfkunst war. Mi Lou sah Rob intensiv in die Augen und wollte zu einer Erklärung ansetzten.

In diesem Moment ging die Tür zum Flur auf. Mi Lou wurde kreidebleich.

„Dass ich dich hier treffe", sagte Karl mit einem hämischen Grinsen. Nachdem er einen Tag im Wald herumgeirrt war, hatte Karl die große Straße entdeckt. Er entschied sich, Richtung Norden zu gehen, und traf am zweiten Tag auf eine Gruppe Händler, die lediglich von ein paar Soldaten eskortiert wurden. Es war ein Leichtes, die Männer zu berauben und auszuschalten. Einen der Händler ließ er für einige Tage am Leben. Aus ihm quetschte er alle nötigen Informationen über Skaiyles und seine Situation heraus. Danach brachte er ihn kaltblütig um. Er akzeptierte die Welt, in der er war, als die, in der er sich zurechtfinden musste. Aber ihn plagten Zweifel, ob es nicht eine Strafe der Bruderschaft für sein Versagen war. Die Bruderschaft konnte sich problemlos in sein Gehirn einklinken und ihm eine virtuelle Welt vorgaukeln. Aber das änderte nichts an der Tatsache, dass er sich hier bestmöglich anpassen musste.

Karl analysierte die Umgebung vor seinem inneren Display. Niemand der Anwesenden stellte für ihn eine ernstzunehmende Bedrohung da. Karl klatschte Mi Lou abfällig Beifall. „Das hast du gut gemacht, Mi Lou, ich bin begeistert. Kommst du freiwillig mit oder muss ich erst deinen Freund töten?"

Rob trat nach vorne und wollte etwas sagen, doch Mi Lou hielt ihn zurück. „Sorry, Rob, aber gegen den haben wir keine Chance", sagte sie frustriert.

„Wie, keine Chance?", fragte Rob ungläubig und sah auf die Soldaten von Northset, die sich in einem erbärmlichen Zustand befanden.

„Wir haben schon einmal gegeneinander gekämpft, und ich kann nicht gegen ihn gewinnen", sagte Mi Lou.

„Du kennst ihn?", rief Rob überrascht. Fuku hatte also den richtigen Riecher gehabt. Mi Lou verschwieg ihnen grundlegende Dinge.

„Schlaues Mädchen. Komm zu mir, ich glaube wir haben einiges zu bereden", verlangte Karl überlegen.

Rob wollte sie festhalten, aber Mi Lou schob ihn unsanft zur Seite. „Glaub mir, das ist besser so." Mit gesenktem Kopf lief sie hinüber zu Karl. Der versetzte ihr einen geschickten Nackenschlag, und Mi Lou brach bewusstlos in seinen Armen zusammen.

Rob war wie gelähmt. Karl zückte einen Dolch und hielt ihn der bewusstlosen Mi Lou an die Kehle. „Du", sprach er Rob an. „Du kommst mit, und wenn du nicht genau das tust, was ich sage, stirbt Mi Lou vor deinen Augen. Verstanden?"

Rob nickte ängstlich. Seine Knie waren weich, und er kam sich vollkommen hilflos vor.

„Wir gehen jetzt nach oben meine Sachen holen, und dann sattelst du die Pferde", befahl Karl und wandte sich an den Wirt. „Du sorgst dafür, dass der Rest von euch sich nicht vom Fleck rührt, bis ich weg bin." Ängstlich nickte der Wirt.

Wie befohlen ging Rob langsam an Karl vorbei, durch den Flur und über die Treppen nach oben. Karl folgte ihm in sicherem Abstand, Mi Lou locker in einem Arm haltend, als würde sie nicht mehr als ein Baby wiegen.

Auf seinem inneren Display hatte Karl die Positionen von allen Menschen in seiner Umgebung immer fest im Blick. Niemand wagte es, sich ihm in den Weg zu stellen. Eigentlich war er darüber etwas enttäuscht. Nur zu gerne hätte er seine Überlegenheit demonstriert. Aber das konnte er ja noch mit dem Jungen machen, wenn er ihn nicht mehr brauchte.

Karl hatte sich schon am Tag zuvor entschieden, nach Falconcrest, dem Sitz des Königs, zu reisen. In der großen Stadt sollte es viele reiche Händler geben, und er würde sich in kurzer Zeit ein beträchtliches Vermögen zusammenstehlen können. Mit seinen Qualitäten sollte es ihm mit den entsprechenden Finanzen ausgestattet schnell möglich sein, am Hofe eine bedeutende Position zu erlangen. Karl spürte, dass ihn die Aussicht auf Macht erregte. Rob packte gerade Karls Tasche, als der ihm unvermittelt in die Seite trat. „Beeil dich, du lahmer Hund", schnauzte er. Rob krümmte sich vor

Schmerz, traute sich aber nicht, durch eine unbedachte Handlung Mi Lous Leben zu gefährden.

Kurz danach gingen sie hinunter.

„Halt die Pferde", befahl Karl und gab Rob die Zügel. Gefühllos schmiss er die bewusstlose Mi Lou wie einen Sack Kartoffeln quer über den Rücken eines Pferdes. Er befestigte seine Satteltaschen und lief hinter Rob zu seinem Reitpferd. Ein paar Gäste trauten sich, das Geschehen aus sicherem Abstand zu beobachten. Sie sahen, wie Karl gewandt seinen linken Arm um Robs Brustkorb legte und mit dem rechten seinen Kopf fasste.

In diesem Augenblick tauchte ein vor Zorn und Wut bebender Drache über den Dächern auf. Er schleuderte eine blau leuchtende magische Kugel auf Karl, der mitten in seiner Bewegung zu Stein erstarrte. Fuku spie eine gewaltige Flamme in die Luft, die das kleine Dorf hell erleuchtete. Seine gesamte angestaute Angst lag in diesem Feuersturm und die Bewohner versteckten sich erschrocken in ihren Häusern.

Fuku landete neben Rob und sah ihn wütend an. „Nie wieder betrinkst du dich, wenn wir nicht zusammen sind. Das darfst du niemals wieder tun! Geht das in deinen kleinen, dämlichen Kopf rein?", schimpfte er mit Rob.

Rob war völlig überrascht, aber er konnte seinen Drachen verstehen. Er spürte die unerträgliche Angst, die Fuku um ihn hatte. Dann nahm Fuku Rob unvermittelt in den Arm und knuddelte ihn wie ein lange vermisstes Stofftier.

„Entschuldigung", sagte Rob kleinlaut. Fuku nickte nur sanft.

Sie hoben die bewusstlose Mi Lou von dem Pferd und legten sie vorsichtig auf den Boden. „Kannst du ihr helfen?", fragte Rob seinen Drachen und beugte sich über Mi Lou.

Fuku sah sich nachdenklich um. „Klar, ich bin gleich wieder da."

Rob strich Mi Lou liebevoll über die Wange. Sie atmete ruhig, und nach kurzer Zeit öffnete sie zaghaft ihre Augen. Sie lächelten sich an.

„Zur Seite, Rob!", rief Fuku hinter ihnen. Rob drehte sich in böser Vorahnung um. Entsetzt sah er den eiskalten, vollgesabberten Inhalt einer Pferdetränke an sich vorbeiziehen. Mi Lou schaffte es gerade noch, einen entsetzten Gesichtsausdruck aufzusetzen, als die eklige, dreckige Brühe auf sie niederklatschte.

„Fuku!", schrien Rob und Mi Lou wie aus einem Mund.

Der Drache verharrte in der Luft, die leere Tränke noch im Anschlag. „Was denn? Hat doch funktioniert, oder?"

Mi Lou schüttelte sich, sie war übersät mit Strohresten und Dreck aus der Tränke, aber immerhin ging es ihr gut.

„Seht ihr, sie ist wieder wach", rechtfertigte sich Fuku, der mit seiner Pranke nach einer lästigen Fledermaus schlug.

„Das war sie vor deiner Drecksbrühenattacke auch schon", erwiderte Rob pampig.

„Lass ihn, er hat es doch nur gut gemeint", schlichtete Mi Lou die gereizte Stimmung.

„Genau", sagte Fuku, landete neben den beiden und stützte sich auf den versteinerten Karl. Neugierig musterte er ihn. „Ganz schön kräftig für einen Menschen. Kennt ihr den Kerl?", fragte er.

Rob wollte Fuku gerade von Mi Lous Kampf gegen die Soldaten aus Northset und Karls Angriff erzählen, als Fuku schmerzverzerrt aufheulte und zur Seite fiel. Wie Lava aus einem Vulkan brachen rote Energieströme aus Fukus Drachenhaut hervor und flossen in feinen, glühenden Adern zu Boden. Schmerzhaft verglühten die Äderchen auf seiner Haut und hinterließen feine Verästelungen aus Gestein, die sich mit dem Boden verbanden. Fixiert von diesem Gebilde schrie Fuku vor Schmerzen. Es war ihm nicht mehr möglich, sich aus eigener Kraft zu befreien. Fukus Schreie gingen Rob durch Mark und Bein. Aus der Dunkelheit sah er das verräterische Blitzen von gezückten Schwertern auf sich zukommen. Mi Lou sprang auf und versuchte die Lage zu erfassen.

„Das sind mindestens zehn Soldaten", rief sie Rob zu. Sie sah sich zur anderen Straßenseite um. Wie erwartet, hatten sich ihre Angreifer strategisch aufgeteilt, um sie von zwei

Seiten zu attackieren. „Von der anderen Seite der Straße kommen auch nochmal zehn", rief sie. „Kannst du Fuku befreien?", fragte sie hoch konzentriert.

„Nein, und ich habe auch keine Waffe", entgegnete Rob hilflos.

Mi Lou überlegte. Eine leichte Angst überkam sie. „Mist, ich glaube ich habe welche von diesen schwarzen Rauchviechern gesehen", sagte sie.

„Ich kann sie sehen, es sind vier", antwortete Rob und baute um sich und Mi Lou einen Schutzschirm auf. „Gut gemacht", lobte ihn Mi Lou. Rob verband sich mit Fuku, und spürte, welche Qualen der arme Kerl gerade aushalten musste. Fuku hatte fürchterliche Schmerzen, aber in ihm überwog das Gefühl der Wut, dass man sie überrumpelt hatte. Sie versuchten ihre Kräfte zu bündeln, aber der Drache war durch seine missliche Situation ziemlich unkonzentriert.

„Da muss noch irgendwo ein Zauberer sein", vermutete Rob. „Kannst du ihn in der Dunkelheit entdecken?"

Rob konzentrierte sich wieder voll auf Fuku, und ihre Kräfte verstärkten sich. Mit einem gemeinsamen Zauber wollten sie versuchen, das steinerne Gefängnis des Drachen zu zerstören.

„Ich kann niemand weiteren erkennen", sagte Mi Lou. „Doch, neben der Scheune ist er, glaube ich", verbesserte sie sich.

„Falsch!", kicherte Cristofor, blitzte rot auf und erschien dicht vor Rob. „Ich bin direkt vor dir, du stümperhafter Drachenbursche." Die Kraft zwischen Rob und Fuku wuchs stetig an, aber Cristofor schleuderte eine mächtige Schockwelle auf Rob und Mi Lou zu. Die zwei wurden fast zehn Meter weit geschleudert, und Robs Verbindung zu Fuku brach ab. Seine Schutzhülle milderte den Aufprall, aber löste sie sich dabei auch auf. Die Soldaten bildeten eine Halbkreis um sie, griffen aber nicht an. Cristofor glühte in einer roten Hülle auf und portierte sich direkt neben Rob, der noch auf dem Boden lag. Mi Lou war aufgesprungen und griff einen der Soldaten an. Mit einem gezielten Powerkick in dessen Kniekehle brachte sie ihn zu Fall und riss ihm das Schwert aus der Hand. Sofort entbrannte ein wilder Schwertkampf, für den Cristofor nur ein mildes Lächeln übrig hatte.

„Wenn ihr mit ihr spielen wollt, tut das, aber lasst sie am Leben. Habt ihr verstanden? Ich brauche sie lebend!" Er wandte sich wieder Rob zu. „Ganz im Gegensatz zu dir. Dich brauchen wir nicht lebend." Cristofor griff sich an das rote Amulett, das an einer goldenen Kette um seinen Hals hing, und sprach eine Beschwörungsformel. Fuku ächzte auf und auch Rob merkte, wie seine Glieder gelähmt wurden. Ganz langsam wurden seine Arme und Beine schwerer, bis er sie überhaupt nicht mehr bewegen konnte. Mit aller Macht kämpfte Rob seine Panik nieder.

„Was wollt Ihr?", schrie Rob Cristofor an.

„Dich und deinen Drecksdrachen. Und als Nachtisch diese hübsche junge Frau aus einer anderen Welt", zischelte Cristofor hämisch. Er hob seine rechte Hand hoch und hielt sie Rob direkt vor das Gesicht. „Siehst du, was du mit mir gemacht hast?", schrie er ihn an. Speicheltropfen spritzten ihm vor Wut aus dem Mund und landeten in Robs Gesicht. „Dafür wirst du bezahlen, du wirst dir wünschen, tot zu sein. Du wirst mich anbetteln, dich zu töten, glaub mir!" Cristofor war die Zornesröte ins Gesicht gestiegen.

Erstaunt sah er, dass seine Soldaten Mi Lou noch immer nicht unter Kontrolle hatten. Mi Lou hatte bereits sechs Gegner ausgeschaltet und verstand es vorzüglich, dafür zu sorgen, dass sich die Soldaten selber im Weg standen. Gnadenlos zog sie ihren Vorteil aus dem Befehl, dass die Soldaten sie nicht töten durften. Cristofor wurde das Treiben zu bunt. Er sprach eine weitere Formel und schleuderte eine schillernd bunte Kugel aus seiner Hand. Die Kugel traf Mi Lou an der Brust und schloss sie in sich ein. Sekunden später schwebte Mi Lou scheinbar schwerelos zwanzig Zentimeter über dem Boden, eingeschlossen in eine Kugel, die wie eine riesige Seifenblase aussah.

Cristofor stand auf und weidete sich zufrieden an seinem Werk. Der Drache war hilflos und unter heftigen Schmerzen in seinem Lavasteingefängnis eingesperrt. Cristofor wunderte sich, wie lange der Drache bei diesen Qualen noch bei Bewusstsein sein würde. Respektvoll musste er sich eingestehen, dass der Drache hart im Nehmen war. Den Möchtegernmagier hatte er gelähmt, und diese Mi Lou schwebte schwerelos in der Luft.

Zufrieden mit sich lief er zu dem versteinerten Karl. „Du bist also der andere", sagte er und umkreiste Karl langsam. „Ich weiß, dass du mich hören kannst. Pass also gut auf, was ich dir sage." Cristofor baute sich vor dem versteinerten Karl auf. „Ich werde dich gleich befreien. Du bekommst die einmalige Gelegenheit, in den Dienst von mir und meinem Meister zu treten. Ich weiß, du kommst aus einer anderen Welt und hast außerordentliche Fähigkeiten. Ich biete dir die einmalige Chance, dich uns anzuschließen. Nutze sie oder ich werde dich unter grausamen Qualen vernichten. An dem Jungen da drüben zeige ich dir, was ich damit meine." Er sah böse hinüber zu Rob, der verzweifelt nach einem Ausweg suchte. Aber die Magie, die er wirken konnte, war einfach zu schwach.

„Ich verwandele dich jetzt zurück. Wenn du mit meinem Vorschlag einverstanden bist, möchte ich, dass du mich mit ‚Zu Euren Diensten, Herr' begrüßt", befahl Cristofor.

Er sprach ein paar Worte, und Karl verwandelte sich zurück. Er rappelte sich auf und musterte Cristofor mit kritischem Blick. Nach etwa drei Sekunden deutete er eine Verbeugung an und sagte: „Zu Euren Diensten, Herr."

Cristofor lachte hämisch. „Willkommen bei den reinen Magiern, Karl. So heißt du doch, oder?"

Karl nickte. „Ja, mein Name ist Karl Wolfensberger. Wie soll ich Euch anreden, mein Herr?"

„Ich bin Cristofor Predoui, Burgmagier von Skargness und eine Speerspitze der reinen Magie aus Rochildar. Aber du darfst mich gerne Cristofor nennen. Du wirst bald erkennen, dass du die richtige Wahl getroffen hast."

„Sehr gerne, Cristofor." Karl lächelte. „Ich freue mich, für Euch zu arbeiten, und bin mir sicher, dass wir viel zusammen bewegen können."

„Das glaube ich auch. Ich habe ja schon Gerüchte über deine wahnsinnigen Kräfte gehört. Glaubst du, dass du einem lebendigen Mann die Finger von der Hand reißen kannst?", fragte Cristofor erwartungsvoll.

Karl nickte. „Das sollte kein Problem sein. Aber das gibt sicherlich eine riesige Sauerei und tut höllisch weh."

Cristofor grinste zu Rob hinüber. „Karl, ich habe einen ersten Auftrag für dich. Kannst du diesem Jungen bitte den Zeigefinger der rechten Hand ausreißen?"

„Nur einen?", fragte Karl verwundert.

„Ich sehe schon, wir verstehen uns", schmunzelte Cristofor. „Jeden Tag einen, sonst geht das zu schnell."

Karl grinste hämisch. „Und danach die Zehen?"

Cristofor lachte laut auf. „Wenn du lieb warst", kicherte er. Mit Karl zusammen würde er viel Spaß haben, merkte Cristofor. Endlich jemand, der nicht so zimperlich war. Er drehte sich zu seinen Soldaten um und zeigte auf den hilflosen Fuku, der immer wieder aufs Neue von den feinen Energieströmen, die aus seiner Haut entsprangen, verbrannt wurde. „Ihr erledigt bitte den Drachen. Es sollte jetzt kein Problem sein, ihn mit euren Schwertern zu erstechen, seine Widerstandskraft ist gebrochen." Er drehte sich zu Karl um. „Und wir beide gehen jetzt zu unserem lieben Stalljungen."

Er bückte sich über Robs hilfloses Gesicht. „Nun, du kleine Ratte, jetzt wirst du erfahren, was es bedeutet, die Pläne der reinen Magie zu durchkreuzen. Aber ich bin mir sicher, der Schmerz wird dich läutern. Vielleicht lebst du ja noch, wenn wir wieder in Skargness ankommen. Dann kannst du meinem neuen Lehrling gratulieren. Du gönnst Pantaleon doch seine neue Position, oder?"

Rob, den jeglicher Mut verlassen hatte, spürte nur einen Stich in seinem Herzen, als er an seinen alten Freund Pantaleon dachte. Sollten sie ihm doch die Finger ausreißen. Er wünschte sich nur ein schnelles Ende.

Karl nahm Robs Hand und massierte den Zeigefinger beinahe liebevoll. „Soll ich es in einem schnellen Ruck machen, oder ganz langsam?", fragte er Cristofor.

„Hmmm", überlegte der. „Ich bin müde und möchte ins Bett. Was hältst du von heute machen wir es schnell und morgen nehmen wir uns mehr Zeit?"

In Erwartung höllischer Schmerzen kniff Rob seine Augen zu und biss die Zähne aufeinander. Ein heftiger Wind fuhr ihm durch die Haare, und eine mächtige Kraft erfasste Cristofor und Karl. Im selben Augenblick zersplitterte Fukus Lavahülle und Mi Lou fiel zu Boden. Ein gewaltiger Schrei durchschnitt die Stille der Nacht. Rob öffnete die Augen und sah einen feuerspeienden blauen Drachen, der sich aus der Luft auf sie stürzte. Ein eiskalter Schauer lief ihm über den Rücken, und Tränen der Erleichterung rannen ihm seine Wangen herunter.

Cristofors Zauber war von ihm genommen und er konnte sich wieder bewegen. Der blaue Drache stürzte senkrecht auf ihn zu. Hinter dem Kopf des Drachen sah er die wehenden roten Haare einer Frau, deren Gesicht zu einer Grimasse des Zornes entstellt war. Gwynefa, dachte Rob und fand sie selbst in dieser Situation zauberhaft und faszinierend.

Tanyulth landete direkt neben Rob, und Gwynefa sprang mit ihrem grünen Kleid und zerzausten Haaren von ihm ab.

„Schau nach Fuku, ich glaube der braucht deine Hilfe", sagte sie hastig zu Tanyulth. Sie drehte sich zu Rob um und sah ihm fest in die Augen. „Du bist also unser neuer Drachenmagier", sagte sie völlig wertfrei.

Rob nickte. „Schnell, Ihr müsst Cristofor und seine Leute verfolgen, sie sind in diese Richtung geflohen." Rob zeigte zur Straße nach Süden.

„Um die kümmern wir uns ein andermal, jetzt versorgen wir erstmal Fuku und dich", sagte sie bestimmt.

Rob verstand nicht. „Aber mir geht es gut, nur Fuku braucht Hilfe", sagte Rob, der Cristofor und Karl nicht einfach entkommen lassen wollte.

„Ja, deine Hilfe", sagte Gwynefa streng und sah Rob ernsthaft an. Rob spürte, wie Fukus und sein Geist sich verbanden. Fuku ging es schon viel besser, aber wie ein kleines Kind verlangte er nach Aufmerksamkeit und Trost. Zu viel Qual und Schmerz hatte sie aus ihrem Gleichgewicht gebracht. Langsam dämmerte Rob, was Gwynefa meinte.

„Halt", rief sie barsch, als Rob zu Fuku wollte. „Bist du dir sicher, dass Cristofors Zauber keine Spuren in dir hinterlassen hat?"

Rob sah Gwynefa verständnislos an. „Spuren? Nein, der Zauber ist weg. Ich kann mich wieder normal bewegen."

Gwynefa lachte, für Robs Geschmack ein wenig zu herablassend. „Du musst noch viel lernen, junger Drachenmagier. Wenn du glaubst, ein Zauberer wie Cristofor lähmt nur deine Arme und Beine, bist du naiver als ich vermutet habe."

Rob platzte der Kragen, er hatte heute einfach zu viel einstecken müssen. „Dann sagt doch verdammt noch mal, was Ihr denkt. Alle behandeln mich wie einen doofen, naiven Jungen. Was glaubt Ihr, warum wir auf der Suche nach einem Lehrer sind?", wütete er. „Jeder schaut herablassend auf mich herunter und schüttelt nur den Kopf. Dummer Junge! Verdammt, dann bringt mir doch etwas bei! Was glaubt Ihr eigentlich? Dass Ihr was Besseres seid? Ihr seid doch bloß eine arrogante Hexe mit einem feuerspeienden Reptil. Hört auf, mich wie einen dummen Jungen zu behandeln! Glaubt Ihr, das ist schön für mich, hilflos mit ansehen zu müssen, wie Fuku fast stirbt oder meine Freunde ihr Leben für mich geben?", schrie er Gwynefa wütend an.

Mi Lou stand mit offenem Mund da und staunte. Tanyulth, der bei Fuku stand, drehte sich erschrocken von Robs Wutausbruch um. Fuku lächelte müde, und Gwynefa trat ärgerlich einen Schritt zurück. Ihre Augen funkelten böse, und sie sah Rob durchdringend an. Trotzig hielt Rob ihrem Blick stand, er war einfach nur wütend. Plötzlich lachte sie laut los und schloss Rob herzlich in ihre Arme.

„Du gefällst mir", sagte sie herzlich und drückte ihn noch fester. „Entschuldige bitte, das war unfair und arrogant von mir." Sie streckte ihre Arme aus und musterte Rob intensiv. „Aber die arrogante Hexe mit einem feuerspeienden Reptil war hart. Darüber reden wir bei Gelegenheit noch mal", feixte sie mit einem Augenzwinkern. Rob wurde knallrot, und Mi Lou betrachtete Gwynefa reserviert.

„Was ich meinte", fuhr Gwynefa fort und ließ Rob los, „ist, dass, wenn du mit einem Zauber belegt wirst, fremde Magie in dich eindringt. Ein fähiger Zauberer kann unter einem vermeintlichen Lähmungszauber einen Seelenzauber verstecken. Der Betroffene bekommt das gar nicht mit, es sei denn, er ist jahrelang darin geschult worden, solche Zauber abzuwehren."

Rob sah Gwynefa verwundert an. „Ein Seelenzauber?"

„So wie der Lähmungszauber deine Muskeln beeinflusst, kann das ein Seelenzauber mit deinem Geist und Gefühlen machen. Das ist wie eine Stimme in deinem Kopf, die von einem Zauber kommt, der sich über einen Teil deines Geistes gelegt hat. Jeder kennt das Prinzip, wenn man in Gedanken mit sich selber redet. Deswegen ist es so schwer, einen Seelenzauber als solchen zu erkennen. Du glaubst, er ist ein Teil von dir."

Rob ahnte, was Gwynefa ihm erklärte. „Und was macht der Seelenzauber dann mit einem?"

„Je nachdem, wie der Zauber angelegt ist, verändert er über Zeit deine Persönlichkeit. Er kann dich depressiv machen, unvorsichtig, leichtgläubig, mutig und eigentlich jede Facette deines Gefühlslebens annehmen."

Rob musste an seine Erfahrungen mit den Feen denken. Er schauderte. „Und Tanyulth und du können diese Zauber aufspüren?"

„Ja, wenn Fuku und du eine Einheit bilden ...", sagte Gwynefa.

Rob beendete ihren Satz: „... kann Tanyulth unsere Verbindung überprüfen und tief in unsere Seelen und unser magisches Band eindringen. Aber nur, wenn wir mitarbeiten, danach haben wir keine Geheimnisse mehr vor ihm."

Verwundert sah ihn Gwynefa an. „Respekt, hat dir Fuku das erzählt?"

Rob lachte laut. „Fuku hat mir andere Dinge beigebracht. Nein, nach der Drachenwahl hat Malyrtha unsere Verbindung überprüft. Aber Malyrtha und Magnatus Wallace sind danach auf Skargness gefangen genommen worden", endete Rob bedrückt.

Rob bestätigte Gwynefa nur, was sie sich schon selbst mit Tanyulth zusammengereimt hatte. Nachdenklich und traurig nahm sie Rob am Arm und ging mit ihm zu Fuku und Tanyulth.

„Ich habe Rob erklärt, dass Tanyulth nach versteckten Seelenzaubern suchen muss. Aber ich würde euch bitten, dass ihr auch mich mit in euren Geist lasst." Sie sah Rob traurig an. „Das ist gänzlich ungewöhnlich und setzt ein uneingeschränktes Vertrauen in mich voraus. Trotzdem traue ich mich, euch zu fragen. In den letzten Tagen ist so viel Ungewöhnliches passiert, und ich fürchte, wenn ihr mir davon nur erzählt, gehen Details verloren, die vielleicht von großer Bedeutung sind."

Tanyulth nickte zustimmend. „Ich teile Gwynefas Einschätzung", pflichtete er ihr knapp bei.

Fuku sah Rob intensiv an und vermittelte ihm, dass er das auch für eine gute Idee hielt.

„Von mir aus", stimmte Rob dem Vorschlag zu, und Gwynefas angespannte Gesichtszüge wurden weich.

Mi Lou kam sich in den letzten Minuten völlig überflüssig vor. Niemand hatte mit ihr geredet oder sie nach ihrem Befinden gefragt. Sie war immer noch barfuß und fror erbärmlich in ihren nassen Sachen. Die rothaarige Drachenmagierin und ihr blauer Drache hatten sie wie Luft behandelt. Sie kratzte sich am Nacken und ging leicht missmutig zu Rob und den anderen hinüber.

„Kann ich euch helfen?", fragte sie und kämpfte ihre Gereiztheit nieder. „Ich bin übrigens Mi Lou."

Gwynefa nickte ihr kurz zu und richtete das Wort wieder an Rob und Fuku: „Wir müssen uns beeilen, je schneller wir sind, umso weniger Schaden kann ein Seelenzauber anrichten. Mi Lou, kannst du bitte aufpassen, dass uns niemand zu nahe kommt?"

Mi Lou nickte missmutig. „Klar! Ich kann ja sonst wohl nichts tun."

Gwynefa sah sie leicht irritiert an, ignorierte sie aber wieder. Sie hatte Wichtigeres zu erledigen, als diesem verstimmten Unterton nachzugehen.

Tanyulth übernahm das Kommando. „Gwynefa und Rob, ihr nehmt euch bitte in den Arm und schließt eure Augen." Gwynefa drückte Rob feste an sich und legte ihren Kopf an seine Brust. Er sog ihren lieblich herben Duft ein und spürte ihren Atem an seinem Hals. Er konnte jede Faser ihrer Weiblichkeit spüren. Es war ihm etwas unangenehm, dass Gwynefa seine Gedanken gleich wie ein offenes Buch lesen würde. Gwynefa spürte das Zögern.

„Ich weiß, dass ich attraktiv bin, Rob, aber das gilt auch für dich", flüsterte sie in sein Ohr. „Und das ist mir bestimmt noch peinlicher als dir."

Rob entspannte sich und schloss die Augen. Auch Tanyulth und Fuku umarmten sich und nahmen die Drachenmagier dabei in ihre Mitte. Der blaue Wasserdrache stimmte einen tiefen Gesang an, und Gwynefa antwortete ihm mit ihrer hohen Stimme. Wilde blaue und grüne Lichtblitze umspielten aufgeregt das Quartett. Die Erinnerungen und Bilder der vier verschmolzen, und Gwynefa und Tanyulth drangen in Fukus und Robs Geist ein. Wieder spürte Rob das leichte Kribbeln, wie er es bei Malyrtha schon erlebt hatte, aber Tanyulth und Gwynefa fehlte Malyrthas Leichtigkeit.

Mi Lou betrachtete das Schauspiel mit gemischten Gefühlen. Das Ritual erinnerte sie an das Ichnographia-Modul aus ihrer Welt. Diese Magie war nichts anderes, als in den Gedanken eines anderen Menschen herumzuwühlen.

Nach zwei Minuten verstummte der Gesang und die vier lösten sich voneinander. Es musste nichts mehr gesagt werden, alles Relevante hatten sie untereinander ausgetauscht.

Gwynefa blickte nachdenklich in den schwarzen Nachthimmel und war den Tränen nahe. Wie erwartet mussten sie aus Fuku und Rob mehrere Seelenzauber entfernen. Aber im Vergleich zu den schlechten Nachrichten, die sie in den Erinnerungen von Fuku und Rob fanden, war das eine Kleinigkeit. Tanyulth lief zu Gwynefa und legte ihr seine Klaue tröstend auf die Schulter. „Diese Arschlöcher", schrie sie wütend in die Nacht. Sie schoss einen mächtigen blauen Blitz in den dunklen Nachthimmel, dessen Donner kilometerweit zu hören war. Dann sammelte sie sich und lief zu Mi Lou.

„Hallo, Mi Lou, ich bin übrigens Gwynefa und das hier", sie zeigte auf Tanyulth, der neugierig näher gekommen war, „das ist Tanyulth, der zauberhafteste Wasserdrache, den es gibt." Mi Lou nickte den beiden höflich zu. „Wir nehmen dich mit", entschied Gwynefa. „Packt eure Sachen, wir brechen auf!"

Mi Lou fühlte sich ein wenig überfahren. Ob Gwynefa auch den Gedanken in Erwägung gezogen hatte, dass sie vielleicht gar nicht mit wollte?

Rob kam freudestrahlend auf Mi Lou zu. „Das ist doch super, oder?" Er bemerkte, dass Mi Lou zögerte. „Oder etwa nicht? Magst du nicht mit uns kommen?", fragte er vorsichtig.

Mi Lou seufzte laut. „Nö, nö, ist schon gut so." Sie folgte Rob ins Wirtshaus, um ihre Sachen zu holen.

Im Flur fing sie der Wirt ab. „Beim Barte des Druiden, das war doch mal endlich wieder eine richtige Kneipenprügelei. So ein Schauspiel hatten wir hier noch nie", sagte er begeistert. Rob lächelte nur müde und bezahlte dem Wirt das Geld für den entstandenen Schaden. „Das muss aber nicht sein, junger Herr. Wir sind einfach nur froh, dass die Drachenmagier heute Abend gewonnen haben. Das reicht uns!"

Rob schüttelte den Kopf. „Nehmt es trotzdem, vielleicht werden wir ein anderes Mal eure Gastfreundschaft wieder in Anspruch nehmen müssen."

Der Wirt nahm das Geld und gab Rob und Mi Lou die Hand. „Wann immer Ihr uns braucht, wir werden Euch helfen", sagte er pathetisch. „Tartide steht hinter Euch."

Sie holten Lynir aus der Scheune und machten sich zu Fukus Lagerplatz in der Wildnis auf. Während Mi Lou auf Lynir ritt, flogen Gwynefa und Rob auf den Drachen. Sehnsüchtig schaute ihnen Mi Lou nach.

Fuku hielt auf eine kleine Lichtung in dem Tal hinter Tartide zu. Ein harziger, frischer Geruch schlug Rob entgegen, als Fuku auf der Lichtung landete. Rob spürte einen Luftzug, und direkt neben ihnen landete Tanyulth mit Gwynefa. „Hilf mir bitte mal, Rob", bat ihn Gwynefa.

„Gerne, was soll ich tun?", fragte Rob und gähnte laut.

Gwynefa hob einen großen Stein vom Boden auf und hielt ihn hoch. „Davon brauchen wir zwanzig Stück".

Verwundert sammelte Rob Steine und brachte sie zu Gwynefa. „Sind die gut?"

„Perfekt, vielen Dank." Gwynefa nahm die Steine und stapelte fünf aufeinander. Sie lief fünfundzwanzig Schritte nach Norden und baute das nächste Türmchen. Dann jeweils fünfundzwanzig Schritte nach Westen, und nach Süden. Schließlich war ihr Lager von vier dieser kniehohen Steintürmchen umstellt.

Rob schaute sie erwartungsvoll an, während sich Tanyulth und Fuku leise unterhielten. Gwynefa sah den Blick und schmunzelte. „Das sind einfache Wachtürme. Die Steine kennen die Gegend hier seit tausenden von Jahren, und ihnen entgeht nichts. Wenn Mi Lou da ist, werde ich einen Wasserzauber darüberlegen, der uns rechtzeitig vor jeder Veränderung im Umkreis dieses Tales warnt."

Kurze Zeit später hörten sie Lynirs Schnauben und Mi Lou gesellte sich zu ihnen. Sie wollte etwas zu Gwynefa sagen, doch die legte ihr einen Finger auf den Mund und sah sie verständnisvoll an. „Nicht mehr heute, Mi Lou. Tanyulth und ich brauchen etwas Zeit, das alles zu verarbeiten. Dann kann ich dir morgen vielleicht ein paar deiner Fragen beantworten."

Mi Lou nickte nur stumm, befreite Lynir von seinem Sattel und den Taschen und legte die große Satteldecke auf den weichen Boden.

Gwynefa stimmte eine sanfte Melodie an und bewegte ihre Hände weich in der Luft, als wollte sie Wasser aus einem Teich schöpfen. Aus den Steintürmen wuchs jeweils ein dünner Lichtstrahl, der mit einer Drehung von Gwynefa zu einer Kuppel aus blauem Licht um das ganze Lager herum wurde. Gwynefa verstummte und der Schutzkegel wurde unsichtbar. „So, es ist Zeit, zu schlafen, wir haben morgen viel zu besprechen", befahl Gwynefa. Rob legte sich auf die Satteldecke zwischen Mi Lou und Gwynefa. Die zwei Drachen rollten sich jeweils an dem Rand der Satteldecke zusammen und bildeten einen schützenden Ring um die Menschen. Rob sah noch eine Weile in den Nachthimmel, bevor er in einen schönen Traum abdriftete und erholsam schlief.

AUFBRUCH UND TRENNUNG

Die Sonne ging über den entfernten Gipfeln des Druidengebirges auf und verbreitete eine friedliche Morgenstimmung. Angeleuchtet von ihren ersten Strahlen, schwebte ein goldener Nebel wie eine weiche Decke über dem Boden. Nur ein paar Bäume im Gegenlicht warfen ihre verspielten, dunklen Schatten auf das sanft wabernde Band. Mi Lou streckte sich und fuhr mit ihrer Hand durch das nasse, von Tau bedeckte Gras neben der Satteldecke. Sie betrachtete einen Falter, der sich in einem Spinnennetz mit schillernden Tautropfen verfangen hatte. Sein wilder Befreiungskampf ließ die Tropfen erzittern und alarmierte die Besitzerin des Netzes. Geschickt umtanzte die Spinne die glitzernden Tauperlen und machte sich über ihr Frühstück her.

Gedankenverloren betrachtete Mi Lou die noch unruhig schlafende Magierin. Gwynefas Kopf lag auf ihrem angewinkeltem Arm, eingebettet in das Chaos ihres wilden roten Haarschopfes. Ihre Augen zuckten wild unter den geschlossenen Lidern, und ihr Mund war fest zusammengepresst. Sie ächzte leise, und drehte ihren Kopf ruckartig von einer auf die andere Seite, als würde sie in ihrem Traum einem Angriff ausweichen. Dann entspannten sich ihre Züge, sie wurde ruhiger und ein liebevolles Lächeln legte sich über ihr Gesicht. Mi Lou wusste noch nicht, was sie von der Drachenmagierin halten sollte. Ihr erstes Aufeinandertreffen fand Mi Lou nicht besonders berauschend. Entweder hatte Gwynefa sie ignoriert oder ihr einfach Befehle erteilt. Und abends hatte sie sie wie ein kleines Kind, dem die Gutenachtgeschichte verwehrt wurde, ins Bett geschickt. Klar, sie sollte dankbar sein, schließlich hatten Gwynefa und

Tanyulth sie gestern gerettet, aber Mi Lou mochte es nicht, wie Luft behandelt zu werden.

„Sie ist zwar manchmal ruppig, aber hinter ihrem rauen Kern steckt eine sanfte, verletzliche Frau", sagte eine angenehm tiefe Stimme. Mi Lou drehte sich Tanyulth zu, der sie freundlich ansah. Noch wie zum Schlafen zusammengerollt, schien er sie ebenfalls seit ein paar Minuten aufmerksam beobachtet zu haben. Der Drache schillerte in einem faszinierenden Blau, und sachte Wellen durchströmten beruhigend seinen Körper.

Mi Lou fühlte sich ertappt und zog die Schultern hoch. „Dann ist sie aber gut darin, genau das zu verbergen, zumindest mir gegenüber", sagte sie reserviert. Tanyulth lächelte Mi Lou breit an.

„Daran bist du aber auch nicht ganz unschuldig", sagte Tanyulth. „Du solltest dich entscheiden, ob du weiter alleine bleiben willst oder ob du auf die dir entgegengebrachte Freundschaft mit aufrichtigem Vertrauen eingehst."

„Sind alle Drachen so direkt?", fragte Mi Lou unwirsch. Der Drache hatte einen wunden Punkt getroffen. Sie selbst war bereits zu dieser Frage vorgedrungen. Liebend gerne würde sie den anderen vertrauen, aber die Angst davor, verletzt zu werden, war ziemlich groß.

Tanyulth nickte, schloss seine Augen und ließ Mi Lou mit ihren Gedanken alleine. Nachdenklich strich sie sich über ihren Nacken und starrte ins Nirgendwo.

„Guten Morgen, du Schlafmütze", wurde sie von Rob geweckt. „Hast du gut geschlafen?"

Mi Lou rieb sich die Müdigkeit aus den Augen und setzte sich auf. Die anderen waren alle hellwach, und Gwynefa schaute sie erwartungsvoll an. Dem Stand der Sonne nach zu urteilen, war sie nochmal für eine Stunde eingeschlafen. Oder hatte sie das Gespräch mit Tanyulth nur geträumt? Sie suchte den Blick des Wasserdrachen, der ihr darüber leider auch keinen Aufschluss gab. Tanyulth schaute sie nur aufmerksam, mit leicht geneigtem Kopf, an.

„Ja, vielen Dank", murmelte sie und gesellte sich zu Rob und Gwynefa, die sich gemütlich zum Frühstück auf die Satteldecke gesetzt hatten.

„Du wolltest mich gestern etwas fragen, Mi Lou?", begrüßte Gwynefa sie mit vollem Mund.

Mi Lou gab sich einen Ruck und setzte sich dazu. „Ja, ich wollte fragen, ob Ihr mir erklären könnt, was auf der Burg mit mir passiert ist?" Sie machte eine kleine Pause. „Aber vielleicht sollte ich Euch erst etwas über mich erzählen", sagte sie mit einem flauen Gefühl im Magen. Sie fürchtete Rob und Fukus Reaktion, aber Rob sah sie bloß erwartungsvoll an und Fuku kam neugierig mit Tanyulth im Schlepptau zu ihnen.

„Bitte, wir freuen uns. Und du kannst mich ruhig duzen", erwiderte Gwynefa sachlich. Gwynefa sah die junge Frau taxierend an.

Mi Lou nickte zögerlich, fasste sich ein Herz und erzählte. „Cristofor hat die Wahrheit gesagt. Ich komme aus einer anderen Welt." Gespannt sah sie in die überraschten Gesichter ihrer Zuhörer und fuhr fort: „Meine Welt ist dieser hier sehr ähnlich, nur dass sie viel weiter entwickelt ist." Zuerst berichtete sie über ihre Welt und wie sie darin aufgewachsen war. Dann beschrieb sie ausführlich die Ereignisse, die dazu führten, dass sie auf mysteriöse Weise in die magische Welt versetzt worden war. Ihre Zuhörer hingen gebannt an ihren Lippen und lauschten jedem noch so kleinen Detail. Nach mehr als einer Stunde beendete Mi Lou ihre Zusammenfassung und blickte erleichtert in die Runde. „So, jetzt wisst ihr alles über mich."

„Darf ich das Tattoo, das dir dein Urgroßvater gestochen hat, mal sehen?", bat Tanyulth höflich. Mi Lou lupfte ihren Zopf und hielt Tanyulth ihren Nacken hin. Sie spürte den warmen Atem des Drachen, aber Tanyulth vermied es, sie zu berühren. „Schau mal, Gwyn, fast wie die Haut eines Wasserdrachen", sagte Tanyulth fasziniert.

Gwynefa kam näher. „Darf ich?", fragte sie Mi Lou höflich.

„Klar, kein Problem", sagte Mi Lou. Sie fühlte sich deutlich wohler, jetzt wo die anderen ihre Geschichte kannten.

„Aber wie kann es sein, dass Mi Lou aus einer anderen Welt kommt?", fragte Rob, der sich das nicht vorstellen konnte. Er wunderte sich, dass keiner der anderen die Existenz einer anderen Welt bemerkenswert zu finden schien. „Vielleicht hat ihr irgendjemand die Erinnerungen an die andere Welt eingepflanzt. Zum Beispiel mit einem Seelenzauber oder ähnlichem. Und die andere Welt gibt es in Wirklichkeit überhaupt nicht", vermutete er.

„Der Verstand sieht nur das, was er sehen will, lieber Rob. Vielleicht stimmt deine Vermutung, aber wir sollten die Existenz anderer Welten nicht ausschließen. Versuche Mi Lou mit deinem Herzen und deinen magischen Sinnen zu sehen. Dann wird dir an ihr etwas Besonderes auffallen. Etwas, dass ich nicht in Worte zu fassen vermag", sagte Gwynefa.

Tatsächlich spürte Rob die ganze Zeit schon etwas Besonderes, wenn er mit Mi Lou zusammen war. Aber es war mehr eine tiefe, vertrauensvolle Zuneigung. Ein Gefühl, dass in dieser Intensität und Form neu für ihn war, aber für sich alleine nicht die Existenz einer weiteren Welt rechtfertigte.

„Es gibt eine Handvoll Sagen aus der Zeit der ersten Drachenmagier, die von einer anderen Welt berichten. Es heißt, Drachenmagier hätten auf der Suche nach den Ryūjin das Tor zu einer anderen Welt aufgestoßen. Aber ich kenne keine Geschichte, in der ein Drachenmagier in der anderen Welt geblieben wäre, und es wird auch nie erwähnt, wie ein solcher Übergang aussieht oder wie man ihn erzeugen kann. Vielleicht steckt doch ein Körnchen Wahrheit in diesen Überlieferungen und ein Drachenmagier ist in der anderen Welt geblieben oder hatte dort Nachkommen", vermutete Tanyulth.

„Das würde auch die Verbundenheit von Mi Lous Familie mit den Drachen erklären", ergänzte Gwynefa.

„Ihr meint Mi Lous Ahnen haben Wurzeln in unserer Welt?", staunte Rob.

„Anders kann ich mir ihre magischen Fähigkeiten nicht erklären", gab Gwynefa zurück. „Was meinst du, Tanyulth? Ich glaube, in Mi Lou schlummert eine Drachenmagierin, die nur noch nicht zu ihrem Drachen gefunden hat, oder?"

Tanyulth nickte zustimmend. „Alles deutet darauf hin. Die Tatsache, dass es in Mi Lous Welt sonst keine offensichtliche Magie gibt und dieser Karl nicht ansatzweise über magische Fähigkeiten verfügt, sprechen dafür. Wenn Mi Lou ihren Frieden mit unserer Welt schließt, wird sie früher oder später von einem Wasserdrachen als Magierin gewählt werden. Da bin ich mir ziemlich sicher."

Mi Lou schwirrte der Kopf. „Ihr meint, ich bin auch so ein Drachenmagier, wie ihr es seid?"

„Nein", mischte sich jetzt auch Fuku ein. „Aber du hast die Chance, dass dich ein Drache wählt. Erst dann wirst du zu einer Drachenmagierin."

„Kennt ihr nicht einen Wasserdrachen, der sie wählen könnte?", fragte Rob ganz pragmatisch in die Runde.

Gwynefa schmunzelte. „So leicht geht das leider nicht. Der Drache muss schon außergewöhnliche magische Fähigkeiten mitbringen und dann müssen die zwei auch noch zueinander passen."

„Aber kann ich denn jetzt Magie lernen?", fragte Mi Lou neugierig. Sie fand die Vorstellung, magische Fähigkeiten zu haben, mindestens genauso faszinierend wie befremdend.

„Mit einem guten Lehrer sollte das kein Problem sein", entgegnete Gwynefa.

Mi Lou sah sie immer noch verwirrt an. „Wirklich?", fragte sie ungläubig.

„Klar, das, was ich über dich in den Erinnerungen von Fuku und Rob gesehen habe, war sehr ursprüngliche, alte Magie. Fuku hat das zwar durch seine Berührung ausgelöst, aber die Kräfte für das komplizierte Drachenmandala kamen aus dir. Du musst dir vorstellen, dass du mit deinen Bewegungen den Raum für die magische Kraft erstellst. Die einzelnen Schleifen, Ellipsen, Kugeln und Kreise bilden die magischen Sphären. Mit deiner Bewegung leitest du die Magie an. Du konzentrierst sie, lässt sie abfließen und zwischen den Räumen immer stärker werden. Die wahre Kunst eines Magiers besteht darin, den Fluss der magischen Kraft zu beeinflussen. Du musst der Magie ein Ziel geben, zu dem sie nicht nein sagen kann. Niemals darfst du versuchen, die magische Kraft zu zwingen. Das führt unweigerlich dazu, dass du selber Schaden nimmst und sich deine Seele dabei verletzt", erklärte Gwynefa ernst.

Mi Lou runzelte skeptisch ihre Stirn.

„Aber du solltest vorsichtig mit deinen magischen Fähigkeiten umgehen und sie nicht wahllos benutzen", warnte Gwynefa Mi Lou. „Nur jemand mit viel Erfahrung sollte dich unterrichten." Sie sah Fuku und Rob ernst an. „Ich wiederhole: mit viel Erfahrung."

Rob war verunsichert, und Fuku sah unschuldig in den Himmel. „Ja, ja. Ist angekommen", entgegnete er leicht trotzig.

Es gab einiges, dass Gwynefa und Tanyulth noch im Kopf herumschwirrte, wie zum Beispiel die gewaltige Kraft, die sie in der jungen Frau spürten. Auch waren sie beeindruckt und fasziniert von der Stärke der Bindung zwischen Rob und Fuku. Aber sie beschlossen, diese Themen zu einem anderen Zeitpunkt anzusprechen. Aktuell hatten sie dringendere Probleme.

Plötzlich kicherte Fuku aus heiterem Himmel. Alle sahen ihn irritiert an. „Was ist denn so lustig, Fuku?", fragte Gwynefa.

„Ach, ich habe nur gerade über diese Künstliche Intelligenz nachgedacht, die die Menschen in Mi Lous Welt entwickeln", erwiderte der Drache schmunzelnd.

„Und was war daran so lustig?", fragte Mi Lou interessiert.

„Na ja, ich habe mir nur die Gesichter der Menschen vorgestellt, wie ihnen diese Künstliche Intelligenz genau das sagt, was sie schon seit tausenden von Jahren selber wissen, aber noch nicht umgesetzt haben. Nur mit dem Zusatz, dass

sie es jetzt umsetzen müssen, weil sie sonst leider ausge-
löscht werden", kicherte er.

Mi Lou dachte lange über diesen Satz nach und musste
schließlich auch schmunzeln.

„Und wie machen wir jetzt weiter?", fragte Rob. „Wir
müssen doch versuchen, Magnatus Wallace und Lady Malyrtha zu befreien, oder?"

Robs Frage holte alle in die Realität zurück.

„Ja, Rob, wir müssen Wallace und Malyrtha befreien.
Aber ich fürchte, wir fünf sind dazu nicht mächtig genug.
Wir dürfen nicht den Fehler machen, unsere Gegner zu unterschätzen. Das haben wir schon einmal gemacht. Wir werden Hilfe brauchen."

Mi Lou fühlte sich geschmeichelt, dass Gwynefa sie mit
in ihren Kreis eingeschlossen hatte.

„Welche Hilfe stellst du dir vor?", fragte Fuku.

„Ich würde mich erstmal gerne mit Delwen oder
Fearghal und deren Drachen beraten. Nördlich von Scrabster
wächst ein heiliger Baum. Von dort aus sollte ich sie erreichen können. Wenn ihr einverstanden seid, fliege ich mit
Tanyulth vor und ihr kommt mit Lynir und Mi Lou nach.
Bei dem Tempo, das Lynir schafft, solltet ihr spätestens heute Nachmittag wieder zu uns stoßen."

Alle nickten zustimmend und nach einigen Minuten
machten sich Gwynefa und Tanyulth auf nach Westen zu
dem heiligen Baum. Wenig später brachen auch Mi Lou, Rob
und Fuku auf.

Etwa dreihundert Kilometer weiter südlich saß Magnatus
Olaru in seinem Turmzimmer in der Burg des Königs. Er
wartete geduldig auf die Audienz mit König Tasker, die ihm
für heute Morgen versprochen worden war. Gestern Abend
war er spät in der Nacht mit dem Schiff der Baileys und deren Gefolgschaft im Hafen von Falconcrest angekommen.
Wie geplant waren sie vor drei Tagen, von Lord Baileys
Truppen eskortiert, mit ihren zwei wertvollen Gefangenen
von Skargness nach Fenbury aufgebrochen. Dort, am Fami-

liensitz der Baileys, hatten sie Malyrtha in dem tiefsten Kerker festgesetzt, Leonard Wallace in die Folterkammer gebracht und ihn dort weiter geschwächt. Olaru war sauer, weil er eigentlich nicht wollte, dass Leonard Wallace offen sichtbare Wunden davontrug. Mit Cristofor wäre ihm das nicht passiert, aber letztendlich waren das nur stilistische Details. Seine Argumente, mit denen er den König zum Abdanken zwingen wollte, waren überzeugend genug. Da war es nicht weiter schlimm, wenn einer der Belastungszeugen Schnitte und Prellungen im Gesicht hatte. Gestern Morgen waren sie von Fenbury aus in See gestochen. Im Gegensatz zu Malyrtha hatten sie den bewusstlosen Leonard Wallace mit an Bord genommen und ihn gefesselt in eine winzige Abstellkammer im Lagerraum des Bootes gesteckt. Bei Bedarf könnten sie den ehemaligen Magnatus von Skaiyles in ein paar Minuten vor den König zerren. Magnatus Olaru freute sich auf die Zusammenkunft mit König Tasker und die vor ihnen liegende Auseinandersetzung. Es wäre doch gelacht, wenn er Burkhard Bailey nicht binnen einer Woche auf den Thron von Skaiyles hieven könnte. Magnatus Olaru betrachtete die Wartezeit auf Charles Tasker als eine Verlängerung seiner Vorfreude. Sie tat seiner guten Laune keinen Abbruch.

Noch vor dem Frühstück hatte er mit seinem alten Freund, dem Erzmagier Mortemani aus Greifleithen, gesprochen. Der Erzmagier war voll des Lobes für ihn und gratulierte ihm zu seinen Erfolgen in Skaiyles. Er hatte bestätigt, dass die von Cristofor beauftragten Magier Lord Fearghal und seinen Drachen Anathya überwältigt hatten. Der Drachenmagier und sein Drache waren unter strengster Bewachung auf dem Weg nach Greifleithen, und die zwei Magier konzentrierten ihre Jagd nun auf Delwen Dee und deren Drachen Mianthor. Die an der Grenze zu Skaiyles mobilisierten Truppen waren heute in Coalwall einmarschiert und hatten dort befestigte Lager errichtet. Bisher war es noch zu keinen Kämpfen gekommen. Sobald Fearghal und Anathya in Greifleithen eintrafen, würde er ihnen sofort den Prozess machen. Danach hätten sie auch wieder Nachschub an dem Seelentrank aus Drachenblut.

Magnatus Olaru machte sich nichts vor. Auch wenn sein Freund nur den Titel eines Erzmagiers trug, war er doch der mit Abstand einflussreichste Magier im gesamten Reich. Der Kaiser fraß ihm quasi aus der Hand, und es würde nicht lange dauern, da würde Mortemani wie geplant Magus Maximus werden. Aber noch war es nicht ganz so weit, dass sie ihren großen Plan umsetzen konnten. Aber die Kontrolle über Skaiyles zu erlangen, war ein wesentlicher Baustein für den weiteren Ablauf. Magnatus Olaru war noch lächelnd in seine Gedanken versunken, als sein Fayocerite-Ring leuchtete. Ob Mortemani etwas vergessen hatte?

Er zog seinen Ring vom Finger und legte ihn in eine Schale, die zur Hälfte mit Wasser gefüllt war. Er murmelte eine kurze Formel und Cristofors Gesicht erschien auf der Wasseroberfläche.

„Cristofor, ich grüße dich", sagte er überrascht. „Ich hoffe, du hast gute Nachrichten für mich."

Cristofor sah bedrückt aus. „Leider nein, der Drache und der Junge sind uns entkommen. Wir hatten sie und das Mädchen gerade festgesetzt, als diese fürchterliche Schlampe aus Fairfountain auftauchte und sie befreite", erzählte er missmutig.

Magnatus Olaru kratzte sich nachdenklich am Kinn. Er wusste um die Macht von Gwynefa und ihrem Drachen Tanyulth. Cristofor hatte unter diesen Umständen keine echte Chance gehabt. Er war wütend, dass die Drachenmagier wieder ihre Pläne durchkreuzt hatten, aber Cristofor machte er dafür keinen Vorwurf. „Das sind wahrlich schlechte Nachrichten. Wo sind der Junge und sein Drache jetzt?", wollte Olaru wissen.

„Gwynefa hat sie samt dieser Mi Lou alle mitgenommen", erklärte Cristofor. „Aber eine gute Neuigkeit habe ich. Erinnert ihr euch an diesen Karl aus der anderen Welt, den das Mädchen erwähnt hat? Der ist bei mir und scheint ein ganz vernünftiger Kerl zu sein."

„Ihr meint, wir haben einen der Menschen aus der anderen Welt? Und ist er wirklich so außergewöhnlich wie beschrieben?", wollte Olaru wissen.

„Mehr als das", schwärmte Cristofor. „So etwas habe ich noch nie in meinem Leben gesehen."

Magnatus Olaru dachte einen Augenblick nach. „Wenn der Junge und sein Drache bei dieser Gwynefa sind, wird es schwer sein, sie zu überwältigen. Vielleicht sollten wir uns wirklich erst auf die Übernahme von Skaiyles konzentrieren", dachte er laut. „Cristofor, ich brauche dich hier dringender als dort oben im Norden. Schnapp dir diesen Karl und komm so schnell wie möglich zu mir nach Falconcrest. Um den Jungen, seinen Drachen, das Mädchen und Gwynefa kümmern wir uns später", entschied Olaru.

„Das passt gut. Ich hatte gestern Nacht noch einen Battyr zur Dorina geschickt. Sie ist mit Marin und Radu auf dem Weg nach Tarvaala. Ich wollte die zwei als Verstärkung bei mir haben. Sie dürften gerade im Hafen von Scrabster einlaufen. Wir machen uns sofort auf den Weg und sind dann in drei Tagen in Falconcrest", sagte Cristofor.

„Nein, lass die Dorina ziehen und ihren Auftrag in Tarvaala erledigen. Das ist auch wichtig. Du reitest bitte erst nach Skargness und sicherst dort unseren Einfluss. Dir fallen bestimmt Mittel und Wege ein, um unseren Machtanspruch zu festigen. Schließlich bist du jetzt Burgmagier von Skargness. Von da aus könnt ihr dann mit dem Schiff innerhalb von zwei Tagen in Falconcrest sein."

„Dann wäre ich aber erst in sechs Tagen bei Euch", überschlug Cristofor grob die Zeiten.

„Das reicht vollkommen, das ist genau die Frist, die ich König Charles Tasker gebe, um freiwillig abzudanken. Wenn er das nicht tut, bräuchte ich dich, um aus Wallace einen geständigen Zeugen zu machen", sagte Olaru.

Cristofor lachte. „Mal sehen, ob ich das mache oder ob Karl diese Aufgabe nicht übernehmen will", scherzte er. Als er die Bedenken in Olarus Blick sah, erläuterte er sofort: „Keine Angst, werter Olaru, Ihr könnt sicher sein, dass ich

Karl diese Aufgabe nicht geben würde, wenn ich nicht sicher wäre, dass er sie noch besser als ich erledigen könnte."

„Ist er so schlimm?", fragte Olaru mit hochgezogenen Augenbrauen.

„Schlimmer", antwortete Cristofor nur. Er grinste und beendete das Gespräch. Bei dem Gedanken „schlimmer als Cristofor" lief Olaru ein eiskalter Schauer über den Rücken.

In diesem Moment klopfte ein Dienstbote an die Tür. „Der König lässt Euch bitten, werter Magnatus Olaru."

Magnatus Olaru stand auf, strich sich seine blaue Robe glatt und machte sich konzentriert auf den Weg zu dem noch amtierenden König von Skaiyles.

Es war früher Nachmittag, als Rob in weiter Entfernung einen riesigen Baum aus dem Wald herausragen sah. Er maß bestimmt achtzig Meter und thronte wie ein Leuchtturm weithin sichtbar über der Landschaft. Dahinter konnte Rob bereits die Trollbucht erkennen, an der auch der kleine Ort Scrabster lag. Wie der magische Steinkreis am ruhigen See, war der Stamm des Baumes von sieben Monolithen umgeben. Allerdings gab es hier keine Vertiefungen oder Steinplatten. Hier verbanden die Wurzeln die Steine mit dem Stamm. Der außergewöhnliche magische Baum hatte einen Umfang von fast dreißig Metern und seine Äste umgaben ihn wie einen Strahlenkranz mit immergrünen Nadeln.

Gwynefa saß frustriert gegen eine der riesigen Wurzeln gelehnt. Tanyulth war unterwegs jagen.

„Was ist los?", fragte Rob.

„Ach, wir haben seit Stunden versucht Delwen, Fearghal oder einen ihrer Drachen zu erreichen. Aber ohne Erfolg, es ist fast so, als wären sie nicht mehr da", sagte sie angespannt.

Rob sah Gwynefa mitfühlend an. „Es gibt doch sicher eine einfache Erklärung dafür, oder?", fragte er vorsichtig.

„Es kann sein, dass sie nicht gefunden werden wollen", erklärte Fuku. „Wenn sie sich in einen Schutzzauber eingehüllt haben, sind sie auf die Entfernung nur äußerst schwer auffindbar."

Gwynefa nickte mit sorgenvollem Blick. „Daran habe ich auch schon gedacht, aber nach den Ereignissen der letzten Tage habe ich Angst um die vier."

„Würde es helfen, wenn wir als Verstärkung mit auf die Suche gehen? Das haben Fuku und ich doch schon gemacht, als wir euch gesucht haben", bot Rob an.

„Ein Versuch ist es wert", sagte Gwynefa und bat Tanyulth, zurückzukommen.

„Wollt ihr mich auch dabei haben?", fragte Mi Lou, die von Lynir abgestiegen war.

Fuku lachte laut. „Nur, wenn wir aus dem Baum Kleinholz machen wollen."

„Sehr witzig, Fuku", erwiderte Mi Lou schnippisch, und Rob sah ihn strafend an.

„Nein, aber danke für dein Angebot, Mi Lou. Dafür musst du erst lernen, deine Kräfte zu kontrollieren, sonst ist das wirklich zu gefährlich", sagte Gwynefa.

Kurze Zeit später spürten sie einen leichten Lufthauch und Tanyulth landete mit blutverschmiertem Maul neben ihnen.

„Dann los", sagte Gwynefa, die neuen Mut geschöpft hatte.

Mi Lou beobachtete, wie sich die beiden Magier und die zwei Drachen jeweils vor einen der Monolithen stellten und hochkonzentriert ihre Augen schlossen, um sich miteinander zu verbinden. Tanyulth und Fuku brummten eine tiefe Melodie und Gwynefa stimmte in den Gesang mit ein. Auch Rob traute sich, die Melodie leise mitzusummen. Mi Lou beobachtete, wie sich in den höhlenartigen Vertiefungen, die sich zwischen den Wurzeln am Stamm des Baumes befanden, grün und blau leuchtende Nebelschwaden bildeten. Sie strömten entlang der Wurzeln zu den Monolithen, um von dort, in einem wilden Wirbel, zurück zu dem Baumstamm zu fließen. Sobald sie den Stamm in etwa fünf Metern Höhe erreichten, wanderte der Nebel in die Spitzen der Äste. Immer wieder entlud sich die Energie aus den Astspitzen in Blitzen, die in den Monolithen am Boden einschlugen. Bald hatte dieser Effekt sich auf den ganzen Baum ausgebreitet. Mit zusammengekniffen Augen, betrachtete Mi Lou völlig gebannt das grell leuchtende Blitzspektakel, das so aussah, als hätte sich ein Gewitter in dem Baum verfangen. Nach wenigen Minuten war das Schauspiel vorüber. Gwynefa und Rob liefen mit gesenktem Kopf zu Mi Lou und berichteten ihr.

„Wir haben Delwen und Mianthor erreicht. Fuku lag mit seiner Schutzschildvermutung richtig. Zwei üble Magier haben versucht, sie umzubringen und sind ihnen jetzt dicht auf den Fersen. Delwen und Mianthor verstecken sich in den Minen von Coalwall. Sie haben sich in Schutzzauber gehüllt, um ihren Jägern zu entgehen", berichtete sie niedergeschlagen. „Sie waren dabei, mit Fearghal und Anathya gemeinsame Nachforschungen zu der Herkunft des Seelentrankes anzustellen, und hatten verabredet, dass sie sich jeden Tag miteinander austauschen. Ihr Kontakt zu Fearghal und Anathya ist vor drei Tagen abgebrochen, und nun befürchten sie das Schlimmste."

Die zwei Drachen gesellten sich zu Gwynefa, Mi Lou und Rob. Tanyulth übernahm es, weiter zu berichten, da Gwynefa Stimme stockte. „Außerdem haben sie von massiven Truppenbewegungen im Norden Rochildars berichtet. Ein Teil der Armeen ist bereits in Coalwall einmarschiert und hat befestigte Lager errichtet."

„Was bedeutet das?", fragte Mi Lou, die die großen Zusammenhänge im Kaiserreich noch nicht durchschauen konnte.

„Das bedeutet, dass es Krieg geben wird", antwortete Tanyulth ernst.

Gwynefa holte tief Luft und seufzte. „Die Provokationen während des Drachenwahlturniers waren lediglich ein Vorgeplänkel. Hinter dieser Kriegstreiberei dürfte Mortemani, die rechte Hand von Kaiser Theobaldus, stecken. Magnatus Olaru aus Rochildar ist nur eine Figur in dessen Spiel, zugegebenermaßen eine sehr wichtige. Die Magier der reinen Lehre haben es geschickt geschafft, uns Drachenmagier aus dem Spiel zu nehmen. Jetzt, wo wir vogelfrei sind, besetzen sie Skaiyles in einem Handstreich, so dass wir nicht mehr Fuß in unserem eigenem Land fassen können. Lord Bailey und seine starke Armee haben sie bereits auf ihrer Seite." Gwynefa zog ihre Stirn in Falten und schnaufte. „Ob es uns gefällt oder nicht: Wir müssen unsere Truppen mobilisieren und kämpfen, sonst sind die Drachenmagier Geschichte."

„Können wir uns nicht verstecken, um im Verborgenen wieder stärker und zahlreicher zu werden?", fragte Rob, den der Gedanke an Krieg fürchterlich erschreckte.

Die zwei Drachen sahen ihn missmutig an, aber Gwynefa griff Robs Einwand auf. „Nein, das geht leider nicht. Ich mag auch keinen Krieg, aber Drachenmagier sind nun mal Bewahrer der Welt, in der sie leben. Unsere Aufgabe ist es, Schaden von dem Land abzuwenden und zu verhindern, dass sich böse Magie ungezügelt ausbreitet. Wir können uns nicht verstecken, sie würden uns finden und jagen. Die reinen Magier sind ein Wegbereiter für das Böse, das mit jedem Tag ihrer Vorherrschaft mächtiger wird. Deswegen müssen wir uns der Gefahr so früh wie möglich stellen."

Fuku sah Rob aufmunternd an, da er spürte, dass Rob die Botschaft verstanden hatte.

„Wie sieht dann unsere Strategie aus?", wollte Mi Lou wissen.

„Um überhaupt irgendetwas bewirken zu können, müssen wir als erstes unsere Truppen für den Widerstand mobilisieren und sie mit denen des Königs vereinen. Dann sollten wir Wallace und Malyrtha befreien. Mit der Macht und den Führungsqualitäten von Malyrtha und Wallace schaffen wir es vielleicht, Skaiyles zu halten", überlegte Gwynefa.

„Und wenn sie die zwei töten, während wir uns sammeln?", fragte Fuku besorgt in die Runde.

„Ohne Armee haben wir nicht die geringste Chance gegen die reinen Magier und ihre Verbündeten. Wir würden einen Befreiungsversuch nicht überleben", antwortete Tanyulth.

„Mortemani wird Wallace und Malyrtha in Greifleithen sicherlich öffentlich den Prozess machen wollen. So stellt er die gewaltige Macht der reinen Magier für alle offen zur Schau und erzielt die gewünschte, abschreckende Wirkung im Kaiserreich. Aber ich glaube, sie werden es noch nicht wagen, Wallace und Malyrtha den langen Weg nach Greifleithen zu verschleppen. Skaiyles ist noch nicht unter ihrer Kontrolle, und Charles Tasker wird sein Königreich sicherlich bis zum letzten Mann verteidigen. Das Unternehmen, die zwei nach Greifleithen zu bringen, wäre also äußerst aufwendig, und sie würden Gefahr laufen, dass wir die zwei unterwegs befreien. Vorerst sollten sie also nicht in unmittelbarer Lebensgefahr schweben", sagte Gwynefa.

„Und wie stellst du dir das mit den Truppen vor?", fragte Fuku.

„Tanyulth und ich müssen zurück nach Fairfountain. Dort mobilisieren wir unsere Armee und sichern den Übergang zu Midvon", sagte Gwynefa und sah nun Rob direkt an. „Rob, du musst unbedingt versuchen, die Wolfsblutkrieger als Verbündete zu gewinnen."

Rob schluckte, da er keine Ahnung hatte, wie er das anstellen sollte, und Fuku legte zögerlich den Kopf schief. „Du meinst das Volk, dessen Stolz der Höhe ihrer Berge entspricht?", fragte er ungläubig.

„Wie hoch sind die Berge der Wolfsblutkrieger?", fragte Mi Lou unschuldig.

„Die haben verdammt hohe Berge in Norgyaard", sagte Rob mutlos, und Fuku nickte zustimmend.

„Ja, aber in Robs Erinnerungen habe ich gesehen, wie er schon einmal das Vertrauen eines Wolfsblutkriegers und seines Packs erlangt hat. Und du Fuku", sie wendete sich Fuku zu, „du musst zu deinen Eltern fliegen. Phytheon und Chiu sollen alle verbliebenen Drachen um sich sammeln."

„Du willst Fuku und Rob trennen?", fragte Tanyulth ungläubig.

„Nur vorübergehend. Mi Lou und Rob können sich schon mal per Schiff Richtung Norgyaard aufmachen und Fuku kommt nach. Er sollte sie spätestens, wenn sie wieder auf dem Festland sind, eingeholt haben", erklärte Gwynefa.

„Das halte ich für ein sehr großes Risiko", gab Tanyulth zu bedenken.

„Uns läuft die Zeit davon." Gwynefa sah Tanyulth in die Augen. „Für die paar Tage muss Mi Lou auf Rob aufpassen und ihn von Unheil fernhalten."

Rob ärgerte sich, dass alle glaubten, er könne nicht alleine auf sich Acht geben. Außerdem verursachte ihm der Gedanke an eine Trennung von Fuku leichtes Stechen im Bauch. Hatte er sich etwa schon so sehr an Fuku gewöhnt? „Aber ..." Er wollte gerade protestieren, als Gwynefa ihm ins Wort fiel.

„Das hier ist keine Diskussion, Rob", sagte sie in strengem Ton. „Ich höre mir gerne eure Meinung an, aber letztendlich wird gemacht, was Tanyulth und ich sagen. Habt ihr das verstanden?" Gwynefa wirkte auf einmal viel größer und ausgesprochen mächtig.

Selbst Fuku hielt seine vorlaute Klappe und nickte zustimmend, genauso wie Rob und Mi Lou.

„Also, Mi Lou und Rob brechen mit dem Schiff nach Vargdal auf, und Fuku folgt ihnen. Eure Aufgabe ist es, die Wolfsblutkrieger als Verbündete für uns zu gewinnen. Außerdem sucht ihr bitte Loke Lindroth und den Eisdrachen Alfdis. Er lebt zurückgezogen in den Höhen des Sturmschattengebirges, oberhalb von Vargdal. Wir werden ihn in dem Kampf brauchen, und wahrscheinlich ist er der perfekte Lehrer für euch."

Tanyulth sah Gwynefa bewundernd an. Er mochte es, wenn sie einen Plan selbstsicher umsetzte. „Loke kann sicherlich auch noch mehr zu Mi Lou sagen", ergänzte er.

„Aber glaubt ihr nicht, dass Gwynefa und Tanyulth mehr Chancen bei den Wolfsblutkriegern hätten als wir?", fragte Rob.

„Das ist wahr, Rob, aber es gibt ein weiteres Volk, das ein mächtiger Verbündeter von uns sein könnte", entgegnete Gwynefa lächelnd. „Und ich glaube, dass Fuku und du nicht gerade scharf darauf seid, mit den Waldtrollen zu verhandeln, oder?"

Fuku und Rob fiel die Kinnlade herunter. Sie trauten ihren Ohren nicht, und auch Mi Lou war verwundert. „Trolle?", fragten sie entsetzt.

„Waldtrolle, nicht diese tumben Steintrolle", korrigierte Gwynefa. „Wir haben einige in Fairfountain. Zu denen haben Tanyulth und ich seit ein paar Jahren zarte Beziehungen aufgebaut. Nun ist es an der Zeit, daraus eine Allianz zu schmieden und die Waldtrolle von Utgard mit in dieses Bündnis einzubeziehen."

„Aber glaubt ihr nicht, dass ihr die Menschen damit vergrault?", fragte Rob stirnrunzelnd.

„Hmm, sicher könnte das dem ein oder anderen bitter aufstoßen, aber wir können in der Not nicht wählerisch sein. Viel interessanter wird die Reaktion der Steintrolle werden. Aber lasst das mal meine Sorge sein."

Fuku und Rob schüttelten ungläubig den Kopf.

„Hat noch jemand eine Frage? Oder weiß jeder, was seine Aufgabe ist?", wollte Gwynefa wissen, und ihrem ungeduldigen Ton war anzuhören, dass sie aufbrechen wollte.

„Wann und wo treffen wir uns wieder?", wollte Fuku wissen.

„In zwei Wochen bei dem Steinkreis am Ruhigen See. Wer zuerst dort ist, kann versuchen, die anderen schon zu erreichen", sagte Gwynefa kurz angebunden. „Ach, und Rob, ich hab noch ein Geschenk für dich." Sie ging zu ihrem Gepäck und holte ein längliches Stoffbündel heraus. Vorsichtig packte sie es aus und überreichte Rob ein Schwert.

„Das magische Schwert, das du bei dem Turnier der Magier gewonnen hast?", keuchte Rob voller Bewunderung. „Das kann ich nicht annehmen!"

Gwynefa lächelte ihn an. „Ich kämpfe selten mit Schwertern, bei dir ist es sicherlich besser aufgehoben."

„Mi Lou?", rief Fuku. „Mi Lou? Hörst du mich?"

Mi Lou starrte das wertvolle Schwert an, als hätte sie ein Gespenst gesehen. Ohne Worte holte sie ihren Rucksack und packte das Holzkästchen aus, das ihr Giulia in Italien gegeben hatte. Als Gwynefa und die Drachen das Muster auf dem Deckel erkannten, verschlug es ihnen die Sprache. Lediglich Rob verstand wieder mal nicht, was hier los war. Vorsichtig öffnete Mi Lou den Deckel und gab den Blick auf den Ring, den Armreif und die Kristalle frei. Derselbe kunstvoll geschmiedete Drache, der bei dem Schwert die Klinge mit dem Griff verband, befand sich auch auf dem Ring, dem Armreif und dem Dolch, den Mi Lou nun unter dem Samtkissen hervorholte.

„Woher hast du das?", stieß Tanyulth atemlos hervor und wilde Strudel durchstoben seinen Körper vor Aufregung.

„Das hat mir mein Vater in meiner Welt vererbt", sagte Mi Lou, die nun langsam auch an eine Verbindung zweier unterschiedlicher Welten zu glauben begann. „Er nannte sie, die magischen Fünf'."

„Unglaublich", entfuhr es Gwynefa, für die Mi Lou immer mysteriöser wurde. Liebend gerne hätte sie sich eingehender mit dieser einzigartigen Frau beschäftigt, aber dazu hatten sie leider keine Zeit.

„Der Armreif ist ein wenig groß, aber der Ring passt ganz gut", sagte Mi Lou.

„Das ist kein Armreif", sagte Tanyulth schmunzelnd. „Das ist ein Drachenring. Du hast da Teile einer uralten Drachenmagier-Ausrüstung."

„Ein Drachenring?", fragte Rob irritiert, und Fuku musterte neugierig das Schmuckstück.

„Darf ich den mal anprobieren?", fragte Fuku aufgeregt und streckte ihr seine rechte Pranke entgegen.

„Klar", sagte Mi Lou, setzte einen Kristall in die Fassung und schob Fuku den Drachenring über seine dicke Klaue. Alle sahen ihn gespannt an.

„Ich spüre nichts", sagte er enttäuscht. „Doch wartet", ergänzte er. „Ich glaube, etwas passiert mit mir", sagte er nervös. „In mir verändert sich etwas, ich verspüre einen unbändigen Drang ... mich zu bewegen." Fuku klimperte mit den Augen und sah den Ring an seiner Hand verliebt an. Plötzlich drehte er anmutige Pirouetten, schwebte unter Zuhilfenahme seiner Flügel grazil von einer Krallenspitze auf die andere und trippelte, wie eine zarte Tänzerin, vor den anderen graziös auf und ab. Peinlich berührt verdrehte Rob die Augen, doch alle anderen brachen in lautes Gelächter aus.

„Rob, versuch du doch mal den anderen Ring", sagte Gwynefa mit Tränen in den Augen, während Fuku weiter die Primaballerina gab.

Zögerlich sah Rob Mi Lou an, die sich köstlich über Fuku amüsierte. „Wehrte Zuschauer, freuen Sie sich nun auf den Pas de deux aus dem wunderbaren Stück ‚Auszug der Drachenmagier', präsentiert von Fuku, dem furchterregenden Drachen, und seinem Magier, dem zauberhaften Rob", moderierte Mi Lou theatralisch. Gwynefa und Tanyulth kugelten sich vor Lachen, und Rob nahm sich vor, das Spiel mitzumachen.

„Darf ich um deine Hand bitten?", forderte Mi Lou ihn auf. Rob grinste verlegen und spreizte seine Finger.

Mi Lou schob ihm den Ring sanft über seinen Ringfinger, und Fuku hielt plötzlich inne. Auch Rob wirkte apathisch. Er spürte Fuku ähnlich eindringlich wie bei der Drachenwahl, dann war das Gefühl plötzlich wieder weg. Fuku lächelte ihn an und zeigte ihm seinen Ring, den er gerade ausgezogen hatte. Er steckte ihn wieder an und sofort war die innige Verbindung wieder da.

„Unglaublich", entfuhr es Rob und erklärte den anderen, was es mit den Ringen auf sich hatte.

„Da haben wir wohl einen Volltreffer gelandet", kommentierte Tanyulth Robs Erklärungen. „Der Ring verstärkt eure Verbindung. Wahrscheinlich könnt ihr Hunderte von

Kilometern voneinander entfernt sein und euch trotzdem spüren, als würdet ihr direkt nebeneinander stehen."

Rob zog den Ring von seinem Finger ab und wollte ihn Mi Lou wiedergeben. Die schaute ihn nur böse an. „Was soll der Quatsch?"

„Aber das ist doch dein Ring", meinte Rob verlegen. „Und vielleicht wollen ihn ja auch Gwynefa und Tanyulth haben", ergänzte er unsicher.

„So ein Blödsinn", motzte Mi Lou ärgerlich. „Was soll ich damit anfangen, und Fuku und du brauchen ihn momentan am dringendsten. Nimm den Ring und halt den Mund", fuhr sie ihn barsch an.

„Die böse rothaarige Hexe mit dem feuerspeienden Reptil schließt sich dieser Einschätzung an", ergänzte Gwynefa leicht sarkastisch. Rob wurde knallrot.

„Danke", murmelte er leise. Er steckte den Ring an seinen Finger und spürte, wie Fuku seine ewig demütige Art missbilligte.

„Ich würde ja liebend gerne noch bleiben, aber uns läuft die Zeit davon. Ich bin froh, euch an meiner Seite zu wissen", sagte Gwynefa ehrlich berührt und stieg auf Tanyulth. Würdevoll erhoben sie sich in die Luft. „Wir sehen uns in zwei Wochen. Viel Erfolg! Und grüßt Loke von mir", rief sie ihnen noch zu, und war dann mit ihrem Drachen verschwunden.

„Ich mach mich mal los zu meinen Eltern", sagte Fuku. Rob nahm den Kopf des Drachen in den Arm. „Pass auf dich auf!", sagte er, während er ihn hinter den Ohren kraulte.

„Mach ich", versprach Fuku. „Ihr aber auch auf euch. Ich verlasse mich auf dich, Mi Lou."

„Mach schon, dass du loskommst, Fuku. Umso schneller bist du wieder da", grinste Mi Lou.

Fuku stieß sich kräftig vom Boden ab und flog Richtung Süden zu der Höhle seiner Eltern. Verwundert stellte er fest, dass er sich auf das Wiedersehen mit Chiu und Phytheon freute. Rob vermisste er überhaupt nicht. Durch den Ring waren sie so eng verbunden, als wäre er bei ihm auf dem Rücken. Fuku lächelte zufrieden.

„Magst du nicht zu mir auf Lynir steigen?", fragte Mi Lou Rob, der unbeholfen in der Gegend stand. Irritiert sah er sie an. Eigentlich wollte er auf Fuku klettern, so eng war seine Verbindung zu ihm. Jetzt erst fiel ihm auf, dass Fuku ja schon aufgebrochen war.

„Ähh, klar", sagte er und setzte sich hinter Mi Lou.

Je näher sie in der Nachmittagssonne Richtung Scrabster kamen, umso intensiver schmeckten sie die salzige Luft des Nordmeers. Nach ungefähr einer Stunde erreichten sie Scrabster. Das kleine geschäftige Örtchen lag auf einer schmalen Landzunge in der Trollbucht. Die dicht an dicht gebauten Häuser sahen aus, als stünden sie direkt im Meer. Rob war überrascht von den vielen kleinen Booten, die im Schutze der Landzunge ankerten. Während Mi Lou sich um Verpflegung kümmerte, ging er hinunter zum Hafen und sah sich um. Der Hafen war nicht besonders groß und Rob fand sofort das kleine, steinerne Häuschen des Hafenmeisters. Der Hafenmeister war ein bärbeißiger gedrungener Kerl und diskutierte gerade intensiv mit einem mittelgroßen Mann mit seegegerbter Haut und schwarzen Haaren. Als sie bemerkten, dass Rob sie beobachtete, unterbrachen sie ihren Disput. Der schwarzhaarige Seemann trat einen Schritt zurück, und der Hafenmeister wandte sich direkt an Rob. „Wolltest du zu mir?", fragte er mit rauer Stimme und sah Rob argwöhnisch an.

„Entschuldigung, ich wollte Euch nicht unterbrechen", sagte Rob, der das Gefühl hatte, zu stören.

„Das hast du bereits, aber da ich mit meinem Freund Corneliu noch ein wenig länger verhandeln muss, geht das in Ordnung. Also, was kann ich für dich tun? Brauchst du einen Ankerplatz oder willst du hier im Hafen Waren löschen?", fragte der Hafenmeister ungeduldig.

„Ich bin auf der Suche nach einem Schiff, das mich und meine Frau nach Bakkasund in Norgyaard bringen kann. Könnt Ihr mir weiterhelfen?"

Der Hafenmeister lachte laut auf, während der Seemann Rob interessiert musterte. „Ein paar Seemeilen vor der Küste tobt ein ungemütlicher Sturm – niemand, der nur einen Funken Verstand hat, fährt bei so einer Wetterlage nach Norden."

„Aber im Hafen liegen doch jede Menge Schiffe und ich zahle gut", sagte Rob, um den Hafenmeister dazu zu bringen, intensiver nachzudenken.

„Mein lieber Junge, die ganzen Schiffe im Hafen sind vor dem Sturm geflohen und dürften froh sein, dass sie es bis hierher geschafft haben. Die meisten sind kleine Fischerbarken und taugen nur dazu, in Küstennähe zu segeln. Ich glaube kaum, dass dich einer von denen auch nur eine Meile nach Norden bringt. Wenn du unbedingt nach Bakkasund musst, nimm am besten den Landweg." Für den Hafenmeister war alles gesagt und er wandte sich wieder dem Seemann zu und ließ Rob einfach stehen.

„Ist noch etwas?", fragte er schroff, als Rob nicht gehen wollte.

„Nein, trotzdem danke", sagte Rob und verzog sich nach draußen. Uneinsichtig fragte er noch eine Handvoll Seeleute, die er am Hafen traf. Aber auch die lachten ihn nur amüsiert aus. Keiner war bereit, sie nach Norgyaard zu bringen.

Niedergeschlagen setzte sich Rob auf die Kaimauer und betrachtete die Reflexionen einer Karavelle mit zwei Masten im trüben Hafenwasser. Die Luft roch unangenehm faulig, und Rob bekam schlechte Laune. Es konnte doch nicht sein, dass seine Mission schon daran scheiterte, überhaupt nach Norgyaard zu kommen!

Plötzlich fühlte er sich beobachtet und drehte sich um. Der Seemann, der vorhin mit dem Hafenmeister diskutiert hatte, kam auf Rob zu. „Du brauchst eine Überfahrt nach Bakkasund?", fragte er höflich.

Rob schöpfte Hoffnung, seine Miene hellte sich sofort auf. „Ja, wisst Ihr eine Möglichkeit?"

„Ich glaube schon. Ich bin übrigens Corneliu, der Steuermann der Karavelle, die du da vor dir siehst." Corneliu reichte Rob seine Hand zum Gruß. „Wir brechen in einer Stunde nach Tarvaala in Utgard auf und haben noch Platz an Bord. Ich bin mir sicher, dass unser Kapitän gegen eine kleine Aufwandsentschädigung den kurzen Schlenker nach Bakkasund machen würde."

Rob sah den Steuermann hoffnungsvoll an. „Das wäre super. Was würde mich die Fahrt für zwei Personen und ein Pferd kosten?"

Corneliu überlegte kurz. „Zwei Silbermünzen für dich und deinen Begleiter und eine Kupfermünze für das Pferd. Allerdings müsst ihr euch selbst verpflegen, unserer Vorräte sind knapp bemessen und reichen nur für die Mannschaft."

„Das ist kein Problem, und der Preis ist fair. Aber habt Ihr denn keine Angst vor dem Sturm?"

Corneliu lächelte. „Die Dorina ist ein sicheres Boot, das schon viel größeren Stürmen getrotzt hat. Ihr Kapitän ist ein erfahrener Mann, und wir haben zwei äußerst fähige Magier an Bord", beruhigte ihn Corneliu. „Also, wenn ihr mitwollt, seid in spätestens einer halben Stunde hier an der Kaimauer."

Rob fiel ein Stein vom Herzen, und er machte sich sofort auf die Suche nach Mi Lou.

Eine gute Stunde später standen Mi Lou und Rob auf dem sanft schaukelnden Deck der Dorina. Sie beobachteten die Sonne, die langsam hinter den Hügeln der Küste verschwand und den Himmel in eine tiefes Rot tauchte. Nach dem Einschiffen hatten sie kurz mit Andre, dem Kapitän, gesprochen und ihm das vereinbarte Geld für die Überfahrt gegeben.

„Das ging ja besser, als wir gehofft hatten", sagte Mi Lou zu Rob.

„Na ja, so einfach war das auch nicht", meinte Rob, der sich etwas mehr Lob erhofft hatte. „Die Dorina ist das einzige Schiff, das sich den Weg nach Norden zutraut, und ich musste Corneliu mit Engelszungen davon überzeugen, dass sie uns mitnehmen." Rob winkte freundlich hinüber zum Achterkastell, auf dem Corneliu an seinem Steuer stand und mit dem Kapitän sprach.

Corneliu nickte Rob freundlich zu.

„Ihr wollt doch nicht wirklich den Umweg über Bakkasund nehmen, oder?", fragte er seinen Kapitän, der Rob ebenfalls freundlich zuwinkte.

„Himmel, nein. Für das Mädchen und den prächtigen Hengst bekommen wir sicherlich einen stattlichen Preis von den Trollen. Den Jungen schmeißen wir einfach auf halben Weg über Bord."

REISE NACH VARGDAL

Gnadenlos heulte der Sturm über das raue Nordmeer, und dicke Regentropfen prasselten auf das Deck. Wellen, so groß wie Häuser, schlugen unnachgiebig gegen die Dorina und legten eine dichte, salzige Gischt über das Boot. Das Schiff ächzte und schwankte unter den rohen Naturgewalten. Während die beiden Magier Marin und Radu alle Hände voll zu tun hatten, die sichernde Schutzhülle stabil zu halten, trotzte Corneliu dem Wind und hielt das Boot am Steuer auf Kurs. Würden sie versagen, wäre die Dorina binnen Sekunden zum Untergang verdammt. Der Sturm, der über sie hinwegtobte, würde sie mit Leichtigkeit zermalmen und zwischen den Wellen aufreiben.

Sie waren jetzt den zweiten Tag unterwegs, und Mi Lou und Rob kämpften in ihrer Kabine unter Deck gegen die Seekrankheit an. Der erste Tag war noch ganz o. k. gewesen, aber seit gestern Mittag hatte sich der Sturm um ein Vielfaches verstärkt. Rob hatte das Gefühl, dass sich sämtliche Dämonen des Nordmeeres gegen ihn verschworen hatten und mit ihren vereinten Kräften gehässig an der Dorina zerrten. Mi Lou war nur leicht schwindelig, aber Robs Magen rumorte und sein Gleichgewichtsorgan ritt mit ihm Rodeo.

„Ich schau mal nach dem armen Lynir", sagte Mi Lou und sah Rob mitleidig an. Sie ging aus der Kabine, steckte aber eine Sekunde später nochmal grinsend den Kopf durch die Tür. „Sag mal, wenn du jetzt mit dem Ring eine Verbindung zu Fuku aufnimmst, fliegt er dann Schlangenlinien?", fragte sie frech.

Rob schmiss mit einem Kissen nach ihr, aber Mi Lou war bereits zur Tür hinaus.

Mi Lou hatte Lynir in den wenigen Tagen, die sie zusammen waren, fest in ihr Herz geschlossen. Der stolze Hengst stand in einer kleinen, mit Stroh ausgelegten Box, in der normalerweise das Vieh verschifft wurde. Unter Lynirs Bauch war ein Ledertuch gespannt, das mit Seilen an der Decke befestigt war. So konnte er bei dem starken Wellengang nicht umfallen. Die raue See schien ihn nicht sonderlich zu stören, und er begrüßte Mi Lou freundlich. Da die restliche Besatzung das Boot sicherte und die Befehle der Magier und des Kapitäns ausführten, waren sie hier unten alleine. „Hallo, mein Guter." Sie griff in eine der Vorratstruhen und gab Lynir eine frische Möhre, die er gierig verschlang. Mi Lou streichelte ihm liebevoll über den Hals. „Dir scheint es ja ganz gut zu gehen, im Gegensatz zu deinem geliebten Rob." Mi Lou hörte unter sich ein klirrendes Geräusch. Wahrscheinlich war die Ladung nicht richtig gesichert und schlug von einer Seite zur anderen. Neugierig hob sie die Luke zum unteren Laderaum an und riskierte einen Blick. Ihr verschlug es die Sprache.

Die Dorina hatte Unmengen Waffen geladen. Sie erkannte Kisten mit Schwertern, Hellebarden, Speeren und Dolchen. Teilweise waren sie umgekippt und ihr Inhalt war wahllos über den Boden verstreut. Plötzlich hörte Mi Lou Stimmen näherkommen. Ohne ein Geräusch zu verursachen, kletterte sie die Leiter hinunter, verschloss die Luke und versteckte sich hinter einem dicken Querspanten. Durch die schmalen Ritzen in den Bodendielen erkannte Mi Lou zwei Seeleute, die direkt über ihr anhielten.

„Dumitru? Hast du auch dieses Scheppern gehört?", fragte einer der Seemänner verärgert.

„Dieser Idiot Marku hat mal wieder die Ladung nicht richtig verzurrt", antwortete der angesprochene. „Den kannst du auch nichts alleine machen lassen. Komm, wir gehen runter und erledigen das schnell, sonst lässt der Kapitän ihn wieder auspeitschen." Die zwei öffneten die Luke und kletterten hinunter in den Laderaum. Mi Lou schlug eine Wolke aus Schweiß und Alkohol entgegen. Sie hielt die Luft an, und schmiegte sich noch dichter an die Bootswand.

„Weißt du eigentlich, warum wir vorgestern in Scrabster Zwischenhalt gemacht haben?", fragte Petar, der Kleinere der beiden, während sie die Waffen wieder in die Kisten räumten.

„Ich habe nur mitbekommen, dass am Abend davor noch ein Battyr angekommen ist. Direkt danach hat der Kapitän den Befehl gegeben, Kurs auf Scrabster zu nehmen."

„Hat sich ja echt gelohnt", sagte Petar zynisch. „Da haben wir einen halben Tag für nichts und wieder nichts verloren und diese zwei ahnungslosen Unglücksraben aufgelesen. Ich wünschte, ich könnte wieder daheim auf meinem Feld ehrliche Arbeit verrichten."

„Sei froh, dass wir diesen Job hier haben. Zu Hause würdest du samt deiner Familie elendig verhungern", erwiderte Dumitru.

Bei der Vorstellung schüttelte sich Petar angewidert. „Mag sein, aber trotzdem hasse ich den Kapitän und die zwei Magier. Und Corneliu, dem alten Schleimbeutel, traue ich keinen Zentimeter über den Weg", fluchte er leise. „Aber was will man auch von Leuten erwarten, die Geschäfte mit Trollen machen und Waffen nach Utgard schmuggeln?"

Dumitru sprang zu Petar und hielt ihm verängstigt den Mund zu. „Bist du wahnsinnig?", zischte er. „Wenn dich jemand hört? Die schmeißen dich glatt nachher zusammen mit dem Gefangenen über Bord."

Petar grunzte nur missmutig, sagte aber nichts mehr. Die zwei sicherten schweigend die restlichen Kisten und verschwanden wieder nach oben.

Mi Lou war das Wort „Gefangener" bitter aufgestoßen. Sie wartete, bis die zwei weg waren, holte tief Luft und rannte auf direktem Weg zu ihrer Kabine. Als sie die Tür aufschlug, erschrak Rob, dem es schon wieder etwas besser ging. „Mi Lou!", rief er verärgert. „Was hat dich denn gestochen?"

Mi Lou berichtete ihm von dem Waffenfund und dem Gespräch, das sie belauscht hatte.

„Und wie sahen die Waffen aus?", fragte Rob

Mi Lou zog die Stirn in Falten und überlegte kurz. „Sie waren aus einem dunklen Stahl und sehr einfach geschmiedet. Oder vielmehr schnörkellos und sehr funktional. Außerdem hatten alle eine Fassung, in der Kristalle in allen möglichen Farben eingelassen waren."

Rob, der bereits fahl im Gesicht gewesen war, wurde kreidebleich. „So ein Mist, die schmuggeln magische Waffen zu den Trollen nach Utgard", entfuhr es ihm entsetzt. „Wir müssen unbedingt fliehen, bevor die uns umbringen. Leute, die so etwas machen, haben überhaupt keine Hemmungen. Wir sollten uns das Rettungsboot nehmen und abhauen", überlegte er laut.

„Und Lynir bei diesen Verbrechern lassen?", fragte Mi Lou gereizt.

Rob zog die Stirn in Falten. „Die werden Lynir bestimmt an die Trolle verkaufen. Wir müssen ihn dann finden und befreien", schlug Rob vor.

Mi Lou wurde wütend. „Verdammt nochmal, Rob!", fuhr sie ihn an. „Wann erkennst du endlich, dass man nicht immer fliehen kann? Fuku versucht dir das schon länger zu vermitteln."

Rob sah Mi Lou wie ein geprügelter Hund an. Fast schon tat er ihr leid, aber Mi Lou wusste, dass sie Rob dazu bringen musste, die Herausforderung anzunehmen. Sie konnte an seinem Gesicht ablesen, wie es in ihm arbeitete. Letztendlich gab die Vorstellung, Lynir alleine auf dem Boot zu lassen, für ihn den Ausschlag, sich Mi Lous Meinung anzuschließen.

„Na gut", antwortete er matt. „Was schlägst du vor?"

Mi Lous Gesichtszüge entspannten sich schlagartig. „Wir überraschen sie, greifen sie einfach an und übernehmen das Schiff. Der Sturm zieht ihre gesamte Aufmerksamkeit auf sich. Es sollte leicht sein, sie zu überrumpeln."

Rob fasste sich fassungslos an die Stirn. „Dein Plan ist es, sie einfach zu überraschen?"

Mi Lou sah ihn entspannt an. „Zugegeben, ein paar Details sollten wir noch ausarbeiten, aber im Prinzip ja".

„Für mich hört sich das wie einer von Fukus grandiosen Plänen an", erwiderter Rob frustriert.

Mi Lou lächelte ihn an. „Ich verbuche das mal unter der Rubrik Lob."

Rob verdrehte nur die Augen.

„Aber es ist wirklich so einfach. Du baust eine stabile Verbindung zu Fuku auf, und ihr kümmert euch um die zwei Magier. Ich nehme mir als erstes den Kapitän und dann den Steuermann vor. Mal sehen, wer danach noch bereit ist, zu kämpfen. Ich glaube, wenn wir es geschickt anstellen, wird sich die Mannschaft nicht gegen uns stellen. Die scheint zum größten Teil aus einfachen Bauern zu bestehen, die am liebsten von diesem Schiff fliehen würden."

„Und wer steuert dann das Schiff und hält die Schutzhülle gegen den Sturm aufrecht?", fragte Rob, der Mi Lous Plan nicht besonders schätzte.

„Das Schiff kann ich steuern, das ist nicht schwer. Um die Schutzhülle müsste sich allerdings ein richtiger Magier kümmern. Glaubst du, du schaffst das?", fragte Mi Lou und schaute Rob hilfesuchend an.

„Natürlich schaffe ich das", erwiderte Rob selbstbewusst und richtete sich auf. „Mit Fukus Hilfe sollte das bestimmt gehen", hängte er leise an.

„Dann machen wir das so", fasste Mi Lou voller Tatendrang zusammen. „Du solltest versuchen, Fuku zu erreichen und dich mit ihm abstimmen."

„Jetzt?", fragte Rob unsicher.

Mi Lou runzelte die Stirn. „Natürlich jetzt. Wann dachtest du denn? Nächsten Sommer?"

Mit einem unbehaglichen Gefühl konzentrierte sich Rob auf seinen Ring und berichtete Fuku von den Ereignissen.

Fuku freute sich, als Rob ihn rief, aber gleichzeitig war er auch besorgt. Vor ein paar Stunden hatte er sich zu seinem

Rückflug aufgemacht. Entgegen seiner Erwartungen waren seine Eltern nicht sauer, sondern fürchterlich stolz auf ihn. Phytheon und Chiu versprachen, die restlichen Drachen im Druidengebirge zu versammeln, um sie auf den bevorstehenden Kampf vorzubereiten. Beim Abschied war selbst Fuku gerührt. Noch nie hatte ihm sein Vater so tiefen Respekt entgegengebracht wie an diesem Tag.

„Gib mir fünf Minuten Zeit", bat Fuku Rob. „Dann kann ich mir einen sicheren Landeplatz suchen und mich voll auf dich konzentrieren."

Um die Zeit zu überbrücken, spähte Mi Lou vorsichtig aus der Ladeluke nach draußen und verschaffte sich einen Überblick. Radu stand vorne auf dem Bugkastell, einer kleinen, mit einem Geländer umfassten, hölzernen Plattform. Er schaute nach vorne und versuchte mit erhobenen Armen, die vor ihm tobenden Sturmböen zu bändigen. Der Kapitän, Corneliu und der Magier Marin standen hinten auf dem Achterkastell, am Heck der Dorina. Während Marin die großen Wellen bändigte, schrie der Kapitän seiner Mannschaft, die über das gesamte Schiff verteilt war, Befehle zu, und am Steuer hielt Corneliu das Boot auf Kurs. Sämtliche Segel waren eingeholt, so dass sie keine Chance hatten, unbemerkt zu ihren Gegnern vorzudringen. Mi Lou zog sich zurück, um mit Rob die Möglichkeiten eines Angriffes abzuwägen.

„Wir müssten uns irgendwie von hinten an sie heranschleichen", meinte Mi Lou nachdenklich. „Nur so können wir sie überraschen."

Fuku, der Mi Lou durch Robs Gedanken hören konnte, hatte eine Idee. Rob gab sie an Mi Lou weiter. „Fuku schlägt vor, dass wir heimlich von hinten auf die Dorina schweben. Du könntest dich um den Kapitän und Corneliu kümmern und ich mich um Marin. Danach erledige ich Radu auf dem Bugkastell und halte den Schutzschild um das Schiff aufrecht. Falls die restliche Mannschaft noch Widerstand leistet, improvisieren wir", sagte Rob in einem überzeugenden Ton. Mi Lou war irritiert und fragte sich, ob das gerade wirklich Rob gesagt hatte.

„Rob?", fragte sie vorsichtig nach. „Glaubst du wirklich, du schaffst das?"

Rob lächelte zuversichtlich. Die enge Verbindung zu Fuku gab ihm ein völlig neues Selbstvertrauen. „Ja, wenn du uns vertraust und der Plan auch für dich o. k. ist, schaffen wir das."

Mi Lou überlegte kurz. „Dann los", sagte sie entschieden. „Lasst uns keine Zeit verschwenden, der Sturm lässt schon langsam nach."

Aufgeregt schlichen die zwei durch die Ladeluke, direkt unter das daneben liegende Rettungsboot auf Deck. Von dort war es nur noch ein halber Meter bis zur Reling und über Bord. Rob sah Mi Lou durchdringend an. „Wenn ich es sage, musst du schnell über die Reling springen. In der Luft werde ich ein Schutzfeld um dich aufbauen, das dann etwa einen Meter über der Wasseroberfläche schweben wird."

Mi Lou sah Rob mulmig an. „Ich hoffe, du weißt, was du da tust, Rob!"

Rob sah sich schief an. „Nö, ich habe keine Ahnung, aber Fuku meint, wir haben alles unter Kontrolle."

Mi Lou verdrehte die Augen und überlegte, ob sie die Aktion nicht besser abbrechen sollte.

„Jetzt", rief Rob und schubste sie zu allem Überfluss auch noch aus ihrem Versteck heraus. Wie Nadelstiche peitschten ihr die Regentropfen ins Gesicht. Ihre Kleidung war sofort völlig durchnässt und der Wind zerrte an ihr. Mit einer eleganten Vorwärtsrolle sprang sie ungesehen über Bord und erwartete insgeheim, dass sie im Meer landete. Aber wie versprochen, bildete sich eine durchsichtige, schützende Hülle um sie herum. Der Regen setzte sofort aus, und auch der Wind verschwand. Allerdings schwebte die Sphäre mit Mi Lou nur einen Sekundenbruchteil in der vorgesehenen Position. Dann wurde sie zum Spielball der tobenden Naturgewalten. Die Wellen schlugen sie immer wieder hart gegen die Bordwand, und der Wind drückte sie im Zusammenspiel mit den Brechern unter Wasser. Unversehrt, aber völlig durchgeschüttelt und orientierungslos verfluchte Mi

Lou Rob und Fuku. Kurze Zeit später sprang auch Rob über Bord, bildete um sich eine Schutzhülle und zog Mi Lou an sich heran. Die beiden Sphären vereinigten sich und geschickt manövrierte Rob sie dicht an der Bordwand entlang bis weit hinter das Heck der Dorina. Fasziniert von der Magie vergaß Mi Lou augenblicklich ihren Ärger. Um sie herum tobten die Wellen und der Wind, aber sie waren in einer Blase der Ruhe eingeschlossen. Wie ein Beobachter aus einer anderen Dimension konnten sie etwa fünfundzwanzig Meter vor sich die verschwommenen Schemen der Besatzung erkennen.

„Bist du bereit?", fragte Rob. Mi Lou nickte hochkonzentriert.

Mit der Geschwindigkeit eines Bolzen, der aus einer Armbrust schießt, raste die Kugel auf das Achterkastell zu. Einen Meter vor den Männern löste Rob die Kugel auf. Mi Lou nutzte ihren Schwung, hakte sich mit ihrem Arm bei dem Kapitän ein und warf ihn in einer geschickten Drehung über Bord. In einer fließenden Bewegung fasste sie Cornelius' Schultern, ließ sich rückwärts fallen und stemmte ihn, mit ihrem rechten Bein in seinem Rücken, hinter sich über Bord.

„Du musst den Ursprung des Windes erspüren", befahl Fuku indessen Rob in Gedanken. Rob forschte nach der Kraft der Naturgewalten und formte aus ihnen einen Wirbel, der Marin erfasste und weit auf das offene Meer heraustrug. Stolz sah Rob seinem Werk hinterher, als hereinschlagende Brecher die Dorina heftig durchschüttelten. Hart von einer Welle getroffen stürzte Rob zu Boden und verschluckte eine große Menge Salzwasser. Ein kurzer, stechender Schmerz durchzuckte seine Handgelenke, und Mi Lou sah besorgt zu ihm rüber. „Konzentrier dich, Rob", schimpfte Fuku. „Jetzt, wo du Marin von Bord geworfen hast, hält niemand mehr die Wellen von dem Schiff fern!"

Hustend rappelte sich Rob auf und sah, wie Radu, aufgeschreckt von den unkontrollierten Bewegungen der Dorina, zu einem Angriff ausholte. Diesmal sammelte Rob unter

Fukus Anleitung die gewaltige Energie der Wellen und bündelte sie zu einem einzigen Strom, den er von unten gegen Radus Plattform leitete. Ein heftiger Wasserstrom riss wie ein Geysir das gesamte Bugkastell aus der Verankerung und schleuderte es samt dem Magier auf die offene See hinaus.

„Gut gemacht", lobte Fuku ihn. „Und jetzt müssen wir das Schiff sichern."

Mit der Hilfe seines Drachen erfasste Rob die Bewegung der Wellen und des Windes und leitete sie geschickt um das Schiff herum. Rob war die Konzentration ins Gesicht geschrieben. Um ihn herum heulte der Sturm und die Wellen türmten sich zu einem Strudel auf. Aber auf der Dorina selbst herrschte eine gespenstische Ruhe, wie in dem Auge eines Orkans. Rob riskierte ein Lächeln in Mi Lous Richtung, die ihn ehrfurchtsvoll ansah. Er nickte ihr kurz zu, um ihr zu bedeuten, dass er und Fuku alles unter Kontrolle hatten. Daraufhin stellte sich Mi Lou für die verbliebene Mannschaft gut sichtbar auf und sprach die Männer direkt an.

„Mein Name ist Mi Lou, und ich bin euer neuer Kapitän. Mein Magier Rob und ich haben das Boot übernommen. Der ehemalige Kapitän, sein Steuermann und seine zwei Magier sind von Bord gegangen. Ihr habt von uns nichts zu befürchten, zumindest solange ihr euch uns nicht widersetzt."

Die Männer blickten ehrfürchtig zwischen Mi Lou und Rob hin und her. „Werft die magischen Waffen ins Meer und bringt uns nach Bakkasund. Danach gehört die Dorina euch und ihr könnt nach Hause fahren oder mit dem Schiff machen, was ihr wollt."

„Aye, Kapitän Mi Lou", antworteten die Männer wie aus einem Mund. Sie waren froh, den verhassten Kapitän und seine Gefolgschaft los zu sein. Dankend nahmen sie das Angebot an und machten sich gehorsam daran, die Waffen über Bord zu werfen.

Der Sturm flaute in den folgenden Stunden immer weiter ab, und Rob brauchte die Dorina nicht länger zu beschützen. Der nächste Tag bescherte ihnen einen konstanten kräftigen

Wind aus Osten, so dass sie am frühen Abend Bakkasund in der Ferne auftauchen sahen. Da sie unbemerkt an Land gehen wollten, legten sie etwa zehn Kilometer weiter östlich in einer kleinen Bucht an. Mi Lou, Rob und Lynir verbrachten die Nacht noch auf dem Schiff und verließen die Dorina kurz vor Sonnenaufgang. Die Mannschaft war ihnen unendlich dankbar und ließ sie nur ungern ziehen.

Rob war froh, wieder festen Boden unter den Füßen zu haben, und genoss es, hinter Mi Lou auf Lynir zu reiten. Da es in den letzten Stunden empfindlich kalt geworden war, drückte sich Mi Lou mit ihrem Rücken fest an seine Brust. Rob schloss die Augen und atmete die würzige Luft der hügeligen Wälder zusammen mit Mi Lous vertrautem Geruch tief ein. Immer wieder machten Wälder großen Ebenen mit niedrigem, heideähnlichem Bewuchs Platz. Ihr Weg führte sie stetig bergauf, und weit im Norden konnten sie bereits die Ausläufer des Sturmschattengebirges mit seinen hohen Bergen erkennen. Je weiter sie kamen, umso deutlicher zeichnete sich ein auffälliger, hoher Berg in der Mitte des mächtigen Massivs ab. Der mit ewigem Eis überzogene Berg Fang, in der Form eines scharfen Reißzahnes, überragte alle anderen Gipfel. An seinen Ausläufern, etwas unterhalb der Baumgrenze, lag das Tal der Wölfe, in dem sich Vargdal, das Ziel ihrer Reise und Hauptstadt der Wolfsblutkrieger, befand.

„Hast du etwas von Fuku gehört?", wollte Mi Lou wissen und riss Rob aus seinen Tagträumen. Lynirs gleichmäßiger Hufschlag und das monotone Auf und Ab des Ritts hatten Rob schläfrig gemacht. Er streckte sich. „Er schätzt, dass er bei dem aktuellen Gegenwind erst morgen zu uns stoßen wird."

„Schade, ich hatte gehofft, er schafft es vielleicht heute noch."

Sie ritten eine Weile schweigend, und Mi Lou versuchte, sich die Begegnung mit den Wolfsblutkrieger vorzustellen. „Sag mal, was meinte Gwynefa, als sie meinte, dass du schon einmal das Vertrauen eines Wolfsblutkriegers erlangt hättest?", fragte sie.

Rob erzählte ihr von Rune, der magischen Verbindung zu seinen Wölfen und seiner Flucht aus Rochildar.

„Irgendwie sind sich unsere Welten doch sehr ähnlich", sagte Mi Lou traurig und dachte an Runes grausame Vertreibung aus seinem Dorf.

Nachdenklich und schweigsam ritten sie immer weiter nach Norden. Aus den schweren, bleiernen Wolken begann es in dicken Flocken zu schneien. Der Schnee wurde immer dichter und schon bald war der ganze Boden in ein weißes Kleid gehüllt. Die verschneite Landschaft schluckte alle lauten Geräusche. Lynirs Hufschlag wurden immer dumpfer, bis er schließlich zu einem leise quietschenden Knarren verkam, wenn seine Hufe den Schnee unter seiner Last zusammendrückten.

„Lass uns nach einem Platz für die Nacht umsehen", schlug Rob vor, als die Dämmerung einsetzte.

Schon bald fanden sie eine Felswand, in die eine kleine Höhle führte, in der sich auch Lynir unterstellen konnte. Eine kleine Gruppe Fichten vor dem Eingang bot zusätzlichen Schutz gegen Wind und Schnee. Sie machten sich ein wärmendes Feuer und aßen etwas von ihren Vorräten.

„Kannst du uns nicht so ein Schutzschild aus Steintürmen bauen, wie Gwynefa das gemacht hat?", wollte Mi Lou wissen. „Schau mal, ich habe hier ein paar schöne Steine gefunden." Mi Lou hielt ihm zwei der Steine dicht vor die Nase.

Rob zuckte mit den Achseln. „Leider nein, ich habe keine Ahnung, wie das geht."

„Aber vielleicht kann Fuku uns helfen?", meinte Mi Lou und türmte ihre Steine aufeinander.

„Fuku schläft gerade kurz hinter der Grenze zu Utgard, und ich würde ihn nur ungerne wecken. Unser Kampf gestern und der lange Flug haben ihm ziemlich zugesetzt."

Mi Lou nickte verständnisvoll und legte ihre Steine an den Rand des Feuers.

„Unser Kampf gestern war echt gut." Mi Lou sah auf und grinste Rob an. „Fuku und du, ihr seid ein tolles Team."

„Ohne dich hätten wir das nie geschafft. Du bist ein Teil unseres Teams", sagte Rob. „Wenn du erstmal einen Drachen findest ... Oje, dann möchte ich nicht gegen dich kämpfen müssen."

„Du meinst also auch, dass ich irgendwann einmal von einem Drachen ausgewählt werde?" Mi Lou kokelte mit einem Stock im Feuer und setzte ihn in Brand.

„Tanyulth und Fuku sind sich da ziemlich sicher, und wenn die beiden das schon meinen, glaube ich das auch."

„Aber hast du keine eigene Meinung?", fragte Mi Lou und sah von ihrem brennenden Stock auf.

Rob erwiderte ihren Blick. „Ganz ehrlich? Ich weiß doch noch nicht mal selbst, was es heißt, ein Drachenmagier zu sein. Von der ganzen Magie habe ich keine Ahnung." Rob warf ein paar trockene Fichtenzapfen in das Feuer und beobachtete, wie sie unter lautem Knacken langsam verglühten. „Ich fände es toll, wenn du auch eine Drachenmagierin wärest. Dann könnten uns die andern zusammen ausbilden", träumte Rob.

„Ich glaube nicht, dass ich eine Drachenmagierin bin." Mi Lou starrte in die Flammen. „Und wenn ich ehrlich bin, möchte ich auch gar keine sein." Sie machte eine kurze Pause und atmete tief ein. „Ich vermisse mein Zuhause und meine Leute."

Rob seufzte. „Ja, das geht mir auch so."

Mi Lou lachte, stand auf und verwuschelte Rob kumpelhaft die Haare. Nachdenklich stand sie am Eingang der Höhle und blickte nach draußen. Er hat ja recht, dachte sie. Nur dass sein Zuhause nicht in einer anderen Welt lag. Aber vermutlich war es für ihn genauso unerreichbar wie ihres für sie. Mi Lou drehte sich abrupt um. „Übernimmst du die erste Wache?"

„Klar, kann ich machen", antwortete Rob, der noch gedankenversunken mit dem Feuer spielte.

Mi Lou holte sich die aufgewärmten Steine aus dem Lagerfeuer und machte sich aus ihnen und den Decken ein gemütliches, warmes Nachtlager. „Gute Nacht, Rob. Weck mich in zwei Stunden, ja?", bat sie.

„Mach ich", sagte er. „Gute Nacht."

Rob setzte sich auf einen Stein am Ausgang der Höhle und sah in die junge Nacht hinaus. Die Dunkelheit hatte sich über die hohen schneebedeckten Berge gelegt und vor ihm lag die verschneite Ebene im fahlen Licht der Monde. Rob hörte, wie der Wind rauschte und ab und zu schmolz eine dicke Schneeflocke auf seinem Gesicht. Sein Rücken wurde von der abstrahlenden Wärme des Feuers warm gehalten, aber seine Knie und Füße fröstelten.

Lächelnd erinnerte er sich an den Zauber, den Fuku und er benutzt hatten, um sich und Mi Lou schweben zu lassen. Er versuchte diesen Zauber an ein paar großen Steinen, die vor ihm lagen, alleine aus. Und tatsächlich schaffte er es mühelos, die Steine schweben zu lassen. Zufrieden mit sich hörte er plötzlich das Knacken von Ästen.

Ein ansehnlicher Elch mit einem gewaltigen Geweih brach aus dem Unterholz heraus und trottete an eine Stelle keine hundert Meter von Rob entfernt. Seelenruhig scharrte er mit seinen Hufen den frischen Schnee weg und fraß das darunter liegende saftige Gras. Fasziniert beobachtete Rob den Elch.

„Hast du ein Glück, dass Fuku noch nicht bei uns ist", murmelte er leise vor sich hin.

Ein entferntes, durchdringendes Heulen durchbrach die Stille und hallte durch das Tal. Der Ruf des Wolfes weckte ein tief in Rob verborgenes Gefühl der Furcht. Er schauderte, und eine Gänsehaut überzog ihn. Der kräftige Elch hob lediglich kurz seinen Kopf an und widmete sich dann wieder seinem Futter. Ein zweiter Wolf antwortete mit lang anhaltendem Heulen, nur diesmal viel näher.

Rob sah über den grasenden Elch hinweg. Am Ende der Ebene stieg das Gelände wieder steiler an und ein dichter Fichtenwald bildete einen dunklen, furchteinflößenden

Zaun. Rob fiel auf, dass es plötzlich ganz still um ihn herum geworden war. Hatte er eben noch ein paar Nachtvögel und das leise Rauschen des Windes gehört, so war nun kein Geräusch mehr zu vernehmen. Am Saum des unheimlichen Waldes bildeten sich kalte, feuchte Nebelschwaden und zogen langsam, aber stetig auf die Ebene. Rob glaubte, mehrere gelbe Augenpaare in der Dunkelheit des Fichtenwaldes zu erkennen. Keine fünfzig Meter links von ihm antwortete ein weiterer Wolf mit lautem Geheul auf die Rufe seiner Artgenossen.

Aus dem Dunkel des Fichtenwaldes trat ein großer, kräftiger Wolf selbstsicher auf die Ebene. Im kalten Mondlicht legte sich ein weißer Schein um sein Fell. Der Atem des Wolfes gefror vor seinen scharfen Fängen. Vor Spannung ballte Rob seine Hand und biss sich in den Zeigefinger, als völlig unerwartet etwas seine Schulter berührte.

Rob schrie laut auf, aber eine Hand hielt ihm den Mund zu und kein Laut verließ seine Lippen. Robs Panik verflog, als er Mi Lou erkannte, die ihm bedeutete, leise zu sein. Sie setzte sich zu ihm, rückte eng heran und legte die Decke um sich und Rob. Gespannt beobachteten sie den Wolf, der auf die Ebene herausgetreten war. Er legte seinen Kopf nach hinten, drückte seine Brust heraus und setzte zu einem weiteren durchdringendem Ruf an. Auf dieses Kommando stürmten acht kräftige Wölfe aus unterschiedlichen Richtungen auf die Ebene und eröffneten die Jagd. Der Elch erkannte endlich die Gefahr, in der er schwebte, und floh. Aber das Wolfsrudel schnitt ihm den Weg ab. Der fliehende Elch wirbelte den Schnee auf und versuchte die Wölfe mit seinem Geweih und kräftigen Huftritten abzuwehren. Er machte einige Meter gut, als ihn letztendlich doch ein Wolf am rechten Hinterlauf erwischte und zu Boden riss. In einer ungestümen Wolke aus Schnee und Dreck, entbrannte ein wilder Kampf auf Leben und Tod, bis einer der Wölfe den Hals des Elches erreichte und ihm die Schlagader durchbiss. Der Elch hatte keine Chance und blutete langsam aus. Neugierig gesellten sich mehrere ganz junge Wölfe zu der Jagd und tobten um die Beute herum.

Mitgerissen verfolgten Mi Lou und Rob das Schauspiel aus sicherer Distanz. Erneut drangen heulende Wolfslaute aus dem dichten Fichtenwald. Aber diesmal klangen sie anders. Heftiges Knurren mischte sich zwischen das Aufheulen. Offensichtlich waren die Laute eine Warnung, denn das Rudel patrouillierte nervös über die Ebene, anstatt sich über die Beute herzumachen. Nur die jungen Wölfe tobten weiter unbekümmert um den toten Elch herum.

Mi Lou stieß Rob sanft an und zeigte ihm eine Stelle am Waldrand. Dort betraten drei mächtige Steinböcke die Szenerie. Ihre Augen leuchteten grün und die Wölfe reagierten mit lautem, aggressivem Knurren und Bellen auf die Neuankömmlinge. Die Steinböcke stellten sich auf ihre Hinterbeine und griffen die Wölfe an, indem sie mit voller Wucht mit ihren Hörnern auf sie niederhämmerten. Ein wilder Kampf entbrannte.

Rob traute seinen Augen nicht. Was bis eben wie eine Auseinandersetzung normaler Tiere aussah, entwickelte sich zu einem magischen Kampf. Die Steinböcke umströmten türkisgrüne und schwarze Wirbel. Binnen Sekunden verwandelten sie sich zu zweibeinigen, gehörnten, muskelbepackten Styrnböcken mit dem scharfen Gebiss einer Raubkatze. Allerdings liefen sie nicht aufrecht, sondern immer leicht gebeugt. Sie hatten es eindeutig auf den toten Elch abgesehen. Aber die Wölfe schützten ihre Beute und leisteten ihren Gegnern erbitterten Widerstand. Auch bei den Wölfen erkannte Rob eine Veränderung. Sie waren in glühende orange Flammen gehüllt, die sie wie einen Kometenschweif hinter sich herzogen. Bei jedem Kontakt mit einem der Gegner, strahlten sie hell auf und wehrten die Energie des Angreifers in einem Funkensturm ab.

Die Wölf spielten die Überlegenheit ihres Rudels aus. Jeder kannte seinen Platz in der Hierarchie und erfüllte die von ihm erwartete Aufgabe. Schon nach kurzer Zeit, hatten sie die grausamen Styrnböcke mit gezielten Angriffen zurückgetrieben. Immer wieder verbissen sich die Wölfe furchtlos in den Beinen der Angreifer, mussten aber auch schmerzhafte Tritte und Bisse von ihren Gegnern hinnehmen. In einem kurzen Moment der Unachtsamkeit, schaffte es einer der Styrnböcke, die Wölfe zu täuschen, und stürmte mit wahnsinniger Geschwindigkeit auf den Elch zu, vor dem eines der unerfahrenen Wolfsjungen arglos herumtollte.

Mi Lou griff Robs Arm vor Anspannung so fest, dass er schmerzte. Das grausame Wesen hielt die Hörner tief und stürmte mit voller Wucht genau auf den kleinen Wolf mit dem niedlichen schwarzen Tupfer auf der Nase zu. Entsetzt jagten die ausgewachsenen Wölfe hinter dem Wesen her, aber es hatte bereits einen zu großen Vorsprung. In Furcht um das Leben ihres Kindes, winselte die Mutter des Kleinen herzzerreißend.

Rob schloss die Augen und spürte der Aura des jungen Wolfes nach. Ein paar Zentimeter, bevor die Hörner des Angreifers den kleinen Wolf gerissen hätten, schwebte dieser wie von Geisterhand in die Höhe. Die Wölfe erfassten sofort die neue Situation und jagten ihre Angreifer mit der gesamten angestauten Wut in die Flucht. Der kleine Wolf kläffte aufgeregt, bis Rob ihn wieder zu Boden ließ. Sofort war seine Mutter bei ihm und leckte ihm liebevoll über seine kleine Schnauze. Rob spürte, wie die Wölfin ihn durchdringend anblickte. Sie kam nicht näher, aber dennoch strahlte sie eine tiefe Dankbarkeit und Vertrautheit zu ihm aus.

In diesem Moment gab Mi Lou Rob einen fetten Kuss auf die Wange. Rob wurde heiß und gleichzeitig ganz schwindelig. „Das hast du super gemacht. Da sag nochmal jemand, du wärst kein richtiger Magier."

Die Wölfe hatten die Angreifer in die Flucht geschlagen, und die Spannung war von der Ebene gewichen. Das Rudel machte sich nun der Rangordnung entsprechend über die Beute her und ignorierte die zwei Beobachter vollständig.

Irgendwann gähnte Rob so laut, dass ihn Mi Lou schlafen schickte. Sie übernahm die Wache und dachte über viele Dinge nach, während sie die Wölfe weiter beobachtete. Nach zwei weiteren Stunden verzogen sich die Wölfe und überließen die spärlichen Überreste des Kadavers den Aasfressern. Weit entfernt am Horizont glaubte sie einen schwachen Feuerstrahl vom Himmel herabschießen zu sehen, aber sie konnte nichts weiter erkennen. Wahrscheinlich hatte sie sich das nur eingebildet. So müde, wie sie sich fühlte, war das auch kein Wunder. Sie stand auf, weckte Rob für seine Wache und legte sich auch etwas schlafen.

Als sie nach ein paar Stunden wach wurde, dämmerte es bereits. Rob hatte sich wohl während seiner Wache zu ihr gelegt und schlief fest. Mi Lou verzog den Mund, und musste grinsen. Sie beschloss, sich schlafend zu stellen, und war gespannt auf die Geschichte, die Rob ihr auftischen würde. Es dauerte auch nicht lang, bis Rob aufwachte. Leise stand er auf und schlich sich auf seinen Posten am Eingang der Höhle. Mi Lou gab ihm ein paar Minuten, rekelte sich dann laut und stand auf. Aber Rob reagierte gar nicht auf sie. Sie ging zu ihm hin und betrachte ihn neugierig. Sie stupste ihn leicht an, und Rob verzog sein Gesicht zu einem Grinsen, ohne die Augen zu öffnen.

„Entschuldigung, ich bin während meiner Wache eingeschlafen", sagte er und schlug die Augen auf. Er sah Mi Lou an und erinnerte sie dabei ganz stark an Fuku. „Bist du mir jetzt böse?", fragte er unschuldig.

Mi Lou lachte laut los. Die beiden gönnten sich ein kurzes Frühstück und packten ihre Sachen zusammen. Während Rob Lynir belud, stand Mi Lou am Eingang zur Höhle und schaute hinaus. Es hatte wieder geschneit, und die Ebene lag friedlich in ihr weißes Kleid gehüllt vor ihr. Nichts deutete mehr auf den blutigen Kampf der Wölfe am Vorabend hin. Irgendetwas musste sich in der Nacht den verbliebenen Kadaver des Elches geholt haben. Mi Lou fröstelte bei dem Gedanken.

Wie angekündigt, näherte sich Fuku gegen Mittag ihrer Position. Auch wenn sie durch Mi Lous Ringe dicht miteinander verbunden waren, hatte Rob die ganze Zeit das Gefühl gehabt, ein Stück von ihm würde fehlen. Er war verdutzt, wie sehr Fuku bereits ein Teil von ihm geworden war.

Auch Fuku freute sich auf Rob. Als er ihn endlich mit Mi Lou in der Ferne auf Lynir reiten sah, legte er noch einen Zahn zu und flog höher. In einem rasanten Sturzflug preschte er dann auf sie zu, um kurz vor dem Boden mit wilden, dramatischen Flügelschlägen vor ihnen zu landen. Dabei wirbelte er Unmengen frisch gefallenen Schnees auf.

„Danke, du unnützer Drache", beschwerte sich Mi Lou prustend. Eine dünne Schneedecke hatte sich über sie gelegt, und eine nasse Kälte kroch ihr im Nacken in die Jacke. Auch Rob war über und über mit Schnee bedeckt.

„Fuku, musste das sein? Kannst du nicht wie ein normaler Drache landen?"

„Ich freue mich auch, euch wiederzusehen", entgegnete Fuku schnippisch. Er hatte sich definitiv mehr enthusiastische Freude für seine Rückkehr vorgestellt.

Rob spürte, wie sich ein Anflug von Enttäuschung über Fuku legte. Er sprang von Lynir herunter, nahm Fukus Kopf herzhaft in den Arm und drückte ihn fest an sich. „Ich bin froh, dass du wieder bei mir bist, Fuku. Ich habe dich vermisst!"

„Ich dich auch", gestand Fuku zu seiner eigenen Verwunderung offenmutig. Sein Ärger war wie weggeblasen. Nun stieg auch Mi Lou von Lynir ab und begrüßte Fuku angemessen.

Sie machten eine kurze Pause, und Fuku berichtete ihnen von dem Treffen mit seinen Eltern.

„Phytheon kennt Loke und Alfdis. Er hat mir ziemlich genau beschrieben, wo wir sie finden können", berichtete Fuku.

„Das ist doch super", meinte Mi Lou. „Hat er dir sonst noch etwas Interessantes über die zwei erzählt?"

„Nur, dass die beiden etwas – warte, wie hat er es ausgedrückt? – eigen wären. Allerdings hat er sie nur ein paar Mal gesehen. Aber er hält sie auch für außergewöhnlich stark und meint, es sei sicherlich hilfreich, sie im Kampf auf unserer Seite zu haben."

„Inwiefern eigen?", forschte Rob nach.

Fuku zuckte mit den Schultern. „Das habe ich Phytheon auch gefragt, aber meine Mom ist ihm über den Mund gefahren und meinte, wir sollen uns selbst ein Bild machen."

„Sehr hilfreich", kommentierte Mi Lou, und Rob nickte unwillkürlich.

„Ach und ich soll euch ganz lieb von den zweien grüßen", grinste Fuku, für den es sich komisch anfühlte, dass seine Eltern ausgerechnet Menschen grüßen ließen. Für Mi Lou hatte das keine weitere Bedeutung, aber Rob fühlte sich extrem geschmeichelt.

Kurze Zeit später brachen sie wieder auf. Da Mi Lou wieder alleine auf Lynir ritt und Rob auf Fuku, kamen sie wieder deutlich schneller voran.

Am Nachmittag des nächsten Tages erreichten sie die Gegend, die Phytheon beschrieben hatte, und nach kurzer Zeit fanden sie auch den auffällig gefrorenen Fluss Thamalyn. Da Fuku fürchtete, dass Loke magische Barrieren und Abwehrzauber errichtet haben könnte, landete er und setzte Rob ab. Zusammen mit Mi Lou und Lynir folgten sie nun zu Fuß dem Flusslauf. Die extreme Kälte und der stetige Wind nahmen jegliche Feuchtigkeit aus der Luft. Rob und Mi Lous trockene Haut schmerzte und spannte vor Kälte. Aber trotzdem waren sie fasziniert von dem Anblick des vereisten Flusses. Sie konnten die gewaltigen Kräfte des Wassers spüren, die wie in einer Momentaufnahme in gefrorenem Eis festgehalten wurde. In dem Flussbett war der Thamalyn zu runden, geschmeidigen Formen gefroren. Die Farben verliefen sanft von dunklem Blaugrün hin zu dem Weiß frischen Schnees und vermittelten Kraft und Ruhe. Dicht unter der Eisoberfläche entdeckten sie grüne Gräser und Farne, die scheinbar gestern noch ahnungslos am Uferrand des fließenden Flusses in der Sonne gestanden hatten und über Nacht von dem Eis überrascht worden waren. Die Ufer säumten uralte Fichten, auf deren Ästen der Wind feine

Schichten Schnee abgelagert hatte. Jedes Mal, wenn sie einen der Äste berührten, zerbröselten die weißen Gebilde wie Blätterteig und feine Schneekristalle rieselten gen Boden.

„Schon faszinierend, wie etwas Einfaches wie Kälte einen wilden Fluss in Bewegungslosigkeit erstarren lassen kann", sagte Mi Lou sichtlich angetan.

Rob bibberte nur vor Kälte. „Ich könnte gerne auf dieses Schauspiel verzichten, wenn es dafür ein wenig wärmer wäre."

Mi Lou drehte sich zu Fuku um. „Wird dir eigentlich nie kalt?"

Fuku lächelte verschmitzt. „Nö, uns hält unsere Drachenglut warm."

„Und zu heiß?", wollte Mi Lou wissen. „Gibt es Temperaturen, bei denen euch zu heiß ist?"

Fuku schüttelte den Kopf. „Nein, auch zu viel Hitze kann uns nicht viel anhaben. Unsere Drachenglut nimmt sie auf und absorbiert sie."

„Ganz schön praktisch", meinte Mi Lou und zog ihren dicken Pelz enger um sich.

„Ich flieg mal eine kleine Runde und schaue, ob ich was entdecke", sagte Fuku und stieß sich ab in die kalte, windige Luft. Rob ärgerte sich immer noch, dass er das Angebot der Besatzung, ihm auch einen Pelz zu schenken, gegen Mi Lous ausdrücklichen Rat ausgeschlagen hatte. Aber als sie in Bakkasund angelegt hatten, war es noch nicht besonders kalt gewesen und er hatte gedacht, seine dicke Jacke würde reichen. Er hatte nicht noch mehr mitschleppen wollen, doch jetzt fror er und ärgerte sich.

„Wir müssten gleich da sein. Da vorne ist der gefrorene Wasserfall, und ein Ausläufer des Gletschers endet hier im Fichtenwald", rief Fuku der mit seiner Landung den Schnee von den Bäumen fegte. „Phytheon meinte, dass die Hütte von Loke neben einem gefrorenen Wasserfall am Fuße eines Gletscherausläufers liegt."

„Kannst du nicht hinter uns landen?", beschwerte sich Rob, der wieder mal über und über mit Schnee bedeckt war. „Mir reicht es langsam mit dem ganzen nassen Schnee."

„Entschuldigung." Fuku verdrehte die Auge und meinte leise zu Mi Lou: „Warum hat der denn so schlechte Laune?"

„Ich glaube, ihm ist fürchterlich kalt, und er ist sicherlich auch müde", antwortete sie leise zurück.

Missmutig stapfte Rob mit gesenktem Blick durch den Schnee. Er sehnte sich nach einer Rast und einem warmen Feuer. Dass Mi Lou, Lynir und Fuku alle noch so fit und gut gelaunt waren, nervte ihn unterschwellig.

„Wow", entfuhr es Mi Lou vor Begeisterung über den Anblick vor ihnen. Ihr Ausruf schreckte einen Schwarm schwarzer Raben auf. Verärgert drehten die Vögel eine Runde über den Eindringlingen und verschwanden dann krächzend hinter den Bäumen.

Vor Mi Lou tat sich eine kleine Ebene auf, an deren Ende die hohe Bruchkante des Gletschers bedrohlich über den Thamalyn ragte. Aus dem Gletscher stürzte aus einer Höhe von fast fünfzehn Metern ein Wasserfall in den Lauf des Flusses, der unter dem Gletscher weiterverlief. Allerdings war das Wasser noch im Fallen gefroren und bildete spitzkantige scharfe Zapfen und geometrisch anmutende Narben aus weißem Eis, das bläulich den Himmel reflektierte. Das gesamte Gebilde wirkte wie ein skurriles Gerippe, das in einem mehrreihigen überdimensionierten Haifischmaul endete. „Das sieht ganz schön gespenstisch aus", meinte Mi Lou zu Rob.

Aber der hatte nur Augen für die gemütliche Holzhütte, die mit ihrem qualmenden Schornstein wie ein Versprechen auf ein paar erholsame Stunden in vollendeter Behaglichkeit wirkte. Umrundet von einem kleinen Fichtenwäldchen, ragte hinter der Hütte ein riesiger Gletscher auf und führte das Auge hoch zu den Gipfeln und Felsen des mächtigen Bergmassivs, das nur noch von dem schroffen Berg Fang um mehrere tausend Meter überragt wurde. Aber dafür hatte

Rob keine Augen. Ohne nachzudenken, lief er quer über die gefrorene Oberfläche des Thamalyn zu der Hütte.

„Rob, nicht!", rief Fuku entsetzt und stürmte ihm hinterher. Aber er war zu langsam. Die Oberfläche des vereisten Flusses riss auf, und dampfende Nebelschwaden stoben wie ein Geysir in die Höhe. Ein paar Meter unter sich, sah Rob zwei leuchtend glühende gelbe Augen, als plötzlich ein riesiger Feuerball auf ihn zuschoss. Dampfend und zischend suchte sich das Feuer einen Weg nach oben und schmolz dabei das Eis. Rob verlor den Halt und versank in einem eiskalten Gemisch aus Eis und Wasser.

Hilflos musste Mi Lou vom Ufer aus zusehen, wie der gesamte gefrorene Wasserfall zum Leben erwachte. Eissplitter flogen durch die Luft, überall zischte, krachte und knarrte es. In einer tosenden Mischung aus Feuer, Wasser, Eis und Dampf wurde Rob von dem tobenden Chaos verschluckt.

LOKE LINDROTH

Fuku versuchte Rob mit einem Schutzschild zu umgeben, aber vergeblich. Irgendetwas blockierte seine magischen Fähigkeiten, genauso wie auch seine enge Bindung zu Robs Bewusstsein gestört war. Ohne lange zu überlegen, stürzte er sich in die leuchtenden, feurigen Eisfluten. Furchtlos tauchte er Rob hinterher. Eisige Kälte durchzog seinen Körper, als das Wasser ihn umspülte und seine Muskeln langsam lähmte. Nur wenige Meter unter sich sah er Rob, packte seinen Arm und kämpfte sich mit ihm zurück an die Wasseroberfläche. Überall um sie herum brodelte es. Heißer Wasserdampf stieg auf und kondensierte in dichten, dicken Nebelschwaden, die träge über dem Boden schwebten. Fuku schlug wild mit seinen nassen Flügeln und erhob sich schließlich, mit Rob in seinen Klauen, in die Luft. Besorgt setzte er ihn neben Mi Lou und Lynir am Ufer ab. Rob war völlig durchnässt und bibberte vor Kälte.

Mi Lou stand das Entsetzen noch ins Gesicht geschrieben. „Was war das denn?"

Im diesem Moment stieg aus dem kochenden Fluss ein durchschimmernder, mächtiger, weißer Drache empor. Tief in seinem Inneren glühten und pulsierten fein verästelte Gefäßbahnen in feurigem Orange. Der Drache glich einem Bergkristall, in dem filigrane Lavaströme gefangen waren. Er schüttelte die verbliebenen Eisbrocken ab und spie eine riesige Flamme.

Plötzlich flog die Tür des kleinen Holzhäuschens auf und ein kräftiger alter Mann in einer grauen Robe tobte heraus. Er vollführte eine schwungvolle Drehung um die eigene Achse und zeichnete mit seinen Händen ein Muster in die

Luft. Hinter Mi Lou, Rob und Fuku wuchs eine dichte Dornenhecke aus Eis, die ihnen den Fluchtweg versperrte. Drohend hob er seine Arme und schrie: „Keine Bewegung, oder ich verwandele euch alle zu Stein!"

Unwillkürlich rückten Mi Lou, Rob und Lynir zusammen. Sie trauten sich kaum noch zu atmen. Auch Fuku erkannte, dass sie den zweien unterlegen waren und verhielt sich ruhig. Entsetzt sahen sie den wirren Blick des Magiers, der mit seinen wilden Augen, dem Dreitagebart und der grimmigen Miene fast furchteinflößender wirkte als der riesige, weiße Drache. Der Magier portierte sich direkt neben sie und umrundete die Ankömmlinge, wobei er sie immer argwöhnisch im Blick behielt.

„Soll ich sie erledigen?", fragte der weiße Drache in einem beiläufigen Ton, der Rob schaudern ließ. Der Magier hob seine Hand und bedeutete dem Drachen, noch zu warten.

„Lass uns erstmal hören, was sie zu sagen haben", meinte er und zog kurz eine Augenbraue hoch, als er Mi Lous Tattoo sah. Aber nur Rob bemerkte die flüchtige Verwunderung, die über das Gesicht des Magiers huschte.

Der alte Mann sah Rob, ohne ein Wort zu sagen, durchdringend an. Rob zitterte am ganzen Körper vor Kälte und Angst. Nach einer gefühlten Ewigkeit sagte er mit gebrochener Stimme: „Gwynefa und Tanyulth schicken uns."

Der Magier verzog keine Miene und sah ihn weiter scharf an. Rob fasste all seinen Mut zusammen. „Die Magier der reinen Lehre greifen nach der Macht in Skaiyles. Sie haben Magnatus Wallace und Malyrtha gefangen genommen und wollen sie umbringen. Alle Drachenmagier wurden für vogelfrei erklärt und werden gejagt. Gwynefa meint, es wird Krieg geben, und hat uns geschickt, um Hilfe zu holen."

Der alte Magier zog seine Stirn in Falten und seine Augen sahen sich nervös um. „Und wer seid ihr? Wer sagt mir, dass das Böse nicht schon längst Besitz von euch ergriffen hat?"

„Der junge Mann ist Rob, mein Drachenmagier. Das Mädchen ist eine Freundin von uns und heißt Mi Lou. Ich bin Fuku, der Sohn von Chiu und Phytheon, aus dem Druidengebirge", erklärte Fuku, um die Situation zu entschärfen.

„Und das Pferd heißt Lynir", ergänzte Rob der Vollständigkeit halber, woraufhin Fuku leicht die Augen rollte.

„Du bist also der Sohn von Phytheon und Chiu", sagte der Drache mit tiefer Stimme und inspizierte Fuku genauer.

Der alte Magier nahm eine weniger drohende Haltung an. „Gwynefa hat euch also geschickt, um Hilfe zu holen", sagte er mehr feststellend als fragend. „Dann will ich das für den Moment mal glauben. Ich steh nicht gern im Freien, lasst uns rein gehen." Mit einem wirren Blick, der Mi Lou nervös machte, spähte der Magier misstrauisch über seine Schultern und ging vor. „Folgt mir", befahl er nur knapp, während der Eisdrache in dem aufgewühlten Wasser des Flusses abtauchte.

Aber anstatt zur Hütte zu gehen, blieb der alte Mann vor einer großen Eiswand ein paar Meter daneben stehen und sah sich wieder kritisch um. „Wollen wir nicht zur Hütte?", fragte Rob überrascht.

Der Magier schüttelte grinsend den Kopf, den nur noch ein grauer Lockenkranz zierte. „Nein, die ist nur Tarnung." Er vollführte eine leichte Bewegung mit der Hand, und vor ihnen öffnete sich eine große, zweiflügelige Tür, die vorher nicht zu erkennen gewesen war. Dahinter lag ein breiter Gang aus blau schimmerndem Eis, der in den Gletscher führte. Nach ein paar Metern öffnete sich der Gang und ging in eine große Halle über, deren bizarr verästelte Decke von Säulen aus reinem Eis getragen wurden. Die Länge der Halle betrug bestimmt fünfzig Meter, und die Höhe reichte für zwei große, übereinander stehende Drachen. Auf der rechten Seite zwischen den Säulen war ein breiter Tisch aus klarem Eis aufgestellt. Um ihn herum standen Sessel, die aus einem Eisblock gehauen waren und deren Lehnen ein Lilienblatt formten. Von der Decke hingen in regelmäßigen Abständen verspielte Kristallleuchter, die ein freundliches, warmes Licht in die große Halle zauberten. Auf der linken Seite erkannte Rob ein zweites großes Tor. Hinter dem Tor war es stockdunkel, so als würde es tiefer in den Berg führen. Daneben führte eine breite, in den Gletscher gehauene Treppe nach oben.

„Kommt mit", sagte der Alte und ging hinein. „Das Pferd kann hier unten bleiben."

Rob glaubte, tief in den Eiswänden verschwommene Konturen von Lebewesen zu erkennen. Der Magier geleitete sie die Treppe hoch, in einen weiteren großen Raum. Die eine Hälfte war aus massivem Felsgestein herausgehauen, wohingegen der andere Teil aus dem ewigen Eis des Gletschers geschlagen war. Eine Fensterfront, über mehrere Meter breit und aus einem klaren Stück Eis geformt, ermöglichte einen fantastischen Blick über das weite Tal im Süden, über das sich langsam die Dämmerung ausbreitete. Etwa die Hälfte des Raumes war mit einem Teppich ausgelegt und wohnlich eingerichtet. In einem steinernen Kamin brannte ein Feuer, das im Gegensatz zu den sonst nasskalten Räumen eine angenehme Wärme ausstrahlte. Der alte Mann setzte Rob in den Sessel vor das prasselnde Kaminfeuer und holte aus einer Truhe trockene Kleidung. Fuku legte sich misstrauisch auf den Boden, während Mi Lou sich auf das Sofa setzte und sich die taktischen Einzelheiten des Raumes einprägte. Sie traute diesem alten komischen Kauz nicht und wollte vorbereitet sein.

Die trockenen Kleider und die Wärme des Kaminfeuers weckten Robs Lebensgeister wieder, und seine Laune stieg beträchtlich. „Ihr seid doch Loke Lindroth?", fragte Rob höflich.

Loke nahm erschrocken seine Abwehrhaltung ein und drehte sich entsetzt um. „Ist da noch jemand?", krächzte er.

„Ich sehe niemanden hinter mir oder siehst du doppelt?", fragte er argwöhnisch und war bis auf das Äußerste angespannt.

Fuku schmunzelte amüsiert, doch Rob war von der heftigen Reaktion des Magiers eingeschüchtert. „Wieso sollte ich doppelt sehen?", meinte er verwirrt.

„Du sagtest ‚Ihr', ich bin aber alleine. Und hinter mir kann ich auch niemanden entdecken." Der Magier entspannte sich wieder etwas und sah Rob schräg an.

„Aber das sagt man doch zu großen Magiern, man redet sie majestätisch in der Mehrzahl an", rechtfertigte sich Rob.

Loke schaute nachdenklich gen Himmel und zog den Mund schief. „Ach so? Mir wäre es lieber, du würdest ‚du' zu mir sagen. Sonst verwirrst du mich", kicherte Loke. „Und ja, ich bin Loke, und der schlechtgelaunte Eisdrache da draußen ist Alfdis."

Loke nahm sich einen freien Sessel und drehte ihn so, dass er Rob, Mi Lou und Fuku gut sehen konnte.

„Und du, bist du ein Drachenmagier?"

Rob nickte verlegen. „Fuku hat mich zwar gewählt, aber ich bin noch weit davon entfernt, ein Magier zu sein."

Ein Anflug von Ärger huschte über Lokes faltiges Gesicht. „Also bist du jetzt ein Drachenmagier oder nicht?", fragte er in einem resoluten Ton.

„Und was für ein Drachenmagier er ist!", mischte sich Fuku nun ein. „Nur selbst hat er es noch nicht ganz kapiert." Loke blickte interessiert von Fuku zu Rob, der mal wieder rot wurde.

„Dachte ich's mir doch", murmelte Loke. „Die gute Gwynefa hat euch also geschickt. Dann erzählt mir doch mal bitte, warum", nahm er das Gespräch von vorhin wieder auf.

Fuku sah Loke provokant an. „Du bist doch auch ein Drachenmagier. Was ist denn mit Alfdis? Warum ist er nicht bei uns?"

Rob verdrehte die Augen und sah Fuku verärgert an. Er konnte doch nicht einfach den großen Drachenmagier so angehen. Leider war die Verbindung zwischen Fuku und Rob immer noch gestört. Rob musste es bei dem bösen Blick belassen, den Fuku allerdings großzügig ignorierte.

Loke lachte nur. „Keine Angst, junger Fuku, der kommt bestimmt gleich. Aber Alfdis muss seine Drachenglut noch weiter herunterkühlen. Erst dann wird er zu uns kommen.

Vorher würde er Freund und Feind nicht unterscheiden können und in seiner rasenden Wut alles dem Erdboden gleichmachen."

Fuku fiel es wie Schuppen von den Augen. „Klar, Alfdis ist ein Eisdrache", rief er und schlug sich vor die Stirn.

Mi Lou und Rob verstanden nichts und blickten erst Loke und dann Fuku ratlos an. Mi Lou strich sich über ihren Nacken, was Loke interessiert aus seinem Augenwinkel beobachtete. „Klar, ein Eisdrache", sagte sie ironisch und schüttelte konfus den Kopf.

„Erinnerst du dich an unser Gespräch, ob Drachen frieren oder ob ihnen zu heiß werden kann, Mi Lou?", fragte Fuku.

Mi Lou nickte stumm.

„Normale Drachen haben kein Problem mit Temperaturen. Die Drachenglut gleicht das automatisch aus. Eine Ausnahme bilden allerdings die Eisdrachen. Ihre Drachenglut ist ständig überhitzt und unerträglich heiß. Sie sind so vollgestopft mit Energie, dass sie alles um sich herum unwillkürlich in Flammen aufgehen lassen. Ob sie es wollen oder nicht. Das hat zur Folge, dass sie innerlich völlig zerrissen und wütend sind. Sie sind nicht böse, aber wahnsinnig aggressiv und unbeherrscht."

„Was kein Wunder ist, bei dem, was in ihnen an Hitze lodert. Manche Völker nennen sie auch Sonnendrachen und verehren sie", ergänzte Loke.

„Aber wieso sind sie dann aus Eis? Das macht doch überhaupt keinen Sinn", meinte Rob laut.

„Lass mich zu Ende erklären", bat Fuku. „Sie sind nicht aus Eis, aber um ein normales Leben führen zu können, muss ein Eisdrache sein Drachenfeuer ständig auf ein erträgliches Maß herunterkühlen. Um ihre Körper tiefzugefrieren, verbringen sie einen großen Teil ihrer Zeit vergraben im Eis."

„Ach und dabei bilden sich die Eiskristalle auf der Haut?", vermutete Rob.

„Nicht nur auf der Haut", korrigierte Loke. „Der ganze Körper vereist."

„Aber dann wird er doch steif", meinte Mi Lou.

Loke grinste bei dem Gedanken, wie wendig und agil Alfdis trotz seines hohen Alters war. „Nein, ganz und gar nicht. Die Zellen der Eisdrachen haben einen Frostschutz. Sie funktionieren glücklicherweise auch bei extremen Minustemperaturen."

„Dann ist das also so wie bei den Echsen, die sich erst in der Sonne auf einem Stein aufwärmen müssen, um dann munter zu werden und Kraft für den Tag zu haben?", fragte Rob.

„Im Prinzip ja, nur halt umgekehrt", bestätigte Fuku.

„Und wie oft muss Alfdis sein Frostbad nehmen?", wollte Mi Lou wissen.

„Normalerweise bleibt er jeden Monat für drei Tage vollständig im Eis. Dann reicht es, wenn er nachts im Eis schläft. Wir waren allerdings in den letzten Nächten häufiger unterwegs, um Styrnböcke zu jagen, die hier in der Gegend ihr Unwesen treiben. Deswegen ist sein Rhythmus gestört. Eigentlich muss er seinen Eisschlaf nachholen, wacht aber immer wieder auf und tobt dann wild rum. Ich denke aber, er sollte gleich zu uns kommen."

Mi Lou schüttelte nur den Kopf und wunderte sich mal wieder über diese Welt, in der sie gelandet war.

Sie hörten ein Rumpeln von unten, und wie vermutet tauchte kurze Zeit später der Eisdrache Alfdis auf. Im Gegensatz zu vorhin, war er jetzt kaum noch durchscheinend und dicke bläulich-weiße Kristalle hatten sich in den Schuppen auf seiner Haut gebildet. Ein ständiger, trockener, aber kalter und rauchiger Nebel umgab ihn. Bei jeder Bewegung verursachte die Reibung seiner vereisten Schuppen ein raschelndes Geräusch, so als ob man Seidenpapier aneinander reiben würde.

„Und wie geht es jetzt weiter?", fragte Alfdis mit seiner tiefen, rauen Stimme, in der ein großes Maß Misstrauen mitschwang. Noch nicht einmal Fuku entging der skeptische Unterton. Jedem lagen Bedenken auf der Seele. Keiner war sich sicher, ob man sich gegenseitig vertrauen konnte, und keinem war wirklich wohl in seiner Haut.

Fuku durchbrach die ratlose Stille. „Unsere Zeit wird knapp. Wir müssen noch die Wolfsblutkrieger davon überzeugen, an unserer Seite zu kämpfen, und in acht Tagen sind wir schon wieder mit Gwynefa verabredet. Damit wir uns untereinander vertrauen können und wir nicht noch weitere Zeit beim Erzählen verschwenden, schlage ich vor, dass wir unseren Geist miteinander verbinden. Ungeachtet der Bedenken und der Geheimnisse, die wir alle mit uns tragen. Sonst sitzen wir hier morgen immer noch zweifelnd und sind keinen Schritt weiter gekommen."

Rob war erstaunt, wie ernst Fuku war, das hatte er bisher selten bei seinem Drachen erlebt. Alfdis nickte nachdenklich und sah Loke an, der unruhig auf seinem Platz herumrutschte. „Was denkst du, Loke? Der Vorschlag des jungen Drachen klingt ganz vernünftig."

Loke spielte nervös mit seinen Händen und rieb sich die Nasenflügel. „Das letzte Mal, dass ich jemandem meinen Geist geöffnet habe, ist schon eine Ewigkeit her. Der Gedanke gefällt mir ganz und gar nicht", grummelte er.

„Hast du einen besseren Vorschlag?", forschte Alfdis nach, der Loke nicht bedrängen wollte. Loke knibbelte an seinen Fingernägeln und fuhr sich nervös mit den Händen durchs Haar. Immer wieder wanderte sein Blick heimlich zu Mi Lou. Dann richtete er sich plötzlich auf, als hätte er innerlich einen Entschluss gefasst. „Na gut, wenn der Rest von euch einverstanden ist, lasst es uns versuchen. Jedem ist klar, was das bedeutet?", fragte er ernst und sah allen der Reihe nach tief in die Augen.

Fuku und Rob nickten, aber Mi Lou sah Loke nur irritiert an.

„Wollt ihr mich etwa dabeihaben?", fragte sie verwundert. „Ich dachte, das geht nur zwischen Drachenmagiern und Drachen."

„Dir ist schon klar, dass du ein Drachenzeichen trägst und eine magische Aura dich umgibt?", fragte Loke skeptisch.

Mi Lou zögerte. Sie musste sich erstmal mit dem Gedanken befassen, dass die anderen ihre Erinnerungen ungefiltert sehen würden. Sie merkte, wie sehr sich alles in ihr heftig gegen diese Vorstellung sträubte. Sie war sich ja noch nicht einmal sicher, ob sie nicht schon längst in den Händen der Nietzsche-Bruderschaft war. Denen Zugang zu ihrem Innersten zu gewähren, war das Letzte, was sie wollte. Ihre Züge verhärteten sich und sie verschränkte abweisend die Arme vor ihrem Körper.

Eine plötzliche Anspannung erfasste Alfdis. Auch Loke trat einen Schritt zurück, und Argwohn legte sich über seine Miene. „Und? Bist du bereit, dich uns zu zeigen, wie du wirklich bist?", forschte er mit einer ungewöhnlichen Schärfe in der Stimme nach.

Hilflos und innerlich kämpfend sah Mi Lou zu Fuku, dem anzusehen war, dass ihr Zögern seine alten Zweifel wieder aufleben ließen. Ihr Blick wanderte weiter zu Rob, und sie fand ein verlegenes, flehentliches Bitten in seinen blauen Augen. Sie spürte aber auch ein tiefes Vertrauen zu ihr, als er ihr kaum merklich sanft zunickte. Mi Lou schluckte hart, ohne Rob aus den Augen zu lassen „O. k., ich mache mit", sagte sie leise.

Rob atmete mit einem tiefen Seufzer aus und lächelte sie erleichtert an. Sein ehrliches Lächeln traf sie mitten ins Herz. Tief bewegt und mit feuchten Augen musste sie schnell ihren Blick abwenden. Den anderen blieb Mi Lous kurze Gefühlsaufwallung nicht verborgen, aber sie gingen einfach darüber hinweg. Als Mi Lou wieder in die Runde sah, entdeckte sie nur freundliche Gesichter. Auch Fuku lachte sie offen an, und die Anspannung im Raum war verflogen.

„Aber ich muss euch warnen", ergriff Loke wieder das Wort. „Alfdis und ich werden den Zugang zu unseren Erinnerungen öffnen, aber ihr solltet euch vorsehen. Vieles von dem, was wir in unserem langen Leben erfahren haben, ist grausam und gefährlich. Hütet euch davor, in unsere Abgründe zu sehen, das könntet ihr ein Leben lang bereuen. Es gibt Erinnerungen, die einen nicht mehr loslassen, und ihr seid noch zu jung für solch eine Last."

Rob senkte seinen Blick unangenehm berührt, wohingegen Fuku ein neugieriges Gesicht machte. Loke hob die magische Barriere für die drei auf und führte sie tiefer in den Gletscher, in einen weiteren kreisrunden Raum, in dem auch die Drachen angenehm Platz fanden. Ohne erkennbare Lichtquellen leuchteten die Wände in einem kalten bläulichen Licht, immer wieder durchbrochen von pulsierenden orangen Adern. Rob glaubte schon, in dem Bauch eines Eisdrachen geraten zu sein, aber dafür war es hier definitiv zu kalt. Alfdis und Loke zeichneten laut kratzend ein Pentagramm auf den vereisten Boden, um das sie zum Schluss einen Kreis zogen. Jeder stellte sich an einer Spitze auf. Mi Lou wischte sich ihre feuchten Handflächen an der Hose ab und versuchte, ihre Aufregung herunter zu kämpfen. Alfdis setzte mit einem tiefen sonoren Gesang den gesamten Raum in Schwingung. Die anderen fielen in die Melodie mit ein und das Pulsieren der Adern in den Wänden nahm an Geschwindigkeit zu. In der Mitte des Pentagramms bildete sich ein weißer Kristall, der in wilden Bahnen die fünf miteinander verband und dabei kometengleich einen feinen glitzernden Nebelschweif hinter sich herzog. Schon bald schwebte ein filigranes Geflecht aus funkelndem Staub zwischen ihnen.

Nach ein paar Minuten war der Zauber vorbei.

Ungehalten stürmte Loke aus dem Raum und fluchte wild. „Ich habe es doch gewusst", schimpfte er und schlug dabei unbestimmt um sich. „Die ganze Zeit sage ich schon, dass sich das Böse wieder unbemerkt breitzumachen versucht. Und bei diesen fanatischen Reinheitsmagiern hat es ein leichtes Spiel. Aber außer dem armen Bennett hat mir ja keiner geglaubt."

Die anderen kamen zu ihm, und Alfdis versuchte ihn zu beruhigen.

„Das Böse versteckt sich überall. In den Burgen, in den Dörfern, selbst in den Misthaufen", fluchte Loke ungehalten. Fuku und Rob sahen sich an und mussten unwillkürlich grinsen, wohingegen Mi Lou noch ganz in Gedanken war.

Nur mit Mühe schaffte es Alfdis, Loke aus seinem Ausbruch herauszuholen.

„Wir müssen reden", sagte der alte Zauberer und hatte sich wieder etwas gefangen. „Vieles von dem, was ich gesehen habe, verstehe ich gar nicht. Manches ein bisschen und etwas kann ich euch sogar erklären. Setzt euch", befahl er und wartete, bis alle wieder einen Platz gefunden hatten. „Das was ihr mir berichtet habt, ergibt jetzt langsam Sinn", sagte Loke niedergeschlagen und ließ sich in seinen Sessel fallen. Rob fand, dass er in den letzten fünf Minuten weitere hundert Jahre gealtert war. Die Falten in seinem Gesicht waren zu tiefen Furchen geworden und seine Augen haben einen Teil ihres Glanzes eingebüßt. Mit belegter Stimme setzte er an: „Bennett ..." Loke musste schlucken, bevor er weiterreden konnte. „Bennett und ich haben einen Informanten am Hofe in Greifleithen. Niemand aus dem engeren Kreis von Kaiser Theobaldus, aber zumindest erfährt er, was am Hofe passiert. Vor zwei Tagen kam ein Rabe mit der Botschaft, dass Mortemani Lord Fearghal Ó Cionnaith und Anathya des Hochverrates angeklagt hat und er seine Truppen nach Norden verlegt. Nur wusste ich bisher nichts von den Ereignissen in Druidsham, aber nun teile ich Gwynefas Einschätzung, dass er auf Krieg aus ist." Loke machte eine nachdenkliche Pause.

„Du hast gesagt, dass sich das Böse unbemerkt ausbreitet. Aber dieser Mortemani macht das doch ganz offensichtlich", hakte Rob nach.

„Du denkst, Mortemani ist das Böse, junger Drachenmagier?" Loke lachte zynisch. „Nein, Mortemani ist nur dessen Handlanger. Ja, er ist böse, aber er ist nicht das Böse. Er ist ein williges Werkzeug, auch wenn ihm das nicht bewusst ist."

„Aber was ist denn dann das Böse?", wollte Mi Lou wissen.

Loke sah sie nachdenklich an und kratzte sich an seinem Kopf. „Wenn ich das nur wüsste. Aber ich erkenne die Symptome, und es verbindet offensichtlich auch unsere zwei unterschiedlichen Welten. Es frisst die Hoffnung auf. Es ernährt sich von der Empathie, die wir füreinander haben und ersetzt sie durch Angst vor dem Fremden."

Mi Lou, Rob und Fuku sahen ihn ratlos an.

„In Mi Lous Welt, zum Beispiel, glaubt die Nietzsche-Bruderschaft erkannt zu haben, dass die Welt zu ihrem eigenen Wohl von dem alles überragendem Verstand regiert werden sollte. Die Macht des Bösen sorgt dafür, dass sie sich nicht länger in Andersfühlende hineinversetzen können. Und daraus leiten sie Wertlosigkeit ab, die ihnen das Recht gibt, alles andere auszulöschen."

„Und in dieser Welt sind das die Magier der reinen Magie", ergänzte Mi Lou.

„Nicht nur, aber für uns sind sie augenblicklich die größte Bedrohung", bestätigte Loke.

„Aber das heißt doch auch, dass wir versuchen müssen, die Magier der reinen Magie zu verstehen und einen direkten Kampf zu vermeiden", meinte Rob und zog sich verständnislose Blicke der Drachen zu.

„Nein, ich meine nicht, dass man nicht für seine Überzeugung kämpfen sollte. Ganz im Gegenteil, das müssen wir. Aber wir dürfen nie verlernen, die Welt mit den Augen unserer Feinde zu sehen. Und sobald sich die Möglichkeit eines Nebeneinanders ergibt, erwächst daraus die Verpflichtung, diese sofort zu nutzen", erklärte Loke.

„Aber dazu gehört auch, dass dein Feind dich so akzeptiert, wie du bist, und dich nicht unterdrückt oder ausbeutet", ergänzte Alfdis.

„Siehst du", meinte Fuku und sah dabei Rob an.

„Junger Drache", wendete sich Loke direkt an Fuku. „Das ist kein Grund, überheblich zu werden. Hast du eine Idee, warum die anderen Drachenmagier euch ausgerechnet zu Alfdis und mir schicken wollten?"

Fuku schüttelte ärgerlich den Kopf. Er mochte es nicht, zurechtgewiesen zu werden.

„Als ich ein Baby war, meinte unser Dorfmagier, ich sei ein Krieger, und man hat mich zu einem Wolfsrudel gesteckt. Aber die Mutter des Rudels hat mich nicht angenommen. Das war das erste Mal in der Geschichte der Wolfsblutkrieger, dass sich ein Magier in einem Baby getäuscht hatte. Aber der Magier verstand nicht, dass er meine Bestimmung nicht richtig eingeschätzt hatte. Alle dachten, mit mir stimme etwas nicht, und mein eigener Stamm hat mich nie akzeptiert. Ich war für alle der Sündenbock, der an allem Übel schuld war. Als ich zehn war, bin ich von zu Hause abgehauen. Ich wollte einfach nur weg. Fünf Jahre bin ich quer durch die Welt geflohen und habe mich tief in den Süden nach Aeonsyrekhi durchgeschlagen.

Wenn ich keine Arbeit fand, habe ich einfach gestohlen. Irgendwann hat mich ein Händler in Assuga erwischt und fast zu Tode geprügelt. Qwhar, ein alter Priester aus dem Sonnentempel, hat mich halb tot gefunden und bei sich aufgenommen. In seinem Tempel hat er mich Lesen und Schreiben gelehrt und wollte mich zu einem Priester machen.

Ich war so alt wie du, Rob, und bereits ein Novize, als Qwhar mich mit zu einer Drachenbändigung nahm. Ein wilder Sonnendrache tobte in der Nähe der Stadt Assuga und zerstörte alles in seiner Umgebung mit seinem gewaltigen Flammenmeer. Die Sonnentempler waren mit über hundert Magiern angetreten, und Qwhar wollte mir zeigen, wie sie den heiligen Sonnendrachen bändigten. Aber in dem Moment, als ich den Drachen das erste Mal sah, geschah etwas Seltsames. Ich spürte, wie sich ein suchender Geist, der voller Zorn und Wut steckte, in meiner Seele verfing. Ich spürte den Hass dieses Drachen auf die Ungerechtigkeit dieser Welt, seine innere Wut, die letztendlich zu wilder Zerstörung führte. Diese Gefühle kannte ich nur zu gut, aber ich selber war immer davor geflohen. Und plötzlich stand ich in Flammen, ohne zu verbrennen. Die Priester des Sonnentempels wichen angsterfüllt vor mir zurück. Unbewusst war Alfdis Drachenglut auf der Suche nach jemandem, der ihn von seiner Wut und seinem Zerstörungswahn befreien konnte. Alfdis Drachenglut hat mein wahres Wesen erkannt und zwischen uns das Band der Drachenmagier gewirkt. Und so kam es, dass Alfdis mich ohne Zeremonie und ohne die Mitwirkung der Drachenmagier erkannt und erwählt hat. Alfdis brachte mir bei, nicht weiter davonzulaufen, und ich brachte ihn dazu, Mitgefühl und Verständnis für sich zu entdecken.

Wir beschlossen, zurück nach Vargdal zu reisen, nicht zuletzt wegen des günstigen Klimas. Auch wenn wir nicht gerade geliebt wurden, respektierten uns meine Stammesgenossen jetzt. Wir waren viel auf Reisen und die damaligen Drachenmagier kümmerten sich um unsere weitere Ausbildung. Irgendwann heiratete ich meine Frau Malin und wir waren eine nette kleine Familie mit Drachen. Als Malin in hohem Alter starb, war mein Sohn Thore schon groß und aus dem Haus. Alfdis und mich hielt nichts mehr in Vargdal und wir zogen uns hier in das Gebirge zurück. Von hier aus hatten wir immer ein wachsames Auge auf Norgyaard, waren aber auch viel auf Reisen durch die ganze Welt. Die anderen Drachenmagier schätzen unsere etwas andere Sicht auf die Dinge und kamen uns gerne und häufig besuchen. Wir blieben immer in enger Verbindung und in kniffeligen und ungewöhnlichen Situationen traf sich der weise Drachenrat gerne bei uns."

Loke hielt kurz inne und sah Fuku tief in die Augen.

„Genau wie du, junger Fuku, hat sich Alfdis scheinbar wahllos einen Jungen ohne magische Vorkenntnisse erwählt. Gefunden hat er dafür seinen Seelenfrieden, der es ihm erst ermöglichte, seine wahre Stärke zu entwickeln. Darüber solltest du mal nachdenken, junger Drache!"

Fuku presste seine Lippen aufeinander und sah Rob an. Das, was Loke sagte, überraschte ihn nicht. Unbewusst hatte er das schon längst geahnt.

„Kannst du uns etwas mehr über Mi Lou und die magischen Fünf sagen?", fragte Rob holperig, um das Thema zu wechseln. Ihm ging das gerade alles viel zu nahe. „Kann es wirklich sein, dass ihre Vorfahren aus unserer Welt stammten?"

„Das halte ich für wahrscheinlich", antwortete Alfdis mit seiner tiefen, rauen Stimme. „Kennt ihr die Sage von dem Schmied und dem goldenen Drachen?"

Mi Lou und Rob verneinten, nur Fuku nickte zögerlich, da er sich an Fragmente erinnern konnte.

Alfdis rückte sich zurecht und erzählte die alte Sage.

„Vor ewig langer Zeit, es war das Ende der Ära der Ryūjin, der Wesen, die sowohl die Gestalt eines Drachen als auch eines Menschen annehmen konnten, gab es einen Kaiser, der außergewöhnliche Schwerter liebte und sie fanatisch sammelte. Irgendwann reichte ihm das Sammeln nicht mehr und er wollte selber ein Meisterschwert schmieden. Er schickte seine Leute aus, um den besten Schmiedemeister der Welt zu finden und ihn an seinen Hof zu bringen. Nach einiger Zeit kamen sie mit Meister Kenshin, einem liebenswerten und bescheidenen Schmied zurück. Seine Schwerter waren die mit Abstand schärfsten und stabilsten, die es in der Welt zu finden gab. Aber dennoch waren sie leicht und lagen so gut in der Hand, dass der Träger sie wie seinen eigenen Arm wahrnahm. Meister Kenshin empfand es als große Ehre, den Kaiser in seiner Schmiedekunst zu unterrichten. Viele Jahre lang zeigte er dem Kaiser geduldig sein Handwerk und sie wurden zu Freunden. Er schulte die Sinne des Kaisers, unterrichtete ihn in den Geheimnissen der richtigen Glut, brachte ihm bei, den Stahl zu falten und schließlich, wie er dem Schwert die richtige Schärfe gab. Der Kaiser war ein eifriger Schüler und nach drei Jahren Lehre war er selbst in der Lage, hervorragende Schwerter zu schmieden. Eines Tages kam er nicht wie sonst bei Sonnenaufgang in die Schmiede. Meister Kenshin wartete vergeblich auf seinen Schüler. Erst mittags tauchte der Kaiser mit seinem letzten Werk in der Schmiede auf. Stolz legte er das Schwert Meister Kenshin in die Hand, der es respektvoll musterte.

‚Vielen Dank, Meister Kenshin, für alles, was Ihr mich gelehrt habt. Ihr haltet mein Meisterstück in der Hand, und ich denke, meine Lehre bei Euch ist beendet.'

Meister Kenshin strich liebevoll über die anmutige Klinge und schüttelte den Kopf.

‚Nein, mein Freund, Ihr seid noch nicht so weit', erwiderte er ruhig.

Der Kaiser wurde verärgert. ‚Aber Ihr könnt mir nichts mehr beibringen. Mein letztes Schwert ist besser als alles, was Ihr je geschmiedet habt. Ihr seid nur zu stolz, es zuzugeben!'

Meister Kenshin schüttelte traurig den Kopf. ‚Für einen Meister gibt es nichts Schöneres, als einen Schüler zu unterrichten, der besser wird als er selber.'

‚Dann lassen wir unseren weisen und treuen Berater entscheiden', schlug der Kaiser vor. ‚Wir beide geben unsere Schwerter dem goldenen Drachen, und er entscheidet, welches das bessere ist.'

Noch am selben Nachmittag versammelte sich der gesamte Hofstaat an der Brücke, die umsäumt von einem Birkenwäldchen über einen breiten Bach führte. Der goldene Drache nahm das Schwert des Kaisers entgegen und steckte es in das weiche Bett des Baches. Er hob ein herabgefallenes Birkenblatt auf und warf es in den Bach. Das Blatt tanzte auf der Wasseroberfläche und trieb genau auf die Klinge des Schwertes zu. Als es die Schneide erreichte wurde es mit einem glatten Schnitt sauber in zwei Hälften geteilt. Die Zuschauer applaudierten begeistert. Der goldene Drache nahm das Schwert des Kaisers und stellte stattdessen das von Meister Kenshin in den Bach. Wieder ließ er ein Blatt in den Bachlauf fallen. Gespannt beobachtete die Menge, wie das Blatt immer näher auf die Klinge zu schwamm. Aber als es die Schneide erreichte, wurde es nicht geteilt, sondern prallte ab und schwamm an der rechten Seite der Klinge vorbei. Die Menge raunte enttäuscht, und ein siegesgewisses Grinsen stellte sich auf dem Gesicht des Kaisers ein. Der goldene Drache nahm die zwei Schwerter und stellte sich ernst vor Kenshin und den Kaiser.

‚Wahrlich haben wir hier zwei außerordentliche Schwerter, aber Ihr habt mich gebeten, zu entscheiden, welches das bessere ist.' Der goldene Drache sah zuerst Meister Kenshin und dann den Kaiser an. ‚Geliebter Kaiser, Ihr habt mich verblüfft mit eurem Schwert. Ich hätte Euch nicht zugetraut, in so kurzer Zeit ein so guter Schmied zu werden.' Der Kaiser lachte geschmeichelt. ‚Aber Ihr hattet einen hervorragenden Lehrer und deswegen solltet Ihr nicht verzagen, wenn sein Schwert immer noch das bessere ist.'

Der Kaiser stand mit offenem Mund da, und die Menge sah entsetzt zu dem goldenen Drachen. ‚Das ist ein Irrtum', stammelte der Kaiser. ‚Mein Schwert war es, das das Blatt sauber durchtrennt hat. Du hast dich vertan.'

Aber der goldene Drache schüttelte nur den Kopf. ‚Das Schwert von Meister Kenshin hat erkannt, dass das Blatt nichts Böses im Sinn hatte, und hat es unbehelligt ziehen lassen.'

‚So ein Quatsch', schimpfte der Kaiser und stampfte wütend davon. Uneinsichtig verbannte er den goldenen Drachen und Kenshin von seinem Hof. Das angekratzte Verhältnis der Menschen zu den Drachen wurde noch schlechter. Aber Kenshin und der goldene Drache wurden zu innigen Freunden.

Ein paar Jahre später wählten die Ryūjin, die unsere Welt verließen, genau diese beiden zum ersten Drachenmagier. Sie zeigten ihnen, wie sie eine magische Einheit bilden konnten und legten die Geschicke unserer Welt in ihre Hand.

In dieser Zeit sollen sie für ihre Nachfolger die magischen Fünf geschmiedet haben. Als sie alt wurden und sie das Erbe der Drachenmagier an ihre Zöglinge weitergegeben hatten, sollen sie angeblich den Ryūjin in die andere Welt gefolgt sein. Es heißt, Meister Kenshin habe in der neuen Welt eine Schule gegründet, die die Erinnerung an die Drachen wachhalten sollte."

„Die Ryō Ryû", entfuhr es Mi Lou, deren Puls wie verrückt schlug. „Die Schule der Drachen, deren letzter Meister mein Urgroßvater Daichi war."

Loke schüttelte den Kopf. „Nein, meine Liebe, du bist der neue Meister der Ryō Ryû. Ich glaube, das Schicksal hat dich hierhergeführt, damit du alles über die Magie der Drachen lernst."

Fuku und Rob sahen Mi Lou voller Respekt an.

„Wenn du etwas über Drachen lernen willst, kannst du mich immer gerne fragen", bot Fuku hilfsbereit an und zwinkerte Mi Lou verschwörerisch zu.

„Du solltest sicherheitshalber noch zusätzliche Quellen zu Rate ziehen", ergänzte Rob breit grinsend.

„Der Meinung bin ich auch", ergänzte Alfdis. „Loke und ich helfen dir gerne, deine Magie zu entdecken."

Mi Lou war noch ganz ergriffen von der Geschichte. Langsam fügten sich die Puzzleteile zu einem erkennbaren Ganzen. Sie war in Gedanken bei Daichi und ihren Eltern, als lautes Wolfsgeheul zu ihnen durch die Nacht drang.

Rob bekam augenblicklich eine Gänsehaut. Die Rufe der Wölfe vertrieben seine gute Laune und zerrten die unerledigte Aufgabe mit den Wolfsblutkriegern in sein Bewusstsein.

Loke ahnte Robs Gedanken. „Es wird schwer, die Wolfsblutkrieger zu überzeugen, mit uns in den Krieg zu ziehen. Normalerweise kümmern sie sich nur um ihr Rudel. Was sonst in der Welt passiert, ist ihnen egal. Ich habe in deinen Erinnerungen gesehen, dass du Rune aus meinem Dorf getroffen hast. Er ist da eine Ausnahme, aber du solltest seinen Namen trotzdem nicht vor Hróarr, dem Stammesführer, erwähnen."

„Warum nicht? Ich dachte, wenn ich erzähle, dass er und seine Wolfsgeschwister mir vertraut haben, hilft mir das vielleicht", sagte Rob, dessen beklommenes Gefühl im Magen weiter zunahm.

Loke schüttelte den Kopf. „Rune hat vor zwölf Jahren Hróarr zum Kampf über die Herrschaft des gesamten Stammes herausgefordert. Die beiden waren ihr ganzes Leben lang gute Freunde und Kämpfe um Rangordnung sind unter Wolfsblutkriegern normal. Aber Rune hat den Kampf verloren und war zu stolz, sich seinem Freund erneut unterzuordnen. Er entschied sich dafür, mit seinen Wolfgeschwistern Vargdal zu verlassen. Hróarr hat ihm nie verziehen, dass er damals nach dem Kampf einfach gegangen ist. So lange Hróarr den Stamm führt, lässt es wiederum sein Stolz nicht zu, dass Rune zurückkehrt", erklärte Loke. „Runes Namen zu erwähnen, würde lediglich alte Wunden aufreißen."

„Aber könnte Rob Hróarr nicht einfach direkt herausfordern?", fragte Fuku

Rob wurde kreidebleich. „Du meinst, ich soll Hróarr zum Duell herausfordern?", fragte er unsicher.

Fuku nickte. „Wenn du Hróarr herausforderst und besiegst, wirst du Anführer des Rudels und kannst den Wolfsblutkriegern befehlen, uns im Kampf gegen die Truppen der reinen Magier zu helfen."

Loke schüttelte den Kopf. „Nein, das geht leider nicht. Nur ein Mitglied des Stammes kann Hróarr zum Kampf herausfordern."

Eine mächtige Last fiel Rob von den Schultern, und er atmete tief durch.

„Na, das sind ja prächtige Aussichten", meinte Fuku. „Glaubst du, wir haben überhaupt eine Chance, die Wolfsblutkrieger dazu zu bewegen, eine Armee aufzustellen, um mit uns in den Kampf zu ziehen?"

Alfdis und Loke sahen sich an und schüttelten gleichzeitig den Kopf. „Natürlich müsst ihr es versuchen, aber ich sehe kaum eine Chance, dass ihr sie überzeugen könnt", sagte Alfdis.

„Kommt ihr denn nicht mit?", fragte Rob erstaunt. Loke und Alfdis sahen sich grinsend an und schüttelten wieder ihre Köpfe.

„Aber hören die Wolfsblutkrieger denn nicht auf euch? Eure Stimme muss doch einiges an Gewicht bei ihnen haben. Ihr seid schließlich ein mächtiges magisches Duo und stammt aus dem Dorf."

„Gewicht", kicherte Loke, und Alfdis presste die Lippen aufeinander, um nicht laut loszulachen. „Hab ich was Falsches gesagt?", fragte Rob verunsichert.

Alfdis räusperte sich und puffte den kichernden Loke an. „Los, das musst du ihnen erklären, schließlich war es deine Schuld."

„Gar nicht", gab Loke eingeschnappt zurück. „Wieso schleicht der sich auch ohne Vorwarnung von hinten an mich heran?"

Fuku, Rob und Mi Lou sahen den Magier und seinen Drachen fragend an.

„Das war nicht von hinten, er kam von vorne und sprach dich direkt an", korrigierte Alfdis ihn.

„Aber er hat mich erschreckt", rechtfertigte Loke sich. „Und die Schneelawine hast schließlich du ausgelöst."

„Nur, weil du so laut geschrien hast", erklärte Alfdis.

„Ich sag doch, ich habe mich fürchterlich erschreckt. Schließlich dachte ich, wir werden angegriffen."

„Könnt ihr uns bitte erklären, über was ihr da redet?" bat Mi Lou leicht genervt.

„Ich glaube, Hróarr ist im Moment nicht so gut auf uns zu sprechen", fasste Alfdis kurz zusammen. „Er kam vor zwei Wochen zu uns, weil er sich Sorgen um die vielen Styrnböcke in der Gegend machte. Na ja, und Loke hat sich erschreckt, und irgendwie ist Hróarr dann unter eine kleine Schneelawine …"

„Die du ausgelöst hast – und klein war die auch nicht", unterbrach ihn Loke.

„… unter eine Schneelawine geraten. Aber du hättest ihn aus der misslichen Lage befreien können, während ich mein Eisbad genommen habe."

„Ja, ja, aber ich habe mich doch entschuldigt", meinte Loke mit großen Augen.

„Und bist dann gegangen, ohne ihn aus dem Schneemassen zu befreien", stichelte Alfdis weiter.

Loke sah reumütig zu Boden. „Ja, das habe ich wohl vergessen", sagte er leise.

Fuku grinste, und Rob und Mi Lou sahen sich verwirrt an.

„Vergessen?", hakte Rob ungläubig bei Loke nach. „Hróarr lag verschüttet unter einer Schneelawine vor dir, und du hast vergessen, ihn dort herauszuholen?"

Lokes Blick zeigte einen Anflug von Schuldgefühlen. „Du weißt doch, aus dem Auge aus dem Sinn."

Rob fasste sich fassungslos an den Kopf.

„Und wie ist die Geschichte ausgegangen?", wollte Mi Lou wissen.

„Ach, das war eigentlich gar kein Problem. Hróarr ist ein großer, kräftiger Mann und nach ein paar Stunden hatten seine Wölfe ihn entdeckt und befreit. O. k., er war völlig durchgefroren und wütend", gab Loke freimütig zu.

„Unterkühlt trifft es wohl besser", kommentierte Fuku grinsend.

Alfdis und Loke brachen in lautes Gelächter aus und beherrschten sich erst wieder, als sie Robs strafenden Blick sahen.

„Deswegen geht ihr im Moment wohl besser alleine zu den Wolfsblutkriegern nach Vargdal. Wir bereiten uns schon mal auf die Reise nach Süden vor", sagte Loke.

Er rieb sich die Hände und hatte wieder seinen leicht schrägen Blick drauf.

„Während ihr versucht, Hróarr zu überzeugen, lege ich mich noch etwas auf Eis", sagte Alfdis und verschwand.

Mi Lou, Rob und Fuku holten Lynir aus der Halle und machten sich auf den Weg nach Vargdal.

Die Sterne funkelten über ihnen, und das Licht der Monde ließ den Schnee hell leuchten. Mi Lou und Rob saßen auf Lynir, und Fuku stapfte neben ihnen her. Rob verkroch sich tief in die kuschelige Pelzjacke, die Loke ihm geschenkt hatte. Immer wieder durchbrach lautes Wolfsgeheul die Stille der Nacht. Fuku störte das nicht weiter, aber Mi Lou und Rob zuckten jedes Mal unwillkürlich zusammen.

„Was hältst du von Loke und Alfdis?", fragte Mi Lou. Sie fühlte, wie Rob hinter ihr mit den Schultern zuckte.

„Weiß ich noch nicht so genau. Eigentlich mag ich sie, aber manchmal sind sie komisch", erwiderte Rob.

„Komisch?", meinte Mi Lou überrascht. „Ich finde, das ist nicht nur komisch, sondern echt schräg. Die Nummer mit Hróarr ist schon hart gewesen." Neben ihnen kicherte Fuku leise, und Rob drehte sich zu ihm.

„Als er aus seiner Hütte herausstürmte und Alfdis aus dem Eis geschossen kam, dachte ich echt, das war es mit uns. Ich hatte richtig Angst", gestand Rob.

„Das war durchaus berechtigt", sagte Fuku. „Die zwei sind brandgefährlich."

„Ich möchte nicht wissen, wie Alfdis drauf ist, wenn seine Drachenglut durchbrennt", überlegte Mi Lou laut und schüttelte sich bei dem Gedanken.

„Ich glaube, das wäre der Augenblick, in dem wir froh wären, dass er auf unserer Seite kämpft", sagte Fuku.

Mi Lou nickte. „Aber verrückt sind die zwei schon, besonders Loke. Hoffentlich vergisst er im Kampf nicht, auf wessen Seite er ist."

Fuku schmunzelte mit unbeirrtem Optimismus. „Ach, er wird Freund und Feind schon nicht verwechseln."

„Sicher?", fragte Rob und sah nicht wirklich überzeugt aus.

Mi Lou spitzte die Ohren. „Hört ihr das?", fragte sie. Und tatsächlich: Ein tiefes melodisches Brummen lag in der kalten Nachtluft.

„Es kommt aus dem Wald da vorne. Soll ich mal nachschauen?" Fuku reckte den Hals und setzte zum Flug an.

Rob streckte gerade noch rechtzeitig seinen Arm aus und hielt ihn zurück.

„Nein, Fuku. Nach der Geschichte mit Loke und Alfdis haben wir doch beschlossen, dass wir zu Fuß zu ihnen gehen. Wer weiß, wie sie auf einen Drachen reagieren, der sie aus der Luft überrascht?"

Fuku zog eine Schnute und folgte ihnen stampfend in den Wald hinein. Sie sahen immer wieder gelbe Augen in der Dunkelheit des Waldes aufblitzen, aber damit hatten sie alle fest gerechnet.

„Kannst du bitte etwas leiser sein, Fuku?", bat Mi Lou den Drachen, der mit seinem Schwanz den ein oder anderen dünneren Baum umsäbelte.

„Ich dachte, wir wollen uns nicht anschleichen", erwiderte er leicht giftig.

Mi Lou rollte mit den Augen. „Es gibt einen feinen Unterschied zwischen lautlos anschleichen und krachend mit der Tür ins Haus fallen."

„Ach?", erwiderte Fuku und schnitt heimlich Grimassen in Mi Lous Richtung, bemühte sich aber trotzdem, etwas leiser zu sein.

Nach ein paar Minuten wurde das melodische Summen lauter und als tiefer Gesang erkennbar. Wahrscheinlich war Vargdal nicht mehr weit. Die Wölfe hatten längst einen Kreis um sie gezogen. Immer wieder blitzten ihre gelben Augen zwischen den Bäumen hervor. Rob und Mi Lou stiegen von Lynir ab und gingen jetzt auch zu Fuß durch den tiefen Schnee. Plötzlich sah Rob ein blaues Paar Augen in der Tiefe des Waldes, das genau auf ihn zustürmte. Der Gesang erstarb und ein lautes, aggressives Knurren erfüllte den Wald.

„Haben Wölfe blaue Augen?", fragte Rob erschrocken.

Fuku schüttelte den Kopf und bereitet sich innerlich auf einen Angriff vor.

UNTER WÖLFEN

Im dichten Wald war es stockdunkel, und das unheimliche Knurren wurde lauter. Mi Lou, Rob und Fuku waren bis aufs Äußerste angespannt. Ihnen war klar, dass die Wölfe sie eingekreist hatten, aber sie wollten auf alle Fälle einen Kampf vermeiden. Das Wesen mit den blauen Augen kam immer näher und näher. Da erkannte Rob den kleinen Wolf mit dem auffälligen schwarzen Fleck auf der Schnauze, den er vor zwei Tagen gerettet hatte. Das kleine Fellknäul kämpfte sich mutig durch den hohen Schnee und stürmte genau auf ihn zu. Dabei versank es immer wieder bis zu den Ohren und war in dem von ihm aufgewirbeltem Schneegestöber kaum noch zu sehen. Freudig kläffte der kleine Wolf zur Begrüßung und verschluckte sich dabei an einem Eisklumpen. Rob musste unwillkürlich lachen und kniete sich hin, um den kleinen Wolf mit offenen Armen zu empfangen. Er spürte die Nervosität der Wölfe, die sie im Schutz des Waldes umkreist hatten.

„Keine Angst", sagte Rob, wohl auch, um sich selber zu beruhigen. Der kleine Wolf sprang ihn zur Begrüßung an und versuchte ihm über den Mund zu lecken. Rob lachte und tollte mit dem Kleinen herum, während sich die anderen Wölfe aus der Deckung trauten und vorsichtig näher kamen.

„Das sollte ich mal machen", meinte Fuku, beugte sich zu Mi Lou vor und rollte seine feuchte Zunge aus, als wollte er ihr damit über das Gesicht schlecken.

„Untersteh dich", warnte Mi Lou ihn und hob abwehrend ihre rechte Hand, in der sie den kostbaren Drachendolch hielt.

Fuku trat unwillkürlich einen Schritt zurück und grinste sie dämlich an. „So macht man das aber unter Wölfen."

„Steck den Dolch weg", herrschte Rob sie an. „Du machst den Wölfen damit Angst!"

Mi Lou fühlte sich ertappt und ließ den Dolch wieder verschwinden. Sie ärgerte sich, dass sie auf Fukus Blödelei eingegangen war. „Entschuldigung", sagte sie kleinlaut und gesellte sich zu Rob und dem kleinen Wolf.

Wie aus dem Nichts näherte sich ihnen plötzlich eine Wölfin mit einem ausgesprochen sanften Gesichtsausdruck. Ihre Rute hatte sie nach unten gedrückt, aber das hintere Ende zeigte nach oben, um ihre Abwehrbereitschaft zu signalisieren.

„Ich glaube, das ist seine Mutter", vermutete Rob, der sich an ihren durchdringenden Blick von vor zwei Nächten erinnerte. „Hallo", sprach Rob sie an, „ich bin Rob und das hier ist Mi Lou. Und der Drache und das Pferd heißen Fuku und Lynir." Er kniete sich auf den vereisten Boden und streckte seine Hand aus, damit die Wölfin seinen Geruch aufnehmen konnte. „Die zwei sind zwar groß, aber das sind gute Freunde, vor denen brauchst du keine Angst zu haben."

Misstrauisch passierte sie Fuku und Lynir, aber als sie an ihnen vorbei war, hob sie wieder vertrauensvoll ihre Rute. Sie roch an Robs ausgestreckter Hand und stellte sich mit ihren Vorderbeinen auf seine Schultern, um ihm quer über das Gesicht zu schlecken. Rob prustete, ließ sich aber die offensichtliche Zuneigung gefallen. Auch wenn sein Gesicht danach klebrig war und etwas streng roch. Einige mutige Wölfe trauten sich nun sogar, an Fuku zu schnuppern, der überhaupt nicht wusste, wie er darauf reagieren sollte. „Soll ich denen jetzt auch über das Gesicht schlabbern?", fragte er Rob.

Aber der war umringt von den restlichen Wölfen, die ihn nun, nachdem das Eis gebrochen war, alle begrüßten. Ein kurzes, bestimmendes Bellen eines kräftigen Wolfes mit wachen, schwarz umrandeten Augen beendete das Spektakel.

Die anderen Wölfe folgten ihm augenblicklich. Und auch die Wölfin gesellte sich zu ihrem Pack, blieb dann aber zögerlich stehen und sah Rob auffordernd an. Als der nicht verstand, kam sie zurück und nahm vorsichtig seinen Pelzärmel zwischen ihre scharfen Zähne und zog ihn sanft mit sich.

„Ist ja gut, ich komm ja schon", lachte Rob und folgte ihr gehorsam.

„Ob die uns auch dabei haben wollen, Fuku?", fragte Mi Lou und fuhr sich mit der Hand durch die Haare. „Rob lieben sie offensichtlich, wohingegen wir wohl eher geduldet werden."

„Neidisch?", meinte Fuku erstaunt.

Mi Lou verzog den Mund. „Vielleicht ein bisschen!?" Sie sah ihn auffordernd an und klopfte Lynir, der erstaunlich ruhig geblieben war, liebevoll auf den Hals. „Kommt, wir gehen mal hinterher."

Vor ihnen tobten die Wölfe zutraulich um Rob herum, wobei der kleine Wolf ihm nicht mehr von der Seite wich. Bald schon sahen sie zwischen den Bäumen die Lagerfeuer einer Siedlung. Ein kräftiger, bärtiger Mann mit langen blonden Haaren, die er lose zu einem Zopf zusammengebunden hatte, kam ihnen entgegen. Er trug feste Lederstiefel, eine grobe Hose mit einem dunkelgrünen Hemd und darüber einen dicken dunkelbraunen Ledermantel mit Pelzkragen. An dem breiten Ledergürtel waren mehrere kleine Säckchen und ein Dolch befestigt. Um den Hals trug er eine Kette aus Fangzähnen, auf die fremdartige Runen geritzt waren. Sein düsterer Blick vermittelte sofort, dass er verärgert war. Mit respektvollem Abstand bauten sich hinter ihm eine Handvoll weitere Dorfbewohner auf. Sie trugen Fackeln und sorgten somit für etwas Licht in dem sonst relativ dunklen Wald.

Mit dem Erscheinen des Mannes änderte sich das Verhalten der Wölfe schlagartig. Sie hörten auf herumzutollen und näherten sich ihm demütig mit eingeklemmter Rute. Vorneweg der kräftige Wolf, der das Kommando zum Aufbruch gegeben hatte. Allerdings nahm dieser eine herausfordernde

Haltung ein und ließ den Mann nicht aus den Augen. Rob erschrak, als der Mann plötzlich auf den kräftigen Wolf zustürmte und ihn umwarf. Mit einem bedrohlichen Knurren und gerümpfter Nase biss er dem Wolf in die empfindliche Schnauze. Dieser jaulte laut auf und bleckte laut knurrend seine Zähne. Der Mann attackierte ihn ein weiteres Mal, aber der Wolf wich zurück, legte seine Ohren an und drohte mit seinen entblößten scharfen Fängen. Durch die offene Aggressivität auf den Plan gerufen, lief die Wölfin genau zwischen die Kontrahenten und hielt sie auf Abstand. Das Verhalten der Wölfin beruhigte die zwei etwas. Der Wolf nahm eine neutralere Haltung an und wartete gespannt ab. Der Mann näherte sich ihm langsam und legte sich mit dem ganzen Gewicht seines Oberkörpers auf den Rücken des kräftigen Tieres. Mit seinen muskulösen Händen griff er in das dichte Fell am Hals und zog den Wolf nach unten.

Der Wolf jaulte kurz auf, wehrte sich aber nicht weiter und rollte sich ergeben auf den Rücken. Der Mann knurrte noch ein paar Mal, bevor er ihn wieder losließ. Der Wolf stand auf und leckte ihm über den Mund und übers Gesicht. Die aufgeheizte Stimmung entspannte sich mit einem Schlag. Der große blonde Mann stand auf, schlug sich den Schnee von der Hose und nahm jetzt auch die Neuankömmlinge zur Kenntnis. Er gab seinen Leuten ein Zeichen, ihm zu folgen, und kam zu Mi Lou, Fuku und Rob herüber.

Als er den kleinen Wolf sah, der um Robs Füße herumschlich, musste er unwillkürlich lächeln. „Wie ich sehe, hat dich Snorre schon voll in Beschlag genommen. Du bist also Rob, der Magier, der unseren kleinen Tollpatsch vor dem Styrnbock gerettet hat."

Rob wurde rot und nickte. Der große Mann kam näher und drückte Rob so feste an sich, dass ihm kurz die Luft wegblieb. „Ich bin Hróarr, willkommen in Vargdal."

Nachdem Hróarr und sein Gefolge auch die anderen begrüßt hatten, machten sie sich samt der Wölfe auf den kurzen Weg hinüber in das Dorf. Sie verließen den Wald und betraten eine Ebene, in deren Mitte die Hütten von Vargdal bis hoch auf einen felsigen Hügel reichten. Am Fuße der Anhöhe war das Dorf von einem Verteidigungswall aus grob behauenen Baumstämmen umgeben. Etwa alle hundert Meter ragte eine schlichte überdachte Verteidigungsplattform aus dem Wall heraus. Grobe Wolfsköpfe, die aus den verlängerten Giebelbrettern der Dächer geschnitzt waren, blickten wachsam in beide Richtungen. Zwei etwas größere Verteidigungstürme, auf denen etwa zehn Krieger Platz fanden, standen links und rechts zu Seiten des großen Holztores, durch das man Vargdal betreten und verlassen konnte.

„Komisch, ich kann überhaupt keine Wachen entdecken", sagte Rob leise zu Fuku.

Fuku sah sich um und machte ihn auf die geschnitzten Köpfe an den Dachgiebeln aufmerksam. „Diese Wolfsköpfe sind den Gargoyles aus Skargness sehr ähnlich."

„Du meinst, das sind magische Wächter?", fragte Rob.

Fuku nickte, und Rob glaubte ganz schwach die magische Aura erkennen zu können. „Und vergiss nicht die Wölfe, die immer um das Dorf herum patrouillieren. Wahrscheinlich ist es nahezu unmöglich, Vargdal ungesehen zu betreten."

„Und wozu dann die Wachtürme und der Wall?"

Fuku sah Rob etwas belustigt an. „Die werden offensichtlich nur im Fall eines Angriffs bemannt."

Hróarr führte sie weiter durch das Tor in das Dorf hinein. Die Bewohner von Vargdal lebten in einfachen, flachen Holzhäusern, die sich an die Felsen des Hanges schmiegten. Jedes Haus hatte, ähnlich wie die Wachtürme am Wall, gekreuzte Giebelbretter, deren Enden zu unterschiedlichen Tierköpfen geschnitzt waren. Meist waren es Wolfsköpfe, aber Rob erkannte auch Drachen, Schlangen und andere mystische Wesen. Auf der Kuppel der Anhöhe, schützte ein Ring aus weiteren Palisaden ein Areal mit einem Durchmesser von zweihundert Metern. Vier Tore führten in diesen Bereich, deren Wege sich in der Mitte auf einem Festplatz trafen. In jedem, der durch die Wege definierten Viertel, stand ein großes Langhaus. Über den Türen waren unterschiedliche Wappen auf Schilden angebracht. Jedes dieser Langhäuser gehörte zu einem der vier großen Stämme der Wolfsblutkrieger von Norgyaard.

Der Geruch von gebratenem Fleisch kroch Rob in die Nase. Offensichtlich waren sie mitten in ein Fest geplatzt, denn die Dorfbewohner und Wölfe hatten es sich um ein großes Feuer herum auf dicken Baumstämmen gemütlich gemacht. Etwas abseits tobte eine kleine Horde Kinder mit jungen Wölfen, die die Neuankömmlinge mit unverhohlener Neugier musterten. Besonders Fuku weckte ihre Aufmerksamkeit.

Hróarr ging zielstrebig auf das große Feuer zu, wo ihn seine Familie und seine engsten Vertrauten bereits erwarteten. Damit Fuku auch Platz fand, räumten vier kräftige Männer extra einen Baumstamm zur Seite. Hróarr selbst setzte sich mit Mi Lou und Rob zu seiner Frau Alva und den drei Kindern. Kaum saßen sie, legten sich die Wölfe zu ihnen und der aufgeregte Snorre versuchte verspielt, in Robs Füße zu beißen.

„Das sind also die Helden, die unseren kleinen Snorre gerettet haben?", bemerkte Alva. Die Frau des Stammesführers hatte lange blonde Haare und ein hageres, scharf geschnittenes Gesicht.

„Um genau zu sein, war das nur Rob", erklärte Mi Lou und kraulte Snorre am Nacken. „Fuku war noch unterwegs, und ich war gar nicht in der Lage, etwas gegen dieses Vieh zu unternehmen. Das ging alles viel zu schnell, und dieser kleine, süße Wolf war viel zu weit weg."

„Es gehört schon eine Menge Mut dazu, sich mit einem Styrnbock anzulegen", meinte Alva, und ihre wachen blauen Augen sahen Rob forschend an. Der erwiderte nur kurz ihren Blick und rückte unruhig auf seinem Platz hin und her.

„In den letzten paar Monaten sind es unzählig viele geworden und sie trauen sich bei ihrer Jagd nach Auren immer näher an unsere Siedlungen heran", sagte Alva.

„Auf der Jagd nach Auren?", fragte Mi Lou irritiert.

Alva musterte sie leicht belustigt. „Man merkt, ihr seid nicht von hier. Sie kommen getarnt als Steinböcke, aber in Wirklichkeit stecken wahre Monster in ihnen. Styrnböcke saugen die Auren von sterbenden Geschöpfen in sich auf, wusstet ihr das nicht?"

Mi Lou schüttelte den Kopf. „Das heißt, der sterbende Elch, den euer Rudel gerissen hat, hat sie angelockt?"

Alva nickte. „Damit die Aura möglichst rein ist, warten sie in ihrer Gestalt als Steinbock ab, bis ein Raubtier Beute gerissen hat. Dann erst verwandeln sie sich in das grässliche Biest, vertreiben das Raubtier und laben sich an der Aura der sterbenden Beute. Die Seele des armen Opfers findet ohne seine Aura keine Ruhe und wird zu einem Geist, der verloren durch die Welt irrt."

„Aber warum warten sie, bis jemand anderes ein Tier umbringt?", fragte Mi Lou. „Das können sie doch auch selbst machen?"

„Nein, da gibt es einen großen Unterschied. Es ist wichtig, wer das Opfer tötet. Wenn ein Wolfsrudel Beute macht, ist das der normale Lauf der Natur. Die Aura und die Seele des Opfers können den sterbenden Körper gleichzeitig verlassen und verbinden sich im Tod zu einer Einheit. Tötet ein Styrnbock sein Opfer selbst, verbrennt das Böse die Aura und der Styrnbock geht leer aus. Da die Seele um den Verbleib der Aura weiß, ist sie frei, sucht sich eine neue Aura und wird wiedergeboren", erklärte Alva.

„Dann warten also die Styrnböcke, bis ein Opfer von jemand anders getötet wird, um die reine Aura in sich aufzusaugen ...", fasste Rob zusammen.

„Und verhindern damit, dass sich Seele und Aura im Tod verbinden, so dass die Seele alleine und verloren durch die Welt irrt", beendete Mi Lou den Satz.

Alva nickte. „Genau so ist es."

„Aber warum hatte es der Styrnbock dann auf den kleinen Snorre abgesehen? Der sterbende Elch schien ihn überhaupt nicht mehr zu interessieren", wollte Rob wissen.

Verwundert über die Unkenntnis ihrer Gäste musterte Alva Fuku, der ihren Blick aber freundlich lächelnd erwiderte.

„Eine magische Aura verbrennt nicht, wenn das Böse ihr Lebewesen tötet. Sie wehrt sich. Kann sie gegen das Böse bestehen, wandert sie frei durch die Welt auf der Suche nach einer verlorenen Seele, mit der sie sich verbinden kann. Im besten Fall ist die Seele des Lebewesens noch in der Nähe. Dann können Aura und Seele wieder zueinanderfinden und es kann sogar vorkommen, dass sie wieder in ihren alten Körper zurückgehen. Verliert die Aura aber den Kampf, wird sie von dem Gegner aufgesogen und verleiht ihm neue Kraft und manchmal auch neue Fähigkeiten. Die Aura unseres jungen Snorre hätte allerdings keine Chance gegen den erfahrenen Styrnbock gehabt. In diesem Fall hätte der Styrnbock die Aura von Snorre aufgesogen und nicht vernichtet. Seine Seele wäre auf der Suche nach seiner Aura als verlorener Geist durch die Welt geirrt", erklärte Alva und sah den unschuldig dreinschauenden Snorre ernst an.

Die Eltern von Snorre, der stämmige Truls und die sanftmütige Kaja, legten ihre Köpfe auf Robs Schoß und leckten ihm die Hand ab.

Hróarr griff dem kräftigen Truls grob, aber voller Liebe, in den Nacken und schüttelte ihn. „Und weil unser Rudel so tief in deiner Schuld steht, hat sich Truls nicht an meinen Befehl gehalten, hierzubleiben. Eigentlich feiern wir das Fest der Wolfsbindung und ehren die Mütter der Wolfsblutkrieger. Aber statt hier seine Pflicht zu erledigen, hat Truls zusammen mit dem Wolfspack eigenmächtig nach dir gesucht. Und das, obwohl ihr euch mit Loke und Alfdis getroffen habt." Bei der Erwähnung des Drachenmagiers verdüsterte sich Hróarrs Miene.

„Ungeachtet dessen stehen wir tief in deiner Schuld, Rob", unterbrach Alva die Grübeleien ihres Mannes. „Aber statt hier lange zu reden, Hróarr, gib doch einfach das Zeichen, mit der Zeremonie fortzufahren."

Einsichtig nickte Hróarr einem korpulenten Mann zu, der ihm gegenübersaß. Dieser stimmte einen tiefen, melodischen Gesang an. Nach und nach stimmten die Dorfbewohner in das traurige Lied mit ein. Rob und Mi Lou lief eine Gänsehaut über den Rücken und auch Fuku war bewegt. Der tiefe Gesang füllte die gesamte Ebene aus, und Rob verstand jetzt, was sie im Wald gehört hatten. Die einfühlsamen Stimmen durchströmten ihn, und er glaubte, in den Flammen des großen Feuers Schemen von Wölfen und Menschen zu sehen. Immer wieder stimmten auch die Wölfe mit ihrem klagenden Geheul in das traurige Lied ein. Jeder war tief ergriffen.

Alva beugte sich zu Mi Lou und Rob hinüber und flüsterte: „Das ist die Geschichte von den Zwillingen Skuld und Orvar, wie sie zu den ersten Wolfsblutkriegern wurden. Das Lied handelt davon, wie Steintrolle ihr Dorf überfallen und ihre Mutter sie nicht retten kann."

Rob sah sich um und blickte nur in tief ergriffene Gesichter. Aber mit der Zeit änderte sich die Stimmung der Lieder. Sie wurden hoffnungsvoller und am Ende sogar fröhlich.

Nach etwa einer Stunde, als das letzte Lied angestimmt wurde, sprangen etwa fünfzig Krieger und Kriegerinnen in wilder Kampfbemalung auf und nahmen mit ihren Wölfen eine Angriffsformation ein. Hróarr erhob sich und schritt stolz durch ihre Reihen. Mit fester Stimme gab er langgezogene Kommandos und die Krieger schmetterten ihren unsichtbaren Gegnern Herausforderungen entgegen. Wild schlugen sie sich in ritueller Abfolge auf die Brust, die Arme und die Beine. Die Wölfe streckten ihre Körper aggressiv nach vorne, bleckten die Zähne, so dass ihre scharfen Fänge deutlich zu sehen waren, und knurrten furchteinflößend.

Rob und Mi Lou fühlten sich äußerst unwohl in ihrer Haut, nur Fuku blieb völlig gelassen.

„Das ist der Kriegstanz der Wolfsblutkrieger", flüsterte ihnen Alva zu. „Nachdem sich die Wölfe mit den Menschen vereinigt hatten, zogen sie los, um Rache an den Trollen zu nehmen."

Nach einem weiteren Befehl von Hróarr brachen Krieger und Wölfe in ein lautes Kriegsgeheul aus, das nach und nach zu einer Siegesfeier über die Steintrolle wurde. Dann war das Schauspiel vorbei und jeder setzte sich wieder an seinen Platz.

„Mit diesen Kriegern kann man seinen Gegnern das Fürchten lehren", sagte Hróarr stolz, als er sich völlig verschwitzt wieder zu seinen Gästen setzte.

Mi Lou massierte sich den Nacken, um ihre Gänsehaut zu vertreiben. „Die Lieder und euer Tanz waren beeindruckend", sagte sie. „Kannst du uns die Geschichte dahinter verraten?"

Hróarr lächelte Mi Lou an und erzählte bereitwillig. „In den alten Zeiten gab es im Sturmschattengebirge ein kleines Dorf am Fuße des Berges Fang. Dort lebte eine Magierin namens Gróa mit ihren neugeborenen Zwillingen Skuld und Orvar. Eines Tages wurde das Dorf von einer Horde Steintrolle angegriffen und überrannt. Die meisten Dorfbewohner flohen, aber Gróa wurde schwer verletzt und schaffte es nicht rechtzeitig, sich mit ihren Kindern in Sicherheit zu bringen. Mit letzter Kraft schleppte sie sich zu einer Wolfshöhle, etwas außerhalb des Dorfes. Sie wusste, dass eine Wolfsmutter dort ihre Welpen aufzog. Gróa bat sie, sich um die Zwillinge zu kümmern. Die Wölfin legte sich tröstend zu der sterbenden Magierin und mit Eintritt des Todes ging ihre Aura auf die Wölfin über.

Die Wolfsmutter nahm sich wie versprochen der zwei Menschenbabys an und säugte sie, wie ihre fünf eigenen Welpen. Die Zwillinge entwickelten sich prächtig und wurden von dem gesamten Wolfsrudel innig geliebt.

Als sie etwas über ein Jahr alt waren, entschied die Wölfin, dass es an der Zeit war, die Zwillinge zu den Menschen zu bringen. Sie sollten auch den menschlichen Teil ihres Wesens entdecken. Voller Wehmut machte sie sich zur nächsten menschlichen Siedlung auf, um Pflegeeltern für Skuld und Orvar zu finden. Als sie sich dem Dorf näherten, wurde das Rudel von einer Kriegerin gestellt. Verwundert erkannte die

Kriegerin die zwei verloren geglaubten Zwillinge der Magierin. Aber sie erkannte auch, dass die Wölfin die Kinder wie ihre eignen aufgezogen hatte. Die Kriegerin nahm die Zwillinge an sich und sorgte dafür, dass die Wölfe jederzeit in das Dorf konnten, um Skuld und Orvar zu besuchen.

Das Wolfsrudel und die Familie der Kriegerin wurden innerhalb kurzer Zeit zu einer eingeschworenen Familie. Als die Zwillinge etwa zwanzig Jahre alt waren, scharten sie eine Armee aus Menschen und Wölfen um sich und vertrieben die Trolle aus dem Sturmschattengebirge. In der nachfolgenden Zeit wurde die Bindung zwischen den Menschen und Wölfen immer stärker. Viele der Nachkommen von Skuld und Orvar hatten diese einzigartige Aura aus Mensch und Wolf. Genau diese Kinder sind dazu bestimmt, Wolfsblutkrieger zu werden und werden als Babys in ihren ersten Jahren von Wölfen großgezogen, bis sie dann mit ihren Wolfsgeschwistern im Alter von ein bis zwei Jahren zu den menschlichen Eltern kommen. Heute feiern wir das Fest zu Ehren der Wolfsmutter, ohne die Skuld und Orvar den sicheren Tod gefunden hätten."

Mi Lou war von der Geschichte sichtlich angetan und war noch tief in ihren Gedanken, als Hróarr plötzlich das Thema wechselte.

„Aber jetzt zu euch. Ihr seid eine ungewöhnliche Truppe. Was treibt euch nach Vargdal? Ich habe das Gefühl, ihr seid nicht grundlos hier."

Fuku räusperte sich und vermittelte Rob, dass er am besten auf die Fragen antworten sollte.

Rob kratzte sich am Kopf und versuchte, Hróarrs Blick so gut es ging zu erwidern. „Es stimmt, wir sind nicht zufällig hier, sondern wir sind auf der Suche nach Hilfe."

Rob erzählte von den Ereignissen in Skaiyles und ihrer Mission im hohen Norden. Hróarrs Miene wurde immer verschlossener. Aus dem Hintergrund setzten sich die engsten Vertrauten Hróarrs, zwei Kriegerinnen, zwei Krieger und eine Magierin, neugierig zu ihnen. Auch Alva und die Wölfe lauschten angespannt.

„Wir brauchen die Hilfe der Wolfsblutkrieger, um Wallace und Malyrtha zu befreien und die Truppen der reinen Magier aus Skaiyles zu vertreiben", beendete Rob tief bewegt seine Erzählung. Aus Angst vor der Antwort, wagte er es nicht, Hróarr direkt anzusehen und sah stattdessen auf den Boden.

„Du willst also mich und meine Leute in einen Krieg der Drachenmagier hineinziehen?", fragte Hróarr mit eisiger Stimme.

Rob schluckte. „Nein, ich meine ..." Ihm fehlten die Worte. Gwynefa und Tanyulth hätten jetzt bestimmt die richtige Antwort gewusst.

„Es ist kein Krieg der Drachenmagier", kam ihm Fuku zu Hilfe. „Wir Drachenmagier sind nur die erste Verteidigungsfront der alten Magie, die der Bedrohung durch das Böse die Stirn bietet."

Hróarr lachte grimmig. „Ja, ich weiß, die edlen Drachenmagier. Und wenn wir mal Hilfe brauchen? Wo seid ihr dann? Ich war vor ein paar Wochen bei einem Drachenmagier, weil ich Hilfe mit den Styrnböcken brauchte. Der Angriff auf Snorre war nicht der einzige in letzter Zeit. Vier unserer Wolfsgeschwister und eine unserer Stammesschwestern haben sie in den letzten drei Monaten erwischt. Aber dieser arrogante Kerl mit seinem Drachen hat mich noch nicht mal richtig angehört. Eine Schneelawine haben sie über mir ausgelöst! Ich war mehrere Stunden verschüttet und konnte mich nur mit Hilfe meiner Wolfsgeschwister befreien. Ihr Drachenmagier könnt mich mal !", schimpfte Hróarr erregt.

Fuku ärgerte es, dass Hróarr ihn ungerechterweise für etwas ausschimpfte, wofür er offensichtlich nichts konnte. Nur Robs beruhigender Einfluss hielt ihn davon ab, laut zu werden. Stattdessen beherrschte er sich. „Es tut mir leid, wenn Loke und Alfdis euch eiskalt abserviert haben, aber deren Verhalten steht hier nicht zur Diskussion. Ich kann euch aber versichern, dass die zwei Jagd auf Styrnböcke und andere Eindringlinge machen."

In ängstlicher Erwartung vor Hróarrs Wutausbruch auf Fukus völlig missglückte Wortwahl, zog sich in Rob jeder Muskel zusammen. Wie erwartet lief Hróarrs Kopf rot an, aber noch bevor er lospoltern konnte, legte Alva ihm beschwichtigend die Hand auf den Arm.

„Danke, Fuku, wir wissen es zu schätzen, wenn ein Drache sein Mitleid bekundet, und das Eingreifen von Rob zeigt uns, dass ihr euch wirklich um das Wohl anderer kümmert. Und Loke und Alfdis sind eigentlich ganz nett, auch wenn sie etwas eigen sind."

Alvas Eingreifen beruhigte ihren Mann tatsächlich. Hróarr atmete tief durch, auch wenn er dabei Fuku missbilligend ansah. Aber Fuku störte das überhaupt nicht.

„Es stimmt, dass wir tief in Robs Schuld stehen, aber das ist für mich noch kein Grund, in den Krieg zu ziehen. Und ich bin nicht der Meinung, dass das unser Krieg ist oder sein sollte. Aber dazu möchte ich auch noch die Meinung von meinem Rudel hören. Morgen früh entscheide ich, ob dieser Krieg zu unserem wird oder wir uns neutral verhalten", sagte Hróarr ernst. Er stand auf und setzte eine feierliche Miene auf. „Wir Wolfsblutkrieger sind ein stolzes Volk, und niemand soll von uns behaupten, wir würden uns nicht dankbar zeigen. Bitte, Rob aus Skargness, steh auf!"

Irritiert erhob sich Rob und spürte alle Blicke auf sich. „Ungeachtet meiner Entscheidung, ob wir in einen Krieg eintreten, so gilt doch unser tiefer Respekt dem Retter des jüngsten Mitgliedes meine Packs. Als Dank für deine Taten, nehme ich dich in meine Familie auf. So wie die Wölfin einst Skuld und Orvar zu sich genommen hat, so bist du von heute an ein Mitglied meines Rudels."

Rob war ganz beklommen zu Mute. Hróarr, Alva, ihre Kinder, die vier anderen Krieger mit ihren Familien und die Magierin umarmten Rob. Dazu kamen zusätzlich zu Truls, Kaja und Snorre etwa fünfzehn weitere Wölfe, die sich um sie herum aufbauten.

„Wann immer du die Sicherheit und den Schutz des Rudels brauchst, werden wir für dich da sein. Uns verbindet nun das Familienband der Wolfsblutkrieger, ein Bund fürs ganze Leben."

Hróarr stimmte ein lautes, durchdringendes Heulen an, in das seine ganze Familie mit einstimmte. Rob hatte Tränen der Rührung in den Augen. Sein Willkommensgruß hallte durch die tiefe Nacht und jagte dem einen oder anderen Waldbewohner einen Schauer durch den Körper. Auch Mi Lou und Fuku waren von der Magie des Momentes tief bewegt. Mi Lou ertappte sich allerdings auch dabei, dass sie einen leichten Anflug von Eifersucht in sich spürte.

Geduldig wartete Mi Lou, bis jeder aus seiner neuen Familie Rob begrüßt, gedrückt und seinen Geruch verinnerlicht hatte. Dann lief sie auf ihn zu, um ihn ganz fest zu umarmen.

„Meinen Glückwunsch, Rob", sagte sie und hielt ihn, für eine rein freundschaftliche Umarmung, einen Moment zu lange und zu fest in ihren Armen.

Nachdem Rob in Hróarrs Familie aufgenommen war, ging das Fest in vollen Zügen weiter. Immer wieder setzten sich Leute zu Rob und stellten sich vor oder Wölfe kamen zu ihm, um ihn zu begrüßen und seinen Geruch aufzunehmen.

„Entschuldigt mich bitte", sagte Hróarr zu Mi Lou, Rob und Fuku. „Ich möchte mir noch anhören, was Alva und die anderen zu eurem Hilfegesuch zu sagen haben." Er stand auf und ging mit den anderen in das Langhaus des Sturmschatten Clans, das auch sein Wohnhaus war.

Fuku nutzte die Gelegenheit und schnappte sich Mi Lou und Rob. „Wir müssen reden", sagte er, und sie suchten sich einen ruhigen Platz hinter einem der anderen Langhäuser.

„Eigentlich bin ich Optimist", begann Fuku, „aber ich glaube nicht, dass uns Hróarr in unserem Kampf unterstützen wird."

Mi Lou nickte zustimmend. „So leid es mir tut, aber ich teile Fukus Meinung."

„Aber ich hatte das Gefühl, dass Alva, Truls und Kaja auf unserer Seite sind. Vielleicht schaffen sie es, Hróarr doch noch zu überzeugen", meinte Rob, der die Hoffnung noch nicht aufgeben wollte.

„Vergiss nicht, uns läuft die Zeit davon", warnte Fuku. „Während wir hier untätig herumsitzen, setzen unser Feinde ihren nächsten Plan in die Tat um. Und glaub mir, die lamentieren nicht so viel wie wir. Die machen einfach."

„Aber was können wir denn tun?", rechtfertigte sich Rob, der Fukus unterschwellige Kritik auf sich bezog. „Wenn du glaubst, ich könnte etwas bewirken, sag es mir!"

Fuku scharte unschlüssig mit einem Fuß über den sandigen Boden. „Wenn du es nicht schaffst, Hróarr mit Worten zu überzeugen, gibt es tatsächlich noch eine Möglichkeit", sagte Fuku mit gerunzelter Stirn. „Aber die wird dir bestimmt nicht gefallen."

„Wenn es dazu führt, dass die Wolfsblutkrieger uns helfen, ist es nebensächlich, ob es mir gefällt", sagte Rob gedämpft.

„Wie du meinst. Als Mitglied seines Rudels kannst du Hróarr seine Stellung als Anführer streitig machen. Du hast jederzeit das Recht, ihn herauszufordern. Besiegst du ihn, wirst du Anführer des Rudels und kannst den Wolfsblutkriegern befehlen, uns zu helfen", führte Fuku seinen Gedanken aus.

Mi Lou sah Fuku verstört an, und Rob wurde kreidebleich. „Du meinst, ich soll Hróarr zum Duell herausfordern?", fragte er unsicher. „Das wäre unser sicherer Tod. Nein, das kann ich nicht tun."

Fuku sah Rob enttäuscht und traurig an.

„Du meinst das geht?", fragte Mi Lou, die zumindest weiter über diese Option nachdenken wollte.

Fuku nickte. „So ist das Gesetz der Wolfsblutkrieger. Jeder im Rudel kann jeden herausfordern, um seine Stellung in der Hierarchie zu verbessern. Das ist ganz normal und gilt auch für den Anführer. Denkt an die Geschichte, die Loke uns über Rune und Hróarr erzählt hat."

„Aber das ist doch Wahnsinn! Gegen Hróarr habe ich doch nicht die geringste Chance", sagte Rob aufgewühlt.

Ärgerlich trat er einen Stein weg, der laut vor das Holzhaus krachte. Warum hatte das Schicksal wieder ausgerechnet ihn ausgewählt? Fuku und Mi Lou waren doch auch da und die kämpften beide viel besser als er. Rob wünschte sich, er hätte sich in der Nacht vor zwei Tagen nicht eingemischt. Das hatte er jetzt davon. Aber in diesem Augenblick kam Snorre, vom Geräusch des krachenden Steines angelockt, um die Ecke und forderte Rob unschuldig zum Spielen auf. Rob ärgerte sich über seine eigenen Gedanken und haderte mit sich und der ganzen Welt.

„Jetzt ist es eh zu spät", meinte Mi Lou. „Lasst uns Hróarrs Entscheidung morgen früh abwarten und dann sehen wir weiter."

Fuku machte ein ärgerliches Gesicht. „Und dann fangen wir morgen wieder an zu diskutieren", sagte er schnippisch. „Was hindert uns daran, das Problem jetzt anzugehen?"

„Verdammt, Fuku, was erwartest du eigentlich von mir? Dass ich dir vor Freude um den Hals falle, weil ich mich von Hróarr töten lassen darf?!"

Fuku spürte Robs innerlichen Zwiespalt und schluckte frustriert seine Antwort herunter. Mi Lou nutzte die Gelegenheit, um zwischen ihnen zu vermitteln.

„Rob denkt heute Nacht über die Möglichkeit nach, und vielleicht haben wir ja Glück und Alva und die anderen können Hróarr überzeugen."

Fuku rümpfte die Nase. „Ich geh noch etwas jagen und übernachte im Wald", sagte er missmutig.

Rob, der wiedermal zwischen seinen Gefühlen hin- und hergerissen war, nickte und ging trotzig zurück zum Lagerfeuer. Als er sich nochmal umdrehte, sah er, wie Fuku und Mi Lou noch miteinander redeten. Vielleicht war es ganz gut, wenn Fuku und er heute Nacht etwas Abstand hatten. Das Gemeine war, dass Fuku für Rob wie ein offenes Buch war und er den Drachen zutiefst verstand. Aber trotzdem hatte er doch auch noch ein eigenes Leben und eine eigene Meinung, oder etwa nicht?

Es dauerte nicht lange und Hróarr und sein Rat setzten sich wieder zu ihm. Auch Mi Lou kam nach ein paar Minuten und berichtete ihm, dass Fuku zu Loke und Alfdis geflogen war. Mit einem großen Kloß im Bauch wollte Rob Alva nach dem Ausgang der Beratung fragen, aber ihr eindeutiger Blick bedeutete ihm, genau das nicht zu tun. Hróarr starrte nachdenklich ins Feuer. Nach einiger Zeit sah er Rob ernst an. Rob bemerkte den feinen Unterschied in seinem Blick, jetzt wo er ein Mitglied des Rudels war.

„Ich habe mir alle Meinungen angehört, und es scheint, dass eure Sache viele Fürsprecher hat. Aber ich kann mein Volk nicht leichtfertig in einen Krieg und unschuldige Menschen und Wölfe in den Tod führen. Ich brauche noch die Nacht, um mich zu entscheiden."

Auch wenn Rob enttäuscht war, ließ er es sich nicht anmerken. „Das kann ich sehr gut verstehen", sagte er aus tiefstem Herzen.

Rob lag auf einem kuscheligen Fell und starrte an die hölzerne Decke. Nach dem Fest hatte Hróarr Mi Lou und ihn mit in sein Langhaus eingeladen. Das Fuku sich um sich selbst kümmern wollte, störte Hróarr nicht weiter. Alva und Gerda, ihre älteste Tochter, hatten für die Gäste ein Nachtlager aus weichen Fellen und einer mit Stroh gefüllten Matratze gerichtet. Nach den Strapazen der letzten Tage freute sich Rob auf das komfortable Bett. Auch Mi Lou, die neben ihm lag, genoss den ungewohnten Luxus. Es dauerte ein bisschen, bis Ruhe eingekehrt war, da die ganze Familie samt Wölfen in dem Haus schlief.

Rob lauschte den Geräuschen und hörte das leichte Schnarchen von Alva und Hróarr, die schon fest schliefen. Der Geruch von Menschen, Tieren und Stroh lag intensiv in der Luft. Er atmete tief ein und musste an den Stall in Skargness denken. Wie es Ulbert und Gwyn wohl gerade ging? In der Ecke legte sich Truls zu Kaja und Snorre. Rob lauschte dem Rascheln des Strohs, und der feine, samtige Geruch von Mi Lou wehte zu ihm herüber. Lächelnd erinnerte er sich, wie sie zusammen auf Lynir durch den Schnee geritten waren. Wo war eigentlich Lynir? Rob drehte sich leise um und beobachte Mi Lou, die erschöpft gähnte und sich schläfrig in ihren Decken räkelte.

„Weißt du, wo Lynir ist?", flüsterte Rob mit schlechtem Gewissen. „Ich habe ihn völlig vergessen, als wir hier angekommen sind."

Mi Lou öffnete ein Auge halb und zog eine Schnute. „Fällt dir aber früh auf." Sie gähnte ausgiebig. „Mach dir um ihn keine Sorgen. Der ist unten im Stall bei den anderen Pferden des Dorfes. Aber du warst so mit den Wölfen beschäftigt, dass du nichts mehr um dich herum mitbekommen hast." Mi Lou gähnte wieder und verkroch sich noch tiefer in ihren Deckenberg. „Schlaf jetzt, gute Nacht", murmelte sie noch und drehte sich weg.

Rob betrachtete sie noch eine Weile und spürte, wie Neid in ihm aufkeimte. In seinem Kopf war ein solches Gefühlschaos, dass er bestimmt die ganze Nacht kein Auge zukriegen würde und Mi Lou schlief einfach. Er drehte sich auf den Rücken und konnte durch den Rauchabzug zwei Sterne im Nachthimmel funkeln sehen. Aber auch andere schliefen schlecht. Neben Alva drehte sich Hróarr unruhig und schwitzend von einer auf die andere Seite. In der Ecke im Stroh mit den Wölfen hörte er ein unruhiges Winseln. Rob war sauer auf Fuku und fühlte sich von allen im Stich gelassen. Warum musste der Drache ihn auch immer wieder in solche Situationen bringen? Plötzlich hörte er ein Rascheln neben sich. Eine warme feuchte Zunge leckte ihm über die Nase, und Snorre kuschelte sich an seinen Kopf. Dort schlief er sofort ruhig ein. Eine Minute später hatten sich Kaja und Truls dazugelegt, wobei Rob eher das Gefühl hatte, dass sie halb auf ihm lagen. Er genoss die Wärme der Wölfe, auch wenn ihr Geruch sehr intensiv war. Unwillkürlich musste er lächeln und schlief darüber ein.

Als die Sonne ihre ersten Strahlen über das Sturmschattengebirge schickte, weckte Fuku Rob, der die ganze Nacht unruhige Träume gehabt hatte, indem er vorsichtig in seinen Geist eindrang. „Es wird immer schlimmer", berichtet Fuku aufgeregt, der noch bei Alfdis und Loke war. „Loke hat gerade einen Raben aus Greifleithen bekommen. Fearghal und Anathya sind öffentlich hingerichtet worden. Delwen und Mianthor wurden gefangengenommen und sind in der Hand der reinen Magier, auch wenn wir noch nicht wissen, wo sie festgehalten werden."

Rob schossen die Tränen in die Augen, und eine wahnsinnige Wut baute sich in ihm auf.

„Aber es kommt noch schlimmer. König Tasker hat zu Gunsten von Burkhard Bailey abgedankt. Mortemani ist mit einem Schiff unterwegs nach Falconcrest, um Burkhard persönlich zu krönen und Wallace und Malyrtha den Prozess zu machen." Robs Wut wandelte sich in nackte Angst. „Wir müssen noch heute aufbrechen, Rob. Sag du Mi Lou Bescheid, ich komme gleich rüber zu dir", beendete Fuku das Gespräch.

Inzwischen war auch Hróarrs Langhaus wieder zu Leben erwacht. Als erstes standen die Wölfe auf und strolchten in den Wald. Dann machten sich die Menschen frisch. Rob weckte Mi Lou, die noch feste schlief, und erklärte ihr knapp, was Fuku ihm berichtet hatte.

„Verdammte Scheiße", fluchte sie. „Hast du schon mit Hróarr gesprochen?"

„Nein, noch nicht. Er ist gerade draußen, aber Alva meinte, wir sitzen gleich beim Frühstück zusammen, und dann wird er bestimmt seine Entscheidung mitteilen."

„Hast du dir über die Möglichkeit, die Fuku erwähnt hat, Gedanken gemacht?"

Rob wich Mi Lous Blick aus. „Ich habe die ganze Nacht darüber nachgedacht, aber nicht nur, dass ich kein Anführer bin, ich hätte im Kampf gegen Hróarr doch auch keine Chance."

„Wenn du meinst", sagte Mi Lou nur knapp und ging nach draußen. Rob hatte das Gefühl, dass sie enttäuscht war. Ihre Enttäuschung versetzte ihm einen Stich, aber er sah wirklich keinen Sinn darin, Hróarr herauszufordern. In seiner Verzweiflung hoffte alles in Rob inständig darauf, dass Hróarr seine Meinung geändert hatte und sie mit seinen Truppen begleiten würde.

„Rob", rief Alva von draußen. „Kommst du zu uns?"

Widerwillig setzte sich Rob zu Hróarr und den anderen, die gerade mit dem Frühstück begannen. Unendlich gespannt, forschte Rob in Hróarrs Gesicht nach jedem noch so kleinen Hinweis. Doch es war ihm unmöglich, etwas zu erkennen.

„Wir warten noch auf die restlichen Wölfe", verkündete Hróarr. „Die sind noch im Wald, wissen aber, dass wir sie hier erwarten."

Rob wunderte sich, wo Mi Lou war, sah sie dann aber etwas abseits im Gespräch mit Fuku. Er machte sich Gedanken, was die beiden wohl ohne ihn zu besprechen hatten. Als sie sich zu ihm setzten, traute er sich aber nicht, sie zu fragen.

Nachdem die fehlenden Wölfe sich zu der Gruppe gesetzt hatten, stand Hróarr auf und strich sich über seinen Mantel. Er blickte ernst und feierlich in die Runde.

„Entgegen der Einschätzung meiner Ratgeber habe ich beschlossen, dass wir uns bis auf weiteres nicht an dem Kampf gegen die reinen Magier beteiligen. Dieser Krieg ist nicht unser Krieg, und ich bin nicht bereit, die Leben unserer Stämme für eine Glaubensfehde zwischen magischen Ideologien zu opfern. Wir werden uns aus diesem Konflikt heraushalten."

Große Enttäuschung machte sich in der gesamten Runde breit, und Robs Kehle schnürte sich zusammen. Wie sollte er Fuku klarmachen, dass er Hróarr nicht herausfordern konnte?

Alva sprang wütend auf. „Aus dem Konflikt heraushalten?! Der Konflikt wird früher oder später zu uns getragen. Die ungewöhnliche Zahl der Styrnböcke in letzter Zeit ist doch ein eindeutiger Beweis dafür, dass auch hier schon etwas Unheimliches im Gange ist."

„Du übertreibst, Alva", wehrte sich Hróarr. „Das kann auch ganz andere Gründe haben."

„Und wenn Rob sich nur um seine Dinge gekümmert hätte, wäre Snorre jetzt tot", schimpfte Alva weiter.

„Jetzt mach bitte mal einen Punkt. Und Rob habe ich unsere Familie aufgenommen und damit unter den besonderen Schutz der Wolfsblutkrieger gestellt. Meine Entscheidung steht!", gab Hróarr harsch zurück. Alva rümpfte nur die Nase und stampfte wütend davon.

Fuku gab Rob und Mi Lou ein Zeichen, mit ihm zu kommen. Als sie etwas Abstand zu den anderen hatten, stellte Fuku die Frage, deren Beantwortung Rob seit gestern Abend fürchterlich quälte. „Und? Hast du über meine Lösungsmöglichkeit nachgedacht, Rob?", fragte Fuku und versuchte versöhnlich zu klingen.

„Verdammt, ja, ich hab mir Gedanken gemacht. Und nein, ich werde Hróarr nicht herausfordern, weil das mein sicherer Tod wäre", schoss es bitter aus Rob heraus. „Ich bin der Überzeugung, dass ich lebendig nützlicher bin."

Fuku sah Rob traurig an und atmete tief ein. Ihm blieb nur noch eine Möglichkeit, aber die gefiel ihm überhaupt nicht. Aber er sah keine Alternative, er war fest davon überzeugt, dass sie unbedingt die Hilfe der Wolfsblutkrieger brauchten.

„Erinnerst du dich an unsere Wette am magischen Steinkreis? Ich möchte jetzt meinen Gewinn einlösen, du musst einen Tag lang tun was ich sage", sagte er gedämpft.

Rob explodierte fast vor Enttäuschung. Damit hatte er überhaupt nicht gerechnet. Er funkelte Fuku wütend und enttäuscht an. „Das traust du dich nicht! So gemein kannst nicht mal du sein!", schrie er den Drachen an.

„Ich befehle dir, Hróarr herauszufordern, um die Führung über die Wolfsblutkrieger zu erlangen", sagte Fuku mit belegter Stimme und schaffte es nicht, Rob dabei anzusehen.

„Ich helfe dir doch, und zusammen schaffen wir das", versuchte Fuku, Rob zu beruhigen.

„Lass mich einfach in Ruhe, und deine Hilfe kannst du dir sonst wo hin stecken. Ich dachte, wir wären echte Freunde oder so etwas wie Partner. Aber da habe ich mich mal wieder gründlich getäuscht."

Rob drehte sich einfach nur um und strafte Fuku mit Missachtung. Mit aller Kraft unterdrückte er seine Tränen und seine Wut. Fuku war unendlich traurig und verzog sich in den nahen Wald.

Mi Lou ging hinter Rob her. „Warte auf mich", bat sie.

Als sie ihn erreichte, hielt Mi Lou Robs Arm fest, so dass er stehen bleiben musste. Sie nahm sein Gesicht in beide Hände und schaute ihm direkt in die Augen, ohne dass er den Kopf wegdrehen konnte.

„Sei nicht ungerecht, niemand versteht Fuku besser als du. Du weißt, warum er das gemacht hat, und ganz tief in dir weißt du, dass er gar nicht anders handeln konnte."

Rob holte Luft und wollte etwas sagen, aber Mi Lou legte ihm ihre Hand auf den Mund. „Schscht", sagte sie. „Ich bin noch nicht fertig. Du bist nicht der Einzige, in dem eine Monsterangst tobt, und du bist nicht der Einzige, dessen Zuhause sich von einem auf den anderen Tag in Luft aufgelöst hat. Aber das ist kein Grund, dich in der Not zu verstecken. Du musst kämpfen, aber du bist nicht alleine. Fuku und ich sind bei dir und wenn nicht für dich, dann kämpfe für Fuku und mich!" Mi Lou küsste Rob auf die Stirn und nahm ihn fest in den Arm.

Rob war Mi Lou hilflos ausgeliefert, und sein Ärger war verflogen. Was blieb, war die Angst, den Tod im Kampf gegen Hróarr zu finden.

„Aber ich habe keine Chance gegen Hróarr, das ist euch doch wohl klar?! Oder habt ihr vielleicht eine Idee, wie ich ihn besiegen kann?"

Mi Lou lächelte. „Fuku und ich haben uns da etwas ausgedacht, aber dafür müssen wir drei uns grenzenlos vertrauen können."

Rob zog den Mund schief, gab aber schließlich nach. „O. k., und wie wollt ihr das anstellen?"

Mi Lou grinste Rob breit an. „Als erstes musst du Hróarr herausfordern. Richte es aber so ein, dass wir drei vorher noch eine Stunde für uns haben. Und dann treffen wir uns mit Fuku."

Rob sah Mi Lou schräg an. „Ich wüsste aber gerne, bevor ich Hróarr herausfordere, was ihr vorhabt."

Mi Lous Grinsen war provokant und frech. „Vertrau mir, Rob", sagte sie und lief zum Ausgang des Dorfes. „Fordere Hróarr heraus und komm dann zu uns. Über deine Verbindung zu Fuku wirst du herausfinden, wo wir sind." Mi Lou lachte laut und hinterließ einen ratlosen Rob. Schon wieder war er in einer Situation, die er hasste, aber wenn er Mi Lou und Fuku nicht verlieren wollte, musste er Hróarr jetzt wohl herausfordern.

Schweren Herzens lief er zu der Feuerstelle zurück und blieb verloren davor stehen. Alva war wieder bei Hróarr und redete immer noch wütend auf ihn ein. Als sie Rob sahen, hob Hróarr den Arm, um Alva kurz zum Schweigen zu bringen und wandte sich Rob zu.

„Kann ich etwas für dich tun, Rob?", fragte er verständnisvoll und froh, eine kurze Pause von Alva zu bekommen.

Rob sog die Luft tief ein. „Ich möchte dich zum Kampf herausfordern", sagte er kleinlaut.

Alva machte riesige Augen, und ein hämisches Lächeln umspielte ihren Mund.

„Du möchtest was?", fuhr Hróarr Rob lautstark an. „Ich glaube, ich habe mich verhört."

„Ich möchte dich als Anführer des Rudels ablösen", sagte Rob, der glaubte, ihm würde die Stimme gänzlich versagen, wenn er auch nur noch einen weiteren Satz sagen müsste.

Hróarr kippte den Tisch vor sich wütend um und warf seinen Teller ins Feuer. Drohend kam er auf Rob zu. „Ich habe dich wie einen eigenen Sohn aufgenommen und das ist der Dank dafür?"

Er griff Rob am Hemd und hob ihn einarmig hoch. „Schäm dich, du undankbarer Kerl!", fluchte er. Er entblößte seine Zähne und knurrte Rob furchteinflößend wie ein aggressiver Wolf an. „Aber wenn du meinst … Dir ist schon klar, dass wir ohne Waffen und Zaubersprüche kämpfen?"

Er ließ Rob wieder herunter, der wegen seiner weichen Knie fast zusammengesackt wäre.

„Wir treffen uns hier in einer Stunde, aber glaub nicht, dass ich dich schonen werde. Das wirst du nicht überleben!", knurrte Hróarr Rob zu und verzog sich wütend.

DIE HERAUSFORDERUNG

Wie ein geprügelter Hund verließ Rob mit hängenden Schultern Vargdal. Die vielen respektvollen Blicke, die ihm folgten, nahm er überhaupt nicht wahr. Ein großer Teil der Wolfsblutkrieger war mit Hróarrs Einschätzung der Lage unzufrieden. Sie mochten und respektierten ihn, aber sie hielten die Entscheidung, sich aus dem Konflikt mit den reinen Magiern herauszuhalten, für falsch.

Ungeachtet dessen trottete Rob aus Vargdal heraus und stieß mit einem mulmigen Gefühl im Bauch auf Fuku und Mi Lou. Die zwei freuten sich, ihn zu sehen, und waren offensichtlich bester Laune. In Rob rumorte wieder der Ärger über die Unbekümmertheit der beiden.

Aber anstatt Rob zu begrüßen, schirmte Fuku seine Gedanken ab, schloss die Augen und tänzelte wie ein Boxer durch das Unterholz. „Komm her, Rob, versuch einen Treffer bei mir zu landen", forderte Fuku ihn auf.

Rob sah irritiert von Fuku zu Mi Lou, die leicht abwesend herumstand. Er bereute es jetzt schon, ausgerechnet diesen zweien vertraut zu haben. Aber was konnte er auch schon von einem Drachen und einem Wesen aus einer fremden Welt erwarten?

„Komm schon", forderte Fuku ihn nochmals auf. „Wetten, dass du mich nicht triffst, obwohl ich nichts sehe?"

Lustlos ging Rob zu Fuku und setzte zu ein paar zaghaften Schlägen an, denen Fuku behände auswich.

„Wie, das ist alles?", provozierte Fuku ihn. Er wich einem weiteren Schlag aus, schnellte um Rob herum und versetzte ihm einen Tritt in den Hintern. „Jiehhhhaaaa", rief er, während Rob auf den verschneiten Waldboden fiel.

Wütend erhob Rob sich und stürmte auf den Drachen los. „Was soll das, wollt ihr mich schon vorher fertig machen?" Aber Fuku wich ihm geschickt aus und versetzte ihm einen weiteren sanften Schlag, der ihn nur noch wütender machte. Rob war völlig außer Atem und hatte die Nase gestrichen voll.

„Wir sollten aufhören", meinte Mi Lou und gab ihre teilnahmslose Haltung auf. „Rob braucht seine Kondition und Kraft noch für den Kampf."

„Ach echt?", meinte Rob entnervt. „Ihr beide hattet ja jetzt euren Spaß. Habt ihr euch auch etwas ausgedacht, wie ich gegen Hróarr bestehen soll?"

„Das haben wir dir doch gerade gezeigt!", sagte Fuku, der nun auch wieder seine Augen geöffnet hatte.

Rob sah ihn ratlos an. „Was habt ihr mir gezeigt? Wie man mich zum Narren hält?"

Mi Lou sah Rob mitleidig an. „Weißt du, gegen wen du gerade gekämpft hast?"

Rob runzelte verwundert die Stirn. „Gegen einen unverschämten, gemeinen Drachen?", ätzte er.

„Autsch, das tut weh", sagte Fuku gespielt beleidigt und sah seinen Magier mit so großen Augen an, dass selbst Rob lächeln musste. „Ich schiebe diese Aussage mal auf die angespannte, stressige Situation, in der du dich befindest", sagte Fuku generös.

„Verdammt nochmal, könnt ihr mit der Rumblödelei aufhören und mir sagen, was ihr vorhabt?", schnaubte Rob.

Mi Lou und Fuku sahen sich amüsiert an. „Du hast gerade gegen mich gekämpft", erklärte Mi Lou. Rob sah die zwei fragend an.

„Ich habe Fukus Reaktionen und Bewegungen gesteuert", erklärte Mi Lou stolz. „Technisch gesehen hat Fuku mir nur seinen Körper zur Verfügung gestellt. Genial, nicht?"

„Wenn Fuku gegen Hróarr kämpfen müsste, vielleicht, aber ich glaube Fuku hätte andere Mittel zur Verfügung. Oder meinst du, du könntest in mich hineinschlüpfen? Ich glaube, da überschätzt ihr meine magischen Fähigkeiten maßlos."

Fuku rollte mit den Augen und kratzte sich mit Robs Hand am Kopf. Völlig überrascht und erschrocken sah Rob seinen eigenwilligen Arm an. Fuku und Mi Lou lachten schallend.

„Du siehst zum Schreien komisch aus", schmunzelte Mi Lou, woraufhin Rob seine Arme in die Höhe reckte und komisch schlackern ließ.

„Ey, lasst das", murrte er und verstand, was die beiden vorhatten. „Ihr meint, dass Mi Lou für mich kämpft und Fuku ihre Bewegungen auf mich überträgt. Und das funktioniert?", fragte Rob noch nicht wirklich überzeugt.

„Ich finde, das haben Fuku und ich uns gut ausgedacht", meinte Mi Lou und ließ Rob aufspringen und wild klatschen. Rob musste aktiv gegen diese Verbindung angehen, um dem Drang, Mi Lous Befehlen zu folgen, zu widerstehen.

„Wehr dich nicht", bat ihn Fuku. „Versuche vielmehr, die Kontrolle bewusst an Mi Lou abzugeben, ich bin nur der Mittler zwischen euch. Denk dran, sie muss mit deinen Sinnen wahrnehmen und mit einem für sie ungewohnten Körper kämpfen."

„Das schaffen wir", ermutigte ihn Mi Lou. „Aber ich muss noch mit deinem Körper trainieren. Du bist größer, breiter und kräftiger als ich. Und Hróarr ist ein guter Krieger, da muss ich genau wissen, welche Moves funktionieren und welche eher nicht."

„Moves?", fragte Rob.

„Bewegungen", erklärte Mi Lou. „In meiner Welt sagt man das so."

„O. k.", meinte Rob, „aber wie um alles in der Welt funktioniert das?"

Fuku räusperte sich. „Als Mi Lou ein bisschen mit ihren magischen Fähigkeiten experimentiert hat, ist uns aufgefallen, dass sie eine Verbindung zu mir herstellen kann. Wir glauben, dass das mit dem komischen Modul zu tun hat, das sie in ihrem Kopf trägt."

„Ach!? Und euch ist schon klar, das Tanyulth und Gwynefa Mi Lou davor gewarnt haben, ihre Magie zu nutzen?"

„Sie haben aber auch gesagt, dass Loke ein guter Lehrer für mich wäre und schließlich ist es seine Idee", rechtfertigte sich Mi Lou.

Rob stand die Verzweiflung ins Gesicht geschrieben. „Lokes Idee? Seid ihr von allen guten Geistern verlassen?"

Mi Lou und Fuku grinsten Rob lediglich an, antworteten aber nicht auf seine Frage.

„Also können wir jetzt trainieren? Viel Zeit haben wir nämlich nicht mehr", ergriff Mi Lou wieder das Wort. „Oder hast du eine bessere Idee?"

„Meinetwegen", ergab sich Rob seinem Schicksal. „Was soll ich tun?"

„Öffne deinen Geist für Mi Lou und lass ihr freie Hand", sagte Fuku.

Mi Lou startete mit einigen Dehnübungen, die sie regelmäßig vor ihrem Training machte.

„Aua", schrie Rob. „Was machst du mit mir?"

„Du magst ja kräftig sein, aber du bist steif wie ein Brett", beschwerte sich Mi Lou. „Wir müssen den mal richtig locker machen", grinste sie Fuku an, der offensichtlich Spaß an Robs gequälten Gesichtsausdruck hatte. Nach etwa zehn Minuten hatte Mi Lou Robs Körper zu ihrer Zufriedenheit aufgewärmt und gedehnt. Mit Fukus Hilfe startete sie ein paar Reaktionsübungen und erlangte nach und nach das gewünschte Körpergefühl.

Rob war überrascht, wie geschmeidig sich Mi Lou mit seinem Körper bewegte. Vielleicht würde der schräge Plan wirklich funktionieren. Mit der Zeit stellte sich bei ihm wieder etwas Zuversicht in die Zukunft ein.

„So, das sollte ausreichen", meinte Mi Lou. „Obwohl ich mich nicht körperlich anstrenge, laugt das ganz schön aus."

Rob schnaufte noch vor Anstrengung. „Ach, und was ist mit mir? Außerdem sollten wir uns noch darüber unterhalten, warum Mi Lou zwar meine Sinne anzapft, ich aber der einzige bin, der die Schmerzen fühlen muss", beschwerte sich Rob.

Fuku schüttelte den Kopf. „Das ist so nicht ganz richtig. Mi Lou spürt auch deinen Schmerz, genau wie du es tust."

„Und was passiert, wenn ich bewusstlos werde oder sterbe?"

Fuku zuckte mit den Schultern und sah hinüber zu Mi Lou. „Das sollten wir besser nicht ausprobieren. Loke und Alfdis hatten dazu ein paar Theorien, aber keine davon war erstrebenswert. Mi Lou geht ein hohes Risiko ein."

Rob schluckte, aber Mi Lou verstrahlte puren Optimismus. „Du weißt, wie ich kämpfe, und solange du mich machen lässt, werden wir Hróarr schlagen. Da bin ich mir sicher. Und jetzt mach dir darüber keine Gedanken mehr." Sie lächelte Rob so zuversichtlich an, dass ihm ganz warm wurde.

Die Stunde war schnell verstrichen, und die Nachricht, dass Rob Hróarr zum Kampf um die Führung der Stämme herausgefordert hatte, verbreitete sich in Windeseile. Ganz Vargdal war auf den Beinen und strömte zum Dorfplatz, um die besten Plätze für das anstehende Spektakel zu ergattern. Die Menschen und Wölfe spekulierten wild über Robs Beweggründe. Das Gerücht hielt sich hartnäckig, dass Hróarr nicht an der Seite der Drachenmagier kämpfen wollte und Rob deswegen die Führung über die Wolfsblutkrieger erlangen wollte.

Die Bewohner von Vargdal, sowohl Menschen als auch Wölfe, waren hin- und hergerissen. Auf der einen Seite hielten sie zu Hróarr, auf der anderen Seite unterstützten sie Robs Absicht, den reinen Magier die Stirn zu bieten. Zu viel hatten sie von deren dunklen Machenschaften gehört. Es verletzte sie zutiefst, dass ihre enge Bindung zu den Wölfen als entartet und widernatürlich verurteilt wurde. Alleine diese Tatsache rechtfertigte in den Augen der meisten Wolfsblutkrieger einen Kampf gegen die Rädelsführer der reinen Magie.

Mit einem mulmigen Gefühl lief Rob den Hügel zum Festplatz hinauf. Dicht hinter ihm folgten Mi Lou und Fuku. Zusammen mit ihren Wölfen hatten die Dorfbewohner einen großen Kreis gebildet. Als die drei näher kamen, bildeten sie sofort eine schmale Gasse. Ehe er sich versah, stand Rob in der Mitte des Kreises und sah erschrocken die Veränderung der Wolfsblutkrieger. Jeder einzelne hatte sich wild bemalt. Ihre Augenhöhlen waren schwarz und blau eingefärbt und erinnerten an Totenköpfe. Auf den muskulösen Körpern waren Runen des Krieges und magische Symbole der Stärke kunstvoll aufgetragen.

Die Mienen der Kriegerinnen und Krieger waren streng und angespannt, aber niemand zeigte offene Missbilligung. Dafür waren Kämpfe in der Hierarchie des Stammes viel zu sehr Teil der Lebensweise der Wolfsblutkrieger, auch wenn eine Herausforderung des Stammesführers eher selten vorkam. Selbst Alva sah ihn offen und ehrfürchtig an.

Hróarr dagegen wirkte aggressiv und unruhig, wie ein eingesperrtes Tier. Sein Oberköper war entblößt, und er trug eine kurze, abgewetzte, dunkelbraune Lederhose. Seine Augenhöhlen waren mit Ruß geschwärzt und die kunstvolle Bemalung seines Körpers und seines Gesichtes hatten etwas Animalisches. Im morgendlichen Licht glänzte ein dünner Schweißfilm auf seinen kräftigen Muskeln. Er bleckte immer wieder die Zähne und Spucke lief aus seinen Mundwinkeln. Rob hatte eher das Gefühl, einem Tier als einem Menschen gegenüberzustehen. Mit wütendem und zornigem Blick, ließ er Rob nicht einen Sekundenbruchteil aus seinen wachsamen Augen.

Erhaben trat Alva einen Schritt nach vorne. „Ich grüße euch, stolze Bewohner Vargdals. Wir sind hier zusammengekommen, weil ein Mitglied des Rudels glaubt, Hróarr sei zu schwach und nicht länger würdig, Anführer der Wolfsblutkrieger zu sein." Rob wollte widersprechen, besann sich aber eines Besseren. Die Bewohner Vargdals blickten gespannt zu den beiden Kontrahenten.

„Er ist überzeugt, dass er die Geschicke der Wolfsblut-krieger besser lenken kann. So möge nun der Kampf entscheiden, ob er wirklich der Überlegene ist." Alva hob die Brust an und verkündete mit stolzer Stimme: „Hróarr von Vargdal, erkennst du die Rechtmäßigkeit dieser Herausforderung an?"

Mi Lou, Fuku und Rob sahen ihn gebannt an. Ohne den Blick von Rob zu lassen, antwortete er: „Rob ist ein Mitglied meiner Familie. Ich erkenne die Rechtmäßigkeit dieser Herausforderung an." Alva drehte sich Rob zu. „Rob von Skargness, dir ist bewusst, dass, solltest du diesen Kampf gewinnen, du der Anführer aller Stämme der Wolfsblutkrieger sein wirst und sie dir bis in den Tod folgen werden?"

Rob schluckte schwer. „Ja, mir ist die Tragweite bewusst."

Alva sah ihn sanftmütig an und blickte stolz zu ihrem Mann. „Dann kämpft!"

Alva trat einen Schritt zurück, und Hróarr und Rob liefen langsam aufeinander zu.

Hróarr knurrte fürchterlich und schlug sich wild schreiend vor die Brust. Wollte er den ohnehin schon stark eingeschüchterten Rob weiter verunsichern, gelang ihm dies vorzüglich. Rob wäre fast vor Angst im Boden versunken, aber gerade noch rechtzeitig übernahm Mi Lou seinen Körper.

Hróarr bückte sich, nahm eine Hand voll Erde auf, führte sie zu seinem Gesicht und sog sie mit Mund und Nase ein. Den Rest warf er zurück auf den Boden. Mit dreckverschmiertem Mund knurrte er Rob an.

Geführt von Mi Lou lächelte Rob selbstbewusst und fasste sich locker in den Schritt. Fuku konnte sich ein Grinsen nicht verkneifen.

Abwartend umkreisten sich die zwei Kontrahenten. Mi Lou wollte eigentlich Hróarr kommen lassen und lernen, wie er seinen Gegner attackierte. Aber den Gefallen tat er ihr nicht. So animalisch er auch wirkte, seine Art zu kämpfen war nicht kopflos. Also musste sie ihn provozieren. Vorsichtig setzte sie einen Dropkick an seiner rechten Seite an. Aber

Hróarr ignorierte diesen Tritt völlig. Ein zweiter festerer Kick in seine Seite provozierte zumindest ein leichtes Zucken im Gesicht. Mi Lou ging wieder auf Abstand und beobachtet jede kleinste Bewegung. Eine leichte Gewichtsverlagerung kündigte einen Schlag auf Robs Kopf an. Mi Lou war fasziniert, wie gut sie mit Robs Körper zurechtkam. Ohne Probleme wich sie Hróarrs Schlag aus, fasste seinen Oberarm, drehte sich ein und warf ihn über ihre Hüfte auf den Boden. Hróarr rollte sich ab und war sofort wieder auf den Beinen. Falls er überrascht war, ließ er es sich das, im Gegensatz zu dem raunenden Publikum, nicht anmerken. Scharf sah er Rob an und knurrte leise. Diesmal ergriff Mi Lou die Initiative.

Während sie mit dem rechten Fuß versuchte, die Beine ihres Gegners wegzufegen, fasste sie seinen Haarschopf und zog ihn zu sich. Hróarr verlor sein Gleichgewicht und fiel vor ihr auf den Boden. Sofort war sie über ihm, verdrehte den linken Arm und fixierte seinen Körper mit ihren Beinen. So eingeklemmt, würgte sie ihn fast bis zur Bewusstlosigkeit. Aber kurz vorher biss Hróarr so fest in Robs Arm, dass dieser reflexartig losließ. Mi Lou fluchte. Ein bisschen Schmerz musst du schon aushalten, schimpfte sie innerlich. Den kurzen Moment der Unachtsamkeit nutzte Hróarr gnadenlos aus. Während Rob aufstand, verpasste er ihm einen gewaltigen Tritt in die Kniekehle, so dass Rob sofort wieder zu Boden ging. Reflexartig drehte sich Rob zur Seite und entging gerade noch Hróarrs Ellenbogen, der auf seinen Hals niederging.

In diesem Moment griff Fuku ein und gab Mi Lou die vollständige Kontrolle über Robs Körper zurück. Mi Lou übernahm sofort wieder die Initiative und setzte Hróarr mit einer heftigen Tritt- und Schlagabfolge unter Druck. Die Bewohner Vargdals verfolgten gespannt den Kampf und sahen, wie ihr Anführer mehr und mehr an Boden verlor.

Plötzlich sackte er bewusstlos in sich zusammen. Mi Lou hatte ihm einen Schlag in den Nacken versetzt, der ihm die

Sinne raubte. Die Zuschauer standen einen Moment ratlos herum, bis Alva feierlich nach vorne trat.

„Du hast Hróarr besiegt und im Kampf bewiesen, dass du würdig bist, das Rudel zu führen. Bis ein anderes Mitglied unserer Familie deinen Platz einnimmt, unterwerfe ich mich bedingungslos deiner Führung."

Ehrfürchtig legte sie den Kopf in den Nacken und stimmte ein markdurchdringendes Geheul an, in das alle anderen Bewohner und Wölfe einstimmten. So von Tal zu Tal weitergetragen verbreitete sich die Nachricht von Robs Sieg über Hróarr in Windeseile über ganz Norgyaard. Mi Lou zog sich aus Robs Geist zurück und gesellte sich zu Fuku. Hróarr kam langsam wieder zu Bewusstsein und beobachtete missmutig, wie die Bewohner Vargdals Rob feierten. Als Alva auf ihn zukam, um ihm aufzuhelfen und Trost zu spenden, schlug er ärgerlich ihre Hand weg und verschwand aus dem Dorf. Traurig blickte Alva ihm hinterher, während die zwei Wölfe Kaja und Truls ihm folgten.

„Das ist nicht gut, oder?", fragte Mi Lou, die die Szene mit Fuku beobachtet hatte. Fuku zuckte mit den Schultern. „Ich bin mir nicht sicher. Rob ist der neue Anführer der Wolfsblutkrieger, das muss auch Hróarr akzeptieren. Keine Ahnung, was er vorhat. Vielleicht verlässt er das Rudel einfach nur."

„Was schade wäre. Eigentlich ist er ein guter Kämpfer", sinnierte Mi Lou während sie dem gestürzten Stammesführer nachsah, der im Wald verschwand.

Fuku grinste sie breit an. „So gut nun auch wieder nicht, sonst hättest du ihn nicht so schnell geschlagen."

„Soll ich das jetzt als Lob oder Missachtung meiner Kampfkunst werten?", forschte Mi Lou mit einem leicht schnippischen Tonfall nach.

Fuku verzog bewusst keine Miene. „Das darfst du dir selber aussuchen. Wir müssen uns Rob schnappen und uns so schnell wie möglich mit ihm, Loke und Alfdis zusammensetzen, um zu planen, wie wir weitermachen."

„Ich würde vorschlagen, dass wir Alva und ihre Vertrauten dazu einladen. Schließlich kennen sie ihren Stamm am besten, und sie machen auf mich einen sehr vernünftigen Eindruck."

Fuku überlegte kurz. „Das ist eine ausgezeichnete Idee, das machen wir."

Wenig später versammelten sie sich im Langhaus des Sturmschatten Clans, um sich über das weitere Vorgehen zu beraten. Alle sahen Rob erwartungsvoll an, der hilflos vor dem Kopf einer langen Tafel saß und nicht wusste, wie er beginnen sollte. Aber Alva und die anderen Wolfsblutkrieger des Stammes machten es ihm einfach. Letztendlich übernahm Alva die Moderation und alle kamen einstimmig zu der Entscheidung, dass sie den reinen Magiern die Stirn bieten müssten. Auch waren sie sich einig, dass die Befreiung von Magnatus Wallace und Malyrtha eine der vordringlichsten Aufgaben war. Zu wichtig waren die zwei, als dass man in einem Krieg gegen die reinen Magier auf sie verzichten könnte.

Sie wollten sofort nach Bakkasund aufbrechen und sich auf dem Weg dorthin mit den Kriegern der anderen Clans treffen. Sobald die anderen Stämme Rob ihre bedingungslose Gefolgschaft geschworen hätten, könnten er und Loke mit ihren Drachen bereits nach Druidsham vorfliegen, um sich mit Gwynefa, Tanyulth und den anderen Drachen abzustimmen. Die Truppen der Wolfsblutkrieger und Mi Lou würden sich in Bakkasund einschiffen und auf dem schnellsten Weg nachkommen. Sie wären dann wahrscheinlich drei oder vier Tage später im Druidengebirge und könnten sich dort mit Gwynefas Truppen vereinen. Nach einer halben Stunde war alles Wichtige besprochen und Rob gab das Zeichen für den Aufbruch.

Die Krieger und Kriegerinnen aus Vargdal verabschiedeten sich von ihren Familien und sammelten sich mit ihren Wölfen auf dem Dorfplatz. Nach einer weiteren halben Stunde war eine Truppe von etwa hundert Wolfsblutkriegern mit fast fünfhundert ausgewachsenen Wölfen abmarschbereit.

Alva stupste Rob leicht an. „Du musst das Zeichen zum Aufbruch geben", flüsterte sie.

Rob sah sie hilflos an.

„Du musst unseren Stammesruf heulen", sagte sie ermutigend. Rob kam sich ziemlich dämlich vor und setzte zu einem Heulen an, von dem er meinte, dass es dem Ruf des Sturmschatten Clans entsprach. Alva kicherte und auch die sonst eher furchteinflößenden Wolfsblutkrieger schmunzelten verschmitzt.

„Erinnere mich daran, dass ich dir möglichst schnell beibringe, wie eine richtiger Wolf zu heulen", flüsterte Alva und übertönte mit einem lauten, klaren Geheul Robs missratenes Gejaule. Die anderen stimmten ein und setzten sich in Bewegung. Kurz vor dem Tor kam ihr Marsch zu einem jähen Stopp.

Vor ihnen hatte sich Hróarr mit Kaja und Truls aufgebaut und versperrte ihnen den Weg. Er sah seinen Herausforderer grimmig an. Robs Magen wurde flau, und seine Nackenhaare sträubten sich. Ohne es zu wollen, hatte er diesen großen Krieger vor seinem Stamm gedemütigt und ihn von seinem Thron gestoßen. Nun konnte er die Spannung nicht aushalten und schaffte es kaum, dem ehemaligen Anführer der Wolfsblutkrieger in die Augen zu sehen. Rob spürte Fuku in sich, der ihm das Gefühl gab, richtig gehandelt zu haben, aber trotzdem nagten Zweifel an ihm. Was sollte dieser Wahnsinn, gegen die eigenen Verbündeten zu kämpfen? Das machte doch überhaupt keinen Sinn. Rob fürchtete sich schon vor einem weiteren Kampf, als Hróarrs finstere Miene sich zu einem sanften Lächeln verzog.

„Ihr wollt doch nicht etwa ohne mich losziehen", sagte er vorwurfsvoll mit seiner tiefen Stimme.

Rob und die anderen waren völlig überrascht, nur Alva lächelte wie jemand, der sich in seiner Ahnung bestätigt sah.

„Du bist mir nicht böse?", stotterte Rob.

Hróarr grinste schief, während Truls und Kaja um seine Beine herumstrichen. „Nur wenn ihr mich zurückgelassen hättet. Wer soll denn sonst auf dich unerfahrenen Welpen aufpassen?"

„Wir zum Beispiel", sagten Fuku und Mi Lou selbstbewusst.

Mit hochgezogenen Augenbrauen blickte Hróarr erst Mi Lou und dann Fuku von oben bis unten an.

„Genau das meine ich ja", sagte er schmunzelnd. „Also los, lasst uns keine Zeit verlieren."

Drei Tage später, in den frühen Abendstunden, erreichten sie Bakkasund. In der gesamten Zeit stießen immer mehr Krieger und Wölfe aus den anderen Stämmen zu ihnen. Stolz, aber mit großem Respekt schworen sie dem jungen Drachenmagier, der nun auch ihr Anführer war, die Treue. Rob hasste die Verantwortung, die seine neue Rolle mit sich brachte, aber Fuku freute sich über die wachsende Schlagkraft unter ihrem Kommando. Neidisch schielte Rob immer wieder zu Mi Lou hinüber, die sich inzwischen eng mit Loke angefreundet hatte. Während er sich von immer neuen Gruppen seiner Stammesgeschwister und Wölfe ablecken und beschnüffeln lassen musste, nahmen sich Loke und Alfdis viel Zeit für Mi Lou.

Als sie schließlich im Hafen von Bakkasund ankamen, waren sie etwa siebenhundert Krieger und über zweitausendfünfhundert Wölfe. Hróarr, der mit Alva vorausgeeilt war, hatte bereits fünfzehn Schiffe für die Reise nach Druidsham organisiert, die nun abfahrbereit im Hafen lagen. Innerhalb kürzester Zeit verteilten sich die Truppen auf die Schiffe und legten ab.

Nach einer herzlichen Verabschiedung flog Fuku mit Rob, gefolgt von Alfdis und Loke, unter den bewundernden Blicken der Wolfsblutkrieger in den Nachthimmel. Bei dem Anblick seiner kleinen Armee auf den Schiffen unter ihnen keimte bei all seinen Bedenken auch ein bisschen Stolz in Rob auf.

Mi Lou, die mit Lynir auf einem der Schiffe untergebracht war, strich sich über ihr Nacken und sah mit sehn-
süchtigem Blick den zwei Drachenmagiern hinterher. Wie
gerne wäre sie jetzt zusammen mit ihnen davongeflogen.

Rob schmiegte sich eng an Fukus Rücken. Sanft stiegen sie in
den dunklen Nachthimmel auf, so dass das leise Schlagen
der Flügel zu hören war. Fuku wollte mit Rob alleine sein
und legte deutlich an Geschwindigkeit zu. Nach kurzer Zeit
hatten sie Alfdis und Loke weit hinter sich gelassen und flogen immer höher den Wolken entgegen. Rob wurde kalt,
und er zog seine Jacke enger um sich. Die Wolkendecke kam
näher und näher. Ein feuchter Film, der sich über Robs Haut
legte, ließ ihn erschauern. Sie waren jetzt mitten in den Wolken. Der eiskalte Wind zerrte an ihm und die Kälte kroch
durch seine Kleidung. Es war stockduster, nur wenn Rob
nach oben sah, glaubte er, einen leichten Schimmer zu sehen.
Das mussten die Monde sein, die die Wolken von oben an-
strahlten. Die Kälte und die Feuchtigkeit hatte jede Faser in
Robs Körper erreicht.
   „Ist alles gut bei dir, Rob?", fragte Fuku. „Du zitterst ja
am ganzen Körper."
   „Mach dir keine Sorgen, mir ist einfach nur richtig kalt."
   „Leg dich bäuchlings auf meinen Rücken, ich werde dich
ein bisschen wärmen, aber sag, wenn es zu warm wird."
   Rob gehorchte und schmiegte sich eng an Fukus schup-
pigen Rücken. Fuku wurde plötzlich wärmer, und bald
wurde es Rob schon fast zu heiß.
   „Danke, Fuku, das reicht."
   Rob war jetzt angenehm warm. Zumindest da, wo er den
Drachen berührte. Er fühlte sich wie an einem großen, pras-
selnden Lagerfeuer im Winter. Von vorne brannte das Feuer
heiß, und von hinten griff die eisige Kälte mit ihren schauri-
gen Fingern nach ihm.
   Der sanfte Schein über ihm wurde deutlich stärker. Die
Wolkenschicht wurde dünner, und Rob sah ein sanftes
Lichtspiel in der Dunkelheit. Langsam nahm vor ihm eine

matte Scheibe Form an. Und ganz plötzlich durchbrachen sie die oberste Wolkenschicht und Rob konnte kilometerweit sehen. Was sich da vor seinen Augen auftat, war unglaublich. Es schien so, als würden sie direkt in den größeren der Monde hineinfliegen. Noch nie hatte Rob solche Details der Mondlandschaft gesehen. Aber noch unglaublicher war die endlose Wolkenlandschaft vor ihm. Das kalte bläuliche Mondlicht erschuf eine bizarre, unglaubliche, schwebende Landschaft. Es entstanden wilde Bergformationen, die sich mit weichen Tälern abwechselten. Immer wieder gab es große Löcher, die wie tiefe schwarze Seen aussahen. Rob hatte das starke Verlangen, von Fuku abzusteigen und diese Landschaft zu betreten. Aber er wusste, dass sie ihn nicht tragen würde. Der Wind spielte mit den Formationen, und alles war im langsamen, stetigen Fluss. Was gerade noch ein massiv anmutendes Gebirge war, zerfloss im nächsten Moment zu einem sanften Hügel und wurde kurze Zeit später zu einem weichen, ruhigen Meer.

Rob vergaß bei diesem faszinierenden Anblick alles um sich herum. Er wollte nur noch in diese Landschaft eintauchen, sie spüren und alles andere vergessen.

„Rob, Rob?", rief Fuku. „Pass auf, dass du dich nicht selbst in dir verlierst. Das kann dir bei einem solchen Anblick leicht passieren."

Rob brauchte ein wenig, um auf Fuku zu reagieren. „Das ist einfach nur wunderschön."

Fuku grinste. Rob verstand nun, wie schützenswert die Welt, in der sie lebten, war und dass er helfen wollte, diese Schönheit zu bewahren. Rob drückte sich voller Liebe und Zuversicht an seinen Drachen.

Nach weiteren zwei Tagen erreichten Rob, Fuku, Loke und Alfdis den magischen Steinkreis am Fuße des Druidengebirges. Rob erinnerte sich noch genau, wie er hier, in der Nähe des ruhigen Sees, vor zwei Wochen Mi Lou unter der Steinplatte gefangen vorgefunden hatte. Er schüttelte sich bei der

Erinnerung und bei dem Gedanken, was seitdem alles passiert war.

Wie damals nahmen sie ihre Position ein, und zusammen mit Alfdis und Loke erschufen sie einen magischen Wirbel, der um ein Vielfaches stärker war als das letzte Mal. Wieder schwebte Robs Geist scheinbar frei über die Welt und schon bald erreichten sie Gwynefa und Tanyulth. Allerdings hatten die zwei nicht die besten Nachrichten.

Die Familie Bailey mit dem designierten König Burkhard hatte es geschafft, die Truppenverbände aus den Grafschaften von Skaiyles hinter sich zu einen. Die massiven Einschüchterungen durch die reinen Magier sowie das Eingreifen der Armeen aus Rochildar hatten Angst und Schrecken verbreitet und die Soldaten hinter das sichere Banner der Baileys getrieben. Während die Verbände aus Skaiyles unter der strengen Aufsicht von Mortemanis Feldherren die Grafschaften sicherten, setzten die reinen Magier die Verbände aus Rochildar für ihre Angriffe gegen aufkeimenden Widerstand ein.

So mussten die Einheiten von Fairfountain, unter der Führung von Tanyulth, einen mächtigen Angriff auf ihre Grafschaft abwehren, während Gwynefa noch mit den Waldtrollen verhandelte. Es gestaltete sich als deutlich schwieriger, als erhofft, die tiefsitzenden Vorurteile zu überwinden. Tanyulth und Gwynefa würden sich mit Sicherheit verspäten. Sie mussten erstmal den Angriff an ihren eignen Grenzen abwehren, bevor es Sinn machte, nach Falconcrest weiterzuziehen.

Nach der ernüchternden Unterhaltung mit Gwynefa und Tanyulth sahen sich die vier ratlos an.

„Das ist nicht gut", sagte Loke, und die Sorge war ihm tief ins Gesicht geschrieben. „Ohne Gwynefa, Tanyulth und die Soldaten aus Fairfountain werden wir kaum eine Chance gegen die reinen Magier haben."

„Das kann man auch anders sehen", sagte Fuku. „Gwynefa und Tanyulth ziehen die gesamte Aufmerksamkeit unseres Feindes auf sich. Uns haben sie völlig aus den Augen

verloren, genauso wie sie nicht ahnen, dass sich die Wolfsblutkrieger und die Drachen gegen sie formieren."

Alfdis nickte nachdenklich. „Das mag sein, aber unterschätze Mortemani nicht. Er wird sicherlich mit Widerstand
der Drachen und der restlichen Drachenmagier rechnen.
Aber im Prinzip schließe ich mich Fukus Meinung an. Wenn
wir es geschickt angehen, haben wir eine Chance, Wallace
und Malyrtha zu befreien. Danach können wir uns neu sor-
tieren und versuchen, die Truppen von Skaiyles hinter uns
zu bringen."

Loke strich sich nachdenklich über die Stirn. „Euren Optimismus möchte ich haben. Aber dann sollten wir schleunigst zu Phytheon fliegen und sehen, wie viele Drachen er
mobilisieren konnte."

„Aber sind denn nicht alle Drachen auf unserer Seite?",
fragte Rob erstaunt.

Alfdis schüttelte traurig den Kopf. „Leider nein. Abgesehen davon, dass hier im Norden nur noch wenige Drachen
leben, sind vielen von ihnen die Menschen egal. Ähnlich wie
die reinen Magier, sind sie lieber unter sich."

„O. k., wir fliegen also zu meinen Eltern, sammeln die
kampfbereiten Drachen ein, greifen zusammen mit den
Wolfsblutkriegern Falconcrest an, befreien Wallace und Malyrtha und töten die Baileys und diese verdammten zwei
Magier", fasste Fuku zusammen.

Loke legte den Kopf amüsiert schief. „Ja, so in etwa."

„Gut, ich hab einen Riesenhunger. Bevor wir aufbrechen,
gehe ich noch schnell jagen", wechselte Fuku das Thema.
„Soll ich euch was mitbringen?", fragte er, bereits in der Luft
schwebend.

Rob musste unwillkürlich grinsen und nickte. „Ja gerne."
Fuku hatte das Talent, komplizierte Probleme sehr einfach
darzustellen und sich dann etwas Neuem zu widmen.

„Warte, ich begleite dich", sagte Alfdis und folgte Fuku.

Während sie auf die Drachen warteten, hatten Loke und Rob
es sich an einem Feuer gemütlich gemacht und unterhielten

sich über Skargness. Rob beobachtete aufmerksam das Lichtspiel der Flammen auf dem Gesicht des alten Magiers. Lächelnd erinnerte sich Loke an Bennett. „Der gute Bennett war einfach nur grandios. Es ist ein schmerzlicher Verlust, dass wir ihn verloren haben."

„Wie lange kanntest du ihn?", wollte Rob wissen.

„Seit Ewigkeiten. Er war in deinem Alter, als ich ihn kennengelernt habe. Ein brillanter Schüler mit dem Potential, eine ganz große Rolle bei den Magiern zu spielen. Aber er entschied sich dagegen. Statt großer Politik wollte er lieber im Stillen seine Forschungen betreiben."

„Das kann ich gut verstehen", meinte Rob. „Ich würde auch alles geben, um die Verantwortung loszuwerden."

Loke schüttelte den Kopf. „Da hast du etwas falsch verstanden. Bennett hat sehr viel Verantwortung getragen. Unter anderem hatten wir unter seiner Federführung einen Informanten an Theobaldus' Hof installiert. Außerdem hat er für die Drachenmagier sehr viele prekäre Aufträge erledigt und war oft in geheimen Missionen unterwegs."

Rob schmunzelte. „Und wir dachten immer, dass er sich tagelang in seinen Turm zurückgezogen hatte, um an irgendwelchen alten Schriften herumzurätseln."

Loke lachte laut auf. „Nein, der war ganz bestimmt nicht in seinem Turm." Er kratzte sich am Kopf. „Der alte Fuchs hatte sich wahrscheinlich heimlich an den Wachen vorbei von der Burg gestohlen."

„Oder einen Geheimgang benutzt", sagte Rob.

Loke sah ihn überrascht an. „Was meinst du damit?"

„Als er mich mit in sein magisches Kabinett genommen hat, hat er uns durch einen Bücherschrank portiert", berichtete Rob.

Loke schlug sich mit der Hand vor die Stirn. „Natürlich, Bennett hatte schon immer ein Faible für magische Pforten." Aufgeregt stand er auf. „Wenn wir es schaffen würden, durch solch einen Eingang in seinen Turm in Skargness zu kommen, dann könnten wir wahrscheinlich von dort aus den magischen Schutzwall mit Leichtigkeit aussetzen und die Burg unter unsere Kontrolle bringen." Loke lief aufgeregt vor dem Feuer auf und ab.

„Gibt es einen Ort außerhalb der Stadtmauern, an dem er ungestört auftauchen und verschwinden konnte und wohin sonst niemand kommt?", fragte er.

Rob zuckte ratlos mit den Schultern. „Ich weiß nicht recht. Aber vielleicht in dem Wald hinter der Feenwiese. Dort steht im dichten Gehölz die verwitterte Ruine eines alten Wachturmes. Ein dunkler Ort, und im Dorf munkelt man, dass dort böse Geister hausen."

„Perfekt, wenn ich Bennett wäre, würde ich genau dort eine magische Pforte aufstellen. Lass uns dorthin gehen und suchen, ob wir einen Eingang finden."

Leise Geräusche durchbrachen die Dunkelheit, die sich bereits über die Umgebung der Burg Skargness gelegt hatte. Undurchdringliche Wände aus widerspenstigen Ästen zerrten an Rob und zerkratzten ihm sein Gesicht. Auf dem Weg zu dem alten, verfallenen Wachturm schlug er sich mit Loke durch den dichten, dunklen Wald hinter der Feenwiese. Um keine Aufmerksamkeit zu erregen, hatten die zwei Drachen sie nach ihrer Rückkehr in sicherer Entfernung von Skargness abgesetzt und waren weiter zu Phytheon und Chiu geflogen. Gedankenverloren spielte Rob mit seinem magischen Ring. Er konnte fühlen, wie sehr Fuku sich auf seine Eltern freute. Unweigerlich musste er an Gwyn und Ulbert denken und spürte, wie sehr er Angst um sie hatte. Je näher er der Burg Skargness kam, umso stärker griff die Sorge um die zwei um sich. Auch, dass er wahrscheinlich Pantaleon wiedersehen würde, verstärkte nur sein ungutes Gefühl.

„Sag mal, Mi Lou war wirklich hilflos in den Steinen gefangen?", unterbrach Loke seine Gedanken.

Rob nickte und sah den alten Zauberer forschend an. „Ja, warum fragst du?"

Loke schüttelte seinen Kopf und schob einen Ast zur Seite. „Ach, nur so. Sie ist eine faszinierende Person, findest du nicht?"

Trotz aller Gedanken, die Rob plagten, umspielte ein Lächeln seinen Mund, als er an Mi Lou dachte. Wie es ihr und Lynir wohl gerade erging? „Ja, ich mag sie gerne", sagte er knapp und wartete, ob Loke seine Frage weiter erläutern würde. Aber für ihn war das Thema mit Robs Antwort offensichtlich erledigt.

„Sind wir bald da?", fragte Loke ungeduldig und stöberte immer wieder suchend im Boden herum. Rob glaubte, einen unterschwelligen Vorwurf aus der Stimme des alten Zauberers herauszuhören. Es ärgerte ihn, dass er sich schon wieder verantwortlich fühlte.

„Nein, äh, ich meine, ja. Die Ruine muss hier ganz in der Nähe sein." Loke verzog den Mund und sah ihn wortlos an. Dann bückte er sich und stöberte wieder im dreckigen Waldboden herum. Rob überlegte kurz, ob er Loke fragen sollte, warum er wie ein Wildschwein im Boden wühlte. Aber er entschied sich dagegen und ging in die Richtung weiter, in der er die Ruine vermutete. Sollte der alte Zauberer doch machen, was er für richtig hielt.

„Bleib sofort stehen!", schrie Loke völlig unerwartet und schleuderte einen Zauber in Robs Richtung. Schlagartig versteiften sich seine Muskeln und er erstarrte regungslos, wie schockgefroren, mitten in seiner Bewegung. Er konnte nur noch seine Augen bewegen und musste voller Furcht mit ansehen, wie Loke sich auf ihn stürzte.

Fuku durchzog ein Schock, und er drehte sofort ab, um Rob zur Hilfe zu eilen. Irritiert folgte Alfdis ihm. „Was ist los, Fuku, was ist in dich gefahren?"

„Dein verrückter Loke greift Rob an!", fluchte Fuku, der Robs Angst ungefiltert teilte.

„Warte, das muss ein Missverständnis sein", versuchte Alfdis ihn zu beruhigen. Der Eisdrache war sich sicher, dass Loke Rob gern hatte und sein Leben für ihn geben würde. Er nahm Kontakt zu Loke auf, um die Situation zu klären.

Loke war inzwischen der Länge nach direkt vor Rob gelandet und durchwühlte den Waldboden. Wie ein Vogel, der einen Wurm fing, schoss seine Hand in das Laub und präsentierte Rob stolz einen glitzernden schwarzen Käfer. Begeistert wie ein kleines Kind, benutzte er seine zweite Hand, um einen Hohlraum zu bilden, aus dem der etwa drei Zentimeter lange Käfer nicht mehr fliehen konnte.

„Schau, ein Mistkäfer", sagte er voller Freude zu Rob. „Du wärest beinahe aus Versehen auf ihn draufgetreten."

In diesem Augenblick drang Alfdis zu ihm durch und Loke setzte seine Unschuldsmiene auf. Kichernd hob er den Zauber auf. „Entschuldigung, dachtest du wirklich, ich wollte dir etwas antun?"

Rob schwankte noch zwischen Ärger und Verwunderung, als Loke lächelnd zu einer Erklärung ansetzte. „Weißt du, dieser Mistkäfer wird uns helfen, Bennetts magische Pforte zu finden. Wo ein Mistkäfer ist, sind viele andere in der Nähe, und mit Hilfe dieses netten kleinen Kerls werden wir sie finden."

Rob verstand kein Wort und sah Loke, der unbeirrt fortfuhr, nur fragend an.

„Wir können leicht in den sanften Geist dieser Käfer eindringen und mit ihren Augen sehen. Auf diese Weise haben wir einen Schwarm von hunderten fliegenden, magischen Augen und werden, falls Bennett hier wirklich irgendwo eine Pforte zu seinem Turm versteckt hat, diese in kürzester Zeit finden." Erwartungsvoll sah er Rob an und hielt ihm den Käfer so dicht vor die Augen, dass Rob ihn nur unscharf sah.

„Aha", sagte Rob und ging einen Schritt zurück.

„Komm, ich zeig dir, wie das geht", sagte Loke voller Tatendrang und ging voraus. Rob zögerte. Inzwischen verstand er Hróarrs Vorbehalte gegenüber Loke, aber Fuku ermutigte ihn, sich trotzdem auf den alten Magier einzulassen. „Du kannst wahnsinnig viel von ihm lernen, und er würde dir niemals ein Haar krümmen. Zumindest nicht absichtlich."

Rob gab sich einen Ruck und folgte Loke. Und tatsächlich, der alte Zauberer zeigte ihm nicht nur, wie man den Lähmungszauber aufhob, sondern auch, wie er in den Geist der Mistkäfer eindringen konnte. Wenig später steuerte Rob seinen eigenen kleinen Schwarm und sah die Umgebung durch ihre Augen. Er war völlig perplex von der neuen Erfahrung. Statt vieler unkoordinierter Bilder, fügten sich die Eindrücke der Käfer zu einem großen Ganzen zusammen. Es war für Rob so, als würde er einen großen Raum betreten und könnte sich nach Belieben darin bewegen und sich alles in Ruhe ansehen. Überrascht stellte er fest, dass das gewohnte Bild von weiteren Farbspielen überlagert war. „Was sind das für bunte Farben?", fragte er Loke, der neben ihm stand und auch einen Schwarm Käfer lenkte.

„Du beginnst Auren zu sehen, junger Magier. Deine Kräfte wachsen außergewöhnlich schnell, das ist gut. Normalerweise dauert es Jahre, bis ein Magier Auren sehen kann."

Rob atmete tief durch und reckte sich stolz. Nachdem ihn Loke darauf hingewiesen hatte, erkannte er sogar schemenhaft die Signatur des magischen Portals. Nicht weit von dem alten, verfallenen Wachturm entfernt, stand ein alter, ausgehöhlter Baumstamm, in dem es blau schimmerte. Sie entließen die Mistkäfer und liefen zu der hohlen Eiche. Dort murmelte Loke leise eine Formel vor sich hin, und das sanfte Glühen verstärkte sich zu einem heftigen Strahlen.

„Kommst du?", fragte Loke und war im Begriff, durch das Portal zu gehen.

„Bist du dir denn sicher, ob das wirklich der Eingang zu Bennetts magischen Turm ist?", fragte Rob unsicher.

„Nö, aber das finden wir nur heraus, wenn wir das Portal durchschreiten." Mit diesen Worten verschluckte das gleißende Licht den alten Zauberer und ließ Rob geblendet in der Dunkelheit der hereingebrochenen Nacht zurück. Die Augen verdrehend folgte er dem Zauberer in das Licht und tatsächlich kamen sie über eine kurze Wendeltreppe wieder im selben Bücherregal wie damals heraus.

„Siehst du, wir hatten Glück. Ich dachte mir schon, dass die reinen Magier es nicht geschafft haben, Bennetts private Räume zu übernehmen", sagte Loke zufrieden und warf einen flüchtigen Blick auf ein Papyrus, das ausgebreitet auf Bennetts Schreibtisch lag.

Rob hatte genug damit zu tun, zu realisieren, dass er jetzt wieder in Skargness war, und verspürte keine Lust, Loke zu fragen, was passiert wäre, hätte er mit seiner Vermutung nicht recht gehabt. Außerdem war er sich sicher, dass ihm die Antwort keinesfalls gefallen würde.

„Lass uns nach oben gehen und sehen, ob wir den magischen Schlüssel zur Burg unter unsere Kontrolle bekommen." Loke nahm sich ein Pergament von dem Schreibtisch, faltete es zusammen und verstaute es zusammen mit einer hübschen roten Schreibfeder in seiner Robe. „Wenn ich Bennett richtig einschätze, hat er bestimmt die Möglichkeit vorgesehen, den Schlüssel jederzeit in seine privaten Räume zu rufen."

Rob verstand kein Wort. „Den magischen Schlüssel der Burg?"

„Wenn eine Burg oder eine Stadt befestigt wird, verweben Magier eine Menge magisches Potential mit in das Baumaterial. Nach der Fertigstellung können sie dann auf diese magische Energie mit ihren Abwehrzaubern zugreifen. Der Fluss und der Zugang zu diesem magischen Potential werden durch einen Schlüssel gewährleistet. Gelangt ein Magier in den Besitz dieses Schlüssels, erlangt er die volle Kontrolle über die magische Befestigung und kann sie nach seinem Willen verändern. Normalerweise wird ein solcher Schlüssel nur von einem Magier an seinen Nachfolger weitergegeben. Stirbt ein Magier, geht der Schlüssel auf den nächsten Magier, den er in der Nähe finden kann, über. Ich bin mir allerdings sicher, dass Bennett für einen solchen Fall vorgesorgt hat. So einfach würde er es seinen Feinden nicht machen, die Kontrolle über sein geliebtes Skargness zu erlangen."

„Aber wir sind doch auch ohne Probleme in seinen Turm gelangt. Wieso sollte das für uns einfacher sein?"

„Vergiss nicht, dass Bennett und ich unser ganzes Leben befreundet waren", sagte er und ging ein Stockwerk höher in Bennetts Observatorium. „Wenn er nicht gewollt hätte, dass wir hier sind, wären wir spätestens in der magischen Pforte elendig verglüht."

Rob schluckte bei dem Gedanken und folgte Loke nach oben. Der baute sich in die Mitte des Raumes auf, streckte seine Arme gen Himmel und setzte zu einem lauten Zaubergesang an. Die Glaskuppel über ihnen öffnete sich, und Rob zuckte wegen Lokes Lautstärke ängstlich zusammen. Dieser Lärm würde sämtliche Wachen auf sie aufmerksam machen.

„Schscht", versuchte er den Zauberer zur Ruhe zu mahnen, aber im selben Augenblick strömte gelbes Licht in feinen Adern quer durch Druidsham und sammelte sich über der gläsernen Kuppel des magischen Turmes von Skargness, bevor es wie ein Kugelblitz in Loke einschlug. Seine Hand glühte gelb auf und dann war es einen kurzen Moment dunkel und totenstill. Rob traute sich kaum zu atmen, als er sah, wie Loke grinsend die Augen öffnete. Mit einem Mal brach ein Blitzlichtgewitter in der ganzen Burg los und machte die Nacht zum Tag.

SKARGNESS

E twa einhundert Kilometer südlich von Skargness saßen Magnatus Olaru, Karl und Cristofor in vertrauter Runde zusammen. Sie hatten es sich in Wallaces alten, magischen Turm in der Königsburg von Falconcrest gemütlich gemacht. Olaru war zufrieden, wie weit sie in den letzten drei Wochen gekommen waren, auch wenn ihm einiges viel zu schnell gegangen war.

Cristofor räkelte sich wohlig in Wallaces rotem Samtsessel und untersuchte sein magisches Schwert, dessen Zauber er immer noch nicht verstand. „Es ist schon beruhigend zu wissen, dass die Tage dieses verkommenen, alten Zauberers und seines Drachen gezählt sind. Wenn wir Wallace endlich aus dem Weg geräumt haben, sind die Drachenmagier am Ende. Ich kann es kaum erwarten."

Olaru schmunzelte. „Den einen Tag, bis Mortemani eintrifft, wirst du dich schon noch gedulden müssen. Er besteht darauf, die Exekution von Wallace und Malyrtha eigenhändig durchzuführen." Olarus Ausdruck wurde ernst. „Und glaub mir, du willst diesem Mann keinen Befehl verweigern."

„Ich bin schon ganz gespannt darauf, ihn endlich kennenzulernen", sagte Cristofor.

Plötzlich schrie er mitten im Satz laut auf und sackte in sich zusammen.

Erschrocken sprang Olaru auf und trat einen Schritt zurück. Cristofors Hand glühte golden, feine leuchtende Fäden strömten überall aus seinem Körper heraus und verschwanden in die Dunkelheit der Nacht.

„Was war das denn?", fragte Karl verwundert, blieb aber ruhig auf seinem Platz sitzen.

Olaru verzog verärgert sein Gesicht. „Es sieht so aus, als ob jemand den magischen Schlüssel von Skargness aus ihm zurückgerufen hat. Verdammt, dieser alte Burgmagier war echt gerissen. Und ich habe Cristofor noch gewarnt, dass wir unbedingt volle Kontrolle über Skargness bekommen müssen." Die Tatsache, dass nur ein Magier mit besonderen Kräften in der Lage war, einen solchen Schlüssel zurückzurufen, beunruhigte ihn. Gwynefa schied aus. Sie war mit Sicherheit in Fairfountain und versuchte, den Angriff seiner Truppen abzuwehren. „Schau doch mal bitte nach, ob er noch lebt", bat er Karl, um Cristofor sicherheitshalber nicht selbst zu nahe treten zu müssen.

„Ihm geht es gut", antwortete Karl, ohne sich den zusammengesunkenen Magier näher anzusehen oder aufzustehen. „Er ist lediglich bewusstlos, aber seine Lebensfunktionen sind alle im grünen Bereich. Er sollte in ein paar Minuten wieder zu sich kommen."

Olaru zog die Augenbrauen erstaunt hoch. „Willst du nicht zumindest seinen Puls fühlen?"

Karl lachte laut auf und schüttelte seinen Kopf. „Das brauche ich nicht. Ich kann die Vitalfunktionen von jedem Lebewesen im Umkreis von zwanzig Metern um mich herum erfassen."

Olaru machte große Augen. „Dringst du in den Geist der Menschen ein? Welche Art von Magie benutzt du dafür, ich kann überhaupt keine magischen Spuren entdecken", bemerkte Olaru fasziniert. Auch wenn er Karl noch nicht richtig einzuschätzen wusste, sah er, welch großes Potential in dem Mann aus der anderen Welt steckte.

„Das hat nichts mit eurer Magie zu tun, sondern ist reine Wissenschaft. So wie du den warmen kondensierenden Atem von Lebewesen in der Kälte sehen kannst, kann ich mit meinen Augen den Temperaturunterschied von Atemluft jederzeit sehen. Aber das ist nur eine Fähigkeit von vielen." Karl lächelte Olaru an, der ihn abschätzend musterte.

„Ich glaube, wir können beide noch viel voneinander lernen", sagte er und setzte sich wieder. Gedankenverloren spielte er mit der Kerze auf dem Tisch.

„Über was denkst du nach?", fragte Karl, der bemerkte, dass Olaru über einem Problem brütete.

„Offen gestanden bin ich darüber irritiert, wer in der Lage ist, den Schlüssel von Cristofor zu sich zu rufen. Jemand mit außerordentlichen Fähigkeiten muss in Skargness sein, und wir sollten schleunigst herausfinden, wer das ist! Morgen trifft Wilhelm Mortemani ein, und ich will mir nicht die Blöße geben, die Situation hier nicht voll unter Kontrolle zu haben."

Ein lautes Schnaufen deutete darauf hin, dass Cristofor wieder zu Bewusstsein kam. Er brauchte ein wenig, um sich wieder zu orientieren, tobte dann aber mit hochrotem Kopf umso wütender durch das Zimmer. „Das kann doch nur dieser widerliche Junge mit seinem unverschämten Drachen gewesen sein."

Olaru strich sich über sein Kinn. „Das glaube ich nicht, der Junge und sein Drache haben nicht ansatzweise die nötigen Fähigkeiten. Fearghal ist tot, Wallace und Delwen sind gefangen und von Gwynefa wissen wir, dass sie in Fairfountain gegen unsere Truppen kämpft", sagte er nachdenklich. Er stand wieder auf, lief unruhig im Turmzimmer umher und sah Cristofor schließlich mit ausdrucksloser Miene an. „Wie lange ist das jetzt her, dass dir der Junge in Tartide entkommen ist?"

Der unterschwellige Vorwurf hinterließ einen bitteren Beigeschmack bei Cristofor. „Das war vor zwei Wochen."

„Und in welche Richtung sind sie aufgebrochen?"

Cristofor zuckte mit den Schultern. „Ich glaube, sie sind nach Norden geflohen, aber sicher bin ich mir nicht."

„Bei Gwynefa sind sie jedenfalls nicht", sagte Olaru. „Gehen wir mal davon aus, dass sie nach Norden sind. Was könnten sie dort gewollt haben?"

„Wenn ich an seiner Stelle wäre, würde ich nach Verbündeten suchen", mischte sich Karl in das Gespräch ein.

Olaru schlug sich vor die Stirn. „Klar, ich weiß, wen der Junge im Norden gesucht hat. Das kann nur dieser verrückte Loke Lindroth mit seinem Drachen sein, sonst bleibt niemand übrig. Alles andere hat keinen Sinn. Wenn es ein mächtiger Magier aus dem Süden wäre, hätten wir mitbekommen, wenn er unsere Grenzen überquert hätte."

„Du meinst, der Junge ist auf seiner Flucht nach Norden bis nach Norgyaard gekommen und mit diesem Loke und seinem Drachen zurückgekehrt?", fragte Cristofor ungläubig.

Olaru nickte. „So muss es sein. Das rückt auch den Bericht der Steintrolle über die Truppenbewegungen der Wolfsblutkrieger in ein neues Licht. Die sind gar nicht auf dem Weg nach Utgard, um die Trolle anzugreifen, sondern zu uns."

Olaru lächelte in sich hinein. „Ich glaube, wir haben den Jungen wieder mal unterschätzt."

„Wird das zu einem Problem?", fragte Karl, der versuchte die Lage zu verstehen.

„Nein." Olaru schüttelte selbstbewusst den Kopf. „Wir haben hier in und um Falconcrest alleine fünftausend gut ausgebildete Soldaten aus den Grafschaften Frashire und Druidsham. Die einzigen Truppen unter dem Banner der alten Magier sind die von Gwynefa aus Fairfountain. Und die werden gerade von meiner Armee aus Rochildar niedergemacht, die fast doppelt so groß wie ihre ist."

„Und dieser Loke? Das ist ein Drachenmagier, oder?", fragte Karl.

„Ja, allerdings ist er ziemlich verrückt. Aber ja, er und sein Drache Alfdis sind erfahrene und fähige Magier. Aber Mortemani bringt morgen neben der kaiserlichen Garde auch neuen Seelentrank mit. Das heißt, die zwei werden zu keinem ernstzunehmenden Problem für uns."

Cristofor grinste fies und malte sich vor seinem inneren Auge aus, wie er mit dem vernichtenden Trank Rache an Rob für seine verlorenen Finger und den Frust, den er über ihn gebracht hatte, nehmen konnte. Karl runzelte die Stirn und sah die zwei verständnislos an.

„Dieser Seelentrank ist die perfekte Antwort auf die unselige Verbindung der Drachenmagier", erklärte Cristofor. „Er zerstört das magische Band, das zwischen dem Zauberer und seinem Drachen besteht, und saugt ihre gesamte magische Energie auf. Stell dir vor, du fesselst jemanden, hängst ihn an den Beinen auf und schneidest ihm die Halsschlagader durch. Mit jedem Tropfen Blut, den er verliert, wird er schwächer und das Leben läuft langsam aus ihm heraus. Genauso funktioniert der Seelentrank bei Drachenmagiern. Und das Beste ist, es gibt kein Gegenmittel."

Das von Cristofor beschriebene Szenario war Karl geläufig, und er war gespannt darauf, den Zauber in Aktion zu sehen. Cristofor wandte sich direkt an Olaru. „Und du meinst wirklich, dass dieser Rob Loke und die Wolfsblutkrieger dazu überredet hat, gegen uns in den Kampf zu ziehen?"

Olaru richtete seinen Blick nach draußen in die Dunkelheit. „Wie es scheint. Ich bin mir sicher, dass sich ihnen auch noch weitere Drachen anschließen werden." Olaru drehte sich zu Cristofor um. „Hast du noch Kontakt in die Burg Skargness und kannst herausfinden, was da gerade passiert?"

Cristofor schüttelte bedrückt den Kopf. „Jetzt, wo der Schlüssel weg ist, leider nein. Sonst hätte ich Pantaleon oder den Burgvogt erreichen können. Soll ich einen Battyr schicken?"

Olaru überlegte einen Moment. „Nein, das machen wir anders. Ich rede mit Lord Bailey, dass er seinen Schwager um einen sofortigen Lagebericht bittet. Parallel schicke ich den Wandler Balriuzar und wer von seiner Sippe noch übrig ist los."

Wenig später schwebte eine unheilvolle schwarze Wolke durch die finstere Nacht Richtung Norden. Balriuzar und seine drei verbliebenen Brüder waren zur Burg Skargness aufgebrochen.

Die grellen Blitze und lauten Donnerschläge wurden seltener. Mutig schlich sich Rob zu einem der bodentiefen Fenster, um hinunter in den Burghof zu schauen. Der Stein unter seinen Händen, auf den er sich an der Mauer abstütze, war eisig kalt, und der Wind pfiff um den Turm herum. Vorsichtig schob er sich nach vorne und riskierte einen Blick. Was er sah, verschlug ihm den Atem. Auf den Wehrgängen unter ihm hatte irgendetwas die Wachen zu Stein verwandelt. Er blickte zurück über seine Schulter. Loke murmelte noch immer, hochkonzentriert, fremd klingende Formeln, und seine Arme kreisten in schwungvollen Bewegungen um seinen Körper. Er hatte wieder diesen leicht entrückten Blick, den Rob überhaupt nicht mochte.

Eine kleine Bewegung, die er nur im Augenwinkel wahrnahm, ließ ihn wieder nach unten sehen. Im Burghof war ein gewaltiger Sog entstanden, der die Leute, die versuchten, sich in der Burg zu verstecken, gnadenlos hinaus ins Freie zog. Ein Wachmann aus Rochildar hielt sich mit aller Kraft an dem Türrahmen zur Schmiede fest, aber letztendlich hatte er keine Chance. Der starke Sog riss ihn nach draußen auf den Hof, wo ihn sofort ein greller roter Blitz traf. Der versteinerte Soldat schrappte laut knirschend über den Boden. Er war in das Abwehrfeuer der Gargoyles geraten, das ihn gnadenlos zu Stein verwandelte. So wie diesem armen Kerl erging es vielen weiteren, die nach und nach in der ganzen Burg eine versteinerte Armee bildeten. Rob spürte, wie Loke sich neben ihn stellte. Kumpelhaft puffte er ihm in die Seite. „Das haben wir doch gut gemacht", meinte er. „Ich hatte eigentlich mehr Widerstand erwartet."

Nach dem Krach der letzten Minute, machte sich nun eine gespenstische Stille breit. Die allabendlich entzündeten Fackeln warfen ein angenehmes Licht auf den Burghof, und aus dem Stall hörte Rob das Schnauben der aufgescheuchten Tiere. Eine vertraute Stimme sprach beruhigend auf die nervösen Pferde ein, und wenig später öffnete sich laut knarrend die Tür zum Stall. Rob erkannte das Gesicht in dem Türspalt sofort und sein Herz schlug schneller. Hektisch drehte er sich zu Loke um. „Stopp sofort diesen Zauber. Das ist Ulbert, mein Vater!"

„Wenn er auf unserer Seite ist, passiert ihm nichts", sagte Loke ruhig, aber Rob hörte die Worte nur noch zur Hälfte. Kopflos stürmte er nach unten, um Ulbert zu begrüßen, blieb aber ein Stockwerk tiefer hilflos vor dem Bücherregal mit der magischen Pforte stehen.

Loke, der ihm gefolgt war, lachte und öffnete mit einem Schlenker seiner Hand den Durchgang.

Robs Herz schlug wie wild, als er Ulbert in die Arme flog. Erst auf den zweiten Blick fiel ihm auf, dass die geröteten Augen seines Ziehvaters geschwollen waren und er zehn Kilo Gewicht verloren hatte. Tiefe Furchen hatten sich in das eingefallene graue Gesicht gegraben, das früher so lustig und freundlich durch die Welt gegangen war. Rob spürte, wie Ulbert in seinen Armen schluchzte und Tränen der Verzweiflung über seine Wangen liefen. Dass sein geliebter Ziehvater heulend wie ein kleines Kind in seinen Armen nach Trost suchte, entzündete in Rob eine tief sitzende Wut. Robs Gefühle waren so intensiv, dass Fuku, mehr als hundert Kilometer entfernt bei seinen Eltern, seinen Vater Phytheon einfach nur wortlos in den Arm nahm.

„Wo ist Gwyn und der Rest?", wollte Rob mit belegter Stimme wissen. Es kostete ihn seinen gesamten Mut, diese Frage zu stellen.

„Gwyn ist im Kerker", brach es aus Ulbert unter lautem Schluchzen hervor. „Wir hoffen, dass sie noch lebt, aber viele sind umgekommen oder geflohen." Ulbert klammerte sich noch fester an Rob. „Aber jetzt bist du da, und alles wird gut."

Rob schluckte hart. „Ja, ich bin jetzt da, und ich habe auch Verstärkung mitgebracht."

Kurz darauf gingen sie mit einem unguten Gefühl die klammen Stufen zum Verlies hinab. Mit jedem Schritt, den sie weiter hinunterstiegen, wurde Ulbert nervöser und klammerte sich fester an Robs Arm. Selbst Loke, der sonst immer so souverän war, wirkte verunsichert. Sie passierten einige versteinerte Soldaten, bis sie vor der Eingangstür des Kerkergewölbes standen. Die Luft war hier verrußt und stickig, denn neben der schweren, massiven Holztür sorgten vier Fackeln für ein schwaches, unruhiges Licht. Rechts und links neben dem Eingang standen jeweils zwei versteinerte Wachen mit gezückten Schwertern, so als wollten sie die Ankömmlinge angreifen. Mit einem mulmigen Gefühl passierten sie die versteinerten Soldaten und traten in einen langen, schmalen Gang, an dessen Seiten dutzende Türen zu den jeweiligen Verliesen führten.

Loke zeigte Rob, wie er die Türen mit einem einfachen Zauber leicht aus den Angeln heben konnte. So schritten die zwei Magier murmelnd den Gang hinunter und befreiten nach und nach alle Gefangenen. Das Schlimmste erwartend, blickte Rob in jede geöffnete Tür, nur um geschundene Körper zu entdecken, deren angsterfüllte Gesichter ihn erschrocken ansahen. Insgesamt gingen vierzehn Zellen von beiden Seiten des Ganges ab. Die kleinen, dunklen, stickigen Löcher waren teilweise mit bis zu zwanzig Menschen gefüllt. Sie teilten sich den engen, kalten und dreckigen Raum, der lediglich mit einer dünnen Schicht Stroh ausgelegt war, die offensichtlich nur selten gewechselt wurde. Nach einer gefühlten Ewigkeit öffnete er endlich die Zellentür, hinter der sich Gwyneth, seine Ziehmutter, befand. Gwyneth war in einem erbärmlichen Zustand. Ihr Unterkiefer war gebrochen, und die Wunden hatten sich entzündet. Ihr rundes Gesicht war geschwollen, und ein dunkelroter Bluterguss zog sich quer über die gesamte rechte Seite. Ihre getrübten Augen brauchten eine Weile, um Rob zu erkennen, der regungslos in der Tür verharrt war. Gwyneth verzog ihren Mund zu einem schmerzverzerrten Lächeln.

„Bin ich tot?", fragte sie ganz ruhig.

Rob hastete zu ihr und half ihr sanft auf die Beine. Er musste sie stützten, denn ohne seine Hilfe, wäre sie sofort wieder hingefallen. Es fiel ihm unendlich schwer, ihr entstelltes Gesicht anzusehen, aber trotzdem sah er ihr tief in ihre matten Augen.

„Nein, du bist nicht tot!", sagte er mit fester Stimme. „Ich bin es wirklich. Wir sind zurückgekommen, um dich zu befreien."

Gwyneth versuchte vergeblich, alleine zu stehen. Sie wankte wie eine Betrunkene, aber Rob stützte sie sanft. „Das ist mein Rob!", sagte sie stolz zu den anderen. „Seht ihr, mein Rob."

Gwyneth Kräfte ließen sichtlich nach, und Rob geleitete sie nach draußen.

Als Ulbert die beiden kommen sah, stürzte er auf sie zu und half Rob, Gwyneth nach oben zu geleiten. Die anderen Befreiten kümmerten sich um die restlichen Gefangenen und versorgten sich, so gut es ging, untereinander. Auf dem Weg nach oben, spürte Rob plötzlich einen Blick auf sich ruhen. Er drehte sich um und sah in die traurigen Augen eines alten Bekannten, der durch die Folter der vergangenen Tage nur unter starken Schmerzen laufen konnte. Gweir Owen senkte den Blick und deutete eine Art Verbeugung an. „Danke, ich stehe tief in deiner Schuld."

Rob wusste überhaupt nicht, wie er reagieren sollte, vor allem da er und Ulbert noch Gwyneth stützten.

Gweir sah ihn entschuldigend an. „Ich wollte nicht stören, entschuldige. Kümmere dich erstmal um deine Mutter, die braucht dich gerade dringender." Rob nickte ihm nur schweigend zu.

Sie hatten Gwyneth gerade in ihr Quartier über dem Stall ins Bett gelegt, als Loke auftauchte. „So, die Gefangenen sind alle befreit. Glücklicherweise gibt es unter ihnen ein paar fähige Leute, die gerade alles Notwendige organisieren." Er zog die Bettdecke hoch und sah sich Gwyneth, die unruhig schlief, lange und sorgfältig an.

„Das ist also deine Mutter, junger Magier." Er schob vorsichtig ihre Augenlider hoch und betrachtete die Pupillen. Sanft umfasste er mit seinen Händen ihr Gesicht und sang eine leise Melodie. Rob spürte, wie Lokes Energie in Gwyneth floss und die Knochen an ihre ursprünglichen Positionen wanderten. Nach ein paar Minuten, die Ulbert und Rob geduldig neben dem Bett gewacht hatten, nahm Loke seine Hände von ihr. „Sie braucht jetzt dringend Ruhe und Zeit, um zu genesen. Es wird eine Weile dauern, aber sie wird wieder. Da bin ich mir ganz sicher. Sie hat eine gute Konstitution." Er deckte sie wieder zu und strich ihr liebevoll über den gebrochenen Kiefer.

Rob drückte Loke feste an sich. „Vielen Dank."

„Gerne, aber jetzt lass uns zu den anderen gehen, die sich in der großen Halle versammeln wollten. Einer von ihnen soll der ehemalige Anführer von Lord Baileys Truppen sein."

„Das stimmt, ich kenne ihn. Er heißt Gweir Owen", bestätigte Rob. „Er ist einer der besten Feldherren von Skaiyles."

Während Rob und Loke sich aufmachten, setzte sich Ulbert an den Rand von Gwyneths Bett und hielt ihre Hand.

Als Rob durch die Tür ging, blickte er wehmütig zurück, aber Ulbert deutete ihm an, zu gehen. „Es ist o. k., Rob, ich bleibe bei ihr und passe auf", sagte er mit seiner tiefen, sanften Stimme.

Robs und Lokes Schritte hallten durch den nächtlichen Burghof, der übersät mit versteinerten Wachen war. Unangenehm berührt, passierte Rob eine solche Steinstatue, deren Realismus eine Gänsehaut auf seinem Rücken hervorrief. „Ich verstehe, dass die Gargoyles jegliche fremde Magie angreifen und ihre Opfer versteinern, aber zwei Sachen kapiere ich noch nicht ganz", meinte Rob.

Loke sah ihn auffordernd an. „Was verstehst du nicht?"

„Sind jetzt alle unsere Feinde auf Skargness versteinert? Und heißt das, dass wir denen, die nicht versteinert sind, trauen können?"

Loke strich sich über die verbliebenen grauen Haare. „Wir hatten verdammt viel Glück. Um ihre Leute besser kontrollieren zu können, haben die reinen Magier offensicht-

lich jedem Soldaten und Verbündeten einen simplen Seelenzauber verpasst. Den haben die Gargoyles nach unserer
Übernahme als fremd erkannt und wirklich alle Verbündeten der reinen Magier zu Stein verwandelt." Er drehte sich
nervös nach einem Geräusch um, das aus der Schmiede hinter ihnen kam. „Aber das heißt nicht, dass wir dem Rest
grenzenlos vertrauen können. Es ist vielmehr so, dass von
ihnen keiner einen Zauber der reinen Magie in sich trägt.
Aber es gibt auch noch andere böse Mächte. Also ist immer
Vorsicht geboten, wen wir ins Vertrauen ziehen."

Rob nickte.

„Und was wolltest du noch wissen?"

„Ach, ich dachte immer, die Abwehr der Gargoyles ist
leise, und war verwundert über den erschütternden Donner,
den die Verwandlung begleitet hat. Die ganze Burg hat ge-
bebt", sagte Rob.

Loke kicherte und grinste breit. „Das war gut, oder? Die
Abwehr der Gargoyles ist leise wie fallender Schnee. Für
den Donner habe ich gesorgt. Das hat dem Ganzen etwas
mehr Drama gegeben und unsere Feinde das Fürchten gelehrt."

Rob musste unwillkürlich über den alten Kauz lachen.

„Aber mach nicht den Fehler, zu denken, dass die Gargoyles die einzige Abwehr von Skaiyles sind. Da gibt es
noch viel mehr", ergänzte Loke verschwörerisch.

Sie erreichten die große Halle, in der sich die übrigen
Bewohner von Skargness und die befreiten Häftlinge versammelt hatten. In dem hinteren Bereich waren provisori-
sche Betten aufgestellt worden. Dort pflegten Freiwillige die
verletzten Gefangenen, die während ihrer Haft gefoltert
worden waren. Ein paar Leute hatten aus der Küche Vorräte
organisiert und auf der großen Tafel aufgebaut. Viele der
Gefangenen waren völlig ausgezehrt und machten sich gierig über die einfache Mahlzeit her.

Rob sah sich um und erkannte viele vertraute Gesichter.

„Was um alles in der Welt haben die reinen Magier hier in bloß zwei Wochen angerichtet?", entfuhr es dem entsetzten Rob.

„Mit ihrer Übernahme von Druidsham hat sich hier alles schlagartig geändert. Lord Marquardt und Bertramus, der Burgvogt, haben sich in ihrer Hetze gegen die Anhänger der alten Magie gegenseitig übertroffen. Ein falsches Wort oder der Verdacht, mit den Drachenmagiern zu sympathisieren, reichte aus, um jemanden auszupeitschen und in den Kerker zu werfen. Der junge Stallknecht von Burkhard Bailey hat es gewagt, zu erzählen, dass du dich gegen Burkhard erhoben hast, als er ihn schlagen wollte. Daraufhin ist der arme Junge zu Tode geprügelt worden und seine gesamte Familie wurde in den Kerker geworfen", erzählte Jeremy, der alte Schmied, der Robs Frage gehört hatte. Rob verspürte einen Stich und wünschte sich, dass er sich damals nicht eingemischt hätte. Vielleicht würde der Junge dann noch leben.

„Was ist aus Pantaleon geworden?", fragte Rob den alten Jeremy.

Der Schmied schwieg einen Augenblick, so als müsste er seine Antwort gründlich überlegen. „Dieser Cristofor hat ihn zu seinem Lehrling gemacht und ihm damit seinen größten Traum erfüllt. Wie viele andere auch, führte er Befehle aus, aber ich hatte den Eindruck, dass er tief unglücklich war." Jeremy schüttelte den Kopf. „Ich weiß bis heute nicht, was in den Jungen gefahren ist, dass er gemeinsame Sache mit denen gemacht hat."

Rob konnte sich nur zu gut an seine letzte Begegnung mit Pan und Fuku erinnern und seufzte tief.

„Die reinen Magier machen aus uns eine Horde wilder Tiere, die sich gegenseitig zerfetzen", sagte Gweir Owen bitter. Er hatte Rob entdeckt und sich zu ihnen gesellt.

Loke musterte ihn interessiert und nickte zustimmend.

„Ich habe es selbst an mir erfahren müssen. Als sie vor drei Wochen Wallace gefangen genommen haben, war ich dabei, und ich hatte nicht den Mut, mich ihnen entgegenzustellen", sagte Gweir grimmig. „Im Gegenteil, ich habe mich von ihnen benutzen lassen. Ich glaubte, ich könnte den Drachenmagiern besser helfen, solange ich noch Anführer der Truppen von Druidsham war. Was für ein Idiot ich doch war."

Loke legte ihm beruhigend die Hand auf die Schulter. „Nachher sind wir immer schlauer, und wer weiß, ob du uns lebend nicht nützlicher bist. Du bist doch Gweir Owen, oder?"

Gweir nickte. „Ich, noch nützlich?" Er lachte hysterisch. „Wozu soll ich denn noch nützlich sein? Ich habe es noch nicht einmal geschafft, Malyrtha zu retten, als ich den Auftrag hatte, sie von Fenbury nach Falconcrest zu bringen. In den Kerker haben sie mich geworfen. Die reinen Magier haben bereits gewonnen, und es ist nur noch eine Frage von Tagen, bis Mortemani Wallace und Malyrtha tötet. Ihr habt doch keine Ahnung, wie mächtig die sind, es macht überhaupt keinen Sinn, sich ihnen entgegenzustellen."

Rob roch den Alkohol in Gweirs Atem und merkte, dass er leicht schwankte. Die Wut kochte in ihm hoch. War das der Gweir Owen, zu dem er ehrfürchtig aufgeblickt hatte? Nach all dem, was er die letzten Wochen durchgemacht hatte, trampelte der große Feldherr betrunken auf dem zarten Pflänzchen seiner Hoffnung herum.

„Es geht nicht mehr nur um die Befreiung von Wallace und Malyrtha. Es geht um die Freiheit der Bewohner Skaiyles. Es geht um unsere Freiheit. Wenn die denken, sie können uns wie Vieh abschlachten, dann werden wir ihnen zeigen, zu was wir in der Lage sind. Fuku und ich werden uns das jedenfalls nicht gefallen lassen!", polterte Rob lautstark los.

Die Intensität und Lautstärke des Wutausbruches erschreckte alle in der Halle. Ohne es zu merken, hatte Rob die ungeteilte Aufmerksamkeit aller Anwesenden.

„Heute haben Loke und ich Skargness befreit. Und wir sind nicht alleine. Aber wenn wir aufgeben, dann haben wir wirklich bereits verloren. Ich jedenfalls werde aufstehen und kämpfen!"

Die trostlose Stimmung in der Halle schlug schlagartig um. Nach und nach standen alle auf und applaudierten Rob oder riefen ihre Zustimmung laut aus, nur Gweir schlich sich frustriert davon.

Überrascht über die Reaktionen der Leute, sah Rob Loke fragend an. „Du gibst ihnen Hoffnung, Rob. Du als frischer Drachenmagier bist der Beweis, dass die reine Magie noch nicht die Übermacht hat", flüsterte ihm Loke zu. „Dir wollen und werden sie in den Kampf folgen, aber das bereden wir morgen mit den Drachen. Jetzt ist es Zeit, etwas Schlaf zu bekommen. Um unsere versteinerten Feinde können wir uns morgen früh kümmern."

Wenig später lag Rob in seinem eigenen Bett und lauschte den vertrauten Geräusche, die er seit seiner Kindheit kannte. Neben ihm lag Ulbert, der über seine Krankenwache eingeschlafen war und sich an die ruhig atmende Gwyneth gekuschelt hatte. Ein Lächeln huschte über Robs Gesicht, und er dachte an Mi Lou und Lynir. Ob es ihnen gut ging? Dann schlief er erschöpft ein.

Die Sonne ging über Falconcrest auf, und die vielen Türme der Burg warfen lange Schatten in den weiten Burghof. Die morgendliche Kälte ließ Olaru, der auf dem Weg in die große Halle war, trotz seiner dicken Robe frösteln. Auf der einen Seite freute er sich auf seinen alten Freund Mortemani, auf der anderen Seite befürchtete er, um die Früchte seiner Arbeit gebracht zu werden. Die Dinge in Skaiyles hatten sich unter seiner Führung ausgezeichnet entwickelt, und nun würde ihm Mortemani sicherlich das Heft aus der Hand nehmen. Er war bereits seit ein paar Stunden wach und hatte sich auf das Gespräch mit seinem alten Weggefährten gut vorbereitet. Wenn er es geschickt anstellte, würde Mortemani ihn in seinen engsten Beraterkreis aufnehmen. Die damit einhergehende Macht wäre um ein Vielfaches größer als die Kontrolle über Skaiyles. Er betrat die große Halle und setzte sich zu Cristofor und Karl, die an einer mit einem üppigen Mahl gedeckten Eichenholztafel saßen. Ungeduldig warteten sie darauf, dass die Familie Bailey mit ihrem Frühstück fertig wurde. Innerlich ärgerte sich Olaru über den mangelnden Respekt, den sie ihm entgegenbrachten. Besonders die Arroganz des jungen Herrn Burkhard stieß ihm sauer auf.

„Kannst du aufhören, mich so anzustarren?", blaffte Burkhard Karl an und strich sich mit seinem Ärmel das triefende Fett vom Mund. „Du verdirbst mir noch meinen Appetit." Ohne seine ausdruckslose Miene zu verändern, drehte Karl den Kopf weg.

„Wieso sitzen eigentlich dieser niedrige Magier und sein großer Wachhund mit an unserer Tafel?", fragte er Olaru. „Ich dachte, wir wollen Dinge von Bedeutung besprechen?" Burkhard grinste seinen Vater verschwörerisch an. Lord Bailey rückte seinen Stuhl zurück und beobachtete entspannt Olarus Reaktion.

Aber Magnatus Olaru ließ sich nicht provozieren. Nicht von diesem unbedeutenden Jungen. „Die zwei gehören zu mir und sind meine Berater, junger Herr Burkhard. Und du tätest gut daran dein Auge zu schulen, um zu erkennen, wer dich gut beraten kann."

Burkhard lachte laut auf. „Du meinst, ich sollte auf dich hören?", grinste er.

Magnatus Olaru überging die formlose Ansprache und nickte. „Zum Beispiel."

„Und was rätst du mir jetzt?", fragte Burkhard herausfordernd und biss herzhaft in eine Hähnchenkeule.

„Du solltest aufhören zu essen und dir stattdessen Gedanken machen, wie du Mortemani begegnen möchtest. Der kann nämlich jeden Moment in Falconcrest ankommen."

„Wieso sollte ich mir das überlegen, das ist doch alles klar. Ich werde König von Skaiyles, und er darf Wallace und seinen Drachen haben. Was gibt es da noch zu besprechen?"

In diesem Moment flog die Tür auf. Ein drahtiger, alter Mann mit hagerem Gesicht und einer unwiderstehlichen autoritären Ausstrahlung, die seine gesamte Erscheinung umgab, betrat mit selbstbewussten Schritten die Halle. In der Hand hielt er einen reichlich verzierten Stab, in dessen

Knauf mehrere magische Steine kunstvoll eingearbeitet waren. Mit seinem wachen, scharfen Blick erfasste er die anderen Anwesenden im Bruchteil einer Sekunde. In seinem Gefolge waren zehn weitere Magier, von denen Cristofor sofort seine zwei alten Bekannten, Sebah und Malo, erkannte. Er selbst hatte sie noch vor wenigen Tagen auf die Jagd nach den flüchtigen Drachenmagiern angesetzt. Offensichtlich hatten sie eine steile Karriere gemacht, nachdem sie Fearghal und Delwen samt ihrer Drachen gefangen hatten.

Während sich die anderen Zauberer dezent im Hintergrund hielten, lief Mortemani zielstrebig auf Olaru zu und umarmte ihn. „Dragoslav, mein alter Freund. Schön, dich zu sehen. Magst du mir die Anwesenden kurz vorstellen?"

Olaru tat wie ihm geheißen und stellte Cristofor, Karl und dann Lord Bailey vor. Zum Schluss wandte er sich Burkhard zu, der trotzig vor seinem dreckigen Teller sitzen geblieben war. „Und das ist Burkhard, der durch die Heirat mit der Tochter des abgedankten Königs Tasker selbst König von Skaiyles werden wird", erklärte Olaru.

In Erwartung einer respektvollen Begrüßung erhob sich Burkhard und setzte ein feierliches Gesicht auf. Mortemani kam auf ihn zu und reichte ihm freundlich die Hand. „Danke, das mit dem alten Bennett hast du gut gemacht. Du darfst jetzt gehen, dein Vater kann dir nachher erzählen, was du wissen musst." Mortemani drehte sich um, wischte sich das Bratenfett von seiner Hand an einer Serviette ab und wandte sich Karl zu.

„Aber", stammelte Burkhard, verstummte allerdings, als Mortemani ihn böse über die Schulter anfunkelte.

„Ist noch etwas?"

„Nein", brummte Burkhard und verzog sich wie ein geprügelter Hund.

Mortemani hatte wieder sein freundliches Lächeln aufgezogen. „Du bist also Karl. Es ist mir eine Ehre, dich hier bei uns begrüßen zu dürfen."

„Die Ehre ist ganz meinerseits", entgegnete Karl höflich. Er mochte Mortemani seit dem Augenblick, als er den Raum betreten hatte. Wahrscheinlich, weil er ihn an seinen Pflege-vater Scolari erinnerte.

„Leider haben wir die nächsten Tage viel zu wenig Zeit, uns in Ruhe zu unterhalten, aber wenn wir das Thema Drachenmagier abgeschlossen haben, möchte ich alles über deine Welt erfahren. Bis dahin betrachte dich als mein Ehrengast und erfahre so viel wie möglich über unsere Welt. Mein guter Freund Olaru vertraut dir, dann werde ich mich seinem Urteil anschließen."

Karl deutete eine Verbeugung an. „Es ist mir eine Ehre, und ich werde Euer Vertrauen, wie ein kostbares Gut, sorgsam bewahren. Eure Welt fasziniert mich und es ist ein großes Geschenk, so viel Neues lernen zu dürfen. Vielleicht ergibt sich die Möglichkeit, dass Ihr auch von meinem Wissen profitieren könnt."

„Ganz bestimmt, Olaru hat mir schon viel von deinen außerordentlichen Fähigkeiten berichtet. Ich bin schon ganz neugierig."

Mortemani lief zum Kopf der großen Tafel und verzog beim Anblick der Essensreste den Mund. „Kann jemand mal endlich den Müll hier wegräumen?"

Lord Bailey organisierte sofort ein paar Bedienstete, die für Ordnung sorgten. Erst als der Tisch sauber war und die Mägde die große Halle wieder verlassen hatten, setzte sich Mortemani.

„Wie ihr seht, habe ich noch einige fähige Magier aus Greifleithen mitgebracht. Unter anderem auch zwei ausgesprochene Spezialisten im Umgang mit Drachen und Drachenmagiern."

Mortemani deutet auf zwei grobschlächtige Gestalten, die aus der Reihe der anderen Magier herausstachen. Im Gegensatz zu dem Wissen und der aristokratischen Erscheinung, die der Rest ausstrahlte, umgab diese Männer ein Nimbus aus Verschlagenheit und Bauernschläue.

„Sebah und Malo waren es, die Fearghal und Anathya aus den tiefen Wäldern Trollfolks herausgescheucht haben, so dass ich sie ihrer gerechten Strafe zuführen konnte. Außerdem haben sie Delwen und Mianthor gefangen und nach Greifleithen in den Kerker gebracht."

Mortemani machte eine kurze Pause und sah Cristofor an. „Das war ein geschickter Zug von dir, die beiden loszuschicken."

Cristofor fühlte sich geschmeichelt, auch wenn es ihn ärgerte, dass sich die zwei Halunken natürlich sofort bei Mortemani eingeschleimt hatten. Trotzdem grüßte er sie mit der gebührenden Höflichkeit.

Olarus Miene verfinsterte sich. Er wurde das Gefühl nicht los, dass Mortemani ihm sowohl Karl als auch Cristofor abspenstig machen wollte. Er war enttäuscht, dass niemand ihm die Gefangennahme der zwei Drachenmagier zurechnete. Dabei war er es doch, der die Chance, Skaiyles schon früher als geplant unter Kontrolle zu bringen, rechtzeitig erkannt und sofort ergriffen hatte. Mortemani spürte, wie ein Schatten über das Gesicht seines alten Weggefährten huschte.

„Lieber Dragoslav, als federführenden Kopf hinter der Übernahme von Skaiyles würde ich dich bitten, uns allen einen Überblick über die aktuelle Lage zu geben. In deinem letzten Bericht hast du erwähnt, dass es noch Widerstand aus dem Lager der Drachenmagier gibt."

Olaru erhob sich, während Wilhelm Mortemani sich gemütlich in seinen Stuhl zurückfallen ließ.

„Wie du bereits berichtet hast, sind Fearghal und Anathya tot. Delwen und Mianthor sind in Greifleithen im Kerker, und wir haben hier in Falconcrest Wallace und Malyrtha festgesetzt. Die größte Bedrohung geht meiner Einschätzung nach von Gwynefa und ihrem Drachen Tanyulth aus. Sie war es auch, die dem Jungen, seinem Drachen und dem fremden Mädchen in Tartide zur Flucht verholfen hat. Um sie aus dem Spiel zu nehmen, habe ich einen Teil meiner Truppen in Midvon stationiert. Von dort haben wir einen großen Angriff auf Fairfountain gestartet, so dass Gwynefa und Tanyulth gezwungen waren, zurückzukehren. Dieser Robin und sein Drache Fuku sind nach Norden geflohen.

Wir glauben, dass sie sich dort mit Loke Lindroth und seinem Drachen Alfdis zusammengetan haben. Vieles deutet darauf hin, dass sie inzwischen wieder in Skargness sind. Es sieht so aus, als hätte er es auch geschafft, die Wolfsblutkrieger als Verbündete zu gewinnen. Eine kleine Armee ist in Booten auf dem Weg zu uns nach Süden."

Mortemani lauschte den Ausführungen relativ gelassen.

„Wie haben die Bewohner, Fürsten und alten Magier von Skaiyles reagiert, als du mit deinen Truppen durch ihr Land gezogen bist?", wollte er wissen.

„Da ich derzeit der offizielle Vertreter des Magus Maximus in Skaiyles bin, wagt es kein Magier, gegen mich zu rebellieren. Wer sich nicht offen zu uns bekennt, verhält sich zumindest still. Sie haben Angst, denn am Beispiel der Drachenmagier sehen sie, wohin Rebellion führt. Die Fürsten haben wir dank der offenen Unterstützung durch Lord Bailey einfach auf unsere Seite bekommen. Sie kamen quasi von selber angekrochen. Nachdem wir etwas mehr Druck ausgeübt haben, hat selbst König Tasker eingesehen, dass er unserer Macht und unserem Einfluss nichts entgegenzusetzen hat. Er hat abgedankt und den Weg für Burkhard Bailey als neuen König frei gemacht. Damit keiner der alten Kommandeure auf falsche Gedanken kommt, habe ich jedem einen Feldherrn aus Greifleithen als Berater zur Seite gestellt. Den vereinzelten Widerstandsnestern, die sich in fast allen Grafschaften gebildet hatten, haben wir massive Truppen entgegengesetzt und jegliche Gegenwehr im Keim erstickt. Zusätzlich patrouillieren zehn Spezialeinheiten mit Magiern durch das Land. Sie gehen jedem noch so kleinen Verdacht und Hinweisen aus der Bevölkerung über Unterstützung der Drachenmagier nach. Mit aller Vehemenz merzen sie dann das Übel direkt an der Wurzel aus."

Mortemani verzog seinen Mund zu einem zynischen Grinsen. Er kannte diese Art von Inquisitionseinheiten, die einen gesamten Landstrich in Angst und Schrecken versetzen konnten. Auch Olarus Taktik kam ihm vertraut vor. Das hatte er seinerzeit gut von ihm gelernt.

„Die Verteidiger aus Fairfountain kämpfen wilder, als wir erwarten haben. Der Widerstand ist groß, aber letztendlich fangen wir das durch eine doppelt so große Armee auf. Es ist nur eine Frage der Zeit, bis wir nach Fairfountain durchbrechen und es besetzen."

„Dann hast du doch alles unter Kontrolle, wo liegen deine Bedenken?", forschte Mortemani nach.

„Die Übernahme von Skaiyles ist mir viel zu schnell gegangen. Schließlich ist die Drachenwahl erst drei Wochen her. Ich hätte gerne mehr Zeit und Truppen, um das Land richtig zu sichern. Ich gehe davon aus, dass dieser Robin zusammen mit Loke einen Befreiungsversuch starten wird. Sicherlich schaffen sie es, die Drachen als Verbündete zu gewinnen, und die Horde wütender Wolfsblutkrieger mit ihren Wölfen sollten wir auch nicht unterschätzen. Auch wenn ich nicht glaube, dass sie eine Chance haben, so können sie uns doch empfindlichen Schaden zufügen. Gestern zum Beispiel haben sie es geschafft, den magischen Schlüssel von Skargness an sich zu bringen. Ich möchte nicht wissen, wie viel Ärger sie uns bereiten können, wenn sie es schaffen, die Bevölkerung und weitere Magier hinter sich zu bringen. Besonders im Norden gibt es unter den Leuten noch viele Anhänger der Drachenmagier und der alten Magie."

Mortemani zog nachdenklich seine Stirn in Falten.

„Wie sieht es mit der Verfassung der Truppen aus Skaiyles aus, Lord Bailey? Haben wir die sicher unter Kontrolle?"

Der Graf von Druidsham rutschte nervös auf seinem Stuhl herum. „Der Machtwechsel hat für eine große Unruhe unter den Bewohnern und Soldaten von Skaiyles gesorgt. Wir waren gezwungen, mit harter Hand durchzugreifen. Ich musste sogar den Oberkommandierenden meiner Einheiten aus Druidsham auswechseln, da er meine Befehle nicht mehr zuverlässig umgesetzt hat. Es gab ein paar Kommandeure, die wir ersetzen mussten, und einige Soldaten sind desertiert, aber das sind Ausnahmen. Alles in allem sind wir voll einsatzbereit und können auf etwa zwölftausend Mann zurückgreifen."

Mortemani zog die Augenbrauen hoch. „Doch so viele? Aber die sind nicht alle hier, oder?"

Lord Bailey schnaufte. „Nein, die sind über ganz Skaiyles verteilt. Hier in Falconcrest und Umgebung haben wir etwa fünftausend Mann unter Waffen."

Mortemani nickte zufrieden und sah in die Runde. „Vielen Dank für den Überblick. Ich würde mich jetzt gerne mit Magnatus Olaru alleine beraten."

Die Männer standen auf und verließen gehorsam die große Halle. „Nein, du nicht Karl", stoppte Mortemani den kräftigen blonden Mann, als er zur Tür ging. „Dich hätte ich gerne dabei."

Karl drehte sich verwundert um, und Olaru sah Mortemani erstaunt an, während Cristofor eifersüchtig zu ihnen blickte. Mit einem lauten Knall fiel die schwere Tür ins Schloss und die drei Männer setzten sich wieder.

„Karl ist erst seit drei Wochen hier, und wir können im Gegensatz zu den anderen sicher sein, dass er nicht im Auftrag einer anderen Macht steht. Außerdem interessiert mich sein neutraler Blick auf die Geschehnisse", erklärte Mortemani. Dann knüpfte er wieder an das vorangegangene Gespräch an. „Ich wollte nicht in der Anwesenheit von Lord Bailey danach fragen, aber wie weit sind wir mit den Trollen? Können die nicht im Norden einfallen und durch Northset und Druidsham marodieren?"

Magnatus Olaru schüttelte den Kopf. „Leider nein. Bei der letzten Lieferung ist etwas schiefgegangen. Die Doria ist nicht mit den versprochenen magischen Waffen in Tarvaala eingelaufen. Wir vermuten, dass sie in dem starken Sturm gesunken ist. Aber die Trolle meinen, wir würden uns nur herausreden. Jedenfalls sind sie stinksauer, und bis die versprochenen Waffen nicht bei ihnen sind, können wir nicht auf sie zählen."

Mortemani verzog den Mund und stützte sein Kinn auf seine gefalteten Hände. „Schade, das wäre eine elegante Lösung gewesen. Die Bewohner von Skaiyles hätten uns als Befreier gefeiert, und wir hätten uns keine Sorge um den Rückhalt in der Bevölkerung machen müssen."

Mortemani stand auf und lief ein wenig im Raum auf und ab. „Was denkst du, Karl? Soviel ich weiß, haben wir ähnliche Interessen. Du möchtest doch die junge Frau haben, oder?"

„Ich bezweifle, dass sie noch bei dem Jungen ist. Das wäre aus ihrer Sicht töricht. Aber Eure Frage zielte eher in die Richtung, wie ich diesem Aufstand der Drachenmagier begegnen würde, oder?"

„In der Tat, das würde mich interessieren."

„Die Information, die Ihr mir gegeben habt, bewertend, denke ich, dass vieles richtig läuft, allerdings auch einige Fehler gemacht wurden. Der Angriff in Fairfountain birgt ein Risiko, da er zu einer zweiten Front geführt hat. Ich hätte meine Kräfte darauf konzentriert, Gwynefa und Tanyulth zur Strecke zu bringen, dann hätte man Fairfountain mit der Hälfte der Soldaten später einnehmen können. Der Fokus muss auf der Zerschlagung der Führungsstrukturen des Gegners liegen, und da fehlt mir die finale Konsequenz in Eurem Handeln. Was Euch gut gelungen ist, ist die Demoralisierung und Einschüchterung der Bevölkerung. Aber solange Euer Gegner noch charismatische Anführer hat, birgt sie eine riesige Gefahr. Die Angst und Mutlosigkeit der Menschen kann in Trotz und Hass umschlagen, und dann schließen sie sich eventuell dem Widerstand gegen euch an."

„Aber ..." Magnatus Olaru wollte Karl ins Wort fallen, aber Mortemani hielt ihn mit einem Lächeln zurück und deutete Karl an, fortzufahren.

„Mir drängt sich das Gefühl auf, dass wir in Bezug auf die Formierung des Widerstandes durch die Drachenmagier mehr reagieren, als agieren. Das ist aber nicht weiter verwunderlich, da uns wichtige Informationen über unsere Gegner fehlen. Wie es scheint, haben wir keine Aufklärung, außer die fliegenden Augen in Form von Battyrs. Es ist also verständlich, dass Magnatus Olaru in diesem Bereich die

Hände gebunden sind, und er tut richtig daran, vorsichtig zu agieren. Alles in allem ist die Situation unter Kontrolle, auch wenn es ein paar Unbekannte gibt, die Risiken bergen können. Meine Empfehlung ist es, mehr Aufklärung zu betreiben, um mehr Informationen über die Pläne unserer Gegner zu erlangen. Kann man einen unserer Gegner umdrehen? Ein Spion in ihren Reihen würde uns sehr helfen. Des Weiteren sollten wir konsequent Angriffe auf ihre Anführer durchführen, bis ihre Führungsstrukturen völlig zerstört sind. Wo kein Drachenmagier mehr ist, kann er auch keinen Nachfolger ausbilden. Und als letzten Punkt würde ich möglichst schnell einen entscheidenden Kampf herbeiführen. Unsere Gegner sind gerade sehr anfällig, aber je mehr Zeit wir ihnen geben, umso besser können sie sich aufbauen. Wir dagegen sind voll operabel. Wir sollten sie provozieren und sie in ihrer Wut in eine Falle locken. Dort schlagen wir dann mit aller Härte zu und zerschmettern sie vollständig."

Magnatus Olaru schauderte bei Karls letzten Worten, die er mit eisiger Kälte vorgetragen hatte. Mortemani sah ihn nur verzückt an.

„Respekt", sagte er und klatschte in die Hände. „Besser hätte ich das nicht zusammenfassen können." Mortemani sah zum Fenster hinaus in die Richtung von Skargness, hielt einen Moment inne und lächelte böse.

„In diesem Augenblick sind fünfundzwanzig Drachen auf dem Weg nach Skargness zu Robin und Loke Lindroth. Die zwei haben Skargness unter ihre Kontrolle gebracht und planen, die desertierten Soldaten unter ihrer Flagge zu sammeln. Siebenhundert Wolfsblutkrieger mit ihren Wölfen sind auf dem Nordmeer unterwegs und etwa noch zwei Tagesreisen von Falconcrest entfernt. Auf ihren Schiffen befindet sich auch die junge Frau, hinter der Karl her ist. Ich werde die Exekution von Wallace und Malyrtha auf übermorgen ansetzen. Wir zwingen sie dadurch, sofort zu handeln und uns schnellstmöglich anzugreifen. Da Gwynefa und Tanyulth nicht aus Fairfountain wegkommen, werden sie uns nicht nur zahlenmäßig unterlegen sein, sondern auch ohne einen starken Anführer auskommen müssen. Wir werden sie gnadenlos abschlachten." Mortemani drehte sich vom Fenster weg und funkelte Magnatus Olaru und Karl böse an.

„Du hast in den Reihen der Drachen einen Spion?", fragte Olaru völlig perplex.

Mortemanis böser Blick verzog sich zu einem teuflischen Grinsen, und alle, die sein hämisches Lachen laut durch die Burg hallen hörten, erfasste ein beängstigendes, ungutes Gefühl.

KRIEGSRAT

Rob lag noch gemütlich in sein Bett eingekuschelt und betrachtete die goldenen Strahlen der morgendlichen Sonne. Wie sehr hatte er die letzten Wochen das leichte Kitzeln des aufgewühlten Strohs in der Nase vermisst. Er atmete tief durch und musste niesen.

Fuku war schon früh mit den anderen Drachen aufgebrochen und meinte, sie würden in ungefähr einer halben Stunde in Skargness eintreffen. Während Rob sich aufraffte, bemerkte er, wie Ulbert ihn liebevoll anlächelte. Er saß wieder am Bett der schlafenden Gwyneth und streichelte ihre Hand.

„Was immer du auch vorhast, Rob, pass auf dich auf!", sagte Ulbert, und Rob sah, wie der Stolz und die Sorge um die Vorherrschaft in seinem Gesicht kämpften.

Rob lief hinüber zu ihm und setzte sich auf die Bettkante. Liebevoll zog er Gwyneths Decke zurecht und erwiderte Ulberts ernsten Blick. „Versprochen, ich werde aufpassen."

Als Rob aufstand, um sich anzuziehen, hielt sein Ziehvater ihn sanft am Arm fest. „Wir sind wahnsinnig stolz auf dich."

Rob lächelte verlegen und gab Ulbert einen Kuss auf die Stirn. „Und ich auf euch."

Dann machte er sich auf, um Loke zu treffen und mit ihm gemeinsam die Drachen zu empfangen. Er nahm die Abkürzung über die Burgmauern, als er den alten Zauberer erblickte, wie er nach und nach ihre versteinerten Feinde grob über die Brüstung in den Burggraben warf. Entsetzt erkannte er Pantaleon, den Loke schon zwischen zwei Zinnen gekippt hatte. Er wollte ihn gerade mit viel Schwung über die Mauer hieven, als Rob ihm fassungslos Einhalt gebot.

„Stopp, Loke, den nicht!", rief er. Eigentlich hatte er mit seinem ehemaligen Freund innerlich abgeschlossen, aber trotzdem wollte er nicht, dass er verletzt oder gar getötet wurde.

„Das ist der Schweinehund, der Malyrtha mit Hilfe des Seelensteins außer Gefecht gesetzt hat!", schimpfte Loke, als er den erschrockenen Rob sah. „Er war es doch, der uns verraten hat!?"

„Pan war früher mein bester Freund, und wir sind zusammen durch dick und dünn gegangen. Er war der liebste Mensch auf dieser Welt", sagte Rob beklommen.

Loke legte den Kopf schief und schaute Rob kritisch an. „Aber warum hat er sich dann auf die Seite der reinen Magier geschlagen?"

Rob zuckte mit den Schultern und strich seinem ehemaligen Freund gedankenversunken über den versteinerten Kopf. „In ihm steckten magische Fähigkeiten und es war sein größter Traum, Magier zu werden. Bennett wusste das. Er hat ihn gelegentlich in Magie, die er zum Schmieden brauchte, unterrichtet. Aber er hat Pan nie angeboten, ihn als Lehrling zu sich zu nehmen."

„Hat dein Freund ihn denn gefragt?", wollte Loke wissen.

Rob schüttelte den Kopf. „Das hat er sich nicht getraut. Bennett hat nie einen Hehl daraus gemacht, dass dieser Idiot Burkhard Bailey ihm viel zu viel seiner kostbaren Zeit raubte und er sich deswegen um nichts anderes mehr kümmern konnte."

„Aber das rechtfertigt nicht, was er gemacht hat", sagte Loke streng.

„Mit meiner Wahl zum Drachenmagier fühlte er sich seines Lebenstraumes beraubt und zur Bedeutungslosigkeit verdammt. Wir hatten gerade versucht, diesen unsinnigen Vorwurf aus der Welt zu räumen, als Fuku ihn ohne ersichtlichen Grund versteinert hat. So entwürdigend von einem Drachen behandelt zu werden, wo er sie doch so sehr liebte, hat Pan den Rest gegeben. Was bis dahin verletzter Stolz und Neid war, schlug in purem Hass gegen alles, was mit Drachen zu tun hatte, um."

Loke runzelte die Stirn, und Pantaleon kippelte gefährlich nah an der Kante der Wehrmauer.

„Diese reinen Magier haben das geschickt ausgenutzt und ihn in seiner Wut auf ihre Seite gezogen. Aber ich glaube nicht, dass er wirklich ein schlechter Mensch ist", versuchte Rob, Pan zu verteidigen.

„Mein lieber Rob", Loke legte väterlich seinen freien Arm um seine Schultern, „wir werden daran gemessen, was wir tun und was wir sind, nicht daran, was wir eigentlich sein möchten. Dein alter Freund ist übergelaufen und hat uns verraten. Damit hat er sich zu unserem Feind gemacht und muss die Konsequenzen tragen." Loke sah Rob entschuldigend an und schupste den versteinerten Pantaleon über die Brüstung der Mauer.

Entsetzt schnellte Rob nach vorne und schaffte es gerade noch rechtzeitig, ein Kraftfeld um den fallenden Pan zu wirken, so dass er bei dem harten Aufprall auf den Boden nicht in tausend Stücke zerschellte.

Loke fuhr Rob ärgerlich an. „Was denkst du denn, was wir mit ihm tun sollten?"

Erleichtert sah Rob, dass der versteinerte Pan in einem Stück am Rande des Burggrabens lag. Er drehte sich zu Loke um und verschränkte die Arme. „Wir könnten ihn zurückverwandeln und verhören. Vielleicht weiß er etwas von Bedeutung für uns."

„Wenn du meinst, aber ich glaube nicht, dass er uns weiterhelfen kann", sagte Loke leicht argwöhnisch und sah nach unten. „Zumindest kann er in dieser Verfassung vorerst kein weiteres Unheil anrichten." Er machte sich Gedanken, ob Rob nicht vielleicht zu gutmütig für diesen Kampf war. Aber dann entdeckte er etwas in der Ferne und ein Lächeln legte sich über sein Gesicht. Rob drehte sich um und auch sein Herz schlug höher.

Im Gegenlicht der Sonne zeichnete sich ein Schwarm Drachen ab, der erhaben und voller Eleganz auf die Burg zuflog. Ein Raunen ging durch das Städtchen Alryne, als die vielen ehrwürdigen, magischen Wesen elegant auf der Feenwiese vor den Stadttoren landeten. Alle waren sie auf den Beinen, um die bunt schillernden Drachen zu bestaunen. Seit Loke und Rob gestern die Fesseln der reinen Magie durchschlagen hatten, konnten die Menschen von Alryne endlich wieder befreit durchatmen. Auch Loke und Rob hatten die Burg verlassen, um ihre Drachen zu begrüßen. Als sie auf der Wiese ankamen, wurden sie schon erwartet. Fuku löste sich aus dem Gespräch mit seinen Eltern und flog freudig auf Rob zu.

Der nahm seinen Drachen, soweit ihm das seine unzulängliche menschliche Spannweite zuließ, in den Arm und drückte ihn fest an sich.

„Das ist also dein Magier Rob", sagte Phytheon und musterte den Jungen und seinen Sohn abschätzend. „Nach Fukus Beschreibung habe ich mir dich ganz anders vorgestellt. Irgendwie größer und etwas älter." Chiu stieß ihren Mann in die Seite und belegte ihn mit einem strafenden Blick.

„Fuku hat uns schon viel von dir erzählt", sagte sie und lächelte Rob an, der verlegen auf den Boden blickte. „Du hast einen guten Einfluss auf unsern kleinen Jungen", meinte Chiu weiter. „Er ist in den letzten Wochen viel reifer und seriöser geworden."

Fuku verdrehte peinlich berührt die Augen, und Rob schmunzelte innerlich, als er ein vertrautes, raschelndes Geräusch hinter sich näher kommen hörte. Ein feiner kalter Nebel umgab Loke und Alfdis, der sich im Druidengebirge noch stark heruntergekühlt hatte und dessen Körper bläulich weiß schimmerte.

„Phytheon? Hast du einen Augenblick Zeit für uns?", fragte Loke.

„Klar." Phytheon sah Loke und den Eisdrachen verwundert an. „Was kann ich für euch tun?"

„Was ist mit Chocque los?", fragte Loke ohne Umschweife. „Er machte einen sehr reservierten Eindruck, als wir ihn eben begrüßt haben."

Rob, den das Thema wenig interessierte, erkannte seine Gelegenheit. „Ich geh schon mal vor. Ich hatte Ulbert versprochen, nochmal nach Gwyneth zu schauen", log er. Fuku hob verwundert den Kopf. Er merkte, dass Rob sie anflunkerte, machte sich aber keine weiteren Gedanken. Im Gegenteil, ihn freute es, dass Rob immer zielstrebiger und selbstbewusster wurde.

„Denk dran, wir treffen uns in zwei Stunden in der großen Halle, um das weitere Vorgehen zu besprechen", rief ihm Loke noch hinterher, um sich dann wieder Phytheon zuzuwenden.

„Es hat etwas Streit unter den Drachen gegeben", berichtete Phytheon. „Da Malyrtha in Gefangenschaft ist, hatte Chocque bei der Zusammenkunft im Druidengebirge seinen Führungsanspruch angemeldet. Die Mehrheit der Drachen wollte aber lieber einen anderen Anführer. Jemand mit moderneren Ideen, der jünger und liberaler ist als der alte Haudegen. Da Tanyulth noch in Fairfountain ist, fiel nach einiger Diskussion die Wahl auf mich, dicht gefolgt von Fuku. Für Chocque hat sich nur eine einzige Stimme gefunden und wir vermuten, dass er sie sich selbst gegeben hat."

Sorgenfalten legten sich über Lokes Stirn. „Das ist nicht gut, dass sich die Drachen uneins sind", sagte er nachdenklich.

„Aber es war richtig, Phytheon zu wählen", meinte Alfdis.

„Ich hätte mir das auch zugetraut, aber mein Vater bekommt das bestimmt auch gut hin", verkündete Fuku breit grinsend. Alfdis musste unwillkürlich lachen.

Rob schob sich vorsichtig an dem Fundament des Wachturms vorbei und spähte an der Burgmauer hinauf. Die Wachen auf dem Wehrgang waren abgelenkt. Sie fühlten sich sicher und verfolgten fasziniert die Versammlung der Drachen vor den Toren der Stadt. Leise schlich Rob los, als jemand laut seinen Namen rief. Erschrocken blickte er in die Richtung des Rufers und erkannte Gweir Owen, der zielstrebig auf ihn zuhielt. Rob setzte eine höfliche Miene auf und tat so, als würde er etwas suchen, auch wenn er innerlich den ehemaligen Kommandanten verfluchte.

„Ich wollte mich für gestern bei dir entschuldigen, Rob. Ich habe mich gehen lassen und wie ein Vollidiot verhalten. Die ganze Nacht habe ich wach gelegen, so sehr hat mich deine Rede aufgewühlt", sprudelte es aus ihm heraus. „Letztendlich hast du mich damit aus einem tiefen Abgrund gezogen. Ich wäre dir unendlich dankbar, wenn ich euch bei der Befreiung von Wallace und Malyrtha helfen könnte." Gweir, der unterschwellig spürte, dass Rob abgelenkt war, sah ihn erwartungsvoll an.

„Das freut mich", sagte Rob kurz angebunden. „Wir treffen uns in zwei Stunden in der großen Halle."

Gweir legte den Kopf verunsichert schief und wartete ab, ob Rob dem noch etwas hinzufügen wollte. Als dieser ihn nur weiter anschwieg, entschied er, dass das Gespräch wohl beendet war. „Gut", sagte er. „Dann sehen wir uns in zwei Stunden."

Rob nickte und wartete, bis Gweir wieder verschwunden war. Nachdem er sich versichert hatte, dass ihn niemand beobachtete, schlich er sich zu Pan. Glücklicherweise hatte ihm Loke den Erdzauber gezeigt, mit dem er die Versteinerung aufheben konnte. Er schloss die Augen und spürte der magischen Kraft in sich nach, die er langsam hinüber zu Pan strömen ließ. Mit einer leisen Melodie wandelte er vorsichtig den harten Stein zu dem ursprünglichen Lebewesen um. Er spürte, wie die Beweglichkeit in Pan zurückkehrte und Panik in seinem alten Freund aufstieg.

Die starke magische Energie, die durch Rob floss, schreckte Fuku auf. Aus der Ferne sah er, dass sein Magier mit aller Kraft einen jungen Mann fixierte und ihm den Mund zuhielt. Er wollte schon zur Hilfe eilen, als er Robs Freund Pan erkannte. Eindringlich redete Rob auf ihn ein, hatte die Situation aber vollständig unter Kontrolle. Das Gesagte zeigte schließlich Wirkung, Pan entspannte sich und Rob lockerte seinen Griff. Mit einem Mal verstand Fuku, was Rob vorhatte, und akzeptierte seine Entscheidung. Er beobachtete, wie sich die zwei noch eine Weile intensiv unterhielten, bis Pan Rob in den Arm nahm und mit schnellen Schritten unbemerkt Richtung Süden verschwand. Rob schaute ihm traurig hinterher und bemerkte, dass Fuku ihn beobachtete.

„Glaubst du, ich habe das Richtige gemacht?", fragte er, ohne die Lippen zu bewegen. Fuku lächelte und zog seine Schultern hoch.

Da sah er plötzlich, wie ein Schwarm Feen, die sich bei dem ganzen Tumult auf ihrer Wiese an den Rand des Waldes zurückgezogen hatte, wild aufgeschreckt in die Luft flog. Ein schwarzer Nebel kroch langsam durch das hohe Gras und versuchte unbemerkt den schützenden Saum des Waldes zu erreichen. Sofort war Fuku in der Luft und preschte dem Nebel hinterher. Alarmiert durch Fukus ungewöhnliches Verhalten stürmten ihm Alfdis und Phytheon sofort hinterher. Schnell hatten die drei Drachen die Wandler eingekreist und sie in ein weiträumiges, leuchtend grünes, wie ein aufgeregter Wespenschwarm summendes Kraftfeld eingeschlossen.

Balriuzar schimpfte fürchterlich und versuchte in die Köpfe der Drachen einzudringen. Bei Alfdis erkannte er seine Chance. Der alte Drache hatte keinen geistigen Wall gegen ihn aufgebaut, und Balriuzar strömte mit all seiner Kraft in ihn hinein. Als die bösartige schwarze Kreatur merkte, dass hier irgendetwas vollständig falsch für ihn lief, war es bereits zu spät. Ein übermächtiger Strudel erfasste ihn und zog ihn immer tiefer in den brennenden Geist des Drachen hinein. Er spürte, wie sich seine Gestalt auflöste, und mit einem widernatürlichen, lauten Schrei, löste er sich vor den Augen seiner Brüder auf.

„Wer will als nächstes?", fragte Alfdis mit eisiger Miene, als Loke mit einem großen Glaszylinder auftauchte. Ein hel-

ler Schimmer umgab seine Kontur, als er die Barriere der
Drachen durchschritt. Die drei übrigen Wandler verzogen
sich, soweit es das von den Drachen aufgebaute Kraftfeld
zuließ. Loke nahm den Deckel des Zylinders ab und richtete
die Öffnung auf die unruhigen schwarzen Gestalten.

„Husch, husch, ab ins Körbchen!", sagte er, als würde er
seinen Schoßhund rufen. Da die Wandler keine Anstalten
machten, dem Befehl zu folgen, richtet sich Alfdis zu be-
drohlicher Größe auf und grollte sie mit bösem Blick an.
Kaum hatte er sein Maul geöffnet, rauschten die drei, aus
Furcht vor einer drohenden magischen Flamme, in den
Glaszylinder.

Mit einem lakonischen „Buh" entspannte Alfdis sich, und
die Drachen kicherten amüsiert. Loke schloss den Glaszylinder und versiegelte ihn mit einem kurzen Zauberspruch.

Wie verabredet saß Rob zwei Stunden später in der großen
Halle von Skargness und betrachtete fasziniert die schwarzen Gestalten, die Loke auf den massiven Tisch gestellt hatte. Unruhig strömten sie in dem Glaszylinder umher und
erinnerten ihn an ein eingesperrtes Raubtier, das nur auf
seine Gelegenheit zur Flucht wartete. Loke, der zusammen
mit Alfdis und Phytheon das Verhör der Wandler geleitet
hatte, setzte sich neben ihn.

„Die Drachen brauchen noch fünf Minuten. Es gibt wohl
Irritationen darüber, wer alles bei unserer Versammlung
anwesend sein soll."

Rob nickte und starrte weiter in das Glas mit den Wandlern. „Übrigens habe ich vorhin Gweir getroffen und ihn
eingeladen. Er möchte uns im Kampf gegen die reinen Magier helfen."

„Das sind gute Nachrichten. Einen Mensch mit seiner Erfahrung in Strategie und Taktik können wir gut gebrauchen." Loke knackte mit seinen Fingern. „Dir ist schon klar,
dass Gweir deinetwegen kommt?"

Rob spielte verlegen mit dem Glaszylinder auf dem Tisch. „Hmm. Mag sein, dass ich ihn wach gerüttelt habe, aber letztendlich kommt er aus eigenem Antrieb."

Loke wollte noch etwas sagen, aber in diesem Augenblick betrat Gweir zusammen mit Rune die große Halle. Rob freute sich, den Wolfsblutkrieger in guter Verfassung zu sehen.

„Ich hoffe, es ist in Ordnung, wenn ich noch jemanden mitgebracht habe, aber ich glaube, Rune und sein Rudel können noch sehr wertvoll für uns werden. Seine Wölfe können gut hinter den feindlichen Linien operieren und uns wertvolle Informationen über die Bewegungen unserer Feinde geben."

Loke und Rob sahen sich an und mussten beide lachen.

„In der Tat, so ein paar Wölfe haben uns gerade noch gefehlt", sagte Loke breit grinsend und begrüßte Rune herzlich. „Wie geht es dir, Rune? Das letzte Mal, als ich dich gesehen habe, warst du noch ein Kind."

Gweir und Rune waren offensichtlich über die Reaktion der Magier verunsichert. „Den Umständen entsprechend gut, wir leben noch", antwortete Rune vorsichtig. „Darf ich fragen, was an meinen Wölfen so lustig ist?"

Loke wischte sich über die feuchten Augen. „Das erkläre ich dir gleich, lieber Rune. Ganz bestimmt. Warte den Verlauf unserer kleinen Versammlung ab, dann verstehst du mich besser. Setzt euch doch zu uns. Schön, dass ihr euch uns anschließen wollt."

„Sind das Wandler in dem Glas?", fragte Gweir, gebannt auf den Glaszylinder blickend.

Loke nickte. „Magnatus Olaru hat sie gestern aus Falconcrest geschickt. Sie sollten uns ausspionieren. Aber dank Fuku konnten wir sie fangen."

„Und, habt ihr etwas aus ihnen herausgekriegt?", fragte Gweir neugierig.

„In der Tat, das haben wir. Aber lass uns noch auf die Drachen warten, dann kann ich euch das allen zusammen erzählen."

Wenig später kam Alfdis, gefolgt von Phytheon und Fuku, zurück in die Halle.

„Als hätten wir nicht genug Probleme", wetterte Alfdis. „So ein blöder Sturrkopf!"

„Und, konntet ihr euer Problem lösen?", fragte Loke.

„Ja, alles ist klar", antwortete Phytheon noch leicht genervt und sah verwundert die zwei unbekannten Männer an. „Der gute Chocque fühlt sich nur etwas ausgegrenzt."

Loke ahnte Phytheons Gedanken und stellte ihm die zwei Männer vor.

„Das sind Gweir Owen, ehemals Kommandeur der Truppen von Druidsham, und Rune Birth, ein Wolfsblutkrieger aus meinem Dorf Vargdal."

„Entschuldigt meinen Argwohn, aber können wir ihnen ohne Vorbehalt vertrauen?", fragte Phytheon.

„Gweir Owen gehörte zu dem geheimen Netzwerk, das Bennett aufgebaut hatte. Er war es, der Rob rechtzeitig warnen ließ, so dass der Junge noch vor dem Zugriff Olarus fliehen konnte. Rune kommt aus meinem Dorf, und ich kenne seine Familie schon viele Jahre. Für ihn kann ich mich persönlich verbürgen", erklärte Loke.

Phytheon gab sich mit der Erklärung zufrieden, auch wenn ein letzter Zweifel blieb.

„Gut, dann sind wir jetzt vollzählig", stellte Loke fest und sicherte das schwere Eingangsportal und die Fenster mit einem zusätzlichen Zauber. Er atmete tief durch und seufzte laut. „Vor uns liegt eine schwierige Aufgabe, und einige von uns werden sie vielleicht mit ihrem Leben bezahlen müssen. Wenn wir diesen Raum verlassen, wird es kein Zurück mehr geben, das ist hoffentlich jedem klar?"

Loke blickte in die Runde und schaute in ernste, tapfere Gesichter. Es freute ihn besonders, dass auch der junge Rob wild entschlossen wirkte. Er kramte in seiner weiten Robe, legte eine rote Schreibfeder, deren Übergang von der Feder zum Kiel mit einer feinen silbernen Drachenklaue verziert war, auf den Tisch und breitete vor sich ein altes vergilbtes Pergament aus.

„Unglaublich, eine exakte magische Karte von Falconcrest und Umgebung. Wo hast du die her?", fragte Gweir erstaunt. Auf dem alten Pergament waren nicht nur die Mauern und das Gelände verzeichnet, sondern auf ihr befand sich auch eine detaillierte Beschreibung der magischen Abwehr mit erläuternden Notizen.

Loke grinste Gweir an. „Und es kommt noch besser. Dieses unscheinbare Pergament aus Bennetts Vermächtnis kann noch einiges mehr!" Er tippte mit seinem Finger auf einen kleinen blauen Farbpunkt, der ein Teil einer ausführlichen bunten Legende rechts unten auf der Karte war. Der Punkt, der mit dem Wort „Gargoyles" beschriftet war, leuchtete kurz auf, und eine weitere Ebene erschien. Sämtliche Positionen, an denen Gargoyles einen Teil der magischen Abwehr bildeten, leuchteten blau auf. Ein erstauntes Raunen machte sich breit.

Loke tippte auf ein schwarzes Feld, das mit dem Wort „Einheiten" beschriftet war. Der Grundriss und das Terrain von Falconcrest verschwanden und machten Kolonnen von schwarzen Strichen Platz. Loke nahm die Feder, zeichnete einen einfachen Drachenkopf und schrieb dahinter eine Fünfundzwanzig, für die Anzahl der Drachen in ihren Reihen. In die nächste Zeile schrieb er Phytheons Namen und zog ihn auf die Zeile darüber. Der Name rückte etwas ein und bildete eine Gruppe mit der darüber beschriebenen Dracheneinheit.

„Wie viele Wolfsblutkrieger und Wölfe haben wir, Rob?", fragte Loke beiläufig.

„Siebenhundert Krieger und zweitausendfünfhundert Wölfe", antworte Rob. Gweir pfiff durch die Zähne, und Rune stockte der Atem.

„Du meinst zweitausendfünfhundert plus fünf Wölfe", ergänzte Loke scherzhaft.

„Ihr habt was?", keuchte Rune. „Wie habt ihr ..."

„Hatten wir schon erwähnt, dass Rob der Stammesführer der Wolfsblutkrieger geworden ist?", fragte Loke und legte sich fragend den Zeigefinger an die Lippen.

Rune schüttelte ungläubig den Kopf. „Das kann nicht sein, Hróarr ist Stammesführer, und Rob ist doch überhaupt kein Wolfsblutkrieger. Abgesehen davon, dass er Hróarr wohl kaum im Kampf Mann gegen Mann besiegen könnte, dürfte er ihn überhaupt nicht herausfordern." Rune starrte Rob verwirrt an.

Ein tiefes, irritierendes Grollen machte sich in der Halle breit, und Fuku funkelte Rune bissig an. „Du solltest deine Worte mit Bedacht wählen", warnte er den sprachlosen Wolfsblutkrieger.

„Ist schon gut, Fuku, ich kann es ja selber kaum glauben", beruhigte Rob seinen Drachen. „Aber ja, es stimmt. Ich gehöre zu Hróarrs Familie und habe ihn im Kampf um die Führung der Stämme besiegt. Vor vier Tagen sind fünfzehn Schiffe mit einer kleinen Armee in Bakkasund aufgebrochen. Eigentlich müssten sie morgen hier eintreffen."

„Ich hatte ja von Anfang an das Gefühl, dass mehr in dem Jungen steckt", sagte Gweir fasziniert, und Rune rang nach Fassung.

Loke hatte inzwischen alle Namen und Truppenverbände, von denen er wusste, eingetragen. Er hatte auch schon die Informationen, die sie aus den Wandlern herausbekommen hatten, mit einfließen lassen. Die Rauchwesen waren erstaunlich gute Beobachter, wenn es um ihre Umgebung ging.

„Können wir uns jetzt bitte wieder unserer Aufgabe widmen?", klagte er die ungeteilte Aufmerksamkeit der Anwesenden ein.

Alle konzentrierten sich auf die Karte, auf der Loke die Einheiten in der wieder hergestellten Geländeansicht positionierte. „Hmmm", grübelte er nachdenklich. „Viel haben wir den unzähligen Verbänden unserer Gegner nicht entgegenzusetzen."

Gweir Owen räusperte sich. „In den Wäldern der Umgebung verstecken sich noch einige Männer und haben kleine Widerstandsgruppen gebildet. Darunter sind auch gut ausgebildete Soldaten und Magier, die Olaru die Gefolgschaft verweigern. Morgan, einer meiner besten Kommandeure, ist unter ihnen, aber leider sind sie noch völlig unorganisiert und verstreut."

„Was schätzt du? Auf wie viele Kämpfer kommen sie?", wollte Loke wissen.

„Zwischen hier und Falconcrest sind es bestimmt tausend, vielleicht sogar tausendfünfhundert."

„Und? Kannst du sie in den Kampf führen?", fragte Phytheon.

Gweir schüttelte den Kopf und sah Rob nachdenklich an. „Leider nein, sie folgen nur ihren eigenen Befehlen. Es sei denn, wir haben jemanden, der sie mitreißt und sich zu der Leitfigur ihres Widerstandes macht."

Unangenehm berührt, spürte Rob plötzlich alle Augen auf sich gerichtet. Für einige Sekunden sagte niemand etwas, bis Loke das Schweigen brach.

„Rob, du musst die Führung unseres Widerstandes übernehmen. Dir würden sie sich mit Sicherheit anschließen."

„Aber Gwynefa ist doch unsere Anführerin", versuchte Rob zu widersprechen.

„Gwynefa ist nicht hier, und falls sie es schafft, sich zu uns durchzuschlagen, wird es sicherlich zu spät sein."

„Warum führst du uns nicht an, Loke? Du bist erfahren und auf dich hören die Leute."

„Du meinst die Leute hören auf mich?" Loke lachte leicht spöttisch. „Die Leute halten mich für verrückt und haben damit vielleicht sogar recht. Noch nicht einmal die Wolfsblutkrieger hören auf mich und das, obwohl ich zu ihrem Stamm gehöre."

Rob musste einsehen, dass Loke recht hatte. „Aber uns muss doch jemand einfallen, den die Leute lieben." Rob ging in Gedanken alle Kandidaten durch, die ihm einfielen, von Hróarr über Mi Lou bis hin zu Gweir und Rune, musste sich aber eingestehen, dass keiner passte.

„Merkst du das denn nicht, Rob? Die Leute schauen zu dir auf. Du kannst sie mitreißen und in ihnen das Feuer des

Widerstandes zum Lodern bringen", sagte Loke aus tiefster Überzeugung.

Rob atmete langsam und tief. „Seht ihr denn nicht, dass ich nicht der bin, zu dem ihr mich macht? Ich bin keiner diese leuchtenden Sterne am Nachthimmel, ich bin ein Stallbursche, der sich langsam daran gewöhnen muss, wohl auch ein Drachenmagier zu sein."

„Das stimmt, du bist kein Stern und keiner dieser unnahbaren Magier. Du bist einer von ihnen, und wenn sie sich dir anschließen, dann tun sie das aus freien Stücken. Sie ziehen für ihre eigene Freiheit in den Kampf. Nicht für den König oder für irgendwelche arroganten Magier."

Rob blickte sich in der Runde um, und alle sahen ihn ermutigend an.

„Aber ich habe Angst", gestand Rob kleinlaut.

„Das ist auch gut so. Nur darfst du dich von deiner Angst nicht lähmen lassen. Sie muss dich aufwecken und dich zum Handeln bewegen. Aber denk daran, du bist nicht alleine. Wir alle hier sind an deiner Seite."

Rob sah Fuku lange an und spürte ihrer Seelenverbundenheit nach. Aber im Gegensatz zu früher, versuchte der Drache ihn nicht zu beeinflussen. Fuku vermittelte ihm lediglich, dass, wie er sich auch entscheiden würde, er voll und ganz hinter ihm stünde. Rob erinnerte sich an die Bilder der verletzten Gwyneth, die sich tief in sein Gedächtnis eingebrannt hatten. Er sah Ulbert vor sich und welche Hoffnung er in ihm ausgelöst hatte. Rob seufzte tief. „Also gut, ich mache es."

Gweir Owen schluckte hart, kniete sich mit tief empfundenen Respekt vor Rob nieder und stützte sich mit seinen Händen auf sein Schwert. „Lasst mich die Soldaten und Freiwilligen aus Druidsham hinter unserem Banner sammeln. Ich werde sie in unseren Kampf führen, auch wenn es das Letzte ist, was ich tue."

Rob lächelte verlegen. „Und was muss ich jetzt tun? Ich habe keine Ahnung, was ihr von mir als Anführer erwartet."

„Es hat sich schon wie ein Lauffeuer verbreitet, dass Rob der Drachenmagier zusammen mit einem alten Magier Skargness befreit hat. Wenn wir ankündigen, dass wir gegen die reinen Magier in Falconcrest reiten, werden sich uns die Männer in Scharen anschließen", sagte Rune.

„Also, worauf warten wir dann noch? Auf nach Falconcrest", sagte Rob schicksalsergeben, und Fuku wandte sich schon zum Gehen.

„Au ja, ich kann es kaum abwarten, diesen Cristofor zwischen meine Klauen zu bekommen."

„Moment", rief Loke die zwei zur Räson. Auch die anderen sahen sie verständnislos und vorwurfsvoll an.

„Wie stellt ihr euch das vor?", fragte Phytheon entgeistert. „Wir können nicht einfach Falconcrest angreifen. Das wäre unser sicherer Tod. Unsere Feinde sind mächtige Zauberer, und ihre Soldaten sind uns zahlenmäßig um ein Vielfaches überlegen."

„Phytheon hat recht. Allerdings läuft uns die Zeit davon", sagte Loke. „Was wir von den Wandlern erfahren haben, macht mir große Sorgen. Mortemani ist zwar noch nicht in Falconcrest, aber seine Ankunft wird dort täglich erwartet. Angeblich begleiten ihn weitere Invasionstruppen und er hat befohlen, dass sie Wallace und Malyrtha bis zu seiner Ankunft kein Haar krümmen dürfen."

„Du meinst, er will die Exekution der beiden nutzen, um weitere Seelentränke zu brauen?", fragte Alfdis entsetzt, und allen Drachen lief es eiskalt den Rücken hinunter.

Lokes Gesicht war von tiefen Sorgenfalten gezeichnet. „Ja, das glaube ich. Und ich habe nicht nur Angst vor Mortemani, sondern auch vor dem, was er alles auslösen könnte."

„Das heißt, wir müssen versuchen, Wallace und Malyrtha zu befreien, bevor er sie in seine schmutzigen Hände bekommt", mischte sich Phytheon in die Diskussion mit ein.

„Wie schätzt du die Lage ein, Gweir? Rob meinte, du bist ein ausgezeichneter Stratege", sagte Loke und schob seine dunklen Gedanken zur Seite.

Gweir beugte sich über das Pergament und spielte einige Szenarien durch. „Was ist mit Gwynefa und Tanyulth? Können wir mit ihrer Hilfe rechnen?"

„Leider nein, Tanyulth wehrt den Angriff auf Fairfountain ab, und Gwynefas Versuch, die Waldtrolle als Verbündete zu gewinnen, ist wohl gescheitert", erklärte Loke.

Erstaunt blickte Gweir von der Karte auf, und auch Phytheon und Rune waren überrascht. „Waldtrolle?", meinte Gweir und schüttelte ungläubig den Kopf. „Ich muss zugeben, ihr erstaunt mich immer wieder aufs Neue." Er konzentrierte sich wieder auf die vor ihm ausgebreitete Karte. „Im direkten Kampf haben wir keine Möglichkeit, unseren Gegner zu besiegen. Wir müssen eine gut angelegte Kommandoaktion planen, anders haben wir keine Chance gegen die Übermacht. Wir müssen es schaffen, sie zu überraschen."

„Wie stellst du dir das vor?", fragte Alfdis. „Olaru weiß, dass wir in Skargness sitzen. Sie werden mit Sicherheit mit einem Angriff rechnen."

„Sie wissen aber noch nichts von den Wolfsblutkriegern und unserer kleinen Widerstandsarmee, die es ja noch nicht einmal gibt. Also wiegen sie sich in Sicherheit und erwarten lediglich ein kleines Befreiungskommando. Und darin sehe ich eine Gelegenheit für uns. Mit den Wolfsblutkriegern und der Widerstandsarmee sorgen wir für Verwirrung und Ablenkung." Gweir war ganz in seinem Element und positionierte die unterschiedlichen Einheiten auf dem Pergament, indem er deren Symbole mit dem Finger verschob. „Während unsere Feinde im Chaos versinken, dringt ein kleiner Trupp in die Burg ein, kämpft sich bis zum Kerker durch und befreit Wallace und Malyrtha."

„Wir dürfen nicht vergessen, dass Magnatus Olaru bestimmt die magische Abwehr von Falconcrest verändert hat", warnte Loke. „Aber wenn wir es bis in die Burg schaffen, können wir diese Karte aktualisieren." Gweir sah Loke fragend an.

„Kannst du mir bitte kurz behilflich sein, Rob?", fragte Loke. Er beugte sich grinsend über das Pergament, sprang auf die Ansicht mit den Truppen, legte seinen Finger auf den Namen von Rob und murmelte eine leise Formel. „Könntest du bitte mal zum Ende der Halle gehen und dich dort langsam im Kreis drehen?" Rob war verwundert, tat aber, worum Loke ihn gebeten hatte.

Die Anderen beugten sich über die Karte und kamen aus dem Staunen nicht mehr heraus. „Das gibt es doch gar nicht", entfuhr es Gweir. „Alles, was Rob wahrnimmt, erscheint auf der Karte?"

„So in etwa. Rob schau doch mal bitte in unsere Richtung", forderte Loke ihn auf. Die anderen sahen nun den Grundriss der großen Halle und den Tisch, um den herum sich sechs Kreuze befanden. „Und nun sieh jeden von uns einzeln an und denke unsere Namen."

Auf dem Pergament erschien nun neben jedem Kreuz der entsprechende Name, das Symbol für Drache oder Mensch und das Symbol der jeweiligen Truppeneinheit. „Und das Beste ist, ich kann diese Karte für jeden von euch kopieren", sagte Loke breit lächelnd.

Alle redeten begeistert durcheinander.

„Dieses Pergament ist mehr wert als alles Gold von Skaiyles", schwärmte Gweir.

In den nächsten Stunden spielten sie unterschiedliche Strategien durch. Sie entwarfen mehrere Szenarien, mit exakten Bewegungsabläufen und Positionierung der einzelnen Angriffszauber. Unter den vielen verschlungenen Zaubersymbolen erkannte Rob an mehreren Stellen das Mandala, mit dem Mi Lou die verlassen Burg im Druidengebirge zum Einsturz gebracht hatte. Es überraschte ihn, wie sehr Phytheon mit seiner fundierten Kenntnis über die alte Magie aktiv in die Planung auf dem Pergament Einfluss nahm. Fuku hatte nie etwas von dem magischen Talent seines Vaters erzählt. Am Ende hatten sie minutiös geplante Abläufe, die sie entsprechend der realen Gegebenheiten anpassen und zusammensetzen konnten. Nach drei Stunden intensiver Beratung fasste Gweir den Plan nochmal für alle zusammen.

„Unser Ziel ist es, Wallace und Malyrtha vor dem Zugriff Mortemanis zu schützen und sie aus Falconcrest zu befreien. Wir haben etwa siebenhundert Wolfsblutkrieger, zweitausendfünfhundert Wölfe, fünfundzwanzig Drachen, zwei Drachenmagier und eine noch auszuhebende Truppe von, im schlechtesten Fall, fünfhundert Männern zur Verfügung. In einer ersten Welle werden die Drachen in zwei Verbände geteilt. Der größere Verband mit zwanzig Drachen fliegt Luftangriffe und versucht, mehrere Durchgänge für die Bodentruppen in die Mauern von Falconcrest zu reißen", erklärte Gweir und bewegte parallel zu seinen Erläuterungen die Truppen auf der Karte mit. „Die restlichen fünf fliegen als Aufklärungseinheit die Kampfzonen ab und versorgen unsere Karte mit den aktuellsten Informationen. Die Wolfsblutkrieger greifen von Norden aus an und versuchen möglichst schnell mit ihren Wölfen in die Burg hineinzukommen, um dort Chaos zu stiften. Die Widerstandsarmee wird von meinem alten Kommandeur Morgan angeführt und greift von Westen aus an, während ich mit Hilfe des Pergamentes die Aktionen koordiniere. Um Rob und Fuku bilden wir ein fünfköpfiges Einsatzkommando aus Mi Lou, Rune, Hróarr und einem weiteren guten Nahkämpfer. Dasselbe machen wir für Loke und Alfdis. Diese zwei Teams versuchen unabhängig voneinander, Wallace und Malyrtha zu orten und zu befreien. Haben wir die zwei befreit, gibt einer der Drachen das Signal zum Rückzug. Wallace und Malyrtha werden auf dem schnellsten Weg nach Skargness gebracht und von Rob, Loke und den Drachen begleitet. Die Widerstandsarmee zerstreut sich bis auf weiteres in den Wäldern von Druidsham, und die Wolfsblutkrieger ziehen sich auf ihre Boote zurück, um nach Norden zu segeln." Gweir hielt einen Moment inne, falls jemand etwas hinzufügen wollte. Als niemand eine Bemerkung machte, fuhr er fort: „Rob, Fuku, Rune und ich werden uns noch heute auf den Weg nach Süden machen. In den fast drei Tagen, die wir nach Falconcrest brauchen, werden wir versuchen, so viele Kämpfer wie möglich hinter uns zu sammeln. Loke und

Alfdis werden die Wolfsblutkrieger abfangen und ihre Schiffe nach Falconcrest umleiten. Die Drachen fliegen schon vor, bereiten das Lager vor und versuchen, unbemerkt so viel wie möglich über die Truppenbewegungen unserer Feinde herauszufinden. Wir treffen uns in drei Tagen am nördlichsten Zipfel des Königssees. Von dort werden wir mit dem Einbruch der Nacht die Befreiungsoperation starten." Gweir blickte in die Runde. „Habe ich irgendetwas vergessen?"

„Nein, ich glaube nicht", sagte Loke, der auf Rob sehr ausgezehrt wirkte.

„Gut, dann wünsche ich uns viel Erfolg und wir sehen uns in drei Tagen am Königssee."

Dicke Regentropfen schlugen Rob unablässig ins Gesicht. Seine Kleidung war durchtränkt wie ein Schwamm, und der kalte, stürmische Wind hatte jegliche Wärme aus ihm vertrieben. Nass bis auf die Haut, bibberte er am ganzen Körper und gestand sich missmutig ein, dass es heute wohl überhaupt nicht mehr hell werden würde. Es war früher Nachmittag, und seine Füße waren schwer wie Blei von dem Marsch durch das nasse, sumpfige Gelände. Dicke Matschklumpen an seinen Schuhen machten jeden Schritt zu einer kleinen Tortur. Schon heute Morgen mussten sie die Deckung des dichten Waldes verlassen und marschierten seitdem durch die morastige Ebene. Ohne das schützende Dach der Bäume machte ihnen der strömende Regen schwer zu schaffen. Innerlich verfluchte Rob, dass er nicht schon gestern Abend zusammen mit Fuku zu dem Treffpunkt am Königssee geflogen war. Wie sehr freute er sich darauf, Mi Lou und Lynir wiederzusehen. Aber seine Entscheidung, bei den vielen Menschen, die sich ihnen angeschlossen hatten, zu bleiben, war nicht nur richtig, sondern stand auch nie zur Diskussion.

„Bin ich der einzige hier, den das Wetter und der Matsch nerven?", fragte Rob mürrisch. „Alle anderen sind offensichtlich bester Laune, ganz so als seien sie auf dem Weg zu einem großen Fest."

Gweir lachte. „Wir haben nicht einfach Soldaten hinter uns, sondern Rebellen. Sie kämpfen von ganzem Herzen für ihre Sache. Das darfst du niemals unterschätzen."

Rob drehte sich um und sah in dreckige, aber strahlende und furchtlose Gesichter, die, teils zu Fuß, teils auf Pferden, hinter ihnen marschierten. Er riss sich zusammen und zwang sich ein Lächeln ab. Es fiel ihm schwer, zu verstehen, was in den letzten zwei Tagen passiert war. Sie hatten Skargness kaum verlassen, als sich ihnen immer mehr Leute anschlossen. Sehr schnell stieß auch Morgan, den er noch vor fast einem Monat beim Lanzenduell vom Pferd gestoßen hatte, mit einer kleinen Armee gut ausgebildeter und bewaffneter Soldaten zu ihnen. Im weiteren Verlauf verging kaum eine Stunde, in der sich nicht weitere Soldaten, Magier oder einfache Bauern zu ihnen gesellten und sich ihrer Mission anschlossen. Geschickt verstand Gweir es, die Menschen zu ordnen und aus ihnen eine funktionierende Einheit zu bilden. Er schickte kleine Erkundungstrupps voraus, um das Terrain zu erkunden, bildete Magiereinheiten, die Sumpfgeister und Walddämonen auf Abstand hielten, und scharte die fähigsten Anführer um sich, um aus ihnen den Führungsstab der kleinen Armee zu bilden. Inzwischen war ihre Truppe fast zweitausend Mann stark und bereit für den Angriff auf Falconcrest.

„Es ist Zeit, dass dich dein Drache abholt und wir uns zu dem Lager der Wolfsblutkrieger aufmachen", unterbrach Gweir Robs Gedanken. „Morgan wird hier das Kommando übernehmen und wie vereinbart Falconcrest von Westen her angreifen."

Rob nahm im Geist Kontakt zu seinem Drachen auf, und wenig später landete Fuku mit kräftigem Flügelschlag bei ihnen. Verfolgt von den ehrfürchtigen Blicken der Menschen, stieg Rob auf seinen Rücken.

„Dann mal los, Mi Lou und Lynir können es kaum erwarten, dich zu sehen. Und auch dein Stamm der Wolfsblutkrieger weiß schon nicht mehr, wie du aussiehst. Du bist ein richtiger Held", scherzte Fuku.

„Hör auf", wehrte Rob ab. „Mir ist die ganze Situation ohnehin schon unangenehm genug. Lass uns bitte losfliegen."

„Direkt losfliegen? Du bist ihr Anführer, du solltest zum Abschied noch ein paar Worte an sie richten", meinte Fuku leicht entrüstet. „Viele von denen überleben vielleicht den morgigen Tag nicht mehr."

Bei dem Gedanken, dass viele der Kämpfer in seinem Namen in den Tod gingen, wurde Rob kotzübel.

„Das kann ich nicht, bitte lass uns fliegen", sagte Rob mit brüchiger Stimme.

Aber Fuku erhob sich so in die Luft, dass alle Rob gut sehen konnten. „Nein", hauchte der Drache und hielt seine Position. „Das haben sie nicht verdient."

Erwartungsvoll waren alle Augen auf sie gerichtet. Rob spürte wieder, wie der Zorn und die Wut in ihm hochkochten und sich einen Weg nach draußen bahnten.

„Für unsere Freiheit!", brüllte er aus tiefstem Herzen und hob sein magisches Drachenschwert drohend in die Luft.

„Für die Freiheit!", schmetterten ihm tausende Stimmen entgegen und schlugen mit einem Wahnsinnsgetöse mit ihren Schwertern vor ihre Schilde.

„Gut gemacht", flüsterte Fuku und stieg würdevoll mit Rob in den Himmel auf. Lange noch hatte Rob das laute Geräusch der Schwerter, die vor Schilder geschlagen wurden, im Ohr.

Im Lager der Wolfsblutkrieger wurde Rob herzlich begrüßt. Kaum waren sie gelandet, lieferten sich Snorre und Lynir ein kleines Wettrennen, wer Rob zuerst begrüßen durfte. Lynir war schneller und drückte fordernd seinen dicken Kopf in Robs Seite. Liebevoll streichelte er sein Pferd, während Snorre ihn die ganze Zeit wild ansprang. Erst als Snorre sich in seinem Hosenbein verbiss, Rob ihn hochnahm und der junge Wolf ihm durch das Gesicht lecken durfte, gab er Ruhe. Alva, Hróarr und Mi Lou betrachteten amüsiert das Spektakel, das der kleine Wolf und das große Pferd veranstalteten.

Nachdem es etwas ruhiger um Rob wurde, kam Mi Lou auf ihn zu und drückte ihn fest an sich. „Schön, dass du hier bist. Du musst mir alles aus Skargness berichten. Die Drachen haben hier das Gerücht verbreitet, dass du und Loke die Burg im Alleingang befreit haben."

Rob genoss die feste Umarmung und grinste. „Das ist kein Gerücht, das war wirklich so", sagte er. Zu der Wiedersehensfreude mischte sich eine gehörige Portion Stolz. Mi Lou trat einen Schritt zurück und mustere Rob kritisch. „Aber Loke hat den eigentlichen Part gemacht", schob Rob hinterher. Mi Lou schmunzelte und nahm ihn nochmals in den Arm.

„Das passt schon, das habt ihr gut gemacht", sagte sie lachend.

„Ähmm", räusperte sich Fuku. „Es gibt tatsächlich noch andere Dinge, die wir besprechen müssen."

Hróarr schlug Rob herzhaft auf die Schulter. „Es ist mir eine Ehre, dass ich zu deiner Kommandoeinheit gehören darf", sagte Hróarr.

„Dem kann ich mich nur anschließen", ergänzte Alva, die Rob in ihrer blauen Kriegsbemalung kaum wiedererkannt hatte. „Dasselbe gilt natürlich auch für unsere Wölfe." Truls, Kaja und die andern Wölfe sahen ihn fürsorglich an.

„Ich hoffe, es ist o. k. für dich, dass Rune uns begleitet", meinte Rob entschuldigend zu Hróarr.

Der wilde Wolfsblutkrieger lachte nur laut auf. „Ich bin dir unendlich dankbar und kann es kaum erwarten, meinen alten Freund wiederzusehen. Jetzt, wo ich nicht mehr der Stammeshäuptling bin, ist aller Streit vergessen." Alva lächelte ihren Hróarr liebevoll an, und Rob bekam eine Ahnung, wie tief ihre Verbundenheit sein musste.

Als Rob wenig später, eingebettet in ein Rudel Wölfe, neben Mi Lou und Loke saß, beobachtete er, wie Gweir und Rune auf ihren Pferden im Lager ankamen. Während Hróarr erwartungsvoll seinen alten Freund Rune begrüßte und die zwei sich herzlich versöhnten, schaute Gweir noch bei ihnen vorbei. Nach einem kurzen Gespräch über den bevorstehenden Einsatz, stand der Kommandeur auf und wollte die letzten Stunden vor dem Angriff nutzen, um noch etwas zu schlafen.

„Ich verstehe nicht, wie man jetzt schlafen kann", sagte Rob ehrlich erstaunt, nachdem Gweir ihnen gute Nacht gesagt hatte.

„Du wolltest mir noch ein paar magische Bewegungsabläufe zeigen", meinte Mi Lou zu Loke. „Jetzt haben wir doch noch etwas Ruhe."

Loke massierte sich seinen Nasenrücken und sah Mi Lou mit großen Augen an. Dann lächelte er und erhob sich. „Na gut, für eine so gelehrige Schülerin habe ich doch immer Zeit." Die zwei suchten sich eine freie Stelle und führten das Training, das sie in den letzten Tagen begonnen hatten, fort. Selbst die kompliziertesten Bewegungsabläufe lernte Mi Lou unter der Anleitung von Loke erstaunlich schnell.

Gemütlich bei den Wölfen eingekuschelt und müde von dem langen Marsch, genoss es Rob einfach, die grazilen Bewegungen von Mi Lou zu beobachten. Ein versonnenes Lächeln legte sich über sein Gesicht, und eine tiefe innere Ruhe breitete sich in ihm aus.

„Aufwachen! Es geht los", sagte Mi Lou ernst und rüttelte Rob, der tief eingeschlafen war, sanft wach.

Eine geschäftige Unruhe war im Lager der Wolfsblutkrieger ausgebrochen. Hier und da hörte man leise Befehle, und überall liefen Wölfe herum. Nach kurzer Zeit waren alle auf den Beinen und bereit für den Abmarsch. Im Schutz des Waldes sammelten sich die einzelnen Gruppen und machten sich auf den Weg. Rob rieb sich den Schlaf aus den Augen und schnallte sich sein magisches Schwert um. Verwundert drehte er sich nach Fuku um, spürte aber schnell, dass der sich gerade von seinen Eltern verabschiedete. Die Drachen hatten sich schon am frühen Abend auf einer Lichtung etwas abseits gesammelt, um sich dort auf ihren Angriff vorzubereiten. Eine rasche Bewegung über ihm schreckte Rob auf. Er legte den Kopf in den Nacken und sah durch die Baumwip-

fel, wie die Formation der Drachen lautlos Richtung Falconcrest flog. Begeistert und mit offenem Mund blickte Rob den
Drachen nach. „Faszinierend, nicht?"

Mi Lou nickte unmerklich und streichelte gedankenversunken Lynirs Hals. Sie war irritiert, dass sie bei dieser
Dunkelheit die Drachen ebenfalls sehen konnte. „Ruf Fuku,
wir müssen los, Rob, sonst sind wir nicht rechtzeitig in Falconcrest."

Die Wolfsstunde war angebrochen und tiefe Dunkelheit lag
über Skaiyles. In einem einfachen kargen Zimmer in Falconcrest lag Karl auf einer dünnen Strohmatratze und träumte
unruhig. Sein Vater schlug immer wieder auf ihn ein, aber
Karl tat ihm nicht den Gefallen, zu weinen. Stumm lag er
schmerzverkrümmt auf dem Boden und erwartete die
nächsten Tritte, als er Schritte vor der Tür vernahm.

Es klopfte und jemand machte die Tür auf. „Sie kommen", sagte der Knappe aufgeregt, und Karl war sofort
hellwach.

„Dann werden wir sie mal standesgemäß begrüßen",
murmelte er leise, und ein böses Lächeln legte sich über sein
Gesicht.

FALCONCREST

Sie liefen im leichten Trab durch den dichten Wald und Rob musste aufpassen, nicht auszurutschen. Es hatte zwar aufgehört zu regnen, aber der Boden war noch sehr matschig. Ein feuchter erdiger Geruch, der sich mit der strengen Note der vorauseilenden Wolfsmeute vermengte, lag in der Luft. Die Anspannung um ihn herum war mit Händen zu greifen. Kaum jemand sprach ein Wort und wenn doch, dann nur sehr gedämpft. Das lauteste Geräusch war das stetige Hecheln ihrer vierbeinigen Begleiter. Rob sprang über eine kleine Furche und landete auf einem knorrigen Ast, der laut krachend unter seinem Fuß zerbrach. Mi Lou, die auf Lynir ritt, sah ihn strafend an. Rob zog entschuldigend seine Schultern hoch. Leider war Fuku noch bei Gweir und wollte Rob später am Rand des Waldes treffen, sonst wäre er sicherlich nicht der Lauteste gewesen. Während die anderen Wolfsblutkrieger weiterzogen, waren Alva, Hróarr und Rune mit ihren Wölfen bei Rob stehengeblieben. Rob erwiderte in aller Ruhe die Blicke seiner furchtlosen Leibwache aus den wild aussehenden Wolfsblutkriegern und ihren Wölfen. Erst als Kaja ihm liebevoll, aber bestimmt an der Hose zerrte, wurde ihm klar, dass sie alle nur darauf warteten, dass er sich wieder auf den Weg machte. Rob schüttelte unbewusst den Kopf.

Sie liefen weiter und erreichten nach einer halben Stunde den Saum des Waldes. Dort machten sie Halt, bevor sie die schützende Deckung der Bäume verließen. Rob hockte sich hin und verschnaufte, gegen einen Baumstamm gelehnt. Die raue Rinde bohrte sich unangenehm in seinen Rücken, aber das war besser, als eine nasse Hose zu bekommen. Während

Mi Lou sich direkt neben ihn setzte, verteilten sich Hróarr, Rune und Alva in einem Abstand von drei Metern um ihn herum und sicherten ihn in alle Richtungen ab. Die Wölfe positionierten sich unauffällig in einem noch weiter gefassten Ring.

„Ist das wirklich nötig?", fragte er Mi Lou leise. „Ich finde das ziemlich übertrieben."

Mi Lou schüttelte den Kopf. „Nein, mein lieber Rob, das ist es nicht. Auch wenn du es nicht wahrhaben möchtest, aber Fuku und besonders du, ihr seid die Anführer dieses Widerstandes. Wärest du nicht so mutig gewesen, Fuku in Skargness zu befreien und dich gegen Magnatus Olaru und seine Handlanger zu stellen, gäbe es diesen Widerstand nicht. Sie schauen zu dir auf, dem jungen Drachenmagier, weil du dich gewehrt hast, und nun wollen sie es dir gleich tun."

„Ohne eure ...", wollte Rob ihr erklären, aber Mi Lou legte ihm den Zeigefinger auf den Mund.

„Pssst, Nimm es einfach hin und denk nicht weiter darüber nach. Es gibt im Moment Wichtigeres." Rob wollte nicht mit Mi Lou diskutieren. Also hielt er den Mund und spielte nachdenklich mit einem dünnen Ast, als ein kräftiger Stoß ihn umwarf.

„Ey, pass auf, Lynir, sonst machen dich meine Leibwächter zu Hackfleisch. Du hast Glück, dass du mir überhaupt so nah kommen darfst", sagte Rob gespielt wichtig und kraulte seinem Pferd die Stirn. „Das ist nur einer sehr elitären Schicht von wenigen bedeutsamen Personen gestattet." Lynir sah Rob mit großen Augen an und schnaubte verächtlich.

„Idiot." Mi Lou boxte Rob in den Oberarm. „Du bist definitiv zu viel mit Fuku zusammen. Kannst du bitte wieder ernst werden?"

Rob spürte das unbändige Verlangen, sich mit Mi Lou zu raufen, besann sich aber eines Besseren. Stattdessen stand er auf und kramte aus seinen Sachen das magische Schwert heraus. „Hier, Mi Lou, nimm du bitte das Schwert. Wenn ich zusammen mit Fuku kämpfe, habe ich dafür keine Verwendung." Mi Lou sah Rob forschend an. „Aber das hat dir doch Gwynefa gegeben! Das kann ich nicht annehmen. Das gehört zu den magischen Fünf."

„Diese Diskussion hatten wir schon einmal, nur mit vertauschten Rollen. Jetzt ist es an dir, es einfach hinzunehmen." Rob lächelte, stand auf und gab Mi Lou das wunderbare Schwert mit dem kunstvoll gewundenen Drachengriff, in dem der blaue Topas schwach funkelte. Nachdenklich lief er zum Saum des Waldes, um sich Falconcrest und die Umgebung genauer anzusehen.

Die mächtige Königsburg mit ihren zwölf gewaltigen Türmen lag etwa einen Kilometer von ihnen entfernt ruhig in der Nacht unter einer dichten Wolkendecke. Vom Rand des Waldes war sie, über die sanft abfallenden Wiesen, in wenigen Minuten zu erreichen. Sie war umgeben von einem breiten, schiffbaren Fluss, dem Yas, der im Osten dem Königssee entsprang und hinter der Burg in das Nordmeer mündete. An der Ostseite der Burg bot ein kleiner Hafen einen direkten Zugang zu dem riesigen See. Im Süden ging die Burganlage in eine große Stadt über, die denselben Namen wie die Burg trug. Stadt und Burg Falconcrest waren schon zu ihrer Gründung als Königssitz von Skaiyles geplant gewesen und dementsprechend weitläufig und großzügig angelegt worden. Auf den Wehrmauern erkannte Rob etwa fünfzig Wachen, die von den regelmäßig brennenden Fackeln spärlich beleuchtet wurden. Natürlich war der Sitz eines Königs auch besonders gesichert, aber nichts deutete darauf hin, dass ihre Feinde mit einem größeren Angriff rechneten. Im Gegenteil, die magischen Schutzschilde, die Rob um die Burg herum ausmachte, waren deutlich geringer, als erwartet. Aber vielleicht lag es auch an seinem Unvermögen, sie richtig zu erkennen.

„Mach dich bereit", spürte er Fuku in sich. „Die Drachen greifen gleich an und ich komme dich abholen."

Mit einem flauen Gefühl im Magen informierte Rob die anderen. „Es geht gleich los", flüsterte er.

Alle richteten ihre Blicke gebannt in den nächtlichen wolkenverhangenen Himmel. Ein fahles rotes Glimmen färbte die Wolkendecke zartrosa.

„Da!", sagte Mi Lou und zeigte auf das schwache Leuchten. „Es beginnt."

Rob beobachtete, wie sich dort oben über der Burg aus dem bisher unbestimmten Glühen feine Linien bildeten. Diese roten, matt glühenden Linien verwandelten sich zu einer Form, die an die Kontur eines vierblättrigen Kleeblatts erinnerte. Mit dem Zentrum direkt über Falconcrest wuchs die Form zu einer Größe von fast fünfhundert Metern Durchmesser an. Rob sah, wie zwei Soldaten wild gestikulierend in den Himmel zeigten, um ihre Kameraden auf die ungewöhnliche Erscheinung aufmerksam zu machen. Wie von einer unsichtbaren Kraft angezogen, strömten die Wolken nach außen an den Rand des Gebildes, wo sie sich zu einem dichtem Wulst auftürmten. Innerhalb dieser Einfassung war der Himmel jetzt klar und man konnte die Sterne sehen. Aber nicht nur die Sterne.

Die Drachen hatten sich in vier Gruppen zu je fünf Drachen aufgeteilt. Jede Gruppe befand sich in einem der vier, durch die Blätter des Kleeblattes definierten Sektoren. Die Drachen flogen in geschwungenen Linien durch die Luft und folgten dabei einer uralten fein abgestimmten Choreographie. Rob erkannte die zwei grünen Walddrachen Phytheon und Chiu, die in dem Sektor über ihm flogen. Aus ihren Körpern entströmte ein glitzernder gelber Staub, der funkelnd in dem schwarzen Nachthimmel schwebte. Zwei Wasserdrachen kreuzten ihre Bahnen, ohne aber den ihnen zugewiesenen Bereich in dem Kleeblatt zu verlassen. Eine unbändige Meeresbrandung pulsierte wild durch ihre schuppigen blauen Körper. Weißer Nebel, wie die zerstobene Gischt einer an Felsen zerschellenden Welle, strömte aus ihnen heraus und hinterließ eine neblige Spur. Durch ihre Flugbahnen verwebten die Drachen den gelb glitzernden Staub und die weiß bläuliche Gischt zu einer komplizierten Form, die Mi Lou an keltische Knoten erinnerte. Ein Feuerdrache, der in züngelnde Flammen gehüllt war, flog durch die noch freien Schlaufen des verschlungenen Gebildes und setzte es mit seiner Feuerspur in Flammen. In den anderen Blättern des Kleeblattes vollendeten die jeweiligen Gruppen ähnliche Gebilde. Alle Drachen drehten nun ein und flogen in einem weichen Bogen ihr feurig leuchtendes Mandala von hinten an. Synchron spien sie einen heißen Feuerstrahl in das Zentrum und lösten damit ihren Angriff aus. Eine brennende Spur hinter sich herziehend, stiegen sie hoch in den Himmel, während aus den vier verschlungenen Mandalas heiße Energieströme in grellem Licht auf die Burg zu rauschten. Die Luft zwischen ihnen und den Mauern der hell erleuchteten Burg flirrte vor Hitze. Rob konnte sehen, wie der magische Schutzschirm von Falconcrest mit zusätzlicher Energie gespeist wurde, um der heftigen Attacke standzuhalten.

Ein starker Luftzug kündigte Fuku an, der, zusammen mit Alfdis und Loke, neben Rob und Mi Lou landete. „Das sieht doch schon ganz gut aus", sagte Rob zufrieden.

„Gut?", krächzte Loke. „Wir klopfen gerade erst an, und die reinen Magier haben sich noch nicht einmal gezeigt. Du hast ja keinen blassen Schimmer, junger Mann", meckerte er.

„Komm, Loke, lass uns hier nicht unnütz warten, sondern angreifen", forderte Alfdis ungeduldig. Irritiert musterte Rob den Eisdrachen und da erst wurde ihm klar, was los war. Alfdis war so durchscheinend, dass jede einzelne seiner Adern orange durch seine Haut schimmerte. Der Drache war völlig überhitzt und steckte mit seiner Gereiztheit und der ungezügelten Energie Loke an. Rob musste an seine erste Begegnung mit den zweien denken. Im Vergleich dazu, behandelten sie ihn gerade richtig höflich.

„Wir vereisen schon mal den Fluss, damit unsere Truppen die Burg angreifen können", meinte Loke und verschwand mit Alfdis.

„Ist das während der Drachenattacken nicht gefährlich?", fragte Mi Lou.

Fuku grinste. „Ja, schon. Ich weiß nur nicht, um wen ich mir die größeren Sorgen machen muss: um Loke und Alfdis oder um die anderen Drachen."

Während sich die größere Einheit der Drachen zu einem weiteren Angriff hoch in der Luft formierte, flogen die fünf restlichen Drachen möglichst dicht über Falconcrest hinweg. Die Aufklärungseinheit, dachte Rob und zog die Kopie der Karte hervor, die Loke für ihn angefertigt hatte. Neugierig blickte Fuku über seine Schulter auf das Pergament.

„Das ist komisch", meinte Fuku argwöhnisch. „Das sieht fast noch genauso aus wie vorhin bei Gweir. Man sieht zwar viele Magier, die sich in der Burg aufhalten, aber außer der Stärkung der üblichen Schutzzauber unternehmen sie nichts weiter."

„Das ist doch gut, vielleicht haben sie kein Rezept gegen die alten, magischen Attacken. Außerdem finde ich die Zahl der feindlichen Soldaten beängstigend genug."

„Du meinst, wir tappen in eine Falle?", fragte Mi Lou an Fuku gewandt.

„Weiß nicht", sagte Fuku nachdenklich. „Zumindest ist es äußerst ungewöhnlich, dass wir keine auffälligen magischen Signaturen sehen. Ja, die alten Drachenmandalas sind mächtig, aber ich kann mir nicht vorstellen, dass sie keine Antwort darauf haben. Wir hatten mit heftiger Gegenwehr der Magier gerechnet."

Die Energien der Mandalas, die auf den rot schimmernden Schutzschild der Burg einströmten, ließen langsam nach. Aber die Drachen bereiteten schon ihre nächste Attacke vor. Diesmal webten sie ein einziges großes, fein verschlungenes Mandala in den Himmel. Fünf der acht Walddrachen hinterließen zueinander rotierende Bahnen aus ihrem glitzernden goldenen Staub. Sie beschrieben eine leuchtende Kugel, die wie Planeten um eine Sonne kreiste, und bildeten das Grundgerüst für die anderen Drachen. Feuerdrachen kreuzten in Ellipsen zwischen den Bahnen, Wasserdrachen fügten Schleifen hinzu, und nach und nach gewann das bunt strahlende Gebilde mehr und mehr an Komplexität.

„Ich wusste gar nicht, dass Walddrachen diesen goldenen Staub erzeugen können", meinte Rob, der völlig verzaubert in den Himmel blickte. „Kannst du das auch Fuku?"

„Na ja, noch nicht besonders gut", gab Fuku zögerlich zu. „Ich bin halt noch sehr jung."

„Sehr jung?", fragte Mi Lou, die von den Drachen ebenfalls mitgerissen war.

„Wie ein starker Magnet, ziehen Waldrachen die Pollen der Pflanzen um sich herum an. Sie setzten sich in ihrer Drachenhaut fest und laden sich über die Jahre hinweg mit der Energie der Sonne und des Drachenfeuers auf. Erst wenn sich genügend Pollen in der Haut festgesetzt haben, kann ein Walddrache ihn magisch herauslösen. Normalerweise dauert es fünfundzwanzig Jahre, bis die Konzentration hoch genug ist. Die Haut wird dunkler und rauer, so wie bei meinen Eltern", erklärte Fuku, während er den Bewegungen im Himmel folgte.

Um das verschlungene Symbol zu vollenden, flogen die Drachen gefährlich dicht an der Burg vorbei. Plötzlich blendeten grelle Lichtstrahlen, die von den Türmen der Burg ausgingen, die Drachen. Rob hörte gedämpftes Knallen, gefolgt von einem hohen Surren.

Einige Drachen erstarrten mitten im Flug und krachten völlig unkontrolliert zu Boden. Einer nach dem anderen fiel wie ein Stein vom Himmel. Chiu versuchte noch in die Richtung des schützenden Waldes zu fliehen, aber auch sie wurde von etwas getroffen und stürzte, wild zuckend, hundert Meter von Fuku und Rob entfernt gen Boden.

Nach einer Minute war kein Drache mehr in der Luft. Sie lagen bewegungslos auf dem Boden, und das unvollendete Drachenmandala verglühte harmlos.

Ungeachtet der Gefahr stürmte Fuku voller Furcht zu seiner Mutter. Rob hatte überhaupt keine Chance, ihn zurückzuhalten. In dem Augenblick, als er sie erreichte, tauchten Loke und Alfdis auf. „Wir müssen sie in Deckung bringen", schrie Loke vom Rücken seines Drachen. Mit vereinten Kräften schnappten sich die zwei Drachen Chiu und legten sie vorsichtig unweit von Rob und Mi Lou auf einer kleinen Lichtung ab.

„Wie geht es ihr?", wollte Mi Lou außer Atem wissen, als sie bei den Drachen eintrafen. Loke stand bei Chiu, während Alfdis und Fuku versuchten, weitere Drachen aus der Gefahrenzone zu retten.

„Sie ist bewusstlos", erklärte Loke apathisch und mit kreidebleichem Gesicht.

„Was ist mit dir?", fragte Rob, dem Lokes Zustand Angst einjagte.

„Irgendeine Teufelei", hauchte er. „Sie haben die Drachen ohne den Einsatz ihrer Magie vom Himmel geholt. Wir haben während des ganzen Angriffs keine einzige magische Signatur gesehen, die nicht von den Drachen stammte." Loke fasste Rob haltsuchend am Arm. „Das kann nicht sein. Woher beziehen sie ihre Kräfte?" Robs Oberarm schmerzte, so feste drückte Loke angespannt zu. „Hier passiert etwas Grausames, und wir verstehen es nicht."

Fuku und Alfdis brachten einen bewusstlosen Feuerdrachen auf die Lichtung und legten ihn neben Chiu. Mi Lou sah etwas an seinem Bauch aufblitzen. Sie ging näher und zog einen spitzen, mit Widerhaken versehenen Metallstift, an dem noch ein langer Draht hing, aus seinem Bauch heraus.

„Ich glaube, ich weiß, was hier vorgeht", sagte sie aufgeregt und suchte den Drachen hektisch ab. Nach kurzer Zeit wurde sie fündig und hielt eine zweite Metallnadel hoch, von der ein Kabel in eine faustgroße Box führte, die neben dem Drachen am Boden lag. „Hier", sagte sie triumphierend zu Loke und Rob, die nichts verstanden. „Die reinen Magier benutzten einen Taser. Mit Karls Wissen haben sie eine Elektroschockkanone gebaut."

Mit ihrem Drachendolch löste sie den Deckel der dünnen, aber schweren Holzbox. Mit einem gewissen Respekt betrachtete sie die ordentlich um einen Metallkern gewundenen, feinen Kupferdrähte, die mit einer selbstgemachten Batterie verbunden waren. „Mit den gewundenen, dünnen Kupferdrähten haben sie einen Transformator gebaut und Hochspannung erzeugt. Damit verpassen sie den Drachen einen elektrischen Schock, der sie außer Gefecht setzt, aber nicht tötet. Wahrscheinlich brauchen sie die Drachen lebendig."

„Elektrischer Schock?", fragte Loke ungläubig.

„Was ist das denn?", wollte Rob wissen.

Aber Mi Lou konnte keine Antwort mehr geben. In diesem Augenblick öffneten sich die schweren Tore und die Soldaten des Feindes quollen in unheilvoller Zahl aus der Burg heraus. Mit lautem Schlachtgebrüll stürmten sie auf das Lager der Wolfsblutkrieger zu. Zeitgleich mit dem Ausfall, bemannten Magier zur Unterstützung der Truppen die Wachtürme. Hell leuchtende Kugeln entstanden um die Burg herum und tauchten Teile der düsteren Umgebung in ein kaltes, unwirkliches Licht. Die furchtlosen Wolfsblutkrieger und ihre Wölfe verließen die schützende Deckung des Waldes und stellten sich ihren Feinden. Seelenruhig schmetterten die wild bemalten Kriegerinnen und Krieger den herannahenden Gegnern ihren rituellen Kriegstanz entgegen. Herausfordernd schlugen sie sich, unter lautem, rhythmischem Gebrüll, vor den Körper, während die Wölfe mit gesträubtem Fell drohend ihre Zähne bleckten. Wie auf ein unsichtbares Kommando veränderte sich das Brüllen und Knurren zu einem markerschütternden Jaulen. Mensch und Tier nahmen ihre Angriffsformation ein und jagten ihren Feinden entgegen.

Rob blickte geschockt auf die schwer bewaffneten Horden, die wie ungebändigte Wassermassen nach einem Dammbruch aufeinander zurollten. Zu den regungslosen Drachenkörpern und dem hellen Aufblitzen gezückter Schwerter und Speere gesellten sich nun auch magische Schutzfelder und Fallen. Die reinen Magier auf den Türmen und die Zauberer der Wolfsblutkrieger am Saum des Waldes mischten sich in das Geschehen mit ein.

Starr vor Anspannung, beobachte Rob, wie sich aus dem grauen Meer der Wölfe eine erste Welle löste. Eingehüllt in ihre orangen, magischen Flammen, bissen sie sich durch die vorderste Linie ihrer Feinde. Immer tiefer führte die glühende Spur der Wölfe in die Reihen der Gegner. Die Wolfsblutkrieger stießen in diese Schneisen hinein und griffen von dort aus an, was dazu führte, dass die Magier der reinen Magie sie mit heftigen Explosionen belegten. Dabei waren sie nicht besonders zimperlich und nahmen auch Tote und Verletzte aus den eigenen Reihen in Kauf. Ein wilder, blutiger Kampf entbrannte und forderte auf beiden Seiten viele Opfer. Schon bald war der Boden blutgetränkt und mit verkohlten Leichen aus beiden Lagern übersät.

„Wir müssen unseren Leuten helfen! Kommt!", schrie Rob angespannt und kletterte auf Fuku.

„Nein", sagte Mi Lou entschieden und hielt sie zurück. „Das dürfen wir nicht. Wir müssen auf unser Signal warten. Unsere Aufgabe ist es, in die Burg einzudringen, um Wallace und Malyrtha zu befreien."

Fuku sah Mi Lou grimmig an. „Du willst also tatenlos zusehen, wie die unsere Leute abschlachten?"

„Wenn uns im Kampf vorher etwas passiert, ist die ganze Mission gescheitert", patzte Mi Lou den Drachen an. Hróarr, Alva und Rune stellten sich demonstrativ hinter Mi Lou.

„Sie hat recht. Wir müssen warten, bis wir eine Chance sehen, in die Burg hineinzukommen."

„Aber Loke und Alfdis sind auch noch da und können das übernehmen", sagte Fuku grimmig.

In diesem Moment hörte man das flackernde Schlagen von Flammen im Wind und ein glühend heißer Feuerball fegte knapp über den Baumwipfeln an ihnen vorbei.

„Wenn wir so niedrig fliegen, können sie uns mit ihren komischen Schockern nicht erreichen", schrie ihnen Loke aufgekratzt von Alfdis Rücken aus zu. „Komm mit, Rob. Schnapp dir Fuku. Denen werden wir zeigen, was es heißt, sich mit Drachenmagiern und ihren Drachen anzulegen." Ein Lichtstrahl, gefolgt von einem satten Knall, traf Alfdis.

Entgegen Lokes Vermutung, konnte die Taserkanone zwischen den Zinnen der Brustwehr doch tiefe Ziele treffen. Allerdings verglühten die feinen Kupferdrähte wirkungslos an Alfdis überhitztem Körper und der Drache hielt unbeirrt auf das Burgtor zu.

Mi Lou sah Fuku nur entgeistert an. „Du meinst die zwei da?"

„Macht euch fertig", schrie Rob begeistert. „Alfdis und Loke brechen durch das Tor durch."

Doch wie aus dem Nichts erfasste ein unbändiger Tornado die zwei und schleuderte sie weit hinaus in das tiefe Wasser des Königssees. Mit einer gewaltigen Magmaexplosion versank der Eisdrache mit seinem Zauberer in den brodelnden Fluten des Sees. Die riesige Wasserdampfwolke schwebte noch mahnend in der Luft, als Mi Lou erschreckt Fuku ansah. „Glaubst du, das haben sie überlebt?", fragte Mi Lou besorgt.

Fuku starte entgeistert auf die Stelle, an der Alfdis und Loke ins Wasser gestürzt waren. „Die sind nicht so leicht unterzukriegen", sagte er mit einer Stimme, die Mut machen sollte.

„Die tauchen gleich wieder auf", sagte Rob optimistisch. Er suchte nach einem Zeichen von Loke oder Alfdis und entdeckte dabei den Magier, der den Tornado ausgelöst hatte. „Seht ihr da oben, auf dem großen Turm ganz rechts? Der hagere Magier mit dem erhobenen Stab bei Olaru und Cristofor. Das muss dieser Mortemani sein", rief Rob.

„Und der breite kräftige Blondschopf neben ihm ist Karl", ergänzte Mi Lou mit angewiderter Stimme.

„Sie halten auch nach Loke und Alfdis Ausschau", stellte Hróarr fest. „Sie sind sich also nicht sicher, ob sie sie wirklich erledigt haben."

„Wir müssen ihnen helfen", sagte Rob. „Los, kommt mit."

Aber selbst Fuku musste Mi Lou nun zustimmen. „Ich glaube, wir sollten warten, bis wir eine Möglichkeit sehen, in

die Burg einzudringen. Loke und Alfdis schaffen das bestimmt alleine."

„Wartet", sagte Alva aufgeregt. „Ich glaube, da tut sich
etwas."

Mortemani schwang seinen Stab über den Kopf, und der
Wind trug Fetzen eines fremdartigen Gesanges zu ihnen
herüber, der sich mit dem anhaltenden Kampfgebrüll mischte. Die Windrichtung drehte und ein kräftiger, ablandiger
Wind blies aus Osten. Die Äste in den Bäumen über ihnen
rauschten und ächzten. Ein tiefrotes Glühen unter der Wasseroberfläche und ein kochendes Brodeln auf dem Wasser
kündigte Alfdis und Loke an. Mit einer zehn Meter hohen,
dampfenden Wasserfontäne stoben sie aus der Tiefe empor
und hielten kurz in der Luft inne, um sich zu orientieren.

Die Truppen der Wolfsblutkrieger behaupteten sich gut
gegen ihre Feinde, und das Kampfgeschehen verlagerte sich
immer näher an die Burg heran. Es gab zwar einen nicht enden wollenden Strom weiterer Soldaten aus den Befestigungen von Falconcrest, aber Gweir hatte inzwischen ihrer Widerstandsarmee den Befehl gegeben, von Westen her anzugreifen. Die unerwartete zweite Front zwang ihre Feinde
dazu, sich aufzuteilen.

„Ja!", schrie Rob aufgeregt, als er Alfdis und Loke in der
Luft sah. „Macht euch fertig!", rief er seinen Begleitern zu.
„Die zwei werden sicherlich wieder das Tor ins Visier nehmen und diesmal schaffen sie es bestimmt, durchzubrechen.
Schaut mal, wie nah unsere Wolfsblutkrieger schon an der
Burg sind."

Robs Enthusiasmus steckte die andern an. Eine aufgeregte Anspannung erfasste alle, und Fuku fühlte sich seinem
Magier so nahe, wie nie zuvor. Hróarr und Alva blickten
erwartungsvoll zu dem glühenden Eisdrachen und dessen
Zauberer. Aber anstatt einen nächsten Angriff zu starten,
flogen die beiden hinaus auf den weiten Königssee. Kurze
Zeit später verdeckte die Burg Alfdis und Loke und nur eine
glühende Spur über dem vom starken Wind aufgewühlten
Wasser deutete noch auf die zwei hin.

Enttäuscht blickte Rob ihnen hinterher. „Wo wollen die hin?"

Sein Blick blieb an Mortemani haften, der immer noch seine magische Formel intonierte. Rob glaubte ein hämisches Grinsen auf dem Gesicht des alten, hageren Zauberers zu entdecken. „Was macht Mortemani da?", fragte er verunsichert. „Er wird seine Kräfte wohl kaum einsetzen, um diesen Wind zu erzeugen. Das bringt ihm doch überhaupt nichts."

Mi Lou sprang nervös von Lynir herunter. „Zeig mir mal bitte die Karte", bat sie aufgeregt. Rob zog das Pergament hervor und gab es ihr. Die anderen schauten ihr über die Schulter, als sie mit eine bösen Vorahnung das Pergament aufrollte.

„Was ist das?", fragte Rob und betrachtete auf der Karte, wie das Symbol für Loke und Alfdis einer Flotte von zwanzig Schiffen entgegen flog, die, vom Wind getrieben, wahnsinnig schnell auf Falconcrest zuhielt. Als der Drachenmagier nah genug war, erschien neben den Schiffen das Symbol für Kaiser Theobaldus und eine Zweitausendeinhundertelf für die Anzahl der Krieger an Bord.

„Ach du Scheiße", sagte Rune schwach. „Die kaiserliche Garde, das ist unser sicherer Tod."

„Wir müssen uns zurückziehen. Gweir muss den Rückzug befehlen", sagte Alva nervös.

„Das wird nichts bringen, wir haben keinen Ort, an dem wir uns verschanzen können. Und die kaiserliche Garde ist frisch. Die holen uns sofort ein", entgegnete Hróarr.

„Wenn wir ihre Boote zerstören könnten, bevor sie an Land gehen ...", meinte Mi Lou nachdenklich.

„Ich glaube, das ist das, was Alfdis und Loke gerade versuchen", sagte Fuku, der immer noch gebannt auf die Karte blickte.

Rob schlug frustriert vor einen nahen Baumstamm. „Wenn wir ihnen wenigstens helfen könnten. Aber das ist zu gefährlich für Fuku, sie würden uns wie die anderen Drachen einfach vom Himmel schießen."

Mi Lou rieb sich die Stirn. „Theoretisch gibt es eine Möglichkeit", sagte sie unsicher. Erwartungsvoll blickten sie alle an. „Wenn Fukus Haut aus einem leitenden Metall wäre, würde ein Kurzschluss die Drähte verglühen lassen und die Attacke hätte keine Wirkung." Mi Lou hielt kurz inne, bevor sie fortfuhr: „ Aber was ist, wenn ich mich irre? Dann seid ihr zwei verloren."

„Das sind wir auch, wenn die Schiffe ihre Truppen anlanden können. Ich vertraue dir, Mi Lou", sagte Rob grinsend und stieg auf Fuku. „Können wir?", fragte er seinen Drachen.

„Mit dem größten Vergnügen", antwortete Fuku und hob mit kräftigen Flügelschlägen ab. Noch während er startete, hüllte er seine Haut mit einer hauchdünnen Schicht Eisen ein und flog in die Richtung der bedrohlich näherkommenden Flotte. Es dauerte keine zehn Sekunden, bis ein greller Lichtstrahl Fuku erfasst hatte.

Mi Lou stand aufgeregt am Waldrand und verfolgte gebannt den Flug ihrer zwei Freunde. Ihr Herz raste und beruhigte sich auch nicht, als Alva sie liebevoll in den Arm nahm. Ein zweiter Lichtstrahl erfasste Fuku und kurz darauf waren deutlich zwei Abschussgeräusche der Taser-Kanonen zu vernehmen. Ein leises Surren zog durch die Luft. Als sei sie selbst getroffen worden, durchzuckte Mi Lou ein Schlag.

Fuku spürte ein kurzes Stechen, als ihn die spitzen Metallnadeln trafen, aber wie voraus gesagt blieb der lähmende Stromstoß aus.

Mi Lou atmete tief durch und die Anspannung fiel von ihr. Als weitere Lichtstrahlen Fuku anvisierten, konnte sie beruhigt zusehen.

„Siehst du, auf Mi Lou kann man sich verlassen", sagte Rob euphorisch zu Fuku. Relativ dicht an der Burg vorbeifliegend, konnte er Olaru und Mortemani die Verwunderung ansehen. Die aufkeimende Verärgerung seiner Feinde beschwor ein kleines Hochgefühl in ihm, das aber gleichzeitig von einer warnenden Stimme in Zaum gehalten wurde. Zu tief saß die grausame Erfahrung mit dem Drachenbluttrankangriff, dem Fuku und er in Skargness ausgesetzt gewesen waren.

Die heranrauschende Flotte zog seine Aufmerksamkeit auf sich. Sie waren nur noch einige hundert Meter vom Ufer entfernt, und Alfdis und Loke hatten sich in ein heftiges magisches Gefecht mit vierzehn Zauberern an Bord der Schiffe verstrickt. Aber letztendlich schafften es die Zauberer, immer wieder die Angriffe des Drachenmagiers abzuwehren, sie waren einfach zu viele. Ein Teil wirkte starke, rot glühende Schutzschilde um die Schiffe herum und der andere Teil attackierte den alten Drachenmagier, so dass Alfdis und Loke immer wieder gezwungen waren, ihre Angriffe abzubrechen, um sich selbst zu schützen. Abgelenkt durch Lokes Aktionen, konnten sich Fuku und Rob unbemerkt nähern. Sofort erkannten sie ihre Chance und versenkten das erste Schiff samt seiner Besatzung in einer gewaltigen Explosion. Die eisengepanzerten Soldaten, die den Angriff überlebten, wurden gnadenlos von ihrer schweren Rüstung in die Tiefe gerissen.

„Ihr solltet euch das nächste Mal etwas Leichteres anziehen, wenn ihr nach Skaiyles kommt", empfahl ihnen der junge Walddrache sarkastisch. Fuku spürte das Mitleid, das Rob für ihre Opfer empfand, und schämte sich für seinen lockeren Spruch.

„Da seid ihr ja endlich", rief ihnen Alfdis zu, der fast völlig transparent mit tiefrot glühenden Adern durchzogen war.

Während etwa unterhalb von ihnen die tosende Schlacht noch im vollen Gange war, verfolgten Mi Lou, Alva, Hróarr und Rune von ihrer erhöhten Position am Waldrand aus aufmerksam das Geschehen. Die Truppen der Drachenmagier hatten sich entmutigt über das Heranrücken der kaiserlichen Garde etwas zurückfallen lassen. Aber als sie jetzt das erste Schiff in den Fluten des Königsees versinken sahen, kämpften sie mit neuem Mut.

„Yeah!", rief Mi Lou vor Freude, als die Explosion das Schiff zerbersten ließ. Trotzig blickte sie zu dem großen

Wachturm, auf dem Mortemani, Olaru, Cristofor und Karl Stellung bezogen hatten. Offensichtlich waren ihre Gegner irritiert, und Mortemani unterbrach fluchend seinen Zauber. Auch Olaru stoppte seine Aktionen, mit denen er sich in das aktuelle Kampfgeschehen einmischte, und redete beruhigend auf ihn ein. Kurze Zeit später hielten sich die zwei an den Händen fest und beschworen eine gemeinsame Formel.

Mit Schrecken musste Mi Lou ansehen, wie sich aus dem See unter den Drachen ein Geysir aus Eiswasser bildete. Innerhalb weniger Sekunden waren Fuku und Alfdis, mit Rob und Loke, unter einer lähmenden Schicht aus Eis begraben.

Im Inneren des Eisberges umhüllte eine schleichende Schwärze die Drachenmagier und ihre Drachen. Ein zaghaftes rotes Glühen entstand in der oberen Hälfte und wuchs zu einem starken Sog heran, der die Schwärze vollständig in sich aufsaugte. Kurze Zeit später glühte der gesamte Eisberg gleißend hell und das Gebilde zersprang mit einer gewaltigen Detonation in tausende kleine Splitter. Rob, Fuku, Alfdis und Loke wurden von der immensen Kraft wie ein kleiner Spatz im Orkan an eine weit entfernte Stelle des Ufers geschleudert, wo sie leblos liegen blieben.

Die Boote landeten am Strand an und entluden ihre todbringende Fracht im Rücken der Wolfsblutkrieger. So eingekeilt zwischen den Truppen der reinen Magier und der kaiserlichen Garde, wurden die armen Kämpfer der Drachenmagier reihenweise abgeschlachtet. Eine grausame Hitze pulsierte durch Mi Lou und die Verzweiflung raubte ihr fast den Verstand. Ihre Beine wurden weich, und sie musste ihre Augen schließen. Als sie sie wieder öffnete, schaute sie in Alvas verzweifeltes Gesicht. Auch Hróarr, Rune und ihre Wölfe waren von Hoffnungslosigkeit und Wut gezeichnet.

„Wir können nicht länger zuschen, wie unsere Familien und Freunde abgeschlachtet werden. Jetzt, wo unsere Mission gescheitert ist, werden wir den Tod im Kampf suchen", erklärte Hróarr trotzig.

Mi Lou zückte ihr Schwert, wischte sich ihre Tränen aus den Augen und sah Hróarr ernst an. „Ich bin dabei. Aber noch ist unsere Mission nicht gescheitert. Lasst uns versuchen, in die Burg zu kommen."

Wenige Augenblicke später tanzte Mi Lou wie ein Wirbelwind durch die feindlichen Linien und mähte ihre Gegner mit dem Schwert reihenweise nieder. Die von Loke gelernten magischen Abfolgen mischte sie in unglaublich filigranen Bewegungen unter ihren eigentlichen Kampfstil. Das Drachenschwert glühte blau auf, und Mi Lous Bewegungen hinterließen eine verschlungene, brennende Spur, so als hätte sie die Luft durchschnitten.

Sobald sie die losen Enden eines brennenden Pfades schloss, bildete sich im Zentrum des verschlungenen Gebildes ein heiß glühender Kern, der seine Energie in einer starken Welle in die Umgebung entlud. In einem Umkreis von zehn Metern erfasste die Welle sämtliche Gegner und schleuderte sie unnachgiebig zu Boden, wo die meisten tot oder kampfunfähig liegenblieben. Wer der Attacke entkommen war, hatte kurz darauf Mi Lous Schwert am Hals oder in der Brust.

Im Gegensatz zu den gängigen magischen Attacken wie Blitze, glühende Schutzschilder oder schwebende Gesteinsbrocken zogen die leuchtenden Mandalas der wilden jungen Frau mitten im Kampfgetümmel die Aufmerksam Mortemanis auf sich.

„Ist das die Frau, die du suchst?", fragte er Karl und zeigte auf Mi Lou, die mit wehenden schwarzen Haaren gerade durch einen eingesprungenen Roundhouse-Kick drei Gegner zu Boden streckte.

„Ja", sagte Karl verwundert und betrachtete Mi Lous Aktionen respektvoll. „Mir war nicht klar, dass sie magische Fähigkeiten hat."

„Interessant, sie scheint schnell zu lernen. Sie richtet mir allerdings gerade etwas zu viel Unheil an, auch wenn der Kampf nicht mehr lange dauern sollte."

Tatsächlich hatte das Eingreifen der kaiserlichen Garde das Kräfteverhältnis radikal weiter zu Gunsten der reinen Magier verschoben. Die Kämpfer der Drachenmagier wehrten sich nach allen Kräften, aber die stetig wachsende Zahl der Gegner ließ ihnen keine Chance.

„Dann schauen wir doch mal, ob wir sie nicht etwas beruhigen können", sagte Mortemani bestens gelaunt und hob summend seinen Stab über den Kopf.

Der gnadenlose Kampf, die Raserei und das Abrufen der jahrelang einstudierten Bewegungsmuster hatten Mi Lou in Trance versetzt. Sie hörte das harte Klirren der tödlichen Schwerter, das Splittern von Knochen und die Schreie der Kämpfer, aber alles war seltsam weit entfernt und lief in Zeitlupe ab. Eine unwirkliche Ruhe hatte sie erfasst, als plötzlich ein fremder Geist versuchte in sie einzudringen. Eine unbewusste Kraft wallte in ihr auf und attackierte den Eindringling. Mi Lou wurde schwindelig, und sie sackte bewusstlos zusammen.

Unkontrolliert torkelte Mortemani ein paar Schritte rückwärts, aber Karl hielt ihn an der Schulter fest. Olaru sah seinen alten Weggefährten besorgt an.

„Was war das denn?", schimpfte Mortemani verwirrt. „In dieser Frau schlummert eine ungewöhnliche Kraft, der ich noch nie vorher begegnet bin. Das muss sie aus ihrer Welt mitgebracht haben." Mortemani schüttelte sich. „Dragoslav, ich brauche deine Hilfe. Zusammen sollten wir das in den Griff bekommen. Ich gebe mich doch nicht einer dahergelaufenen Göre geschlagen."

Mortemani wollte zusammen mit Olaru gerade den nächsten Versuch starten, als im Norden, hinter der kaiserlichen Garde, das Chaos ausbrach.

„Was um alles in der Welt haben die Waldtrolle hier zu suchen?", schimpfte Mortemani sichtlich genervt.

Glücklicherweise waren Kaja und Truls in Mi Lous Nähe. Sie riefen nach Alva und Hróarr, die zusammen mit Rune die bewusstlose Mi Lou an den sicheren Saum des Waldes brachten. Neugierig reckten sie ihre Köpfe, um zu sehen, was dort hinten los war. Wie ein Lauffeuer verbreitete sich die Nachricht, dass eine Horde wilder Waldtrolle mit in den Kampf gegen die reinen Magier eingegriffen habe.

„Dass ich mich mal so über eine Horde Waldtrolle freuen würde, hätte ich mir nie träumen lassen", sagte Hróarr.

Aber so ging es nicht nur Hróarr. Sowohl die Menschen aus Skaiyles als auch die Wolfsblutkrieger vergaßen ihren Argwohn. Ohne das Eingreifen der ungeliebten Waldtrolle hätten sie keine weitere Stunde in der Umklammerung ihrer Feinde überlebt. Aber die riesigen grünen Kraftpakete trafen die unvorbereitete kaiserliche Garde hart in den Rücken und sorgten dort für Chaos und Tod.

„Das wird mir alles zu bunt", fluchte Mortemani grimmig. „Bringt Wallace und Malyrtha in den Hof. Ich werde das Ritual jetzt starten und der Scharade hier ein Ende bereiten." Er gab Magnatus Olaru eine kleine Flasche mit einer dunklen Flüssigkeit. „Nimm das und bereite mit deinen Leuten alles für die Ankunft der Drachenmagier vor. Sie werden sicherlich nicht tatenlos zusehen, wenn wir Malyrthas Seele herauslösen."

„Und die Kämpfe vor der Burg?", fragte Olaru.

„Das interessiert mich nicht", sagte Mortemani eiskalt und ging hinunter in den Hof. „Aber versucht die Drachenmagier am Leben zu lassen. Tot sind sie für uns nichts wert", sagte er noch im Umdrehen.

Olaru wartete, bis Mortemani weg war, und drückte dann Cristofor das Fläschchen in die Hand. „Dann kommst du jetzt endlich zu deiner Rache", sagte er verschwörerisch.

„Aber ich hätte ihn gerne tot gesehen", sagte Cristofor missmutig.

Magnatus Olaru zuckte mit den Schultern und lächelte Cristofor an. „Weißt du, manchmal passieren im Kampf auch Fehler."

Cristofor schnaubte verächtlich und grinste hinterhältig. „Stimmt, das habe ich auch schon gehört."

Hilflos lag Rob am Ufer des Königsees auf dem Rücken. Er schloss seine Hände und fühlte, wie sich der nasse Sand des Seeufers zwischen seine Finger schob. Die feinen, harten Sandkörner rieben sich unangenehm an den Innenseiten seiner Finger. Seit ein paar Sekunden durchströmte ihn eine wohlige Wärme und seine Kräfte kehrten zurück. Er schlug die Augen auf und sah durch einen wilden Vorhang aus roten Locken in ein hübsches, aber sorgenvolles Gesicht.

„Gwynefa?!", rief er überrascht und voller Hoffnung. Während er sich aufrichtete, durchfuhren ihn höllische Kopfschmerzen. Er massierte seine Schläfen und sah erleichtert, dass sich Tanyulth liebevoll um Fuku kümmerte. Sofort rannte er zu ihnen und umarmte Fukus Hals. Sein geliebter Drache öffnete vorsichtig ein Auge, verzog sein Maul zu einem breiten Lächeln und rappelte sich langsam wieder auf. Rob sah Loke und Alfdis, die, nicht weit entfernt von ihnen, regungslos im Sand lagen.

„Sind sie …?", Rob konnte die Frage nicht aussprechen.

Gwynefa legte einen Arm um seine Schulter und schüttelte langsam den Kopf. „Nein, sie leben noch. Aber ein dunkler Schleier liegt über ihren Auren und versucht sie von ihren Seelen zu trennen."

„Werden sie es unbeschadet überleben?", fragte Rob ängstlich.

Gwynefa presste die Lippen aufeinander und zog die Stirn in Falten. „Das kann ich nicht voraussagen", sagte sie leise. „Ich hoffe es, aber bei dem Kampf können wir ihnen nicht helfen."

„Aber selbst ich habe es doch geschafft. Mich hat derselbe Zauber getroffen", sagte Rob trotzig.

Gwynefa sah ihn tief mit ihren grünen Augen an. „Was immer euch getroffen hat, Alfdis und Loke haben es in sich aufgesaugt, bevor es sich bei dir festsetzten konnte."

Rob schluckte hart und sah liebevoll zu Alfdis und Loke hinüber.

„Fuku?", fragte Rob mit fester Stimme. „Lass uns dafür sorgen, dass ihr Opfer nicht umsonst war!"

„Mit Vergnügen", grinste ihn der junge Walddrache an und beugte sich herunter, so dass Rob auf seinen Rücken steigen konnte.

„Tanyulth muss sich mit einer dünnen Metallschicht überziehen, sonst kommt ihr nicht an der Burg vorbei", rief Rob der erstaunten Gwynefa noch zu, als er sich mit Fuku in die Luft erhob. Wehmütig blickte er zu Alfdis und Loke zurück. Es widerstrebte ihm, die zwei zurückzulassen, aber sie hatten keine Wahl.

Auf dem Schlachtfeld unter ihnen waren die Kämpfe in neuer Intensität aufgebraust. Wie eine Sturmflut überrollten die wilden Waldtrolle die kaiserliche Garde und brachten ihnen große Verluste bei. Die Karten waren neu gemischt, und die Truppen der reinen Magier zogen sich unter dem heftigen Druck des Widerstandes mehr und mehr zurück. Rob fiel auf, dass Mortemani und die anderen Führer der reinen Magier nicht mehr auf dem Turm standen. Irritiert hielt er nach ihnen Ausschau. Ein Stich ging durch sein Herz, als er sah, wie acht Steintrolle Malyrtha wie ein Stück lebloses Vieh aus dem Verlies zerrten. Er trieb Fuku zur Eile an. Die zwei Drachenmagier landeten am Rand des Waldes, wo Mi Lou eben erst wieder ihr Bewusstsein erlangt hatte. Freudig überrascht, begrüßten alle Gwynefa und Tanyulth, aber Rob würgte die aufkommenden Gespräche rigoros ab.

„Wir müssen schnell handeln", forderte Rob aufgewühlt. „Ich habe gerade gesehen, wie sie Malyrtha auf den Burghof gezerrt haben. Uns läuft die Zeit davon, wir müssen in die Burg hinein, solange sie das Tor für ihre Soldaten noch offen halten."

Mi Lou war froh, Rob wohlbehalten zu sehen, und freute sich über seine neu gewonnene Selbstsicherheit. „Dann lasst uns durch das Tor brechen", stimmte sie ihm zu.

Alva musterte Mi Lou kritisch. „Du bist gerade erst wieder zu dir gekommen", warnte sie.

Rob machte große Augen und sah Mi Lou fürsorglich an. „Du bist verletzt? Vielleicht wartest du besser hier", schlug er besorgt vor.

Mi Lou sprang auf, so dass Rob unwillkürlich einen Schritt zurückwich. „Mir geht es gut", fuhr sie ihn grimmig funkelnd an.

Fuku grinste die beiden breit an. „Dann also los!"

Die Soldaten der reinen Magier wussten nicht, wie ihnen geschah. Nicht nur, dass archaisch anmutende, bis zu drei Meter große Waldtrolle, die sich kaum besiegen ließen, mit in den Kampf eingegriffen hatten. Jetzt stürmte auch noch eine Horde aus Wölfen, Drachen, Menschen und einem Pferd, gehüllt in ein buntes magisches Spektakel, ungebremst auf sie zu.

Vorneweg verbissen sich die orange glühenden Wölfe in jeden, der ihnen nicht rechtzeitig Platz machte. Dahinter galoppierte Mi Lou auf Lynir, flankiert von Hróarr, Alva und Rune. Gwynefa und Rob flogen auf Tanyulth und Fuku etwas hinter Mi Lou und nur etwa fünf Meter hoch. Sie attackierten die feindlichen Magier und jeden, der es wagte, sich ihnen entgegenzustellen. Mi Lou schwang das magische Schwert über ihrem Kopf und sendete ein pulsierendes Kraftfeld aus, das einen blau schimmerndes Schutzschild von der Vorhut der Wölfe bis zu den Drachenmagiern hinter ihr bildete. Rob durchströmte ein Hochgefühl der Macht – nichts und niemand konnte sie mehr aufhalten.

Die Verteidiger von Falconcrest sahen mit Entsetzen, was sich da durch ihre schmelzende Abwehr auf sie zubewegte. Panisch schlossen sie das schwere Tor und nahmen dabei keinerlei Rücksicht auf ihre eigenen, schutzsuchenden Kameraden. Magier bezogen auf den Wachtürmen neben dem Burgtor Stellung und bauten eine starke magische Abwehr um den Eingangsbereich auf.

Rob und seine Garde waren im vollen Lauf und nur noch hundert Meter entfernt, als das Tor mit einem satten Knall zufiel. Gwynefa und Rob sprangen gleichzeitig von ihren Drachen ab und hielten sich in der Luft schwebend aneinander fest. Während Gwynefa so viel Masse wie möglich aus der Umgebung aufsog, bildete Rob ein kugelförmiges Schutzfeld um sie herum. Die Drachen wirkten einen magischen Strom zwischen sich, der die Kugel mit einer wahnsinnigen Geschwindigkeit beschleunigte und gewaltig vor das Burgtor schleuderte. Mit einem höllischen Krachen zersplitterte das Tor und das magische Abwehrfeld verpuffte. Die vier Magier, die das Feld mit zusätzlicher Kraft versorgt hatten, fielen völlig entkräftet zu Boden.

Tanyulth und Fuku preschten hinter ihren Drachenmagiern her, die in einer dichten Staubwolke noch meterweit in die Mitte des Burghofes gerauscht waren. Nur langsam legte sich der Staub, und Rob versuchte, sich zu orientieren. Ein stechender Schmerz durchzog seinen Arm. Entsetzt musste er hilflos mit ansehen, wie sich seine Adern langsam dunkel färbten und eine unsichtbare Kraft ihn auf den unteren, großen Burghof zog. „Flieht!", schrie Rob noch aus Leibeskräften, aber es war zu spät. Die anderen waren bereits in der Burg und die qualvollen Schmerzensschreie von Fuku und Tanyulth übertönten seine Warnung. Ein grausames Lachen hallte durch die Burg, gefolgt von einer heftigen Explosion, die den Ausgang hinter ihnen verschüttete.

VON WUT ZU MUT

Die heftige Druckwelle der Explosion schleuderte Mi Lou rückwärts aus Lynirs Sattel. Geschickt rollte sie sich auf dem harten Steinboden ab, aber der laute Knall hinterließ ein dröhnendes Klirren in ihren Ohren. Kleine, umhergeschleuderte Steinsplitter trafen sie wie winzige Geschosse schmerzhaft im Gesicht und an anderen ungeschützten Stellen. Sie hinterließen fiese, blutende Wunden. Der Burghof, in dem sie lag, war in eine einzige riesige Staubwolke gehüllt. Sie atmete durch ihr Hemd, aber trotzdem setzten sich feine Teilchen auf ihren Schleimhäuten fest und reizten ihre Atemwege. Sie musste heftig husten und ein bitterer Geschmack breitete sich in ihrem Mund aus. Vorsichtig öffnete sie ihre brennenden Augen und versuchte die Situation zu erfassen.

Die Schreie der Drachen fuhren ihr durch Mark und Bein, aber sie konnte bei dem Chaos nichts erkennen. Obwohl sie innerlich wie ein loderndes Feuer brannte, zwang sich Mi Lou zur Ruhe. Sie wischte sich mit dem Ärmel den Staub und das Blut aus dem Gesicht. Das Bild, das sich ihr bot, war unerträglich. Langsam legte sich der Staub und gab den Blick frei auf vehement wuchernde, magische Ströme, die der Einsatz des Drachenbluttrankes mit sich brachte. Hinter sich hörte sie lautes, aggressives Wiehern und Kampfgeräusche. Lynir wehrte sich gegen eine Schar Soldaten, die ihn mit Seilen festsetzen wollten. Mi Lou versuchte aufzustehen, um ihm zu helfen, aber ein perfider Zauber machte ihren Körper schwer wie Blei. Ihr fehlte schlichtweg die nötige Kraft, um sich zu erheben. Kurze Zeit später verstummte Lynirs Widerstand.

Nicht weit entfernt von Mi Lou stand Cristofor vor der großen Halle und sah Rob mit abgrundtiefem Hass an. Ein schwarzer, etwa faustgroßer Stein schwebte vor seiner Brust. Seine Hände waren erhoben und er intonierte einen hart klingenden Gesang.

Cristofor genoss es in vollen Zügen, die magische Kraft aus Rob und Fuku herauszusaugen. Stark verästelte, blaue Schwaden, die sich auf dem Weg zu dem unheilvollen Stein von Blau nach Schwarz verfärbten, strömten aus Rob und Fuku heraus. Während Rob bereits kurz davor war, sein Bewusstsein zu verlieren, schrie Fuku aus tiefster Seele vor Schmerz und zitterte am ganzen Leib.

Nicht viel besser erging es Gwynefa und Tanyulth, die sich ebenfalls vor Schmerz auf dem Boden krümmten. Malo, einer der beiden grobschlächtigen Magier, die Fearghal und Anathya umgebracht hatten, hielt ebenfalls einen schwarzen Drachentodstein in der Hand. Kurz vor der Ankunft der Drachenmagier hatte er den Stein mit dem Drachenbluttrank beträufelt und entzog den beiden nun ihre magische Energie. Allerdings hatte Cristofor gelernt, wie stark Gwynefa war und dementsprechend vorgesorgt. Um zu verhindern, dass sie Kontakt zu Tanyulth aufnehmen konnte, schirmte sein Kompagnon Sebah die beiden voneinander ab. Mit Hilfe eines dreieckigen goldenen Amuletts, hatte er einen schwarzen, lichtverschlingenden Wall zwischen ihnen errichtet, der jegliche Kommunikationsversuche blockierte. Gwynefa konnte ihren Tanyulth weder sehen noch ihn gedanklich erreichen, wobei sie derart geschwächt war, dass sie dazu kaum in der Lage gewesen wäre.

Die Wölfe hatten es mit Hróarr, Alva und Rune bis zum Eingang der Magierhalle geschafft, wo sich der überheblich lachende Mortemani im Gespräch mit Olaru und Karl, umringt von weiteren Magiern, aufhielt. Amüsiert betrachteten Mortemani und seine Gefolge, wie eine Übermacht von gut trainierten Wachsoldaten unter dem Kommando von Kommandant Schachner die Wolfsblutkrieger und ihre Wölfe gnadenlos zusammenschlug. Mit lautem Jaulen und Knurren wehrten sie sich erbittert, aber die Gegner waren einfach zu viele.

„Tötet sie nicht! Nehmt sie gefangen und fesselt sie", befahl Mortemani mit bester Laune. „Wir haben doch Mitleid mit ihren armen Seelen", kicherte er.

Der Soldat, der Truls' Vorderläufe zusammenbinden wollte, war einen kurzen Moment unachtsam. Sofort ergriff Truls seine Chance und versenkte seine scharfen Fänge mit aller Kraft in dessen Arm. Mit schmerzverzerrtem Gesicht versuchte der Soldat zur Seite auszuweichen und brachte dabei seinen Kameraden, der Truls festhielt, aus dem Gleichgewicht. Geschickt wandte sich der Wolf aus dessen Griff heraus und biss seinem Peiniger mit seinen scharfen Zähnen die Kehle durch. Den entstandenen Tumult nutzte er und verbiss sich in den Soldaten, der gerade Kaja fesselte. Mortemani war bereits auf dem Weg zu Mi Lou, als die befreite Kaja die Gelegenheit ergriff und mit einer wahnsinnigen Geschwindigkeit hinter ihm herjagte. Eine leuchtende orange Spur zog sich quer durch den Hof, als sie zu einem gewaltigen Sprung auf Mortemanis Kehle ansetzte. Aber kurz bevor sie den bleichen Hals des alten Magiers erreichen konnte, sprang Karl dazwischen und schlug sie mit einem gnadenlosen Faustschlag zu Boden. Voller Angst ignorierte Truls die Tritte der Soldaten, die ihn inzwischen überwältigt und gefesselt hatten. Eiskaltes Entsetzen durchzog ihn, als er die Knochen seiner Gefährtin splittern hörte und mit ansehen musste, wie sie aus der Schnauze blutend regungslos auf dem kalten, feuchten Boden liegen blieb. Mortemani drehte sich kurz um und hatte nur ein verächtliches, müdes Lächeln für die Wölfin übrig. Den Kopf schüttelnd, lief Mortemani, gefolgt von Karl, Olaru und weiteren Magiern, zu Mi Lou und bückte sich zu ihr runter.

„Guten Tag, junge Dame", sagte er in seiner ruhigen, tiefen Stimme. „Ich glaube, du hast dir die falsche Seite ausgesucht. Das Kapitel der Drachenmagier wird heute für alle

Ewigkeit beendet und bald nichts weiter als eine Randnotiz in den Geschichtsbüchern sein."

Mi Lou mobilisierte all ihre Kräfte, um ihren Kopf zu heben. Ihre schwarzen Haare hingen ihr wild über die dreckige, blutende Stirn und sie sah den alten hageren Mann hasserfüllt an. Wütend versuchte sie ihn anzuspucken, aber Mortemani wich ihr geschickt aus.

„Wo bitte sind deine Manieren?", sagte er ruhig und zog seine Stirn in Falten. „Aber ich biete dir die Möglichkeit, deine Entscheidung zu revidieren. Wir würden dich fürsorglich in unseren Reihen der reinen Magie willkommen heißen." Er strich Mi Lou väterlich über die Haare. Angewidert von der Berührung flüchtete Mi Lou sich in ihre Gedankenwelt und schottete ihren Geist nach außen hin ab. Sie atmete ruhig und gleichmäßig, wie Daichi es sie gelehrt hatte.

„Du brauchst dich nicht jetzt zu entscheiden. Es gibt wichtigere Dinge, die meine Aufmerksamkeit verlangen. Wenn ich damit fertig bin, werden wir zwei uns nochmals über das Thema unterhalten."

Mortemani bemerkte, dass Mi Lou ihren Geist abschirmte, und ein flüchtiger Ärger huschte über sein Gesicht. Aber außer Karl nahm niemand diese kurze menschliche Regung wahr. Mit beiden Händen hob der hagere Magier Mi Lous Gesicht an und entdeckte überrascht das Tattoo auf ihrem Nacken. Mi Lou erwiderte völlig gleichgültig seinen forschenden Blick.

„Du hast mich vorhin ganz schön überrascht. Woher hast du deine magischen Fähigkeiten?" Aber Mi Lou machte keine Anstalten, die Frage zu beantworten, sondern blickte Mortemani nur mit leeren Augen an.

„Das ist sehr spannend für mich, vor allem, da es in deiner Welt doch eigentlich keine Magie gibt." Mortemani ließ Mi Lou wieder eine kleine Pause, um zu antworten. Dann verzog er den Mund und schüttelte den Kopf. „Besonders kooperativ bist du ja nicht. Dann wollen wir doch mal sehen, wie gut du darin bist, deinen Geist abzuschotten", sagte

Mortemani, nicht mehr im vertrauten väterlichen Ton, sondern mit eisiger Kälte in der Stimme.

„Karl, kannst du sie bitte aufheben? Ich möchte der jungen Dame gerne zeigen, mit welchem Gesindel sie sich eingelassen hat."

Karl griff Mi Lou grob von hinten, verschränkte seine Arme vor ihrer Brust und hob sie hoch, als würde sie nicht mehr als eine Feder wiegen. Mi Lou hing, mit dem Kopf nach vorne, schlaf in Karls eiserner Umklammerung. Mortemani murmelte leise eine Formel und Mi Lous Halsmuskeln spannten sich an, so dass sich ihr Kopf automatisch aufrichtete und sie nach vorne sehen musste. Mi Lou hatte ihren Geist weitestgehend abgeschirmt, aber das Brennen in ihrer Lunge, die distanzlose Berührung durch Karl und die Fremdbestimmung ihrer Muskeln verhinderten ein wirkliche, tiefe Isolation ihres Geistes.

„Das hier zum Beispiel", Mortemani zeigte geringschätzig auf die hilflos in Ketten gelegte Malyrtha, „ist der prächtige Feuerdrache Malyrtha. Sie ist die Anführerin des weisen Drachenrates und das Beste, was die Drachenmagier zu bieten haben." Zusammengekauert lag Lady Malyrtha in schwere Ketten gelegt auf dem Boden. Ihre einst prächtig rot schimmernde Drachenhaut war ergraut und fahl. An vielen Stellen hatten sich schlimme Entzündungen gebildet, die stark vereitert waren und deren dunkle Ränder einen fauligen Geruch verbreiteten. Die früher so wachen gelben Augen waren milchig trüb und ebenfalls vereitert. Der von Pantaleon eingefasste Drachentodstein, der mit einer Fassung auf dem Stahlband um ihre Schnauze befestigt war, sorgte dafür, dass sie ständig am Rande der Bewusstlosigkeit war und nicht wieder zu Kräften kam.

„Bringt sie bitte vor die magische Halle und legt sie dort der Länge nach hin", befahl er den acht groben Steintrollen, die in seinem persönlichen Dienst standen und sich hinter Malyrtha postiert hatten.

Während die Steintrolle Malyrtha an die gewünschte Position brachten, ging Mortemani weiter zu Gwynefa und

Tanyulth. Karl folgte ihm und sorgte dafür, dass Mi Lou immer mit dabei war. Mortemani trat an die Magierin heran und begrüßte sie freundlich wie eine alte Kollegin. „Willkommen in Falconcrest, verehrte Lady Loideáin. Es ist mir eine Ehre, dass so viele Drachenmagier meinem Seelenritual mit Wallace und Malyrtha beiwohnen wollen."

Verstört blickte Gwynefa, die völlig ausgezehrt am Boden lag, den bösartigen Zauberer an. Als der hagere Magier das Seelenritual erwähnte, schloss sie verzweifelt ihre Augen.

„Schau mich an, wenn ich mit dir rede", fauchte Mortemani. Mit einer beiläufigen Handbewegung und den Blick auf Mi Lou gerichtet, versetzte er Gwynefa einen schmerzhaften Energiestoß. Mit Genugtuung sah er, wie Mi Lou unwillkürlich zusammenzuckte. Er hob Mi Lous Kinn mit seinem Zeigefinger an und strich ihr beinahe zärtlich über die Wange. „Ach, dann bekommst du also doch mit, was um dich herum passiert. Magst du mir dann sagen, woher du deine magischen Kräfte beziehst?", fragte er zuckersüß. Mi Lou sah ihn zornig an. Er kam ihr ganz nahe und sie spürte seinen feuchten Atem an ihrem Ohr. Als sie die ekeligen, nach Balsamöl riechenden Ausdunstungen seines Körpers einatmen musste, bildeten sich auf ihrem Hals juckende Ekelpickel.

„Und, verrätst du es mir?", flüsterte er leise. Ansatzlos schlug er ihr seine Faust in den Bauch und genoss ihren gepressten Atemzug an seinem Ohr. Dann trat er einen Schritt zurück und tat, als wenn nichts passiert wäre. Mi Lou hing schlaf in Karls eisernem Griff und kämpfte die Schmerzen nieder, als Mortemani zu Cristofor hinüberlief, der Rob und Fuku unter seiner Kontrolle hatte.

„Und die hier", Mortemani legte Cristofor seinen Arm um die Schulter und nickte ihm wohlwollend zu, bevor er Rob und Fuku mit kalten Augen ansah, „diese beide hier sind der neuste Auswuchs einer fehlgeleiteten Magie. Die Drachenmagier rekrutieren ihre Nachfolger jetzt schon unter Stallburschen." Mortemani drehte sich schmunzelnd zu seinem Gefolge um und kniff ein Auge zu. „Vielleicht brauchten sie ja jemanden, der ihre Drachen striegelt. Kein Wunder, schaut euch doch mal um, wie ungepflegt die hier anwesenden Exemplare sind."

Ein hämisches Gelächter ging durch die Reihen der reinen Magier. Sie fürchteten Mortemani, aber gerade gab er ihnen das süße Gefühl der Überlegenheit und der Macht. Er flüsterte etwas zu Cristofor. Widerstrebend schwächte Cristofor die Wirkung des Steines auf Rob ab.

Rob stöhnte laut auf und erlangte sein Bewusstsein wieder. Schwerfällig versuchte er aufzustehen und schaute sich orientierungslos um, als ihn ein harter Tritt am Kopf traf. Stöhnend ging er zu Boden und fast schwarzes Blut lief in einem dünnen Rinnsal über sein Gesicht. Als Mortemanis Fuß Robs Kopf ein zweites Mal traf, zuckte Mi Lou zusammen.

„Ach, wie süß", sagte er hämisch. „Du magst den jungen Stallburschen?" Sofort war er wieder dicht bei Mi Lou. „Dann sag mir doch bitte, woher du deine magische Energie hast? Wer bist du?!"

Mi Lou schüttelte verzweifelt den Kopf. Sie schaffte es nicht, die Ereignisse auszublenden und ihren Geist an einen ruhigen Ort in ihrer Gedankenwelt zu bringen. Viel zu nahe gingen ihr die Schicksale ihrer Freunde. „Ich weiß es nicht", sagte sie schluchzend.

Mortemani sah sie forschend an. Er gestand der jungen Frau einen starken Willen zu. Die Tatsache, dass sie nun redete, deutete darauf hin, dass er ihren Willen gebrochen hatte. Wahrscheinlich sagte sie die Wahrheit, aber er wollte noch einen Versuch starten, bevor er sich seiner eigentlichen Aufgabe widmen wollte.

„Sicher?", fragte er und schaute sie ernst an. Mortemani streckte seine linke Hand mit der offenen Handfläche nach oben aus. Ganz langsam spannte er die Muskeln in seinen Fingern an und schloss die Hand zu einer Faust. Je mehr er seine Finger zusammenzog, umso schlimmer schrie Rob, dessen Muskeln sich krampfartig zusammenzogen.

„Ich weiß es nicht!", schrie Mi Lou und wurde von einem Heulkrampf erfasst. „Hört auf, ich weiß es doch nicht. Ich habe keine Idee, wie ich in diese Welt geraten bin und warum ich magische Kräfte habe", schluchzte sie.

Mortemani hob wieder Mi Lous Kinn an und schaute ihr sekundenlang tief in die Augen, während Rob weiter vor Schmerzen schrie. Dann plötzlich ließ er von ihm ab und drehte sich von Mi Lou weg. Cristofor, der mit Genugtuung zugesehen hatte, war enttäuscht, dass Mortemani von Rob abließ. „Soll ich mit der Befragung weitermachen?", fragte er hoffnungsvoll.

Der hagere Zauberer schüttelte den Kopf. „Nein, darum kümmere ich mich später selber. Halte du den Stallburschen und seinen Drachen einfach nur unter Kontrolle." Cristofor stand die Enttäuschung ins Gesicht geschrieben. „Und Cristofor?", ergänzte Mortemani. „Sorg dafür, dass der Junge und der Drache am Leben bleiben. Verstanden?" Cristofor nickte und blickte Mortemani verärgert hinterher.

„Wo ist eigentlich die Familie Bailey?", fragte Mortemani Magnatus Olaru, der neben ihm lief. „Nie sind sie da, wenn man sie braucht."

„Du hattest sie weggeschickt. Sie koordinieren ihre Truppen von der Burgmauer da oben aus." Olaru zeigte auf einen kleinen Kommandostab auf der Burgmauer. „Soll ich sie holen lassen?"

„Nein, es stimmt, die stören nur. Karl? Könntest du zusammen mit Dragoslav den guten Leonard Wallace aus dem Kerker holen?"

„Sehr gerne, was soll ich so lange mit dem Mädchen machen?", fragte Karl.

„Die kannst du da hinten an die Wand ketten." Mortemani zeigte an eine Steinmauer mit Metallringen, an denen normalerweise Pferde festgebunden wurden.

Während Karl Mi Lou an die Wand fesselte und danach zusammen mit Olaru ins Verlies ging, scharte Mortemani die andern Zauberer um sich und gab ihnen Anweisungen für das anstehende Ritual.

Wenig später warfen Olaru und Karl den bis auf die Knochen abgemagerten Gefangenen vor Mortemani auf den Boden. Der sonst so souveräne Anführer der Drachenmagier war nur noch ein Schatten seiner selbst.

„So endest du also zu meinen Füßen, in Lumpen gekleidet und nach Pisse stinkend", sagte Mortemani hämisch. „Schau dir deinen Drachen an, der sieht genauso erbärmlich aus wie du. Aber gräm dich nicht, euer Tod wird nicht sinnlos sein. Ganz im Gegenteil. Ich freue mich, das Seelenritual mit euch zu vollziehen."

Mortemani nickte seinen Magiern zu, die sich daraufhin in einem großen Kreis, der Wallace und Malyrtha mit einschloss, um ihn herum aufbauten. Ein tiefer rhythmischer Gesang setzte ein, und die Zauberer standen bis zur Hüfte in den Flammen eines dunkelrot lodernden Feuerkreises.

Während Magnatus Olaru sich mit in den Kreis einreihte, zog sich Karl in die Nähe von Mi Lou zurück und beobachte gespannt das Geschehen. Er musste sich eingestehen, dass die Szenerie tief in ihm liegende Ängste hervorrief, die er bewusst niederkämpfen musste. Der monotone Gesang, das orangerot flackernde Licht, die Schatten, die wie Geister an den Wänden der Burg tanzten, das Stöhnen und Schreien der Gefangenen und dieser seltsame, magische Qualm, der aus ihren Feinden strömte und alles Licht um ihn herum schluckte. Karl schauderte und ihm war unwohl bei der Vorstellung, was diese fremdartige Hexerei noch alles zu Tage fördern würde.

Mortemani ging hinüber zu der in Ketten gelegten Malyrtha. Er hob ihren kraftlosen Kopf mit dem Stahlband an. Mit einer leise gesummten Melodie brachte er die glühende Fassung dazu, sich zu weiten und der Drachentodstein schwebte scheinbar schwerelos in seine Hand. Malyrthas Kopf ließ er achtlos auf den harten Steinboden fallen. Er sprach eine weitere kurze Beschwörungsformel und träufelte einen Tropfen schwarze Flüssigkeit auf den Stein. Sofort strömten dünne blaue Schwaden in feinen Wirbeln aus Malyrthas Körper. Die Drachendame atmete noch schwächer, und auch Magnatus Wallace, der in seinen dreckigen Lumpen wie ein Häufchen Elend links neben Mortemani lag, stöhnte laut auf. Der hagere alte Magier trat achtlos mit seinem Fuß an Wallaces Hüfte, um ihn auf die Seite zu drehen und ihm die Stofffetzen vom Leib zu reißen. Wallace lag nackt, wie ein Embryo zusammengekauert, auf dem Boden. Auch von ihm strömten dünne Fäden in den unheilvollen Stein. Mortemani nahm den Stein und zerbröselte ihn mit seiner Faust in einen Kristallzylinder mit einer klaren Flüssigkeit. Die Flüssigkeit qualmte kurz auf und wurde in dem Moment, als die blauen Schwaden in sie strömten, silbrig. Mortemani baute sich zwischen Malyrtha und Wallace auf und stellte den Kristallzylinder vor seine Füße. Dann warf er seine Robe ab und setzte zu einer fremdartigen, hart klingenden, Beschwörungsformel an. Er war nur noch mit einem grauen Leinentuch, das um seine Hüfte gebunden war, bekleidet. Der kehlige Gesang des alten Zauberers füllte den gesamten Burghof aus. Seine fahle Haut schimmerte bleich in dem unwirklichen Licht. Auf seiner weiß behaarten Brust verfärbte sich eine handgroße Fläche direkt unterhalb des Brustkorbes. Zuerst war sie blau wie ein Bluterguss, um Sekunden darauf gelblich zu schimmern. Dann bildete sich ein graugrüner Schimmel, der sich das Gewebe zersetzend immer tiefer in den alten Mann hineinfraß. Mortemani drückte das Gewebe mit seinen Fingerspitzen nach innen und ein rundes dunkles Loch mitten in seinem Brustkorb gab den Blick auf seine vereiterte Bauchhöhle frei. Dichter, beigefarbener Nebel, durchzogen von blutroten Äderchen, quoll aus der Öffnung hervor. Ein stechender fauler Geruch wie Schwefel machte sich im Burghof breit. Wer konnte, wendete sich würgend von diesem Schauspiel ab.

Er hob seinen magischen Stab auf und stellte ihn in die silberne Flüssigkeit. Dann trat er zwei Schritte zurück und kippte den Stab vorsichtig an, immer darauf bedacht, dass der Zylinder nicht umfiel. Er positionierte den mit magisch funkelnden Steinen besetzten Knauf des Stabes direkt vor der widernatürlichen Öffnung seins Brustkorbes. Schließlich machte er einen heftigen Satz nach vorne und rammte sich den schillernden Knauf durch die Öffnung hindurch tief in den Körper. Ein grausamer, unwirklicher Schrei durchschnitt die Nacht und sein schmerzverzerrtes Gesicht glich einer wahnsinnigen Fratze mit blutunterlaufenen Augen. Er hatte seine Arme weit von sich gestreckt, und sein gesamter Köper zitterte aufgespießt auf dem magischen Stab. Heulende, zischende Geräusche waren nun aus allen Richtungen zu hören. Die Adern in seinen Armen färbten sich schwarz und zeichneten sich deutlich von der blassen Haut ab. Die Venen seiner Unterarme rissen das Gewebe auf und wuchsen fein verästelt hinüber zu Malyrtha und Wallace. Dort suchten sie sich die Arterien und bohrten sich, wie ein Pilzgeflecht, tief in die Gefäße der beiden hinein. Als sei die Schwerkraft aufgehoben, schwebten die dunkelroten, fein verästelten Gefäßbahnen der drei Lebewesen in schauriger Schönheit schwerelos im Raum.

„Ich rufe euch, allmächtige Jäger des Odems", schrie Mortemani aus vollem Hals. Der elfenbeinfarbene, mit roten Adern durchzogene Nebel quoll weiter aus seinem offenen Brustkorb hinaus und bildete bereits eine dicke, wabernde Schicht über dem Boden. Wie aus dem Nichts schnitt etwas von unten durch die Oberfläche des dicken Bodennebels. Es bildete sich ein langer Riss, der wie die gleißende Flamme eines Schneidbrenners glühte. Langsam drückte eine knöcherne Hand mit langgliedrigen Fingern die Seiten der Naht auseinander und öffneten einen Durchgang in einen dunklen Raum, der dort eigentlich nicht hätte liegen dürfen. Abertausende Schmetterlinge mit dunklen Flügeln, wie schwarz schillerndes Perlmutt, krochen, teils übereinander, aus dem Spalt heraus und erhoben sich in die Luft. Der dunkle Schwarm verteilte sich im Burghof und füllte den gesamten Innenhof, mehr oder weniger dicht, mit flatternden Schmetterlingen.

Mortemanis Seelenritual zog alle Aufmerksamkeit auf sich. Argwöhnisch blickte sich Cristofor in dem Chaos um und erkannte seine Chance. Jetzt war die Zeit für seine Rache gekommen. Niemand beobachtete ihn und nach dem Ritual könnte er erzählen, das Rob und der Drache ihn angegriffen hätten. Ihm war klar, dass er keine Magie benutzen durfte, um den Jungen zu töten. Es bestand die Gefahr, dass er sonst das empfindliche Ritual gestört hätte. Also zog er langsam und unbemerkt das Schwert, das er bei dem Turnier der Drachenmagier gewonnen hatte, aus der Scheide. Er vergewisserte sich nochmals, dass ihn niemand beobachtete, und kniete sich zu dem Jungen, der flach atmend, mit pechschwarzen Adern, vor ihm lag.

„Ich habe dir doch gesagt, dass ich dich und deinen Drachen töten werde. Du hast Glück, dass es so schnell gehen muss. Wäre es nach mir gegangen, hättest du länger leiden müssen." Cristofor drehte Rob an der Schulter auf die Seite und setzte das Schwert an seinem Rücken an. Ärgerlich schlug er ein paar nervende schwarze Schmetterlinge weg.

Aufgeschreckt durch den blass schimmernden Stein in Cristofors Schwert, war Mi Lou die Einzige, die sah, wie Rob und Fuku kaltblütig ermordet werden sollten. Die höllischen Schmerzen ignorierend, zerrte sie wie wild an ihren Fesseln, die sich tief in ihre Haut schnitten. Mi Lou schrie aus Leibeskräften, aber kein Laut war zu hören. Cristofor hatte ihre Stimmbänder gelähmt und lachte sie hämisch an, als er Rob das Schwert mit aller Kraft in den Rücken trieb.

Der Stoß mit dem Schwert durchtrennte den letzten Lebensfaden, der Rob noch mit seinem Körper verband, und riss gleichzeitig Fuku mit ins Verderben. Alles wurde still um Rob herum, und er blieb reglos am Boden liegen. Auch Fuku atmete nur noch einen letzten tiefen Atemzug und brach dann kraftlos in sich zusammen. Rob fühlte sich seltsam leicht und erblickte einige Meter unter sich sowohl seinen als auch Fukus leblosen Körper. Aber irgendwie waren Raum und Zeit seltsam vermischt und aufgehoben. Cristofor, eingehüllt in seine rote magische Aura, blickte böse lächelnd von der verzweifelt heulenden Mi Lou zu ihm. Plötzlich zerrten zwei unterschiedliche Kräfte an Rob und rissen ihn entzwei. Ein Teil von ihm strömte zu Cristofors Aura, der andere Teil schwebte schwerelos in eine unbekannte Dimension. Rob spürte, wie sich seine Erfahrungen, seine Erinnerungen und das, was ihn ausmachte, aus seinem Bewusstsein herauslösten. Die bedrohliche Wolke der schwarzen Schmetterlinge, durch die er schwebte, entfachte in ihm eine unergründliche tiefliegende Angst. Sein Name ging verloren und er war nur noch ein von allem Irdischen losgelöster Geist. Er war und trieb im Nichts.

Es fühlte sich so an, als würde ihr jemand das Herz bei lebendigem Leibe aus dem Körper reißen. Wie ein Planet, der von einem riesigen Kometen aus seiner Bahn katapultiert wurde, hatte Mi Lou nicht nur ihren Vater verloren, sondern war auch in eine völlig fremde Welt katapultiert worden. Entgegen ihrer eigentlichen Natur, hatte sie sich auf die tiefe Bindung zu Rob und Fuku eingelassen. Trotzig hatte sie sich ihrer tief sitzenden Angst, wieder verlassen zu werden, entgegengestellt und ihr Herz für diese zwei liebenswerten, verrückten Typen geöffnet. Sie schloss ihre Augen, die Tränen versiegten, und ihre Liebe verwandelte sich in gnadenlose Wut. Ein unerträglicher, brennender Schmerz breitete sich in ihr aus, so als hätte sie jemand mit glühender Lava überschüttet.

Sie öffnete die Augen und atmete tief ein. Die Luft füllte ihre Lungen und ihr Körper entfaltete sich zu neuer Stärke. Ein grausamer Schrei, der nicht von dieser Welt war, ließ sie zu Mortemani hinüber blicken. Am Rande des Spaltes suchten sich lange knöchernen Finger langsam tastend Halt in dieser Welt. Vorsichtig und bedacht kroch ein großes, menschenähnliches Gerippe aus dem Spalt heraus. Sobald es seine Knochen durch den aus Mortemani strömenden Nebel bewegte, blieben Fetzen wie dünne durchsichtige Seide an den Gebeinen hängen und bildete eine fadenscheinige Haut, die an ein gerafftes Kleid erinnerten. Als sich der verstörende Odemjäger zu seinen vollen drei Metern Größe aufgerichtet hatte, streckte er die Arme aus und entfaltete sein knöchernes Flügelgerüst zu voller Spannweite. Wie auf ein unsichtbares Kommando, änderten die schwarzen Schmetterlinge ihre Flugrichtung und schwärmten auf den durchscheinenden Odemjäger zu, dessen dünne Haut leise im Wind raschelte. Die ersten Schmetterlinge landeten auf dem Rückgrat und bildeten einen breiten, düsteren Stamm. Begleitet von einem tiefen, pulsierenden, dumpfen Grollen, wie ein fernes Gewitter, verschmolzen sie mit den Knochen. Weitere Falter landeten auf ihren Vorgängern und krochen über die dünne Haut auf den Brustkorb und den Kopf des Wesens. Mehr und mehr verdeckten die schwarz schillernden Insekten, die filigran wirkende Kreatur und gaben ihr eine erschreckende Form. Zuletzt besiedelten die Schmetterlinge die beiden großen Flügel und vollendeten so die dunkle Metamorphose. In gieriger Erwartung des nahenden Todes von Malyrtha und Wallace, schwebte das Wesen mit langsamem Flügelschlag zu dem grausamen Ritual des entstellten Magiers, der noch immer auf seinem Stab aufgespießt und über die fein verzweigten, schwarzen Gefäßbahnen mit Wallace und Malyrtha verbunden war. Ein Ruck ging durch den fremdartigen Odemjäger, dessen Oberfläche in stetiger Unruhe war, und er stieß einen weiteren unwirklichen Schrei aus, der allen das Blut in den Adern gefrieren ließ. Plötzlich drehte er sich langsam zu Mi Lou um und starrte sie mit seinen leeren Augenhöhlen an. Durch die Höhlen sah Mi Lou in einen tiefen, dunklen Raum aus einer unheilvollen, fremden Dimension, die einen unbändigen Sog auf sie ausübte.

Mit aller Kraft riss sich Mi Lou von dem Blick des unheilvollen Wesens los. In ihrem Gefühlsstrudel aus Wut und Trauer spürte sie die vertraute Gegenwart von Rob und Fuku ganz deutlich in ihrer Nähe. Ein beißender Hustenreiz kroch ihren Hals hoch und sie versuchte vergeblich, einen Schwindelanfall niederzukämpfen. Überwältigt von ihren Gefühlswallungen wehrte sich Mi Lou nicht länger gegen das, was aus der verborgenen Welt ihres Unbewusstseins hervorbrach. Etwas nahm von ihr Besitz, als Cristofor sie,

wie in Zeitlupe, mit weit aufgerissenen Augen panisch an-
starrte. Sie riss sich von ihren Fesseln los, und eine gewaltige
Kraft bahnte sich ihren Weg nach draußen. Cristofor verbrannte schreiend in einer Flamme, heißer als tausend Son-
nen. Mit einem kräftigen Satz stieß sich Mi Lou vom Boden
ab und flog der undeutlichen Ahnung von Rob und Fuku
hinterher. Durch ihre meerblaue Drachenhaut wütete ein
tosender Sturm. Ein Nebel aus feinen Wassertropfen fiel unter ihr zu Boden und brannte sich mit einem feurigen Glimmen durch die seidig matten Flügel der Schmetterlinge. Mi
Lou fühlte, wie eine unbändige, stürmische Kraft sie erfüllte.
Ihre Verwandlung hatte den Lauf der Zeit verändert. Bis auf
Mi Lou und das unnatürliche Seelenritual, mit der Schwelle
zu einer anderen Dimension, lief alles in einem tausendstel
Bruchteil der normalen Geschwindigkeit ab. Irritiert blickte
der Odemjäger Mi Lou hinterher, bis er beschloss, ihr nach-
zujagen.

Eisige Kälte umströmte Mi Lou, als sie, verfolgt von dem
abartigen Wesen, mit kräftigem Flügelschlag immer höher in
den Himmel aufstieg. Weit entfernt am Horizont kündigte
ein zarter silberner Streifen den nahenden Tag an. Der un-
gewohnte Körper und die Verwandlung hatten Mi Lou auf
das Äußerste verwirrt. Aber in einem war sie sich sicher:
Rob und Fuku waren ganz in ihrer Nähe, auch wenn ihr Wesen immer diffuser wurde. Ängstlich suchten ihre Augen
den Himmel nach ihrem Verfolger ab, aber etwas schien ihn
gestört zu haben. Auf halber Höhe hatte er innegehalten und
war zurück zu Mortemani geflogen.

Plötzlich durchströmte sie ein intensives, inniges Gefühl,
und sie wusste, dass sie ihre zwei Freunde erreicht hatte. In
einer grenzenlosen Vertrautheit ließen sie sich in Mi Lous
Körper nieder, so als hätten sie ihr neues Zuhause gefunden.
Dicke Tränen kullerten der gewaltigen Drachendame über
ihre blau glitzernden Wangen und spiegelten die ersten
Lichtstrahlen des Morgens wider. Tief bewegt durchfuhr Mi
Lou die Einsicht, dass ihr Körper jetzt drei Seelen Schutz bot.
Die Charakterzüge von Rob und Fuku nahmen wieder deut-

lich an Intensität zu, und Mi Lou wusste intuitiv, was zu tun war. Sie umhüllte sich mit einem starken Schutzschild und stürzte im freien Fall zurück auf den Burghof. Kurz über dem Boden fing sie ihren Sturz ab und landete sanft neben den zwei schwach glühenden, leblosen Körpern. Mi Lou spürte, wie Rob und Fuku aus ihr schwärmten, um sich mit ihren magischen Auren zu verbinden, die nach Cristofors Tod in ihre Körper zurückgekehrt waren. Mit entschlossener Miene hob sie den Drachentodstein neben Cristofors verkohlter Leiche auf und zerbröselte ihn mit ihrer kräftigen Klauen. Ein gewaltiger blauer Sturm aus magischer Kraft brach los und strömte zurück in Fuku und Rob.

Während Fuku voller Energie aufsprang, beugte sich Mi Lou über Rob und legte ihm ihre Stirn auf seine Wunde am Rücken. Ein Zucken ging durch Rob und das Gewebe wuchs in wenigen Sekunden wieder vollständig zusammen. Rob rappelte sich auf und sah dem blauen Wasserdrachen mit inniger Verbundenheit tief in die Augen. „Danke, Mi Lou", sagte er sanft, und Mi Lou lachte befreit auf, als auch noch Fuku sie unvermittelt liebevoll an sich drückte. Der dunkle Schatten, der sich über einen Teil ihrer Seele gelegt hatte, war wie weggeblasen. Sie waren wieder vereint und bereit, den Kampf zu Ende zu führen.

Die Zeit nahm wieder ihre normale Geschwindigkeit an und ein Aufschrei ging durch die Burg. „Die Ryūjin sind zurück!"

SEELENFRAß

Das Erscheinen einer Ryūjin und eines Odemjägers stürzten Mortemanis Magier in tiefe Verunsicherung. Pures Entsetzen ergriff sie beim Anblick der wilden Wasserdrachendame. Panisch vor so viel zügelloser, ursprünglicher Magie, flohen sie aus ihrer rituellen Formation. Mortemani verlor die Kontrolle über sein Seelenritual und das feine Geflecht aus Adern, das ihn mit Wallace und Malyrtha verband, löste sich in graue Asche auf, die leise zu Boden rieselte. Ein heilloses Chaos brach auf der Burg los, und nur Dragoslav Olaru stand ihm noch zur Seite. Ausgezehrt von dem missglückten Seelenritual, kostete es Mortemani viel Kraft, seine offene Wunde wieder zu verschließen. Der unheilvolle Nebel versiegte langsam, und Mortemani stützte sich geschwächt auf seinen Freund.

„Kommt sofort zurück", brüllte er seinen Magiern heiser hinterher und erhob wütend seine Arme. Die Magier erfasste ein lähmender Fluch, und ihre Flucht fand ein jähes Ende. Dem entferntesten Zauberer schleuderte er einen gleißenden roten Blitz hinterher, der krachend in dessen Rücken einschlug. Kaum sackte der getroffene Magier bewusstlos zusammen, war auch schon der Odemjäger mit seinen breiten Schwingen über ihm. Begierig bedeckte er den wehrlosen Körper und schirmte ihn gegen fremde Blicke ab. Fette weiße Maden fielen aus dem Brustkorb des Jägers und setzten sich auf der Stirn des Magiers fest. Ein fein verästeltes, schwarzes Geflecht wuchs auf der Haut ihres Opfers und bildete schwarze Kokons. Abgeschirmt durch den Odemjäger, vollzogen die Maden dort ihre Metamorphose. Schließlich schlüpften sie als Schmetterlinge aus der menschlichen

Bruthöhle und breiteten bedächtig die dunklen Flügel aus. Nach kurzer Zeit waren sie so pechschwarz, dass sie jegliches Licht verschluckten. Der Magier unter den Schmetterlingen zitterte unruhig, und im Moment seines Todes hoben die Falter ab. Sie flogen zurück zu ihrem Jäger und reihten sich in das grausame, lebendige Kleid ihres Herren ein. Hungrig erhob sich der Odemjäger und hielt gierig nach weiteren Opfern Ausschau. Entsetzt vom Anblick des grausamen Seelenfraßes, kehrten die verbliebenen Magier verängstigt zurück. Mortemani, der sich gerade die Robe, die ihm Olaru reichte, über seinen geschundenen Körper zog, empfing sie mit einem arroganten, überheblichen Blick.

Dankbar für die Ablenkung, die ihnen das Chaos um das abgebrochene Seelenritual verschaffte, stürmten Fuku und Rob los, um Gwynefa und Tanyulth zu befreien. Seit Mi Lou sie gerettet hatte, waren sie noch inniger miteinander verbunden. Vor Selbstbewusstsein und Kraft strotzend, griffen sie Malo und Sebah an. Während Fuku Sebah mit einem Angriff ablenkte, zerstörte Rob dessen Amulett und der Schutzwall zwischen Gwynefa und Tanyulth löste sich auf. Malo, der in der einen Hand den unheilvollen Stein hielt, zückte mit der anderen Hand eine kleine Armbrust und feuerte auf Fuku. Schmerzverzerrt brüllte Fuku auf, als sich das Gift des Geschosses in seinem Körper ausbreitete. Sofort verband sich Rob mit seinem Drachen, konzentrierte sich auf dessen Blutbahnen und half ihm dabei, das Gift zu neutralisieren. Malo hatte inzwischen nachgeladen und zielte auf Rob. Fuku schlug mit seiner Pranke auf den Boden, und die Erde im Umkreis von fünf Metern rumpelte. Malo verzog seinen Schuss und der giftige Pfeil ging ins Leere. Sebah warf eine Phiole vor Fuku und Rob auf den Boden und Sekunden später waren sie in einen beißenden Nebel gehüllt.

„Schließe deine Augen und halt die Luft an!", befahl Fuku und rief einen Luftwirbel herbei, der den beißenden Dampf vertrieb. Im Eifer des Gefechts übersahen Fuku und Rob, dass Karl sich mit zwei seiner Elektroschockwaffen unbemerkt näher schlich. Noch sichtlich mitgenommen von dem verstörenden Mahl des Odemjägers, landete Mi Lou kaum hörbar neben Karl. Sie verlagerte ihr Gewicht nach vorne, drehte sich schwungvoll um die eigene Achse und traf Karl mit einem brutal harten Tritt vor die Brust. Karl flog krachend durch die Tür zur magischen Halle, die in tausend Splitter zerbrach. Fuku hatte Mi Lous Attacke beobachtet und sah sie amüsiert an. „Für einen Drachen hast du einen recht ungewöhnlichen Kampfstil", kommentierte er mit hochgezogener Augenbraue.

„Das ist die Macht der Gewohnheit", entschuldigte sie sich knapp und wich Fukus Blick aus.

Rob runzelte seine Stirn. „Fuku, pass auf!", rief er gerade noch rechtzeitig, so dass sein Drache die Attacke von Sebah blocken konnte. Fuku und Rob sahen sich wissend an und belegten die zwei Zauberer mit einem Stakkato aus heftig blitzenden Energiestößen. Die Kraft der Schutzzauber ihrer Gegner schwand mehr und mehr, bis schließlich die Attacken von Fuku und Rob ungehindert auf die beiden Magier einschlugen und sie niederstreckten. Fuku griff sich den Stein aus Malos Hand und zerstörte ihn mit seinem heißen Drachenatem. Eine dichte, massige, blaue Energiewolke in Drachenform tobte durch den Burghof und wirbelte die schwarzen Schmetterlingsschwärme durcheinander, bevor sie ihren Weg zurück in Gwynefas und Tanyulth Körper fand. Zornig rafften sich die beiden auf und erstarrten völlig perplex bei dem Anblick des fremden Wasserdrachen.

„Steht da nicht rum, helft uns lieber!", rief Rob in einem bestimmenden Ton.

Eine Gänsehaut überkam Gwynefa, die ihren Blick nicht von Mi Lou abwenden konnte, und Tanyulth war vollends verwirrt.

„Mi Lou?", fragte Gwynefa vorsichtig und fuhr sich unsicher durch ihre Locken.

Mi Lou nickte und lächelte sie verlegen an. „Ja, ich glaube schon."

Ein wohliger Schauer durchfuhr Gwynefa, und Tränen schossen ihr in die Augen. Tanyulth deutete eine Verbeugung an und war sprachlos.

Auch Mortemani hatte inzwischen die Verwandlung von Mi Lou registriert. Der Gedanke, dass eine Ryūjin zurückgekehrt sein sollte, verunsicherte ihn. Offensichtlich war sie sich aber noch nicht ihrer vollen Kräfte bewusst, sonst wäre dieser kleine Kampf hier schon längst zu Gunsten der Drachenmagier entschieden. In ihm keimte der Gedanke auf, zu welcher Macht ihm dieses Wesen verhelfen könnte. Auch wenn es heute noch zu früh war, so hatte er zumindest herausgefunden, wie er Zugang zu ihr bekam. Grausam lächelte er den naiven, jungen Stallburschen und seinen Walddrachen an. Mit der entsprechenden Vorbereitung traute er sich durchaus zu, eine Ryūjin zu bändigen. Wichtig war nur, dass er den heutigen Tag überlebte und geduldig war. Er drehte sich um und suchte nach Karl. Der stand bei den Trollen, an das Gebäude der Wachen gelehnt, und musste sich offensichtlich noch von dem harten Tritt erholen. Mortemani gab ihm ein Zeichen, dort zu bleiben und auf ihn zu warten. Dann wandte er sich seinen Magiern und Olaru zu, die neben ihm auf seine Kommandos warteten.

„Konzentriert eure Attacken auf Wallace und Malyrtha", befahl er seinen Magiern. „Und wenn sie tot sind, kümmert euch als nächstes um Gwynefa und Tanyulth." Er trat zwei Schritte zurück und zog Olaru mit sich. „Worauf wartet ihr?", schnauzte er seine Zauberer an. „Legt los!"

„Auf mein Kommando verschwinden wir hier und schnappen uns Karl und die Trolle", flüsterte er Dragoslav Olaru zu. „Dann schleichen wir uns durch die Burg und greifen die Drachenmagier von hinten an."

Magnatus Olaru nickte. „Meinst du, wir können die Ryūjin besiegen?", fragte er zweifelnd. Mortemani grinste ihn an. „Lass das mal meine Sorge sein", sagte er verschwörerisch.

Mit voller Konzentration schloss sich Magnatus Olaru der Attacke der anderen Magier gegen Wallace und Malyrtha an. Gwynefa, Rob und die drei Drachen hatten alle Hände voll damit zu tun, die zwei gegen den massiven Angriff der reinen Magier mit ätzenden Tränken, lähmenden Flüchen und tödlichen Energieattacken zu schützen.

Zufrieden mit der Ablenkung, die seine Magier verursachten, blickte Mortemani forschend in den Durchgang zu der Schattenwelt. Wie schon bei seinem Seelenritual, setzte er zu einem kehligen Gesang an und tanzte wie ein Derwisch um seinen Stab herum. Die Ränder der Öffnung glühten, und Mortemani rammte die Spitze seines Stabes neben Olaru in den Boden.

Ein greller Lichtbogen riss den Spalt zu einem riesigen Loch im Boden auf und öffnete die Pforte zu der pechschwarzen Schattenwelt. Die Magier flohen in Panik, aber für Olaru kam jede Hilfe zu spät. Er stürzte unter flehenden Schreien in den lichtlosen Abgrund. Plötzlich war es unwirklich still. Das Loch verschluckte sämtliche Geräusche auf der Oberfläche. Erste rote Turbulenzen und ein tiefes Grollen kündigten ein nahendes Inferno an. Dann war es wieder still, bis sich ein unruhiges Rauschen dem Durchgang näherte.

Unmengen von schwarzen Schmetterlingen stoben aus dem Loch heraus und bildeten eine bedrohliche schwarze Wolke über der Burg. Wie Haie, die von dem Duft eines Blutstropfens im weiten Ozean angelockt werden, krochen weitere Odemjäger auf der Suche nach verirrten Seelen aus der Schattenwelt heraus und hüllten sich in ihr furchteinflößendes schwarzes Kleid aus seidig schimmernden Schmetterlingen.

Nachdem fast eine Stunde vergangen war und es keine positiven Nachrichten aus der Burg gab, war Gweir Owens Hoffnung auf einen Erfolg ihrer Mission geschwunden. Überraschenderweise griff aus der Burg kein Magier der Feinde mehr mit in den Kampf vor der Burg ein. So schaffte er es durch die Unterstützung der Waldtrolle, die feindlichen Truppen in Schach zu halten. Aber trotzdem fürchtete er, dass jeden Augenblick die reinen Magier mit einer neuen Teufelei das sensible Gleichgewicht zu ihren Gunsten kippen könnten. Gweir Owen hielt den prächtigen Wasserdrachen über Falconcrest für Tanyulth und sein Herz machte einen Sprung. Jetzt wusste er zumindest, dass die Drachenmagier noch nicht geschlagen waren. Wie auch seine Kämpfer überkam ihn ein Hochgefühl. Er spürte, dass ein Sieg noch möglich war.

Als sich die ersten Soldaten aus dem Lager der reinen Magier ergaben, hielt er die Berichte über das Erscheinen eines Ryūjin noch für eines der üblichen Gerüchte, die häufig auf Schlachtfeldern kursierten. Aber als sich plötzlich ganze Einheiten aus den Grafschaften Skaiyles auf ihre Seite schlugen und offen gegen die Befehlshaber aus Greifleithen und Rochildar rebellierten, stimmte ihn das nachdenklich. Verwirrt drängte er die aufkeimenden Zweifel in den Hintergrund und besann sich auf seine Aufgabe als Feldherr. Routiniert ordnete er seine Armeen neu und zwang seine verbliebenen Gegner binnen weniger Minuten zum Rückzug, als grausame schwarze Engel über die Burgmauern flogen und mit ihrer Jagd auf die sterbenden Seelen Angst und Schrecken verbreiteten.

„Wir müssen den Durchgang schließen, egal was es kostet", schrie Gwynefa, während sie versuchte, die Struktur des Abgrundes mit ihrem Geist zu erfassen. Tatsächlich züngelten blaue, wabernde Schwaden an den Rändern, aber das inzwischen etwa sechs Meter große Loch schrumpfte nur um wenige Zentimeter. Dann griff ein Odemjäger Gwynefa und Tanyulth direkt an. Um sich herum sammelte er einen schwarzen, flatternden Schwarm, der Gwynefas Energiefluss blockte. Immer mehr der dunklen Insekten hielten auf Gwynefa und Tanyulth zu und versuchten sich auf ihnen festzusetzen. Die flatternden Biester wirkten wie kleine magische Schilde, die ihre immense Kraft aus ihrer großen Anzahl bezogen. Tanyulth und Gwynefa brachen den Versuch, den Durchgang zu schließen, ab und flohen in die Luft, um die schwarzen Plagegeister abzuschütteln. Mit seinem Drachenfeuer verglühte Tanyulth die nervenden Falter, die daraufhin als staubige Asche auf den Boden regneten. Aber nur, um durch eine noch größere Zahl aus dem nicht enden wollenden Strom ersetzt zu werden.

„Ich glaube, wir drei können es schaffen", rief Mi Lou und schwang sich elegant in die Luft. Fuku und Rob folgten dem Wasserdrachen, der förmlich durch die Luft tanzte. Zusammen flogen sie in wilden Schleifen und Kreisen über der Burg und hinterließen ein verschlungenes magisches Mandala aus leuchtenden goldenen und blauen Streifen. Rob wirkte einen schwebenden Feuerball, mit dem er die Himmelsspuren der Drachen geschickt verband und das magische Gebilde vervollständigte. Mi Lou und Fuku brachten mit ihrem Drachenfeuer das Zentrum des Mandalas zum Glühen und lösten es aus. Sie hielten in der Luft inne und konzentrierten sich auf den unnatürlichen Übergang in eine andere Welt. Ein gleißend heller Plasmastrahl ging auf den Abgrund nieder und verglühte alles, was sich ihm auf seinem Weg entgegenstellte. Der Strahl drang in die Dimension der Schattenwelt ein und zog dabei die Ränder des Durchganges immer enger zusammen. Mit einem satten, schlürfenden Geräusch schloss sich das Loch, und die Pforte zur Schattenwelt war wieder verschlossen.

„Das hat überhaupt nicht geknallt", beschwerte Fuku sich enttäuscht, als sie zurück in den Burghof flogen und dabei jede Menge der schwarzen Insekten erledigten.

Gwynefa und Tanyulth waren noch immer in ihren heftigen Kampf mit dem Odemjäger verwickelt. Wie ein Dirigent befehligte das unheimliche Wesen dutzende kleine Schwärme, die sich aus der großen Masse der schwarzen Schmetterlinge nährten. Sie griffen die Magierin und ihren Drachen von allen Seiten und mit den unterschiedlichsten Attacken an. Die Vielzahl und die Zufälligkeit der Angriffe machte es den beiden unmöglich, sich vernünftig zu verteidigen. Hatte sich Gwynefa gerade in ein Schutzfeld gegen einen Wandlungszauber eingehüllt, traf sie aus einer völlig anderen Richtung unvermutet ein Fluch, der ihre Herzmuskeln lähmte. Tanyulth erging es nicht besser. Auch wenn keine der Attacken besonders stark war, so ermüdete die beiden doch die Vielzahl der Treffer, die sie einstecken mussten.

„Wir müssen etwas tun", zischte Tanyulth, dessen rechter Flügel lahmte. „Wenn wir nicht schnell ein Mittel gegen diese Viecher finden, sind wir in ein paar Minuten erledigt."

„Wir sollten versuchen, den Odemjäger direkt anzugreifen", schrie Gwynefa.

Tanyulth spie einen satten Feuerstrahl auf ihren Gegner. Aber bevor er sein Ziel erreichte, bildete sich ein dunkler Schutzschild aus tausenden Faltern vor dem Jäger und fing den Feuerstrahl ab. Sich stetig erneuernd, verglühten die matt schimmernden Schmetterlinge und rieselten als Ascheregen zu Boden. Der Odemjäger blieb unversehrt, wich aber vor dem Drachenfeuer zurück. Schließlich hatte Tanyulth keine Kraft mehr und seine Flamme versiegte.

„Das Viech reagiert empfindlich auf Feuer", rief Gwynefa. „Wir müssen dafür sorgen, dass er kein Schutzschild zwischen sich und der Quelle des Feuers aufbauen kann." Gwynefa sprang von Tanyulth ab und lief langsam, aber stetig auf den Odemjäger zu. Immer enger umkreisten sie ihn, sammelte ihre Kräfte und kam ihm unter höllischen Schmerzen so nahe, dass sie ihn schließlich umarmen konnte. Der Odemjäger wehrte sich grausam. Vollständig vergraben unter einer dicken Schicht schwarzer Falter, die überall auf Gwynefa herumkrochen, war sie von außen kaum noch zu erkennen. Sie spürte, wie die kleinen ekeligen Viecher unter ihrer Kleidung direkt auf ihrer Haut krabbelten, und war wie benommen von den höllischen Qualen, die die Summe der magischen Angriffe in ihr auslösten. Das Schlimmste aber war, dass sie die unendlich traurigen Seelen in den Faltern spüren konnte. Die Verzweiflung raubte ihr fast den Verstand, und sie sammelte ein letztes Mal all ihre Kräfte. Mit unglaublicher Anstrengung verband sie sich mit Tanyulth und sie klemmten den Odemjäger zwischen sich ein. Gwynefa schrie ihren Schmerz und ihre Verzweiflung aus sich heraus, als Tanyulth seine Drachenglut ungebremst auflodern ließ. Gwynefa spürte, wie ihr Gegner an Kraft verlor und roch den üblen Gestank der verbrannten Insekten. Keinen Augenblick zu früh, denn Gwynefa war völlig ausgezehrt und hätte die Qualen nicht länger aushalten können.

Mi Lou, Fuku und Rob erreichten den Burghof und wollten Gwynefa und Tanyulth helfen, als ein weiterer Odemjäger zurück über die Mauern geflogen kam. Er ignorierte den Kampf, in den sein Artgenosse verwickelt war, und hielt zielstrebig auf Wallace und Malyrtha zu, die noch völlig entkräftet auf dem Boden lagen.

Rob spürte, dass Fuku dasselbe wie er dachte, und sie griffen das fremdartige Wesen, ohne zu zögern, an.

„Kümmere du dich um Wallace und Malyrtha und zerstöre den Stein", rief Rob noch Mi Lou zu, bevor Fuku und er in einem Wirbel aus schwarzen Faltern verschwanden. Rob würgte und spuckte einige der ekligen Viecher, die in seinen Mund geflogen waren, aus.

„Wenn du Hunger hast, solltest du besser bis nach dem Kampf warten", meinte Fuku schmunzelnd.

„Wenn ich meine Klappe aufreiße, sterben wenigstens Gegner, bei dir kommt nur heiße Luft raus", frotzelte Rob zurück.

Fuku lachte aus tiefstem Herzen, spie einen lodernden Feuerstoß aus und der Schwarm vor ihnen verglühte in beißenden Qualm.

„Schon besser", lobte ihn Rob. „Bist du bereit?", fragte er voller Tatendrang.

Fuku zögerte. Sie wollten es Gwynefa und Tanyulth gleichtun, die immer noch in einer gleißenden Kugel mit dem Odemjäger verschmolzen waren. Fuku zweifelte, ob seine Drachenglut die erforderliche Kraft, wie ein erfahrener Tanyulth sie hatte, aufbringen konnte. Er musste sich eingestehen, dass er Angst um Rob und sein Leben hatte.

„Wir schaffen das!", ermutigte ihn Rob und sprang, ohne eine Antwort abzuwarten, neben den Odemjäger, der sich gerade mit ausgebreiteten Flügeln über Wallace beugte. Er fing die fette weiße Made auf, die sich auf Wallace Kopf fallen ließ und zerquetschte sie zwischen seinen Fingern. Irritiert sah der Odemjäger den grinsenden Rob mit seinen hohlen Augen an. Die qualvolle Ahnung der fremden Dimension, die Rob durch die Augenhöhlen des Wesens sah, jagte ihm einen Schrecken ein. Ungeachtet dessen und die Tatsache ignorierend, dass der Brustkorb des Wesens voll mit ekelerregenden, bleichen Maden war, streckte Rob seine Arme aus und nahm den Odemjäger wie einen alten Freund in die Arme. Sofort war er unter mehreren Schichten der schwarzen Falter begraben. Überall krabbelte und wimmelte es und es fühlte sich an, als würde ihm jemand das Fleisch von den Knochen nagen. Wie Gwynefa spürte er die hoffnungslosen, verlorenen Seelen, deren Trauer sich mit seinen unmenschlichen Schmerzen mischte.

Da tauchte plötzlich Fuku in seinen Gedanken auf und teilte mit ihm das Leid. Seine Drachenglut loderte und verbrannte bereits die äußersten Schichten des Odemjägers, der in wilden Zuckungen versuchte, aus der Umklammerung zu fliehen. Aber Rob griff unnachgiebig wie ein Schraubstock zu und ließ dem Wesen keine Chance, der Drachenglut zu entkommen. Die Kraft des bösen magischen Wesens schwand nur langsam, und Zweifel nagten an Fuku. Rob, der Fukus Not erkannte, leitete seine gesamte magische Energie in seinen geliebten Drachen. Ganz so, wie sie es das erste Mal unter Bennetts Anleitung gemacht hatten, als Fuku ihm beibrachte, eine Flamme auf der Hand zu erschaffen. Nur diesmal war es Rob, der Fuku half. Es dauerte ganze fünf Minuten, bis der Wille des Odemjägers gebrochen war und er unter Rob und Fuku leise zu einer schwarzen Aschewolke zerfiel.

Völlig ausgelaugt und noch von der strahlenden Drachenglut geblendet, dauerte es ein paar Sekunden, bis Rob die Umrisse vor sich erkannte. Ein Stich ging durch sein

Herz, als er das traurige Gesicht mit den müden Augen erkannte. Rob glaubte, in Malyrthas Seele zu sehen, und schlug beklommen seinen Blick nieder. Aber Malyrtha hob mit ihrer Klaue sanft seinen Kopf an. Mit tiefster Zuneigung lächelte sie ihn an und blickte dann zu Fuku, der verlegen neben ihnen stand.

„Fuku, ich glaube ich muss mich bei dir entschuldigen. Das letzte Mal hielt ich dich für einen talentierten, unreifen Drachen", sagte Malyrtha mit schwacher Stimme. „Erst jetzt erkenne ich, mit welcher Weisheit du diesen zauberhaften Menschen gewählt hast." Fuku lächelte verlegen und wusste nicht, was er antworten sollte. Malyrtha wandte sich wieder Rob zu. „Und du, junger Magier", sagte sie mit brüchiger Stimme. „Du bist eines der seltenen Geschöpfe, die den Lebewesen in die Seele sehen können. Diese Gabe ist ein hohes Gut und sie verleiht dir ungeahnte Macht. Du hast ein gutes Herz, aber sei immer vorsichtig mit dieser Kraft, sie kann ganze Welten zerstören." Malyrtha atmete tief und Rob fühlte sich seltsam schwermütig.

„Malyrtha", rief Wallace vorwurfsvoll. Der ausgezehrte Magnatus von Skaiyles trat, auf Gwynefa gestützt, zu ihnen und drückte Rob wie einen alten Freund an sich. „Rob, wir sind dir einfach nur aus tiefstem Herzen dankbar. Malyrtha und ich stehen ewig in deiner Schuld. Normalerweise redet Malyrtha nur mit mir so offen. Es ist ihre eigene Art, dir ihren tiefsten Respekt zu zeigen."

Rob zuckte hilflos mit den Schultern.

„Drachen halt", kommentierte Fuku trocken.

„Noch ist keine Zeit für Scherze", sagte Tanyulth ernst. Der kräftige Wasserdrache war immer noch von dem harten Kampf gegen den Odemjäger angeschlagen. „Wir müssen die Kontrolle über die gesamte Burg erlangen. Sie ist noch voll von unseren Gegnern und wir müssen nach den Gefangenen suchen. Keine Ahnung, wohin sie Hróarr, Alva, Rune und die Wölfe gebracht haben."

„Außerdem laufen Mortemani und Karl noch frei herum. Ich habe gesehen, wie er mit Karl und den Trollen im Wachhaus verschwand, als hier die Hölle losbrach", erklärte Mi Lou.

„Das Wichtigste ist, dass wir die Odemjäger vernichten. Sie bringen etwas Böses in unsere Welt. Sie gehören nicht hierher", warnte Gwynefa eindringlich.

„Gwynefa hat recht", pflichtete ihr Wallace bei. „Leider sind Malyrtha und ich zu schwach, wir können euch nicht helfen, aber die Odemjäger müssen unbedingt aufgehalten werden."

„Ich könnte einen Durchgang in die Mauer schlagen", sagte Mi Lou. „Dann könnte Gweir in die Burg und wir könnten uns auf die Odemjäger stürzen." Sie schaute Fuku und Rob erwartungsvoll an. „Ich bräuchte allerdings Hilfe. Könnt ihr noch?"

Fuku und Rob sahen sich grinsend an und richteten sich auf. „Wir? Klar können wir noch, was ist das für eine Frage!?"

„Dann fliegen Tanyulth und ich schon mal vor die Burg, erklären Gweir unseren Plan und machen uns auf die Jagd nach Odemjägern", fasste Gwynefa zusammen und machte sich mit Tanyulth los.

Wie in einem Rausch flogen sie über die Burg und setzten zu einem weiteren Mandala an. Diesmal verwebten Fuku und Mi Lou über dem Torhaus ihre blauen und goldenen Stränge zu einem Tunnel mit etwa zehn Metern Durchmesser. Über der Mitte des Gebildes hielt sich Fuku in der Luft und Rob wirkte einen lodernden Feuerball, den er nach unten abfeuerte. Der Feuerball wuchs zu einem riesigen, lodernden Lavaball an und ging auf das nördliche Torhaus von Falconcrest nieder. Unter seiner Hitze schmolzen die Steine wie Butter. Übrig blieb nur ein kleiner Lavasee, in den unter lautem Zischen und Dampfen das Wasser des Yas strömte und den Stein abkühlte. So als hätte dort niemals eine Mauer gestanden, klaffte eine zehn Meter breite Schneise in dem Burgwall.

Sofort nutzte Gweir den Durchgang, um seine Truppen in die Burg zu führen. Da erschütterte plötzlich ein lauter Knall die Umgebung, und die Soldaten schmissen sich vor Schreck auf den Boden.

„Ihr müsst es richtig krachen lassen, sonst hat euer Gegner keinen Respekt vor euch", schimpfte eine krächzende Stimme hinter ihnen.

„Das sind unsere Leute!", schimpfte Mi Lou, als sie Loke und Alfdis erkannte.

„Loke! Alfdis! Euch geht es gut!", freute sich Rob, als er den kauzigen Magier und seinen Drachen erkannte.

„Gut ist etwas anderes, mir brummt der Schädel und alle Knochen tun mir weh", beschwerte sich Loke. „Ganz zu schweigen von Alfdis, der ist so heiß, das er meinen Hintern brät." Tatsächlich strömte von Alfdis eine unangenehme Hitze aus. Seine Drachenglut glühte wie verrückt. „Mi Lou?", fragte der überhitzte Drache argwöhnisch.

„Seht ihr, er fantasiert schon im Fieberwahn", stänkerte Loke, hielt dann aber mit einem Gesicht inne, als hätte jeder einzelne seiner Gesichtsmuskeln verlernt, im Kollektiv zusammenzuarbeiten. Mi Lou, Fuku und Rob brachen in Gelächter aus, als sie Lokes entgleiste Gesichtszüge sahen.

Alfdis riss sich zusammen und verbeugte sich vor Mi Lou, brachte aber kein Wort heraus.

Loke erstarrte in Ehrfurcht. „Das hätte ich niemals für möglich gehalten", stotterte er ungläubig. „Was ist passiert?", fragte er aufgewühlt.

„Das können wir euch später erklären. Jetzt müssen wir die restlichen Odemjäger unschädlich machen", holte Fuku sie wieder in die Gegenwart zurück.

„Odemjäger?", fragte Loke und ein fieses Grinsen machte sich auf seinem Gesicht breit. „Hast du gehört, Alfdis?", fragte er seinen Drachen freudig.

„Ich kann es kaum abwarten", entgegnete Alfdis ungeduldig.

„Stellt euch das nicht zu einfach vor, die Biester sind äußerst widerspenstig. Ihr müsst sie mit ..." Aber weiter kam
Rob nicht.

Einen satten Feuerstrahl hinter sich herziehend war Alfdis bereits dem ersten Odemjäger auf den Fersen. Mi Lou,
Rob und Fuku sahen fasziniert zu, wie Loke aus der Luft auf
den Nacken des Odemjägers sprang und geschickt auf dessen Bauch kletterte. Alfdis flog genau über seinem Zauberer,
und der Odemjäger mit Loke wurde von ihm, wie durch ein
starkes Magnetfeld, angezogen. Sobald der Odemjäger in
ihrer Mitte war, glühte Alfdis wie eine Kernfusion auf. Geblendet wandten sie ihre Blicke ab und hörten einen dumpfen Knall, der durch den nahenden Morgen hallte. Als sie
sich trauten, ihre Augen wieder zu öffnen, schwebte ein dicke schwarze Wolke in der Luft, aus der glühende Partikel
wie feurige Tropfen zu Boden regneten. Loke und Alfdis
waren bereits einige hundert Meter entfernt hinter dem
nächsten Odemjäger her und hatten ihn schon fast erreicht.

„O. k., ich glaube, die brauchen keine Tipps von uns",
sagte Mi Lou erschöpft.

„Kommt, lasst uns zu Gweir fliegen, vielleicht braucht er
noch unsere Hilfe", meinte Rob.

„Loke und Alfdis brauchen sie zumindest nicht", schloss
Fuku und sah neidisch zu, wie Alfdis mit seiner lodernden
Drachenglut die Odemjäger binnen Sekunden zerlegte. Rob
klopfte ihm aufmunternd auf die Schulter.

„Ej, ich bin doch kein Pferd", fuhr ihn Fuku in einem
schnippischen Ton an.

„Tut mir leid, ich wollte dich bloß aufmuntern", gab Rob
irritiert zurück.

„Entschuldige, ich bin einfach nur kaputt. War nicht so
gemeint", sagte Fuku so laut, dass selbst Mi Lou ihn hören
konnte.

Rob und Mi Lou sahen sich erstaunt an.

Als sie auf dem Burghof landeten, wurden sie schon von
Gweir und den anderen erwartet. Rob fiel ein Stein vom

Herzen, als er seine Garde lebendig entdeckte. Hróarr und Alva hatten fiese Schnitte am ganzen Körper und auf Runes Stirn klaffte eine blutige Wunde. Rob strich den Wölfen zur Begrüßung über den Kopf.

„Wo sind Truls und Kaja?", fragte er mit einem unguten Gefühl im Bauch.

Alva hatte Tränen in den Augen. „Kaja ist so schwer verletzt, dass wir nicht wissen, ob sie den Abend noch erlebt. Truls ist bei ihr und leckt ihre Wunden."

Rob drückte Alva an sich. „Sobald ich Loke sehe, schicke ich ihn zu ihr. Er ist ein guter Heiler", machte er ihr Mut.

„Ich mach mich auf die Suche nach ihm", sagte Mi Lou, die froh war, den neugierigen Blicken zu entgehen. Jeder, ob er wollte oder nicht, glotzte sie an. Es hatte sich inzwischen herumgesprochen, dass sie sich zu einem Drachen verwandelt hatte.

„Ich habe deine Schwerter gefunden", meinte Gweir zu Rob und reichte ihm die zwei magischen Klingen. Rob nahm die beiden Schwerter entgegen und fragte sich, ob Mi Lou noch Verwendung für sie hätte.

„Wie ist die Lage?", fragte er den Kommandanten, der zufrieden aussah.

„Es sieht sehr gut für uns aus, obwohl viele tapfere Krieger heute ihr Leben gelassen haben", antwortete Gweir ernst. Er kramte die magische Karte von Loke aus seiner Jacke und breitete sie auf der Mauer vor sich aus. Er strich sie mit seiner Hand glatt und zeigte Rob, wo es noch Widerstand gab und über welche Gebiete sie bereits die volle Kontrolle hatten.

„Wir durchforsten gerade noch die Gebäude der Burg, aber es gibt nirgends ein Problem, das wir nicht unter Kontrolle kriegen würden."

Mit Genugtuung sah Rob auf der Karte, dass offensichtlich nur noch zwei Odemjäger lebten. Er lächelte bei dem Gedanken, was Loke und Alfdis mit ihren Gegner anstellten, als ein Wiehern ihn aufschreckte. Rob drehte sich genau in dem Moment zu Lynir um, als direkt hinter ihm eine Tür aufflog und ein Dolch ihn um Haaresbreite verfehlte. Wie von Sinnen, stürmte Burkhard Bailey mit gezogenem Schwert auf ihn zu. Wie in Trance hob Rob seine Hände wehrte den Angriff mit dem großen Schwert ab und ließ Burkhard ungestüm in das kleine Schwert hineinlaufen. Mit echtem Mitleid sah Rob seinen ehemaligen Herrn an, wie dieser wild vor Zorn und Hass sein Leben aushauchte. Besorgt umringten alle Rob, der voller Blut war.

„Mir geht es gut", beruhigte er Hróarr, der sich schlimme Vorwürfe machte. „Mir ist nichts passiert, aber ich muss Lynir begrüßen. Lasst mich mal bitte durch."

Fuku begleitete Rob zum Südturm, wo Lynir angebunden war.

„Du bist nicht nur ein guter Magier, du bist auch ein guter Schwertkämpfer", lobte ihn Fuku.

„Und du wusstest, dass Burkhard mich angreift, und hast nichts unternommen?", fragte Rob.

Fuku sah seinen Magier verdutzt an. „Und du weißt, dass dein Drache dich niemals einer Gefahr aussetzen würde, wenn er nicht genau wüsste, dass du diese Gefahr auch meistern würdest."

Rob boxte Fuku liebevoll in die Seite und grinste. „Trotzdem, du hast meine Frage nicht beantwortet." Sie erreichten Lynir, der schon unruhig mit den Hufen scharte. Als Rob ihn losband, drückte er ihm mit seinem Kopf vor die Brust und wollte minutenlang nicht mehr weg.

„Entschuldigung, dass ich erst jetzt komme, Lynir. Tut mir leid." Rob kraulte sein Pferd hinter den Ohren. Mit einem lauten Wiehern nahm Lynir die Entschuldigung an.

Mi Lous Rücken erstrahlte im warmen Licht der ersten Sonnenstrahlen, die es über den Horizont geschafft hatten. Leicht wackelig auf den Beinen, landete sie bei Fuku, Rob und Lynir.

„Hast du Loke gefunden?", wollte Rob wissen.

Mi Lou nickte. „Ja, er ist auf dem Weg zu Kaja. Und Gwynefa ist auch wieder da und kümmert sich um Wallace und Malyrtha."

„Alles o. k. mit dir?", fragte Rob besorgt.

„Ich bin müde und geschafft und frage mich, wann ich wieder meine menschliche Gestalt annehme", sagte sie matt.

„Du bist auch ganz blau im Gesicht", bemerkte Fuku.

Rob und Mi Lou verdrehten ihre Augen. In dem Moment merkte Mi Lou, dass in ihrem Körper eine Veränderung vorging. Während Fuku sie weiter interessiert ansah, drehte sich Rob hastig mit knallrotem Kopf von ihr weg. Peinlich berührt wurde ihr klar, dass sie wieder ihre menschliche Gestalt angenommen hatte.

„Ich wusste gar nicht, dass ihr Menschen auch ein Fell habt", sagte Fuku erstaunt und musterte Mi Lou ungeniert. „Kein Wunder, dass ihr Kleidung braucht. Damit würde mir auch kalt werden."

„Fuku!", schimpfte Rob.

Mi Lou wusste nicht, ob sie lachen oder wütend werden sollte, und versuchte ihre Scham so gut es ging, mit ihren Händen und Armen zu verbergen. „Könntest du mir bitte etwas zum Anziehen geben, statt hier kluge Sprüche zu klopfen?", bat sie Fuku mit einem schnippischen Unterton.

Fuku sah sich um und erblickte einen toten Soldaten mit einem weiten Hemd, das allerdings ziemlich blutdurchtränkt war. Er besann sich darauf, was er in der letzten Zeit über Menschen gelernt hatte und holte kurzerhand eine wehende Fahne des Hauses Tasker von einer der Fahnenstangen.

„Danke", sagte Mi Lou, als sie sich geschickt in die seidige Fahne eingewickelt hatte. „Und, wie sehe ich aus?", fragte sie Rob, der sich wieder umgedreht hatte. Der Anblick von Mi Lous wohlgeformten Körper, der sich deutlich unter dem dünnen Stoff abzeichnete, und ihrer nackten Schulter raubte Rob ein zweites Mal innerhalb kurzer Zeit den Verstand. Am liebsten hätte er sich wieder umgedreht. „Gut", stammelte er und versuchte krampfhaft, nicht rot zu werden.

„Wirklich?", fragte Mi Lou. Robs zögerliche Antwort verunsicherte sie und ihr war nicht klar, in welcher Not er gerade steckte.

„Ich fand dich vorher eindeutig schöner", sagte Fuku enttäuscht. Mi Lou und Rob sahen den Drachen irritiert an.

„Ich meine als Wasserdrache", sagte Fuku schnell und lächelte versonnen. „Manchmal seid ihr Menschen echt kompliziert", murmelte er, mehr zu sich selber.

STERNE IN TRÄNEN

Auf die Feenwiese hatte sich über Nacht eine dicke Schneedecke gelegt und die Landschaft in ein zauberhaftes weißes Kleid gehüllt. Unschuldig und unberührt lag die wunderbare Natur in der morgendlichen Sonne vor ihnen. Die Schlacht um Falconcrest war jetzt schon vier Wochen her.

„Ich freue mich darauf, Wallace und Malyrtha wiederzusehen", sagte Rob zu Mi Lou und Fuku, die neben ihm auf dem Magierturm von Skargness saßen. Dort oben, weit weg von den täglichen Routinen, hatten sie ihren Lieblingsplatz, auch wenn der Wind ihnen empfindlich kalt ins Gesicht blies. Sie hatten sich auf die Zinnen gesetzt und ließen ihre Beine locker baumeln.

„Vielleicht können sie uns ja ein paar Fragen beantworten", meinte Mi Lou und strich sich ihre Haare aus der Stirn.

Fuku zuckte mit den Schultern. „Glaubst du wirklich? Bisher hatte ich immer das Gefühl, dass unsere weisen Zauberer mehr Fragen aufwerfen, als dass sie welche zufriedenstellend beantworten."

Rob lachte und formte einen Schneeball. „Da kann ich dir nur zustimmen." Er warf den Schneeball beiläufig hinunter zum großen Osttor, wo die Wachen frierend ihrer eintönigen Pflicht nachkamen. Normalerweise wäre der Schneeball irgendwo im Graben gelandet, aber wie von Geisterhand, machte er einen unnatürlichen Bogen, traf das Dach des kleinen Wachhäuschens und löste ein kleines Schneebrett aus. Die Wache, der die eisige, nasse Pracht voll in den Nacken plumpste, quiekte vor Schreck und schimpfte laut. Auf die Idee, dass jemand Fremdes für seinen vereisten Rücken verantwortlich war, kam die Wache nicht.

Mi Lou sah Rob, der schadenfroh lachte, strafend an. „Und sowas soll mal Graf von Druidsham werden", sagte sie abfällig.

„Ich war das nicht", verteidigte sich Rob und sah vorwurfsvoll zu Fuku, der große, unschuldige Augen machte und sein Maul nicht einen Millimeter verzog.

„Du glaubst, ich würde so etwas Gemeines machen?", sagte er empört. „Ich bin ein anständiger Drache."

Mi Lou verzog den Mund und fasste sich ratlos an den Kopf. Gegen die geballte Dummheit dieser zwei Typen hatte sie keine Chance.

„Habt ihr eigentlich König Tasker richtig kennengelernt?", fragte Mi Lou, das Thema wechselnd.

„Nicht richtig. Nachdem Gweirs Leute ihn befreit hatten, wurden wir uns kurz vorgestellt. Aber in der Woche, die wir noch in Falconcrest waren, haben wir uns mehr um die Verletzten gekümmert. Einigen der alten Drachen hat diese Waffe von Karl extrem übel zugesetzt", erzählte Rob.

„Stimmt. Der alte Chocque, der gestorben ist, war dein Lehrer, nicht wahr, Fuku?", meinte Mi Lou.

Fuku nickte, kommentierte das Ableben seines Mentors aber nicht weiter. Mochte sein, dass er ihn respektiert hatte, aber gemocht hatte er den alten Drachen nie.

„Jedenfalls habe ich nur ein paar Höflichkeiten mit König Tasker ausgetauscht, mehr nicht", beantworte Rob Mi Lous Frage.

„Du hast vergessen zu erzählen, dass er dir dreimal erzählt hat, dass er eine hübsche Tochter im heiratsfähigen Alter hat", ergänzte Fuku trocken. Mi Lou spitzte ihre Ohren, und Rob wurde rot im Gesicht.

„Und, ist seine Tochter hübsch?", wollte Mi Lou interessiert wissen.

„Keine Ahnung", versuchte sich Rob herauszureden.

„Das wäre doch cool. Du heiratest die Tochter des Königs und wirst zum König von Skaiyles", phantasierte Mi Lou.

Bei der Vorstellung kicherte Fuku in sich hinein. Rob allerdings ärgerte sich, dass ausgerechnet Mi Lou ihn verkuppeln und loswerden wollte. Er zog ein grimmiges Gesicht.

„Ich glaube, Rob will kein König werden. Dementsprechend fällt diese Hochzeit wohl aus", entschärfte Fuku das Thema. „Aber warum fragst du?"

Mi Lou zuckte mit den Schultern. „Bevor mich Gwynefa nach Skargness brachte, haben wir ihn kurz getroffen. Ich fand, dass er ein ziemlicher Schleimer war, und mochte ihn nicht besonders. Gwynefa ging es, glaube ich, ähnlich."

„Warum haben dich Gwynefa und Tanyulth eigentlich so schnell nach Skargness gebracht?", fragte Fuku.

„Wallace und Malyrtha hatten Angst, dass Mortemani, Karl oder irgendetwas anderes Böses zurückkommen könnte, um mich zu töten oder zu entführen. Sie sagten, ich sei zu gefährdet in Falconcrest und sie müssten mich an einen sicheren und geheimen Ort bringen."

„Etwas anderes Böses? Haben sie auch erzählt, was sie damit gemeint haben? In Vargdal hatten Loke und Alfdis schon mal so komische Andeutungen gemacht", sagte Rob, der das Gefühl hatte, dass ihnen noch vieles verschwiegen wurde.

Mi Lou schüttelte den Kopf. „Nichts haben sie mir erzählt. Ich mag Gwynefa wirklich gerne, aber wenn sie mich so bevormundet, würde ich sie am liebsten hauen."

Rob zeigte auf einen kleinen hellen Punkt am Horizont. „Da kommen Loke und Alfdis", freute er sich. „Die können wir doch darauf ansprechen. Loke erzählt doch gerne."

Fuku schmunzelte. „Zumindest, wenn Alfdis ihn nicht zurückhält."

Wenig später hatten sie sich mit Loke und Alfdis ins Observatorium zurückgezogen. „Magst du dich nicht auf den bequemen Sessel setzen?" Rob schob Loke Bennetts alten roten Ohrensessel hin.

„Der Sessel ist für den Burgmagier von Skargness be-stimmt, den bietet man nicht irgendjemand an", sagte Loke und hatte schon wieder diesen komischen Gesichtsausdruck.

„Aber du bist doch der Burgmagier. Du hast den magi-schen Schlüssel zur Burg", versuchte Rob dem alten Magier zu erklären.

Loke sah Rob nur verständnislos an. Dann schlug er sich mit der Hand vor die Stirn. „Ach ja, manchmal bin ich echt vergesslich. Stimmt!", kicherte er. „Ich bin der Burgmagier von Skargness." Er schaute alle der Reihe nach an. „Dann darf ich aber auch auf dem roten Sessel sitzen", forderte er. Die anderen kicherten.

„Das meinte Rob, als er dir den Sessel anbot", erklärte Mi Lou mit einem Grinsen.

„Ach so, warum sagst du das nicht gleich, Junge?", mein-te er zu Rob, der nur noch die Augen verdrehte. „Hilf einem alten, steifen Mann mal bitte." Loke streckte Rob seinen Arm hin und sah ihn erwartungsvoll an. Rob nahm Loke an die Hand und wollte ihn die drei Schritte zum Sessel führen.

„Wohin gehen wir?", fragte Loke neugierig und warf dem Raben, in der Voliere hinter sich, ein paar Brotkrumen zu.

„Zum Sessel, damit du dich setzen kannst", antwortete Rob geduldig.

„Aha", meinte Loke und blieb wieder stehen. „Aber der gehört doch dem Burgmagier, oder?"

Rob brachte seine gesamte Geduld auf. Loke konnte manchmal echt nervend sein. „Ja, deswegen sollst du dort auch sitzen."

„Ach so." Loke stützte sich auf Robs Arm. Plötzlich glüh-te Lokes Arm golden auf und ein goldener Schein sprang auf Robs Hand über. „Ups", sagte Loke nur. „Jetzt bist du wohl der Burgmagier von Skaiyles."

Ein Schauer durchfuhr Rob und er sah Loke verwirrt an.

„Mist, wo kann ich mich denn jetzt hinsetzen, ich armer alter Mann. Rob, darf ich in den Sessel haben?" Loke grinste fürchterlich und hatte einen Heidenspaß an Robs erstaunten

Gesichtsausdruck. Mi Lou fiel Rob um den Hals und drückte ihn feste an sich. „Glückwunsch, Burgmagier von Skaiyles."

Auch Fuku und Alfdis gratulierten Rob, der das noch gar nicht richtig verstanden hatte. Vor etwas mehr als zwei Monaten war er hier noch Stalljunge und nun sollte er Burgmagier werden. Außerdem wollten ihn die Drachenmagier zum Grafen von Druidsham machen. Ihm war überhaupt nicht klar, welche Auswirkungen das auf sein Leben haben würde.

„Ausnahmsweise", sagte er streng und schob Loke den Sessel hin.

„So gefällst du mir, junger Drachenmagier", schmunzelte Loke. Sie saßen einige Zeit zusammen und unterhielten sich über viele nichtige Dinge, als sich Mi Lou ein Herz fasste und bei Loke nachfragte.

„Damals, als wir bei dir waren, hast du gesagt, dass das Böse sich wieder aus dem Verborgenen heraustrauen würde und Mortemani nur ein unbedeutendes Werkzeug sei. Was meintest du damit?"

Loke legte den Kopf schief und sah Mi Lou forschend an.

„Außerdem sind wir uns sicher, dass ihr den Odemjägern schon früher begegnet seid", fuhr sie fort.

Alfdis schmunzelte, so als ob vor seinem inneren Auge eine lustige Erinnerung ablief. Loke räusperte sich und rückte sich gemütlich auf dem Sessel zurecht. „Nachdem mich Alfdis in Aeonsyrekhi erwählt hatte, flohen die Priester des Sonnentempels aus Angst vor uns. Nur Qwhar, der mich damals in meiner Not zu sich genommen hatte, traf sich noch mit mir und Alfdis. Selbst nachdem wir schon längst in Norgyaard waren, haben wir uns noch geschrieben oder uns gegenseitig besucht. Es ist schon eine Ewigkeit her, da erreichte uns ein Hilferuf von Qwhar. Der König von Aeonsyrekhi war alt geworden und strebte nach ewigem Leben. Als die Sonnentempler ihm nicht weiterhelfen konnten, ließ er sich mit der Ghoulsekte ein, die ihm genau dieses ewige Leben versprach. Der König verjagte Qwhar und seine Brüder und schenkte seinen neuen Freunden den Sonnentempel in

Assuga. Dort initiierten sie mit dem König und einem ge-
fangenen Sonnendrachen das Seelenritual und stießen das
Tor zur Schattenwelt auf. Allerdings unterschätzten sie die
Kraft des Sonnendrachen, der noch während des Rituals alle
Beteiligten mit in den Tod riss. Das Tor zur Schattenwelt war
nun offen und Odemjäger krochen auf der Jagd nach Seelen
in unsere Welt. Qwhar und seine Brüder bewachten die
Pforte so gut es ging, aber es war ihnen ohne Hilfe nicht
möglich, den Durchgang zu verschließen. Da ich auf diesem
Gebiet ein wenig Erfahrung habe, riefen sie uns um Hilfe."

„Und hast du es geschafft?", fragte Rob, der gebannt
Lokes Erzählungen lauschte.

Loke lachte. „Klar haben wir es geschafft, sonst wären
wir heute nicht hier. Und anschließend haben wir die gräss-
lichen Odemjäger in den Wüstenstädten von Aeonsyrekhi
gejagt. Sie haben einiges Unheil angerichtet und viel Leid
über die Menschen gebracht, aber nach drei Monaten hatten
wir alle erledigt."

„Kein Wunder, irgendwann hattet ihr sicher Routine darin", kommentierte Fuku.

Alfdis schmunzelte wieder bei der Erinnerung. „Unser
Rekord war zweiundzwanzig an einem Tag", bemerkte er
stolz.

„War eine lustige Zeit", ergänzte Loke. „Aber ohne Alfdis ungezügelte Drachenglut, wäre das niemals möglich gewesen."

„Aber für die Opfer der Odemjäger war die Zeit bestimmt nicht lustig", gab Mi Lou zu bedenken.

„Da hast du natürlich recht", pflichtete ihr Loke mit ernster Miene bei.

„Was sind die Odemjäger eigentlich? Und welche Bedeutung haben die schwarzen Schmetterlinge?", fragte Rob
neugierig.

Loke kratzte sich am Kopf. „Das ist nicht einfach, aber ich
versuche es euch zu erklären. Odemjäger sind Wesen aus
der Schattenwelt, die selbst eine abgrundtief böse Seele haben. Ihre Absichten sind einfach nur destruktiv, und sie wol-

len, dass sich das Böse überall ausbreitet. Sie binden die Seelen, derer sie habhaft werden, in eine Form, mit der sie sich jederzeit verbinden können und verhindern so die Wiedergeburt der Seele in einem anderen Körper und in einem anderen Universum."

„Du meinst, wenn ein Odemjäger meine Seele fängt, kann sie nicht wiedergeboren werden und ist auf ewig gefangen?", fragte Rob mit einer Gänsehaut.

„Nicht nur das. Wenn ein Odemjäger eine Seele fängt, zerstückelt er sie in viele Teile, über die er die Kontrolle behält. Häufig binden sie die Seelenteile in Todesfalter, so wie bei uns. Aber es gibt auch andere Methoden."

„Aber wie kommt ein Odemjäger denn normalerweise an eine Seele? Es ist doch nicht normal, dass sie in unserer Welt sind", fragte Rob, der das alles sehr kompliziert fand.

„Seelen können auf ihrer Reise zur Wiedergeburt durch die Welten wandern. Nur wenn sie durch die Schattenwelt reisen, laufen sie Gefahr, dass ein Odemjäger sie erwischt. Deswegen sind die Odemjäger so gierig darauf, in fremden Welten zu jagen. Diese Möglichkeit haben sie nur, wenn jemand mit dem Seelenritual ein Portal in ihre Welt öffnet", meinte Loke.

„Aber was hat ein Magier davon, das Portal zu öffnen? Das ist doch Wahnsinn", regte sich Rob auf.

„Das Perfide an dem Seelenritual ist, dass ein Stück der Seele dem Initiator des Rituals überlassen wird. Zumindest wenn er sich gegen den Odemjäger durchsetzt. Deswegen sucht sich ein Magier starke Opfer aus, deren Kraft er während des Rituals für sich erlangt. Dann bietet er dem Odemjäger einen Teil der Seele an."

„Und was bekommt der Magier dafür?", wollte Mi Lou wissen.

„Er bekommt einen kleinen Teil der Seele des Opfers, und der Odemjäger sorgt dafür, dass dieser Teil mit dem Magier verschmilzt."

„Einen Teil der Seele?", meinte sie angewidert. „Wozu ist das gut?"

„Er besiegt den natürlichen Tod. Der Tod kann ihn nicht mehr einfach dahinraffen, da die ursprüngliche Seele für ihn nicht greifbar ist. Je mehr fremde Seele der Magier aufnimmt, umso schwerer wird es, ihn zu besiegen."

Mi Lou schüttelte sich. „Das kann doch nicht gut sein, das ist doch pervers."

„Solche Magier glauben, sie haben die Seelenmagie unter Kontrolle. Es funktioniert zwar, aber sie sehen nicht, was das mit ihnen macht. Normalerweise haben sie schwere Persönlichkeitsstörungen, aber da jemand, der so etwas tut, schon vorher verrückt sein muss, fällt das nicht weiter auf", ergänzte Alfdis.

„Und der Seelentrank aus den Drachen?", fragte Rob.

„Das ist nur ein Nebenprodukt. Es gibt eine Kraft, die magische Energie umleiten kann. Sie funktioniert so wie ein starker Magnet. Während des Rituals nutzt der Magier diese Kraft, um den Opfern ihre Magie zu entziehen und sie für sich selbst zu nutzen. Am Ende des Rituals, wenn die Seelen die Opfer verlassen haben, bindet der Magier diese Kraft mit Hilfe des Odemjägers in einen Trank. Ein winziger Teil der Seele des Opfers wird in den kleinen Stein gebändigt und kann die Kraft aus dem Trank aktivieren."

„Der Drachentodstein", antwortete Rob

Loke nickte, „Ja, ein sogenannter Seelenstein. Die Wirkung kennt ihr aus eigener Erfahrung."

Rob qualmte der Kopf. „Dann waren in den Schmetterlingen, die wir vernichtet haben, Seelenteile? Und wir haben sie getötet?"

Loke schüttelte den Kopf. „Nein, wir haben sie nur ihrer Hülle beraubt. Diese Seelenfragmente kann man nicht im klassischen Sinne töten. Sie geistern ewig durch die Welten. Man nennt diese Wesen bei uns Halbseeler, und sie kommen in den ungewöhnlichsten Erscheinungen vor."

„War Balriuzar, dieses widerliche Rauchwesen, so etwas?", wollte Mi Lou wissen, der unangenehme Erinnerungen durch den Kopf gingen.

„Ja, Balriuzar und seine Brüder waren solche Halbseeler. Aber jetzt Schluss mit diesem Thema. Die anderen sind bestimmt schon da und warten in der großen Halle auf uns. Ich hatte versprochen, dass ich euch nur kurz holen gehe", beendete Loke das Treffen.

Rob, Mi Lou und Loke stampften knirschend durch den hohen Schnee, der auf dem Burghof lag. Fuku und Alfdis waren zu dem Treffen geflogen, aber Loke und Rob wollten Mi Lou zu Fuß begleiten. Sie passierten die kleine Zugbrücke im Inneren der Burg und steuerten zielgerichtet auf die große Halle zu.

Gweir Owen stand mit Morgan und Rune in ein Gespräch vertieft vor der massiven, zweiflügeligen Tür. Ein Lächeln ging über die Gesichter der Männer, als sie Rob sahen und hinter ihm eine vertraute Stimme nach ihm rief.

„Hallo, mein Schatz! Schön, dass ich dich auch nochmal zu Gesicht bekomme", rief eine Frauenstimme vorwurfsvoll. Mi Lou drehte sich argwöhnisch um, musste dann aber schmunzeln, als sie Gwyneth erblickte.

Rob wurde rot im Gesicht und blieb stehen, um seine Ziehmutter zu begrüßen. Gelassen erwiderte er ihre Umarmung und ließ sie sogar seine Wange zur Begrüßung küssen.

„Hallo, Gwyn, solltest du nicht noch im Bett liegen?", fragte er besorgt. Die Wunden, die Gwyneth im Kerker davongetragen hatte, verheilten zwar gut, aber sie brauchte noch viel Ruhe.

„Im Bett liegen kann ich auch noch, wenn ich tot bin", antwortete sie kurz angebunden.

„Aber Rob hat absolut recht", pflichtete ihr Loke bei, der sich um ihre Genesung kümmerte. „Ich hatte gesagt pro Tag drei Stunden Aufstehen, mehr nicht", wies er sie im strengen Ton zurecht.

Gwyneth plusterte sich künstlich auf. „Und was denkst du, wie du jeden Morgen an deine in Thymian geschmorten Wachteleier kommst? Denkst du, die machen sich von selbst?", fuhr sie Loke an, der vor Schreck einen Schritt zurückwich und sich dezent in die große Halle verdrückte.

„Hier, mein Schatz, ich hab dir was zu essen gemacht." Sie drückte Rob ein kleines Körbchen mit Brot, Käse und frischem Schinken in die Hand.

Rob nahm das Körbchen und sah sie liebevoll an. „Danke, Gwyneth, das ist lieb. Aber tu Ulbert und mir den Gefallen und leg dich wieder hin. Je eher du richtig gesund bist, desto früher kannst du wieder dafür sorgen, dass die Küche richtig läuft."

„Mein Rob", sagte Gwyneth voller Stolz und drückte ihn fest an sich. „Aber nur, weil du es bist", ergänzte sie und zog sich in ihr Quartier zurück.

Mi Lou sah ihn bewundernd an, während sie ihm eine Scheibe Schinken aus dem Körbchen klaute. „Respekt, du weißt, wie man mit Frauen redet", lobte sie ihn in einem Tonfall, den Rob nicht eindeutig zuordnen konnte. „Lecker der Schinken", sagte Mi Lou, klaute sich noch eine Scheibe und ging mit den anderen in die große Halle. Rob blieb noch kurz irritiert stehen, folgte dann aber auch.

Als Rob Malyrtha erblickte, machte sein Herz einen Sprung. Sie sah prächtig aus und erstrahlte in einem kräftigen Rot, wie er es von ihrer ersten Begegnung her kannte. Zusammen mit Wallace, der eine weiße Seidenrobe trug und auch wieder zu seiner alten Stärke gefunden hatte, umhüllte die beiden ein unglaubliches Charisma aus Weisheit und Güte. Die zwei unterhielten sich gerade mit Alfdis und Loke, der ein ernstes Gesicht machte.

„Hallo, Magnatus Wallace und Lady Malyrtha", begrüßte Rob die zwei und verbeugte sich leicht. Die rote Drachendame und der ehrwürdige Magnatus Wallace blickten erstaunt auf und lachten ihn an.

„Die Förmlichkeiten kannst du dir bitte ganz schnell abgewöhnen. Ich bin Leonard und bei Malyrtha lässt du bitte die Lady weg", sagte der Magnatus in einem Ton, der keinen Widerspruch duldete. Er ignorierte Robs ausgestreckte

Hand. Stattdessen nahm er ihn wie einen alten Freund in den Arm und drückte ihn feste an sich. „Oder bestehst du auf Lady Malyrtha?", fragte er seine Drachendame.

Malyrtha kicherte und stupste die beiden mit ihrem großen Kopf liebevoll an. „Ganz und gar nicht. Und dasselbe gilt für Mi Lou."

Leonard Wallace nickte und nahm auch Mi Lou, die sich etwas im Hintergrund gehalten hatte, in den Arm. „Schön, dass ihr da seid, dann sind wir jetzt vollzählig."

Wenig später saßen sie alle vereint um die große Tafel herum. Auf der kurzen Seite vor Kopf hatten Magnatus Wallace und Malyrtha Platz genommen. Auf der langen Seite folgten Loke, Alfdis, Gwynefa, Tanyulth, Hróarr, Alva und Yrzkhaan, der Anführer der Waldtrolle. Angefangen gegenüber von Loke auf der anderen Seite des Tisches saßen Mi Lou, Rob, Fuku, Phytheon, Gweir, Morgan und Rune. Leonard Wallace stand auf und räusperte sich.

„Das ist das erste Mal, dass seit dem Angriff auf Falconcrest Vertreter aller Beteiligten zusammen an einem Tisch sitzen. Auch wenn unsere Befreiung ein Grund für diese Allianz war, so war doch der Versuch der reinen Magier, die Herrschaft im ganzen Norden an sich zu reißen, der eigentliche, treibende Grund. Es ist mir eine besondere Ehre, Yrzkhaan, den Stammesführer der Waldtrolle aus Fairfountain, mit an dieser Tafel begrüßen zu dürfen."

Ein zustimmendes Gemurmel machte die Runde und einige klopften auf den Tisch, um das Gesagte zu unterstreichen.

„Jeder ist während dieses Kampfes bis an seine Grenzen gegangen und leider haben viele ihren Einsatz mit dem Tod bezahlt. Das werden wir ihnen nie vergessen." Magnatus Wallace machte eine kurze Pause.

„Umso mehr ist es unsere Pflicht, dafür zu sorgen, dass die reinen Magier auch zukünftig nicht ihre dreckigen Finger nach unserer geliebten Heimat ausstrecken. Uns hat heute Morgen die traurige Nachricht erreicht, dass der Magus Maximus, das geistige Oberhaupt aller Magier, verstorben ist. Er war der Architekt und Garant des libertas magicae Ediktes, das jedem Magier die freie Ausübung seiner Kunst zusichert. Schon in zwei Monaten findet der große Konvent am Hofe des Kaisers statt, um einen Nachfolger zu wählen. Wilhelm Mortemani gilt leider als einer der aussichtsreichsten Kandidaten, und was das bedeutet, brauche ich hier wohl niemanden zu erklären. Die Vergangenheit hat gezeigt, wie verwundbar wir sind, und bei allem nötigen Respekt, ist unser geschätzter König Tasker nur ein Spielball in den Wellen der wirklich Mächtigen. Aber das Schicksal hat es gut mit uns gemeint. Eine Ryūjin ist in unsere Welt zurückgekehrt, und wir haben mit Rob und Fuku einen mächtigen Drachenmagier dazugewonnen. Delwen Dee und Mianthor sind immer noch Gefangene von Mortemani, aber sie leben noch. Während des Konvents werden Malyrtha und ich alles tun, um ihre Freilassung zu erwirken."

Leonard Wallace stützte sich auf den Tisch und sah jeden in der Runde ernst an. „Die dringlichste Aufgabe für uns ist es, unsere wiedergewonnene Macht zu stärken. Deswegen werden Malyrtha und ich die Ausbildung von Mi Lou, Rob und Fuku persönlich in unsere Hand nehmen. Uns werden Loke und Alfdis und, wenn es ihre Zeit erlaubt, auch Gwynefa und Tanyulth zur Seite stehen. Da Rob und Fuku zu dem Gesicht unseres Widerstandes geworden sind, haben wir mit Königs Taskers Segen beschlossen, dass Rob mit dem heutigen Tag der neue Graf von Druidsham ist. Skargness gehört ab heute Rob, und Loke hat ihm bereits den magischen Schlüssel der Burg übergeben."

Ein zustimmender Applaus machte sich in der Halle breit, und alle sahen Rob, der sich sehr unwohl in seiner Haut fühlte, wohlwollend an. Mi Lou puffte ihn kumpelhaft in die Seite. „Du hast es dir verdient", sagte sie.

„Aber keine Angst, Rob, wir werden dir auch beibringen, wie man eine Grafschaft und eine Burg führt", meinte Leonard Wallace und zwinkerte ihm zu. Dann wartete er, bis sich das Gemurmel wieder gelegt hatte.

„So wie wir hier sitzen, werden wir uns alle drei Monate treffen und die anstehenden Aufgaben angehen. Diese Allianz ist ein wertvolles Gut, und wir werden sie pflegen und ausbauen. Für heute soll es aber genug sein. Viele von euch wollen sicherlich erst einmal nach Hause und ihre Lieben wieder in die Arme schließen. Hat noch jemand Fragen oder möchte etwas in dieser Runde sagen?"

Alva räusperte sich und stand auf. „Wir haben in den vergangenen Tagen viel über Rob und Fuku und ihre besondere Verbindung gelernt, aber wir haben wenig über Mi Lou erfahren. Wir wissen, sie ist eine Ryūjin und auch sonst eine ungewöhnliche Kämpferin, das habe ich mit eigenen Augen gesehen. Aber wissen wir mehr? Wann verwandelt sie sich? Wie ist sie zu uns gekommen? "

Malyrtha erhob sich, um die Frage zu beantworten.

„Deine Fragen sind berechtigt. Leider wissen wir im Moment auch nicht mehr. Es gibt unter uns Drachenmagiern einige Hypothesen dazu, aber keine davon ist belastbar. Es sieht so aus, als ob die Zusammenkunft der magischen Fünf eine Voraussetzung für Mi Lous Verwandlung war. Zumindest waren sie zu dem Zeitpunkt ihrer Verwandlung alle zusammen im Burghof von Falconcrest. Der Auslöser war wahrscheinlich Robs Tod. Wir wissen allerdings nicht, ob Mi Lou diese Verwandlung mit der Zeit selber kontrollieren kann. Deine zweite Frage war, wie sie zu uns gekommen ist. Hier tappen wir noch vollends im Dunkeln. Loke glaubt, dass die Ryūjin selber, wo immer sie auch sind, dafür verantwortlich sind. Tanyulth, Gwynefa und ich glauben, dass irgendetwas aus unserer Welt sie gerufen hat. Vielleicht waren das auch Fuku und Rob, während der Drachenwahl, die in etwa in die gleiche Zeit wie Mi Lous Ankunft fällt. Aber du siehst selbst, wir tappen noch völlig im Dunkeln."

Gwynefa sah Mi Lou nachdenklich an. „Entschuldige, Mi Lou, darf ich offen reden?"

Mi Lou nickte. „Ja, natürlich. Es tut mir auch leid, dass ich so wenig zu diesem Thema sagen kann."

„Du brauchst dich nicht zu entschuldigen. Das, was du bereits für uns getan hast, ist unendlich wertvoll. Aber Alvas Fragen gehen in die richtige Richtung. Ich muss davor warnen, auf Mi Lou, ob als Mensch oder Ryūjin, zu sehr zu zählen. Es kann uns passieren, dass sie uns genauso plötzlich, wie sie gekommen ist, auch wieder verlässt. Nochmal, ich unterstelle Mi Lou keine bösen Absichten, aber so lange sie das nicht unter Kontrolle hat, ist es eine realistische Annahme", sagte Gwynefa und sah Mi Lou dabei ernst an.

„Ich muss Gwynefa zustimmen. Ich würde euch niemals absichtlich im Stich lassen, aber es gibt keine Garantie dafür, dass es nicht trotzdem passiert", bestätigte Mi Lou mit gedämpfter Stimme.

„Und ich könnte morgen mit Rob zusammen vor einen dicken Baum fliegen ...", begann Fuku.

„Der uns unglücklich das Genick bricht", beendete Rob den Satz ärgerlich. „Was soll diese unnötige Diskussion? Niemand von uns kann garantieren, dass er nicht plötzlich ausfällt."

Mi Lou lächelte ihre Freunde traurig an, und Gwynefa nahm nachdenklich ihre Hand vor den Mund. Eigentlich wollte sie noch etwas erwidern, besann sich aber eines Besseren.

Leonard Wallace ergriff das Wort. „Natürlich kann jedem von uns etwas passieren. Unsere Aufgabe ist es, unsere Allianz so aufzubauen, dass wir einen solchen Ausfall verkraften können. Und seid versichert, das werden wir zusammen tun. Wenn es das von eurer Seite aus war, würde ich die Versammlung jetzt gerne beenden. Wie ihr wisst, wollen Hróarr und seine Familie heute noch ihre Rückreise antreten."

Als sich niemand mehr zu Wort meldete, löste sich die Versammlung auf. Hróarr, Alva und Rune, der mit seiner Familie mit nach Vargdal ziehen wollte, verabschiedeten sich noch herzlich von allen.

„Ihr kommt doch noch mit zum Hafen, oder?", fragte Hróarr Rob, der sich noch mit Gweir und Morgan unterhielt.

„Klar, das lassen wir uns nicht nehmen", sagte Rob und umfasste dabei Hróarrs Schulter. „Wann wollt ihr los?"

„Jetzt, wir haben schon alles gepackt", sagte Alva.

„Und Kaja?", fragte Mi Lou, die auch mit an den Steg wollte.

„Sie ist seit heute Morgen wieder bei Bewusstsein. Loke meint, sie darf reisen", erklärte Alva voller Freude.

„Sie ist bei Bewusstsein?", rief Rob und rannte gefolgt von Mi Lou zum Stall. Als sie die Tür aufrissen, liefen sie fast Ulbert um.

„Holla, ihr zwei. Darf ich um etwas mehr Ruhe bitten? Unser Quartier und der Stall sind ein Krankenlager und unser Patienten brauchen Ruhe", sagte er streng. Rob lächelte ihn kurz an. „Gut, aber wo ist Kaja?", wollte er ungestüm wissen.

Ulbert lachte und zeigte auf die Box hinter Lynir, in der es sich die Wölfe gemütlich eingerichtet hatten.

Von der bekannten Stimme aufgeschreckt, kam Snorre in vollem Tempo auf Rob zugestürmt und wuselte ihm zwischen den Beinen herum. Rob wusste, er musste den jungen Wolf hochheben, damit er seine Ruhe bekam. Freudig schleckte ihm Snorre durch das Gesicht und biss ihm übermütig ins Ohr. Mi Lou hatte sich bereits zu Kaja gelegt, als sich Rob zu ihr hinunter kniete und von Truls begrüßt wurde.

„Sie ist noch sehr schwach", sagte Alva, die hinzugetreten war. „Aber sie kann euch spüren und freut sich über euren Besuch."

Rob musste sich immer wieder vor Augen führen, dass so wie er mit Fuku verbunden war, die Wölfe auch mit ihrer Familie verbunden waren. Seine Augen wurden feucht, als er Kaja beobachtete und sah, wie ihr Brustkorb regelmäßig auf und ab ging. Er war unendlich froh, dass sie es schaffen würde. Auch wenn er inzwischen keine Schuldgefühle mehr hatte, so war sie ihm doch in den Kampf gefolgt. Ihm, dem Stammeshäuptling der Wolfsblutkrieger, den sie in ihre Familie aufgenommen hatte. Rob fühlte sich extrem zu Kaja hingezogen. Unwillkürlich schickte er seine Sinne aus und berührte tatsächlich Kajas Seele. Er war sich ganz sicher. Rob kniete sich ganz dicht an Kaja und leckte ihre Wunden, so als wäre es das Natürlichste der Welt. Kaja öffnete die Augen und sah Rob sanft an. Dann übermannte sie die Anstrengung und sie fiel in einen ruhigen, heilenden Schlaf.

„Ein echter Wolfsblutkrieger", sagte Hróarr im Hintergrund voller Respekt zu seiner Frau.

„Kein Wunder, er gehört zu unserer Familie. Was erwartest du da?", erwiderte Alva schmunzelnd.

„Wo ist Rune?", wollte Rob wissen, dem das Thema Stammesführer unter den Nägeln brannte.

„Der holt seine Familie und verabschiedet sich von seinem Schwager", meinte Hróarr verwundert. „Warum?"

„Ich wollte mit euch das Thema Stammeshäuptling der Wolfsblutkrieger besprechen, und ich dachte, das geht besser, wenn Rune nicht dabei ist", erklärte Rob verlegen.

„Aha, was wolltest du denn besprechen?", fragte Hróarr interessiert und hielt seinen Kopf schief.

Rob druckste ein wenig herum. „Es hat keinen Sinn, dass ich Anführer der Stämme bin. Ich weiß, es ist eine große Ehre, aber ich lebe ja noch nicht Mal in Norgyaard."

„Hmm", meinte Hróarr nur. „Und worauf willst du hinaus?"

„Kannst du mich nicht herausfordern und ich lass dich gewinnen? Oder noch besser, wir erzählen, dass du mich bereits besiegt hast", sagte Rob kleinlaut.

„Du meinst, wir sollen betrügen?", fragte Hróarr aufgebracht.

„Nicht direkt betrügen", versuchte Rob ihn zu beschwichtigen. „Wir helfen nur etwas nach, dass die Dinge so sind, wie sie sein sollten."

Hróarr schoss das Blut in den Kopf und er baute sich empört vor Rob auf, der nicht sehen konnte, wie sich Alva und Mi Lou hinter seinem Rücken angrinsten.

„Ich mein ja nur", sagte er.

„Du meinst, so wie du betrogen hast, als du mich zum Kampf herausgefordert hast?", schoss es scharf aus Hróarr heraus.

Rob wurde ganz heiß, und er kam sich wie ein kleines Kind vor, das beim Klauen erwischt wurde. Ängstlich sah er Hróarr an.

„O. k., können wir so machen", sagte Hróarr total entspannt. Rob schaute völlig verwirrt aus der Wäsche, und Alva und Mi Lou lachten laut los.

„Aber Rune ist mit eingeweiht. Er ist schließlich mein bester Freund. Aus seinem Mund hört sich die Geschichte, wie ich Rob, den Drachenmagier, mit bloßen Händen dem Erdboden gleichgemacht habe, noch viel besser an."

Rob überlegte, ob er Hróarr nicht bitten sollte, ihn in diesem Kampf nicht ganz so schlecht aussehen zu lassen, aber er zweifelte daran, dass das irgendetwas bringen würde. Wahrscheinlich würde er es damit nur noch schlimmer machen und letztendlich hatte er erreicht, was er wollte.

Ein paar Stunden später standen Mi Lou, Fuku und Rob an der Mole und winkten den Wolfsblutkriegern hinterher. Das kleine Kriegsschiff wurde von der tief stehenden Sonne orange angeleuchtet und machte gute Fahrt. Ein wunderschöner, wenn auch eiskalter Tag näherte sich seinem Ende zu, und das Schiff wurde immer kleiner, bis es schließlich hinter dem Horizont verschwand.

„Mir ist kalt", sagte Mi Lou. „Ich gehe rüber zum Magierturm und suche mir ein warmes Plätzchen. Kommt ihr mit?"

„Ja, mir ist zwar nicht kalt, aber ich komme mit", sagte Fuku.

„Ich wollte noch bei Lynir vorbeisehen", meinte Rob.

Fuku flog voraus, und Mi Lou und Rob liefen zusammen zur Burg. Nachdenklich legte Mi Lou den Kopf in den Nacken und blickte an dem großen Magierturm hoch.

„Alles gut bei dir?", fragte Rob, der das Gefühl hatte, dass Mi Lou traurig war.

Sie schüttelte den Kopf. „Mir geht es gut. Grüß Lynir von mir." Eilig verschwand sie im Magierturm. Gedankenversunken machte sich Rob auf zu seinem Pferd.

Mi Lou stieg die Treppen zu dem Gästezimmer im ersten Stock hoch. Ihr war einfach nur zum Heulen zu Mute. Um sich auf andere Gedanken zu bringen, holte sie das Kästchen mit den Kristallen der magischen Fünf heraus und setzte einen in das Lesegerät ein. Sie hatte die Hoffnung, auf einem der Kristalle vielleicht schöne Erinnerungen von Jean zu finden. Auf Mi Lous innerem Auge erschien die Passwortabfrage für den Zugriff auf den Kristall. Sie dachte Ich bin Mi Lou, Jeans Tochter und erlangte vollen Zugriff. Der Kristall war voll mit Daten. Diesmal nicht von Jean, sondern von Giacinto Scolari. Mi Lou entdeckte detaillierte Pläne der Nietzsche-Bruderschaft. Sie hatten vor, die Fruchtbarkeit des Menschen gezielt durch einen Virenangriff zu vernichten. Die „alte" Rasse Mensch würde dann einfach aussterben. Nur die Mitglieder der Nietzsche-Bruderschaft, die den Zugang zur ewigen Erneuerung ihrer Zellen hatten, würden überleben. Noch fehlte ihnen Jeans Augmentum-Modul, was ihre geistigen Fähigkeiten exponentiell erweitern würde, aber sie waren kurz davor.

Geschockt von der Schlechtigkeit der Menschen, fegte sie das Lesegerät samt Kristall vom Tisch. Sie schmiss sich auf ihr Bett, kuschelte sich an ihren Rucksack und musste an Asuka und Jean denken. Dicke Tränen rannen ihr über die Wangen, als Rob das Zimmer betrat.

„Mi Lou?", fragte er sanft und setzte sich neben sie. Wie es damals Asuka immer gemacht hatte, streichelte er ihr sanft über den Kopf. Mi Lou schluchzte, ließ Rob aber gewähren. Nach ein paar Minuten ging es ihr schon besser.

„Hast du an deinen Vater gedacht?", fragte Rob leise.

„Und an meine Mutter", erwiderte Mi Lou. „Ich vermisse sie, aber auch wenn ich jemals wieder in meine Welt zurückkehre, werde ich sie dort nicht finden. Sie sind tot."

„Möchtest du denn zurück in deine Welt?"

„Ach, ich weiß nicht", sagte Mi Lou verzweifelt und schmiss wütend einen Wurfstern, vor die Wand. „Ich weiß überhaupt nichts. Bin ich ein Drache? Oder bin ich eine Frau, ein Mensch?"

Rob drückte sie an sich, aber Mi Lou entzog sich ihm.

„Was verdammt nochmal ist eine Ryūjin? Ich habe überhaupt keine Ahnung. Gwynefa hat recht mit ihrem Zweifel. Was, wenn es mich plötzlich überkommt und ich auf dich oder Fuku losgehe? Ich bin eine tickende Bombe ."

Ein zweiter Wurfstern bohrte sich dicht neben dem ersten in die Wand.

„Du bist ungerecht mit dir, Mi Lou", versuchte Rob sie zu trösten. „Jedem von uns kann das passieren. Da braucht nur so ein Magier einen bösen Seelenzauber in mich zu pflanzen ..."

„Aber ich gehöre im Gegensatz zu dir nicht in diese Welt", fauchte Mi Lou ihn an.

„Du gehörst zu uns, und damit gehörst du auch in diese Welt. Zumindest wenn du es willst."

Mi Lou lachte verzweifelt auf.

„Wen interessiert schon, was ich will? Ich habe doch keine Wahl. Das Schicksal ist ein riesiges Arschloch. Erst zeigt es mir, wie schlecht meine Welt ist, und gibt mir das Wissen, wie ich sie retten könnte, nur um mich dann in eine andere Welt zu schleudern, die genauso mies wie meine ist."

„Aber wir haben hier doch schon etwas verändert, und ich hatte zeitweise das Gefühl, dass du dich auch ganz ... wohl bei uns gefühlt hast."

„Das habe ich ja auch, aber ich gehöre nicht hierher", sagte Mi Lou trotzig.

„Das sagst du, aber ich denke schon, dass du sehr wohl in diese Welt gehörst. Und da bin ich sicher nicht der einzige."

„Hör mir mit dem Ryūjin-Quatsch auf!", sagte Mi Lou pampig. „Mein Leben ist ohnehin schon kompliziert genug."

„Das meine ich nicht", sagte Rob. „Ich meine die Mi Lou, die ich in den letzten Wochen kennengelernt habe."

Mi Lou sah Rob lange und tief in die Augen. Sie wusste, dass er es ehrlich mit ihr meinte. Sie zog schniefend ihre rotzige Nase hoch.

„Lass uns hoch zu Fuku gehen", sagte sie.

Wenig später saßen sie wieder an ihrem Lieblingsplatz auf dem Turm und beobachteten in der kalten, klaren Nacht die Sterne am Himmel. Rob und Mi Lou hatten sich sehr zum Spott von Fuku in warme Decken eingehüllt.

„Ob es da wohl auch Leben gibt?", fragte Mi Lou und genoss die Wärme von Fuku und Rob, in deren Mitte sie saß.

Fuku zuckte mit den Schultern. „Loke scheint sich ja sehr sicher zu sein, dass es viele Welten gibt."

„Na ja, Mi Lou ist der lebendige Beweis, dass es nicht nur unsere Welt gibt", meinte Rob.

„Ich frage mich, ob alle Welten so schlecht sind?", fragte Mi Lou düster.

„Wieso schlecht?", fragte Fuku verwundert.

„Hier wollen die reinen Magier alle Andersdenkenden auslöschen, in meiner Welt will die Nietzsche-Bruderschaft die Menschheit aussterben lassen, und dazwischen machen Odemjäger Jagd auf unschuldige Seelen. Was sind das für Welten? Ich frage mich ob es auch eine gute Welt gibt?"

„Du meinst, wo drei unterschiedliche Wesen in tiefer Vertrautheit zusammensitzen und einfach nur nach einem bestandenen Abenteuer zufrieden den Sternenhimmel betrachten?", fragte Fuku unschuldig.

Mi Lou schluckte hart und eine dicke Tränen kullerte ihre Wange hinunter. Ein Lächeln stahl sich in ihr Gesicht und bremste den Lauf der Träne. Rob schaute Mi Lou liebevoll an und sah die funkelnden Sterne, die sich in der Träne spiegelten.

DANKSAGUNG

Dieses Buch zu schreiben war eine wundervolle Reise. Manchmal spannend, selten grausam und die meiste Zeit pure Freude. Die intensiven Erfahrungen, die dieses Abenteuer mit sich brachte, haben mich viel gelehrt und stark beeinflusst. An dieser Stelle möchte ich denen aus tiefstem Herzen danken, die dieses Projekt überhaupt erst möglich gemacht haben.

Es war sicher nicht immer einfach, aber meine Frau Helga und meine Jungens, Max und Moritz, haben mir die Freiräume geschaffen, die ich brauchte, um mich auszutoben. Sie standen mir mit konstruktiver Kritik zur Seite und haben mich, wenn nötig, immer wieder auf den Boden der Tatsachen zurückgeholt.

Nicht minder wichtig, auch wenn sie eher aus dem Verborgenen agiert haben, waren Ingrid, Klaus und meine Mutter. Sie haben mir den Rücken frei gehalten und es mir überhaupt erst ermöglicht, dass ich mich vollständig auf das Schreiben konzentrieren konnte.

Ein besonderer Dank geht an Ellen, Frauke und Friedrich, die die Geschichte bereits während ihrer Entstehung Korrektur gelesen haben. Sie haben mich liebevoll, aber bestimmt darauf hingewiesen, wenn ich mich mal wieder mit einer Idee zu sehr vergaloppiert hatte.

An dieser Stelle möchte ich auch meine tollen Vorableser erwähnen. Eure Reaktionen und Kommentare haben mir sehr geholfen und waren mit der Grund, warum es ein neues erstes Kapitel gibt.

Euch allen gilt mein tief empfundener Dank, und ich bin stolz und glücklich, solche Freunde und eine so tolle Familie zu haben.

DER AUTOR

Stephan Lethaus wurde 1971 in Haan geboren. Schon als kleines Kind, noch lange bevor er schreiben konnte, erzählte er phantastische Geschichten von Gespenstern und wilden Tieren. Seit 1996 arbeitete er in der Medienindustrie als Animation Director, VfX Supervisor und Produzent. Nach einem kurzen Ausflug in den Bereich Social Media schrieb er 2015 seinen ersten Roman. Heute lebt und arbeitet der verheiratete Vater von zwei Kindern größtenteils in Berlin.

Auf der Webseite www.skaiyles.net gibt es noch mehr Infos und Neuigkeiten rund um die Geschichte.